LES MAGICIENS

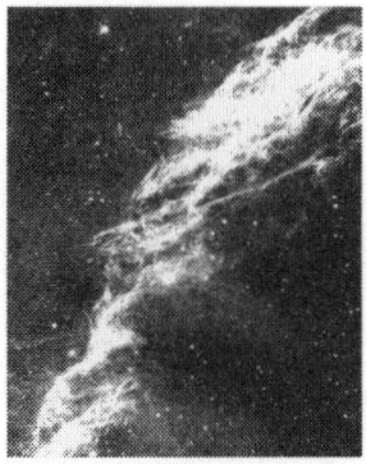

LA DENTELLE DU CYGNE
COLLECTION CODIRIGÉE PAR ALAIN KATTNIG

DU MÊME AUTEUR
CHEZ LE MÊME ÉDITEUR

Le roi magicien
La terre du magicien

Lev Grossman

Les magiciens

TRADUIT DE L'ANGLAIS
PAR JEAN-DANIEL BRÈQUE

édition revue par le traducteur

L'ATALANTE
Nantes

Lev Grossman est né en 1969 près de Boston et vit à Brooklyn. Il est chroniqueur littéraire au *Time Magazine*. *Les Magiciens* est son troisième livre.

Illustration de couverture : Benjamin Carré
Conception graphique de la couverture : leraf

THE MAGICIANS

ISBN 978-2-84172-754-4

Librairie L'Atalante, 15, rue des Vieilles-Douves, et 4, rue Vauban
44000 Nantes
www.l-atalante.com

À Lily.

Je briserai ma baguette, je l'enfouirai
À plusieurs coudées dans le sein de la terre
Et plus profond que jamais sonde ne parvint
Je noierai ce mien livre !

William SHAKESPEARE, *La Tempête*, V, I,
traduction de Pierre Leyris.

www.christopherplover.fr
www.brakebills.fr

LIVRE PREMIER

BROOKLYN

QUENTIN fit un tour de magie. Nul ne le remarqua.

Ils marchaient ensemble sur un trottoir inégal et glacé : James, Julia et Quentin. James et Julia se tenaient par la main. Ainsi en allait-il désormais. Comme le trottoir n'était pas très large, Quentin avançait à la traîne tel un enfant boudeur. Il aurait préféré être seul avec Julia, voire seul tout court, mais on ne peut pas tout avoir. Du moins l'immense majorité des preuves disponibles le confortait dans cette conclusion.

— Okay ! fit James par-dessus son épaule. Q. Parlons stratégie.

James semblait doué d'un sixième sens qui l'alertait dès que Quentin commençait à déprimer. Quentin entamerait son entretien dans sept minutes. Ensuite viendrait le tour de James.

— Une poignée de main ferme. Un regard franc et attentif. Et dès qu'il se sent à l'aise, tu l'assommes avec une chaise, je décrypte son mot de passe et j'envoie un courriel à Princeton.

— Contente-toi d'être toi-même, Q, conseilla Julia.

Ses cheveux noirs ramenés en arrière retombaient par vagues. Qu'elle soit gentille avec lui ne faisait qu'aggraver la situation.

— C'est bien ce que j'ai dit, non ? lança James.

Quentin refit son tour de magie. C'était un petit tour de passe-passe à une main, avec une pièce de cinq *cents*. Mais il l'effectuait dans la poche de son manteau afin que personne ne le voie. Il recommença, puis le fit à l'envers.

— Je devine déjà son mot de passe, reprit James. *Motdepasse.*

Incroyable, quand même, le temps qu'ils avaient passé ensemble, songea Quentin. Tous trois n'avaient que dix-sept ans, mais il avait l'impression de connaître James et Julia depuis une éternité. Le système scolaire de Brooklyn sélectionnait les meilleurs élèves afin de les regrouper, puis séparait les authentiques génies des simplement doués afin de les regrouper à leur tour, de sorte qu'ils n'avaient cessé de se croiser depuis l'école élémentaire, participant aux mêmes concours d'éloquence, aux mêmes épreuves régionales de latin et aux mêmes cours de mathématiques avancées. La crème des *nerds*. À présent qu'ils entamaient leur terminale, Quentin connaissait James et Julia mieux que quiconque, y compris ses parents, et la réciproque était vraie. Chacun savait ce que les deux autres allaient dire avant même qu'ils aient ouvert la bouche. Tous ceux qui pouvaient coucher ensemble l'avaient déjà fait. Et jamais Julia – rousse, rêveuse et pâle, virtuose du hautbois et de la physique –, jamais Julia ne coucherait avec Quentin.

Quoique grand et mince, il avait l'habitude de se voûter comme pour mieux encaisser les coups que les cieux lui asséneraient tôt ou tard, des coups dont les grands de ce monde étaient en toute logique les premières victimes. Ses cheveux longs gelaient par paquets. Il aurait dû prendre le temps de les sécher après la gym, surtout compte tenu de son entretien, mais il n'en avait rien fait, pour une raison qui lui échappait – peut-être était-il d'humeur à saboter le coup. Le ciel gris et bas était lourd de menaces de neige. Aux yeux de Quentin, le monde dispensait à sa seule intention de petites scènes de misère : les corbeaux perchés sur les fils électriques, les crottes de chien sur le bitume, les papiers gras emportés par le vent, les feuilles de chêne trempées et racornies que voitures et piétons profanaient d'innombrables façons.

— Bon Dieu, j'ai mal au ventre, dit James. J'ai trop mangé. Pourquoi je mange toujours trop ?

— Parce que tu es un porc vorace ? suggéra Julia sur un ton enjoué. Parce que tu en as marre de voir tes pieds ? Parce que tu cherches à maquer ton ventre et ton pénis ?

James croisa les doigts sur sa nuque, les plantant dans ses cheveux châtains ondulés, ouvrit grand son manteau de cachemire beige au vent de novembre et poussa un rot tonitruant. Le froid ne l'affectait pas. Quentin avait froid tout le temps, comme s'il vivait piégé dans un hiver personnel.

James entonna une chanson, sur un air à mi-chemin entre la comptine et le cantique de Noël :

Au temps jadis, il était un garçon
Jeune et fort et brave – oh-oh !
L'épée à la main, sur son étalon,
On l'appelait Dave – oh-oh !

— Doux Jésus ! s'écria Julia. Arrête ça !

James avait écrit cette rengaine cinq ans plus tôt, pour l'interpréter lors d'un concours de chant au collège. Il aimait la reprendre de temps à autre ; à présent, ils la connaissaient tous par cœur. Julia lui donna une bourrade qui l'envoya emboutir une poubelle, mais il ne cessa pas de chanter pour autant, et, passant à la vitesse supérieure, elle lui chipa sa casquette pour lui taper sur la tête.

— Mes cheveux ! Moi qui les avais si bien peignés en vue de l'entretien !

King James, songea Quentin. *Le roi s'amuse**.

— J'ai horreur de pourrir l'ambiance, dit-il, mais on n'a plus que deux minutes.

— Grand Dieu, grand Dieu ! pépia Julia. La duchesse ! Nous allons être en retard !

Je devrais être heureux, se dit Quentin. Je suis jeune, vivant et en bonne santé. J'ai de bons amis. J'ai des parents pas trop

* En français dans le texte, comme tous les mots et expressions en italique suivis d'un astérisque. *(Toutes les notes sont du traducteur.)*

cinglés – papa, éditeur d'ouvrages médicaux, et maman, dessinatrice publicitaire et artiste peintre frustrée. Je suis un pilier de la classe moyenne, plus que moyenne. Mes notes sont plus élevées que le commun des mortels ne saurait le concevoir.

Mais tandis qu'il arpentait la Cinquième Avenue, vêtu d'un costume gris et d'un manteau noir expressément choisis pour l'entretien, Quentin se savait malheureux. Pourquoi donc ? Il avait réuni avec soin tous les ingrédients du bonheur. Il avait accompli tous les rituels, prononcé toutes les formules, allumé tous les cierges, effectué tous les sacrifices nécessaires. Mais le bonheur, tel un esprit rétif, refusait de venir à lui. Il ne savait plus que faire.

Toujours sur les talons de James et Julia, il passa devant des bodegas, des laveries automatiques, des boutiques branchées, des magasins de téléphonie aux enluminures de néon, un bar où des vieillards commençaient à boire dès quatre heures moins le quart, un centre des vétérans des forces armées à la façade de brique et au trottoir encombré de meubles de jardin en plastique. Tout cela ne faisait que confirmer son sentiment, à savoir que sa vie, sa vraie vie, celle qu'il aurait dû vivre, s'était égarée suite à quelque erreur de la bureaucratie cosmique. Il ne pouvait s'agir de celle qu'il vivait. Sa vraie vie avait été attribuée à quelqu'un d'autre, quelque part, et il avait eu droit à cette vie de merde.

Peut-être qu'il trouverait sa vraie vie à Princeton. Il refit le tour de magie dans sa poche.

— Quentin, est-ce que tu tripotes ta quéquette ? demanda James.

Quentin rougit.

— Non, je ne tripote pas ma quéquette.

— Tu n'as pas à en avoir honte, lâcha James en lui tapant sur l'épaule. Ça éclaircit les idées.

Le vent transperçait le mince tissu du costume gris de Quentin, mais il refusait de boutonner son manteau. Il laissa la bise souffler sur lui. Aucune importance ; de toute façon, il n'était plus vraiment là.

Il était à Fillory.

« Les Chroniques de Fillory » sont une série de cinq romans écrits par Christopher Plover et publiés en Angleterre durant les années 1930. Elle raconte les aventures des cinq enfants Chatwin dans un pays enchanté, qu'ils découvrent durant leurs vacances à la campagne chez leur tante chic et excentrique. Il ne s'agit pas de vraies vacances, bien entendu : leur père combat à Passchendaele, où il patauge dans la boue et le sang, et leur mère est traitée dans un hôpital pour une mystérieuse affection, sans doute de nature psychologique, ce qui explique qu'on les ait expédiés à la campagne.

Mais ces malheureux événements sont confinés à l'arrière-plan. Ce qui importe, c'est que chaque été, pendant trois ans, les enfants quittent leurs écoles et pensions respectives pour retourner en Cornouailles et y retrouver le chemin du monde secret de Fillory, où ils vivent des aventures, explorent des terres magiques et défendent les paisibles habitants du pays contre les multiples forces qui les menacent. La plus étrange et la plus acharnée de ces forces est une femme voilée connue sous le seul nom de la Rouageuse, dont les enchantements horlogers menacent de figer le cours du temps, piégeant ainsi l'ensemble de Fillory à cinq heures de l'après-midi par une sinistre journée pluvieuse de la fin septembre.

Comme la plupart des gens, Quentin avait lu « Les Chroniques de Fillory » à l'école élémentaire. Mais contrairement à la plupart – James et Julia, par exemple –, il ne s'en était pas vraiment remis. C'était dans leurs pages qu'il se réfugiait quand il ne supportait plus le monde réel. C'est-à-dire assez souvent. (« Les Chroniques de Fillory » le consolaient de ne pas être aimé de Julia, mais c'était à cause d'elles, entre autres raisons, que Julia ne l'aimait pas.) Et, à vrai dire, il se dégageait de ces livres un fort parfum de nursery anglaise et Quentin se sentait gêné quand il relisait les passages consacrés au Cheval Douillet, un gigantesque équidé affectueux qui trottait la nuit autour de Fillory sur ses sabots de velours, une monture au dos si large qu'on pouvait s'y endormir.

Mais Fillory recelait aussi une vérité plus séduisante, plus dangereuse, qui empêchait Quentin de s'en détacher. Il aurait juré que le véritable sujet de ces livres – surtout le premier, *Le Monde dans les murs* – était la lecture elle-même. Lorsque l'aîné des Chatwin, le mélancolique Martin, ouvre la grande horloge tapie au fond d'un couloir sombre dans la maison de sa tante et pénètre dans Fillory (Quentin l'imaginait toujours écartant le balancier comme s'il s'agissait de la luette d'une monstrueuse gorge), c'est pareil que s'il ouvrait un livre, mais un livre qui tiendrait toutes les promesses que les livres ordinaires ne tiennent jamais, c'est-à-dire vous faire évader du réel pour vous emmener dans un monde meilleur.

L'univers que découvre Martin entre les murs de la maison de sa tante est un monde magique et crépusculaire, un paysage en noir et blanc aussi net qu'une page imprimée, avec des champs d'herbe rase et des collines hachurées par d'antiques murs de pierre. À Fillory, il y a une éclipse tous les jours à midi et les saisons durent parfois un siècle. Les arbres dénudés griffent le ciel. Les mers vert pâle sont bordées d'étroites plages blanches faites de débris de coquillages. À Fillory, les choses ont une importance qu'elles n'ont pas dans ce monde. À Fillory, on éprouve des émotions appropriées aux événements. Le bonheur est un but véritable, accessible. Il vient quand on l'invoque. Ou plutôt : il n'est jamais parti.

Ils se tenaient face à la maison. Le quartier était devenu plus bourgeois, avec des trottoirs larges et plantés d'arbres. C'était une maison en brique, la seule à ne pas avoir de bâtiment mitoyen dans cette rue où l'espace était cher. Elle était connue pour avoir joué un rôle dans la bataille de Brooklyn, de sinistre mémoire. On aurait juré qu'elle reprochait aux voitures et aux feux rouges de profaner son glorieux passé.

S'ils s'étaient trouvés dans les Chroniques – songea Quentin, juste pour mémoire –, cette maison aurait abrité un passage secret donnant sur un autre monde. L'occupant des lieux, un vieillard doux et excentrique, aurait lâché des remarques énigmatiques et, dès qu'il aurait eu le dos tourné, Quentin serait tombé sur une mystérieuse armoire ou un monte-plats enchanté, grâce auquel il aurait découvert, le cœur battant, un autre monde tout neuf.

Mais ils ne se trouvaient pas dans les Chroniques.

— Bien, fit Julia. Envoie-le en Hadès.

Son manteau de serge bleu au col rond la faisait ressembler à une écolière française.

— Rendez-vous à la bibliothèque, peut-être.

— Courage !

Ils entrechoquèrent leurs poings. Elle baissa les yeux, un peu gênée. Elle connaissait ses sentiments et il le savait, et il n'y avait rien d'autre à dire. Il feignit d'être fasciné par une voiture qui passait pendant qu'elle embrassait James – elle lui posa une main sur le torse et leva un pied à la façon d'une starlette de jadis – puis les deux garçons s'avancèrent sur l'allée cimentée menant à la porte. James passa le bras autour des épaules de Quentin.

— Je sais ce que tu penses, Quentin, dit-il d'un ton bourru.

Quentin était le plus grand, mais James le plus costaud, et il déséquilibra légèrement son camarade.

— Tu penses que personne ne te comprend. Mais je te comprends, moi, dit-il en lui serrant l'épaule d'une façon presque paternelle. Je suis le seul à te comprendre.

Quentin se tut. On pouvait certes envier James, mais on ne pouvait le haïr, car, en plus d'être beau et intelligent, il était aussi bon et affectueux. Plus que toute autre personne en ce monde, James lui faisait penser à Martin Chatwin. Mais si James était un Chatwin, qu'est-ce que ça faisait de Quentin ? Le seul problème quand on était un proche de James, c'était que le rôle de héros lui était toujours dévolu. Et qu'est-ce que ça faisait de vous ? Un faire-valoir ou un méchant.

Quentin actionna la sonnette. Un grelot étouffé résonna quelque part dans les profondeurs de la maison enténébrée. Une sonnette analogique de l'ancien temps. Il récita mentalement la liste de ses activités extrascolaires, de ses objectifs personnels, *et cætera*. Il s'était préparé sur tous les fronts en vue de cet entretien, exception faite de ses cheveux mouillés, mais à présent que le fruit de ses préparatifs était près d'être cueilli, voilà qu'il avait perdu l'appétit. Cela ne le surprenait pas. Il avait l'habitude de voir ses entreprises tomber ainsi à plat, de constater qu'un objectif donné cessait de l'intéresser alors même qu'il avait tout fait pour y parvenir. Cela lui arrivait tout le temps. Il s'agissait d'une des rares certitudes de son existence.

L'entrée était gardée par une porte grillagée de type banlieusard tout à fait banale. Elle était flanquée de massifs de terre noire où, contre toute logique, des zinnias violets et orangés fleurissaient encore. Bizarre, songea machinalement Quentin, que ces fleurs prospèrent en novembre. Il rétracta ses mains nues dans les manches de son manteau et en glissa les extrémités sous ses aisselles. La froidure appelait la neige, mais ce fut la pluie qui se mit à tomber.

Cinq minutes plus tard, il pleuvait toujours. Quentin toqua à la porte une nouvelle fois puis la poussa doucement. Elle s'entrouvrit d'un rien et une vague d'air chaud déferla sur lui. L'odeur accueillante et fruitée d'une maison inconnue.

— Il y a quelqu'un ? lança-t-il.

James et lui échangèrent un regard. Il ouvrit la porte en grand.

— Donne-lui encore une minute, conseilla James.

— Quel genre de type peut faire ça pendant ses loisirs ? demanda Quentin. C'est peut-être un pédophile.

Le vestibule était sombre et silencieux, son sol recouvert d'un tapis moelleux. James pressa une nouvelle fois la sonnette. Aucune réponse.

— J'ai l'impression qu'il n'y a personne, dit Quentin.

Voyant que James n'entrait toujours pas, il eut envie de pousser plus loin. Si la personne chargée de l'entretien se révélait être le gardien du royaume magique de Fillory, il aurait été plus inspiré de mettre des chaussures de randonnée.

Un escalier menait à l'étage. À gauche, une salle à manger qui ne semblait pas servir très souvent ; à droite, un salon douillet, avec des fauteuils de cuir et une armoire en bois sculpté placée dans un coin. Intéressant. Une antique carte marine plus grande que lui, avec en médaillon une rose des vents hérissée de pointes, occupait la moitié d'un mur. Il palpa les cloisons en quête d'un interrupteur. Dans un angle se trouvait une chaise en osier, mais il n'osa pas s'y asseoir.

Tous les rideaux étaient tirés. La qualité des ténèbres évoquait la nuit noire plutôt que l'intérieur d'une maison, comme si le soleil venait de se coucher ou de subir une éclipse dès que Quentin avait franchi le seuil. Il s'avança au ralenti dans le salon. Il allait ressortir et téléphoner. Dans une minute. Mais il tenait d'abord à jeter un coup d'œil. Les ténèbres lui faisaient l'effet d'un nuage chargé d'électricité qui l'aurait soudain enveloppé.

L'armoire était si grande qu'on aurait pu entrer dedans. Il posa une main sur son petit loquet en bronze. La porte n'était pas fermée. Ses doigts se mirent à trembler. *Le roi s'amuse**. Il ne put se retenir. On aurait dit que le monde tournoyait autour de lui, comme si sa vie tout entière l'avait conduit à cet instant.

C'était une armoire à liqueurs. Une grosse armoire, contenant l'équivalent d'un bar. Quentin glissa la main entre les bouteilles cliquetantes et palpa la cloison en contreplaqué, juste pour vérifier. Elle était solide. Rien de magique là-dedans. Il referma la porte, sentant son visage s'empourprer dans les ténèbres. Ce fut seulement lorsqu'il parcourut la pièce du regard pour s'assurer que personne ne l'observait qu'il aperçut le cadavre gisant sur le plancher.

Un quart d'heure plus tard, le vestibule était rempli de gens des plus actifs. Assis sur la chaise en osier, Quentin avait l'impression de participer aux funérailles d'une personne qui lui était inconnue. Il gardait la nuque collée au mur frais et solide, le seul lien qui le reliait encore à la raison et à la réalité. James se tenait à ses côtés. Il ne savait que faire de ses mains. Les deux garçons évitaient de se regarder.

Le vieillard gisait sur le dos. Son ventre formait une sphère de belle taille, ses cheveux une crinière grise à la Einstein. Trois ambulanciers se pressaient autour de lui, deux hommes et une femme. Cette dernière était d'une beauté désarmante, presque déplacée – sa présence dans une scène pareille suggérait l'erreur de casting. Si les trois ambulanciers s'affairaient, leur diligence n'avait rien à voir avec celle que l'on connaît aux spécialistes des urgences. Selon toute évidence, toute tentative de réanimation était vouée à l'échec. Ils échangeaient des murmures et rangeaient leurs instruments, arrachant les pansements posés et jetant les seringues usagées dans un conteneur prévu à cet effet.

D'un geste trahissant une longue pratique, l'un d'eux désintuba le cadavre. Le vieillard avait la bouche grande ouverte et Quentin distinguait nettement sa langue grise. Il sentait une odeur ténue qu'il se refusait à reconnaître comme celle de la merde.

— C'est grave, dit James pour la énième fois.

— Oui, fit Quentin d'une voix étouffée. Très grave.

Ses lèvres et son palais semblaient engourdis.

S'il demeurait immobile, nul ne pourrait l'impliquer davantage dans cette histoire. Il s'efforça de respirer lentement et de ne pas bouger d'un pouce. Il regardait droit devant lui, refusant de se focaliser sur ce qui se passait dans le salon. S'il se tournait vers James, il le savait, ce serait pour découvrir le reflet multiplié à l'infini de la panique qui l'habitait, et cela ne déboucherait sur rien. Il se demanda quand ils seraient autorisés à partir. Un indéfectible sentiment de honte l'habitait, car il se jugeait responsable de la mort de cet homme, vu qu'il était entré chez lui sans y avoir été invité.

— Je n'aurais pas dû le traiter de pédophile, dit-il à haute voix. C'était mal.

— Très mal, renchérit James.

Ils parlaient à voix basse, comme si c'était la première fois qu'ils pratiquaient la langue anglaise.

L'infirmière se redressa, cessant de dispenser ses soins au cadavre. Quentin la regarda s'étirer, les mains pressées sur les lombaires, pencher la tête d'un côté puis de l'autre. Elle se dirigea vers eux tout en ôtant ses gants de caoutchouc.

— Eh bien, il est mort ! déclara-t-elle d'une voix joviale.

À en juger par son accent, elle était anglaise.

Quentin s'éclaircit la gorge pour mieux déglutir. La femme jeta ses gants dans une corbeille à l'autre bout de la pièce.

— Que lui est-il arrivé ?

— Hémorragie cérébrale. La meilleure façon de partir, si on doit partir. Ce qui était son cas. Il devait picoler pas mal.

Elle fit mine de boire au goulot.

Ses joues étaient encore rougies par l'effort. Elle devait avoir vingt-cinq ans tout au plus et portait une chemisette bleue soigneusement repassée, dont l'un des boutons différait des autres : une hôtesse de l'air dans un vol à destination de l'enfer. Quentin regretta qu'elle soit aussi séduisante. Il est tellement plus facile de gérer les laiderons – on n'a pas à craindre de les découvrir inaccessibles. Mais elle était jolie. Mince, le teint pâle, le visage avenant, avec des lèvres épaisses incroyablement sexy.

— Eh bien… (Quentin ne savait pas quoi dire.) Je suis désolé.

— Pourquoi donc ? demanda-t-elle. C'est vous qui l'avez tué ?

— J'étais venu passer un entretien. Il recevait les candidats à Princeton pour les interroger.

— Pourquoi vous souciez-vous de son sort, dans ce cas ?

Quentin hésita. Peut-être s'était-il mépris sur la teneur de cette conversation. Il se leva, ce qu'il aurait dû faire dès qu'elle s'était approchée de lui. Il était bien plus grand qu'elle. Même en de telles circonstances, se dit-il, cette infirmière faisait montre d'une attitude un rien déplacée. Elle n'était pas médecin, après tout. Il aurait voulu lire son nom sur son badge, à condition qu'elle en ait un, mais il ne tenait pas à être surpris en train de reluquer ses seins.

— Je ne me soucie pas spécialement de lui, déclara-t-il prudemment, mais, sur le plan abstrait, j'accorde une certaine valeur à la vie humaine. Donc, bien que je n'aie pas connu cet homme, je crois pouvoir affirmer que je suis désolé de son décès.

— Et si nous avions affaire à un monstre ? Peut-être que c'était bien un pédophile ?

Elle l'avait entendu.

— Peut-être. Et peut-être était-ce un brave homme. Voire carrément un saint.

— Peut-être.

— Vous devez passer beaucoup de temps auprès des morts.

Du coin de l'œil, il perçut l'air ahuri qu'affichait James en entendant ce dialogue.

— Eh bien, nous sommes censés les maintenir en vie. Du moins, c'est ce qu'on nous dit.

— Ça doit être dur.

— Les morts nous causent moins de problèmes que les vivants.

— Ils sont moins remuants.

— Exactement.

Son regard n'était pas tout à fait assorti à ses propos. Elle l'étudiait avec attention.

— Écoutez, intervint James, nous ferions mieux de partir.

— Pourquoi êtes-vous si pressés ?

Elle gardait les yeux rivés à Quentin. Contrairement au reste de l'humanité ou presque, elle semblait s'intéresser à lui plutôt qu'à James.

— Vous savez, reprit-elle, j'ai l'impression que cet homme a laissé quelque chose pour vous.

Elle ramassa sur une table au plateau de marbre deux grandes enveloppes en papier kraft. Quentin plissa le front.

— Ça m'étonnerait, dit-il.

— Nous ferions mieux de partir, répéta James.

— Vous l'avez déjà dit, répliqua l'infirmière.

James ouvrit la porte. L'air froid procura à Quentin un choc salutaire. Il semblait réel. C'était exactement ce qu'il lui fallait : un peu plus de réalité. Et un peu moins du reste, quoi que ce soit.

— Je parle sérieusement, insista l'infirmière. Vous devriez prendre ceci. Ça a l'air important.

Elle refusait de détacher ses yeux de lui. Autour d'eux, le jour paraissait figé. Il faisait froid et humide sur le perron, et dix mètres à peine le séparaient d'un cadavre.

— Écoutez, il faut qu'on y aille, disait James. Merci encore. Je suis sûr que vous avez fait tout ce qui était en votre pouvoir.

Les cheveux noirs de la jolie infirmière étaient réunis en deux lourdes tresses. Elle portait une bague d'un jaune étincelant et une montre en argent d'aspect antique. Son nez comme son menton étaient fins et pointus. Un ange de la mort, beau, pâle et mince, qui brandissait deux enveloppes en papier kraft où leurs noms étaient gribouillés au feutre. Sans doute des rapports scolaires et des évaluations confidentielles. Pour une raison indéterminée, peut-être parce qu'il savait que James n'en ferait rien, Quentin prit celle où figurait son nom.

— Très bien ! Adieu ! chantonna l'infirmière.

Elle fit une pirouette, rentra dans la maison et referma la porte. Les deux garçons se retrouvèrent seuls sur le perron.

— Eh bien ! fit James.

Il inspira par le nez et expira avec vivacité.

Quentin opina comme s'il approuvait son propos. Ils descendirent lentement l'allée pour regagner le trottoir. Il était toujours étourdi. Il n'avait pas envie de discuter avec James.

— Écoute, dit ce dernier, tu n'aurais pas dû accepter cette enveloppe.

— Je sais.

— Il est encore temps de la rapporter, tu sais. Je veux dire… S'ils s'en apercevaient ?

— Comment le pourraient-ils ?

— Je ne sais pas.

— Qui sait ce qu'elle contient ? Ça pourrait m'être utile.

— Ouais… quel coup de pot que ce type ait clamsé, pas vrai ? lança James d'une voix agacée.

Ils marchèrent en silence jusqu'au carrefour le plus proche, aussi fâchés l'un que l'autre mais refusant de l'admettre. Le trottoir était glissant, le ciel lourd de nuages blancs. Quentin savait qu'il n'aurait pas dû accepter l'enveloppe. Il était furieux contre lui-même, mais aussi contre James, qui avait refusé la sienne.

— Je te laisse, lui dit James. Il faut que je retrouve Julia à la bibliothèque.

— D'accord.

Ils échangèrent une poignée de main un peu raide. Comme s'ils se séparaient pour toujours. Quentin s'éloigna d'un pas lent dans la 1re Rue. Un homme était mort dans la maison dont il sortait. Il était encore dans un rêve. Il prit conscience – à sa grande honte – qu'il était soulagé d'avoir échappé à la corvée de l'entretien organisé par Princeton.

Le jour s'assombrissait. Déjà le soleil s'effaçait derrière la chape de nuages gris qui surplombait Brooklyn. Pour la première fois depuis une bonne heure, il pensa à tout ce qu'il devait encore faire ce jour-là : son problème de physique, sa dissertation d'histoire, ses courriels, sa vaisselle, sa lessive. Le poids de ces corvées le faisait redescendre vers le puits gravitationnel du monde ordinaire. Il allait devoir expliquer l'incident à ses parents et ceux-ci, d'une façon qu'il lui était impossible de comprendre, par conséquent de réfuter, lui donneraient l'impression qu'il était en faute. Les choses reviendraient à la normale. Il pensa aux retrouvailles de James et Julia à la bibliothèque. Elle bossait sans doute sur le mémoire portant sur la civilisation occidentale qu'elle devait rendre à M. Karras, un travail de six semaines qu'elle expédierait en deux jours et deux nuits blanches. Bien qu'il ait ardemment désiré la posséder, jamais il ne parvenait à imaginer les moyens de la conquérir. Le plus vraisemblable de ses fantasmes voyait James mourir de façon indolore et inopinée, ce qui précipitait dans ses bras une Julia éplorée.

Sans cesser de marcher, Quentin tira sur le fil rouge qui fermait l'enveloppe. Il vit tout de suite qu'elle ne contenait ni des bulletins ni aucun document officiel. C'était un carnet de notes qu'il avait dans les mains. Il lui parut d'un âge avancé, avec ses coins polis par l'usage, sa couverture fatiguée.

Sur la première page, il y avait ces mots, rédigés à l'encre :

Les Magiciens
Livre sixième des « Chroniques de Fillory »

L'encre était brunie par les ans. Pour ce qu'en savait Quentin, jamais Christopher Plover n'avait écrit un roman intitulé *Les Magiciens*. Et, comme le sait tout *nerd* qui se respecte, les Chroniques ne comportent que cinq volumes.

Lorsqu'il tourna la page, une feuille de papier pliée en deux tomba du carnet et fut emportée par le vent. Après s'être collée à une clôture grillagée, elle s'envola une nouvelle fois.

Il y avait non loin de là un jardin collectif, une parcelle triangulaire trop étroite et trop irrégulière pour intéresser les promoteurs immobiliers. Comme son attribution faisait l'objet d'un litige, des habitants du quartier s'en étaient emparés quelques années plus tôt, évacuant le sable acide de son sol pour le remplacer par un terreau fertile provenant de la campagne au nord de New York. Pendant un temps, ils y avaient cultivé des citrouilles, des tomates et des fleurs en bulbes, aménageant parmi les plants de charmants jardins japonais ; mais, depuis quelques mois, ils négligeaient leurs cultures et les mauvaises herbes commençaient à les supplanter. Elles envahissaient la totalité des lieux et triomphaient sans peine de leurs fragiles cousines exotiques. C'était dans ce terrain vague que le bout de papier avait disparu.

En cette saison, toutes les plantes étaient mortes ou mourantes, y compris les herbes folles, et Quentin en avait jusqu'à la ceinture lorsqu'il pénétra parmi elles ; son pantalon en cueillit des brins au passage tandis que les éclats de verre crissaient sous ses souliers de cuir. Une idée lui traversa l'esprit : sur ce bout de papier était peut-être griffonné le téléphone de l'infirmière. La parcelle était étroite mais étonnamment longue. Elle contenait trois ou quatre arbres de belle taille et, plus il s'avançait, plus elle se faisait sombre et touffue.

Il entrevit le bout de papier, plaqué au sommet d'une tonnelle croulant sous le lierre desséché. S'il ne se dépêchait pas, le vent risquait de l'emporter par-delà la clôture. Son mobile sonna : un appel de son père. Quentin l'ignora. Du coin de l'œil, il crut apercevoir un grand objet pâle qui s'envolait derrière les fougères, mais, quand il tourna la tête, il ne vit rien alentour. Il passa devant des cadavres de glaïeuls, de pétunias, de tournesols et d'églantiers – tiges raides et cassantes, fleurs figées par la mort en d'étranges dentelles.

Il aurait dû déboucher sur la 7e Avenue depuis un bon moment, se dit-il. Il alla de l'avant, s'immergeant dans une flore sans doute toxique. Une bonne réaction urticante, c'était exactement ce qu'il lui fallait. Étrange de voir que parmi toute cette végétation desséchée pointaient encore quelques brins d'herbe verte, tirant leur subsistance d'une source inconnue. Il sentit un doux parfum dans l'atmosphère.

Il fit halte. Soudain, tout était silence. Plus de klaxons, plus d'autoradios, plus de sirènes. Son mobile avait cessé de sonner. Le froid était glacial et ses doigts s'engourdissaient. Continuer ou faire demi-tour ? Il s'enfonça dans une haie, fermant les yeux et grimaçant sous l'assaut des branches piquantes. Il trébucha sur quelque chose, sans doute une pierre. Il fut pris d'une subite nausée. Il transpirait.

Lorsqu'il rouvrit les yeux, il se trouvait au bord d'une immense étendue d'herbe verte parfaitement plane et entourée d'arbres. Le parfum du gazon était étourdissant. Les rayons du soleil lui chauffaient le visage.

Mais le soleil ne se trouvait pas à la bonne hauteur. Et où diable étaient passés les nuages ? Le ciel était d'un azur aveuglant. Son oreille interne gîtait dangereusement. Il retint son souffle pendant quelques secondes puis expectora une bouffée d'air hivernal et inspira un air chaud estival. Et chargé de pollen. Il éternua.

Au loin, par-delà la vaste pelouse, se trouvait une grande maison aux murs couleur de miel et au toit gris ardoise, ornée de cheminées, de pignons, de tourelles et d'avant-toits. En son centre, la dominant de toute sa hauteur, se dressait une tour d'horloge qui lui apparut comme déplacée dans une propriété privée. L'horloge était de style vénitien, avec une seule aiguille faisant le tour d'un cadran portant vingt-quatre nombres écrits en chiffres romains. L'une des ailes du bâtiment était surmontée d'une coupole vert-de-grisée qui abritait sûrement un observatoire. L'espace séparant la maison de la pelouse était occupé par un paysage accueillant de terrasses, de buissons épineux, de haies et de fontaines.

S'il restait sans bouger durant quelques secondes, tout reviendrait à la normale, il en était sûr. Était-il victime d'une crise symptomatique d'une maladie neurologique ? Il jeta un regard prudent derrière lui. Aucun signe du terrain vague. Il ne voyait qu'un bosquet de grands chênes, l'avant-garde de ce qui ressemblait à une forêt de taille respectable. Un filet de sueur coula le long de ses côtes depuis son aisselle gauche. Comme il faisait chaud !

Quentin laissa choir son sac à dos et ôta son manteau d'un haussement d'épaules. Un oiseau rompit le silence d'un pépiement languide. À vingt pas de là, un grand adolescent maigre était adossé à un arbre ; il fumait une cigarette et le regardait faire.

Il avait à peu près son âge. Il était vêtu d'une chemise à col dur ornée de fines rayures roses. Apparemment indifférent à Quentin, il tira sur sa cigarette et exhala un nuage de fumée. La chaleur ne semblait pas l'affecter.

— Hé ! fit Quentin.

L'autre se tourna dans sa dircction. Il leva le menton comme pour le saluer mais ne répondit pas.

Quentin se dirigea vers lui, d'une démarche aussi nonchalante que possible. Il ne tenait pas à avoir l'air d'un type ne comprenant pas ce qui lui arrive. Même débarrassé de son manteau, il transpirait à grosses gouttes. Il se sentait dans la peau d'un explorateur anglais cherchant à impressionner un aborigène sceptique. Mais il devait en avoir le cœur net.

— Est-ce qu'on est… (Quentin s'éclaircit la gorge.) Est-ce qu'on est à Fillory ?

Il plissa les yeux pour ne pas être ébloui.

Le jeune homme considéra Quentin d'un air grave. Il tira une nouvelle bouffée de sa cigarette ; puis il exhala la fumée en secouant la tête.

— Nan, répondit-il. On est dans l'État de New York.

BRAKEBILLS

Il s'abstint de rire. Quentin lui en serait reconnaissant par la suite.

— Dans l'État de New York ? répéta-t-il. À Vassar, c'est ça ?

— Je t'ai vu arriver, dit le jeune homme. Viens, il faut que tu ailles à la Maison.

Il jeta sa cigarette et s'éloigna sur la vaste pelouse. Il ne se retourna pas pour vérifier que Quentin le suivait, ce que celui-ci hésita à faire dans un premier temps ; puis il eut peur de se retrouver tout seul et se hâta de le rejoindre.

La pelouse était immense, autant que cinq ou six terrains de football. Il leur fallut une éternité pour la traverser. Le soleil tapait sur la nuque de Quentin.

— Comment tu t'appelles ? lui demanda le jeune homme, sur un ton trahissant un manque total d'intérêt.

— Quentin.

— Charmant. Et d'où viens-tu ?

— De Brooklyn.

— Quel âge as-tu ?

— Dix-sept ans.

— Moi, c'est Eliot. Épargne-moi les autres détails : je ne veux rien savoir. Je ne tiens pas à m'attacher.

Quentin dut presser l'allure pour rester au niveau d'Eliot. Il y avait quelque chose d'anormal dans son expression. Il se tenait bien droit, mais sa bouche était tordue sur le côté ; elle figeait son visage dans une grimace révélant des dents qui poussaient selon des angles improbables. On aurait dit le rescapé d'un accouchement difficile, durant lequel la sage-femme aurait usé d'un forceps défectueux.

Toutefois, malgré son étrange apparence, Eliot semblait investi d'une assurance décontractée qui donnait envie à Quentin de devenir son ami, voire son portrait craché. De toute évidence, il faisait partie de ces gens qui sont en accord parfait avec le monde – un être vif et agile là où Quentin se sentait balourd et essoufflé, à un point tel que l'humiliation le gagnait déjà.

— C'est quoi, cet endroit ? demanda-t-il. Tu vis ici ?

— À Brakebills, tu veux dire ? répliqua l'autre, un rien hautain. Oui, en quelque sorte. (Ils étaient parvenus au bord de la pelouse.) Si on peut appeler ça vivre.

Eliot franchit une brèche ouverte dans une haie et, en le suivant, Quentin déboucha dans un labyrinthe ombragé. On avait taillé les buissons qui le composaient pour tracer des couloirs étroits, aux ramifications fractales, qui aboutissaient de temps à autre à des cours et des alcôves obscures. La végétation était dense au point d'en devenir impénétrable, mais, ici et là, un rayon de soleil parvenait à projeter une bande jaune sur le sol. Ils passèrent près d'une fontaine gazouillante, d'une statue en pierre blanche ravagée par la pluie.

Cinq bonnes minutes s'écoulèrent avant qu'ils ne sortent du labyrinthe, se glissant entre deux hauts buissons en forme d'ours dressés sur leurs pattes postérieures, pour déboucher sur une terrasse de pierre, à l'ombre de la grande maison que Quentin avait aperçue dans le lointain. Sous l'effet de la brise, l'un des ours parut pointer son museau sur lui.

— Le doyen va descendre t'accueillir dans une minute, déclara Eliot. Laisse-moi te donner un conseil. Assieds-toi ici… (il désigna un banc délavé par la pluie, s'adressant à Quentin comme à un chien affectueux) et fais comme si tu étais à ta place. Et si tu lui dis que tu m'as vu cloper, je te bannirai dans le dernier cercle de l'enfer. Personnellement, je n'y ai jamais mis les pieds, mais, à ce qu'on m'a dit, c'est encore pire que Brooklyn.

Eliot disparut dans le dédale végétal et Quentin s'assit sagement sur le banc. Il fixa les dalles de pierre grise entre ses souliers noirs, son sac à dos et son manteau posés sur ses cuisses. Tout ceci est impossible, se dit-il non sans lucidité ; il visualisa ces mots, mais ils ne semblaient affecter en rien le monde qui l'entourait. Il avait l'impression d'être parti dans un trip plutôt agréable. Les dalles étaient ornées de motifs évoquant des plantes grimpantes, à moins qu'il ne s'agisse d'une complexe calligraphie, érodée jusqu'à en être illisible. De minuscules grains de poussière dérivaient dans les rayons de soleil. Si c'est une hallucination, songea-t-il, elle est en haute définition.

Le plus étrange dans tout ça, c'était le silence. Il avait beau tendre l'oreille, il n'entendait aucun bruit de moteur. Comme s'il se trouvait dans un film dont on aurait coupé la bande-son.

Une porte-fenêtre tressaillit quelques secondes puis s'ouvrit. Un homme grand et corpulent, vêtu d'un costume de toile, s'avança sur la terrasse.

— Bonjour, dit-il. Vous êtes sans doute Quentin Coldwater.

Il parlait d'une voix châtiée, s'abstenant toutefois d'imiter l'accent anglais, sans doute par modestie. Il avait un visage rond et affable, des cheveux blonds clairsemés.

— Oui, sir.

Avant ce jour, jamais Quentin n'avait donné du *« sir »* à un adulte, mais cela lui semblait approprié.

— Bienvenue à l'école de Brakebills. Vous avez entendu parler de nous, je suppose ?

— En fait, non.

— Eh bien, nous vous proposons de passer un examen d'entrée. Est-ce que vous acceptez ?

Quentin ne savait que répondre. Cette question ne faisait pas partie de celles qu'il avait bûchées en vue de son entretien.

— Je ne sais pas, dit-il en battant des cils. Je veux dire… je n'en suis pas sûr.

— Réponse parfaitement compréhensible, sans pour autant être acceptable, j'en ai peur. Il me faut un oui ou un non. Cela ne vous engage à rien, ajouta-t-il en conclusion.

Quentin fut pris d'une soudaine intuition : s'il refusait, tout ceci s'évaporerait avant qu'il ait fini de répondre et il se retrouverait dans le froid, la pluie et la crasse de la 1re Rue, à se demander pourquoi il avait senti, l'espace d'un instant, la caresse du soleil sur sa nuque. Il n'était pas prêt à accepter un tel sort. Pas encore.

— Okay, d'accord, dit-il en s'efforçant de ne pas paraître trop enthousiaste. J'accepte.

— Splendide. (La jovialité de cet homme était trop superficielle pour éclairer son regard.) Passons donc à l'examen proprement dit. Mon nom est Henry Fogg – pas de vannes, s'il vous plaît ; je les ai toutes entendues – et vous pouvez m'appeler « doyen ». Suivez-moi. Vous êtes le dernier arrivant, je crois bien.

Quentin n'était pas d'humeur à lancer des vannes. Dans la Maison régnaient la fraîcheur et le silence, et l'atmosphère était imprégnée d'un parfum épicé, mélange de vieux livres, de tapis d'Orient, de bois et de tabac. Le doyen le précédait, avançant d'un pas pressé. Les yeux de Quentin mirent une minute à accommoder. Ils traversèrent un salon aux murs recouverts de portraits de couleur sombre, un étroit couloir aux cloisons lambrissées, puis montèrent plusieurs étages pour s'arrêter devant une lourde porte en bois.

Dès qu'elle s'ouvrit, plusieurs dizaines d'yeux cillèrent et se fixèrent sur Quentin. La salle était longue, aérée et meublée de bureaux individuels disposés en rangées. Chacun d'eux était occupé par un adolescent à l'air sérieux. C'était une salle de classe, mais qui ne ressemblait en rien à celles qu'avait connues Quentin, avec leurs murs en parpaings recouverts de tableaux et d'affiches représentant des chatons pendus à des branchages et légendées « Accroche-toi, mon gars ! » Les murs de cette salle étaient en vieilles pierres. Le soleil l'inondait et elle était gigantesque. On aurait dit une illusion d'optique élaborée avec des miroirs.

La plupart des élèves avaient l'âge de Quentin et correspondaient à une gamme d'expressions qui lui était familière, du cool à l'absence de cool. Mais pas tous. On comptait parmi eux quelques punks au crâne rasé ou orné d'une crête de Mohawk, ainsi qu'un solide contingent de gothiques, et même un juif hassidique. Une fille trop grande avec des lunettes à monture rouge, trop grandes elles aussi, décochait à tous des sourires niais. Quelques-unes des filles les plus jeunes avaient visiblement pleuré. L'un des garçons ne portait pas de chemise et son dos était couvert de tatouages rouges et verts. Bon Dieu ! se dit Quentin, quels parents fallait-il pour laisser faire ça ? Un autre était assis dans un fauteuil roulant motorisé. Un troisième était manchot. Il portait une chemise sombre dont la manche gauche était repliée et maintenue en place par une pince d'argent.

Tous les bureaux étaient identiques et sur chacun d'eux étaient posés un carnet d'examen à couverture bleue et un crayon à papier à mine sèche. C'était la première fois que Quentin reconnaissait quelque chose depuis son arrivée. Il aperçut un siège vide, vers le fond de la salle, et y prit place, produisant un horrible grincement quand il avança sa chaise. Il crut voir le visage de Julia au sein de la foule, mais elle détourna les yeux presque aussitôt et, de toute façon, il n'avait pas le temps de s'amuser. Face aux élèves, le doyen Fogg s'éclaircit la gorge d'un air affecté.

— Bien, fit-il. Quelques précisions avant de commencer. Un silence total est exigé pendant l'examen. Vous avez le droit de regarder ce que fait votre voisin, mais vous constaterez que les pages de son carnet seront vierges à vos yeux. Votre crayon n'aura pas besoin d'être aiguisé. Si vous voulez boire un verre d'eau, veuillez lever trois doigts au-dessus de la tête. Comme ça.

Il fit le geste qu'il venait de décrire.

— Ne vous souciez pas de votre manque de préparation. Il n'existe aucune classe préparatoire pour l'examen, même si, dans un sens, il n'est pas inexact de dire que vous vous y êtes préparés toute votre vie. Il n'y a que deux notes possibles : Succès et Échec. En cas de succès, vous passerez à la deuxième phase de l'Examen. En cas d'échec, un sort promis à la majorité des candidats, vous retournerez chez vous porteurs d'un alibi plausible et d'un souvenir édulcoré de votre expérience. La durée de ce test est fixée à deux heures et demie. Vous pouvez commencer.

Se tournant vers le tableau noir, le doyen y dessina le cadran d'une horloge. Quentin contempla le carnet sur son bureau. Les pages n'étaient plus blanches. Elles se remplissaient de questions, les lettres s'écrivaient elles-mêmes sous ses yeux.

Un bruit de papier froissé envahit la salle, évoquant le murmure d'un vol d'oiseaux dans le ciel. Les têtes se baissèrent à l'unisson. Quentin reconnut ce mouvement. Une armée de premiers de la classe se retroussant les manches pour attaquer une épreuve décisive.

Pas de problème. Il était dans son élément.

Il n'avait pas prévu de passer le reste de l'après-midi – ou de la matinée, aucune importance – à passer un test portant sur un sujet inconnu, dans un établissement scolaire inconnu, au sein d'une zone climatique inconnue où on était encore en été. Il aurait dû se trouver à Brooklyn, en train de se geler les miches et de s'entretenir avec un examinateur du troisième âge, hélas décédé. Mais la logique de sa situation présente anéantissait ses autres préoccupations, si fondées soient-elles. Et jamais il ne discutait avec la logique.

Nombre de questions portaient sur les mathématiques, un jeu d'enfant pour lui qui était si inexplicablement doué que son lycée avait dû l'envoyer étudier cette matière au Brooklyn College. Un soupçon de géométrie différentielle et quelques problèmes d'algèbre linéaire, rien de bien méchant. Mais des questions bien plus étranges l'attendaient au tournant. Certaines paraissaient absurdes. Par exemple, on lui demandait d'examiner le dos d'une carte à jouer – ou plutôt le *dessin* du dos d'une carte à jouer, représentant des anges chevauchant un vélo – et de deviner ce qu'il y avait sur le côté face. Ça n'avait aucun sens.

Une autre question lui présentait un passage de *La Tempête* de Shakespeare puis lui demandait d'inventer un langage fictif et de traduire ce passage dans ce langage. On l'interrogeait ensuite sur sa grammaire et son orthographe, puis – mais à quoi ça servait, bon sang ? – sur la géographie, la culture et la société du pays où on le parlait. Pour finir, il devait retraduire le passage de Shakespeare en anglais, en veillant à éviter toute erreur résultant de ses choix en matière de grammaire, de vocabulaire et de sens général. Quelle blague ! Il avait l'habitude de se donner à fond aux examens, mais il ne savait pas par quel bout prendre celui-ci.

En outre, les épreuves s'altéraient alors même qu'il les traitait. Le commentaire de texte lui présenta un sujet qui s'effaçait à mesure qu'il le lisait, après quoi il dut répondre à des questions sur son contenu. Sans doute un nouveau type de papier électronique – n'avait-il pas lu quelque part qu'on travaillait à cette innovation ? De l'encre numérique, peut-être ? Cela dit, la définition était stupéfiante. On lui demanda de dessiner un lapin, lequel se mit à bouger à mesure qu'il en traçait les contours : dès qu'il fut pourvu de pattes, il se gratta voluptueusement puis bondit sur la page, rongeant les autres questions tant et si bien que Quentin dut le chasser à la pointe du crayon pour achever de dessiner sa fourrure. Il parvint à le calmer en lui donnant des radis à peine esquissés, puis il traça une clôture autour de lui pour qu'il se tienne tranquille.

Il oublia bientôt ses problèmes pour se concentrer sur les questions, s'efforçant de répondre à chacune d'elles de son écriture soigneuse, et satisfaisant toutes les exigences perverses du test. Une heure s'écoula avant qu'il ne lève les yeux. Il avait mal aux fesses. Il se trémoussa sur son siège. Les taches de soleil s'étaient déplacées.

Autre chose avait changé. Au début de l'épreuve, tous les bureaux étaient occupés, mais on en comptait désormais quelques-uns de vacants. Il n'avait pourtant rien remarqué. Un nodule de doute se forma au creux de son ventre. Bon Dieu ! ils avaient déjà fini. Il n'avait pas l'habitude d'être ainsi surclassé. Voilà qu'il avait les mains moites, et il les frotta contre ses cuisses. Qui étaient ces petits génies ?

Lorsque Quentin tourna la page du carnet, ce fut pour découvrir que sur la suivante ne figurait qu'un mot, le mot *FIN*, composé dans des caractères italiques à fioritures évoquant un vieux film.

Il se redressa sur sa chaise et plaqua sur ses yeux dolents les paumes de ses mains dolentes. Et voilà, deux heures de sa vie perdues à jamais. Il n'avait toujours pas repéré un candidat en train de sortir, mais la salle commençait sérieusement à se dépeupler. Il restait une cinquantaine d'ados et les bureaux vacants étaient désormais majoritaires. On aurait dit que les candidats s'éclipsaient en douce chaque fois qu'il tournait la tête. Le type aux tatouages était toujours là. Mais il devait avoir fini, ou peut-être renoncé, car il se contentait désormais de boire comme un trou. Son bureau était couvert de verres vides. Quentin passa les vingt minutes suivantes à regarder par la fenêtre et à s'entraîner à faire tourner son crayon sur la pointe.

Le doyen revint s'adresser à eux.

— Je suis ravi de vous informer que tous ceux qui restent vont pouvoir passer à la deuxième phase de l'examen, déclara-t-il. Durant celle-ci, vous serez interrogés individuellement, par des membres de la faculté de Brakebills. Pour le moment, vous êtes invités à vous rafraîchir et à faire connaissance les uns avec les autres.

Quentin ne compta que vingt-deux bureaux occupés, soit un dixième environ du nombre initial. Spectacle incongru, un valet tiré à quatre épingles et portant des gants blancs fit son entrée et circula parmi eux. Chaque candidat eut droit à un plateau où se trouvaient un sandwich – des poivrons grillés et de la mozzarella fraîche entre deux tranches de pain au levain –, une poire et un gros carré de chocolat noir amer. Le valet leur servit aussi un verre d'un liquide trouble et pétillant. Un soda au pamplemousse.

Quentin prit son plateau et gagna le devant de la classe, où la plupart des autres candidats se rassemblaient déjà. Il était tellement soulagé d'avoir survécu à l'épreuve que c'en était pathétique, bien qu'il fût incapable d'expliquer sa réussite, pas plus d'ailleurs que l'échec des autres, et qu'il n'eût aucune idée de ce qui l'attendait. Le valet empilait patiemment sur un plateau tous les verres vides laissés par le tatoué. Quentin chercha Julia du regard, mais soit elle avait été recalée, soit elle ne s'était jamais trouvée ici.

— Ils auraient dû fixer une limite, expliqua le tatoué, qui disait s'appeler Penny. (Son doux visage lunaire offrait un vif contraste avec son aspect terrifiant.) Combien d'eau pouvait-on demander ? Cinq verres au maximum, par exemple. J'adore mettre au jour les contradictions d'un système. (Un haussement d'épaules.) De toute façon, je me faisais chier. Le carnet m'a dit que j'avais fini au bout de vingt minutes.

— Vingt minutes ? répéta Quentin, partagé entre l'envie et l'admiration. Bon Dieu ! il m'a fallu deux heures.

Le tatoué haussa à nouveau les épaules et fit la grimace : qu'aurait-il pu ajouter ?

Parmi les candidats, la camaraderie le disputait à la méfiance. Certains échangèrent leur nom, leur ville de résidence et quelques remarques prudentes sur l'examen, mais plus ils comparaient leurs expériences, plus ils constataient que chacun avait passé des épreuves qui lui étaient spécifiques. Ils venaient de tous les coins du pays, excepté deux Inuits demeurant dans la même réserve du Saskatchewan. Lorsqu'ils évoquèrent l'itinéraire qu'ils avaient suivi pour arriver ici, ils se rendirent compte que, s'il n'y en avait pas deux d'identiques, ils présentaient néanmoins entre eux de troublantes ressemblances. L'un était allé chercher un ballon dans une ruelle déserte, un autre une chèvre dans un fossé, un troisième avait suivi un câble surnuméraire dans la salle d'informatique de son lycée, ce qui l'avait conduit dans une remise qu'il n'avait jamais vue avant ce jour. Ensuite, tous avaient découvert l'immense pelouse écrasée par un soleil estival, et quelqu'un les avait menés à la salle d'examen.

Dès la fin de la pause déjeuner, les professeurs firent leur apparition pour appeler les candidats. Comme on avait opté pour l'ordre alphabétique, deux minutes à peine s'écoulèrent avant qu'une quadragénaire à la mine sévère et aux longs cheveux noirs prononce le nom de Coldwater. Quentin la suivit dans une étroite salle aux murs lambrissés et aux grandes fenêtres qui lui permettaient d'admirer la pelouse depuis une surprenante hauteur. Dès qu'elle eut fermé la porte, il cessa de percevoir les propos qu'examinateur et candidat échangeaient dans la salle voisine. Deux chaises se faisaient face de part et d'autre d'une table en bois trapue et fatiguée.

Quentin se sentit pris de vertige, comme s'il regardait la scène à la télévision. Ridicule. Mais il s'ordonna d'être attentif. Il participait à une compétition et il était un gagnant. C'était ainsi qu'il se définissait, et il devinait en outre que l'enjeu était de taille. Sur la table étaient posés un paquet de cartes à jouer et une douzaine de pièces de monnaie.

— On me dit que vous aimez les tours de magie, Quentin, dit la femme.

Elle avait un léger accent, européen sans doute, qu'il ne parvenait pas à identifier. Islandais ?

— Montrez-moi ce que vous savez faire, conclut-elle.

En fait, Quentin adorait les tours de magie. Il avait commencé à s'y intéresser trois ans plus tôt, en partie motivé par ses lectures mais surtout désireux de pratiquer une activité extrascolaire qui ne l'amènerait pas à fréquenter des gens. Il avait passé des heures sur son iPod pour apprendre à battre les cartes, à manipuler les pièces de monnaie et à faire apparaître des fleurs au bout d'une baguette, en proie à un profond ennui mais libéré de toute obligation émotionnelle. Il visionnait sans se lasser des bandes vidéo aussi pourries que des films porno, où des croulants disséquaient leurs tours de passe-passe devant un décor réduit à un drap tendu. C'était sinistre, répétitif et décevant. Et il s'était défoncé pour maîtriser le sujet.

Près de chez lui se trouvait une boutique qui vendait des accessoires pour prestidigitateur, ainsi que des produits électroniques bas de gamme, des jeux de plateau poussiéreux, des *Pet Rocks* et des farces et attrapes. Ricky, le gérant, un type qui portait la barbe et les favoris mais pas la moustache, ce qui lui donnait des allures de fermier amish, avait consenti à lui fournir quelques tuyaux. L'élève avait très vite dépassé le maître. Bien qu'âgé de dix-sept ans à peine, Quentin connaissait le « Scotch and Soda » ainsi que la coupe Charlier, un tour de cartes à une seule main, et il arrivait à effectuer le « Mill's Mess » avec trois balles, et même parfois avec quatre – extase suprême ! Il faisait le bonheur de ses condisciples au self chaque fois qu'il exhibait son habileté au jet, plantant une carte à jouer dans une pomme à trois mètres de distance, avec une rapidité et une efficacité quasiment robotiques.

Quentin décida de commencer par les cartes. Comme il était fier de son talent pour les battre, il préféra le mélange faro à la méthode classique, au cas où – pas de danger ! – son examinatrice aurait été en mesure d'apprécier la difficulté de l'exercice.

Il passa en revue ses numéros habituels, conçus pour faire la démonstration de tous ses points forts : fausse coupe, faux mélange, levées, escamotages, cartes forcées... Entre deux tours, il battait le jeu en avalanche d'une main à l'autre. Il avait conçu tout un boniment pour meubler le silence, mais il lui parut bien dérisoire dans cette belle salle paisible, en présence de cette belle femme digne. Les mots lui manquèrent. Il finit par se taire.

Les cartes chuchotaient, claquaient dans le silence. L'examinatrice les observait avec attention, en choisissait une quand il le lui demandait, sans paraître surprise quand il la retrouvait – contre toute attente ! – au sein d'un paquet bien mélangé, ou alors dans sa poche, ou encore au milieu du néant.

Il passa aux pièces de monnaie. C'étaient des pièces de cinq *cents* toutes neuves, bien meulées et au bord affûté. Comme il ne disposait pas d'accessoires, ni foulards ni gobelets, il se contenta de tours purement manuels, ce qui ne l'empêchait pas de briller. L'examinatrice l'observa en silence durant une minute puis lui posa soudain une main sur le bras.

— Refaites celui-ci, demanda-t-elle.

Il obtempéra. C'était un tour des plus anciens, la Pièce vagabonde, durant lequel la pièce en question (en fait, il y en avait trois) passait inexplicablement d'une main à l'autre. Il commençait par la montrer au public puis la faisait disparaître à plusieurs reprises ; elle réapparaissait, pour s'évanouir aussitôt après, alors qu'elle reposait au creux de sa main, parfaitement visible. En fait, le tour consistait en une succession d'escamotages, classique mais rigoureusement construite, épicée d'une utilisation audacieuse des images rémanentes.

— Recommencez.

Il s'exécuta. Elle l'interrompit en plein milieu.

— Là... il y a une erreur.

— Où ça ? dit-il en fronçant les sourcils. C'est comme ça qu'on fait.

Elle plissa les lèvres et secoua la tête.

Puis, saisissant trois pièces devant elle et sans la moindre hésitation, sans même avoir l'air d'accomplir une prouesse, elle exécuta la Pièce vagabonde à la perfection. Quentin avait les yeux rivés à ses petites mains agiles. Jamais il n'avait vu une telle aisance, une telle précision, chez les professionnels qu'il avait eu l'occasion d'observer.

Elle s'arrêta au milieu d'une passe.

— C'est ici, quand la deuxième pièce doit passer d'une main à l'autre. Vous devez inverser le mouvement, la tenir de cette façon. Placez-vous derrière moi pour mieux voir.

Il fit le tour de la table et se tint derrière elle, veillant à ne pas reluquer son décolleté. Elle avait des mains plus petites que les siennes, mais la pièce disparut entre ses doigts comme un oiseau dans un fourré. Elle répéta le mouvement au ralenti, à l'endroit puis à l'envers, afin de le décomposer pour son bénéfice.

— Mais c'est ce que je fais, protesta-t-il.

— Montrez-moi.

Elle souriait sans se cacher. Alors qu'il était en pleine démonstration, elle l'agrippa par le poignet.

— Alors, où est la deuxième pièce ?

Il ouvrit les deux mains, paumes vers le ciel. La pièce… il n'y avait plus de pièce. Elle s'était évaporée. Il tourna et retourna ses mains, agita les doigts, regarda sur la table, sur ses genoux, par terre. Rien. Elle avait disparu. L'examinatrice la lui avait-elle subtilisée ? Avec ses mains lestes et son sourire de Joconde, elle en était bien capable.

— C'est bien ce que je pensais, dit-elle en se levant. Merci, Quentin. Je vous envoie un de mes collègues.

Il la regarda sortir tout en continuant de se fouiller les poches en quête de la pièce manquante. Pour la première fois de sa vie, il n'aurait su dire s'il avait réussi ou échoué à un examen.

Le reste de l'après-midi se révéla monotone à pleurer : une succession de profs entre deux portes. C'était comme dans un rêve, un rêve interminable et incohérent, dénué de sens perceptible. Il se tapa un vieillard chevrotant qui retira des poches de son pantalon un paquet de ficelles nouées et mesura au chronomètre le temps qu'il mit à les dénouer. Une jolie jeune femme timide, à peine plus âgée que lui, qui lui demanda de dessiner une carte de la Maison et du jardin à partir des observations qu'il avait pu faire depuis son arrivée. Un type à la grosse tête et à la voix mielleuse, incapable de rester muet plus de cinq secondes, qui lui présenta un échiquier et lui lança un défi au blitz. Au bout d'un temps, il cessa de prendre tout ça au sérieux, se disant que c'était sa crédulité qu'on voulait mettre à l'épreuve. Un obèse aux cheveux roux et à l'air prétentieux lâcha dans la salle un lézard pourvu d'ailes iridescentes et d'immenses yeux vifs. Puis il croisa les bras sans piper mot et s'assit au bord de la table, qui grinça sous son poids.

Faute d'une meilleure idée, Quentin tenta d'amener le lézard à se poser sur son index. Mais cette sale bête se contenta de le mordre au sang puis s'en fut se cogner contre la fenêtre comme un bourdon pris de panique. Toujours muet, le gros type tendit un sparadrap à Quentin, récupéra sa bestiole et s'en fut.

Puis la porte se ferma pour ne plus se rouvrir. Quentin laissa échapper un soupir et roula des épaules. Apparemment, le défilé avait pris fin, même si personne ne prenait la peine de l'en informer. Au moins pouvait-il souffler cinq minutes. Le soleil ne tarderait pas à se coucher. S'il ne le voyait pas depuis cette salle, il avait néanmoins vue sur une fontaine dont le bassin prenait une belle nuance dorée. La brume se levait parmi les arbres. Les alentours de la Maison semblaient déserts.

Il se passa les mains sur les joues. Ses idées redevenaient claires. Il se demanda soudain – un peu tard, sans doute – si ses parents ne risquaient pas de s'inquiéter. En temps normal, ils se souciaient peu de ses allées et venues, mais il ne fallait pas trop pousser. Cela faisait des heures qu'il aurait dû être rentré. Peut-être pensaient-ils que son entretien s'était prolongé, quoiqu'il y ait peu de chances pour qu'ils se souviennent de celui-ci. D'un autre côté, si c'était l'été ici, peut-être que l'école n'avait pas encore commencé. La brume qui lui emplissait l'esprit depuis le début de l'après-midi commençait à se dissiper. Il se demanda s'il ne courait pas un quelconque danger. Si tout ceci n'était qu'un rêve, il finirait tôt ou tard par se réveiller.

Derrière la porte, il entendit des pleurs – ceux d'un garçon bien trop grand pour chialer en public. Un prof s'adressait à lui d'une voix ferme et posée, mais il ne pouvait ou ne voulait cesser de pleurer. Quentin s'efforça de ne pas y prêter attention, mais c'était un bruit dangereux, une menace pour sa virilité et son sang-froid d'adolescent chèrement gagné. Un bruit qui exprimait une terreur sous-jacente. Sanglots et voix s'estompèrent à mesure qu'adulte et adolescent s'éloignaient. Quentin entendit résonner la voix du doyen, sèche et glaciale, refoulant sa colère.

— Dans un sens ou dans l'autre, je crois que cela m'est égal.

La réponse de son interlocuteur était inaudible.

— Si nous n'avons pas de quorum, nous les renverrons tous chez eux et sauterons une année. (La politesse de Fogg commençait à s'effriter.) Rien ne me comblerait davantage. Nous pourrons reconstruire l'observatoire. Reconvertir l'école en asile pour professeurs frappés de sénilité. Dieu sait que nous n'en manquons pas.

Inaudible.

— Il y a un vingtième, Melanie. C'est la même chose tous les ans, et nous fouillerons tous les lycées, tous les collèges et tous les centres de détention du continent jusqu'à ce que nous l'ayons trouvé. Dans le cas contraire, je remettrai ma démission avec joie et ce problème deviendra le vôtre. Je serais ravi de vous le refiler – à vrai dire, je ne vois rien qui me ferait plus plaisir.

La porte s'entrouvrit d'un iota et, l'espace d'un instant, un visage renfrogné apparut aux yeux de Quentin : c'était l'examinatrice du début, la femme aux cheveux noirs et aux doigts agiles. Il voulut lui demander la permission de téléphoner – son mobile ne captait strictement rien – mais elle referma la porte.

Agaçant. Est-ce que l'épreuve était finie ? Il fit la grimace. Pourtant, il n'avait rien contre les aventures, mais ça commençait à bien faire.

La pénombre régnait dans la salle. Il chercha un commutateur du regard, mais en vain ; d'ailleurs, il n'avait pas vu un seul appareil électrique depuis son arrivée. Ni téléphones, ni lumières, ni pendules. Ça faisait un bail qu'il avait digéré son sandwich et son carré de chocolat, et il commençait à avoir faim. Il se leva pour aller près de la fenêtre, où il faisait moins sombre.

Les vitres étaient déformées par les ans. Était-il le dernier candidat encore présent ? Pourquoi mettaient-ils si longtemps à se décider ? Le ciel était un dôme bleu roi grouillant de tourbillons d'étoiles, des étoiles à la Van Gogh, qui lui seraient restées invisibles à Brooklyn du fait de la pollution lumineuse. Il se demanda à quelle distance de New York il se trouvait, ce qui était arrivé au bout de papier qu'il avait cherché en vain à rattraper. Sans parler du carnet de notes qu'il avait laissé dans son sac à dos, au pied de son bureau ; il regrettait de ne pas l'avoir pris. Il imagina ses parents préparant le dîner à la cuisine, s'activant aux fourneaux, son père fredonnant une chanson ringarde, deux verres de vin rouge sur le plan de travail. Ils lui auraient presque manqué.

La porte s'ouvrit sans prévenir et le doyen fit irruption dans la salle, sans cesser de parler à la personne qui le suivait.

— … un candidat ? Très bien, lança-t-il d'une voix sarcastique. Allons voir un candidat. Et apportez des bougies, nom de Dieu !

Il s'assit devant la table. Sa chemise était trempée de sueur. Il n'était pas impossible qu'il ait bu un coup depuis que Quentin l'avait vu pour la dernière fois.

— Bonsoir, Quentin. Asseyez-vous.

Il désigna l'autre chaise. Pendant que Quentin y prenait place, Fogg reboutonna son col de chemise et, d'un air irrité, sortit une cravate de sa poche.

La femme aux cheveux noirs entra à son tour, suivie par le vieux type aux ficelles nouées, le gros homme au lézard volant et la douzaine de professeurs des deux sexes qui s'étaient succédé durant l'après-midi. Ils se mirent en rang contre les murs, se tassèrent dans les coins, tendirent le cou pour mieux le voir, échangèrent quelques murmures. Le punk tatoué était là, lui aussi – il se glissa dans la salle juste avant que la porte ne se referme, sans que nul ne le remarque.

— Allons, allons, disait le doyen pour presser le mouvement. L'année prochaine, il faut vraiment qu'on s'installe dans la serre. Pearl, venez par ici.

Il s'adressait à la jeune femme blonde qui avait demandé à Quentin de dessiner une carte de la Maison.

— Bien, fit-il une fois que tous furent rentrés. Quentin. Veuillez vous asseoir.

Comme Quentin était déjà assis, il rapprocha sa chaise de la table.

Le doyen Fogg prit dans une poche un paquet de cartes encore emballé et dans l'autre un rouleau de pièces de cinq *cents*, une vingtaine à peu près, le posant avec une telle véhémence qu'il s'effondra aussitôt. Tous deux entreprirent de ramasser les pièces.

— Bien, allons-y, dit Fogg en claquant des mains, pour les frotter aussitôt l'une contre l'autre. Montrez-nous un peu de magie !

Il se carra dans sa chaise et se croisa les bras.

On n'était pas déjà passé par là ? Quentin garda l'air neutre et impassible, mais son esprit était en chute libre. Lentement, il déballa les cartes flambant neuves, produisant avec le plastique des craquements qui lui semblaient assourdissants, et, comme s'il observait la scène à distance, vit ses mains les battre et les mélanger, les battre et les mélanger. Il se creusa la tête pour trouver un tour qu'il n'aurait pas déjà présenté. Quelqu'un toussa.

Il avait à peine commencé que Fogg l'interrompait dans son élan.

— Non, non-non-non-non, fit-il avec un gloussement de mauvais augure. Ce n'est pas ça que je veux. Je veux voir *de la vraie magie.*

Il frappa deux fois la table de ses phalanges puis se redressa. Quentin inspira profondément et scruta son visage en quête de la bonne humeur qu'il y avait perçue auparavant, mais Fogg le fixait d'un air impatient. Ses yeux étaient d'un bleu anormalement pâle, presque laiteux.

— Je ne comprends pas ce que vous voulez dire, énonça Quentin, comme s'il se trouvait sur une scène de théâtre et avait oublié son texte. Qu'entendez-vous par « de la vraie magie » ?

— Eh bien, je n'en sais rien, répliqua Fogg en jetant aux autres professeurs un regard amusé. Je ne sais pas ce que j'entends par là. C'est à vous de me le dire.

Quentin battit les cartes une nouvelle fois pour gagner du temps. Il ne savait pas quoi faire. Il était prêt à tout, à condition qu'on lui donne des instructions précises. Ça y est, se dit-il soudain, il était arrivé au bout de la route. L'échec, c'était ça. Il parcourut la salle du regard, mais tous les examinateurs affichaient une expression neutre ou bien détournaient les yeux. Personne ne l'aiderait. Il allait retourner à Brooklyn. À sa grande honte, il sentit ses yeux se mouiller de larmes. Il les refoula d'un battement de cils. Il aurait voulu ne pas flancher, mais voilà qu'il se sentait sombrer au fond de lui, sombrer dans l'abîme, et nul n'était là pour le rattraper. Ça y est, se dit-il à nouveau. Cette épreuve était celle qu'il ne réussirait pas. Ça n'avait rien de surprenant, en fin de compte. Il se demanda combien de temps ils allaient le faire lanterner.

— Arrêtez de vous foutre de nous, Quentin ! lança sèchement Fogg en claquant des doigts. Allez. Réveillez-vous !

Il tendit les bras et s'empara des mains de Quentin. Celui-ci ressentit un choc à ce contact. Le doyen se mit à lui agiter les doigts, les forçant à prendre des positions qu'ils n'auraient jamais dû prendre.

— Comme ça, disait-il. Comme *ça*. Comme *ça*.

— D'accord, arrêtez. (Quentin tenta de se dégager.) Arrêtez !

Mais Fogg ne l'écouta pas. Les professeurs s'agitèrent, mal à l'aise, et l'un d'eux dit quelque chose. Fogg continua de manipuler les doigts de Quentin, de les malaxer. Il les tordit en arrière, les écarta les uns des autres à lui tirailler les espaces interdigitaux. On aurait dit que des éclairs de lumière naissaient entre leurs mains.

— Arrêtez, j'ai dit !

Quentin dégagea ses mains.

Comme ça faisait du bien de se mettre en colère ! La rage lui fournissait un point d'appui. Au cœur du silence choqué qui suivit, il inspira à fond et expira par le nez. Cela fait, il eut l'impression de s'être libéré en partie de son désespoir. Il en avait marre qu'on le note et qu'on le juge. Toute sa vie il avait courbé l'échine, mais c'en était fini désormais.

Fogg avait repris la parole, mais Quentin ne l'écoutait plus. Il récitait à mi-voix quelque chose de familier. Il lui fallut une seconde pour se rendre compte que ce n'était pas en anglais qu'il murmurait mais dans la langue qu'il avait inventée l'après-midi même. C'était une langue fort obscure – avait-il décidé –, originaire d'un archipel des Tropiques, un paradis de chaleur et de langueur, une toile de Gauguin peuplée de plages de sable noir, d'arbres à pain et de sources d'eau fraîche, un monde dominé par un volcan rougeoyant et grondant, imprégné d'une culture orale riche en verdeur. Il parlait cette langue couramment, sans le moindre accent, comme un indigène. Ce qu'il prononçait en ce moment n'était pas exactement une prière, plutôt une incantation.

Quentin cessa de battre les cartes. Il avait passé le point de non-retour. Tout autour de lui se mit à bouger au ralenti, comme si la salle s'était emplie d'un liquide visqueux mais transparent au sein duquel flottaient les êtres et les choses. Tous les êtres et toutes les choses, excepté Quentin, vif comme l'éclair. Levant ses deux mains jointes comme pour lâcher en l'air une colombe, il lança les cartes vers le plafond. Elles s'éparpillèrent comme les débris d'une météorite lors de l'entrée dans l'atmosphère et, lorsqu'elles churent doucement, ce fut pour s'empiler sur la table. Pour former un château de cartes. Un modèle réduit, grossier mais reconnaissable, du bâtiment où ils se trouvaient. Leur trajectoire semblait guidée par le hasard, mais chacune s'insérait dans le schéma d'ensemble en un mouvement impeccable. Les deux dernières, l'as de pique et l'as de cœur, s'appuyèrent l'une contre l'autre pour former le toit de la tour d'horloge.

Un silence absolu régnait dans la salle. Le doyen Fogg semblait figé sur son siège. Les poils de Quentin se hérissaient sur ses bras, mais il savait ce qu'il faisait. Ses doigts laissaient derrière eux un sillage phosphorescent, quasi imperceptible. Il se sentait grisé. Il se pencha pour souffler doucement sur le fragile édifice, et les cartes en s'effondrant formèrent un paquet bien rangé. Il le retourna et le déploya en éventail sur la table, comme un donneur au black-jack. Il n'y avait que des dames dans ce jeu – les quatre couleurs classiques, mais aussi quantité de couleurs imaginaires, en vert, en jaune, en bleu. Corne, horloge, abeille, livre. Certaines dames étaient vêtues, d'autres nues. Certaines avaient le visage de Julia, quelques-unes celui de l'infirmière.

Le doyen Fogg observait Quentin d'un air concentré. Tout le monde l'observait. Regardez-moi ça : il rassembla de nouveau les cartes et, sans aucun effort, déchira le paquet en deux, puis en quatre, et lança les confettis qu'il avait obtenus en direction des professeurs. Tous eurent un mouvement de recul, Fogg excepté.

Quentin se leva. Sa chaise tomba en arrière.

— Dites-moi où je suis, demanda-t-il à voix basse. Dites-moi ce que je fais ici.

Il s'empara de la pile de pièces de monnaie, sauf que c'était à présent la poignée d'une splendide épée de flammes qu'il arracha sans problème à la table, comme si elle y avait été plantée jusqu'à la garde.

— Dites-moi ce qui se passe ici, reprit Quentin en élevant la voix. Et si nous ne sommes pas à Fillory, alors, bordel ! est-ce que quelqu'un peut me dire où je suis, nom de Dieu ?

Il arrêta la pointe de l'épée sous le nez de Fogg le temps de compter jusqu'à dix ; puis il la fit pivoter pour la planter à nouveau dans la table. La lame s'enfonça dans le bois comme dans du beurre.

Fogg ne bougea pas d'un pouce. L'épée vibra doucement. Quentin renifla malgré lui. La lumière mourut au-dehors. Il faisait nuit.

— Eh bien, dit enfin le doyen. (Il ôta de sa poche un mouchoir soigneusement plié pour s'en éponger le front.) Nous serons tous d'accord, je pense, pour dire que ce candidat a réussi.

Quelqu'un – le vieillard aux ficelles nouées – posa sur l'épaule de Quentin une main rassurante et, tout doucement, avec une force surprenante, retira l'épée de la table pour la poser dessus. Du groupe des examinateurs monta une salve d'applaudissements, qui ne tarda pas à virer à l'ovation.

ELIOT

Quentin ne devait pas se rappeler grand-chose du reste de la nuit, hormis qu'il la passa à l'école. Il se sentait faible et exténué, comme si on l'avait drogué. Ses poumons lui semblaient vidés. Il n'avait même plus faim tant le sommeil dominait toutes ses pensées. C'était un peu gênant, mais personne ne s'en offusquait. Le professeur Van der Weghe – ainsi s'appelait la femme aux cheveux noirs – lui dit qu'il était naturel d'être épuisé quand on venait de lancer sa première « incantation mineure », quoi que recouvre ce terme. Elle lui assura en outre qu'on avait aplani le terrain avec ses parents. Ils ne se feraient pas de souci pour lui. Quentin s'en fichait ; il ne voulait qu'une chose : dormir.

Elle dut le soutenir par moments lorsqu'elle le conduisit par une interminable succession d'escaliers, pour déboucher finalement dans une petite chambre proprette meublée d'un lit profond et accueillant aux draps d'un blanc immaculé. Il s'y allongea sans ôter ses chaussures. Ce fut Miss Van der Weghe qui s'en chargea pour lui – en la voyant dénouer ses lacets, il eut l'impression d'être redevenu un petit garçon. Elle le borda et il s'endormit avant même qu'elle ait fermé la porte.

Le lendemain matin, il resta désorienté une bonne minute avant de comprendre où il se trouvait. Allongé dans son lit, il reconstitua lentement ses souvenirs de la veille. On était vendredi et, à cette heure-ci, il aurait déjà dû se trouver en classe. Au lieu de quoi, il émergeait dans une chambre inconnue, vêtu d'habits pas très nets. Il était partagé entre les regrets et la confusion, comme s'il avait trop bu lors d'une soirée chez des étrangers et piqué du nez dans la chambre d'amis de son hôte. Était-ce un résidu de gueule de bois qui lui taraudait le crâne ?

Que s'était-il passé la veille, au juste ? Qu'avait-il fait ? Ses souvenirs étaient incohérents. Les événements qu'il avait vécus ressemblaient à des rêves – c'en étaient sûrement –, mais ce n'était pas l'impression qu'ils donnaient. Et cette chambre n'avait rien d'onirique. Un corbeau croassa au-dehors, cessant net comme pris d'un soudain embarras. On n'entendait aucun autre bruit.

Sans quitter sa couche, il examina la chambre. Ses murs étaient incurvés – elle avait la forme d'un arc de cercle. Le mur extérieur était en pierre, le mur intérieur disparaissait derrière les armoires et les commodes en bois sombre. Il y avait dans un coin un bureau, une coiffeuse et un miroir, tous de style victorien. Son lit était niché dans une alcôve de bois. Le mur donnant sur l'extérieur était creusé de petites fenêtres verticales. L'ensemble était plutôt joli, il devait bien l'admettre. Aucun signal d'alarme pour le moment. Peut-être que le désastre n'était pas total. Quoi qu'il en soit, c'était l'heure de se lever. Et de découvrir de quoi il retournait.

Il se leva et se traîna jusqu'à la fenêtre la plus proche. Les dalles de pierre étaient froides sous ses pieds nus. Il était encore tôt, la brume ne s'était pas levée et il se trouvait très haut, encore plus haut que la cime des arbres. Il avait dormi pendant dix heures. La vaste pelouse attira son regard. Elle était déserte et silencieuse. Il aperçut le corbeau, qui volait en contrebas sur ses ailes bleu nuit.

Une note posée sur le bureau lui apprit qu'il prendrait son petit-déjeuner en compagnie du doyen Fogg à l'heure qui lui conviendrait. À l'étage inférieur, il découvrit une salle d'eau collective, avec des cabines de douche, de grands lavabos en porcelaine blanche et des serviettes rêches soigneusement pliées, comme sorties d'un hôpital. Il fit sa toilette – l'eau était bien chaude et le jet bien fort, et il fut vite apaisé et propre comme un sou neuf. Il lâcha dans la cabine de douche un long jet d'urine d'un jaune acide et le regarda disparaître en spirale. Ça lui faisait un drôle d'effet de ne pas être à l'école, de vivre une aventure dans un cadre inconnu, quoiqu'un peu suspect. Une jauge mentale estimait les dégâts que causerait son absence à Brooklyn ; pour le moment, le chiffre restait dans des limites acceptables. Il se fit aussi présentable que possible dans son costume de la veille, bien froissé par-dessus le marché.

L'établissement était désert. Il ne s'était pas attendu à un comité d'accueil, pas vraiment, mais il erra durant vingt bonnes minutes, passant de couloir en salle de classe, de terrasse en salon, avant de tomber sur le valet en gants blancs qui le conduisit chez le doyen, lequel occupait une pièce étonnamment petite et presque entièrement dévolue à un bureau gros comme un tank Panzer. Les murs disparaissaient derrière des rangées de livres et d'instruments en cuivre aux formes bizarres.

Le doyen le rejoignit au bout d'une minute, vêtu d'un costume de lin vert pâle et d'une cravate jaune. Il se montra brusque et excité, sans témoigner la moindre gêne après la scène de la veille, ni d'ailleurs d'une quelconque émotion. Il avait déjà déjeuné, expliqua-t-il, mais Quentin mangerait tout en s'entretenant avec lui.

— Bon. (Il se plaqua les mains sur les cuisses et agita les sourcils.) Commençons par le commencement : la magie existe. Mais vous l'aviez sans doute déjà compris.

Quentin ne pipa mot. Il imposa une immobilité absolue à son visage, à son corps tout entier. Il fixa un point situé au-dessus de l'épaule de Fogg. Pas question de laisser paraître quoi que ce soit. C'était pourtant l'explication la plus simple des événements de la veille. Une partie de lui-même, celle dont il se méfiait le plus, brûlait d'envie de s'y accrocher, comme un chiot à sa baballe. Mais étant donné toutes ses expériences avant ce jour, toute sa vie d'avant, il réfréna cette envie. Le monde l'avait trop souvent déçu – il avait attendu des années durant une révélation comme celle-ci, encaissant les preuves sans cesse plus nombreuses qui tendaient à l'infirmer. Pas question de se laisser berner aussi aisément. C'était comme s'il apprenait qu'un être cher dont il avait fait son deuil était encore de ce monde.

Il laissa Fogg parler tout son soûl.

— Pour répondre à la question que vous avez posée hier soir, vous êtes à l'École Brakebills de pédagogie magique.

Le valet arriva, porteur d'un plateau couvert d'assiettes chaudes, qu'il entreprit de disposer sur la table comme un garçon d'étage.

— Compte tenu de vos performances lors de l'Examen, nous avons décidé de vous accueillir parmi nous. Essayez le bacon, il est excellent. Production locale – les cochons sont nourris avec de la crème et des noisettes.

— Vous voulez que j'intègre votre école. Votre faculté.

— Oui. Vous vous inscrirez ici plutôt que dans une université classique. Si vous le souhaitez, vous pouvez même conserver la chambre où vous avez dormi cette nuit.

— Mais je ne peux pas…

Quentin s'interrompit, tant il lui semblait impossible de résumer en une seule phrase tout ce que cette perspective avait de grotesque.

— Excusez-moi, reprit-il, tout ça est un peu confus. Donc je retarderais mon entrée en fac ?

— Non, Quentin. Il n'est pas question de la retarder mais d'y renoncer complètement. Votre fac, ce sera Brakebills. (De toute évidence, le discours du doyen était bien rodé.) Adieu, Princeton, Harvard et les autres. Adieu, les anciens camarades de lycée. Adieu, les fraternités estudiantines genre Phi Beta Kappa, adieu les chasseurs de têtes représentant des institutions financières ou des sociétés de conseil. Ce ne sont pas des cours d'été que je vous propose, Quentin. Ce qu'on enseigne ici… (il ouvrit les yeux et détacha les mots) c'est du lourd.

— Mais, au bout de quatre ans…

— Cinq, en fait.

— … qu'est-ce que j'en retirerai ? Une maîtrise de magie ? (Il ne put s'empêcher de pouffer.) Je n'arrive pas à croire que nous puissions discuter de ça, ajouta-t-il sans s'adresser à personne en particulier.

— Au bout de ces cinq ans, vous serez devenu un magicien, Quentin. Il n'est pas évident d'embrasser une telle carrière, je le sais. Votre conseiller d'orientation s'y opposerait sûrement. Personne ne saura ce que vous faites ici. Vous allez abandonner tout ce que vous connaissez. Vos amis, vos plans de carrière, tout. Vous allez perdre un monde mais en gagner un autre. Brakebills va devenir votre monde. Ce n'est pas une décision à prendre à la légère.

On pouvait le dire ainsi. Quentin repoussa son assiette et croisa les bras. Il décida de gagner du temps.

— Comment m'avez-vous repéré ?

— Oh ! nous avons un appareil qui sert à ça, un globe.

Fogg lui désigna une étagère abritant toutes sortes de globes : des globes modernes, des globes aux océans noirs, des globes lunaires pâles, des globes célestes bleu nuit, des globes noircis et indéchiffrables, frappés de continents inconnus.

— Il repère les jeunes gens comme vous, qui présentent une aptitude à la magie – le plus souvent, il capte les actes de magie qu'accomplissent par inadvertance les sorciers non répertoriés comme vous. C'est votre Pièce vagabonde qui a attiré son attention, je suppose. Nous avons aussi des dénicheurs, ajouta-t-il. Parmi lesquels figure votre ami Ricky, à la pilosité si pittoresque.

Il fit courir ses doigts sur ses maxillaires, suggérant les contours d'une barbe de style amish.

— Et la femme que j'ai rencontrée, celle avec des tresses. L'infirmière. C'était une dénicheuse ?

Fogg se renfrogna.

— Des tresses ? Vous l'avez vue ?

— Eh bien, oui. Juste avant de venir ici. Ce n'est pas vous qui l'aviez envoyée ?

Fogg afficha un air neutre des plus étudié.

— Si, dans un certain sens. C'est un agent un peu spécial. Elle travaille en indépendante. En free-lance, pour ainsi dire.

Quentin avait la tête qui tournait. Peut-être aurait-il dû demander à voir une brochure de présentation. Et personne n'avait encore parlé de bourse. Et même si à cheval donné, *et cætera*, que savait-il vraiment sur cet établissement ? Supposons qu'il s'agisse vraiment d'une école de magiciens. Était-elle d'un bon niveau ? Et s'il était tombé par accident sur un bahut de troisième zone ? Il devait faire preuve de sens pratique. Pas question de se retrouver coincé dans une fac de province s'il pouvait prétendre au Harvard de la magie.

— Vous ne voulez pas voir mon dossier scolaire ?

— Je l'ai vu, expliqua patiemment Fogg. Et bien d'autres choses encore. Mais l'Examen nous suffit amplement. Il est très complet. Pour s'inscrire ici, la concurrence est rude, croyez-moi. Notre établissement est sans doute le plus sélect du continent. Cet été, nous avons organisé six épreuves afin de pourvoir vingt places. Hier, nous n'avons eu que deux élus, vous et un jeune homme aux cheveux étranges et au dos tatoué. Penny, ainsi qu'il prétend s'appeler. Ce n'est sûrement pas son vrai nom. Notre école est la seule école de magie en Amérique du Nord.

Fogg se carra dans son siège. On aurait dit qu'il savourait l'embarras de Quentin.

— Il en existe une au Royaume-Uni, deux sur le Vieux Continent, quatre en Asie, *et cætera*. Plus une en Nouvelle-Zélande, pour une raison qui m'échappe. La magie américaine a parfois mauvaise réputation, mais nous sommes largement au niveau international, je puis vous l'assurer. À Zurich, ils en sont encore à enseigner la phrénologie, incroyable mais vrai.

Un petit objet assez lourd tomba bruyamment du bureau de Fogg. Il se pencha pour le ramasser : c'était une statuette d'argent représentant un oiseau qui semblait frémir.

— Pauvre petite chose, dit le doyen en le caressant de ses grosses mains. Quelqu'un a tenté de la transformer en véritable oiseau, mais elle est restée coincée entre l'animé et l'inanimé. Elle se croit vivante, mais son poids l'empêche de voler.

Le volatile de métal émit un faible cri qui rappelait le cliquetis d'un pistolet qu'on aurait oublié de charger. Poussant un soupir, Fogg le rangea dans un tiroir.

— Elle n'arrête pas de s'envoler par la fenêtre et de tomber dans les buissons. Bon, reprit-il en joignant les mains et en se penchant en avant. Si vous décidez de vous inscrire chez nous, nous soumettrons vos parents à un charme d'illusion sans gravité. Ils ne peuvent être mis au courant de l'existence de Brakebills, naturellement, mais ils croiront que vous avez intégré une université privée très prestigieuse – ce qui n'est guère éloigné de la vérité, en fin de compte –, et ils en seront très fiers. Un procédé aussi indolore qu'efficace, à condition bien sûr que vous sachiez tenir votre langue. Oh ! et les cours commencent tout de suite. Le semestre débute dans quinze jours, et vous laisserez tomber votre fin de terminale. Mais je ne pourrai vous en dire plus que lorsque nous en aurons fini avec la paperasse.

Fogg attrapa un stylo à plume et une liasse de feuillets portant un texte en petits caractères, qui n'était pas sans évoquer un traité de paix datant du XVIIIe siècle.

— Penny a signé hier. Il n'a pas traîné non plus pour passer son examen. Alors ?

Et voilà, fin de l'argumentaire de vente. Fogg posa le tas de papier devant lui et lui tendit le stylo. Quentin le prit, découvrant un splendide modèle en métal aussi gros qu'un cigare. Sa main frémit au-dessus des feuillets. C'était ridicule. Allait-il vraiment tout foutre en l'air ? Renoncer à tout ce qu'il connaissait – James et Julia, la fac qu'il aurait pu intégrer, la carrière qu'il aurait pu embrasser, le destin qu'il aurait pu connaître ? Tout ça pour ça : cette charade à la con, ce rêve de fièvre, ce bal costumé doublé d'un jeu de rôle ?

Il se tourna vers la fenêtre. Fogg le regarda sans broncher, attendant qu'il tombe dans le piège. S'il s'inquiétait de sa décision, il n'en laissait rien paraître. Le petit oiseau d'argent, qui s'était évadé du tiroir, se cognait la tête contre les lambris.

Puis les épaules de Quentin semblèrent soudain se libérer d'un lourd fardeau. C'était comme si un poids l'avait affligé toute sa vie durant, tel l'albatros du Vieux Marin ou le rocher de Sisyphe, pour s'évaporer subitement sans bruit. Il bomba le torse. On aurait dit qu'il allait flotter jusqu'au plafond à l'instar d'un ballon. Ils voulaient faire de lui un magicien, il n'avait qu'à signer. Mais qu'est-ce qu'il attendait, nom de Dieu ? Évidemment, qu'il allait signer. C'était ce qu'il désirait depuis toujours, la chance à laquelle il avait cessé de croire depuis des années. Et voilà qu'elle lui tendait les bras. Voilà qu'il était sorti du terrier, passé de l'autre côté du miroir. Il allait les signer, ces foutus feuillets, il allait devenir un magicien, bordel ! Car, sinon, que pourrait-il faire de sa vie ?

— Okay, dit Quentin d'une voix posée. D'accord. Mais à une condition : je veux commencer tout de suite. Je veux loger dans cette chambre. Je ne veux pas rentrer chez moi.

On ne l'obligea pas à rentrer chez lui. Au lieu de cela, on lui livra ses vêtements et ses objets personnels, emballés dans une collection de valises et de sacs de toile par ses parents qui, conformément à la promesse de Fogg, avaient accepté comme par miracle que leur fils unique ait été recruté en pleine année scolaire par un mystérieux établissement universitaire dont ils n'avaient jamais entendu parler avant ce jour. Quentin entreprit de déballer ses vêtements et ses livres pour les ranger dans les armoires et les commodes de la petite chambre ronde de la tour. Il ne tenait pas à les toucher trop longtemps : ils appartenaient à sa vie d'avant, à son identité d'avant, celle qu'il avait décidé de dissoudre. La seule chose qui lui manquait vraiment, c'était le carnet de notes que lui avait donné l'infirmière. Impossible de mettre la main dessus. Il l'avait laissé dans la salle d'examen, supposant qu'il y retournerait tôt ou tard, mais il ne l'y avait jamais retrouvé. Le doyen Fogg et le valet affirmaient ne rien savoir de sa disparition.

Assis sur son lit, entouré par ses habits rangés en tas, il songea à James et Julia. Dieu seul savait ce qu'ils pensaient de lui. Est-ce qu'il manquait à Julia ? Maintenant qu'il était parti, allait-elle se rendre compte qu'elle s'était trompée de garçon ? Sans doute devait-il reprendre contact avec eux. Mais que diable leur dirait-il ? Il se demanda ce qui se serait produit si James avait également accepté l'enveloppe que lui tendait l'infirmière. Peut-être aurait-il passé l'examen, lui aussi. Peut-être que ça faisait partie des épreuves.

Il s'autorisa à se détendre un rien. Il cessa un instant d'attendre que tombe sur ses épaules un coup venu d'en haut et, pour la première fois de sa vie, envisagea l'idée qu'il ne tombe jamais.

Comme il n'avait rien d'autre à faire, Quentin explora le gigantesque bâtiment en toute liberté. Le doyen et les professeurs se montrèrent aimables lorsqu'il les croisa, mais ils avaient des tâches à accomplir et des problèmes à régler. Il avait l'impression de se trouver dans une station touristique durant la morte saison, errant dans un hôtel sans clients, aux chambres, aux couloirs et aux jardins également déserts. Il mangeait seul dans sa chambre, traînait dans la bibliothèque – qui possédait les œuvres complètes de Christopher Plover, naturellement – et songeait avec volupté aux problèmes, dossiers et dissertations qu'il n'aurait jamais besoin d'achever. Un jour, il monta en haut de la tour d'horloge et passa l'après-midi à regarder l'énorme balancier rouillé osciller de droite à gauche, suivant le mouvement complexe des rouages massifs qui tournaient et s'entraînaient les uns les autres, poursuivant leur syllogisme mécanique jusqu'à ce que l'éclat du couchant inonde le cadran et lui en montre une image inversée.

Parfois, il éclatait de rire sans raison précise. Prudent comme à son habitude, il expérimentait l'idée d'être heureux, trempait un pied hésitant dans le pétillement des eaux enivrantes du bonheur. Il n'était guère entraîné à cet exercice. Mais c'était vraiment trop drôle. Il allait apprendre la magie ! Soit il était le plus grand génie de tous les temps, soit il n'était qu'un crétin. Mais au moins était-il curieux de voir ce qui allait lui arriver. Pour la première fois depuis un bon moment, il suivait le cours de sa vie avec intérêt. À Brooklyn, la réalité était à ses yeux terne et vide de sens, façonnée dans une matière inférieure à laquelle le sens refusait d'adhérer. À Brakebills, il en allait tout autrement. Ici, les choses avaient de l'importance. Le sens y était omniprésent – et n'était-ce pas ainsi qu'on définissait la magie ? L'endroit grouillait de sens. Là-bas, il courait le risque de sombrer dans la dépression et, pire encore, d'apprendre à ne plus s'aimer. Ce qui le menaçait, c'était une affliction dont on ne guérit jamais. Mais, à présent, il avait l'impression d'être Pinocchio, une marionnette devenue un vrai petit garçon. Ou peut-être était-ce l'inverse, peut-être était-il un vrai garçon qui venait d'être métamorphosé. Quoi qu'il en soit, c'était pour le mieux. Ce lieu n'était pas Fillory, mais il s'en contenterait.

Il ne restait pas seul tout le temps. Parfois, il apercevait Eliot au loin, arpentant l'immense pelouse ou se reposant sur un sofa, occupé à contempler le paysage au-dehors ou à feuilleter un livre d'un air distrait. Il émanait de lui une splendide sophistication mélancolique, comme si sa place eût été dans un environnement bien plus fascinant que Brakebills, ce séjour qu'une grossière négligence divine lui avait imposé et qu'il tolérait avec toute la bonne humeur qu'on pouvait attendre de lui.

Un jour, alors que Quentin longeait la grande pelouse, il tomba sur lui, adossé à un chêne, en train de fumer une cigarette et de lire un livre de poche. C'était plus ou moins là qu'il l'avait rencontré pour la première fois. Vu l'étrange configuration de sa mâchoire, la cigarette saillait de sa bouche suivant un angle saugrenu.

— Tu en veux une ? demanda poliment Eliot.

Interrompant sa lecture, il brandit un paquet bleu et blanc de Merits ultralégères. Ils ne s'étaient pas parlé depuis le premier jour de Quentin à Brakebills.

— Introduites en contrebande, reprit-il, un peu soulagé par le refus de Quentin. C'est Chambers qui me les fournit. Un jour, je l'ai surpris dans la cave en train de siroter un excellent syrah de la réserve personnelle du doyen. Stag's Leap, 1996. Nous sommes convenus d'un compromis. C'est un type sympa, je m'en veux un peu de l'avoir fait chanter. Un peintre du dimanche remarquable, aussi, quoique travaillant dans un registre démodé. Je l'ai autorisé à faire mon portrait – vêtu d'un drap, je te rassure. Je tenais un Frisbee dans la main. J'étais censé représenter Hyacinthe, je crois. Chambers est un *pompier** invétéré. Je te parierais que, pour lui, l'impressionnisme n'est jamais arrivé.

C'était la première fois de sa vie que Quentin rencontrait quelqu'un d'aussi affecté et fier de l'être. Difficile de savoir comment réagir. Il fit appel à toute la sagesse qu'il avait accumulée à Brooklyn.

— Les Merits, c'est pour les gonzesses, dit-il.

Eliot lui adressa un regard approbateur.

— Parfaitement exact. Mais ce sont les seules cigarettes que je peux supporter. Répugnante manie ! Allez, fumes-en une avec moi.

Quentin finit par accepter. Il entrait en *terra incognita*. S'il lui était déjà arrivé de manipuler des cigarettes – accessoire classique du prestidigitateur –, il n'en avait jamais mis une entre ses lèvres. Il fit disparaître celle-ci – un tour de passe-passe élémentaire –, pour la faire réapparaître d'un claquement de doigts.

— La fumer, j'ai dit, pas la tripoter, lança Eliot.

Il marmonna quelques mots indistincts puis claqua des doigts à son tour. Une flamme jaillit à la pointe de son index. Quentin se pencha pour y allumer sa cigarette.

Il eut l'impression qu'on lui avait froissé et incinéré les poumons. Les cinq minutes suivantes le virent tousser comme un perdu. Eliot fut pris d'un fou rire qui l'obligea à s'asseoir. Les joues de Quentin étaient mouillées de larmes. Il s'obligea à tirer une seconde bouffée puis alla vomir derrière un buisson.

Ils passèrent ensemble le reste de l'après-midi. Peut-être Eliot se sentait-il coupable d'avoir filé une clope à Quentin, à moins qu'il n'ait jugé sa pauvre compagnie préférable à la solitude. Ou alors il avait besoin d'un faire-valoir. Il le gratifia d'une visite du campus et d'une conférence sur la vie secrète de Brakebills.

— S'il est observateur, le bizuth aura remarqué le temps, notoirement clément pour un mois de novembre. C'est parce que c'est encore l'été par ici. D'antiques charmes ont été jetés sur la terre de Brakebills afin que personne ne la remarque depuis le fleuve ni n'y pénètre par accident, tu vois le topo. Des enchantements d'un bon cru. Des classiques dans leur genre. Mais ils sont frappés d'excentricité en vieillissant et, durant les années 1950, le temps a commencé à tourner un peu trop vite autour de son axe. Ça empire chaque année. Aucune raison de s'inquiéter, si on prend un peu de recul, mais nous souffrons néanmoins d'un léger décalage. De deux mois et vingt-huit jours, à quelques heures près.

Quentin ne savait pas s'il devait afficher l'étonnement qu'il éprouvait ou bien se composer un masque cool et blasé. Il changea de sujet pour évoquer le programme des études.

— La première année, tu n'auras pas ton mot à dire là-dessus. Henry… (Eliot se faisait un malin plaisir d'appeler le doyen Fogg par son prénom.) Henry oblige tous les bizuths à faire la même chose. Es-tu intelligent ?

Comment répondre à une telle question sans se sentir gêné ?

— Oui, je crois.

— Ne te fais pas de souci : c'est le cas de tout le monde ici. S'ils t'ont fait venir pour passer l'Examen, dis-toi que tu étais sans doute le crack de ton lycée, plus intelligent que les profs. Chacun des lycéens admis dans cette boîte était le singe le plus malin de son arbre. Mais maintenant nous sommes tous dans le même arbre. Attends-toi à un choc. Il n'y aura pas assez de noix de coco pour tout le monde. Pour la première fois de ta vie, tu vas avoir affaire à des égaux, voire à des supérieurs. Ça ne va pas te plaire. Le travail non plus ne sera pas le même. Ce n'est pas ce que tu penses. Ne va pas croire qu'il te suffira d'agiter une baguette et de marmonner du latin de cuisine. Si la majorité des gens n'y arrivent pas, c'est qu'il y a une raison.

— À savoir ?

— Pourquoi les gens sont-ils incapables de pratiquer la magie ? Eh bien, fit Eliot en pointant l'index, premièrement, c'est très dur et ils ne sont pas assez intelligents ; deuxièmement, c'est très dur et ils ne sont ni assez malheureux ni assez obsédés pour se taper tout le boulot nécessaire pour faire de la magie et la faire bien ; troisièmement, ils ne bénéficient pas de la discipline et des conseils éclairés que dispensent les professeurs dévoués et charismatiques de l'École Brakebills de pédagogie magique ; et, quatrièmement, ils ne possèdent pas la fibre morale rigoureuse dont on a obligatoirement besoin pour user de prodigieuses énergies magiques avec calme et responsabilité.

Il tendit le pouce pour achever son énumération.

— Cinquièmement, enfin, il en existe même qui ont tout cela et pourtant n'y arrivent pas. Nul ne sait pourquoi. Ils prononcent les formules, agitent les bras, et il ne se passe rien. Pauvres diables. Mais nous ne faisons pas partie du lot. Nous sommes des veinards. Nous avons le pouvoir, quelle que soit sa nature.

— Pour la fibre morale, je ne sais pas si je suis qualifié.

— Moi non plus. Mais je crois que c'est un truc en option.

Suivit une période de silence, durant laquelle ils empruntèrent une allée rectiligne bordée d'arbres qui conduisait à la pelouse. Eliot alluma une nouvelle cigarette.

— Écoute, je ne veux pas être indiscret, dit Quentin, mais je suppose que tu disposes d'une méthode magique pour compenser les effets néfastes du tabac sur ta santé.

— C'est gentil de t'en soucier. Je sacrifie une vierge toutes les quatre semaines à la lueur de la lune gibbeuse, muni d'un scalpel en argent forgé par des albinos suisses. Vierges également. Ça me purifie les poumons vite fait.

Par la suite, Quentin vit Eliot presque tous les jours. Il passait ses après-midi à lui apprendre à s'orienter dans le labyrinthe végétal qui séparait la Maison – « ainsi que tout le monde l'appelle ici » – de la grande pelouse, officiellement baptisée pelouse de Tombemer en l'honneur du doyen qui l'avait conçue et aménagée au XVIIIe siècle, et que « tout le monde » appelait la Tombe ou la Mer. On trouvait six fontaines réparties dans le labyrinthe (ou plutôt le Dédale), chacune avec son nom officiel, en général celui d'un défunt doyen, et son surnom, forgé par l'inconscient collectif de plusieurs générations d'étudiants. Les buissons bordant les allées du Dédale étaient sculptés à l'image d'animaux aux grosses cuisses, ours, éléphants et autres moins faciles à identifier. Contrairement aux spécimens classiques de l'art topiaire, ceux-ci étaient doués de mobilité : ils se déplaçaient à une allure très lente, presque imperceptible, pataugeant dans les hautes herbes comme des hippopotames dans les eaux boueuses d'un fleuve africain.

La veille du premier jour de classe, Eliot conduisit Quentin devant la façade de la Maison qui donnait sur l'Hudson. Entre les platanes s'ouvrait un escalier aux larges marches de pierre qui conduisait à un joli hangar à bateaux de style victorien. Ils décidèrent aussitôt d'aller faire un tour sur l'eau, bien que ni l'un ni l'autre ne sût comment s'y prendre. Comme le fit remarquer Eliot, tous deux étaient des génies déclarés aptes à la sorcellerie, de sorte qu'ils n'auraient aucune peine à manier l'aviron.

Au prix de moult cris et grognements, ils réussirent à extraire des poutres un long deux de couple. C'était un objet fabuleux, étrangement léger, qui leur évoquait la carapace évidée d'un colossal insecte, drapé de toiles d'araignée et embaumant le vernis à bois. Par chance, ils réussirent à le retourner et à le mettre à l'eau sans l'abîmer, ni se blesser, ni même s'engueuler au point de renoncer à leur projet. Après quelques tentatives infructueuses, ils parvinrent à lui faire prendre un cap convenable et à imposer à sa course un rythme lent et saccadé, sans se laisser décourager par leur incompétence ni par leur absence totale de forme physique, que la tabagie d'Eliot aggravait encore.

Ils avaient remonté le courant sur sept ou huit cents mètres lorsque l'été parut s'évanouir, remplacé par la grisaille et l'humidité. Quentin crut à une averse soudaine, mais Eliot lui expliqua qu'ils venaient de sortir du champ d'action de l'enchantement à l'œuvre sur Brakebills et qu'on était de nouveau en novembre. Ils perdirent vingt minutes à ramer vers l'amont pour retrouver le beau temps puis à se laisser porter par le courant pour le simple plaisir de voir le ciel changer de couleur et de sentir la température baisser puis remonter à une valeur acceptable.

Trop fatigués pour rentrer à l'aviron, ils se laissèrent dériver doucement. Eliot se détendit et fuma tout en bavardant. Vu la sophistication qu'il affichait, Quentin l'aurait cru issu d'une famille de mandarins de Manhattan, mais il avait en fait grandi dans une ferme de l'Oregon.

— Mes parents touchent des subventions pour ne pas faire pousser leur soja, expliqua-t-il. J'ai trois frères aînés. De splendides spécimens d'athlètes : un cou épais comme ci et un cœur gros comme ça, des sportifs pratiquant trois disciplines différentes et buvant de la bière Schlitz, qui me plaignent sincèrement. Mon père ne comprend pas ce qui est arrivé. Il pense qu'il a chiqué trop de tabac avant ma conception, ce qui explique que je sois né « anormal ».

Eliot écrasa sa Merit dans un cendrier en verre posé en équilibre sur la coque et en alluma aussitôt une autre.

— Ils croient que je me trouve dans une école spéciale pour les *geeks* homosexuels. C'est pour ça que je ne rentre pas chez moi pendant l'été. Henry s'en contrefiche. Depuis mon arrivée ici, je n'ai jamais remis les pieds à la ferme.

Il portait un peignoir par-dessus ses habits, ce qui lui donnait des allures de prince décavé.

— Tu as sans doute pitié de moi, reprit-il d'un air détaché. Ne prends pas cette peine. Je suis parfaitement heureux ici. Certains ont besoin de leur famille pour devenir ce qu'ils sont censés être. Et il n'y a aucun mal à cela. Mais il existe d'autres façons de s'accomplir.

Quentin n'avait pas compris tout de suite que la nonchalance exagérée qu'affichait Eliot était le fruit d'un long combat. Son indifférence hautaine lui servait certainement à dissimuler une souffrance bien réelle. Quentin, qui aimait à se considérer comme un champion régional en matière de malheur, se demanda si Eliot ne le surclassait pas aussi dans ce domaine.

En rentrant chez eux, ils croisèrent d'autres embarcations – des voiliers, des bateaux de plaisance et même un huit filant à vive allure, où c'étaient des élèves officiers féminins de West Point qui maniaient les avirons. Elles grimaçaient à qui mieux mieux, emmitouflées dans leurs survêtements gris. Il leur était impossible de seulement percevoir la chaleur estivale dans laquelle Quentin et Eliot se prélassaient. Elles avaient chaud, elles transpiraient, mais elles n'en savaient rien. L'enchantement les excluait à sa manière.

MAGIE

« L'ÉTUDE DE LA MAGIE n'est ni une science, ni un art, ni une religion. C'est un artisanat. La magie ne se fait pas à coups de souhaits ou de prières. Pour faire de la magie, nous usons de notre volonté, de notre savoir et de notre talent afin d'imposer au monde un changement précis. Cela ne signifie pas que nous comprenons la magie au sens où un physicien comprend pourquoi les particules subatomiques se comportent comme elles sont censées le faire. À moins qu'on ne le comprenne pas encore, je n'arrive jamais à m'en souvenir. Quoi qu'il en soit, nous ne comprenons pas, nous ne pouvons pas comprendre ce qu'est la magie, ni d'ailleurs d'où elle vient, pas plus qu'un charpentier ne comprend pourquoi un arbre pousse. Il n'en a pas besoin. Il travaille le bois, point. Mais ne poussons pas la comparaison trop loin : il est plus difficile, plus dangereux et plus passionnant d'être magicien que charpentier. »

Celui qui donnait ce cours n'était autre que le professeur March, que Quentin avait vu pour la dernière fois au cours de son examen – c'était l'homme roux bedonnant qui se trimbalait avec un lézard volant. Vu son ventre rond et son teint rubicond, on l'aurait cru jovial et décontracté, mais, à l'usage, il se révélait du genre pénible.

Lorsque Quentin s'était réveillé ce matin-là, la Maison naguère déserte grouillait de monde : une foule de gens bruyants et agités qui, lorsqu'ils ne faisaient pas rebondir leurs valises dans l'escalier, entraient sans frapper dans sa chambre pour en ressortir aussitôt après l'avoir aperçu. Une véritable douche froide pour lui, qui s'était habitué à parcourir le domaine comme s'il en était le seigneur, ou à tout le moins l'intendant, le rôle de seigneur étant dévolu à Eliot. Mais il s'avéra que Brakebills hébergeait quatre-vingt-dix-neuf autres étudiants, répartis en cinq niveaux allant des bizuths aux cinquième année. Ils avaient débarqué en masse pour le premier jour du semestre et s'affairaient à marquer leur territoire.

Ils arrivaient par groupes d'une dizaine, se matérialisant sur la terrasse de derrière avec leurs malles, leurs valises et leurs sacs de voyage. Et ils étaient tous en uniforme : blazer à rayures et cravate pour les garçons, chemisier blanc et jupe écossaise foncée pour les filles. On se serait cru dans une école privée et non dans une fac.

— Blazer et cravate obligatoires, sauf dans votre chambre, avait expliqué Fogg. Et il existe d'autres règles ; vos camarades vous les enseigneront petit à petit. La plupart des garçons choisissent eux-mêmes leur cravate. Je suis assez tolérant sur ce point, mais dans certaines limites. Tout accessoire trop bariolé sera confisqué et vous serez obligé de porter la cravate de l'école, qui, à ce qu'on m'a dit – mais je ne suis pas expert en la matière –, est « horriblement ringarde ».

Lorsque Quentin était remonté dans sa chambre, il avait trouvé dans son placard une collection de blazers identiques, bleu nuit avec des rayures chocolat, ainsi que des chemises blanches. Les uns comme les autres étaient en majorité tout neufs, mais certains un peu râpés ou élimés, et il en émanait une légère odeur de naphtaline, de tabac et de sueur. Il se changea et contempla dans le miroir son reflet un rien emprunté. Sans doute était-il censé se rebeller contre un tel uniforme, mais, à vrai dire, il était ravi de le porter. S'il ne se sentait pas encore dans la peau d'un magicien, au moins en avait-il la tenue.

Sur la poche de poitrine de chaque blazer était brodé un écusson : une abeille d'or et une clé d'or sur un fond noir piqueté d'étoiles. Par la suite, il apprendrait que ce blason s'appelait « L'Abeille et la Clé » et, avec un peu d'entraînement, il le verrait un peu partout, dans les motifs des rideaux et des tapis, sur les linteaux et dans les coins du parquet.

Quentin était assis dans une vaste salle de conférence occupant un angle de bâtiment, avec de hautes fenêtres ouvertes dans deux de ses murs. Il s'y trouvait quatre rangées d'élégants bureaux en bois disposés sur les gradins d'un amphithéâtre, qui donnaient sur un grand tableau noir et une lourde table de pierre profondément marquée par toutes sortes de brûlures, d'éraflures et de cicatrices diverses. Des particules de craie flottaient dans l'air immobile. Il y avait là une vingtaine d'étudiants, tous en uniforme, tous avec l'allure d'ados ordinaires, tous s'efforçant de paraître encore plus cool et plus malins que leurs voisins. La moitié des lauréats des concours de sciences et d'orthographe du pays devaient se trouver là, Quentin en était sûr. D'après ce qu'il avait cru comprendre, l'un des garçons s'était classé deuxième au concours Putnam niveau seconde. Il savait de source sûre que l'une des filles avait amené le Modèle des Nations unies à approuver l'usage de l'arme nucléaire pour protéger une espèce de tortue de mer menacée de disparition. Et elle jouait le rôle de l'ambassadrice du Lesotho !

Bon, tout ça n'avait plus aucune importance désormais, mais l'ambiance n'en était pas moins électrique. Raide sur son siège dans son blazer et sa chemise parfumés et amidonnés, Quentin aurait préféré faire du canotage avec Eliot.

Le professeur March marqua une pause.

— Quentin Coldwater, voulez-vous venir sur l'estrade, s'il vous plaît ? Faites-nous donc un peu de magie.

March le regardait droit dans les yeux.

— C'est cela, ajouta-t-il, aussi enjoué que s'il procédait à une distribution des prix. Venez ici. (Il désigna un point près de lui.) Je vais vous donner un accessoire.

Fouillant dans ses poches, il en sortit une bille transparente quoiqu'un peu éraflée, qu'il posa sur la table où elle roula quelques centimètres avant de s'immobiliser dans un creux.

Silence total dans la salle. Quentin savait qu'il ne s'agissait pas d'une nouvelle épreuve. Non, c'était un rituel de bizutage ou quelque chose comme ça. Une tradition comme il y en avait sûrement des centaines à Brakebills, aucune raison de s'inquiéter. Mais il avait les jambes en coton lorsqu'il descendit les gradins. Ses condisciples le fixaient avec une indifférence teintée de soulagement – ce n'était pas eux que le prof avait appelés.

Il se planta près de March. La bille paraissait ordinaire – une boule de verre avec quelques bulles d'air. Du diamètre d'une pièce de dix *cents*. Et aussi facile à escamoter, supposa-t-il. Avec son blazer tout neuf, il n'aurait aucun problème à la glisser dans sa manche. Bon, se dit-il, s'ils veulent de la magie, on va leur en donner. Le sang battant à ses tempes, il fit apparaître la bille dans ses mains, dans sa bouche, sur son nez. En guise d'applaudissements, il eut droit aux rires étouffés du public.

La tension se relâcha. Il se laissa aller au cabotinage. Il lança la bille vers les hauteurs et, lorsqu'elle retomba après avoir frôlé le plafond, la réceptionna pile sur sa nuque. Quelqu'un tapa sur son bureau pour imiter un bruit de tambour. Éclat de rire général.

Pour le bouquet final, Quentin fit semblant de broyer la bille sous un lourd presse-papiers en fer, lui substituant au dernier moment une pastille à la menthe qu'il trouva au fond de sa poche, et qui produisit un bruit très crédible ainsi qu'un résidu poudreux qui aurait convaincu un expert. Il se répandit en excuses auprès de March, tout en décochant des clins d'œil à ses condisciples, puis lui demanda s'il pouvait lui emprunter sa pochette. Lorsqu'il voulut attraper celle-ci, le professeur découvrit la bille dans sa poche de poitrine.

Quentin exécuta un mouvement de golf à la Johnny Carson. Les autres première année l'applaudirent à tout rompre. Il s'inclina. Pas mal, songea-t-il. Une demi-heure de cours, et il était déjà devenu un héros.

— Merci, Quentin, dit le professeur March d'une voix onctueuse tout en joignant les mains. Merci, c'était fort instructif. Vous pouvez regagner votre place. Et vous, Alice ? Montrez-nous donc un peu de magie.

Cette remarque s'adressait à une fille aux longs cheveux noirs, menue et maussade, qui s'était tapie au dernier rang. Elle ne parut nullement surprise d'être appelée ; à la voir, on aurait juré qu'elle s'attendait au pire en permanence et que cette journée était pour elle aussi nulle que les autres. Elle descendit les gradins pour se diriger vers l'estrade – le regard d'une condamnée montant à l'échafaud, raide dans son uniforme empesé – et accepta sans rien dire la bille que lui tendait March. Se plaçant derrière la table, qui lui arrivait au niveau du torse, elle posa la bille dessus.

Puis elle effectua une série de passes aussi rapides que machinales. On aurait dit qu'elle s'exprimait dans le langage des signes ou qu'elle entamait un complexe jeu de ficelles. Son style brut de décoffrage était aux antipodes de celui de Quentin, qui devait tout au show-biz. Elle fixait la bille d'un regard intense, comme dans l'attente de quelque chose. On avait l'impression qu'elle louchait. Elle remuait les lèvres mais, de l'endroit où il se trouvait, Quentin ne pouvait entendre ce qu'elle disait.

La bille se mit à rougeoyer, puis vira au blanc incandescent et prit ensuite une nuance laiteuse, évoquant un œil frappé de cataracte. Un fin panache de fumée grise monta de son point de contact avec la table. Quentin, jusque-là très satisfait de sa prestation, sentit un frisson glacé le parcourir. Cette fille pratiquait déjà la magie pour de bon, se dit-il. Nom de Dieu, j'ai un sacré retard à rattraper.

Alice se frotta les mains l'une contre l'autre.

— Il faut une minute à mes doigts pour devenir insensibles.

Avec un luxe de précautions, comme si elle sortait du four un plat brûlant, elle tira sur la bille du bout des doigts. Le verre avait fondu pour devenir malléable. En quatre gestes assurés, pas un de plus, elle pourvut la bille de quatre pattes et d'une tête. Lorsqu'elle écarta les mains pour souffler dessus, la figurine frémit et se leva. C'était un petit animal en verre. Il se mit à trottiner sur la table.

Cette fois-ci, personne n'applaudit. Il régnait dans la salle une froideur palpable. Quentin sentit les poils de ses bras se hérisser. On n'entendait pas un bruit, hormis le léger staccato des pattes de verre sur la table de pierre.

— Merci, Alice ! dit le professeur March en montant sur l'estrade. Pour ceux d'entre vous qui se posent la question, Alice vient de jeter trois charmes fondamentaux. (Il les énuméra en levant les doigts.) La Thermogénèse silencieuse de Dempsey ; une animation de Cavalieri mineure, et un charme de protection apparemment de son cru, que nous devrions sans doute baptiser en votre honneur, Alice.

L'intéressée le gratifia d'un regard impavide, comme si elle attendait qu'il la renvoie à sa place. Loin d'afficher une quelconque suffisance, elle semblait impatiente d'être congédiée, rien de plus. Oublié de tous, le petit animal de verre arriva au bord de la table. Alice voulut le saisir, mais il tomba et se fracassa sur le sol de pierre. Le cœur brisé, elle se pencha sur lui, mais le professeur March avait déjà repris son discours.

Quentin observa ce petit drame avec un mélange de compassion et d'envie. Quelle âme sensible ! songea-t-il. Mais c'est aussi une rivale à surpasser.

— Ce soir, veuillez lire le premier chapitre de l'*Histoire de la magie* de Le Goff, dans la traduction de Lloyd, ainsi que les deux premiers chapitres des *Travaux pratiques du magicien en herbe* d'Amelia Popper, un manuel que vous apprendrez bientôt à détester de toutes les fibres de votre être juvénile et innocent. Je vous invite à essayer les quatre premiers exercices. Demain, chacun de vous tentera d'effectuer l'un d'eux. Et si l'anglais du XVIIIe siècle de lady Popper vous paraît quelque peu rébarbatif, n'oubliez pas que, le mois prochain, nous attaquerons l'anglais du Moyen Âge, le latin et le haut allemand, après quoi, je puis vous l'assurer, le charabia de lady Popper vous inspirera une profonde nostalgie.

Les étudiants commencèrent à s'agiter et à ranger leurs affaires. Quentin fixa son carnet de notes, dont la page en cours n'affichait qu'une arabesque aux lignes inquiétantes.

— Une dernière chose avant de vous libérer, dit March en élevant la voix pour se faire entendre. Je vous encourage une nouvelle fois à considérer ce cours comme purement pratique, épicé du minimum de théorie. Si vous commencez à vous interroger sur la nature et l'origine des pouvoirs magiques que vous allez cultiver dans la lenteur et la souffrance, rappelez-vous cette célèbre anecdote ayant trait à Bertrand Russell, le philosophe anglais.

Il prit son élan avant de poursuivre :

— Un jour, Russell prononça une conférence sur la structure de l'univers. Une femme l'aborda ensuite pour lui dire qu'il était très astucieux mais qu'il se trompait complètement, car tout le monde savait que la Terre était plate et reposait sur le dos d'une tortue. Lorsqu'il demanda à cette dame sur quoi reposait la tortue en question, elle lui répliqua : « Vous êtes très astucieux, jeune homme, je le répète. Mais sous la tortue, il y a une autre tortue, et ainsi de suite jusqu'en bas ! » Cette dame se trompait, bien entendu, mais si elle avait parlé de la magie et non de la Terre, elle aurait eu raison. Les plus grands des mages ont gâché leur vie à tenter d'expliquer la magie. Il n'est pas d'entreprise plus futile, plus sinistre et plus dangereuse. Car plus on creuse la question, plus les tortues sont grosses et rugueuses, et plus leur bec est acéré. Jusqu'à ce qu'elles finissent par ressembler à des dragons plutôt qu'à des tortues.

Et il conclut :

— Avant de sortir, n'oubliez pas de prendre une bille.

Dès le lendemain après-midi, March leur enseigna une incantation toute simple dans une langue aux accents gitans que Quentin ne connaissait pas (par la suite, Alice lui apprendrait que c'était de l'estonien), et que l'on devait entonner tout en effectuant des deux mains un mouvement du médius et de l'annulaire, ce qui était nettement plus dur que ça n'en avait l'air. Ceux qui la maîtrisaient eurent le droit de sortir avant la fin du cours ; les autres ne partiraient pas tant qu'ils n'y seraient pas arrivés. Mais comment le sauraient-ils ? Ils le sauraient, pas de problème.

Quentin crut qu'il allait attraper une extinction de voix doublée d'une paralysie des doigts, sans parler de la faim qui le tenaillait à mesure que le soleil sombrait vers l'horizon pour y être englouti, et il crut entendre ses condisciples débarrasser la table dans le réfectoire. Le rouge aux joues, il s'aperçut qu'il faisait partie des cinq cancres de la classe – tous les autres avaient fini par triompher de cette épreuve. Alice avait été la première, au bout de vingt minutes à peine, et elle était sortie sans dire un mot. Finalement, il réussit à chanter la mélodie et à bouger les doigts en cadence – sans même comprendre comment il avait fait –, et il vit sa bille frémir imperceptiblement, comme de sa propre volonté.

Sans rien dire, il s'effondra sur son bureau, la tête au creux du bras, et écouta son pouls palpiter dans les ténèbres. Le bois lui rafraîchissait la joue. C'était un coup de pot, un hasard, un canular. Il avait réussi. La magie existait et il la maîtrisait.

Et maintenant, mon Dieu ! il y avait tant de choses à faire. Cette bille de verre ne devait pas le quitter pendant tout le semestre. C'était le cœur froid vitrifié de l'approche de la pédagogie magique selon le professeur March. Chacun de ses cours, chacun de ses travaux pratiques, portait sur la façon de la manipuler et de la transformer par des moyens magiques. Quatre mois durant, Quentin fut tenu de l'avoir sur lui en permanence. Il la tripotait sous la table pendant les repas. Elle était nichée au fond de la poche de son blazer. Quand il se douchait, il la posait dans le porte-savon. Il l'avait sur lui quand il se couchait et, quand il arrivait à s'endormir, c'était pour rêver d'elle.

Il apprit à la refroidir jusqu'à ce qu'elle se couvre de givre. À la faire rouler sur la table sans la toucher. À la faire flotter en l'air. À la faire luire de l'intérieur. Comme elle était transparente, il était facile de la rendre invisible, mais il la perdit et le professeur March dut la rematérialiser pour qu'il la récupère. Cette sacrée bille réussit à flotter sur l'eau, à traverser une planche, à survoler une course d'obstacles et à attirer de la limaille de fer comme un aimant. C'était le B.A.-BA de la magie, des trucs niveau maternelle. Quant au spectaculaire tour de passe-passe qu'il avait accompli lors de son examen, si brillant et si étonnant fût-il, on l'informa que c'était un phénomène bien connu, une libération d'énergie trop longtemps refoulée que l'on observait fréquemment chez les débutants. Il s'écoulerait des années avant qu'il soit de nouveau capable d'une telle prouesse.

Quentin se consacra également à l'histoire de la magie, un sujet que les magiciens connaissaient beaucoup moins qu'il ne l'aurait cru. Ainsi qu'il l'apprit, les praticiens de la magie avaient toujours vécu à l'écart de la société ordinaire, sans que celle-ci soit consciente de leur existence. Les plus célèbres d'entre eux étaient inconnus du commun des mortels. Quant aux personnages historiques qu'on aurait pu soupçonner de thaumaturgie – Léonard de Vinci, Roger Bacon, Nostradamus, John Dee, Isaac Newton –, ils ne possédaient au mieux qu'un modeste talent. Leur célébrité constituait en fait un handicap. Selon les critères de la magie, ils avaient échoué à la plus élémentaire des épreuves, celle de la discrétion.

Son autre livre de chevet, les *Travaux pratiques du magicien en herbe* de Popper, était un mince volume de grand format contenant un ensemble d'exercices effroyablement complexes de vocalises et de prestidigitation classés par ordre de difficulté et de pénibilité. Pour jeter un charme à coup sûr, comprit-il, il fallait accomplir des mouvements bien précis accompagnés d'une incantation déclamée, chantée, chuchotée ou hurlée. La moindre erreur, en geste comme en parole, pouvait affaiblir, annuler ou pervertir le charme.

Rien à voir avec Fillory. Dans chacune des Chroniques, un ou deux des enfants Chatwin sont pris sous la protection d'un mentor affable qui leur enseigne quelque talent. Dans *Le Monde dans les murs*, Martin devient un cavalier émérite et Helen une sorte de garde forestier ; dans *La Forêt volante*, c'est Rupert qui devient un archer d'une habileté surhumaine ; Fiona, dans *Une mer secrète*, reçoit l'enseignement d'un maître bretteur ; et ainsi de suite. Le processus d'apprentissage est une intarissable source d'émerveillement.

Apprendre la magie, c'était une autre paire de manches. Jamais il n'aurait cru qu'une initiation aux plus puissantes des forces surnaturelles puisse être aussi chiante. Tout comme le verbe doit s'accorder en genre et en nombre avec son sujet, le plus simple des charmes dépendait de l'heure qu'il était, de la phase de la lune, de l'intention de celui qui le prononçait et des circonstances dans lesquelles il le faisait, sans parler d'une centaine d'autres facteurs, tous énumérés dans des myriades de tables, de listes et de diagrammes imprimés en caractères microscopiques sur d'immenses pages jaunissantes. Et la moitié de ces pages était consacrée à des notes précisant les exceptions, les irrégularités et les cas particuliers, le tout devant également être appris par cœur. La magie était un truc bien plus dingue que Quentin ne l'aurait cru.

Et il y avait encore autre chose, en plus des travaux pratiques et du bachotage, en plus des points qu'il fallait mettre sur les *i*, quelque chose que March n'évoquait jamais dans ses cours. Quentin ne faisait que l'appréhender sans pouvoir le nommer, mais on devait le maîtriser afin de pouvoir jeter un charme qui soit vraiment efficace. Chaque fois qu'il tentait d'y réfléchir, il se perdait dans des abstractions. C'était un truc comme la volonté, une certaine intensité dans la concentration, une vision claire et nette, voire une touche de brio artistique. Si on voulait qu'un charme fonctionne, alors, d'une certaine façon, on devait y croire.

Sans pouvoir l'expliquer, Quentin savait quand un de ses charmes allait marcher. Il sentait ses gestes et ses paroles puiser dans les mystérieux soubassements magiques de l'univers. C'était une sensation purement physique. Une sorte de chaleur lui irradiait les doigts, qui semblaient laisser derrière eux un sillage de feu. Il percevait aussi une légère résistance, comme si l'air devenait visqueux et exerçait une pression sur ses mains, ainsi que sur ses lèvres et sa langue. Son crâne bourdonnait comme sous l'effet d'une overdose de caféine. Il se trouvait au cœur d'une vaste et puissante machine ; ou plutôt il en était le cœur. Quand cette machine marchait, il le savait. Et il aimait ça.

À présent que ses amis étaient revenus de vacances, Eliot prenait ses repas en leur compagnie. Ils formaient une clique très distincte, parlaient entre eux avec animation, partaient en public dans des crises de fou rire et ne sortaient jamais de leur cercle, manifestant une indifférence appuyée au reste de la populace. Il y avait chez eux quelque chose de différent, mais il était difficile de mettre le doigt dessus. Ils n'étaient ni plus futés ni plus beaux que la moyenne. Mais ils semblaient savoir qui ils étaient et on ne les voyait jamais quêter du regard l'approbation de leurs pairs.

Quentin en voulut un peu à Eliot de le laisser tomber dès qu'il n'eut plus besoin de lui, mais il bénéficiait désormais de la compagnie de dix-neuf autres bizuths. Certes, ceux-ci ne se liaient pas très facilement. Calmes et concentrés, ils ne cessaient de s'observer les uns les autres, comme pour essayer de déterminer lequel de leurs condisciples allait terrasser l'autre lors d'un duel intellectuel. Ils n'étaient pas enclins à se rassembler – chez eux, la politesse se dispensait de chaleur humaine. C'étaient avant tout des compétiteurs et des gagneurs. Bref, ils étaient comme Quentin, lequel n'avait pas l'habitude de fréquenter des gens comme lui.

Une même personne les obsédait tous, sans exception : la petite Alice, celle qui avait modelé l'animal en verre. Mais il fut vite évident qu'en dépit de son incontestable supériorité en matière de thaumaturgie, elle était affligée d'une timidité si maladive qu'il était vain de seulement tenter de lui parler. Lorsqu'on l'abordait au moment des repas, elle répondait par monosyllabes, d'une voix quasiment inaudible, et gardait les yeux fixés sur la table, comme en proie à une honte indicible. Son incapacité à vous regarder en face frisait le pathologique et, à en juger par la façon dont elle se dissimulait le visage derrière les cheveux, se retrouver l'objet d'une quelconque attention tenait pour elle du supplice.

Quentin se demanda ce qui avait pu convaincre une fille si ostensiblement douée qu'elle avait des raisons de craindre son prochain. Il aurait voulu continuer à la considérer comme une concurrente mais ne pouvait s'empêcher d'être tenté de la protéger. La seule fois où il observa chez elle une manifestation de bonheur, ce fut le jour où, pensant que personne ne l'observait, elle réussit à faire ricocher un caillou dans le bassin d'une fontaine et à le faire passer entre les jambes d'une nymphe de pierre.

À Brakebills, la vie quotidienne était empreinte d'un formalisme quasiment théâtral, qui tenait franchement du fétichisme au moment des repas. Le dîner était servi à six heures et demie pile ; les retardataires étaient obligés de manger debout. Enseignants et étudiants s'asseyaient devant une gigantesque table tout en longueur, recouverte d'une nappe d'un blanc mystique où étaient disposés des assiettes et des couverts mal assortis. L'éclairage était fourni par des bataillons de candélabres hideux. Contrairement à une tradition scolaire bien ancrée, l'ordinaire était délicieux, dans un style traditionnel et vaguement français. Au menu figuraient souvent des plats consistants tels que le bœuf en daube et le homard thermidor. Les bizuths, supervisés par un Chambers inflexible, avaient le privilège de servir leurs aînés, attendant qu'ils aient fini pour manger à leur tour. Les troisième et quatrième année avaient droit à un verre de vin par repas ; les cinquième année (qu'on appelait les Finnois pour une raison inconnue) s'en voyaient servir deux. Bizarrement, on ne comptait que dix étudiants en quatrième année, soit la moitié du nombre attendu, une anomalie que personne ne souhaitait expliquer. Il suffisait que quelqu'un aborde le sujet pour que tout le monde se taise.

Quentin assimila toutes ces informations avec la célérité d'un marin naufragé sur un continent sauvage inconnu, qui n'avait d'autre alternative que d'apprendre la langue des indigènes ou de finir dans une marmite. Ses deux premiers mois de scolarité passèrent à toute vitesse et, bientôt, la Mer se recouvrit de feuilles rouge et or, comme apportées par des balais invisibles – ce qui était peut-être bien le cas –, et les flancs des lents animaux topiaires se parèrent de taches de couleur.

Quentin consacrait une demi-heure par jour à explorer le campus. Par un après-midi de grand vent, il tomba sur un petit vignoble, un minuscule coin de terre parcouru de lignes droites où étaient plantés des ceps accrochés à du fil de fer et présentant des formes alambiquées. Les vendanges étaient finies et les quelques grappes qui y avaient échappé portaient à présent des grains flétris odorants.

Plus loin, après s'être enfoncé de quatre ou cinq cents mètres sur un sentier forestier, Quentin découvrit un petit champ découpé en carrés tracés avec soin. Il y avait là des carrés d'herbe et de pierre, des mares et des sablières carrées, et même deux plaques de métal argenté noirci portant des inscriptions complexes.

Ni clôture ni allée ne matérialisait la limite du domaine, du moins n'en trouva-t-il aucune. D'un côté, le fleuve ; de l'autre, la forêt. Néanmoins, les membres du personnel enseignant et administratif semblaient consacrer beaucoup de temps à entretenir les charmes qui rendaient l'école invisible et impénétrable aux étrangers. On les voyait toujours faire le tour du domaine, examinant des choses que Quentin ne pouvait voir et interrompant parfois un cours pour discuter de cette tâche.

NEIGE

Un après-midi de la fin octobre, le professeur March demanda à Quentin de rester après la séance d'applications pratiques. C'était durant les AP – ainsi les appelait-on – que les étudiants travaillaient l'art de jeter un charme. À ce stade de leur cursus, ils n'étaient autorisés qu'à pratiquer la magie la plus élémentaire, sous l'étroite supervision de leurs profs, mais c'était quand même fabuleux. Une petite faveur pour les récompenser des tonnes de théorie qu'ils devaient ingurgiter.

Quentin n'avait guère brillé lors de cette séance. Les AP se tenaient dans une salle évoquant un labo de chimie dans une fac : des tables en pierre grise indestructible, des paillasses maculées de taches antiques indescriptibles, de profonds éviers à grande capacité. L'atmosphère était saturée par l'odeur des charmes et des mesures protectrices érigés par d'innombrables générations d'enseignants pour empêcher les étudiants de se blesser et de blesser les autres. Un léger parfum d'ozone.

Sous les yeux de Quentin, Surendra, son binôme, s'était passé sur les mains une poudre blanche (moitié farine, moitié cendres de hêtre), avait dessiné dans le vide des sceaux invisibles à l'aide d'une baguette de saule fraîchement taillée qu'il avait ensuite abaissée sur sa bille (surnommée Rakshasa !), la coupant en deux du premier coup, net et sans bavures. Mais lorsque Quentin avait voulu faire de même avec la sienne (surnommée Martin), elle avait explosé comme une vulgaire ampoule électrique, éparpillant alentour une gerbe d'éclats de verre. Lâchant sa baguette, il s'était vivement tourné pour se protéger les yeux ; tous les regards s'étaient aussitôt braqués sur lui. Dans le labo d'AP, l'ambiance n'était pas à la solidarité.

Quentin était donc de fort méchante humeur quand March l'invita à rester après la classe. Pendant que le professeur discutait dans le couloir avec des traînards, il s'assit sur l'une des tables indestructibles, les jambes dans le vide et des idées noires plein la tête. Qu'Alice ait également été priée de rester le rassurait quelque peu. Assise près de la fenêtre, elle contemplait les flots alanguis de l'Hudson avec des yeux rêveurs. Sa bille tournait doucement autour de son crâne, petit satellite paresseux, et se cognait à la vitre quand elle s'en approchait de trop près. Comment arrivait-elle à faire de la magie sans effort ? se demanda Quentin. Il ne parvenait pas à croire que c'était aussi dur pour elle que pour lui. Penny était resté en classe, lui aussi, et son visage lunaire était aussi pâle, aussi concentré qu'à son habitude. Il portait l'uniforme de Brakebills mais on l'avait autorisé à garder sa crête de Mohawk.

Le professeur March revint accompagné du professeur Van der Weghe. Celle-ci n'y alla pas par quatre chemins.

— Nous vous avons priés de rester, tous les trois, parce que nous envisageons de vous faire passer en deuxième année pour le semestre de printemps, déclara-t-elle. Vous devrez mettre les bouchées doubles pour l'examen de fin d'année, que vous passerez en décembre, et ensuite pour vous hausser au niveau de vos camarades, mais j'estime que vous êtes de taille. Je me trompe ?

Elle leur adressa un regard encourageant. Visiblement, ce n'était pas une question mais une affirmation. Quentin, Penny et Alice échangèrent un coup d'œil troublé puis détournèrent la tête. L'expérience avait appris à Quentin qu'il ne devait pas être surpris lorsque sa supériorité intellectuelle était reconnue, et cette marque de faveur compensait amplement la cauchemardesque destruction de sa bille. Mais pourquoi tout le monde affichait-il cet air grave et solennel ? Après tout, il ne s'agissait que de sauter une classe à Brakebills, un privilège qu'il n'était même pas sûr de vouloir accepter.

— Pourquoi ? demanda Penny. Pourquoi nous faire monter en grade ? Est-ce que vous comptez rétrograder d'autres étudiants pour rétablir l'équilibre ?

Sa remarque était fondée. À Brakebills, la tradition voulait qu'on compte vingt élèves par classe, ni plus, ni moins.

— Chacun apprend à une vitesse qui lui est propre, Penny, rétorqua Van der Weghe. Nous tenons à ce que chaque étudiant soit placé à son niveau.

Il n'y eut pas d'autres questions. Au bout d'un temps, le professeur interpréta leur silence comme une acceptation.

— Très bien, dit-elle. Bonne chance à tous les trois.

Ces mots plongèrent Quentin dans une période particulièrement sombre de son séjour à Brakebills, alors même qu'il pensait avoir trouvé un certain équilibre. Jusque-là, s'il travaillait d'arrache-pied, il disposait néanmoins d'un peu de loisir, comme tout le monde. Il se baladait sur le campus et tuait le temps avec les autres bizuths dans la salle commune des première année, une pièce un peu miteuse mais pourvue d'une cheminée, d'un assortiment de fauteuils, de sofas avachis et de jeux de plateau « éducatifs » assez ringards, essentiellement des Trivial Pursuit à la sauce magique, où pas mal de pièces et de cartes essentielles manquaient à l'appel. Ils avaient même une console de jeu clandestine, un machin vieux de trois ans branché sur une télé encore plus antique. Celle-ci s'éteignait et redémarrait chaque fois que quelqu'un jetait un charme à moins de deux cents mètres de distance, c'est-à-dire presque tout le temps.

Ça, c'était avant. Maintenant, Quentin ne cessait pas d'étudier un seul instant. En dépit des mises en garde d'Eliot et de sa propre expérience au cours du premier semestre, il s'imaginait encore que l'apprentissage de la magie ressemblerait à une promenade de santé dans un jardin secret où il cueillerait les fruits du savoir défendu sur des branches assez basses pour lui. Au lieu de quoi, tous les après-midi, après les AP, Quentin fonçait faire ses devoirs à la bibliothèque, où il revenait ponctuellement après le dîner pour y retrouver le répétiteur chargé de le faire bûcher.

Il s'agissait du professeur Sunderland, la jolie jeune femme qui lui avait demandé de dessiner des cartes du domaine lors de l'Examen. Elle ne ressemblait pas à l'idée qu'on se faisait d'une magicienne : cheveux blonds, sourire à fossettes et galbes obsédants. Elle enseignait surtout aux quatrième et cinquième année et ne supportait pas les glandeurs. Sous sa férule, Quentin bûcha à mort les gestes et les incantations, les diagrammes et les tables, et, lorsqu'elle l'estima parvenu à la perfection, elle lui déclara que c'était un début et voulez-vous bien me refaire les études 7 et 13 de Popper, je vous prie, pas trop vite, à l'endroit puis à l'envers, par acquit de conscience. Ses mains étaient capables de prodiges que Quentin ne pourrait jamais reproduire. Bref, c'eût été intolérable s'il n'avait pas eu le béguin grave pour le professeur Sunderland.

Il avait presque le sentiment de trahir Julia. Mais que lui devait-il, après tout ? On ne pouvait pas dire qu'elle s'était souciée de son sort. Et le professeur Sunderland était là et bien là. Autant choisir quelqu'un qui fasse partie de son monde. Julia avait eu sa chance.

Désormais, Quentin passait beaucoup plus de temps avec Alice et Penny. Selon le règlement de Brakebills, l'extinction des feux sonnait à onze heures pour les bizuths, mais, étant donné leur charge de travail, tous trois étaient obligés de ne pas en tenir compte. Heureusement, il y avait dans l'une des ailes réservées aux étudiants une petite salle d'étude qui, à en croire la légende, était protégée contre les charmes mis en place par l'administration pour faire respecter le couvre-feu. Sans doute était-elle là pour s'adapter aux cas particuliers tels que le leur. C'était un local mal entretenu – une salle en forme de trapèze, poussiéreuse et privée de fenêtres –, mais meublé d'un sofa, d'une table et de plusieurs chaises, et le personnel de l'école n'y mettait jamais les pieds après onze heures du soir, si bien que Quentin, Alice et Penny s'y précipitaient dès que leurs camarades allaient se coucher.

Ils formaient une étrange petite tribu : Alice, penchée sur la table ; Quentin, vautré sur le sofa ; Penny, assis par terre en tailleur quand il ne faisait pas les cent pas. Les horribles manuels de la mère Popper étaient munis d'un charme spécial : quand on s'entraînait devant eux, ils vous signifiaient le succès en virant au vert, l'échec en virant au rouge, mais, à la grande irritation des étudiants, ils ne vous expliquaient jamais de quelle façon vous aviez foiré.

Alice le savait, elle. C'était l'enfant prodige du trio, douée d'une souplesse incroyable des mains et des poignets, et d'une mémoire carrément phénoménale. En matière de langues, elle était omnivore et insatiable. Alors que ses condisciples continuaient de se battre avec l'anglais médiéval, elle se plongeait déjà dans l'arabe, l'araméen, le haut allemand et le vieux slave. Toujours affligée d'une timidité maladive, elle perdait un peu de sa réserve durant les heures qu'elle passait en compagnie de Quentin et Penny, à tel point qu'elle échangea avec eux des notes et des astuces. De temps à autre, elle leur faisait même la démonstration de son sens de l'humour, quoiqu'elle préférât leur sortir ses vannes en vieux slave.

De toute façon, Penny ne les aurait sans doute pas pigées. Lui n'avait aucun sens de l'humour. Il s'exerçait dans son coin, marmonnant et observant ses mains pâles en train de voleter dans un gigantesque miroir baroque au cadre doré posé contre le mur. Ce miroir était placé sous un enchantement en fin de vie, si bien que le reflet de Penny y était parfois remplacé par l'image d'une colline vierge de tout arbre, une bosse herbue sous un ciel chargé de nuages. On aurait dit une télé à l'antenne mal réglée, qui eût capté une image provenant de l'autre bout de la planète, voire d'un autre monde.

Plutôt que de faire une pause, Penny attendait sans broncher que cette image ait disparu. Ce miroir filait les jetons à Quentin, comme si une horrible créature allait surgir au sommet de la colline, à moins qu'elle ne fût enfouie dans ses profondeurs.

— Je me demande où c'est, dit Alice. En réalité, je veux dire.

— Je ne sais pas, répondit Quentin. À Fillory, peut-être.

— Dans ce cas, on doit pouvoir entrer dans le miroir. Ça marche toujours ainsi dans les livres.

— Ce serait génial, non ? Imagine un peu : on passe de l'autre côté, on bachote pendant un mois et on revient pour passer l'examen haut la main.

— Ne me dis pas que tu envisages de faire un tour à Fillory afin de pouvoir bosser en paix ! s'exclama Alice. Je crois que je n'ai jamais rien entendu d'aussi navrant.

— Un peu de calme, s'il vous plaît, dit Penny.

Pour un punk, il était vraiment rabat-joie.

L'hiver arriva, un de ces hivers glacials typiques de la vallée de l'Hudson. Les fontaines gelèrent et le Dédale se dessina en traits de neige, sauf là où les animaux topiaires s'en débarrassaient en s'ébrouant. Quentin, Alice et Penny s'éloignèrent de leurs camarades de classe, auxquels ils inspiraient une envie teintée de ressentiment que Quentin ne pouvait qu'accepter, n'ayant ni le temps ni l'énergie nécessaires pour s'y opposer. Apparemment, ils formaient désormais un petit club sélect à l'intérieur du club déjà sélect des étudiants de Brakebills.

Quentin redécouvrait l'amour du travail bien fait. Ce n'était pas la soif de connaissance qui le motivait, pas plus que le désir de répondre aux attentes du professeur Van der Weghe. C'était la satisfaction familière perverse que lui apportait un labeur répétitif et épuisant, le même plaisir masochiste grâce auquel il avait maîtrisé le Mill's Mess, le mélange faro et la coupe Charlier, et jadis, quand il était en quatrième, le calcul intégral.

Quelques-uns des étudiants plus âgés prirent en pitié les trois bachoteurs. Ils en firent leurs mascottes, comme des gamins de maternelle adoptant une famille de hamsters. Ils les encourageaient, leur apportaient des en-cas et des boissons en dehors des heures de repas. Eliot lui-même condescendit à leur rendre visite, leur refilant quelques charmes et talismans proscrits qui leur permettraient de lire plus vite et de se passer de dormir, bien que leur efficacité demeurât des plus douteuse. Il prétendait les avoir achetés à un colporteur un peu crapuleux qui passait à Brakebills une ou deux fois par an, au volant d'un vieux break orné de boiseries et bourré jusqu'à la gueule d'un invraisemblable bric-à-brac.

Décembre passa, silencieux comme un skieur glissant sur la neige, dans un rêve éveillé de travaux forcés. Des travaux qui n'avaient plus aucun rapport avec l'objectif qu'ils étaient conçus pour atteindre. Jusqu'aux séances de Quentin avec le professeur Sunderland qui perdirent tout attrait. Il se surprenait à fixer la partie supérieure de ses seins gorgés de suc et hautement tripotables alors qu'il aurait dû se concentrer sur des problèmes plus urgents – la position de son pouce, par exemple. Loin de l'exciter, son béguin le plongeait dans la déprime, comme s'il était passé du temps des premiers frissons à celui de la nostalgie d'un amour perdu sans vivre la liaison charnelle qui venait entre les deux.

Assis en haut des gradins, il suivait d'une oreille distraite le cours du professeur March, empli d'un profond mépris pour ses condisciples qui trimaient sur l'étude 27 de lady Popper alors qu'il avait déjà escaladé le glorieux sommet de l'étude 51, pour le voir s'estomper sous ses pieds tandis qu'il poursuivait son ascension. Il en vint à détester la sinistre salle trapézoïdale où Penny, Alice et lui bachotaient le soir venu. Il détestait l'odeur âcre du café qu'ils y avalaient, à tel point qu'il fut tenté de goûter au speed que Penny lui avait substitué. L'être irascible, hautain et malheureux qu'il devenait peu à peu lui était hélas familier : il ressemblait comme deux gouttes d'eau au Quentin qu'il croyait avoir laissé derrière lui à Brooklyn.

Il n'était pas obligé de s'installer en permanence dans la salle trapézoïdale. Le week-end, il pouvait bosser où il le voulait, du moins pendant la journée. Le plus souvent, il restait dans sa chambre, mais il lui arrivait parfois d'emprunter l'escalier en colimaçon qui menait à l'observatoire, une installation respectable quoique antique aménagée au sommet d'une tour. Elle abritait un gigantesque télescope du XIXe siècle, de la taille d'un poteau téléphonique, qui saillait suivant un angle aigu d'un dôme de cuivre vert-de-grisé. L'un des enseignants devait être amoureux fou de cet instrument démodé, car l'extravagant système de rouages en cuivre sur lequel il reposait était régulièrement graissé et entretenu avec un soin maniaque.

Quentin aimait bien s'y rendre pour lire, car l'observatoire était haut placé, bien chauffé et relativement peu fréquenté : non seulement il était difficile d'accès, mais en outre le télescope ne servait à rien durant la journée. En règle générale, il avait droit là-haut à un après-midi de calme et de solitude, quoique tempéré d'une certaine froidure. Mais un samedi de novembre, il découvrit qu'un autre que lui connaissait ce refuge. Lorsqu'il arriva en haut de l'escalier en colimaçon, la trappe d'accès était déjà ouverte. Il passa la tête dans la salle circulaire éclairée d'une lueur ambrée.

C'était comme s'il accédait à la lisière d'un autre monde, d'une autre planète, étrangement semblable à la sienne et cependant différente. L'intrus n'était autre qu'Eliot. Il était agenouillé comme un suppliant devant un vieux fauteuil orange au capitonnage déchiré, placé au milieu de la pièce, au centre exact du rail circulaire sur lequel se déplaçait le télescope. Quentin s'était toujours demandé qui avait fait venir ce fauteuil ici et pourquoi on avait pris cette peine – il y avait de la magie là-dessous, car jamais il n'aurait pu passer par la trappe, encore moins par l'une des petites fenêtres.

Eliot n'était pas seul. Quelqu'un était assis dans le fauteuil. L'angle de vue n'était guère propice, mais Quentin crut reconnaître un étudiant de deuxième année, un type quelconque aux joues lisses et aux cheveux roux un peu raides. À peine s'il le connaissait. Il devait s'appeler Eric.

— Non, fit Eric, qui répéta aussitôt : Non ! Absolument pas.

Il souriait. Eliot fit mine de se lever, mais le garçon lui plaqua les mains sur les épaules pour l'en empêcher. Il n'était pas du genre costaud. L'autorité qu'il exerçait sur Eliot n'avait rien de physique.

— Tu connais les règles, reprit-il, comme s'il s'adressait à un enfant.

— S'il te plaît ? Juste une fois ?

Jamais Quentin n'avait entendu Eliot s'exprimer sur ce ton infantile et geignard. Jamais il ne l'en aurait cru capable.

— S'il te plaît ? insista-t-il.

— Absolument pas ! répéta Eric en touchant du bout de l'index le long nez pâle d'Eliot. Pas avant que tu n'aies fini toutes tes corvées. Jusqu'à la dernière. Et enlève cette chemise ridicule, tu es pathétique.

Quentin comprit qu'ils avaient déjà joué à ce petit jeu. Ce qui se déroulait sous ses yeux tenait du rituel intime.

— D'accord, d'accord, fit Eliot d'une voix irritée. Et il n'y a rien à reprocher à cette chemise, ajouta-t-il en marmonnant.

Eric lui adressa un regard mauvais. Puis il lâcha un glaviot sur la chemise en question. Quentin perçut une lueur de frayeur dans les yeux d'Eric, qui se demandait sans doute s'il était allé trop loin. Et en dépit du mauvais angle de vue qui lui était imposé, il ne perdit pas un seul des mouvements d'Eliot lorsque celui-ci déboucla la ceinture d'Eric puis déboutonna sa braguette et abaissa son pantalon, révélant des cuisses minces et pâles.

— Doucement, avertit Eric. (Si c'était un jeu à ses yeux, il y jouait sans une once d'affection.) Petite salope. Tu connais les règles.

Quentin n'aurait su dire pourquoi il attendit une minute encore avant de reculer et de redescendre l'escalier, pour se réfugier dans son univers prévisible et bien rangé, mais il n'arrivait pas à s'arracher au spectacle. Ce qu'il voyait là, c'étaient les rouages mis à nu de la machinerie émotionnelle d'Eliot. Comment pouvait-il en être surpris ? Peut-être que le même scénario se reproduisait tous les ans ; peut-être qu'Eliot sélectionnait un ou deux garçons par année scolaire, les prenant sous son aile puis les chassant quand ils avaient cessé de le séduire. Était-il vraiment obligé de se planquer comme ça, même ici, à Brakebills ? D'une certaine façon, Quentin était blessé : si c'était ce qu'Eliot attendait, pourquoi ne lui en avait-il rien dit ? Quoique, même s'il était avide de ses attentions, il ignorait s'il aurait pu aller jusqu'au bout. Mieux valait qu'il n'ait pas eu à faire ce choix. Jamais Eliot ne lui aurait pardonné un refus.

L'appétit avec lequel Eliot fixait l'objet sur lequel il allait accomplir ses corvées ne ressemblait à rien de ce que connaissait Quentin. Il se trouvait pile dans le champ visuel d'Eliot, mais celui-ci ne le voyait pas.

Il décida d'aller lire ailleurs.

Il acheva le tome premier des *Travaux pratiques du magicien en herbe* de lady Amelia Popper à minuit pile, la veille de l'examen, un dimanche. Il referma le livre et resta une minute à en contempler la couverture. Il avait les mains qui tremblaient. La tête qui tournait doucement. Le corps anormalement pesant. Il ne pouvait pas rester là mais il était trop énervé pour se coucher. S'arrachant aux ressorts cassés du sofa, il annonça à la cantonade qu'il allait faire un tour.

À sa grande surprise, Alice proposa de l'accompagner. Penny garda les yeux braqués sur le paysage dans la glace, attendant que réapparaisse son reflet pâle et stoïque afin de reprendre ses exercices. Il ne réagit même pas lorsqu'ils sortirent.

Quentin envisageait de traverser le Dédale puis la Mer enneigée jusqu'à la lisière de la forêt, c'est-à-dire là par où il était arrivé, pour contempler ensuite la masse silencieuse de la Maison, méditer sur les raisons pour lesquelles son séjour était bien moins amusant que prévu et se calmer suffisamment pour pouvoir aller se coucher. La compagnie d'Alice ne l'empêcherait nullement d'appliquer ce programme, se dit-il. Il se dirigea vers la grande porte-fenêtre qui s'ouvrait sur la terrasse de derrière.

— Pas par là, dit Alice.

À cette heure, expliqua l'Infaillible Alice, l'ouverture de cette porte déclencherait un signal d'alarme magique dans la chambre du professeur de garde, lequel mettrait la main au collet de l'étudiant qui ne respectait pas le couvre-feu. Elle le conduisit devant une porte de service dissimulée derrière une tenture et vierge de toute chausse-trape, qui s'ouvrait sur une haie couverte de neige. Ils se faufilèrent par l'embrasure pour sortir dans la nuit glaciale.

Quentin mesurait vingt centimètres de plus qu'Alice, une différence surtout sensible au niveau des jambes, mais elle n'eut aucun mal à suivre la cadence qu'il lui imposa. Ils négocièrent le Dédale au clair de lune et traversèrent la Mer gelée. La couche de neige avait quinze centimètres d'épaisseur et ils la chassaient devant eux en marchant.

— Je sors toutes les nuits, déclara Alice, rompant le silence.

Déjà à moitié endormi, Quentin avait oublié sa présence.

— Toutes les nuits ? répéta-t-il bêtement. Ah bon ? Pourquoi ?

— Oh… comme ça. (Elle soupira, projetant un petit panache que le clair de lune fit virer au blanc.) Pour m'éclaircir les idées.

Les filles font pas mal de bruit dans la tour. Impossible de réfléchir. Dehors, c'est plus calme.

Étrange comme il lui semblait banal de côtoyer Alice, d'ordinaire plutôt asociale.

— Il fait froid ici. Tu crois qu'ils savent que tu violes le couvre-feu ?

— Évidemment. Enfin, Fogg est au courant, lui.

— Alors dans ce cas, pourquoi…

— Pourquoi sortir par la porte de service ?

La Mer ressemblait à un drap immaculé étalé tout autour d'eux et bordé avec soin. Hormis quelques cerfs et quelques dindons, nul ne l'avait foulée depuis la dernière chute de neige.

— À mon avis, il s'en fiche de savoir si on va faire un tour dehors, reprit-elle. Mais il nous est reconnaissant de ne pas le déranger.

Ils atteignirent la bordure de la vaste pelouse et se retournèrent vers la Maison. Une seule fenêtre y était allumée, celle de la chambre d'un prof au premier ou au deuxième étage. Un hibou ulula. Une lune floue teintait les nuages de blanc au-dessus des toits en ombre chinoise. Cette scène évoquait un petit globe attendant qu'on le secoue pour y faire tomber la neige.

Quentin repensa soudain à un passage du *Monde dans les murs*, celui où Martin et Helen s'enfoncent dans les bois gelés en quête des arbres enchantés par la Rouageuse, qui a introduit une horloge dans le tronc de chacun d'eux. Dans le registre méchant, la Rouageuse était un drôle de spécimen, car elle ne faisait pratiquement jamais le mal, ou du moins personne ne la prenait jamais sur le fait. En règle générale, on l'entrevoyait dans le lointain, courant avec un livre dans une main et une montre dans l'autre ; parfois, elle conduisait un carrosse-horloge en or moulu horriblement surchargé qui tictaquait pour signaler son passage. Sa figure était en permanence dissimulée par une voilette. Où qu'elle aille, elle se débrouillait pour glisser des horloges dans les arbres.

Quentin se surprit à tendre l'oreille, mais, en guise de tic-tac, il n'entendait que des craquements étouffés provenant des profondeurs de la forêt.

— C'est ici que je suis arrivé le premier jour, expliqua-t-il. Durant l'été. J'ignorais jusqu'à l'existence de Brakebills. Je croyais que j'avais atterri à Fillory.

Alice partit d'un petit rire, un trille étonnamment joyeux. Quentin n'avait pas cherché à être drôle.

— Pardon, fit-elle. Mon Dieu ! j'adorais ces livres quand j'étais petite.

— Par où es-tu arrivée, toi ?

— Par ici, dit-elle en désignant un groupe d'arbres parfaitement quelconques. Mais je n'ai pas fait comme toi, je n'ai pas franchi un portail.

Sans doute avait-on réservé une autre forme de transport magique à l'Ineffable Alice, se dit-il. Difficile de ne pas l'envier. Une cabine téléphonique fantôme ou un chariot de feu, probablement. Tiré par des sombrals.

— Je suis arrivée ici tout simplement ? Sans y être invitée ? (Elle s'exprimait sur le mode interrogatif, avec un détachement exagéré, sans doute pour dissimuler son trouble.) Mon frère était venu ici. Je souhaitais ardemment en faire autant, mais ils ne se décidaient jamais à m'Inviter. Au bout d'un moment, comme je risquais de passer l'âge, je me suis enfuie de chez moi. J'attendais, j'attendais, mais l'Invitation n'arrivait toujours pas. J'étais déjà trop vieille pour la première année, c'était couru. J'ai un an de plus que toi, tu sais.

Non, il ne savait pas. Elle paraissait plus jeune.

— J'ai pris un bus pour aller d'Urbana à Poughkeepsie, et ensuite un taxi après l'autre pour m'approcher le plus possible. Il n'y a aucune allée accédant au domaine, tu l'avais remarqué ? Et pas une seule route non plus. La plus proche, c'est l'autoroute. (C'était le plus long discours que Quentin ait entendu dans la bouche d'Alice.) J'ai dit au chauffeur de me déposer sur le bas-côté, au beau milieu de nulle part. J'ai parcouru à pied les sept ou huit derniers kilomètres. Je me suis perdue. J'ai dormi dans la forêt.

— Dans la forêt ? À même le sol, tu veux dire ?

— Je sais, j'aurais dû penser à emporter une tente. Ou un sac de couchage. Je ne savais pas ce que je faisais, j'étais hystérique.

— Et ton frère ? Il ne pouvait pas te faire entrer ?

— Il est mort.

Elle communiqua cette information d'une voix neutre, mais Quentin fut néanmoins choqué. Jamais il n'aurait imaginé qu'Alice avait un frère, encore moins un frère mort. Ni qu'elle avait mené une vie qui n'était pas enchantée.

— Alice, ça n'a pas de sens. Tu es la plus intelligente de notre classe, tu le sais ?

Elle repoussa ce compliment d'un haussement d'épaules, sans quitter la Maison du regard.

— Donc tu as débarqué sans prévenir ? Comment ils ont réagi ?

— Ils n'arrivaient pas à y croire. Nul n'est censé pouvoir trouver la Maison par ses propres moyens. Ils ont d'abord cru à un accident, mais ce domaine est imprégné d'une ancienne magie, c'est évident, de la magie en quantité. Fais agir les charmes révélateurs quand tu les auras maîtrisés, et tu verras que ça s'illumine de partout. D'abord, ils m'ont prise pour une SDF. J'avais des brindilles dans les cheveux. J'avais pleuré toute la nuit. Le professeur Van der Weghe a eu pitié de moi. Elle m'a donné du café et m'a autorisée à passer l'Examen en solo. Fogg ne le voulait pas, mais elle l'y a obligé.

— Et tu l'as réussi.

Nouveau haussement d'épaules.

— Je ne pige toujours pas, insista Quentin. Pourquoi n'as-tu pas été Invitée comme le reste d'entre nous ?

Elle ne répondit pas mais fixa la lune floue d'un œil furibond. Des larmes coulaient sur ses joues. Il comprit alors qu'il venait de formuler sans y penser l'interrogation fondamentale qui sous-tendait la présence d'Alice à Brakebills. Et, mieux vaut tard que jamais, il comprit aussi qu'il n'était pas le seul élève à avoir des problèmes et à s'y sentir étranger. Alice n'était pas une concurrente, une rivale dont l'unique but était de réussir et, ce faisant, d'attenter à son bonheur. C'était une personne avec ses propres sentiments et ses propres espoirs, son histoire personnelle et ses cauchemars. À sa façon, elle était aussi paumée que lui.

Ils se tenaient à l'ombre d'un gigantesque sapin, un colosse bleu-gris ployant sous la neige. Quentin pensa à Noël et se rappela avec un sursaut qu'ils avaient raté cette fête. La faute au décalage temporel qui affectait Brakebills. Dans le reste du monde, Noël avait eu lieu deux mois plus tôt, sans même qu'il le remarque. Ses parents l'avaient évoqué au téléphone, mais il n'avait pas percuté. Bizarre comme de tels détails cessent d'avoir de l'importance. Il se demanda comment James et Julia avaient passé leurs vacances. Ils avaient envisagé d'aller tous les trois à Lake Placid. Les parents de Julia y possédaient un chalet.

Oui, quelle importance ? La neige recommençait à tomber, de légers flocons se posaient sur ses cils. Qu'est-ce qui pouvait valoir la peine de trimer comme ils le faisaient ? Quel était donc leur objectif ? Le pouvoir, supposa-t-il, ou alors la connaissance. Des notions ridiculement abstraites. La réponse aurait pourtant dû être évidente. Mais il ne parvenait pas à la trouver.

Alice se mit à frissonner de froid. Elle serra ses bras autour d'elle.

— Eh bien, je suis ravi que tu sois ici, quel que soit le chemin que tu as pris, dit Quentin, un peu pataud. Nous en sommes tous ravis.

Il lui passa un bras autour des épaules. Si elle ne se blottit pas contre lui, ne lui signifia pas que son geste la réconfortait, au moins s'abstint-elle de piquer une crise, comme il le redoutait.

— Viens, rentrons avant que Fogg pète les plombs pour de bon, reprit-il. Et je te rappelle qu'on a un exam' demain. Si tu es trop crevée, jamais tu ne seras en état de l'apprécier.

Ils passèrent l'examen le lendemain matin, le lundi de la troisième semaine de décembre à Brakebills. Deux heures d'épreuves écrites et deux heures d'exercices pratiques. On ne leur demanda guère de concevoir des charmes. Quentin passa le plus clair de son temps dans une salle déserte pendant que trois examinateurs, deux profs de Brakebills et une troisième venue de l'extérieur (elle avait un fort accent allemand, ou peut-être suisse), l'écoutèrent réciter des incantations en anglais médiéval et identifier des formes de charmes, puis le regardèrent tracer dans l'air des cercles parfaits de divers diamètres, dans le sens direct puis indirect, avec tel doigt puis tel autre, tandis qu'une manne de neige poudreuse tombait en silence du ciel blanc. C'était si peu spectaculaire qu'il en était franchement déçu.

Les résultats leur furent communiqués le lendemain matin dès la première heure, sous la forme d'une feuille d'épais papier couleur crème ressemblant à un carton d'invitation, pliée en deux et glissée sous la porte de leur chambre. Quentin avait réussi, Alice avait réussi et Penny avait échoué.

LE DISPARU

BRAKEBILLS fermait pendant les deux dernières semaines de décembre. Au début, Quentin ne comprit pas pourquoi l'idée de rentrer à la maison lui répugnait à ce point, puis il se rendit compte que ce n'était pas la maison qui le terrifiait le plus. Ce qu'il craignait, c'était qu'on lui interdise de revenir à Brakebills une fois qu'il en serait parti. Jamais il n'en retrouverait la route : on fermerait à double tour la porte secrète donnant sur le jardin, dont les contours seraient à jamais perdus au sein des vignes et des pierres, et il se retrouverait piégé dans la réalité.

Au bout du compte, il passa cinq jours chez ses parents. Et, l'espace d'un instant, alors qu'il montait les marches du perron et humait une senteur qui lui était familière, un mélange de graillon, de térébenthine, de tapis d'Orient et de poussière, alors qu'il retrouvait le sourire dentu et exaspéré de sa mère, la bonne humeur un peu forcée de son père, il redevint celui qu'il était naguère en leur présence et éprouva l'attraction gravitationnelle du petit garçon qu'il serait pour toujours dans les tréfonds de son âme. Il se persuada alors qu'il avait eu tort de partir et que cette vie-là était celle qui lui était échue.

Mais le charme ne dura pas. Il ne pouvait pas rester là. Sans qu'il puisse dire pourquoi, la maison de ses parents lui était devenue insupportable. Après avoir vécu dans sa chambre en haut de la tour, comment pourrait-il se contenter de cette minable piaule de Brooklyn, avec sa peinture blanche écaillée, ses barreaux à la fenêtre et sa vue sur un terrain vague miteux ?

Si polis, si bien intentionnés fussent-ils, il n'avait rien à dire à ses parents. Leurs attentions et leur indifférence étaient également intolérables. Son monde était désormais complexe, intéressant et magique. Le leur était quotidien et domestique. Ils ne comprenaient pas que seul importait le monde qui leur était invisible, et ils ne le comprendraient jamais.

Il arriva un jeudi. Le vendredi, il envoya un texto à James et, le samedi matin, il le retrouva en compagnie de Julia près d'une rampe de mise à l'eau abandonnée au bord du canal de Gowanus. Difficile de dire pourquoi ce coin leur plaisait tant, hormis parce qu'il était relativement calme et situé à égale distance de leurs domiciles respectifs – il se trouvait au bout d'une impasse et, pour y accéder, on devait passer par-dessus une clôture en métal rouillé. Il y régnait une tranquillité apaisante, comme partout au bord de l'eau, même la plus stagnante et la plus empoisonnée. On pouvait s'asseoir sur un muret en béton pour faire des ronds dans l'eau du canal avec des cailloux. Sur l'autre berge, un entrepôt de brique incendié aux fenêtres romanes dominait la scène de toute sa masse. Une future copropriété huppée, sans aucun doute.

S'il était heureux de revoir James et Julia, il l'était encore plus de constater à quel point il avait changé par rapport à eux. Brakebills l'avait sauvé. Il n'avait plus rien à voir avec le gosse geignard qu'il avait été, le faire-valoir de l'un et l'amoureux transi de l'autre. Lorsque James et lui échangèrent un salut bourru et une poignée de main virile, il ne retrouva pas en lui la subtile déférence qui le saisissait en présence de son ami, comme si c'était lui le véritable héros de l'histoire de Quentin. Quand il revit Julia, il chercha en lui l'amour qu'elle lui inspirait naguère. Si ce sentiment n'avait pas tout à fait disparu, il évoquait désormais une douleur résiduelle, le souvenir d'une souffrance en voie de disparition – un éclat d'obus impossible à extraire, peut-être.

Quentin s'était attendu à les voir manifester une joie sans mélange. Certes, il savait qu'il les avait quittés de façon abrupte, sans leur donner la moindre explication, mais il ignorait à quel point cela les avait blessés. Ils restèrent assis côte à côte, tous trois contemplant les eaux, tandis que Quentin leur servait une vague description de l'établissement supérieur, obscur mais extrêmement sélect, qu'il fréquentait pour une raison restant encore à déterminer. Il ne s'étendit pas sur le cursus qu'on y enseignait, préférant se concentrer sur l'architecture du lieu. James et Julia se serrèrent l'un contre l'autre pour se protéger de la froidure de mars (à Brooklyn, on était en mars), tel un vieux couple se reposant sur un banc dans un jardin public. Lorsque vint son tour de prendre la parole, James évoqua ses projets de fin d'études secondaires, le bal de fin d'année, des profs auxquels Quentin n'avait pas pensé une seule fois en six mois – incroyable que toutes ces choses aient pu se passer, que James s'en soucie encore, qu'il ne voie pas à quel point tout avait changé. Une fois que la magie devenait réelle, tout le reste semblait si irréel.

Quant à Julia… Pendant son absence, il était arrivé quelque chose à sa délicate Julia, étoilée d'éphélides. Était-ce parce qu'il avait cessé de l'aimer, tout simplement ? La voyait-il telle qu'elle était pour la première fois de sa vie ? Mais non : elle arborait des cheveux plus longs, plus raides – elle leur avait fait quelque chose pour les empêcher de boucler –, et des cernes noirs sous les yeux. Avant, elle ne fumait que pendant les soirées, et voilà qu'elle grillait cigarette sur cigarette, fourrant chaque mégot dans un poteau d'acier évidé. James lui-même semblait s'en inquiéter, se montrait encore plus protecteur. Elle observait les deux jeunes hommes d'un œil froid, sa jupe noire voletant autour de ses genoux nus. Par la suite, il n'aurait su dire si elle avait ouvert la bouche ce jour-là.

Le soir venu, impatient de savourer un échantillon du monde magique qui lui manquait déjà, Quentin fouilla sa collection de livres de poche en quête d'une des Chroniques et resta éveillé jusqu'à trois heures du matin pour relire *La Forêt volante*, l'un des épisodes les plus décousus et les moins intéressants de la série, dont le héros n'était autre que Rupert, le plus maladroit et le plus inconscient des frères Chatwin. Accompagné de la jolie princesse Fiona, Rupert entre dans Fillory via les plus hautes branches de l'arbre où il adore grimper, et tous deux passent la totalité du livre à rechercher l'origine d'un mystérieux tic-tac qui prive de sommeil leur ami Chaudetache (un léopard doué d'une ouïe exceptionnelle).

Les coupables se révèlent être une tribu de nains qui ont évidé toute une montagne pour en extraire le cuivre puis ont fabriqué avec celui-ci un gigantesque chronomètre. (Jusque-là, Quentin n'avait pas remarqué à quel point Plover était obsédé par l'horlogerie.) Sur la fin, Rupert et Fiona recrutent un aimable géant qui se contente d'enterrer le chronomètre dans les profondeurs de la terre au moyen de son énorme pioche, étouffant son tic-tac et apaisant Chaudetache sans toutefois contrarier les nains, qui, en bons troglodytes, n'aiment rien tant que se retrouver ensevelis. Ensuite, nos héros regagnent Blancheflèche, le château royal, un élégant édifice abritant des rouages complexes. Grâce à un gigantesque ressort animé par des moulins à vent, les tours du château se meuvent en permanence comme en une danse solennelle et un rien empesée.

À présent qu'il avait étudié à Brakebills et s'y connaissait un peu en magie, il lisait Plover d'un œil bien plus critique. Il aurait voulu connaître les détails techniques des charmes cités dans le texte. Et pourquoi les nains avaient-ils entrepris de construire ce gigantesque chronomètre ? Quant au dénouement, il avait un parfum d'inachevé et lui faisait penser au *Cœur révélateur*. Rien ne reste enfoui à jamais. Et où diable était la forêt volante promise par le titre ? Où étaient Ambre et Ombre, les nobles béliers jumeaux chargés de patrouiller Fillory et d'y maintenir l'ordre ? Certes, il était rare qu'ils se montrent après que les Chatwin avaient réglé le problème en cours. Leur rôle semblait être de veiller à ce que les Chatwin en question ne s'attardent pas dans le royaume magique – c'étaient Ambre et Ombre qui les renvoyaient en Angleterre lorsque approchait la fin du livre. Un des détails que Quentin détestait le plus dans les Chroniques. Pourquoi n'avaient-ils pas le droit de rester ? Qui est-ce que ça gênait ?

De toute évidence, Christopher Plover ne connaissait rien à la vraie magie. Ce n'était même pas un véritable Anglais : à en croire la quatrième de couverture, c'était un Américain qui avait fait fortune dans la mercerie durant les années 1920 et s'était établi en Cornouailles juste avant la chute de la Bourse. Célibataire endurci, comme disait le cliché, et piqué d'anglophilie, il avait décidé de prononcer son nom à l'anglaise (« Pluvver ») et adopté le mode de vie d'un gentleman-farmer à la domesticité abondante. (Seul un Américain anglophile avait pu créer un monde aussi *british* que Fillory, un monde plus *british* que nature.) La légende voulait qu'il ait existé des enfants Chatwin, qu'il s'agisse en fait de ses voisins. Plover affirmait qu'il ne faisait que coucher sur le papier les merveilleuses histoires qu'ils venaient lui raconter.

Mais le vrai mystère de *La Forêt volante*, que les fans de la série et les universitaires en goguette ne se lassaient pas d'analyser, résidait dans les toutes dernières pages. Une fois réglé le problème du chronomètre géant, Rupert et Fiona se préparent à savourer un festin avec Chaudetache et sa famille – laquelle compte dans ses rangs une épouse léopard aguichante et quantité de petits léopards tout mignons – lorsque, soudain, voilà qu'arrive Martin, l'aîné des Chatwin, qui a découvert Fillory dans *Le Monde dans les murs*, le tout premier volume.

Désormais âgé de treize ans, c'est un adolescent pubère presque trop vieux pour connaître des aventures à Fillory. Dans les deux précédents volumes, il était sujet à des sautes d'humeur, capable de passer du jovial au morose en quelques secondes. Dans *La Forêt volante*, il est en pleine phase dépressive. Et il ne tarde pas à se battre avec Rupert, son frère cadet beaucoup plus gai. Injures et mode de pugilat sont typiquement *british*. Le clan Chaudetache observe les événements avec un détachement typiquement félin. Puis Martin s'écarte de son frère, la chemise en bataille et un bouton manquant à l'appel, et lui dit en hurlant que c'est lui qui a découvert Fillory, que c'est *lui* et pas *eux* qui aurait dû vivre la présente aventure. Et puis ce n'est pas juste, ajoute-t-il : pourquoi doivent-ils toujours rentrer chez eux à la fin ? Lui qui est un héros à Fillory, il demeure un parfait inconnu chez lui. De sa voix la plus glaciale, Fiona lui ordonne de ne pas se conduire comme un bébé. Martin les plante là pour s'enfoncer dans la forêt Ténébreuse, pleurant des larmes d'écolier *british* geignard.

Et puis… jamais il n'en revient. Fillory l'engloutit. Martin est absent des deux derniers livres – *Une mer secrète* et *La Dune vagabonde* – et, bien que son frère et ses sœurs s'acharnent à le chercher, ils ne le retrouvent jamais. (Quentin pensa soudain au frère de cette pauvre Alice.) Comme la plupart des fans, il supposait que Plover comptait faire réapparaître Martin dans le tout dernier livre, repentant et ayant recouvré son équilibre, mais l'auteur était décédé subitement alors qu'il venait tout juste d'achever *La Dune vagabonde*, et on ne trouva aucun autre synopsis dans ses archives. C'était une énigme littéraire comparable au *Mystère d'Edwin Drood*, le roman inachevé de Dickens. Martin resterait pour l'éternité le garçon qui avait disparu dans Fillory pour n'en plus jamais revenir.

Quentin pensait que la réponse se trouvait sans doute dans le manuscrit qu'il avait brièvement tenu dans ses mains, *Les Magiciens*, mais qui avait également disparu. Il avait fouillé la Maison de fond en comble et interrogé tous ses occupants, jusqu'à ce qu'il finisse par renoncer. Quelqu'un avait dû le voler, le jeter ou le perdre. Mais qui, et pourquoi ? Peut-être n'avait-il jamais été réel.

Lorsqu'il se réveilla le dimanche matin, il était bien décidé à repartir le plus vite possible. Ici, il ne faisait que ronger son frein. Sa nouvelle vie l'attendait. Sans ressentir plus qu'un soupçon de honte, il improvisa un bobard alambiqué à l'intention de ses parents – un copain de classe plein aux as, un chalet dans le New Hampshire, je sais que je m'y prends à la dernière minute, mais s'il vous plaît ? oh ! s'il vous plaît ? Encore des mensonges, mais comment faire autrement quand on est un jeune magicien tenu de ne pas trahir le secret professionnel ? Il boucla sa valise en hâte – de toute façon, il avait laissé la moitié de ses fringues à l'école – et, une demi-heure plus tard, il marchait dans les rues de Brooklyn. Il fonça droit sur l'ancien jardin collectif et s'enfonça dans ses épais fourrés.

Pour se retrouver devant la clôture de derrière, face à un portique rouillé dans une parcelle privée. Comment se faisait-il que le jardin soit si petit ? Dans ses souvenirs, il était presque aussi vaste qu'une forêt, mais voilà qu'il le découvrait minuscule. Il gaspilla plusieurs minutes à marcher de long en large sur les mauvaises herbes, les gravats et les citrouilles figées par le gel en pleine pourriture, de plus en plus inquiet et de plus en plus gêné. Comment s'y était-il pris la dernière fois ? Le livre était-il nécessaire ? Il lui manquait quelque chose, mais il ne voyait pas de quoi il s'agissait. La magie n'opérait pas. Il s'efforça de reconstituer son trajet. Peut-être n'était-ce pas la bonne heure de la journée.

Quentin décida de manger une part de pizza et de passer ses options en revue, priant pour que nul ne l'aperçoive, lui qui était supposé se trouver dans un train à destination du mont Alibi, dans le New Hampshire. Il ne savait plus que faire. Ça ne marchait plus. Tout était foutu. Assis dans son box, ses bagages à ses pieds, il fixait son reflet dans le miroir qui prenait tout le mur – pourquoi y a-t-il de grands miroirs dans toutes les pizzérias ? – et lisait la rubrique des chiens écrasés dans l'hebdo gratuit du quartier de Park Slope. Les murs se reflétaient les uns dans les autres, formant une galerie spéculaire qui s'éloignait vers l'infini. Et, sous ses yeux, la salle bruyante et animée se figea peu à peu sans qu'il en prenne conscience. Les miroirs virèrent au noir, la lumière s'altéra, le carrelage devint un parquet ciré et, lorsqu'il leva les yeux du gratuit, il s'aperçut qu'il mangeait sa pizza dans la salle commune des première année, à Brakebills.

Du jour au lendemain, sans transition ni cérémonie, Alice et Quentin devinrent des deuxième année. Les cours avaient lieu dans une salle en hémicycle située dans un coin retiré de la Maison. Le soleil qui l'inondait n'y dispensait aucune chaleur et les vitres étaient perpétuellement couvertes de givre. Le matin, ils suivaient l'enseignement du professeur Petitpoids, une vieille Haïtienne corpulente coiffée d'un chapeau pointu noir, qui exigeait d'être appelée « madame la sorcière ». Lorsqu'on lui posait une question, elle répondait une fois sur deux : « Il n'y a pas de mal, fais ce que voudras. » Mais quand il fallait passer à la pratique de la magie, ses doigts boudinés couleur café étaient encore plus efficaces que ceux du professeur Sunderland. L'après-midi, pour les AP, ils avaient le professeur Heckler, un Allemand aux cheveux longs et aux joues bleuies en permanence qui mesurait plus de deux mètres de haut.

Personne ne semblait pressé de se rapprocher des nouveaux venus. Du fait de leur promotion, Quentin et Alice formaient désormais une classe réduite à deux élèves : les première année les jalousaient et les deuxième année les snobaient. Alice avait cessé d'être une vedette : leurs nouveaux condisciples en avaient déjà plusieurs, notamment Amanda Orloff, une fille costaude, bruyante et un peu rustre, aux cheveux raides et ternes, que les profs invitaient régulièrement à démontrer certaines techniques. En bonne fille de militaire, de général à cinq étoiles pour être précis, elle s'exécutait d'une façon efficace et redoutablement compétente, agitant les doigts comme si elle manipulait un Rubik's Cube invisible. On aurait dit qu'elle extrayait par la force la magie du néant.

Les autres étudiants supposèrent que Quentin et Alice étaient des amis proches, voire carrément un couple, ce qui eut pour conséquence de créer entre eux un lien qui n'avait pas eu le temps de se former. Ils étaient bien plus à l'aise ensemble depuis qu'elle lui avait confié le pénible secret de son arrivée à Brakebills. Apparemment, cette confession nocturne l'avait libérée : elle ne semblait plus fragile en permanence – de temps à autre, elle s'exprimait autrement que par murmures et, en insistant un peu, il l'amenait même à lancer quelques vannes. S'il n'était pas sûr à cent pour cent qu'ils étaient devenus amis, il voyait néanmoins qu'elle s'ouvrait un peu à lui. Comme s'il était un perceur de coffre qui aurait réussi – en grande partie par chance – à découvrir le premier chiffre d'une longue combinaison tordue.

Un dimanche après-midi, las de subir l'ostracisme de ses pairs, Quentin alla voir Surendra, son ancien binôme de labo, et l'entraîna au-dehors pour une promenade. Ils parcoururent le Dédale engoncés dans leurs manteaux, pas plus enthousiastes l'un que l'autre. Le soleil brillait dans le ciel mais le froid était mordant. Les haies étaient chargées de stalactites de glace et on trouvait encore des congères dans les coins sombres. Le père de Surendra, un Bengalo-Américain immensément riche, travaillait dans l'informatique à San Diego. À voir la bouille ronde et le sourire béat de son fils, on ne l'aurait pas cru doué d'un tel talent pour le sarcasme ravageur.

Alors qu'ils s'approchaient de la Mer, une deuxième année du nom de Gretchen leur emboîta le pas. Blonde, mince, pourvue de longues jambes, elle avait un physique de ballerine mais était affligée d'une sévère claudication – une maladie congénitale des ligaments, affirmait-elle – et marchait avec une canne.

— Taïaut, les gars !

— Tiens, la boiteuse, dit Quentin.

Sa jambe ne lui inspirait aucun complexe. Elle racontait à qui voulait l'entendre que c'était de cette infirmité qu'elle tirait son pouvoir et que, si elle acceptait de subir une opération, elle cesserait d'être une magicienne. Personne n'aurait su dire si elle mentait ou non.

Tous trois marchèrent jusqu'à la lisière de la pelouse puis firent halte. Quentin se demanda s'il n'avait pas commis une erreur. Aucun d'eux ne semblait savoir où aller ni que faire. Et puis Gretchen et Surendra se connaissaient à peine. Ils passèrent quelques minutes à parler de tout et de rien – les derniers potins, les examens, les profs –, mais Surendra ne pigeait rien aux histoires de deuxième année et son humeur s'assombrissait à vue d'œil. L'après-midi vacilla sur son axe. Quentin ramassa un caillou mouillé et le lança le plus loin possible. Il rebondit sur l'herbe sans un bruit. À son contact, sa main nue se refroidit encore.

— Par ici ! lança Gretchen.

Elle s'avança sur la Mer de sa démarche claudicante, la traversant à une vitesse stupéfiante. Quentin se demanda s'il était censé rire. Ils s'engagèrent dans une étroite allée gravillonnée, traversèrent un petit bosquet de peupliers dénudés et aboutirent dans une clairière proche de la limite du domaine.

Quentin connaissait déjà ce secteur. Un champ tout droit sorti d'*Alice au pays des merveilles*, divisé en carrés et bordé par une large bande de pelouse. Ces carrés, d'environ un mètre de côté, semblaient dessiner un gigantesque damier, bien que celui-ci fût rectangulaire et non carré lui-même, et ils étaient composés de matières diverses : l'eau, la pierre, le sable, l'herbe et deux plaques de métal argenté.

Les carrés d'herbe étaient aussi bien tondus qu'un terrain de golf. Les mares carrées reflétaient dans leurs eaux sombres le ciel d'azur où soufflait le vent.

— C'est quoi, ce truc ? demanda-t-il.

— Que veux-tu dire : c'est quoi ? rétorqua Surendra.

— Quelqu'un a envie de jouer ?

Gretchen fit le tour du damier pour se placer de l'autre côté. Une chaise surélevée peinte en blanc était posée sur le pourtour, évoquant le poste d'un maître-nageur sauveteur ou le siège d'un arbitre de tennis.

— C'est donc un jeu ? dit Quentin.

Surendra lui coula un regard en biais.

— Il y a des moments où je ne te comprends pas, lâcha-t-il.

De toute évidence, il venait de découvrir qu'il savait quelque chose que Quentin ignorait. Gretchen le gratifia d'un regard de conspiratrice, comme si elle partageait son apitoiement. Elle était de ces gens qui se placent sur un pied d'intimité avec de parfaits inconnus.

— Ceci, c'est la bourbasse ! déclara-t-elle avec emphase.

Quentin s'était plus ou moins résigné à mourir de honte.

— Donc c'est un jeu.

— Oh ! c'est beaucoup plus qu'un jeu.

— C'est une passion, enchaîna Surendra.

— C'est un mode de vie.

— C'est un état d'esprit.

— Je peux te l'expliquer si tu as dix ans à perdre, reprit Gretchen en soufflant dans ses mains. Pour me résumer, la première équipe se place d'un côté, la seconde de l'autre, et chacune tente de capturer des cases.

— Et comment s'y prend-on pour capturer une case ?

Gretchen agita les doigts d'un air énigmatique.

— On use de *maaaaagie* !

— Où sont les balais ? demanda Quentin, qui ne plaisantait qu'à moitié.

— Pas besoin de balai. La bourbasse, c'est un peu comme les échecs. Ça fait cinquante millions d'années qu'on l'a inventée. À l'origine, c'était un outil pédagogique, je crois. Certains prétendent que c'était surtout un substitut au duel. Plutôt que de voir les étudiants s'entretuer, on les a incités à jouer à la bourbasse.

— C'était le bon temps.

Surendra tenta de sauter par-dessus une mare carrée, mais il glissa en prenant son élan et se retrouva avec un pied dans l'eau.

— Merde ! s'exclama-t-il en levant les yeux au ciel. Je hais la bourbasse !

Un corbeau s'envola de la cime d'un orme. Derrière les arbres, le soleil sombrait dans un tourbillon de cirrus rosés.

Surendra s'éloigna du damier en agitant les bras.

— Je ne sens plus mes doigts. Rentrons.

Ils reprirent l'allée gravillonnée en direction de la Mer, sans dire un mot mais en se réchauffant les mains de toutes les façons possibles, en les frottant ou en soufflant dessus. La température baissait à mesure que le jour s'estompait. Les arbres se détachaient déjà en ombres chinoises devant le ciel. Ils devaient se presser s'ils voulaient se changer avant le dîner. Quentin se sentait succomber à une profonde impression de futilité. Un troupeau de dindons patrouillait la lisière de la forêt, l'œil aux aguets et la démarche nerveuse, évoquant de par leur aspect saurien un escadron de velociraptors égarés.

Comme ils traversaient la pelouse, Quentin dut répondre à un tir croisé de questions sur Eliot.

— T'es vraiment ami avec ce mec ? demanda Surendra.

— Ouais, enchaîna Gretchen, comment ça se fait que tu le connaisses ?

— Je ne le connais pas si bien que ça. En général, il reste avec ses potes.

Quentin était secrètement fier d'avoir des liens avec Eliot, même si, à dire vrai, ils avaient quasiment cessé de se parler.

— Ouais, je sais, fit Surendra. Les Physiques. Quelle bande de nuls.

— Qu'est-ce que tu veux dire – les Physiques ?

— Mais tu sais bien, toute cette clique. Janet Way et ce gros lard de Josh Hoberman – tous ces nuls. Ils ont choisi la magie physique comme discipline.

Une fois dans le Dédale, ils virent leur haleine monter dans les airs sur fond de feuillage enténébré. À partir de la troisième année, expliqua Surendra, les étudiants choisissaient une forme spécialisée de la magie, ou, plus exactement, c'était les profs qui la choisissaient pour eux. Puis ils étaient divisés en groupes correspondant à leur spécialité.

— Ça n'a pas grande importance, sauf que la discipline favorise le communautarisme – les gens ont tendance à ne plus fréquenter que leurs semblables. Les Physiques sont réputés les plus rares. Ce qui les rend un peu snobs, je pense. Et puis tu es au parfum pour Eliot.

Gretchen haussa les sourcils et se fendit d'un sourire salace. Son nez était rougi par le froid. Ils étaient arrivés devant la terrasse et le soleil couchant se reflétait comme en une anamorphose rosée dans les vitres ondoyantes des portes-fenêtres.

— Non, je ne crois pas être au parfum pour Eliot, déclara Quentin avec quelque raideur. De quoi parlez-vous ?

— Pas au parfum ?

— Ô mon Dieu ! fit Gretchen en feignant l'extase. (Elle posa la main sur le bras de Surendra.) Je te parie qu'il en est… !

À ce moment-là, la porte-fenêtre s'ouvrit et Penny s'avança vers eux d'un pas vif, la chemise en bataille. Son visage rond et pâle semblait surgir de la pénombre. Inexpressif, le regard fixe, il était animé d'une énergie démente. Une fois à leur niveau, il fit un pas de plus, leva le bras et décocha un direct du droit à Quentin.

Les bagarres étaient presque inconnues à Brakebills. Si les étudiants cultivaient ragots et complots, allant parfois jusqu'à saboter les AP de leurs ennemis, les cas de violence physique y avaient pratiquement disparu. Du temps où il vivait à Brooklyn, Quentin avait assisté à des pugilats, mais il n'était pas du genre à s'y mêler. Il ne faisait pas partie des brutes de cour de récré et, du fait de sa grande taille, les brutes avaient tendance à le laisser tranquille. Il n'avait pas de frère avec qui se quereller. La dernière fois qu'il avait reçu des coups, c'était à l'école primaire.

L'espace d'un instant, l'énorme poing de Penny se figea dans son champ visuel, évoquant une comète frôlant dangereusement la Terre, puis une ampoule explosa dans son œil droit. Frappé en pleine figure, il pivota sur ses talons et porta une main à son œil, dans le geste universel de celui qui vient de se prendre un direct en pleine poire. Il cherchait encore à comprendre ce qui lui arrivait lorsque Penny revint à la charge. Cette fois-ci, Quentin eut le temps de se baisser, si bien que le coup l'atteignit à l'oreille.

— Aïe ! hurla-t-il en reculant. Qu'est-ce qui te prend ?

Plusieurs dizaines de fenêtres donnaient sur la terrasse et Quentin eut la vague impression que des rangées de visages fascinés se pressaient contre les vitres.

Livides, bouche bée, Surendra et Gretchen le fixaient d'un air horrifié, comme s'il était responsable de l'incident. De toute évidence, Penny avait appris l'art de se battre au cinéma, car voilà qu'il se déplaçait par petits bonds, esquissait crochets et uppercuts, et dodelinait de la tête comme un boxeur de film noir.

— T'es devenu dingue ou quoi ? lui lança Quentin, plus choqué que blessé.

Les mâchoires crispées, Penny respirait par sifflements saccadés. La salive coulait sur son menton et ses yeux avaient l'air bizarre – l'expression « fixes et dilatés » traversa l'esprit de Quentin. Penny tenta de lui décocher un crochet à la tête ; il l'esquiva, levant les bras tout en se baissant. Il profita de ce que son agresseur était momentanément déséquilibré pour le saisir par la taille.

Tous deux valsèrent quelque temps, tels des danseurs pris de boisson, se soutenant mutuellement pour ne pas tomber, puis ils s'effondrèrent dans un buisson au bord de la terrasse. Une masse de neige les engloutit. Quentin rendait cinq bons centimètres à Penny, et il avait les bras plus longs que lui, mais Penny était plus costaud et il reprit bientôt l'avantage. Puis ils butèrent sur un banc de pierre et churent sur les dalles, Penny se retrouvant au-dessus de Quentin.

Le crâne de celui-ci heurta violemment la terrasse. Un éclair de douleur lui illumina la cervelle. Paradoxalement, cela eut pour effet de lui faire oublier sa peur, ainsi d'ailleurs que le plus clair de ses pensées conscientes, comme si on venait de débarrasser une table de ses assiettes et couverts en tirant sur la nappe. Un seul sentiment l'habitait désormais : une colère aveugle.

Les deux garçons roulèrent de concert, chacun s'efforçant de frapper l'autre tout en évitant ses coups. Le sang coula : Penny s'était entaillé au front. Quentin voulut se relever pour reprendre le match de boxe. Il avait envie de mettre Penny K.-O., de l'étendre pour le compte. Il aperçut Gretchen qui tentait aussi de l'assommer avec sa canne et ne réussissait qu'à taper à côté.

Quentin était calé au-dessus de Penny et venait de libérer sa main droite pour le frapper lorsqu'il sentit des bras puissants lui enserrer le torse, presque avec tendresse, puis le soulever dans les airs. Débarrassé du poids de son adversaire, Penny se redressa d'un bond, tel un diable jaillissant de sa boîte, le souffle court, les joues striées de sang, mais tout un tas de gens les séparaient à présent, la foule les enveloppait, Quentin lui échappait. Le charme était rompu. Le combat était terminé.

Quentin passa l'heure suivante dans des salles dont il ignorait l'existence, à écouter des gens qui lui étaient inconnus le morigéner tout en lui passant sur la figure un linge mouillé. Une vieille femme à la poitrine plantureuse lui jeta un charme à base de cèdre et de thym, qui soulagea grandement sa douleur. Elle lui posa quelque chose de froid sur le crâne, là où il avait cogné la pierre de la terrasse, et murmura une phrase dans une langue asiatique. Sa migraine s'atténua.

Il se sentait encore un peu sonné – il ne souffrait plus mais avait l'impression de parcourir les couloirs de l'école dans un scaphandre, alourdi mais en état d'apesanteur, et d'y croiser quantité de poissons qui s'enfuyaient après avoir braqué sur lui des yeux pleins de curiosité. Les étudiants de son âge et ses cadets le regardaient d'un air émerveillé – il avait le visage tuméfié et un œil au beurre noir. Ses aînés semblaient trouver ça drôle. Quentin décida de mettre les rieurs de son côté. Il fit de son mieux pour paraître calme et amusé. L'espace d'un instant, le visage d'Eliot flotta devant lui, marqué d'une compassion si sincère que Quentin sentit monter des larmes qu'il s'empressa de refouler avec violence. Il apprit par la suite que c'était lui, aidé des autres Physiques, qui avait mis fin à la bagarre. Les bras puissants qui avaient étreint Quentin pour l'écarter de Penny appartenaient à Josh Hoberman – le gros lard.

Il avait raté le dîner et on servait le dessert lorsqu'il s'assit à table, ce qui ne déparait pas dans cette journée de merde. Encore heureux qu'on ne l'ait pas obligé à manger debout. Il ne parvenait pas à s'éclaircir les idées – le monde lui apparaissait comme au bout d'une lorgnette et les bruits ne lui arrivaient qu'étouffés, comme si du coton lui bouchait les oreilles. Il n'avait toujours pas compris la cause de cette bagarre. Pourquoi Penny aurait-il voulu le frapper ? Penny ou un autre, d'ailleurs. Pourquoi courir le risque d'être chassé de Brakebills ?

Il s'obligea à manger un morceau, mais sa première bouchée de gâteau au chocolat lui donna l'impression qu'il avalait de la boue, et ce fut de justesse qu'il arriva aux toilettes avant d'avoir vomi. À ce moment-là, un champ gravitationnel massif s'empara de lui, le pressant irrésistiblement contre le carrelage crasseux comme si un géant l'écrasait de sa main pour, une fois sa prise affermie, peser sur lui de tout son poids afin d'aplatir sa chair sur les carreaux.

Quentin se réveilla dans les ténèbres. Il était couché, mais pas dans son lit. Son crâne l'élançait.

Dire qu'il se réveilla est peut-être exagéré. Le monde était encore trouble à ses yeux et il doutait de l'intégrité de son cerveau. Brakebills était équipée d'une infirmerie, mais il ne s'y était jamais rendu. Il ignorait donc où il se trouvait. Une nouvelle fois, il avait franchi un portail secret, qui donnait celui-ci sur le monde des malades et des blessés.

Une femme prenait soin de lui, une jolie femme. Il ne voyait pas ce qu'elle faisait, mais il sentait ses doigts frais et doux papillonner sur son crâne.

Il s'éclaircit la gorge, sentit un goût amer dans son palais.

— L'infirmière. C'était vous, l'infirmière.

— Moui, fit-elle. Il vaut mieux le dire au passé : c'était un numéro sans lendemain. Ce qui ne m'empêche pas de l'avoir apprécié.

— C'était vous. Le jour de mon arrivée.

— En effet. Je voulais m'assurer que tu passerais bien l'Examen.

— Qu'est-ce que vous faites ici ?

— Il m'arrive de faire un tour.

— Je ne vous ai jamais vue.

— Je veille à passer inaperçue.

Suivit une longue pause, durant laquelle il somnola sans doute. Mais elle était toujours là quand il rouvrit les yeux.

— J'aime bien vos cheveux, dit-il.

Non seulement elle avait renoncé à son uniforme d'infirmière, mais ses cheveux noirs étaient ramenés vers le sommet du crâne et maintenus en place par des barrettes, ce qui faisait ressortir la délicatesse de ses traits. Elle lui avait paru très jeune la première fois et cette impression perdurait, mais il se posait quand même des questions. Sa gravité était celle d'une femme mûre.

— Ces tresses, c'était un peu trop, opina-t-elle.

— L'homme qui est mort ce jour-là… que lui est-il arrivé ? Pourquoi est-il mort ?

— Aucune raison spéciale, dit-elle, un pli vertical sur le front. Il n'était pas censé mourir, mais c'est pourtant ce qu'il a fait. Ça arrive tous les jours.

— Je pensais que ça avait un lien avec ma présence ici.

— Eh bien, il n'est pas anormal que tu te prennes pour quelqu'un d'exceptionnel. Allonge-toi sur le ventre.

Quentin s'exécuta et elle lui appliqua sur la nuque un liquide piquant et odorant.

— Donc ça ne voulait rien dire ?

— La mort veut toujours dire quelque chose. Pourtant, non, celle-ci n'avait rien de spécial. Voilà, c'est fait. Tu dois prendre soin de toi, Quentin. Nous avons besoin que tu sois d'attaque.

Il se remit sur le dos. Son oreiller s'était rafraîchi pendant qu'elle s'occupait de lui. Il ferma les yeux. S'il avait été plus vif, il le savait, il se serait efforcé de déterminer qui elle était et quel rôle elle jouait dans son histoire, ou lui dans la sienne. Mais il n'en avait pas la force.

— Ce livre que vous m'avez donné, dit-il, je crois que je l'ai perdu. Je n'ai pas eu le temps de le lire.

Dans l'état où il était, déprimé, proche de la démence, la perte de cette Chronique inédite lui sembla soudain infiniment triste, une irréparable tragédie. Une larme chaude coula sur sa joue pour se perdre dans son oreille.

— Chut, fit-elle. Le temps n'était pas encore venu. Si tu le cherches bien, tu le retrouveras. Je peux au moins te promettre cela.

Exactement ce qu'on disait de Fillory. Elle posa quelque chose de frais sur son front brûlant et il perdit connaissance.

Lorsqu'il se réveilla de nouveau, elle était partie. Mais il n'était pas seul.

— Tu as eu une commotion, dit une voix.

C'était peut-être cette voix qui l'avait réveillé. Elle ne cessait de prononcer son nom. Il la reconnut sans toutefois pouvoir l'identifier. Elle était si calme, si familière, qu'il en fut réconforté.

— Hé, Q ? Q ? Tu es réveillé ? Le professeur Moretti dit que tu as eu une commotion.

C'était la voix de Penny. Il distinguait même son visage ovale, calé sur des oreillers, à un lit de distance de lui, de l'autre côté de l'allée centrale.

— C'est pour ça que t'as dégueulé. Ça a dû arriver quand on s'est entravés sur ce banc. Tu t'es cogné la tête sur les dalles.

Toute trace de folie furieuse avait disparu de lui. Il était même d'humeur bavarde.

— Ouais, fit Quentin d'une voix pâteuse. Je le sais, que je me suis cogné la tête. C'est *ma* tête.

— Ça n'affectera pas tes capacités mentales, au cas où ça t'inquiéterait. C'est ce qu'a dit Moretti. Je lui ai posé la question.

— Quel soulagement !

Suivit un long silence. Quelque part, une horloge tictaquait. Dans *La Dune vagabonde*, la toute dernière Chronique de Fillory, il y a une charmante séquence où la petite Jane, la plus jeune des enfants Chatwin, attrape un rhume et passe huit jours au lit à bord du vaisseau *Porté par le vent*, à discuter avec le professeur de dessin tout en étant soignée par de gentils et sympathiques lapins. Quentin avait toujours aimé Jane. Elle tranchait sur ses frères et sœurs un peu mièvres : plus réfléchie qu'eux, elle était en outre douée d'un sens de l'humour imprévisible et d'une intelligence redoutable.

Il se demanda quelle heure il était.

— Et toi ? interrogea-t-il. (Il n'était pas sûr de vouloir se raccommoder tout de suite avec Penny.) Tu as été blessé ?

— Tu m'as entaillé le front d'un coup de dent. Et tu m'as cassé le nez quand tu m'as flanqué un coup de boule. Elle a réparé les dégâts avec une Guérison de Pulaski. Je n'avais jamais vu faire ça, du moins sur un être humain. Elle a utilisé du lait de chèvre.

— Je ne savais même pas que je t'avais mis un coup de boule.

Penny ne répondit pas. Quentin compta trente tic-tac.

— T'as un œil au beurre noir, il paraît ? demanda Penny. Je n'y vois rien.

— Ouais, un gros.

— Je m'en doutais.

Il y avait un verre d'eau sur la table de chevet. Quentin en but une gorgée qui lui fit du bien et se laissa retomber sur son oreiller. Des pulsations de douleur lui taraudaient le crâne. Quoi que lui ait fait l'infirmière, si c'en était bien une, il n'était pas encore tiré d'affaire.

— Penny, pourquoi m'as-tu agressé comme ça ?

— Eh bien, je pense que je n'avais pas le choix, répondit l'intéressé.

Il semblait un peu choqué de voir Quentin lui poser cette question.

— Tu n'avais pas le choix, répéta Quentin, qui se jugea suffisamment en forme pour poursuivre : Mais je ne t'ai rien fait.

— Celle-là, c'est la meilleure ! Tu ne m'as rien fait ?

Penny partit d'un gloussement forcé. Sa voix était étrangement posée, comme s'il ne faisait que répéter un discours appris de longue date. Quentin sentit que la colère et la folie reprenaient le dessus chez lui.

— Tu aurais pu parler avec moi, Quentin. Tu aurais pu me montrer un peu de respect. Toi et ta radasse.

Ô mon Dieu ! C'était donc ça ?

— De qui parles-tu, Penny ? Pas d'Alice, quand même ?

— Arrête ton char, Quentin ! Tu crois que je ne vous ai pas vus quand vous vous jetiez des regards en coin et vous fichiez de moi en douce ? Sans même vous cacher, d'ailleurs. Tu crois que je trouvais ça amusant ? Tu crois que je pensais qu'on allait bosser tous les trois ensemble ? Tu me prends pour un débile !

Quentin reconnut le ressentiment qu'exprimait Penny. Jadis, ses parents avaient loué le rez-de-chaussée de leur demeure à un homme apparemment sain d'esprit, un actuaire qui leur avait laissé des messages de plus en plus furibonds pour exiger qu'ils cessent de le filmer au caméscope quand il sortait ses poubelles.

— Ne sois pas stupide, lança-t-il.

Un tel problème demandait à être pris à bras-le-corps. Penny n'allait pas se lever pour l'affliger d'une nouvelle commotion.

— As-tu une idée de l'image que tu présentes au reste du monde ? poursuivit Quentin. Tu te poses en punk arrogant et tu t'attends à ce que les autres te supplient de leur accorder ton amitié ?

Penny se redressa sur sa couche.

— Cette nuit-là, dit-il, quand vous êtes sortis tous les deux, Alice et toi, vous ne vous êtes pas excusés, vous ne m'avez pas proposé de vous accompagner, vous ne m'avez même pas dit au revoir, vous vous êtes barrés – point. Et ensuite… et *ensuite*… (il prit des accents triomphants) vous avez réussi, et moi j'ai échoué ! Tu trouves ça juste, toi ? Tu trouves ça normal ? Comment je pouvais réagir, à ton avis ?

C'était bien ça.

— Mais oui, dit Quentin. Tu étais en droit de me casser la gueule vu que tu avais échoué à ton examen. Pourquoi tu n'as pas agressé le professeur Van der Weghe, tant qu'à faire ?

— Il y a des choses que je ne peux pas accepter, Quentin, répliqua Penny d'une voix de plus en plus sonore. Je ne veux pas d'emmerdes. Mais si tu m'attaques, je te jure que je te rendrai la pareille. C'est comme ça que ça marche. Tu crois que ce monde est celui de tes petits fantasmes ? Tu crois pouvoir faire tout ce qui te chante ? Essaie encore de m'écraser, Quentin, et je me vengerai !

Ils parlaient désormais si fort, tous les deux, que Quentin n'entendit pas s'ouvrir la porte de l'infirmerie, où entra un doyen Fogg affublé d'un kimono de soie aux broderies exquises et d'un bonnet de nuit sorti d'un livre de Dickens. L'espace d'un instant, Quentin crut qu'il tenait une bougie, puis il vit que c'était son index levé qui émettait une douce lueur.

— Ça suffit, dit-il posément.

— Doyen Fogg…, commença Penny, comme soulagé de pouvoir enfin se confier à un interlocuteur raisonnable.

— Ça suffit, j'ai dit.

Quentin n'avait jamais entendu le doyen élever la voix, et, cette nuit-là, il ne dérogea pas à cette règle. Durant la journée, Fogg avait toujours quelque chose de ridicule, mais en pleine nuit, vêtu de cet incroyable kimono, égaré dans un lieu qui lui était visiblement étranger, il semblait tout-puissant, comme surgi d'un autre monde. Un mage.

— Ne dites plus un mot, sauf pour répondre à mes questions. C'est compris ?

Est-ce que ça comptait comme une question ? Quentin joua la sécurité et se contenta de hocher la tête. Sa migraine avait encore empiré.

— Oui, *sir*, s'empressa de dire Penny.

— J'en ai suffisamment entendu sur cette histoire. Qui est à l'origine de ce lamentable incident ?

— Moi, répondit Penny du tac au tac. *Sir*. Quentin n'a rien fait ; il n'avait rien à voir avec cela.

Quentin se tut. Penny était cinglé, mais ce n'était pas le plus drôle. Non, le plus drôle, c'étaient ses principes, également cinglés, qu'il respectait scrupuleusement.

— Pourtant, dit Fogg, votre nez a trouvé le moyen de heurter le front de Quentin. Est-ce que cela risque de se reproduire ?

— Non, *sir*.

— Non.

— Bien.

Quentin entendit des ressorts grincer et comprit que le doyen s'était assis sur un lit inoccupé. Il ne tourna pas la tête vers lui.

— Il y a quelque chose de positif dans l'altercation de cet après-midi, reprit Fogg, c'est qu'aucun de vous n'ait recouru à la magie pour attaquer son camarade. Vous n'êtes pas suffisamment formés pour le comprendre, mais vous apprendrez le moment venu que l'usage de la magie met en jeu des énergies d'une puissance considérable. Et, pour contrôler ces énergies, il faut un esprit calme et sans passion. Faites de la magie sous l'effet de la colère, et c'est vous que vous blesserez avant votre adversaire. Il existe certains charmes… si vous en perdez le contrôle, ils vous altéreront. Ils vous consumeront. Ils vous transformeront en un *niffin*, une créature inhumaine, un esprit façonné d'énergie magique pure et incontrôlable.

Fogg les regarda tous deux d'un air sévère. Côté spectacle, il assurait. Quentin gardait les yeux obstinément fixés sur le plafond en fer-blanc de l'infirmerie. Sa conscience avait des ratés. Quand allait-il dire à Penny d'arrêter de jouer au con ?

— Écoutez-moi attentivement, reprit Fogg. La plupart des gens sont aveugles à la magie. Ils évoluent dans un néant insipide. Leur vie n'est qu'ennui mais ils ne peuvent rien y faire. Ils sont rongés par le regret et cessent de vivre bien avant de mourir. Mais vous, vous vivez dans le monde de la magie, et c'est un don des plus précieux. Et si vous avez envie de vous faire annihiler, les occasions ne manqueront pas – vous n'avez pas besoin de vous entretuer.

Il se leva.

— Est-ce que nous allons être punis, sir ? demanda Penny.

Punis ? Nom de Dieu, ce débile se croyait encore au lycée ! Le doyen s'arrêta sur le seuil. La lumière émanant de son doigt était presque éteinte.

— Oui, Penny, vous allez bien être punis. Six semaines de corvée de vaisselle, midi et soir. Et s'il se produit un incident semblable, c'est l'expulsion. Quentin… (il marqua une pause) apprenez à vous conduire un peu mieux. Je ne veux plus de problèmes.

La porte se referma derrière lui. Quentin cessa de retenir son souffle. Il ferma les yeux et la salle autour de lui quitta son mouillage pour gagner le large. Sans que le sujet le passionne tout à fait, il se demanda si Penny était amoureux d'Alice.

— Ouaouh ! fit son voisin de lit.

Apparemment, la perspective de tremper ses doigts dans l'eau de vaisselle six semaines durant ne le troublait en aucune manière. On aurait dit un gamin.

— Et je répète : ouaouh ! T'as entendu ce qu'il a dit ? Une forme de magie capable de te consumer. Je ne savais pas que ça existait. Et toi, tu étais au courant ?

— Penny, dit Quentin. Premièrement, ta coiffure est grotesque. Deuxièmement, je ne sais pas comment ça se passe dans ton bled, mais si tu me remets dans un pétrin susceptible de me faire retourner à Brooklyn, je ne me contenterai pas de te casser le nez. Je te tuerai, espèce d'enflure.

LES PHYSIQUES

Six mois plus tard, en septembre, Quentin et Alice passèrent le premier jour de leur troisième année à Brakebills assis devant un édifice victorien à sept ou huit cents mètres de la Maison. C'était une folie au sens propre du terme, une maisonnette blanche au toit gris avec moult pignons et fenêtres, qui avait jadis servi d'office, de maison d'hôtes ou d'appentis surdimensionné.

Elle était surmontée d'une girouette de fer forgé en forme de cochon qui indiquait systématiquement une direction autre que celle du vent. Quentin ne distinguait rien à travers les fenêtres, mais il crut entendre des bribes de conversation à l'intérieur. Le cottage se trouvait à la lisière d'un vaste champ de luzerne.

On était en milieu d'après-midi. Le ciel était d'un bleu sans nuage et le soleil d'automne y flottait haut. L'air était immobile et silencieux. L'herbe menaçait d'engloutir le vieil engin agricole rouillé qui l'avait jadis fauchée.

— Conneries. Essaie encore de toquer.

— Vas-y, toi, répliqua Alice, qui éternua à grand bruit. Ça fait vingt… vingt…

Nouvel éternuement. Elle était allergique au pollen.

— À tes souhaits.

— Vingt minutes que je toque. Merci. (Elle se moucha.) Ils sont là, j'en suis sûre, mais ils ne veulent pas ouvrir. Qu'est-ce qu'on devrait faire, à ton avis ?

Quentin réfléchit durant une bonne minute.

— Je ne sais pas. Peut-être que c'est un test.

En juin, à l'issue de l'examen de fin d'année, tous les élèves de deuxième année avaient défilé dans la salle d'AP afin de se voir assigner leur discipline. Chaque entretien était censé durer deux heures, mais certains s'étaient prolongés un bout de temps ; la procédure avait duré trois jours. On se serait cru dans un cirque. La plupart des élèves, et probablement des professeurs, se méfiaient de cette notion de discipline. Non seulement elle divisait les élèves entre eux, mais rien ou presque ne la justifiait en théorie et, au bout du compte, tout le monde finissait par étudier les mêmes choses, alors à quoi bon ? Mais la tradition voulait que chaque élève adopte une discipline, de sorte qu'il fallait bien faire avec. Alice appelait ça une bar-mitsva magique.

Le labo d'AP avait été réaménagé pour l'occasion. Toutes les armoires étaient ouvertes, toutes les paillasses jonchées d'antiques instruments en bois et en argent, en cuivre ouvragé et en verre sculpté. Il y avait là des pieds à coulisse, des ampoules électriques, des béchers, des mécanismes d'horlogerie, des balances, des loupes et des bocaux poussiéreux remplis de mercure et autres substances moins aisément identifiables. La technologie prévalant à Brakebills datait de l'ère victorienne. Ce n'était pas une affectation, du moins pas tout à fait ; l'électronique, avait-on expliqué à Quentin, se comportait bizarrement en présence de la sorcellerie.

C'était le professeur Sunderland qui présidait aux festivités. Quentin s'était efforcé de l'éviter depuis le semestre cauchemardesque durant lequel elle lui avait servi de répétitrice. Le béguin qu'il avait pour elle s'était estompé, à tel point qu'il était désormais capable de la regarder sans être pris d'une subite envie de lui caresser les cheveux.

— Je suis à vous dans une minute ! lança-t-elle tout en s'affairant à ranger dans une mallette doublée de velours un ensemble d'instruments d'argent affûtés. Bien. (Elle ferma la mallette et en tourna la clé.) Tous les élèves de Brakebills possèdent une aptitude à la magie, mais il en existe maintes variantes

– chacun de nous tend à présenter une affinité pour une forme de magie bien précise. (Elle récitait ce discours d'une voix appliquée, comme une hôtesse de l'air décrivant les consignes de sécurité à bord d'un avion.) C'est là quelque chose de très personnel. Cela dépend en partie de votre date de naissance, de la phase de la lune, du temps qu'il faisait ce jour-là, de votre caractère et de tout un tas de considérations techniques dans lesquelles nous n'entrerons pas aujourd'hui. En tout, on compte environ deux cents facteurs ; le professeur March se fera un plaisir de vous en donner la liste. C'est une de ses spécialités. En fait, je crois que sa discipline, ce sont les disciplines.

— Quelle est votre discipline ?

— Elle est en rapport avec la métallurgie. D'autres questions personnelles ?

— Oui. Pourquoi devons-nous subir tous ces tests ? On ne pourrait pas déterminer ma discipline à partir de ma date de naissance et de tous les trucs que vous venez de citer ?

— Si. En théorie. En pratique, cela serait trop chiant. (Elle sourit, saisit ses longs cheveux blonds, les réunit avec une barrette, et Quentin sentit son cœur se serrer malgré lui.) Il est bien plus facile de procéder par induction, voire par tâtonnements, jusqu'à ce qu'on tombe sur la bonne réponse.

Elle lui prit les mains, posa dans chacune un scarabée de bronze et lui demanda de réciter l'alphabet grec, puis l'alphabet hébreu, qu'elle eut d'ailleurs besoin de lui souffler ; pendant ce temps-là, elle l'examinait avec un instrument ressemblant à un télescope rétractable biscornu. Il sentait les insectes de métal crépiter et bourdonner sous l'effet d'antiques charmes. La terreur le saisit à l'idée que leurs petites pattes se mettent à frétiller. De temps à autre, elle lui demandait de répéter une lettre pendant qu'elle tournait les molettes de son instrument.

— Hum, fit-elle. Mouais.

Elle produisit un sapin bonsaï et lui ordonna de le fixer suivant divers angles tandis que ses minuscules aiguilles frémissaient au gré d'un vent inexistant. Ensuite, elle emmena l'arbre à l'écart pour lui parler en privé.

— Bon, vous n'êtes pas un herboriste ! annonça-t-elle.

Durant l'heure qui suivit, elle le soumit à deux douzaines de tests différents, dont il ne parvint à comprendre qu'une minorité. Il récita des charmes de base, appris en première année, dont elle mesura l'efficacité à l'aide de toute une batterie d'instruments. Il dut lire une incantation en se plaçant près d'une grande horloge pourvue de sept aiguilles, dont l'une tournait à l'envers et à une vitesse déconcertante. Elle poussa un lourd soupir. À deux ou trois reprises, elle alla chercher dans la bibliothèque de gros volumes qu'elle consulta durant de longues et inquiétantes minutes.

— Vous êtes un cas intéressant, déclara-t-elle.

La vie n'est qu'une litanie d'humiliations, songea Quentin pour lui-même.

Il tria des boutons de nacre de différentes tailles et de différentes couleurs pendant qu'elle examinait son reflet dans un miroir d'argent. Elle lui demanda de dormir afin de jeter un coup d'œil dans ses rêves, mais il s'obstina à rester éveillé, si bien qu'elle dut lui administrer une potion mentholée des plus efficace.

Apparemment, ses rêves ne lui apprirent rien de neuf. Elle le fixa durant une longue minute, les mains sur les hanches.

— Faisons une expérience, dit-elle finalement, avec une jovialité forcée.

Un petit sourire aux lèvres, elle ramena une mèche de cheveux derrière son oreille.

Puis elle fit le tour de la salle, refermant tous les volets jusqu'à ce que règne une obscurité totale. Elle dégagea une table en ardoise grise et s'assit dessus. Tirant sa jupe sur ses genoux, elle demanda à Quentin de prendre place sur la table en face d'elle.

— Répétez les gestes que je vais faire, dit-elle.

Elle leva les mains comme pour diriger un orchestre invisible. Des taches de sueur peu féminines ornaient ses aisselles. Quentin obtempéra.

Elle lui fit effectuer une succession de gestes qu'il avait déjà appris dans les livres de Popper, quoiqu'il n'ait jamais eu affaire à cet enchaînement précis. Elle murmura quelques paroles inaudibles.

— Maintenant, faites ceci.

Elle leva les mains au-dessus de la tête.

Il ne se passa rien. Mais lorsque Quentin répéta son geste, de grosses étincelles blanches jaillirent de ses doigts. C'était stupéfiant – on aurait dit qu'elles étaient tapies en lui depuis toujours, attendant qu'il agite les mains de la façon voulue. Elles rebondirent sur le plafond et redescendirent sur lui en pluie d'allégresse, rebondissant deux ou trois fois en heurtant le sol, puis s'évanouirent subitement. Il avait les mains toutes chaudes et parcourues de picotements.

Le soulagement qui s'empara de lui était quasiment insoutenable. Il répéta la manœuvre et vit naître de nouvelles étincelles, moins nombreuses et plus faibles. Il les regarda retomber autour de lui. Lors de sa troisième tentative, il n'en produisit qu'une seule.

— Qu'est-ce que ça veut dire ? s'enquit-il.

— Je n'en ai aucune idée, répondit le professeur Sunderland. Je vais vous classer comme Indéterminé. Nous réessaierons l'année prochaine.

— L'année prochaine ?

Sous les yeux navrés de Quentin, elle quitta son perchoir d'un bond et entreprit de rouvrir volets et fenêtres. Il grimaça sous l'assaut du soleil.

— Que voulez-vous dire ? insista-t-il. Que vais-je faire jusque-là ?

— Patienter. Ça s'est déjà vu. Les gens accordent trop d'importance à cette histoire. Soyez gentil de m'envoyer le candidat suivant, s'il vous plaît. Il est à peine midi et nous sommes déjà en retard.

L'été passa au ralenti. Bien entendu, c'était en fait l'automne dans le monde extérieur à Brakebills, et le Brooklyn que Quentin retrouva lors de ses vacances était gris et froid, ses rues jonchées de feuilles mortes et d'ovules de ginkgo à l'odeur pestilentielle.

Il hantait la maison familiale à la façon d'un fantôme – il devait faire un effort pour se rendre visible aux yeux de ses parents, qui semblaient toujours surpris lorsque leur fils requérait leur attention. Comme James et Julia étaient à la fac, Quentin faisait de longues promenades à pied. Il contemplait les eaux du canal de Gowanus, dont la couleur verdâtre rappelait le liquide de refroidissement. Il faisait des paniers dans des terrains de basket déserts et parsemés de flaques d'eau. Sous l'effet de la froidure, le ballon lui semblait mou et inerte. Son monde n'était pas ici mais ailleurs. Il échangea de vagues courriels avec ses amis de Brakebills – Alice, Eliot, Surendra, Gretchen – et examina sans conviction ses devoirs de vacances : il était censé lire une *Histoire de la magie* datant du XVIIIe siècle, un volume mince mais qui, subtil charme de bibliothécaire, se révéla contenir 1 832 pages.

En novembre, il reçut une enveloppe couleur crème qui apparut subitement entre deux pages de l'*Histoire de la magie.* Elle contenait un carton orné du blason de Brakebills, qui l'invitait à regagner l'école en se rendant à six heures ce soir-là dans une ruelle étroite et peu fréquentée qui bordait l'église luthérienne sise à dix rues de son domicile.

Il se présenta à l'heure et au lieu dits. En cette saison, le soleil se couchait à quatre heures et demie, mais la température était d'une douceur peu commune – en fait, il faisait presque chaud. À l'entrée de la ruelle, craignant d'être surpris par un bedeau prêt à l'accuser de violation de propriété privée – ou, pire encore, à lui dispenser ses conseils spirituels –, écoutant les voitures filer derrière lui, il était à deux doigts de conclure qu'il s'était fait piéger par une illusion, que Brooklyn était la seule réalité qui vaille, que tout ce qui lui était arrivé durant l'année écoulée n'était qu'une hallucination de fan, la preuve que cet univers chiant l'avait rendu irrémédiablement cinglé. La ruelle était si étroite qu'il dut avancer en crabe pour s'y glisser, à moitié étouffé par ses deux sacs de voyage bourrés à mort – fournis par Brakebills, ils étaient à ses couleurs : bleu marine avec des filets chocolat. Dans trente secondes, il en était sûr, il allait se retrouver face à un cul-de-sac.

Puis un impossible souffle d'air tiède, doux comme un après-midi d'été, vint à lui depuis le fond de la venelle, accompagné par le grésillement des criquets, et il entraperçut la vaste étendue verte de la Mer. Ses sacs pesaient des tonnes, mais ça ne l'empêcha pas de courir.

C'était à présent le premier jour du semestre, et Quentin et Alice se retrouvaient naufragés dans un pré surchauffé, devant un édifice victorien de facture précieuse. Les élèves dits Physiques se retrouvaient là le mardi après-midi pour leur séminaire hebdomadaire.

À l'issue de ses tests, Alice s'était vu affecter une discipline hautement technique ayant trait à la manipulation de la lumière – la phosphoromancie, pour être précis –, ce qui faisait d'elle une Physique. Si Quentin l'accompagnait ce jour-là, c'était parce que ce groupe présentait l'effectif le moins important, tant en anciens membres qu'en nouveaux, de sorte qu'il comptait s'y intégrer en attendant que sa discipline ait été déterminée une bonne fois pour toutes. Le premier séminaire devait se tenir à midi et demie, et ils étaient arrivés bien en avance, mais voilà que leurs montres affichaient cinq heures et que l'après-midi avait filé. Ils étaient recrus de fatigue, de chaleur, de soif et d'agacement, mais ni l'un ni l'autre ne voulait rendre les armes et regagner la Maison. Pour avoir une chance de devenir un Physique, il fallait apparemment réussir à passer la porte.

Ils étaient assis à l'ombre d'un hêtre gigantesque planté non loin de là et parfaitement indifférent à leur malheur. Adossés au tronc, ils étaient séparés par une grosse racine grise.

— Alors, qu'est-ce que tu veux faire ? demanda Quentin d'une voix atone.

De minuscules grains de poussière dérivaient dans les rayons de soleil obliques.

— Je ne sais pas, dit Alice, qui éternua une nouvelle fois. Et toi, qu'est-ce que tu veux faire ?

Quentin arracha quelques brins d'herbe. Un rire étouffé lui parvint depuis la maisonnette. S'il fallait un mot de passe pour entrer, Alice et lui ne l'avaient pas trouvé. Ils avaient passé une heure à examiner la porte et la façade en quête d'inscriptions – les scrutant dans toutes les fréquences connues, du visible à l'invisible, de l'infrarouge aux rayons gamma, allant jusqu'à tenter d'arracher la couche de peinture – en vain. Alice avait même fait appel à des enchantements graphologiques pour décrypter le grain du bois, mais cela n'avait rien donné. Ils avaient envoyé des courants de force dans le mécanisme du verrou, sans parvenir à le forcer. Ils avaient cherché un chemin quadridimensionnel autour des murs. Prenant leur courage à deux mains, ils avaient invoqué ensemble une espèce de hache ectoplasmique – cela n'était pas interdit de façon *explicite* –, mais elle n'avait même pas entaillé cette maudite porte. Un temps, Alice se convainquit que celle-ci était une illusion, qu'elle n'existait même pas, mais elle paraissait néanmoins bien solide, et ni l'un ni l'autre ne parvenaient à trouver un charme capable de la faire disparaître.

— Regarde-moi cette baraque, lâcha Quentin. On la dirait sortie de *Hansel et Gretel.* On m'avait pourtant dit que les Physiques étaient cool.

— Le dîner est dans une heure, dit Alice.

— Je le sauterai.

— Ce soir, il y a de l'agneau en croûte au romarin. Avec des pommes dauphines.

Grâce à sa mémoire eidétique, Alice retenait les détails les plus incongrus.

— Peut-être qu'on devrait organiser notre propre séminaire, proposa Quentin. Ici, dans la nature.

— Ouais, ça leur apprendra, opina-t-elle en reniflant.

Le hêtre se trouvait en lisière d'un pré qu'on venait juste de faucher. Les grandes meules de foin qui le parsemaient projetaient des ombres longilignes.

— T'es quoi, déjà ? Une photomancienne ?

— Phosphoromancienne.

— Et qu'est-ce que t'arrives à faire ?

— Je n'en suis pas encore sûre. Je me suis un peu entraînée pendant l'été. J'arrive à focaliser la lumière, à la réfracter, à la gauchir. Quand on tord la lumière autour d'un objet, celui-ci devient invisible. Mais, avant d'aller plus loin, je veux maîtriser la théorie.

— Montre-moi ce que tu sais faire.

Alice redevint timide. Il ne lui en fallait pas beaucoup.

— Je n'arrive à rien, en fait.

— Tu peux parler ! Moi, je n'ai même pas de discipline. Je suis un zéromancien.

— On ne sait pas encore ce que tu es. Et puis il y a ces petites étincelles.

— Ça revient au même. Et ne te moque pas de mes étincelles. Allez, montre-moi comment on gauchit la lumière.

Elle grimaça mais se redressa sur ses genoux et tendit la main, les doigts bien écartés. Tous deux se tenaient face à face et il prit soudain conscience de ses seins gonflés sous son chemisier à col haut.

— Regarde plutôt l'ombre, ordonna-t-elle sèchement.

Elle eut un mouvement des doigts et l'ombre de sa main disparut. Elle n'était plus là, tout simplement, et il n'en distinguait plus que quelques traînées irisées.

— Sympa.

— Non, lamentable. (Elle agita les doigts pour rompre le charme.) Ma main est censée devenir invisible, mais il n'y a que son ombre qui est affectée.

Quentin sentit venir une idée. Sa mauvaise humeur se dissipa. C'était bien un test. De magie physique. Ils n'étaient pas ici pour danser avec les esprits sylvestres. C'était de force brute qu'ils avaient besoin.

— Et en opérant dans l'autre sens ? dit-il en détachant les mots. Tu n'arriverais pas à concentrer la lumière, comme une loupe ?

Elle ne répondit pas tout de suite, mais il vit que son esprit agile s'était emparé du problème pour l'examiner sous tous les angles.

— Peut-être, à condition de… Hum. Ça me rappelle un épisode de *Culhwch ac Olwen*. Mais il convient de stabiliser l'effet, je crois. Et de n'agir que localement.

Elle dessina un cercle avec le pouce et l'index et prononça cinq mots à rallonge. Quentin vit la lumière se gauchir à l'intérieur du cercle, déformant les feuilles et les brindilles qu'il apercevait au travers. Puis il s'y forma un point incandescent qui grava une image rémanente sur ses rétines, et il détourna les yeux. Elle inclina sa main et le sol à ses pieds se mit à fumer.

— Si jamais je suis renvoyée de Brakebills à cause de toi, je te tuerai. Tu as compris ? Je parle sérieusement. Je sais comment m'y prendre. Tu seras littéralement mis à mort.

— C'est drôle, j'ai dit exactement la même chose à Penny quand il m'a frappé, remarqua Quentin.

— Sauf que moi, je le ferai.

Ils avaient décidé de détruire la porte par le feu. Si c'était un test, se disait Quentin, l'important était de le réussir, et au diable la manière. On ne leur avait pas donné les règles du jeu, de sorte qu'ils ne risquaient pas de les enfreindre. Et s'ils parvenaient à brûler cette fichue porte, Eliot et ses petits camarades tapis derrière feraient moins les malins.

Ils devaient agir vite, car le soir tombait. Le soleil était déjà réduit à l'état de disque cuivré et, dans quelques minutes, il commencerait à sombrer derrière les arbres à l'autre bout du champ. L'atmosphère s'imprégnait déjà d'un soupçon de fraîcheur. On avait allumé les lumières dans la maisonnette. Quentin entendit – mais c'était peut-être son imagination – un bouchon de bouteille qui sautait.

En levant les deux bras au-dessus de la tête et en les incurvant légèrement, comme si elle tenait un panier en équilibre sur son crâne, Alice avait créé l'équivalent magique d'une lentille de douze mètres de diamètre – ses bras définissaient une portion du périmètre, lequel atteignait le sommet du hêtre en sa plus grande hauteur, dépassant largement celle de la cheminée du cottage. Le pourtour de cette loupe apparaissait à Quentin comme une distorsion parcourant l'espace. Le point focal était aveuglant au sens littéral du terme.

Alice se tenait à une quinzaine de mètres de la porte. Quentin, un peu en retrait, une main en visière pour se protéger les yeux, la guidait dans ses évolutions.

— Vers le haut ! Doucement ! Encore un peu ! Continue ! Ça y est, tu la tiens !

Quentin sentait sur ses joues la chaleur de la lumière concentrée et humait une odeur douceâtre de bois brûlé, épicée de la senteur âcre de la peinture. La porte était bel et bien vulnérable à la chaleur. Ils avaient craint que la lueur du couchant ne soit pas suffisante, mais le charme d'Alice creusait dans le bois un sillon bien visible. Ils avaient décidé de couper la porte en deux dans le sens de la largeur et, si leur rayon improvisé ne la pénétrait pas sur toute son épaisseur, il n'était pas loin d'y parvenir. Le problème, c'était qu'Alice avait du mal à viser et qu'elle avait entamé le mur suite à un faux mouvement.

— Je me sens ridicule ! protesta-t-elle. Comment ça se passe ?

— À merveille !

— J'ai mal au dos ! C'est bientôt fini ?

— Presque ! mentit-il.

Alice élargit le champ du charme pour compenser la perte de lumière solaire. Elle murmurait des paroles indistinctes, mais Quentin n'aurait su dire s'il s'agissait d'incantations ou d'obscénités. Il s'aperçut qu'on les observait : c'était l'un des professeurs les plus âgés, un homme aux cheveux blancs et au port raide du nom de Brzezinski, un spécialiste des potions dont le pantalon était toujours maculé de taches suspectes, qui avait interrompu sa promenade vespérale pour observer le spectacle. Dans une autre vie, il avait fait passer à Quentin un test sur les nœuds lors de son examen d'entrée. Il portait des vestes tricotées, fumait la pipe et avait l'allure d'un ingénieur IBM des années 1950.

Merde, se dit Quentin. Ils allaient se faire virer.

Mais le professeur Brzezinski se contenta d'ôter sa pipe de sa bouche.

— Continuez, lâcha-t-il d'un air ronchon.

Puis il fit demi-tour et prit la direction de la Maison.

Alice ne mit que dix minutes de plus pour brûler la porte de gauche à droite, repassant ensuite en sens inverse pour peaufiner son travail. La balafre qu'elle avait tracée était rouge comme la braise. Lorsqu'elle eut fini, Quentin la rejoignit.

— Tu as le visage couvert de cendres, lui dit-elle.

Elle lui effleura le front du bout des doigts.

— Peut-être qu'on devrait faire un nouvel aller-retour, dit-il. Par acquit de conscience.

Si cette idée ne donnait rien, il n'en avait pas d'autre dans sa besace et il ne pensait pas pouvoir passer la nuit ici. D'un autre côté, il était tout aussi incapable de rentrer à la Maison la queue entre les jambes.

— Il n'y a plus assez de lumière. (Elle avait l'air exténuée.) Sur la fin, ma lentille devait mesurer quatre ou cinq cents mètres de diamètre. Encore un peu, et elle aurait perdu toute cohérence. Elle se serait effondrée sur les bords.

Quatre ou cinq cents mètres ? répéta mentalement Quentin. Elle est si puissante que ça ?

Un gargouillis monta de son estomac. Le soir était tombé et le ciel virait à l'indigo. Ils considérèrent la porte calcinée. Elle était dans un sale état, bien plus qu'il ne l'aurait cru – sur la fin, Alice avait du mal à viser et, par endroits, elle avait dessiné deux traînées de feu.

S'il s'était gouré, Eliot aurait sa peau.

— J'essaie de l'enfoncer ?

Alice fit la grimace.

— Et s'il y a quelqu'un derrière ?

— Qu'est-ce que tu suggères, alors ?

— Je ne sais pas. (Elle arracha un morceau de bois brûlé qui avait suffisamment refroidi.) On est quasiment passés au travers, je crois bien.

La porte était munie d'un vieux heurtoir en fer, une main désincarnée tenant une boule de fer. Il était vissé dans le bois.

— Bon, fit Quentin. Écarte-toi.

Mon Dieu, faites que ça marche. Il empoigna la main de fer, posa un pied sur la porte, poussa de sa voix de fausset un cri de maître des arts martiaux et projeta tout son poids vers l'arrière. La moitié supérieure de la porte céda sans la moindre résistance – visiblement, elle ne tenait plus que par quelques esquilles de cendre. Il tomba sur le cul dans l'allée.

Une fille en qui Quentin reconnut une quatrième année se tenait sur le seuil, éclairée par la chaude lueur d'une chandelle, un verre de vin rouge à la main. Elle le toisa d'un œil glacial. Appuyée à la façade, Alice riait à s'en tenir les côtes.

— Le dîner est presque prêt, annonça la fille. Eliot a préparé de l'*amatriciana*. On n'a pas trouvé de *guanciale*, mais le bacon devrait faire l'affaire. Ça vous ira ?

En dépit de la chaleur qui régnait dehors, un feu crépitait dans l'âtre.

— Six heures et douze minutes, dit un jeune homme corpulent aux cheveux ondulés assis dans un fauteuil club. C'est plutôt correct.

— Dis-leur combien de temps tu as mis, Josh, répliqua la fille qui les avait accueillis sur le seuil (elle s'appelait Janet, croyait savoir Quentin).

— Vingt heures et trente et une minutes. La nuit la plus longue de ma vie. Pas le record, mais presque.

— On croyait qu'il voulait nous avoir par la faim.

Janet vida sa bouteille de vin rouge dans deux verres posés sur un plateau, qu'elle tendit ensuite à Quentin et Alice. Deux autres bouteilles vides étaient posées par terre, mais les convives ne semblaient pas ivres pour autant.

Ils se trouvaient dans une bibliothèque un peu miteuse mais très confortable, au sol recouvert de tapis élimés, éclairée par les chandelles et le feu de cheminée. Quentin comprit que la maisonnette devait être plus grande à l'intérieur qu'à l'extérieur ; il y faisait aussi plus froid – on se serait cru un soir d'automne. Débordant des rayonnages, les livres s'empilaient dans les coins de la pièce et au-dessus de la cheminée. Les meubles, assez élégants, étaient néanmoins mal assortis et parfois abîmés. Sur les murs étaient accrochés des objets hétéroclites comme il s'en accumule dans tous les clubs privés : masques africains, croûtes en tout genre, poignards d'apparat, cartes antiques, médailles et papillons exotiques qu'un membre oublié avait sans doute capturés au péril de sa vie. Quentin était oppressé et frigorifié à la fois, mais surtout soulagé d'avoir réussi à entrer.

Ils n'étaient que cinq en comptant Alice et lui-même. Eliot, les yeux fixés sur l'un des rayonnages de livres, feignait de ne pas avoir remarqué leur arrivée. Apparemment, il discourait sur un point important de magie théorique, mais personne ne lui prêtait attention.

— Fée du logis, nous avons des invités, lui lança Janet. Retourne-toi et fais-nous face, je te prie.

C'était une fille mince et vive, affublée d'une coiffure à la garçonne totalement anachronique. Quentin, qui l'avait déjà entendue prononcer des discours dans la salle à manger et haranguer ses condisciples lors de balades dans le Dédale, savait qu'elle n'était pas fille à chuchoter.

Eliot mit un terme à son monologue et se retourna. Il portait un tablier de cuisine.

— Bonjour, dit-il sans se démonter. Ravi que vous soyez des nôtres. Alice, j'ai cru comprendre que tu avais détruit notre porte par le feu.

— Quentin m'a donné un coup de main.

— On vous a observés par la fenêtre, dit Josh. Vous avez du pot que Brzezinski ne vous ait pas surpris avec cette hache.

— Quelle était la bonne solution ? demanda Alice. Bon, la nôtre a marché, mais il y en avait sûrement une meilleure.

Elle but une timide gorgée de vin, puis une autre plus hardie.

— Il n'en existe aucune, répondit Janet. Du moins, aucune qui soit parfaite. C'est l'essence même de la magie physique. Un art grossier et brouillon. Tant que tu ne démolis pas la maison, ça passe. Et si tu la démolis… qui sait ?

— Comment tu t'y es prise ? demanda Alice en baissant les yeux. Quand c'était ton tour, je veux dire.

— J'ai gelé la porte pour mieux la réduire en pièces. Ma discipline a trait à la magie du froid. Il m'a fallu soixante-trois minutes. Et c'est un record.

— Dans le temps, il suffisait de dire « ami » en elfique pour que la porte s'ouvre, intervint Josh. Mais aujourd'hui, plus personne ne lit Tolkien.

— Eliot, mon chou, je crois que le dîner devrait être prêt, dit Janet.

Son attitude vis-à-vis d'Eliot était difficile à interpréter, un étrange mélange de tendresse et de dédain. Elle tapa dans ses mains.

— Josh, tu pourrais t'occuper de ça ? ajouta-t-elle en désignant la porte à moitié démolie. Les moustiques commencent à entrer.

Encore un peu secoué, Quentin suivit Eliot dans la cuisine, elle aussi plus vaste et plus belle qu'on aurait pu le supposer de l'extérieur, avec des placards blancs jusqu'au plafond, des plans de travail en stéatite et un réfrigérateur aux lignes aérodynamiques dans le style années 1950. Eliot versa une partie de son verre dans une casserole où mijotait de la sauce.

— Ne jamais utiliser en cuisine un vin qu'on refuse de boire, déclara-t-il. Mais existe-t-il un vin que je refuserais de boire ? J'en doute…

Il ne semblait nullement embarrassé de se retrouver devant quelqu'un qu'il avait snobé pendant une année entière. C'était comme si rien ne s'était passé.

— Donc vous avez cette baraque pour vous tout seuls ? demanda Quentin.

Il tenait à ne pas lui montrer à quel point il avait envie de les rejoindre, bien que cette question fût en principe réglée.

— Plus ou moins. Et tu es désormais des nôtres.

— Toutes les disciplines ont leurs propres club-houses ?

— Ce n'est pas un club-house, répliqua sèchement Eliot.

Il laissa choir une bonne portion de pâtes dans une marmite emplie d'eau bouillante et remua le tout quelques instants.

— Ce sera cuit dans une minute, montre en main.

— Qu'est-ce que c'est alors ? insista Quentin.

— Bon, d'accord, c'est un club-house. Mais ne prononce plus jamais ce mot. Nous l'appelons le Cottage. C'est ici que se tiennent nos séminaires, et la bibliothèque n'est pas dégueu.

Parfois, Janet se réfugie à l'étage pour peindre. Nous sommes les seuls à pouvoir entrer ici, tu sais.

— Et Fogg ?

— Oui, Fogg aussi, mais il n'y met jamais les pieds. Et Bigby, n'oublions pas Bigby. Tu le connais, au moins ?

Quentin fit non de la tête.

— Je le crois pas ! lâcha Eliot en gloussant. Tu vas adorer Bigby, je te le jure.

Il goûta sa sauce puis y ajouta une cuillerée de crème fraîche et touilla. La sauce pâlit et s'épaissit. Aux fourneaux, Eliot faisait montre d'une assurance un rien hautaine.

— Tous les groupes possèdent un local similaire. Les Naturels ont une ridicule cabane en haut d'un arbre. Les Illusionnistes, une maison identique à celle-ci, sauf qu'ils sont les seuls à savoir où elle se trouve. Pour avoir le droit d'y entrer, il faut la débusquer. Les Occultistes se contentent de la bibliothèque, les pauvres. Pour les Guérisseurs, c'est l'infirmerie…

— Eliot ! lança Janet depuis la pièce voisine. On meurt de faim.

Quentin se demanda comment Alice s'en tirait.

— D'accord, d'accord ! J'espère que tu n'as rien contre les pâtes, ajouta Eliot à l'intention de Quentin. C'est tout ce que je sais faire. Il y a des *bruschettas* dans ce coin, enfin je crois. Au moins, on ne manquera pas de vin.

Il égoutta les pâtes dans l'évier, faisant naître un nuage de vapeur, puis les versa dans la casserole et les mélangea à la sauce.

— Bon Dieu ! j'adore cuisiner. Si je n'étais pas magicien, je serais devenu un grand chef. Quel changement d'air après toutes ces conneries invisibles et intangibles, tu ne crois pas ? Mais le vrai cordon bleu, c'était Richard. Je ne sais pas si tu l'as connu ; il a décroché son diplôme l'année dernière. Un grand type. Et un polard de première, on avait tous l'air nuls à côté de lui, mais il savait cuisiner, le bougre ! Prends ces deux bouteilles, tu veux ? Et n'oublie pas le tire-bouchon !

Une fois recouverte d'une nappe blanche, de deux chandeliers en argent, d'une argenterie de bric et de broc, avec des couteaux à l'allure franchement menaçante, la table de la bibliothèque paraissait digne d'accueillir un dîner. Le menu était simple mais succulent. Quentin se rappela qu'il était affamé. Janet fit quelque chose à la table – tour de magie ou réglage mécanique – qui la ramena à des dimensions raisonnables.

Janet, Josh et Eliot se lancèrent dans une enfilade de ragots portant sur les élèves et les profs, sur les coucheries des uns et les frustrations des autres. Ils s'interrogèrent longuement sur les talents magiques de tel ou tel de leurs condisciples. Chacun rebondissait sur les propos des autres avec une telle aisance qu'on devinait que ces trois-là se connaissaient depuis une éternité, s'aimaient et s'estimaient mutuellement, savaient comment mettre en avant leurs camarades tout en les décourageant gentiment d'afficher leurs défauts les plus criants. Quentin se laissa imprégner de leur bavardage. Savourer un dîner de gourmet dans une salle à manger privée, voilà qui lui donnait l'impression d'être un adulte. Ce coup-ci, ça y était, se dit-il. Jusqu'ici, il n'était qu'un étranger, mais il avait enfin intégré le premier cercle de l'école. La vraie Brakebills, c'était ça. Il avait pénétré le cœur secret et chaleureux du monde occulte.

Ils se mirent à évoquer ce qu'ils feraient une fois leurs études achevées.

— J'imagine que je me retirerai sur quelque sommet inaccessible, déclara Eliot d'un air un peu supérieur. Que je me ferai ermite pour un temps. J'aurai une longue barbe et les gens viendront me voir pour me demander conseil, comme dans une BD.

— Quel genre de conseil ? ricana Josh. Sur la manière d'assortir une cravate noire à un costume gris ?

— Et ça m'étonnerait que t'aies une barbe, renchérit Janet. Bon Dieu ! que tu es égocentrique ! Tu n'as pas envie d'aider les gens ?

Eliot prit un air intrigué.

— Les gens ? Quels gens ?

— Les pauvres ! Les affamés ! Les malades ! Ceux qui sont incapables de faire de la magie !

— Qu'est-ce qu'ils ont jamais fait pour m'aider ? Les gens dont tu parles n'ont pas besoin de mon aide. Ce sont eux qui m'ont traité de tantouze et m'ont fourré dans une poubelle quand j'étais en primaire, tout ça parce que je portais un pantalon bien repassé.

— Eh bien, j'espère pour toi qu'il y aura une cave à vin sur ton sommet inaccessible, rétorqua Janet d'un air agacé. Ou un minibar, dans le pire des cas. Sinon, tu ne tiendras pas huit heures.

— Je compte distiller une puissante liqueur à partir des herbes et des baies que je trouverai sur place.

— Une cave à vin *et* un pressing.

— Ah ! ça, c'est un vrai problème. Sur ce plan-là, la magie n'est pas à la hauteur. Peut-être que je me contenterai de vivre au Plaza, comme Éloïse.

— On s'emmerde ici ! beugla soudain Josh. Jouons à la Sculpture de Harper.

Se dirigeant vers une commode, il ouvrit l'un de ses multiples tiroirs tout en profondeur, qui contenait une bibliothèque de brindilles. Chacun de ses tiroirs était frappé d'un nom, d'*Ailanthus* dans le coin supérieur gauche à *Zelkova serrata* dans le coin inférieur droit. La Sculpture de Harper était un charme sans autre utilité que de distraire, grâce auquel on pouvait donner à une flamme les formes les plus extravagantes, malheureusement pour une durée très brève. Le tremble était l'arbre le plus usité. Durant le reste de la soirée, ils s'acharnèrent à façonner des flammes de plus en plus alambiquées, et parfois franchement obscènes, jusqu'à ce que les rideaux finissent par prendre feu (visiblement, ce n'était pas la première fois), après quoi ils s'empressèrent de les éteindre.

On décréta une pause. Eliot sortit une bouteille de grappa aux lignes élégantes mais à l'aspect menaçant. Seules deux chandelles avaient survécu à la soirée, mais personne ne prit la peine de remplacer les autres. Il était tard, passé une heure du matin. Ils restèrent assis en silence dans les ténèbres, rassasiés. Allongée sur le tapis, Janet s'abîmait dans la contemplation du plafond, les pieds calés sur les cuisses d'Eliot. Il y avait entre ces deux-là une étrange intimité, étant donné ce que savait Quentin de l'orientation sexuelle d'Eliot.

— Alors, ça y est ? Nous sommes désormais des Physiques ? demanda-t-il.

Tel un grain de folie, la grappa s'était plantée dans son cœur et lançait ses racines dans son organisme. Il vit émerger un arbuste vivace, qui devint bientôt un arbre robuste et feuillu dont l'ombre dispensait le contentement.

— Vous n'allez pas nous raser le crâne, nous marquer au fer rouge ou quelque chose dans ce genre ? insista-t-il.

— Si tu y tiens…, fit Josh.

— Je pensais que vous seriez plus nombreux… que *nous* serions plus nombreux.

— Nous sommes tous là, dit Eliot. Depuis que Richard et Isabel ont achevé leurs études. Il n'y a aucun cinquième année parmi nous. On n'arrêtait pas de faire chou blanc ces derniers temps. Si on n'avait pas eu d'élu cette année, Fogg nous aurait fusionnés avec les Naturels.

Josh se fendit d'un frisson théâtral.

— Comment ils étaient ? demanda Alice. Richard et Isabel ?

— Comme le feu et la glace, répondit Josh. Comme le chocolat et la pâte d'amande.

— Sans eux, ce n'est plus pareil, dit Eliot.

— Bon débarras ! lâcha Janet.

— Oh ! ils n'étaient pas si nuls que ça, dit Josh. Tu te rappelles le jour où Richard s'est mis en tête d'animer la girouette ? Il voulait qu'elle tourne de façon autonome. Il a passé trois jours sur le toit à la frictionner avec de l'huile de foie de morue et autres liquides suspects.

— Au moins, il a réussi à être drôle, même s'il ne l'a pas fait exprès, dit Janet. Donc, ça ne compte pas.

— Tu n'as jamais su comprendre Richard.

Janet renifla.

— J'ai eu mon content de Richard, répliqua-t-elle avec un étonnant degré d'amertume.

Un silence gêné se fit. C'était la première fausse note de la soirée.

— À présent, nous avons de nouveau un quorum, s'empressa de dire Eliot, un quorum tout à fait respectable. La magie physique attire toujours les meilleurs.

— Aux meilleurs ! proposa Josh.

Quentin leva son verre. Perché au milieu des branches de son arbre farouche, il baignait dans les volutes d'une douce brise alcoolisée.

— Aux meilleurs !

Ils burent.

LE FAUVE

DURANT toute la période qu'il avait passée à Brakebills, de son examen d'entrée à son admission au sein des Physiques en passant par son pugilat avec Penny, Quentin n'avait cessé de retenir son souffle sans en avoir conscience. Il comprenait à présent qu'il avait toujours cru que Brakebills finirait par s'évaporer comme un rêve. Non seulement on y violait allégrement de nombreuses lois de la thermodynamique, mais c'était un séjour tout simplement trop beau pour être vrai. De ce point de vue-là, il ressemblait à Fillory. Fillory n'était pas éternel. Ombre et Ambre en chassaient les Chatwin à la fin de chaque épisode. Au fond de lui, Quentin se sentait dans la peau d'un touriste qui, à la fin de ses vacances, se verrait embarqué dans un autocar puant et cahotant – avec sièges en vinyle, télé vétuste et toilettes nauséabondes – qui le reconduirait chez lui, serrant contre son cœur une carte postale ringarde et regardant disparaître dans le rétroviseur les tours, les haies, les flèches et les pignons de Brakebills.

Sauf que ce n'était pas arrivé. Et il comprenait maintenant, comprenait vraiment, que ça n'arriverait jamais. Il avait perdu tout ce temps à se dire des trucs comme « Ce n'est qu'un rêve », « Ça devrait être autre chose » et « Rien n'est éternel ». L'heure était venue pour lui de se conduire comme il le devait : comme un jeune homme de dix-neuf ans qui étudie la magie dans une école conçue à cet effet.

À présent qu'il était des leurs, il avait le loisir d'observer les Physiques de près. Lorsqu'il avait rencontré Eliot pour la première fois, il avait supposé que tous les élèves de Brakebills lui seraient semblables, mais, en vérité, tel n'était pas le cas. Primo, même dans ce contexte hors du commun, l'attitude d'Eliot faisait de lui un être à part. Secundo, il se révélait être l'un des meilleurs élèves de sa classe. Peut-être pas aussi vif qu'Alice, mais celle-ci n'arrêtait pas de bosser alors qu'Eliot ne faisait aucun effort dans ce sens, ou alors il le cachait très, très bien. Pour ce que Quentin pouvait en dire, il n'étudiait jamais. La seule chose qui avait de l'importance à ses yeux, c'était son apparence physique, notamment ses chemises de prix et ses boutons de manchette, qui lui valaient d'être régulièrement puni pour son mépris du code vestimentaire en vigueur à l'école.

Josh portait l'uniforme standard mais se débrouillait pour que ça ne se voie pas : sa veste était toujours mal ajustée à sa corpulence ; soit elle était froissée, soit elle le gênait aux entournures. Sa personnalité elle-même semblait être une blague qu'il ne se lassait jamais de raconter. Quentin mit un moment avant de comprendre qu'il ne s'attendait pas à être pris au sérieux et qu'il savourait – parfois de façon vicieuse – le moment où les autres se rendaient compte qu'ils l'avaient sous-estimé. Comme il n'était pas aussi égocentrique qu'Eliot et Janet, c'était lui le plus observateur du groupe et il ne ratait pas grand-chose de ce qui se passait autour de lui. Ainsi qu'il le confia à Quentin, ça faisait des semaines qu'il attendait que Penny finisse par craquer.

— Pas toi ? Ce type est un mystère enveloppé dans une énigme et grossièrement branché sur une bombe à retardement. Il aurait fini soit par frapper quelqu'un, soit par créer son blog. Pour être franc, je préfère qu'il t'ait cogné.

Contrairement aux autres Physiques, Josh était un élève médiocre, mais, une fois qu'il avait maîtrisé tel ou tel charme, il se montrait d'une efficacité redoutable. Durant sa première année, six mois avaient passé avant qu'il ne parvienne à faire bouger sa bille, mais quand vint le grand jour – à en croire

Eliot –, ladite bille était passée à travers la fenêtre pour se loger dans le tronc d'un érable, où elle se trouvait encore aujourd'hui, quinze centimètres sous l'écorce.

Les parents de Janet étaient des avocats que leur clientèle exclusivement hollywoodienne avait rendus riches à millions. Durant son enfance à L. A., elle avait côtoyé quantité de célébrités dont elle consentait à citer le nom si on insistait – et on n'avait pas besoin d'insister beaucoup. Quentin supposa que cela expliquait en partie ses caprices de star. C'était la plus connue des Physiques, non seulement à cause de sa brusquerie mais aussi de sa manie de porter des toasts pendant le dîner. Elle avait des goûts déplorables en matière de mecs – ce qu'on pouvait dire de plus aimable sur ses petits copains, c'était qu'ils ne s'attardaient jamais très longtemps. Jolie plutôt que belle, elle avait une silhouette menue, qu'elle exploitait néanmoins à fond – elle envoyait ses uniformes chez elle pour qu'on les retaille à ses mesures –, et ses grands yeux intenses avaient quelque chose d'irrésistiblement sexy. On aurait aimé se faire dévorer par eux.

Janet était si agaçante qu'on avait tout le temps envie de couper les ponts avec elle, mais Quentin ne s'ennuyait jamais en sa compagnie. Elle était d'une loyauté farouche et, si elle se montrait un peu envahissante, c'était pour compenser un excès de sensibilité. Il lui arrivait fréquemment d'en souffrir, et alors gare aux explosions de colère. Elle tourmentait tous ses proches, mais c'était parce qu'elle était encore plus tourmentée qu'eux.

Bien qu'il fît officiellement partie des Physiques, Quentin passait encore le plus clair de son temps avec les autres troisième année : il suivait les mêmes cours, participait aux mêmes AP, révisait en vue des mêmes examens et partageait leur table au dîner. On avait redessiné le Dédale durant l'été – comme tous les ans, ainsi qu'il le découvrit – et ils consacrèrent une semaine à le réapprendre pendant l'après-midi, se lançant des appels par-dessus les haies lorsqu'ils s'égaraient ou trouvaient un raccourci particulièrement sympa.

On organisa une fête en l'honneur de l'équinoxe d'automne – la Wicca était particulièrement populaire à Brakebills, même si seuls les Naturels la prenaient au sérieux. Il y eut un grand feu de joie, de la musique et un Homme d'osier, plus un son et lumière préparé par les Illusionnistes, et tous les élèves se couchèrent tard en dépit de la froidure, se rapprochant du feu pour se réchauffer. Alice et Quentin firent découvrir à leurs camarades la Sculpture de Harper, qui devint très populaire, et Amanda Orloff leur révéla qu'elle avait passé deux mois à distiller de l'hydromel en cachette. La liqueur était douceâtre, pétillante et écœurante, ils en burent jusqu'à plus soif et passèrent le lendemain à le regretter.

Cet automne, le cursus de Quentin changea une nouvelle fois. Il était moins question d'apprendre par cœur des gestes et des langues antiques que de lancer des charmes élaborés avec soin. Ses camarades et lui passèrent un mois à étudier la magie architecturale élémentaire : des charmes conçus pour renforcer les fondations, étanchéifier les toits et débarrasser les gouttières des feuilles mortes, qu'ils mirent en pratique sur un appentis à peine plus grand que la niche d'un chien. Avant de pouvoir jeter un misérable charme censé rendre le toit résistant à la foudre, Quentin dut bûcher trois jours pour le mémoriser, répétant les gestes devant son miroir pour être sûr de ne pas se tromper, veillant à adopter la vitesse, les angles et la cadence qui convenaient. Ensuite, il se fada l'incantation, écrite dans un dialecte bédouin dérivé de l'arabe et fichtrement coton à maîtriser. Et, quand il eut fini d'officier, le professeur March conjura une minuscule tempête, dont le premier éclair pulvérisa le toit théoriquement protégé, laissant Quentin trempé jusqu'aux os et malade d'humiliation.

Un mardi sur deux, il travaillait aux côtés de Bigby, le superviseur officieux des Physiques, petit homme aux grands yeux chassieux et aux cheveux gris coupés ras qui affectait une vêture soigneuse mais excentrique, à savoir un cache-poussière de style victorien. Quoique légèrement voûté, il ne semblait ni fragile ni estropié. Quentin avait la nette impression qu'il s'agissait d'un réfugié politique. Il ne cessait de parler à mots couverts d'un complot ayant causé sa perte et de la vengeance qu'il exercerait une fois son pouvoir restauré. Sa dignité raide et offensée évoquait un intellectuel en disgrâce.

Un jour, au cours d'un séminaire – Bigby y traitait d'enchantements extrêmement complexes ayant pour but la transmutation des éléments par manipulation de leur structure quantique –, il marqua une pause pour effectuer un geste des plus étrange : tendant la main droite puis la gauche derrière ses épaules, il parut déboutonner quelque chose dans son dos. Quentin pensa à une femme dégrafant son soutien-gorge. Lorsqu'il se redressa, quatre splendides ailes de libellule se déployèrent derrière lui. Il les fit battre doucement en poussant un soupir d'aise.

Ces ailes étaient fines et iridescentes. Elles vrombirent si vite qu'elles devinrent invisibles un instant, puis se matérialisèrent à nouveau.

— Je vous prie de m'excuser, dit Bigby. Je ne pouvais plus tenir.

Décidément, cette école était le royaume du bizarre. Ça n'arrêtait jamais.

— Monsieur Bigby, êtes-vous un…

Quentin se tut. Un quoi ? Un elfe ? Un ange ? Il savait qu'il était grossier, mais il ne pouvait rien y faire.

— Êtes-vous une fée ?

Bigby eut un sourire un peu chagrin. Ses ailes émirent un raclement chitineux.

— Un pixie, pour être précis.

Un jour, de bon matin, le professeur March donnait un cours sur la magie météorologique et l'art d'invoquer des vents cycloniques. Il était étonnamment souple pour un homme de sa corpulence. En le voyant se déplacer par petits bonds, avec sa queue-de-cheval rousse et son visage rubicond, Quentin avait envie de se recoucher. Au petit-déjeuner, Chambers servait un espresso robuste qui tenait carrément du café turc. Mais il n'en restait plus une goutte quand Quentin sortait du lit.

March le regardait tout en discourant.

Il ferma les yeux. Quand il les rouvrit, il entendit :

— … entre un cyclone subtropical et un cyclone extratropical ? Quentin ? Et en français si possible, je vous prie.

Quentin tiqua. Il avait dû s'assoupir.

— La différence ? hasarda-t-il. Il n'y en a aucune ?

Suivit un long silence gêné, à l'issue duquel Quentin se lança dans une explication vaseuse dans l'espoir de mieux déterminer la nature de la question posée, veillant à y insérer le terme de « zone barocline » au cas où il aurait eu son importance. Ses condisciples s'agitaient sur leurs sièges. March, ravi d'avoir l'occasion d'humilier un élève, le laissait s'enfoncer sans réagir. Quentin se tut. Il avait pourtant lu ça dans son cours. Il savait répondre à la question, c'était ça le plus injuste.

Le silence se prolongea. Ses joues étaient en feu. Ce n'était même pas de la magie, c'était de la vulgaire météo.

— Je ne comprends pas, lança une voix au fond de la salle.

— C'est Quentin que j'interroge, Amanda.

— Mais vous pourriez clarifier un détail. (Amanda Orloff, que ses notes mettaient à l'abri d'éventuelles représailles, se fendit d'un sourire innocent.) Pour le reste de la classe. Est-il question de cyclones barotropes ou non ? Je trouve tout cela un peu confus.

— Ils sont tous barotropes, Amanda, répliqua March d'un air exaspéré. Votre remarque n'a aucun sens. Tous les cyclones tropicaux sont barotropes.

— Mais je croyais que les uns étaient barotropes et les autres baroclines, intervint Alice.

Le capharnaüm qui suivit cette remarque obligea March à abandonner Quentin pour reprendre sa démonstration, sous peine de perdre le fil de son discours. S'il avait pu agir discrètement, Quentin se serait précipité au fond de la salle pour embrasser le front d'albâtre d'Amanda. Il se contenta de lui envoyer un baiser pendant que le prof regardait ailleurs.

March s'était lancé dans un charme des plus complexe, qui l'obligeait à dessiner au tableau un motif rappelant un mandala. Il s'interrompait toutes les trente secondes pour reculer jusqu'au bord de l'estrade, où il se plantait les poings sur les hanches, murmurait quelques mots et reprenait aussitôt son esquisse. Le but de ce charme était banal à pleurer – soit il garantissait la grêle, soit il la prévenait, Quentin avait cessé de suivre le cours, et puis, de toute façon, le principe était le même.

Quoi qu'il en soit, le prof s'en sortait assez mal. Le charme était formulé en haut allemand et il maîtrisait mal les langues médiévales. Quentin fut pris d'une subite envie de sabotage. Il n'avait pas apprécié qu'on lui pose une colle si tôt dans la matinée. Allez, une petite farce pour se venger !

Les salles de classe de Brakebills étaient protégées contre les tours de ce genre, mais tout le monde savait que leur estrade était pour les profs un véritable talon d'Achille. On ne pouvait pas leur faire grand-chose, mais les contre-sorts qui les protégeaient n'étaient pas parfaits et il était possible, au prix d'un certain effort, de leur imprimer des vibrations sensibles. Peut-être que ça suffirait à déstabiliser le professeur March (« March-ou-crève », comme le surnommaient les élèves). Quentin effectua une série de gestes en planquant ses mains sous son pupitre. L'estrade frémit, comme si quelque chose la démangeait, puis s'immobilisa de nouveau. Gagné !

March continuait à déblatérer en haut allemand. Il perdit sa concentration en sentant bouger le plancher sous ses pieds, mais, après un instant d'hésitation, poursuivit comme si de rien n'était. Il n'avait pas envie de repartir de zéro.

Quentin était déçu. Mais Alice l'Infaillible se pencha vers lui.

— Crétin, chuchota-t-elle. Il a avalé la deuxième syllabe. Il aurait dû dire…

À ce moment-là, le film de la réalité échappa un instant à son projecteur. L'univers bascula d'un iota pour se redresser aussitôt, comme s'il ne s'était rien passé. Sauf que, signe d'un faux raccord, un homme se tenait maintenant derrière le professeur March.

C'était un homme de petite taille, vêtu d'un complet anglais de couleur grise et de style ultraclassique, qu'agrémentait une cravate marron fixée par une épingle d'argent en forme de croissant de lune. Le professeur, qui continuait de parler, semblait inconscient de sa présence ; l'intrus jeta aux troisième année un regard de conspirateur, comme s'il faisait une blague au prof avec leur complicité. Il y avait dans son apparence quelque chose d'étrange : Quentin ne parvenait pas à distinguer son visage. L'espace d'un instant, il ne comprit pas pourquoi, puis il se rendit compte qu'une petite branche feuillue flottait devant lui, occultant en partie ses traits. Cette branche sortait de nulle part. Elle n'était fixée à rien. Elle pendait devant la figure de l'homme, point.

Puis le professeur March se tut et se figea sur place.

Alice elle aussi ne bougeait plus. Le silence régnait dans la salle. On entendit grincer une chaise. Quentin était paralysé. Rien ne l'empêchait de bouger, mais toute liaison était coupée entre son corps et son cerveau. Était-ce du fait de l'intrus ? Qui était-il ? Alice demeurait penchée vers lui et une mèche de ses cheveux lui bouchait la vue. Il ne distinguait pas ses yeux ; l'angle n'était pas bon. Tout autour de lui était figé. L'inconnu était le seul objet au monde doué de mobilité.

Le cœur de Quentin se mit à battre plus fort. L'homme leva la tête et plissa le front, comme s'il l'entendait. Quentin ignorait ce qui s'était passé, mais il y avait quelque chose qui clochait. Un flot d'adrénaline déferla dans ses veines, mais il ne déboucha nulle part. Son cerveau commençait à bouillir. L'homme se mit à arpenter l'estrade, à explorer son nouvel environnement. Son comportement évoquait un aérostier qui se serait posé par mégarde dans une contrée exotique : il était partagé entre la curiosité et l'amusement. Mais la branche qui dissimulait son visage empêchait quiconque de deviner ses intentions.

Il tourna autour du professeur March. Il y avait quelque chose d'étrange dans ses mouvements, une fluidité excessive. Lorsqu'il apparut en pleine lumière, Quentin vit qu'il n'était pas tout à fait humain, ou qu'il avait cessé de l'être. Sous les manchettes de sa chemise blanche se dissimulaient trois ou quatre doigts surnuméraires, à la main droite comme à la gauche.

Il s'écoula un quart d'heure, puis une demi-heure. Quentin était incapable de seulement tourner la tête et l'homme disparut à plusieurs reprises de son champ visuel. Il tripota l'équipement du professeur March. Il fit le tour de la salle. Il sortit un couteau de sa poche et se cura les ongles. Chaque fois qu'il s'approchait d'un objet quelconque, celui-ci semblait frissonner. Il prit une tige de fer sur la table près de March et la plia comme un vulgaire bâton de réglisse. À un moment donné, il jeta un charme – dans un débit si rapide que Quentin n'en comprit pas un traître mot – qui eut pour effet de faire voler dans les airs toute la poussière contenue dans la salle, qui se reposa après avoir dessiné des volutes alambiquées. Lorsqu'il exécuta ses passes, Quentin vit que ses doigts surnuméraires se repliaient vers l'arrière.

Une heure, deux heures… La terreur déferla sur Quentin puis se retira, telle une puissante marée qui le laissa trempé de sueur. Il se passait quelque chose de grave, il en était sûr ; mais il n'aurait su dire quoi exactement. Sa petite farce en était sûrement la cause. Comment pouvait-il se montrer stupide à ce point ? Il était soulagé de se retrouver paralysé. Ça le dispensait de tenter quelque chose de téméraire.

L'intrus semblait indifférent à tous ceux qui l'entouraient. Son allure comique confinait au grotesque – dans son silence obstiné, il évoquait un mime. Il s'approcha d'une horloge accrochée au-dessus de l'estrade et y fit lentement pénétrer son poing – il ne la fracassa pas d'un coup sec mais empoigna son cadran, brisant le disque de verre qui le protégeait, et broya ses rouages jusqu'à les pulvériser. On aurait dit qu'il prenait plaisir à faire souffrir le mécanisme.

Le cours aurait dû être achevé depuis des heures. Les autres profs avaient sûrement remarqué quelque chose. Où étaient-ils ? Où était Fogg ? Où était cette diablesse d'infirmière ? Quentin aurait bien aimé savoir ce que pensait Alice. Si seulement il avait pu faire pivoter sa tête de quelques degrés pour mieux voir son visage !

La voix d'Amanda Orloff brisa soudain le silence. Elle avait dû réussir à se libérer et entonnait un charme d'une voix cadencée, posée mais décidée. Quentin n'avait jamais rien entendu de pareil : c'était un charme plein de rage et de vigueur, un enchantement guerrier à base de fricatives, conçu pour annihiler l'adversaire. Il se demanda d'où elle le sortait. Le simple fait de connaître un charme de ce calibre était un motif de renvoi, alors le formuler… Mais elle n'eut pas le temps de conclure. Sa voix monta dans les aigus, son débit se fit précipité, à la façon d'une bande magnétique prise de folie, puis le silence reprit ses droits.

Le matin fit place à l'après-midi, dans un rêve enfiévré de panique et d'ennui. Quentin s'engourdit. Il entendit des bruits venant de l'extérieur. Il ne voyait qu'une seule fenêtre, à la lisière de son champ visuel, mais il se passait quelque chose de ce côté, une masse venait occulter la lumière. On entendit comme des coups de marteau, puis six ou sept voix chantant à l'unisson. Un éclair aveuglant frappa le couloir avec une telle violence que l'épais battant de porte devint un instant translucide. On entendit une succession de grondements, comme si quelqu'un tentait de s'introduire dans la salle par le plancher. L'homme au costume gris ne daigna pas broncher.

Dans la fenêtre, une feuille rouge, ultime survivante des chutes automnales, frémissait sous le vent à l'extrémité d'une branche dénudée. Quentin la fixa des yeux. Le vent la secouait dans tous les sens. C'était la plus belle chose qu'il ait jamais vue. Tout ce qu'il désirait, c'était de pouvoir la contempler une minute de plus. Il aurait tout donné pour cela, rien qu'une minute à regarder cette petite feuille rouge.

Il avait dû tomber en transe, ou alors s'endormir – impossible de s'en souvenir. Ce fut la voix de l'homme qui le réveilla : il murmurait une comptine, d'une voix étonnamment douce.

Adieu, bébé chagrin,
Papa s'en va chasser.
Il rapportera une peau de lapin
Pour faire un lange à son bébé.

Il continua à fredonner. Puis, sans prévenir, il disparut.

Il disparut si soudainement, et dans un tel silence, que Quentin ne le remarqua pas tout de suite. Mais il y eut plus stupéfiant encore, à savoir la réaction du professeur March, qui jusqu'ici se tenait immobile sur l'estrade, la bouche grande ouverte. Dès que l'intrus se fut évaporé, March s'effondra comme une poupée de chiffon et perdit connaissance en heurtant l'estrade du front.

Quentin voulut se lever. Mais il glissa de son siège, se retrouvant lui aussi allongé sur le sol. Ses bras, ses jambes, son dos étaient noués de crampes atroces. Il n'avait plus aucune force dans les muscles. Peu à peu, en proie à un mélange de souffrance et de soulagement, il réussit à allonger les jambes. De délicieuses bulles de douleur éclatèrent dans ses genoux, comme s'il avait enfin le droit de les plier après un interminable voyage en autocar. Des larmes de délivrance coulèrent sur ses joues. C'était fini. L'homme était enfin parti et rien d'horrible ne s'était produit. Alice gémissait, elle aussi. Une paire de chaussures, sans doute les siennes, était collée à la figure de Quentin. Dans toute la salle, ce n'était que sanglots et gémissements.

Il apprendrait par la suite que Fogg avait mobilisé tout le personnel de l'école dès que l'homme était apparu parmi eux ou quasiment. S'ils n'avaient pu empêcher son intrusion, les charmes défensifs de Brakebills l'avaient tout de suite repéré. Tous les témoignages s'accordaient pour décrire Fogg comme un commandant en chef des plus compétent : calme, organisé, rapide, faisant montre d'une intelligence tactique, d'une réactivité et d'un esprit de décision en tout point dignes d'éloges.

Durant toute la matinée, on s'était affairé à construire un échafaudage autour de la tour. Le professeur Heckler, coiffé d'un casque de soudeur pour se protéger les yeux, avait failli y mettre le feu en déclenchant plusieurs assauts pyrotechniques. L'héroïque professeur Sunderland avait tenté de jouer les passe-muraille pour s'introduire dans la salle, mais sans succès, et, de toute façon, elle ignorait tout de l'adversaire qu'elle devrait affronter en cas de réussite. Bigby lui-même avait fait une apparition, déployant un sort exotique, voire non humain, qui – Quentin crut le comprendre – avait semé le trouble chez ses collègues.

Ce soir-là, à l'issue du dîner, une fois qu'on eut procédé pour la forme aux annonces habituelles portant sur les activités du moment, le doyen Fogg s'adressa à l'ensemble des élèves pour essayer de leur expliquer ce qui s'était produit.

Marqué par les épreuves de la journée, il se tenait au bout de la longue table, tandis que les chandelles grésillaient et que les première année achevaient de porter à la cuisine assiettes et couverts. Il tripota ses manchettes et passa la main sur ses tempes de plus en plus dégarnies.

— Nombre d'entre vous ne seront pas surpris d'apprendre qu'il existe d'autres mondes que le nôtre, commença-t-il. Ce n'est pas une conjecture mais un fait avéré. Je ne me suis jamais rendu dans ces mondes et jamais vous ne vous y rendrez. L'art de passer entre les mondes est un domaine de la magie sur lequel on ne sait quasiment rien. Ce que nous savons, c'est que certains de ces mondes sont habités. Le Fauve que nous avons vu aujourd'hui était probablement colossal…

Ce fut ainsi que Fogg baptisa l'homme au costume gris et, par la suite, on ne l'appela plus que « le Fauve ».

— Ce que nous avons vu n'en était sans doute qu'une petite partie, reprit-il, un appendice qu'il avait choisi de projeter dans notre sphère d'existence, à la façon d'un enfant plongeant un doigt dans une flaque d'eau. On a déjà observé de semblables phénomènes. La littérature leur a donné le nom d'excrescences.

Il poussa un soupir.

— Aux yeux d'un être tel que celui-là, nous sommes pareils à des nageurs pataugeant à la surface de leur monde, des silhouettes qu'ils distinguent sur fond de lumière céleste, qui font parfois de timides plongées mais ne gagnent jamais les profondeurs. En temps ordinaire, ils ne nous accordent aucune attention. Malheureusement, quelque chose dans l'incantation que prononçait le professeur March a attiré l'attention du Fauve. Si j'ai bien compris, cette incantation a été altérée ou corrompue d'une façon que nous ignorons. Cela a permis au Fauve de pénétrer dans notre monde.

À ces mots, Quentin frémit dans son for intérieur mais réussit à ne pas perdre contenance. C'était à cause de lui. C'était de sa faute. Fogg reprit :

— Le Fauve a surgi des profondeurs, pareil à un requin bien décidé à s'attaquer à un nageur. Il nous est impossible de concevoir son mobile, mais il semble bien qu'il ait été à la recherche de quelqu'un ou de quelque chose. J'ignore s'il a trouvé ce qu'il cherchait. Peut-être ne le saurons-nous jamais.

En temps normal, Fogg était nimbé d'une aura d'assurance et de certitude, légèrement tempérée par un soupçon de ridicule, mais, ce soir-là, il avait l'air désemparé. Il perdit le fil de ses pensées. Il se mit à tripoter sa cravate.

— À présent, l'incident est clos. Les élèves qui en ont été les témoins subiront tous un examen, tant magique que médical, qui sera suivi d'une purification, au cas où le Fauve les aurait marqués ou souillés. Tous les cours de demain sont annulés.

Il s'arrêta net et quitta la salle à manger. Tout le monde s'attendait pourtant à en entendre davantage.

Mais cela viendrait plus tard. Allongé par terre à l'issue de l'intrusion, tandis que la souffrance s'estompait dans ses bras, ses jambes et son dos, Quentin se sentait délivré. Il était soulagé d'être en vie. La catastrophe avait été évitée. Il avait commis une terrible erreur, mais tout était rentré dans l'ordre. Il éprouva une profonde gratitude à l'égard de la vieille chaise en bois dont il fixait le dessous. Elle était splendide, elle était fascinante. Il aurait pu passer une éternité à la contempler. Qu'il ait vécu une telle aventure et qu'il pût la raconter, c'était même un peu excitant. Dans un certain sens, il était un héros. Il inspira profondément et sentit le plancher solide sous son dos. La première chose qu'il voulait faire, se dit-il, c'était poser une main rassurante sur la cheville d'Alice, douce et ferme à la fois, qui se trouvait tout près de sa tête. Il était tellement soulagé de pouvoir à nouveau la regarder !

Ce qu'il ne savait pas encore, c'est qu'Amanda Orloff était morte. Le Fauve l'avait dévorée vive.

DAMEDAMOUR

QUENTIN passa le reste de sa troisième année à Brakebills sous une chape grise de vigilance militaire. Durant les semaines qui suivirent l'intrusion du Fauve, l'école fut bouclée sur les plans physique comme magique. Les enseignants arpentèrent le domaine pour régénérer les anciens charmes qui assuraient sa défense et pour en formuler de nouveaux. Le professeur Sunderland consacra une journée entière à en parcourir le périmètre à reculons, les joues rougies par le froid, semant sur la neige des poudres colorées conformément à un diagramme en tresses. Le professeur Van der Weghe passa son travail en revue, précédée par une foule d'élèves attentifs, qui lui ouvraient le passage et lui fournissaient le matériel dont elle avait besoin. Cette procédure complexe ne tolérait aucune interruption.

Pour purifier la salle de classe, il suffit d'agiter quelques clochettes et de faire brûler de la sauge dans les coins, mais une semaine fut nécessaire pour réviser tous les charmes de l'école ; à en croire une légende estudiantine, ceux-ci étaient soumis à un gigantesque totem en fer forgé placé au centre géographique du campus – dont on ignorait l'emplacement précis –, un totem que personne n'avait jamais vu. Le professeur March, que son épreuve semblait avoir plongé dans un état d'anxiété permanent, passa des heures à fouiller les sous-sols, les caves et les catacombes de l'école, renforçant de manière obsessionnelle les charmes fondamentaux qui les protégeaient d'une attaque souterraine. Imitant les troisième année lors de leur fête de l'équinoxe, le corps enseignant fit à son tour un feu de joie, le nourrissant avec des rondins de cèdre droits comme des *i*, que l'on avait soigneusement écorcés et séchés, et que le professeur Heckler disposa dans une configuration complexe évoquant un jeu de mikado pour géants, tâche qu'il mit une journée entière à mener à bien. Lorsqu'il finit par embraser ce bûcher, au moyen d'un bout de papier où étaient écrits des mots en russe, il émit un éclat aussi intense que du magnésium. On déconseilla aux élèves de le regarder en face.

Dans un certain sens, toute cette agitation était fort instructive : les professeurs faisaient de la magie pour de bon, afin de lutter contre une menace réelle. Mais cela n'avait strictement rien de drôle. Pendant le dîner, les convives silencieux étaient partagés entre une vaine colère et une angoisse diffuse. Un matin, on découvrit la chambre d'un première année vide de son occupant : il avait quitté l'école pour rentrer chez lui. Il n'était pas rare de tomber sur des groupes de deux ou trois filles – de celles qui, quelques semaines plus tôt, auraient préféré mourir plutôt que d'être vues en compagnie d'Amanda Orloff – perchées sur le rebord d'une fontaine du Dédale et pleurant à chaudes larmes. On déplora deux nouvelles bagarres. Dès qu'il eut l'assurance que les fondations étaient sécurisées, le professeur March prit un congé sabbatique, et ceux qui se disaient bien informés – un échantillon se réduisant au seul Eliot – affirmèrent que les chances de le revoir un jour étaient proches de zéro.

Parfois, Quentin avait lui aussi envie de disparaître. Il craignait d'être mis en quarantaine à cause de la farce qu'il avait faite à March, mais, bizarrement, nul ne lui en tint rigueur. Tout juste s'il ne le regrettait pas. Il se demandait s'il n'avait pas commis le crime parfait, un crime si horrible, si flagrant, que personne n'osait le lui reprocher en public. Il était pris au piège : il ne pouvait porter le deuil d'Amanda, s'estimant responsable de sa mort, et il ne pouvait expier sa faute, étant incapable de la confesser à quiconque, même à Alice. Il ne savait pas comment s'y prendre. En conséquence, il laissa sa honte fermenter en lui, au risque de s'en voir gangrené.

C'était une forme de catastrophe qu'il croyait avoir laissée derrière lui le jour où il était entré dans ce jardin à Brooklyn. Jamais on ne voyait ça à Fillory : on y connaissait les conflits et même la violence, mais celle-ci comme ceux-là étaient toujours nobles et héroïques, et toutes les victimes revenaient à la vie une fois le récit achevé. À présent que son monde parfait souffrait d'une plaie débilitante par laquelle s'engouffraient la terreur et le deuil, à la façon d'une eau délétère libérée par un barrage qui aurait cédé, Brakebills lui apparaissait comme un camp fortifié plutôt qu'un jardin secret. Il n'était pas douillettement niché dans une petite histoire où les torts étaient systématiquement redressés : il était dans le monde réel, où le malheur survenait sans raison aucune, où l'on payait pour des fautes qu'on n'avait jamais commises.

Huit jours après l'incident, les parents d'Amanda Orloff vinrent récupérer ses affaires. Conformément à leur demande, cela se fit dans une totale discrétion, mais Quentin assista par hasard à leur entretien d'adieu avec le doyen. Tous les objets personnels d'Amanda tenaient dans une malle et un misérable sac de voyage aux motifs cachemire.

Le cœur de Quentin se serra lorsqu'il observa la scène. Il était sûr que sa culpabilité crevait les yeux; c'était comme une marque sur son front. Mais M. et Mme Orloff restèrent aveugles à sa présence. On aurait dit un frère et une sœur plutôt qu'un mari et sa femme : la même taille, la même carrure, les mêmes cheveux ternes, coiffés en brosse chez lui, réunis en chignon chez elle. Ils semblaient en proie à un rêve éveillé – le doyen Fogg les aidait à contourner des obstacles invisibles – et Quentin finit par comprendre qu'ils étaient soumis à un enchantement, qu'on les tenait aujourd'hui encore dans l'ignorance de la nature des études qu'avait suivies leur fille.

En août, les Physiques écourtèrent leurs vacances d'été. Ils passèrent au Cottage la semaine précédant la rentrée, à jouer au billard plutôt qu'à étudier, et entreprirent d'écluser jusqu'à plus soif une réserve de porto qu'Eliot avait retrouvée dans un placard de la cuisine. Mais leur humeur demeura sombre et pensive. Quentin n'arrivait pas à croire qu'il était passé en quatrième année.

— Nous devons former une équipe de bourbasse, déclara Janet un beau jour.

— Non ! répliqua Eliot. Il n'en est pas question.

Il était vautré sur un vieux canapé en cuir, un bras ramené sur les yeux. Fatigués de ne rien faire, ils glandaient dans la bibliothèque du Cottage.

— Je parle sérieusement, Eliot, reprit Janet en lui chatouillant les côtes du bout du pied. Bigby vient de m'en informer. Il va y avoir un championnat. Tout le monde est censé y participer. Ils ne l'ont pas encore annoncé, c'est tout.

— Merde ! s'exclamèrent à l'unisson Eliot, Alice, Josh et Quentin.

— C'est moi qui m'occuperai de l'équipement, ajouta Alice.

— Pourquoi ? gémit Josh. Pourquoi nous infligent-ils cela ? *Pourquoi, mon Dieu ?*

— C'est bon pour le moral des troupes, expliqua Janet. D'après Fogg, nous devons reprendre nos esprits après ce qui s'est passé l'année dernière. Ce championnat de bourbasse participe d'un « retour à la normale ».

— Mon moral se portait à merveille jusqu'ici, dit Josh. Bordel ! je ne supporte pas ce jeu à la con. C'est une perversion de la magie, oui, une perversion ! conclut-il en agitant un index menaçant.

— Malheureusement, c'est obligatoire. Et chaque discipline doit former son équipe, donc aucun de nous n'y échappera. Même pas Quentin… (Janet lui tapa sur la tête) qui demeure Indéterminé à ce jour.

— Merci, merci, c'est trop.

— Je vote pour Janet comme capitaine, dit Eliot.

— Ça va de soi, rétorqua l'intéressée. Et, en tant que capitaine, j'ai la joie et l'honneur de vous annoncer que votre première séance d'entraînement débute dans un quart d'heure.

Tous se mirent à gémir, mais pas un ne fit mine de bouger.

— Janet ? fit Josh. Laisse tomber, s'il te plaît.

— Je n'ai jamais joué, protesta Alice. Je ne connais même pas les règles.

Allongée sur le tapis, elle feuilletait un vieil atlas. Ses cartes antiques étaient farcies de monstres marginaux aux proportions telles qu'ils débordaient sur les continents qu'ils entouraient. Durant l'été, elle avait acquis une paire de lunettes aux verres rectangulaires de la dernière mode.

— Oh ! tu apprendras vite, lui dit Eliot. La bourbasse est un jeu aussi amusant qu'instructif !

— Ne t'inquiète pas, renchérit Janet en déposant sur sa tête un baiser maternel. Personne ne connaît les règles.

— Excepté Janet, précisa Josh.

— Excepté moi. On se retrouve à trois heures.

Et elle sortit en sautillant.

Au bout du compte, ils n'avaient rien de mieux à faire, ce que Janet savait pertinemment. Ils se retrouvèrent près du terrain, tout enchifrenés en ce beau jour d'été. Le soleil brillait avec un tel éclat que l'herbe en devenait éblouissante. Eliot, les manches de sa chemise retroussées, tenait la carafe de porto un peu poisseuse. Rien qu'à la voir, Quentin se sentait déshydraté. Le ciel d'azur se reflétait dans les mares carrées. Une sauterelle atterrit sur son pantalon et y resta accrochée.

— Bien, fit Janet en grimpant sur la chaise d'arbitre décolorée par les intempéries, en dépit de sa minijupe dangereusement aguichante. Qui sait comment on commence ?

Il s'avéra qu'on commençait par choisir une case où l'on lançait une pierre baptisée le globe. Il s'agissait d'un sphéroïde en marbre bleu de la taille d'une balle de ping-pong mais d'un poids étrangement élevé. Quentin se révéla très doué pour cette manœuvre, qu'il dut effectuer à plusieurs reprises au cours de la partie. Le truc, c'était d'éviter d'envoyer le globe dans une mare, car non seulement cela faisait perdre le point, mais en outre le joueur était tenu de le repêcher.

Alice et Eliot formèrent une équipe, Josh et Quentin une autre, et Janet servit d'arbitre. Elle n'était ni la plus studieuse des Physiques – ce titre revenait à Alice – ni la plus naturellement douée – Eliot lui était nettement supérieur –, mais c'était la plus compétitive de tous et elle s'était mis en tête d'acquérir une maîtrise totale de la bourbasse, un jeu d'une complexité proprement effarante.

— Sans moi, vous seriez tous paumés ! affirmait-elle, et c'était pure vérité.

Le jeu reposait à moitié sur la stratégie et à moitié sur la magie. Il fallait jeter un charme ou un contre-charme pour capturer une case, la protéger ou la piquer à l'adversaire. Les mares étaient les plus faciles à prendre, les carrés métalliques les plus durs – pour les conquérir, on devait maîtriser les incantations et les enchantements les plus ésotériques. Tôt ou tard, le joueur était obligé de poser le pied sur le damier, devenant ainsi un pion vulnérable à toutes les attaques. À mesure que Quentin s'approchait de la bordure, le pré qui l'entourait semblait rétrécir et le damier s'agrandir, comme s'il était placé au centre d'un judas. Et les arbres perdaient de leurs couleurs, virant à l'argent flou.

Les premières phases du jeu se déroulèrent à un rythme précipité, chacune des équipes capturant quantité de cases non défendues. Tout comme aux d'échecs, il existait de nombreuses ouvertures conventionnelles et bien connues des joueurs. Mais une fois capturées toutes les cases vulnérables, les deux équipes durent s'affronter pied à pied. L'après-midi fut entrecoupé de longues pauses durant lesquelles Janet se lança dans d'interminables explications techniques. Eliot disparut pendant vingt minutes, pour revenir avec deux seaux à glace contenant six bouteilles de riesling de Finger Lakes, qu'il avait apparemment mises de côté pour une telle occasion. Comme il n'avait pas pensé à prendre des verres, tous se mirent à boire au goulot.

Quentin ne tenait pas très bien l'alcool ; plus il éclusait, moins il comprenait le déroulement de la partie, qui gagnait d'ailleurs en complexité. Apparemment, on avait le droit d'altérer les cases par transmutation, et aussi de les déplacer sur le damier. Lorsque tous les joueurs finirent par évoluer sur celui-ci, ils étaient tellement bourrés que Janet dut les guider dans leurs déplacements, ce qu'elle fit avec une condescendance hautaine.

Aucune importance : ils s'en fichaient tous. Le soleil sombra derrière les arbres, mouchetant l'herbe d'ombres, et l'azur du ciel vira à l'indigo. L'atmosphère était aussi tiède qu'un bon bain. Josh s'endormit sur la case qu'il était censé défendre, débordant sur toute une rangée. Eliot se mit à imiter Janet, qui fit semblant d'être vexée. Alice ôta ses chaussures pour se tremper les pieds dans une mare que personne ne revendiquait. Leurs voix montaient dans le ciel et se perdaient dans le feuillage. Les bouteilles quasiment vides flottaient dans des seaux ne contenant plus qu'une eau tiédasse où s'était noyée une guêpe.

Tous feignaient de se faire chier, à moins que ce ne fût vraiment le cas, tous excepté Quentin. À sa grande surprise, il était enchanté, bien qu'il prît soin de n'en rien laisser paraître. Son bonheur était si intense qu'il en avait le souffle coupé. Pareil à un glacier reculant lentement, l'épreuve du Fauve avait laissé derrière elle un monde transformé, blessé et chaotique, mais ce monde voyait apparaître de nouvelles pousses vertes. En imposant aux élèves un championnat de bourbasse, Fogg s'était montré fin psychologue. L'angoisse que le Fauve faisait peser sur eux était en train de se dissiper. Ils se sentaient de nouveau bien dans leur peau d'adolescents, du moins pour un temps.

Quentin avait l'impression qu'on lui avait accordé le pardon – qui était ce « on », il n'aurait su le dire.

Il visualisa le spectacle qu'ils auraient offert à un observateur céleste. Si quelqu'un les découvrait depuis un avion ou un dirigeable volant à basse altitude, il verrait cinq personnes sur un damier au cœur d'une enclave magique secrète, aux propos rigoureusement inaudibles, apparemment en pleine forme et ravies de leur sort. Et cet observateur ne se tromperait pas. Ils n'auraient pas pu être plus heureux.

— Sans moi, répéta Janet, les larmes aux yeux, la main plaquée sur la bouche pour étouffer ses rires, sans moi, vous seriez tous paumés !

Si la bourbasse restaura en partie l'équilibre de Quentin, elle posa à Josh un nouveau genre de problème. Ils poursuivirent l'entraînement durant le premier mois du semestre et Quentin finit par acquérir une bonne maîtrise du jeu. L'important n'était pas de bien connaître les charmes ni les manœuvres stratégiques, quoique cela fût indispensable. Non, pour gagner, il fallait avant tout choisir le moment propice pour prononcer un charme et ressentir au fond du cœur une sensation de puissance qui garantissait la force et la vitalité du charme en question. Quelle que soit cette qualité, on devait la trouver en soi au moment critique.

Mais Josh ne savait jamais ce qu'il allait trouver en lui. Au cours d'une séance, Quentin l'observa tandis qu'il défendait contre Eliot l'une des deux cases métalliques du damier. Leur substance était une variété d'argent – de l'argent pur dans un cas, du palladium dans l'autre, un terme qui lui était inconnu – et leur surface était parcourue d'arabesques et d'inscriptions en italique.

Eliot avait opté pour un enchantement basique et créé un petit globe émettant une douce lueur. Josh tenta un contre-charme, marmonnant sans conviction tout en esquissant de ses doigts boudinés des gestes mal conçus. Il semblait toujours gêné quand il jetait un charme, comme persuadé qu'il n'opérerait pas.

Mais lorsqu'il eut fini, la lumière du jour s'assombrit et vira au sépia, comme si le soleil était occulté par un nuage ou subissait une éclipse.

— Que diable ? fit Janet en scrutant le ciel.

Josh avait sauvé sa case – le feu follet d'Eliot s'était évaporé –, mais il était allé trop loin. Il avait créé son image inversée, c'est-à-dire un trou noir : une bonde s'était ouverte, par laquelle s'évacuait la lumière de l'après-midi. Les cinq Physiques se massèrent autour de cette sphère ambrée pour mieux l'observer, comme s'il s'agissait d'un étrange insecte venimeux. Quentin n'avait jamais rien vu de semblable. On aurait dit que quelqu'un avait actionné un interrupteur cosmique, aspirant l'énergie lumineuse du monde pour lui infliger une sorte de black-out.

Josh était le seul à ne pas sembler s'en soucier.

— Qu'est-ce que vous pensez de moi maintenant ? lança-t-il en entamant la danse de la victoire. Hein ? Qu'est-ce que vous pensez de votre pote Josh ?

— Ouaouh ! fit Quentin en reculant d'un pas. C'est quoi, ce truc, Josh ?

— Aucune idée. J'ai agité les doigts et puis…

Il adressa un geste moqueur à Eliot. Une douce brise se levait.

— C'est bon, Josh, dit Eliot. Tu as gagné. Arrête ce truc maintenant.

— T'en as assez vu ? C'est trop fort pour toi, ô mage suprême ?

— Sans déconner, Josh, intervint Alice. Débarrasse-nous de ce truc, s'il te plaît. Ça me fait peur.

Il n'était que deux heures de l'après-midi, mais le pré tout entier était plongé dans le crépuscule. Quentin ne distinguait pas nettement l'espace au-dessus de la case métallique, mais l'air environnant vibrait et ondoyait, et l'herbe visible au travers semblait distordue. À l'aplomb du phénomène, à l'intérieur d'un cercle parfait, tous les brins d'herbe étaient dressés à la verticale, pareils à des éclats de verre couleur émeraude. Le tourbillon rampait en direction du pourtour du damier, et un chêne tout proche se pencha dessus avec un monstrueux craquement.

— Ne fais pas l'imbécile, Josh ! cracha Eliot.

Josh avait cessé de célébrer son triomphe. Il fixait sa création d'un œil inquiet.

L'arbre émit un sinistre grincement et s'inclina de plus belle. Quelques racines jaillirent du sol en émettant des bruits de détonation étouffés.

— Josh ! Josh ! hurla Janet.

— Oui, bon, d'accord ! D'accord !

Josh annula son charme et le trou dans l'espace disparut.

Quoique livide, il arborait un air navré, voire méchant : ils avaient gâché son triomphe. Tous se tinrent en silence autour du chêne à moitié abattu. L'une de ses branches, parmi les plus longues, effleurait le sol.

Le doyen Fogg rendit public le calendrier du championnat de bourbasse, dont la finale aurait lieu à la fin du semestre. À leur grande surprise, les Physiques gagnèrent tous leurs matchs. Ils terrassèrent même les Psychiques, une bande de snobs qui compensaient leur faiblesse en matière de charmes par un instinct stratégique quasiment infaillible. Leur parcours sans faute se poursuivit jusqu'en octobre. Leurs seuls rivaux sérieux n'étaient autres que les Naturels, qui, en dépit de leur éthique sylvestre portée au pacifisme, faisaient montre d'une irritante compétitivité pour ce qui était de la bourbasse.

Petit à petit, l'atmosphère de camaraderie qui avait prévalu durant l'été se dissipa à mesure que les journées devenaient plus courtes et plus fraîches, et que les exigences du championnat s'ajoutaient à celles, déjà écrasantes, de leur scolarité. Au bout d'un temps, la bourbasse devint une corvée comme les autres, quoique encore plus dénuée de sens. À mesure que Quentin et ses équipiers perdaient leur motivation, Janet se montrait plus criarde et plus autoritaire, et ils finirent par se lasser de son attitude. Elle ne pouvait pas s'empêcher d'être ce qu'elle était, son caractère névrotique l'obligeant à contrôler tout ce qui concernait les matchs et les entraînements, mais ça n'en était pas moins pénible. En théorie, ils auraient pu régler la question en perdant volontairement quelques matchs – un seul aurait suffi, d'ailleurs –, mais ils n'en firent rien. Aucun d'eux n'en avait l'envie ni le courage.

Les errements de Josh continuaient de poser problème. Le jour de la finale, il ne daigna même pas se présenter.

C'était un samedi au début du mois de novembre et l'enjeu du match n'était rien moins que le titre de champion – la Coupe de Brakebills, ainsi que l'avait baptisée Fogg avec une certaine grandiloquence, s'abstenant néanmoins de montrer le trophée à quiconque. On avait installé sur le pré environnant des gradins en bois un rien sinistres, qui évoquaient des vieux films montrant des tournois universitaires et dont les éléments avaient sans doute passé plusieurs décennies à moisir dans une cave de l'école. Il y avait même une loge présidentielle, occupée par le doyen Fogg et le professeur Van der Weghe, qui tenait une tasse de café dans ses mains protégées par des mitaines roses.

Le ciel était gris, la bise faisait chuinter le feuillage des arbres. Les drapeaux aux couleurs de Brakebills plantés sur les gradins ne cessaient de claquer. L'herbe était recouverte d'une couche de givre craquante.

— Où est-il passé, bon sang ? disait Quentin en faisant les cent pas pour se réchauffer.

— Je n'en sais *rien* ! répondait Janet.

Elle avait passé les bras autour du cou d'Eliot pour qu'il lui tienne chaud, ce qui semblait l'agacer prodigieusement.

— Et puis merde, on y va, dit-il. Finissons-en avec ces conneries.

— On ne peut pas jouer sans Josh, déclara Alice d'un ton catégorique.

— Où est-ce que c'est écrit ? (Eliot s'efforça de déloger Janet, qui s'accrocha de plus belle.) De toute façon, il nous handicape.

— Je préfère perdre avec lui que gagner sans lui, répliqua Alice. Quoi qu'il en soit, il n'est pas mort. Je l'ai vu après le petit-déjeuner.

— S'il n'arrive pas dans les cinq minutes, nous allons tous crever de froid. Il sera le seul à pouvoir défendre nos couleurs.

L'absence de Josh suscitait chez Quentin une inquiétude mal définie.

— Je vais le chercher, dit-il.

— Ne sois pas ridicule. Il est sans doute…

À ce moment-là, le professeur qui faisait office d'arbitre, un homme jovial au teint basané du nom de Foxtree, se dirigea vers eux, engoncé dans une parka rembourrée qui lui descendait jusqu'aux chevilles. Tous les élèves le respectaient d'instinct, non seulement à cause de son humeur joyeuse et de sa haute taille, mais aussi parce que c'était un Amérindien.

— Qu'est-ce qui vous retient ?

— Il nous manque un joueur, monsieur, expliqua Janet. Josh Hoberman est absent.

— Et alors ? fit Foxtree en se prenant à bras-le-corps. (Une goutte pendait au bout de son long nez busqué.) Dépêchons-nous de commencer ce putain de match. J'aimerais être revenu en salle des profs avant midi. Combien êtes-vous ?

— Quatre, monsieur.

— On fera avec.

— Non, trois, dit Quentin. Je vous demande pardon, mais il faut que je retrouve Josh. Il nous est indispensable.

Sans attendre de réponse, il se mit à courir en direction de la Maison, les mains dans les poches et le col relevé pour se protéger du froid.

— Reviens, Q ! hurla Janet.

Puis, comprenant qu'il ne lui obéirait pas, elle ajouta d'un air dégoûté :

— Et merde !

Quentin ne savait pas s'il devait être furieux ou inquiet, aussi laissait-il ces deux sentiments coexister en lui. Foxtree avait raison : cette histoire de championnat était parfaitement futile. Peut-être que cet enfoiré de Josh s'était recouché, tout simplement, se dit-il en courant sur la Mer transformée en plaine de givre. Au moins avait-il sa graisse pour lui tenir chaud. Gros lard, va !

Mais Josh n'était pas dans sa chambre. Comme d'habitude, celle-ci était un vrai chantier : des bouquins, des feuilles volantes et du linge sale partout. Quentin gagna ensuite le solarium, mais il n'y trouva que le vieux professeur Brzezinski, l'expert ès potions, qui, les yeux fermés, sa barbe blanche en éventail sur son vieux tablier, prenait un bain de soleil. Une grosse mouche s'acharnait sur une fenêtre. Le vieil homme semblait endormi, mais il s'adressa à Quentin alors que celui-ci allait repartir.

— Vous cherchez quelqu'un ?

— Oui, monsieur. Josh Hoberman. Il est en retard pour le match de bourbasse.

— Hoberman. Le gros.

Levant une main veinée de bleu, Brzezinski fit signe à Quentin de s'approcher pendant qu'il pêchait dans sa poche un crayon de couleur et une feuille de papier millimétré. D'une main sûre, il esquissa un plan du campus de Brakebills. Puis il marmonna quelques mots en français et fit un signe ressemblant à une rose des vents.

Il brandit la feuille de papier devant Quentin.

— Qu'est-ce que vous en déduisez ?

Quentin s'était attendu à des effets spéciaux magiques, mais il fut très déçu. Tout ce qu'il voyait, c'était une tache de café dans un coin de la feuille.

— Pas grand-chose, monsieur.

— Ah bon ?

Le vieil homme examina la feuille de papier d'un air intrigué. Il émanait de lui une odeur d'ozone, comme s'il venait d'être frappé par la foudre.

— C'est pourtant un très bon charme de localisation. Regardez mieux.

— Je ne vois rien.

— Justement. Quel est le seul endroit du campus qui soit rétif à un charme de localisation, même très bon ?

— Je ne sais pas.

À Brakebills, le meilleur moyen d'obtenir une information était d'avouer son ignorance le plus vite possible.

— Essayez donc la bibliothèque. (Le professeur Brzezinski referma les yeux, tel un vieux morse s'installant à nouveau sur son rocher bien chaud.) Il y a tellement de vieux charmes de recherche dans cette bibliothèque qu'on n'y retrouve jamais rien.

Quentin n'avait passé que peu de temps dans la bibliothèque. Les élèves faisaient en général leur possible pour éviter de s'y rendre. Au fil des siècles, les érudits de passage s'étaient montrés si agressifs dans l'emploi des charmes de localisation – pour trouver les livres qu'ils cherchaient – et de dissimulation – pour empêcher leurs rivaux de les dénicher – que la salle était quasiment opaque à la magie, tel un palimpseste devenu illisible à force d'être écrit et réécrit.

Par-dessus le marché, certains ouvrages étaient devenus des objets migratoires. Durant le XIXe siècle, Brakebills avait embauché un bibliothécaire à l'âme romantique, qui avait eu l'idée d'une bibliothèque mouvante où les livres voleraient d'une étagère à l'autre comme des oiseaux, se rangeant spontanément et de leur propre volonté en fonction des besoins des utilisateurs. Les premiers mois, on avait observé des scènes saisissantes. En guise de souvenir, il existait une fresque derrière le bureau des retours, où l'on voyait des atlas survolant les rayonnages tels des condors majestueux.

Mais ce système s'était révélé tout sauf pratique. À lui seul, le coût d'entretien des reliures était prohibitif, et les livres se montraient extrêmement désobéissants. Le bibliothécaire s'était cru capable d'appeler un volume qui serait ensuite venu se percher sur sa main, mais ils s'y refusaient tous obstinément et certains commençaient même à se conduire en prédateurs. On s'empressa de renvoyer le romantique, et son successeur entreprit de redomestiquer son cheptel, mais, aujourd'hui encore, on trouvait quelques réfractaires, notamment dans les sections « Histoire de la Suisse » et « Architecture, 300-1399 », que l'on voyait parfois raser le plafond en battant des pages. De temps à autre, c'était toute une catégorie considérée comme domptée qui prenait son envol dans un indescriptible bruissement de papier.

Donc la bibliothèque était presque toujours déserte, et Quentin n'eut aucune peine à repérer Josh, dans une alcôve du deuxième niveau, assis devant une petite table carrée en face d'un individu d'une maigreur cadavérique, aux pommettes ciselées et à la fine moustache. Il était vêtu d'un costume noir qui pendouillait sur sa carcasse. On aurait dit un croque-mort.

Quentin le reconnut aussitôt : c'était un vendeur d'accessoires magiques qui passait une ou deux fois par an à Brakebills, au volant d'un break décoré de boiseries chargé à ras bord d'un étrange bric-à-brac de charmes, de fétiches et de reliques. Personne ne l'appréciait particulièrement, mais les élèves le toléraient, ne serait-ce que parce qu'il les amusait et irritait les profs, qui brûlaient du désir de lui interdire définitivement l'accès de l'école. Ce n'était pas un magicien, il était incapable de trier l'authentique du bidon, mais il se prenait très au sérieux et était fier de sa marchandise. Il s'appelait Damedamour.

Il s'était pointé peu après l'attaque du Fauve, et quelques-uns des élèves les plus jeunes lui avaient acheté des charmes protecteurs. Mais Josh était trop intelligent pour tomber dans un tel panneau. Du moins Quentin le croyait-il avant ce jour.

— Hé ! lança-t-il.

Mais alors qu'il se dirigeait vers eux, il se cogna le front contre un mur invisible.

On aurait dit une paroi de verre, à en juger par sa fraîcheur et le bruit qu'elle émettait quand on la palpait. Du verre pourvu d'une excellente isolation phonique : s'il voyait remuer les lèvres des deux interlocuteurs, Quentin n'entendait pas un traître mot de ce qu'ils se disaient.

Josh l'aperçut. Il échangea quelques paroles avec Damedamour, qui jeta un coup d'œil par-dessus son épaule. Le colporteur, qui avait l'air contrarié, attrapa un gobelet en verre d'aspect ordinaire posé devant lui et le retourna. La paroi s'évapora.

— Salut, fit Josh d'un air maussade. Quoi de neuf ?

Il avait les yeux rougis et des cernes aussi noirs que des hématomes. Et ne semblait guère ravi de voir Quentin, lui non plus.

— Qu'est-ce qui te prend ? demanda celui-ci sans prêter attention à Damedamour. On a un match ce matin, t'es au courant ?

— Oh ! merde. C'est vrai. En piste !

Josh se passa la main sur l'œil droit. Damedamour fixait les deux élèves d'un air qui se voulait digne.

— Quand est-ce que ça commence ? demanda Josh.

— Il y a une bonne demi-heure.

— Oh ! merde. (Josh laissa choir son front sur la table puis se tourna soudain vers Damedamour.) Vous avez de quoi faire un petit saut dans le temps ? Un chronomètre ou quelque chose comme ça ?

— Pas en ce moment, répondit Damedamour de l'air le plus sérieux du monde. Mais je vais me renseigner.

— Génial, dit Josh en se levant et en le saluant. Envoyez-moi une chouette.

— Dépêche-toi, on nous attend. Fogg est en train de se geler les miches.

— C'est bon pour la santé. Peut-être qu'elles fondront plus facilement.

Quentin réussit à exfiltrer Josh de la bibliothèque et à le conduire vers l'arrière de la Maison, remarquant toutefois qu'il traînait les pieds, qu'il se cognait aux murs et lui rentrait dedans.

Soudain, il fit volte-face.

— Minute. Faut que j'aille chercher mon costume de quidditch. Ma tenue, je veux dire. De bourbasse.

— On n'en met jamais.

— Je sais. Je ne suis pas cinglé, seulement pété. Et il me faut un manteau.

— Bordel ! il n'est même pas dix heures du matin.

Quentin s'en voulut de s'être inquiété pour son ami. C'était ça, son grand secret ?

— Simple expérience. Pour me détendre en prévision de la finale.

— Ah bon ? Et ça donne quoi ?

— Rien qu'une gorgée de scotch, putain. Mes parents m'ont offert une bouteille de Lagavulin pour mon anniversaire. L'alcoolo de la bande, c'est Eliot, pas moi. (Josh tourna vers Quentin son visage de moine chafouin mal rasé.) Calme-toi, je connais mes limites.

— Ouais, et on dirait que tu les as pulvérisées.

— Oh ! et puis qu'est-ce qu'on en a à foutre ?

Josh avait l'alcool méchant, semblait-il. Quentin sentit qu'il ne servirait à rien de se fâcher.

— Je parie que tu espérais ne pas me voir sur le terrain, ça t'aurait gâché la fête, reprit Josh. Aie donc le courage de l'admettre ! Bon Dieu, si tu voyais Eliot quand il s'amuse à t'imiter dans ton dos. Dans le genre pom-pom girl, tu es pire que Janet. Elle, au moins, elle a les nibards qui vont avec.

— Si je tenais à gagner, je t'aurais laissé moisir dans la bibliothèque, déclara Quentin d'une voix glaciale. C'est ce que voulaient les autres.

Il attendit, les bras croisés, sur le seuil de la chambre tandis que Josh fouillait dans ses fringues. Il vit son manteau sur le dos d'une chaise, l'attrapa et fit tomber la chaise. Il ne prit pas la peine de la redresser. Quentin se demanda s'il avait dit vrai à propos d'Eliot. Si Josh avait voulu le blesser, il y avait réussi.

Ils s'engagèrent en silence dans le couloir.

— Bon, dit enfin Josh en poussant un soupir. Écoute, tu sais que je suis en train de tout foirer, hein ?

Quentin resta muet, le visage fermé. Il n'avait aucune envie de s'intéresser aux états d'âme de Josh.

— De tout foirer, je te dis. Et ne te lance pas dans un sermon sur l'estime de soi : j'ai dépassé ce stade, et depuis un bon moment. J'ai toujours été intelligent, mais je suis du genre nul aux devoirs, génial aux exams. Si Fogg n'était pas intervenu, on m'aurait foutu dehors après le dernier semestre.

— Admettons.

— Écoute, vous autres, tous autant que vous êtes, vous pouvez vous permettre de frimer, et tant mieux pour vous, mais moi je dois bosser comme un malade pour ne pas être viré ! Si tu voyais mes notes... De temps en temps, tu te paies peut-être un C ou un D, mais moi, je suis presque arrivé à Z !

— On doit tous bosser pour ne pas couler, dit Quentin, sur la défensive. Enfin, à part Eliot, peut-être.

— Oui, bon, si tu veux. Mais vous aimez ça. Ça vous fait bander. C'est votre truc.

Josh ouvrit la porte-fenêtre d'un coup d'épaule tout en achevant d'enfiler son manteau, et ils pénétrèrent dans la fraîcheur de l'automne.

— Putain, on se les gèle ! Écoute, j'aime bien cette école, mais je ne m'en sortirai jamais tout seul. Je ne sais pas d'où ça vient, point.

Sans prévenir, il agrippa Quentin par les revers de son manteau et le plaqua contre le mur de la Maison.

— Tu piges ? Je ne sais pas d'où ça vient ! Chaque fois que je jette un charme, je ne sais jamais s'il va marcher ou pas ! (Placide en temps normal, son visage s'était mué en un masque furieux.) Toi, tu cherches le pouvoir en toi et tu le trouves ! Moi, je ne sais jamais s'il sera là quand j'en aurai besoin. Jamais ! Il s'en va, il revient, et je ne sais même pas pourquoi !

— D'accord, d'accord. (Quentin posa les mains sur les épaules de Josh dans l'espoir de le calmer.) Bon Dieu ! Tu me fais mal aux nibards que j'ai pas.

Josh le lâcha et fonça vers le Dédale. Quentin le rattrapa.

— Donc tu t'es dit que Damedamour pouvait t'aider.

— Je me suis dit que… je n'en sais rien, répondit Josh avec un haussement d'épaules. Qu'il pourrait me filer un petit coup de main. Pour que je puisse enfin compter sur mon fameux pouvoir.

— En te vendant une connerie achetée sur eBay.

— Ce type n'est pas tout à fait un charlatan, tu sais. (Josh avait soudain retrouvé sa bonne humeur habituelle.) Les profs le regardent de haut quand ils le voient débarquer, mais certains lui prennent des trucs. Il y a deux ou trois ans, à ce qu'il paraît, Van der Weghe lui a acheté un vieux heurtoir en cuivre qui s'est révélé être une Main d'Obéron. Chambers s'en sert pour abattre les arbres autour de la Mer. J'ai pensé qu'il pouvait me vendre un charme. Un truc pour booster mes notes. Je sais, j'ai l'air de m'en foutre, mais je tiens vraiment à rester ici. Quentin ! Je ne veux pas retourner là-bas !

D'un geste vague, il désigna le monde extérieur. L'herbe était humide et à moitié gelée, la Mer couverte de brume.

— Moi aussi, je veux que tu restes ici, dit Quentin, dont la colère se dissipait. Mais Damedamour !… Bon sang, t'es peut-être bien un crétin. Pourquoi n'as-tu pas demandé de l'aide à Eliot ?

— Eliot ! C'est le dernier à qui je m'adresserais. Tu n'as pas vu les regards qu'il me jette en classe ? Un mec comme lui… Bon, d'accord, il n'a pas eu la vie facile, mais il ne peut pas comprendre mes problèmes.

— Qu'est-ce que Damedamour voulait te vendre ?

— Un paquet de cendres. Celles d'Aleister Crowley, à en croire ce filou.

— Et qu'est-ce que t'en aurais fait ? Tu comptais les sniffer ?

Ils franchirent le rideau d'arbres qui entourait le terrain. Un sinistre spectacle les attendait. Eliot et Janet étaient sur la touche, misérables et frigorifiés. La pauvre Alice était recroquevillée sur une case de pierre, pareille à une âme en peine. Les Naturels étaient massés à l'autre bout du damier : bien que les Physiques n'aient présenté qu'un effectif réduit, ils avaient choisi de jouer à cinq. Pas très sportif de leur part. On avait peine à distinguer leurs visages – pour impressionner l'adversaire, ils portaient des robes de druide à capuchon, confectionnées à partir de rideaux en velours vert. Hélas, ces tenues supportaient mal l'humidité.

Les Physiques poussèrent des vivats éraillés en voyant arriver Josh et Quentin.

— Mes héros, lança une Janet sarcastique. Où tu l'as trouvé ?

— Au sec et au chaud, rétorqua Josh.

Ils étaient largement menés au score, mais la réapparition de Josh les revigora. Dès son entrée sur le terrain, il attaqua la case d'argent et, après avoir passé cinq bonnes minutes à balbutier un chant grégorien, il fit apparaître un élémental de feu – une salamandre léthargique aussi grosse qu'un chien de prairie, apparemment composée de braises rougeoyantes, qui captura sans se fatiguer deux cases adjacentes à celle que convoitait Josh. Puis elle se posa sur ses six pattes fumantes afin d'observer le reste de la partie, tandis que les gouttes de pluie s'évaporaient au contact de ses écailles calcinées.

Conséquence inattendue du retour en force des Physiques, la partie se prolongea au point de finir par lasser les spectateurs.

Ce match était le plus long du championnat et il s'annonçait comme le plus long match de bourbasse jamais joué. Finalement, au bout d'une heure, le capitaine des Naturels – un beau mec scandinave que Janet avait fréquenté jadis, si Quentin avait bonne mémoire – posa un orteil sur le bord de la case de sable où il se tenait, se drapa d'un geste royal dans sa robe de velours vert et fit apparaître dans l'une des cases d'herbe capturées par son équipe un petit olivier aux branches élégamment torsadées.

— Prenez-en de la graine ! s'écria-t-il.

— Coup gagnant, dit le professeur Foxtree depuis son siège d'arbitre. (Selon toute évidence, il était sur le point de crever d'ennui.) À moins que les Physiques ne parviennent à le contrer. Sinon, cette satanée partie sera enfin terminée. Que quelqu'un lance le globe.

— Vas-y, Q, dit Eliot. J'ai les ongles bleuis de froid. Et les lèvres aussi, sans doute.

— Sans parler des couilles, je le parierais.

Quentin ramassa la lourde boule reposant dans un bol de pierre au bord du damier.

Il examina l'étrange scène dont il occupait le centre. Les Physiques étaient encore dans le match – ils avaient déjà connu pire, mais ils s'en étaient toujours sortis, et il ne ratait jamais son coup avec le globe. Heureusement, il n'y avait pas un pet de vent, mais la brume se levait et il avait peine à distinguer l'autre bout du terrain. On n'entendait pas un bruit hormis celui de l'eau gouttant des arbres.

— Quentin ! hurla une voix de garçon sur les gradins. Quen-*tin* ! Quen-*tin* !

Le doyen, toujours dans sa loge, s'efforçait de feindre l'enthousiasme. Il se moucha bruyamment dans un carré de soie. Le soleil n'était plus qu'un lointain souvenir.

Soudain, une agréable sensation de chaleur et de légèreté s'imposa à Quentin – une sensation si intense, si dissociée de la glaciale réalité qui l'entourait, qu'il se demanda si quelqu'un ne lui jetait pas un sort en douce ; il se tourna vers la salamandre fumante, mais elle ne daigna pas le remarquer. Il eut l'impression, familière entre toutes, que le monde se limitait au périmètre du terrain, lequel s'entourait d'un mur incurvé où figuraient les arbres et les gradins, en une image de plus en plus solarisée. Son regard se posa tour à tour sur Josh, qui faisait les cent pas en inspirant profondément, puis sur Janet, qui serrait les mâchoires et le fixait d'un air farouche, comme avide, le bras accroché à celui d'Eliot, lequel semblait fasciné par un spectacle auquel il avait seul accès.

Tout cela lui semblait infiniment lointain. Dénué de la moindre importance. C'était ça le plus drôle – et dire qu'il ne s'en était jamais aperçu jusqu'ici ! Il faudrait qu'il l'explique à Josh. Le jour où Amanda Orloff était morte, il avait commis un acte horrible que jamais il ne pourrait expier, mais il avait compris comment vivre avec. Il suffit de distinguer l'important de ce qui ne l'est pas, et de ne pas trop avoir peur du dernier. Ou quelque chose comme ça. Car, sinon, à quoi bon ? Il ne savait pas s'il arriverait à l'expliquer à Josh, mais peut-être pourrait-il le lui montrer.

Quentin ôta son manteau comme s'il se défaisait d'une peau trop étroite qui commençait à le démanger. Il se retroussa les manches en dépit de la froidure ; il savait qu'il ne tarderait pas à se les geler, mais, pour le moment, c'était rafraîchissant. Il visa le capitaine des Naturels dans sa robe grotesque, se pencha de côté et lui lança le globe dans les rotules. Il atteignit sa cible dans un bruit sourd.

— Aïe !

Le Naturel se palpa le genou et gratifia Quentin d'un regard offusqué. L'hématome s'annonçait splendide.

— Antijeu ! glapit-il.

— Prends-en de la graine, répliqua Quentin.

Il se dévêtit de sa chemise en un tournemain. Ignorant les cris de consternation montant de toutes parts – c'est si facile d'ignorer les gens quand vous avez compris qu'ils n'ont aucun pouvoir sur vous –, il se dirigea vers Alice, frappée de stupeur sur sa case. Sans doute regretterait-il ses actes, mais, bon Dieu ! ça faisait parfois du bien d'être un magicien. Il la jeta sur son épaule à la manière d'un pompier et sauta avec elle dans l'eau glacée purifiante.

LA TERRE MARIE-BYRD

DEPUIS SON ARRIVÉE à Brakebills, Quentin s'interrogeait sur le mystère des quatrième année. Tous ses pairs en faisaient autant. Les faits étaient connus de tous : chaque année, en septembre, la moitié des quatrième année disparaissait du jour au lendemain. Nul n'évoquait jamais leur absence. Les disparus revenaient fin décembre, amaigris, épuisés et hagards, sans que quiconque fasse un commentaire – évoquer ce sujet était considéré comme une entorse à l'étiquette. Ils se fondaient à nouveau dans la population de l'école et on n'en parlait plus. En janvier, la seconde moitié des quatrième année disparaissait à son tour, pour réapparaître fin avril.

Le premier semestre de quatrième année allait s'achever et Quentin n'avait pas progressé d'un iota dans la résolution de cette énigme. Où allaient les disparus ? Que faisaient-ils ? Que leur faisait-on ? Autant de secrets jalousement gardés. Même les élèves les plus désinvoltes s'abstenaient d'en parler à la légère : « Je ne rigole pas, mec, ne me pose plus jamais de questions sur *ça*... »

L'assaut du Fauve avait bouleversé le programme de l'année précédente. Au premier semestre, la moitié des quatrième année avait disparu comme prévu – ils étaient absents lors de la tragédie –, mais le groupe du second semestre, dont Eliot, Janet et Josh auraient dû faire partie, avait fini son année de façon ordinaire. Lorsqu'ils discutaient de cette anomalie, si tant est qu'ils le faisaient, ils se baptisaient « les Épargnés ». Apparemment, l'école leur réservait des expériences suffisamment éprouvantes sans qu'il soit besoin d'y ajouter l'invasion d'un prédateur venu d'une autre dimension.

Mais les événements avaient repris leur cours normal. Cette année-là, la moitié des quatrième année s'évapora comme prévu, ainsi qu'une poignée de cinquième année : on avait réparti les Épargnés en deux groupes de cinq, un par semestre. Simple fait du hasard ou décision délibérée, tous les Physiques feraient partie du contingent de janvier.

Inutile de dire que le sujet était souvent évoqué autour de la table de billard du Cottage.

— Je suis prêt à parier un truc, déclara Josh.

C'était par un après-midi de décembre. Ils soignaient leur gueule de bois en buvant du Coca et en grignotant du bacon.

— Je vous parie qu'ils nous envoient dans une école normale. Une fac classique où on est obligé de lire *Rue de la sardine* et de débattre des droits d'inscription. Dès le deuxième jour, Eliot se retrouvera en train de chialer aux toilettes, réclamant son foie gras et son malbec pendant qu'un sportif à front bas le sodomisera avec une crosse de hockey.

— Euh..., fit Janet, tu ne mélangerais pas tes terreurs intimes et tes fantasmes homo, là ?

— À en croire une autorité en la matière..., commenta Eliot.

Il tenta de faire sauter la boule blanche au-dessus de la 8, échouant lamentablement et les envoyant toutes les deux dans le trou, ce qui ne parut pas le troubler outre mesure.

— À en croire une autorité en la matière, donc, l'énigme des quatrième année n'est qu'un écran de fumée. Un canular pour éliminer les trouillards. Nous allons passer le semestre sur une île des Maldives appartenant à Fogg, à méditer sur l'infinité du multivers en contemplant de minuscules grains de sable blanc pendant que des coolies nous serviront des rhum-tonic.

— Ça m'étonnerait qu'on trouve encore des coolies aux Maldives, dit Alice d'un ton posé. C'est une république indépendante depuis 1965.

— Comment se fait-il qu'ils reviennent tous maigres ? demanda Quentin.

Janet et Eliot jouaient au billard ; les trois autres étaient vautrés sur les deux canapés victoriens. La pièce était si petite qu'ils devaient parfois s'écarter pour éviter un coup de queue.

— Ça, c'est la plongée sous-marine.

— Arf, arf, arf, fit Janet.

— Quentin devrait exceller dans ce sport, fit remarquer Josh.

— Ton gros cul aurait besoin d'un peu d'exercice.

— Je ne veux pas y aller, déclara soudain Alice. Je ne pourrais pas en être dispensée ? Comme les enfants chrétiens sont dispensés d'éducation sexuelle ? Ça ne vous inquiète pas, vous ?

— Je suis terrorisé, dit Eliot.

S'il plaisantait, il n'en laissait rien paraître. Il tendit la blanche à Janet. Elle était décorée de cratères peints qui la faisaient ressembler à la lune.

— Je ne suis pas aussi fort que vous autres, ajouta-t-il. Je suis faible. Je suis une fleur délicate.

— Ne t'inquiète pas, ô fleur délicate, dit Janet, qui joua son coup sans même baisser les yeux. La souffrance te rendra fort.

On vint chercher Quentin une nuit de janvier.

Il savait que ça arriverait la nuit : quand des quatrième année disparaissaient, on s'en apercevait toujours au petit-déjeuner. Il devait être deux ou trois heures du matin, mais il se réveilla dès que le professeur Van der Weghe frappa à sa porte. Il savait ce qui se passait. En entendant dans les ténèbres sa voix rauque à l'accent européen, il se rappela sa première nuit à Brakebills, quand elle l'avait mis au lit après l'Examen.

— C'est l'heure, Quentin, souffla-t-elle. Nous montons sur le toit. Inutile de rien emporter.

Il enfila ses pantoufles. Une longue file d'étudiants mal réveillés patientait dans l'escalier.

Nul ne pipa mot lorsque le professeur Van der Weghe leur fit franchir une porte ouverte dans un mur entre deux gigantesques marines, là où, la veille – Quentin en aurait juré –, on ne voyait aucune ouverture. Toujours sans mot dire, ils s'engagèrent dans un escalier en bois, quinze étudiants – dix quatrième année et cinq cinquième année – tous vêtus du pyjama bleu marine réglementaire. En dépit de la consigne donnée par Van der Weghe, Gretchen avait apporté en plus de sa canne un ours en peluche noir bien fatigué qu'elle serrait contre son cœur. Le professeur fit basculer une trappe au sommet des marches et ils sortirent sur le toit.

Le perchoir où ils se retrouvèrent était précaire : une cornière faîtière longue et étroite, battue par les vents, avec de part et d'autre une pente assez forte. Elle était bordée de deux rambardes en fer forgé qui ne faisaient rien pour les protéger, ni pour les rassurer ; de fait, leur hauteur semblait calculée pour les faire trébucher. Il faisait un froid de canard, encore accentué par une forte bise. Le ciel était parsemé de fins nuages effrangés qu'une lune gibbeuse éclairait de sa lueur crue.

Quentin se prit à bras-le-corps. Personne ne disait mot ; tous évitaient de se regarder. On aurait dit qu'ils dormaient encore, qu'un seul mot aurait suffi à briser le rêve fragile qu'ils exploraient. Les autres Physiques lui étaient comme inconnus.

— Que tout le monde enlève son pyjama, ordonna le professeur Van der Weghe.

Bizarrement, ils lui obéirent. Dans le contexte de la transe surréaliste qu'ils avaient l'impression de vivre, il leur était égal de se dénuder les uns devant les autres, les garçons comme les filles, et ce en dépit du froid polaire. Par la suite, Quentin se rappellerait Alice prenant appui sur son épaule pour ôter son pantalon de pyjama. Ils furent bientôt nus et frissonnants, leur dos et leurs fesses éclairés par un pâle clair de lune, contemplant le campus en contrebas, tel un champ d'étoiles bordé par une sombre forêt.

Certains des élèves tenaient dans leurs mains leur pyjama roulé en boule, mais le professeur Van der Weghe leur ordonna de le laisser choir à leurs pieds. Celui de Quentin s'envola au-dessus des toits mais il ne tenta pas de l'arrêter. Aucune importance. Le professeur les passa en revue, déposant sur leur front et leurs épaules une tache de matière blanche. Cela fait, elle les examina l'un après l'autre, vérifiant qu'ils se tenaient bien droits. Puis elle prononça un monosyllabe d'une voix perçante.

Soudain, Quentin sentit peser sur ses épaules une masse de douceur qui l'obligea à courber le dos. Il se mit à genoux et lutta pour se redresser. Impossible de soulever ce fardeau. Il allait être écrasé ! Il ravala sa panique. Une idée lui traversa l'esprit – le Fauve était revenu ! –, mais il se trompait. Comme il ployait encore, il sentit ses genoux se fondre dans son ventre, *fusionner* avec lui. Pourquoi Van der Weghe ne faisait-elle rien pour les aider ? Il sentit son cou s'étirer, s'étirer de façon incontrôlable. C'était grotesque, un véritable cauchemar. Il avait envie de vomir mais n'y arrivait pas. Ses orteils se fondaient les uns dans les autres, ses doigts s'allongeaient, s'écartaient démesurément, quelque chose de doux et de chaud jaillissait de son torse, de ses bras, lui recouvrait tout le corps. Ses lèvres se gonflèrent et se durcirent. L'étroite cornière faîtière monta à sa rencontre.

Puis il fut libéré de son fardeau. Debout sur le toit en ardoise, il respirait par à-coups. Tiens, il n'avait plus froid. Il se tourna vers Alice, qui se tourna vers lui. Sauf que ce n'était plus Alice. Elle était devenue une belle oie grise, et lui aussi.

Le professeur Van der Weghe passa de nouveau parmi les élèves. Elle attrapa chacun d'eux des deux mains et, sans autre forme de procès, le jeta dans le vide. En dépit du choc, ou peut-être à cause de lui, ils déployèrent leurs ailes par réflexe et prirent leur envol avant de choir dans les frondaisons. Un par un, ils s'éloignèrent dans la nuit.

Quand vint son tour, Quentin poussa un criaillement de protestation. Rudes et couturées de cicatrices, les mains du professeur Van der Weghe blessaient sa peau délicate. Il lui déféqua sur les pieds tellement il paniquait. Mais il se retrouva quand même dans les airs. Il déploya ses ailes et en battit frénétiquement, luttant contre l'air jusqu'à ce qu'il daigne le porter. Impossible de faire autrement.

La cervelle d'oiseau dont il était équipé ne portait guère à la réflexion. Ses sens ne captaient désormais qu'une gamme réduite de stimuli, mais avec une acuité hors du commun. Son organisme était conçu pour le vol et la position assise, rien d'autre, et, le hasard faisant bien les choses, Quentin était d'humeur à voler. En vérité, il avait une envie de vol proprement dévorante.

Sans le moindre effort, ni conscient ni physique, ses camarades et lui adoptèrent une formation en V des plus classique, guidés par une quatrième année du nom de Georgia. C'était la fille du réceptionniste d'un vendeur de voitures du Michigan, qui se trouvait à Brakebills contre la volonté de ses parents – contrairement à Quentin, elle leur avait révélé la vraie nature de l'école et ils avaient tenté de la faire interner. Grâce au subtil enchantement de Fogg, ses parents la croyaient désormais scolarisée dans un institut de réinsertion pour handicapés mentaux. Georgia, qui réunissait ses cheveux noirs dans une queue-de-cheval maintenue par une barrette en écaille, et dont la discipline – l'équivalent magique de l'endocrinologie – faisait d'elle une Guérisseuse, les guidait à présent vers le sud, à grands battements d'ailes.

Seul le hasard en était responsable : chacun d'eux aurait pu jouer le même rôle. Bien qu'il ait perdu le plus clair de ses capacités cognitives, Quentin avait vaguement conscience d'avoir gagné deux ou trois nouveaux sens. Le premier était en rapport avec l'atmosphère : il percevait la vitesse et la direction du vent, ainsi que la température de l'air, aussi clairement que des volutes de fumée dans un tunnel. Le ciel lui apparaissait à présent sous la forme d'une carte tridimensionnelle de courants aériens, de plumets de chaleur et de vortex de froidure. Il sentait comme un picotement causé par les échanges électriques des lointains cumulus. Son sens de l'orientation était désormais si performant qu'il avait l'impression d'avoir, logée dans son cerveau, une boussole aux rouages sophistiqués reposant en équilibre dans une coupe d'huile.

Il sentait des lignes invisibles s'étendant à l'infini dans toutes les directions, jusqu'à disparaître dans le lointain bleuté. C'étaient les lignes de force magnétiques de la Terre, et Georgia suivait l'une d'elles pour guider sa trajectoire. Elle les conduisait vers le sud. L'aube venue, ils volaient à quinze cents mètres d'altitude à une vitesse de cent kilomètres à l'heure, dépassant les voitures sur l'Hudson Parkway en contrebas.

Ils survolèrent New York, agrégat pierreux qui crépitait d'une chaleur étrangère et exsudait des étincelles et des flatulences toxiques. Ils volèrent toute la journée, suivant la côte et dépassant Trenton, puis Philadelphie, ou filant tantôt au-dessus de l'océan, tantôt au-dessus des champs couverts de givre, surfant sur les gradients de température, boostés par les courants ascendants, sautant sans effort de l'un à l'autre quand le besoin s'en faisait sentir. C'était fantastique. Quentin n'avait aucune envie de s'arrêter. Il était stupéfait de sa propre force, de la puissante cadence de ses ailes, de ses muscles d'acier. Impossible de se contenir plus longtemps. Il devait partager sa joie.

— *Honk !* s'écria-t-il. Honk honk honk honk honk honk *honk* !

Ses condisciples opinèrent.

Quentin changea de position à plusieurs reprises, d'une façon ordonnée qui rappelait la rotation du serveur dans une équipe de volley. De temps à autre, ils se posaient pour se nourrir et prendre un peu de repos, dans un réservoir, sur un terre-plein d'autoroute ou dans la zone mal asséchée d'un parc industriel (les erreurs d'urbanisme sont une aubaine pour les oies sauvages). Il leur arrivait souvent de partager une aire de repos avec d'authentiques oies qui, percevant leur nature métamorphique, les considéraient avec un amusement poli.

Combien de temps dura leur périple, Quentin n'aurait su le dire. De temps à autre, il apercevait une masse terrestre qu'il croyait reconnaître et tentait d'évaluer la distance parcourue et la durée du trajet – s'ils volaient à une vitesse V, si la baie de Chesapeake se trouvait à X kilomètres de New York, alors N jours s'étaient écoulés depuis que… depuis quoi, au fait ? Les équations refusaient obstinément de se résoudre. Elles n'avaient pas envie de danser. La cervelle d'oiseau de Quentin n'était pas équipée pour faire des calculs, pas plus qu'elle ne s'intéressait à leurs éventuels résultats.

Ils parcoururent une distance suffisante pour que le climat commence à se réchauffer, puis poursuivirent leur équipée. Ils survolèrent les keys de Floride, des crottes de mouche qui émergeaient à peine des eaux turquoise, puis traversèrent les Caraïbes pour dépasser Cuba, pénétrant bien plus au sud que des oies ordinaires. Si des ornithologues amateurs les observaient lorsqu'ils passèrent au-dessus du canal de Panamá, ils rédigèrent sûrement des commentaires interloqués dans leur journal de bord.

S'écoulèrent alors des jours, des semaines, des mois et peut-être des années. Qui aurait pu le dire ? Qui s'en souciait ? Jamais Quentin n'avait connu une telle félicité. Il oublia tout de son passé humain : Brakebills et Brooklyn, James et Julia, Penny et Fogg. Pourquoi s'accrocher à ces noms ? Lui-même n'en avait plus. À peine s'il avait une identité individuelle, et d'ailleurs il ne souhaitait pas en avoir. À quoi servaient ces concepts humains ? Il était un animal. Sa fonction était de manger des plantes et des insectes pour en faire du muscle, de la graisse, des plumes et de longues envolées. Il était au service de sa volée de congénères, du vent et des lois de Darwin. Sans compter la force irrésistible qui le poussait à suivre les invisibles rails magnétiques conduisant au Sud, le long de la côte découpée du Pérou, avec la cordillère des Andes à bâbord, l'azur du Pacifique à tribord. Jamais il n'avait été aussi heureux.

Quoique leur tâche soit devenue plus rude. Ils se posaient plus rarement et sur des aires plus exotiques, des étapes espacées qu'on avait dû leur assigner à l'avance. Il volait tranquillement à deux mille mètres d'altitude, un œil sur les neiges éternelles des Andes, avec un creux à l'estomac et des tiraillements dans les muscles, quand, soudain, voilà que quelque chose brillait dans la forêt à cent cinquante kilomètres de distance, et qu'ils découvraient le moment venu un terrain de football inondé, ou encore une piscine abandonnée dans la propriété en ruine d'un ponte du Sentier lumineux, une piscine d'où la pluie avait chassé les dernières traces de chlore.

Après un long interlude tropical, le temps revenait à la fraîcheur. Le Pérou fit place au Chili puis à la Patagonie et à ses pampas battues par les vents. Ils avaient perdu jusqu'à leurs dernières réserves de graisse, mais aucun d'eux n'hésita lorsque vint le moment de foncer au sud du cap Horn, de survoler ce chaos bleu qu'était le détroit de Drake. L'autoroute invisible qu'ils suivaient ne comportait pas de déviation.

Plus question de cacarder joyeusement. Quentin jeta un regard en direction de l'autre branche du V, où l'œil noir de Janet brûlait d'une résolution égale à la sienne. La nuit venue, ils se posèrent sur une barge qui dérivait comme par miracle en pleine mer, chargée de gourmandises ayant pour nom cresson, luzerne et trèfle. Lorsque les sinistres côtes grises de l'Antarctique apparurent à l'horizon, ils les contemplèrent d'un œil résigné plutôt que soulagé. Ce n'était pas un répit qui s'annonçait là. Les oies n'avaient pas de nom pour cette terre, car jamais elles n'y séjournaient, et celles qui s'y égaraient n'en revenaient pas. Les lignes magnétiques convergeaient dans cette région, en provenance de toutes les directions, tels les méridiens sur un globe terrestre. Les oies de Brakebills volaient haut dans le ciel, séparées des vagues grises par trois mille mètres d'air sec et salé.

Plutôt qu'une plage, ils survolèrent une bande de rochers grouillant de manchots inintelligibles, puis une vaste plaine blanche, le crâne glacé de la Terre. Quentin était mort de fatigue. Se riant de son armure de plumes, le froid lui transperçait les chairs. Il ne savait plus ce qui leur permettait de voler. Si l'un d'eux venait à tomber, tous les autres le suivraient, repliant leurs ailes et fondant sur la neige d'une blancheur de porcelaine, qui s'empresserait de les dévorer.

Puis la ligne magnétique qu'ils suivaient s'inclina comme une baguette de sourcier. Elle les poussa vers le sol et ils se laissèrent faire avec gratitude, acceptant une perte d'altitude pour gagner un peu de vitesse et soulager leurs ailes exténuées. Quentin distinguait à présent une maison de pierre sur la neige, une anomalie dans cette plaine par ailleurs uniforme. Ce lieu était habité par les hommes et, en temps ordinaire, il l'aurait redouté, il l'aurait fui et oublié après avoir déféqué dessus.

Mais non, pas de doute, leur voyage s'achevait ici. La ligne magnétique se plantait dans l'un des nombreux toits de la demeure de pierre. Ils en étaient suffisamment proches pour que Quentin distingue un homme sur l'un de ces toits, qui les attendait un long bâton à la main. Il fut pris d'un violent désir de le fuir, mais la fatigue et l'attraction magnétique de la ligne étaient irrésistibles.

À la toute dernière seconde, il écarta ses ailes raidies par l'effort et elles capturèrent l'air comme la voile d'un navire, consommant ce qu'il lui restait d'énergie cinétique et interrompant sa chute. Il se posa sur le toit couvert de neige et resta immobile, suffoquant dans l'atmosphère raréfiée. Ses yeux se voilèrent. L'homme n'avait pas bougé. Eh bien, qu'il aille au diable ! Qu'il les attrape, qu'il les plume, qu'il les vide et qu'il les rôtisse, si ça lui chantait ! Quentin s'en fichait : tout ce qu'il voulait, c'était un peu de repos pour ses ailes épuisées.

L'homme prononça une syllabe de son étrange bouche sans bec et tapa sur le toit avec son bâton. Quinze adolescents nus et pâles se retrouvèrent allongés dans la neige sous le soleil polaire.

Quentin se réveilla dans une chambre nue et blanche. Impossible de dire combien de temps il avait dormi, à vingt-quatre heures près. Son torse et ses bras étaient noués de courbatures. Il fixa ses mains roses et pataudes d'humain, d'où saillaient de ridicules doigts sans plumes. Il les porta à son visage. Poussant un soupir, il se résigna à sa condition humaine revenue.

Il n'y avait pas grand-chose dans cette chambre, et tout ce qui s'y trouvait était blanc : les draps et les couvertures, les murs chaulés, son pyjama rêche, les montants en fer du lit et les pantoufles posées à son pied. À en juger par la vue qu'il avait depuis sa fenêtre carrée, il se trouvait au premier étage. La vue en question se limitait à une plaine enneigée sous un ciel blanc, avec au fond un horizon réduit à une ligne floue lumineuse. Mon Dieu ! dans quel pétrin s'était-il encore fourré ?

Après avoir enfilé une robe de chambre, également blanche, qu'il avait trouvée accrochée à la porte, il sortit dans le couloir en traînant les pieds. Arrivé au rez-de-chaussée, il découvrit une vaste salle à manger avec un plafond aux poutres apparentes ; elle était identique à celle de Brakebills, mais son atmosphère évoquait plutôt un chalet alpin. Une longue table flanquée de bancs en occupait la quasi-totalité. Quentin s'assit.

Un homme avait pris place en bout de table et sirotait un bol de café tout en contemplant d'un œil navré les restes d'un petit-déjeuner plantureux. Les cheveux châtains, grand mais un peu rond, il avait le menton fuyant et un début de bedaine. Sa robe de chambre était plus blanche et plus épaisse que celle de Quentin. Il avait les yeux d'un vert tirant sur le glauque.

— Je vous ai laissé faire la grasse matinée, dit-il. La plupart des autres sont déjà levés.

— Merci.

Quentin glissa sur son banc pour se rapprocher de lui. Il fouilla parmi les couverts en quête d'une fourchette propre.

— Vous êtes à Brakebills sud. (L'homme avait la voix étrangement plate, avec un léger accent russe, et il évitait de croiser le regard de Quentin quand il lui parlait.) Nous sommes à quelque huit cents kilomètres du pôle Sud. En venant ici depuis le Chili, vous avez survolé la mer de Bellingshausen et une région baptisée terre d'Ellsworth. Quant à la région où nous nous trouvons, elle s'appelle terre Marie-Byrd. C'est l'amiral Byrd qui l'a nommée ainsi en l'honneur de son épouse.

Il se gratta la tête d'un air machinal.

— Où sont passés les autres ? demanda Quentin.

Vu que tous deux étaient en robe de chambre, il ne lui semblait pas utile de respecter les convenances. Et, même froides, ces galettes de pomme de terre étaient vraiment délicieuses. Il ne s'était pas rendu compte à quel point il avait faim.

— Je leur ai donné quartier libre pour la matinée, répondit l'homme en agitant la main. Les cours débutent cet après-midi.

Quentin acquiesça, la bouche pleine.

— Quel genre de cours ? demanda-t-il au bout d'un moment.

— Quel genre de cours, répéta l'autre. Ici, à Brakebills sud, vous allez commencer votre formation de magicien. Mais peut-être pensiez-vous l'avoir déjà entamée sous la férule du professeur Fogg ?

Comme les questions de ce type plongeaient toujours Quentin dans la confusion, il opta pour la sincérité.

— C'est ce que je pensais, en effet.

— Vous êtes ici pour internaliser les mécanismes essentiels de la magie. Vous croyez… (son accent devenait indescriptible) avoir étudié la magie. (*La mâchie.*) Vous avez bûché Popper et mémorisé les conjugaisons, les déclinaisons et les altérations. Quelles sont les cinq Circonstances tertiaires ?

Quentin répondit par pur automatisme.

— L'altitude, l'âge, la position des Pléiades, la phase de la lune et le plan d'eau le plus proche.

— Bravo, fit l'autre d'un air sarcastique. Excellent. Vous êtes un génie.

Quentin fit un violent effort pour ne pas se vexer. Il ressentait encore le bonheur zen que lui avait apporté sa condition d'oie sauvage. Et il y avait ces galettes !

— Merci.

— Vous avez étudié la magie à la façon d'un perroquet qui étudierait Shakespeare. Vous récitez vos formules comme si c'était le serment d'allégeance. Mais vous ne les comprenez pas.

— Ah bon ?

— Pour devenir magicien, il faut agir différemment, dit l'homme, qui avait de toute évidence peaufiné son discours. La magie, ça ne s'étudie pas. Ça ne s'apprend pas. La magie, ça s'ingère. Ça se digère. Vous devez vous *fondre* avec elle. Elle doit se fondre avec vous. Quand un magicien jette un charme, il ne commence pas par vérifier les Circonstances majeures, mineures, tertiaires et quaternaires. Il ne fouille pas les profondeurs de son âme pour déterminer la phase de la lune, localiser le plan d'eau le plus proche et se rappeler quand il s'est torché le cul pour la dernière fois. Quand il veut jeter un charme, il le jette. Quand il désire voler, il vole. Quand il veut que la vaisselle soit lavée, elle est lavée.

L'homme marmonna quelques mots, tapa du poing sur la table, et les assiettes s'empilèrent à grand bruit, comme magnétisées.

— Mémoriser, ça ne suffit pas, Quentin. Vous devez apprendre les principes de la magie avec autre chose que votre tête. Vous devez les apprendre avec vos os, votre sang, votre foie, votre cœur, votre *bite.* (Il s'empoigna le bas-ventre à travers sa robe de chambre et se secoua.) Nous allons infuser votre être avec le langage des enchantements afin que vous le possédiez pour toujours au tréfonds de vous-même, où que vous soyez, quoi que vous fassiez. Pas seulement au moment des examens. Ce qui vous attend, Quentin, ce n'est pas une aventure mystique. C'est une procédure longue, pénible, humiliante et très, *très…* (il se mit quasiment à crier) très chiante. C'est une tâche qui exige le silence et l'isolement. D'où votre présence ici. Vous n'allez pas apprécier votre séjour à Brakebills sud. Tout du moins, je vous le déconseille.

Quentin écouta cette diatribe en silence. Il n'appréciait pas beaucoup cet individu qui venait d'évoquer son pénis et dont il ignorait encore le nom. Il le chassa de son esprit pour se concentrer sur son petit-déjeuner.

— Comment je m'y prends, alors ? marmonna-t-il. Pour apprendre les choses avec mes os ? Et le reste ?

— C'est très dur. Tout le monde n'y arrive pas. Tout le monde n'en est pas capable.

— Mouais. Et que se passera-t-il si je me plante ?

— Rien. Vous retournerez à Brakebills. Vous aurez votre diplôme de fin d'études. Vous resterez toute votre vie un magicien de second ordre. C'est le cas de beaucoup d'élèves. Si ça se trouve, vous ne vous en rendrez même pas compte. Votre échec lui-même est au-delà de votre entendement.

Quentin n'avait pas l'intention d'échouer, même s'il savait pertinemment que cela ne dépendait pas que de lui, que nul n'échouait volontairement et que la réussite n'était pas garantie à tous – simple question de statistiques. Les galettes de pomme de terre avaient perdu leur attrait. Il reposa sa fourchette.

— À en croire Fogg, vous êtes habile de vos mains, reprit l'homme en s'adoucissant quelque peu. Montrez-moi ça.

Quentin avait les doigts encore un peu raides d'avoir si longtemps servi d'ailes, mais il attrapa un couteau qui lui semblait assez bien équilibré, le nettoya avec soin et le cala entre l'annulaire et l'auriculaire de sa main gauche. Puis il le fit tourner en passant d'un doigt à l'autre, jusqu'au pouce ; et il le lança vers le plafond – sans cesser de tourner, il passa entre deux poutres –, prêt à le voir retomber et se planter dans la table entre les deux doigts d'où il était parti. Le meilleur moyen de réussir ce tour, c'était de ne pas suivre le couteau des yeux mais de fixer son public afin de l'impressionner au maximum.

L'homme qui partageait son petit-déjeuner attrapa une miche de pain et la tendit devant lui pour intercepter le couteau. Puis il jeta l'un et l'autre sur la table d'un air méprisant.

— Vous prenez des risques stupides, déclara-t-il d'une voix glaciale. Allez rejoindre vos amis. Je pense… (toujours cet accent atroce) que vous les retrouverez sur le toit de la tour ouest. (Il désigna la porte du doigt.) Nous commençons cet après-midi.

Okay, gros malin, se dit Quentin. C'est toi le patron.

Il se leva. L'inconnu en fit autant et s'éloigna dans une autre direction en traînant les pieds. Il avait l'air vraiment déçu.

Jusqu'à la dernière pierre, jusqu'à la dernière poutre, Brakebills sud était identique à la Maison de Brakebills. D'une certaine façon, c'était plutôt rassurant, bien que la présence d'une demeure de style anglais du XVIIIe siècle en pleine désolation antarctique fût franchement incongrue. Le toit de la tour ouest était vaste, circulaire, pavé de grandes dalles et entouré d'une rambarde de pierre. Quoique ouvert aux éléments, il bénéficiait d'un charme le protégeant en grande partie de la froidure et des vents. Quentin y sentait néanmoins un courant glacial lui parcourir la moelle des os. Si l'atmosphère était tiède, tout ce qu'il touchait était froid. Comme s'il s'était réfugié dans une serre au cœur de l'hiver.

Comme promis, les autres élèves s'étaient rassemblés là, par groupes de trois ou quatre, pour contempler le paysage polaire et discuter à voix basse, baignés de l'étrange lumière antarctique. Ils n'étaient plus les mêmes. Ils avaient perdu de la graisse et gagné du coffre. Leur long périple les avait sacrément musclés. Leurs traits étaient plus nets, mieux définis. Alice avait l'air adorable, émaciée, égarée.

— Honk honk honk honk honk *honk* ! lança Janet en apercevant Quentin.

Il y eut un éclat de rire général, mais il devina qu'elle avait déjà sorti cette vanne à plusieurs reprises.

— Eh, mec ! fit Josh d'un ton qui se voulait nonchalant. Il est nul, ce coinsteau, non ?

— Je trouve pas, répliqua Quentin. C'est à quelle heure, les cours de plongée sous-marine ?

— Bon, je me suis peut-être planté sur ce coup-là, dit Eliot d'un air sinistre – pour la énième fois peut-être, lui aussi. Quoi qu'il en soit, on s'est bien retrouvés à poil.

Ils étaient tous en pyjama blanc. Quentin avait l'impression d'être interné dans un asile d'aliénés. Il se demanda si Eliot regrettait l'absence de son giton du moment.

— Je suis tombé sur l'infirmier Ratched, dit-il. (Comme sa robe de chambre n'avait pas de poches, il ne savait que faire de ses mains.) Il m'a fait un speech pour m'expliquer que j'étais un petit con et qu'il n'allait pas me ménager.

— Tu dormais encore quand on a eu droit aux présentations. C'est le professeur Maïakovski.

— Maïakovski. Comme le doyen du même nom ?

— C'est son fils, expliqua Eliot. Je me suis toujours demandé ce qu'il était devenu. Maintenant, je le sais.

Le doyen Maïakovski était le mage le plus puissant du groupe de professeurs étrangers importés à l'école au cours des années 1930 et 1940. Jusqu'à cette époque, Brakebills n'enseignait que la magie anglo-saxonne, mais on s'était soudain pris de passion pour le multiculturalisme magique. Et on avait fait venir à grands frais des professeurs du monde entier : chamans micronésiens vêtus d'un pagne, sorciers cairotes tirant sur leur narguilé, nécromanciens touareg à la peau bleue surgis du fin fond du Maroc.

Selon la légende, Maïakovski père avait été recruté dans un trou perdu de la Sibérie, un kolkhoze où la tradition chamanique s'était enrichie de certaines influences moscovites introduites par des détenus du goulag local.

— Je me demande quelle connerie on doit faire pour décrocher ce poste, dit Josh d'un air songeur.

— Peut-être qu'il était volontaire, proposa Quentin. Et s'il se plaisait dans ce trou perdu ? Le paradis pour un déjanté comme lui !

— Vous aviez raison, je crois bien : je serai sans doute le premier à craquer, fit remarquer Eliot comme s'il poursuivait une autre conversation. (Il passa la main sur ses joues mal rasées.) Je ne me plais vraiment pas ici. Ce tissu me démange. (Il palpa son pyjama réglementaire.) J'ai l'impression qu'il est infecté.

Janet lui frictionna le bras pour le réconforter.

— C'est bon. Tu y survivras. Après tout, tu as survécu à l'Oregon. Ça ne peut pas être pire.

— Si je lui demande gentiment, peut-être qu'il me transformera à nouveau en oie sauvage.

— Oh mon Dieu ! s'exclama Alice. Plus jamais ça. Tu te rends compte qu'on a bouffé des insectes ? Des insectes !

— Que veux-tu dire : plus jamais ça ? Comment on va rentrer, à ton avis ?

— Tu sais ce que je préférais quand j'étais une oie ? demanda Josh. Je pouvais chier où je voulais.

— Je n'ai pas l'intention de rentrer. (Eliot lança un caillou blanc dans l'immensité blanche, où il se perdit avant même d'atterrir.) Je pourrais gagner l'Australie d'un coup d'ailes. Ou alors la Nouvelle-Zélande – leurs vins commencent à valoir le coup. Un fermier sympa me recueillera et me nourrira au sauvignon blanc pour produire un succulent foie gras.

— Le professeur Maïakovski pourrait te transformer en aptéryx, proposa Josh.

— Les aptéryx ne volent pas.

— De toute façon, il ne m'a pas l'air du genre à nous faire une faveur, remarqua Alice.

— Il doit souffrir de la solitude, dit Quentin. Peut-être que nous devrions le plaindre.

Reniflement dédaigneux de Janet.

— Honk honk honk honk honk !

On n'avait aucun moyen de mesurer le temps à Brakebills sud. Les horloges y brillaient par leur absence et le soleil, qui se réduisait à une boule floue et fluorescente, était en permanence punaisé un centimètre au-dessus de l'horizon. Quentin pensa à la Rouageuse qui cherchait toujours à arrêter le temps. Elle aurait adoré le patelin.

Ce matin-là, ils passèrent des heures à bavarder sur le toit de la tour ouest, blottis les uns contre les autres comme pour mieux résister à la singularité de leur situation. Personne n'avait envie de redescendre, même après que tous les sujets de conversation eurent été épuisés, aussi s'abîmèrent-ils dans la contemplation du paysage de blancheur, où la lumière diffuse que reflétait la neige faisait disparaître tout repère.

Confortablement adossé à la pierre froide, Quentin ferma les yeux. Il sentit Alice poser la tête sur son épaule. À tout le moins, il pouvait s'accrocher à elle. Si tout avait changé, elle était restée la même. Ils s'assoupirent.

Plus tard – quelques minutes, quelques heures ou quelques jours –, il ouvrit les yeux. Il voulut dire quelque chose et constata qu'il ne le pouvait pas.

Certains élèves s'étaient déjà relevés. Le professeur Maïakovski venait d'apparaître sur le toit, le ventre saillant sous sa robe de chambre blanche. Il s'éclaircit la gorge.

— J'ai pris la liberté de vous ôter l'usage de la parole, déclara-t-il en se tapotant la pomme d'Adam. À Brakebills sud, on se tait et on écoute. C'est ce qu'il y a de plus dur, et j'ai constaté que ça facilitait le travail de vous imposer le silence pendant les premières semaines de votre séjour. Vous pouvez vous exprimer en mode subvocal pour formuler un charme, mais c'est tout.

Tous le fixèrent du regard. Maintenant qu'ils ne pouvaient plus lui répondre, il semblait nettement plus à l'aise.

— Si vous voulez bien me suivre, c'est l'heure de votre première leçon.

Du temps où il ne connaissait la magie que par les livres, Quentin s'étonnait déjà d'un détail : ça paraissait toujours facile. Les mages plissaient le front, consultaient des grimoires et tiraillaient leur barbe blanche, mais, dans l'immense majorité des cas, il leur suffisait de réciter une incantation – voire carrément de la lire, ce qui était encore plus peinard –, de mixer des fines herbes, d'agiter une baguette, de frotter une lampe à huile, de concocter une potion, de prononcer une formule... et bingo ! les puissances de l'au-delà faisaient leurs quatre volontés. C'était comme préparer une salade, conduire une bagnole ou monter un meuble Ikea : tout le monde en était capable, il suffisait d'apprendre. Bon, ça demandait du temps et des efforts, mais rien à voir avec le hautbois ou le calcul différentiel – non, décidément, ce n'était pas la même chose. Même un crétin pouvait devenir magicien.

Il avait ressenti un soulagement un peu pervers en découvrant qu'il s'agissait d'un bobard. Certes, le talent était nécessaire – cette force silencieuse et invisible qu'il sentait dans son cœur chaque fois qu'un charme sonnait juste. Mais la magie demandait aussi du travail, un travail acharné. Chaque charme devait être réglé et modifié d'une centaine de façons, en fonction des Circonstances – à Brakebills, ce mot prenait toujours une majuscule – dans lesquelles il était formulé. Lesdites Circonstances pouvaient porter sur tout ou à peu près : la magie était un instrument complexe et capricieux, qui devait être calibré en fonction du contexte de son utilisation. Quentin avait mémorisé des douzaines de pages de graphes et de diagrammes imprimés en caractères minuscules, qui détaillaient les Circonstances majeures et la façon dont elles affectaient un enchantement donné. Et une fois qu'on s'était enfoncé ça dans le crâne, il y avait des centaines de Corollaires et d'Exceptions à assimiler.

Pour autant qu'on pût la comparer à quelque chose, la magie était un genre de langage. Et, à l'instar d'un langage, les profs et les manuels la considéraient comme un système organisé afin de mieux l'enseigner, mais c'était en fait un machin organique et chaotique. La magie obéissait à des règles uniquement si elle le voulait bien, et on comptait presque autant de variantes et de cas particuliers que de règles. Ces Exceptions étaient balisées par des astérisques, des croix et autres signes typographiques invitant le lecteur à déchiffrer les innombrables notes de bas de page qui rendaient les ouvrages de référence aussi touffus que le Talmud.

Maïakovski avait la ferme intention non seulement de leur faire mémoriser tout ce fatras, mais en outre d'en absorber le sens. Les meilleurs enchanteurs avaient du talent, dit-il à son public captif et muet, mais ils possédaient aussi des rouages mentaux bien huilés, des mécanismes délicats mais robustes qui leur permettaient de procéder aux contrôles et corrélations nécessaires pour gérer, manipuler et mettre en application cette vaste quantité d'information.

Quentin s'attendait à subir un cours magistral le premier jour, mais dès que Maïakovski leur eut neutralisé le larynx, il conduisit chacun d'entre eux dans ce qui ressemblait à une cellule monacale, une petite pièce aux murs de pierre pourvue d'une unique fenêtre, haut placée et fermée par des barreaux, d'une unique chaise et d'une unique table en bois. Une étagère contenant des ouvrages de référence était fixée au mur. L'endroit était si propre qu'on aurait juré qu'il venait tout juste d'être nettoyé à coups de balai.

— Asseyez-vous, ordonna Maïakovski.

Quentin obtempéra. Avec la précision d'un joueur d'échecs installant son échiquier, le professeur posa devant lui quelques objets : un marteau, un bloc de bois, une boîte de clous, une feuille de papier et un petit livre relié de vélin clair.

Maïakovski désigna la feuille de papier.

— Le charme de Legrand. Vous le connaissez ?

Tout le monde le connaissait. C'était un outil pédagogique standard. Ce charme tout simple en théorie – il permettait de planter un clou d'un coup, d'un seul, sans le tordre – était extrêmement difficile à formuler. Il en existait des milliers de variantes, qui toutes dépendaient des Circonstances. En pratique, il était infiniment plus facile de planter un clou sans aide magique, mais l'intérêt didactique de Legrand restait indéniable.

Maïakovski tapota le livre de son ongle dur.

— Chaque page de ce livre décrit un ensemble de Circonstances. Toutes différentes les unes de les autres. Compris ? Lieu, temps qu'il fait, étoiles, saison… vous verrez bien. Tournez les pages et jetez charme en fonction de chaque ensemble de Circonstances. Excellent entraînement. Je reviendrai quand vous aurez fini livre. *Khorosho ?*

Son accent russe était plus prononcé d'heure en heure. Peu à peu, il laissait tomber contractions et articles définis. Il referma la porte derrière lui. Quentin ouvrit le livre. Sur la première page, un élève qui se croyait malin avait écrit « Vous qui entrez ici, laissez toute espérance ». Quentin songea que Maïakovski avait sûrement vu l'inscription sans daigner l'effacer.

Bientôt, il connut le charme de Legrand d'une façon plus intime qu'il ne l'aurait jamais souhaité. Page après page, les Circonstances qu'on lui exposait devenaient de plus en plus alambiquées et improbables. Il jeta le Charme de Legrand à midi et à minuit, en été et en hiver, sur les sommets et dans les profondeurs. Il le jeta sous l'eau et à la surface de la Lune. Le soir en plein blizzard sur une plage de Mangareva – ce qui était absurde vu que Mangareva se trouve en Polynésie française. Pour jeter ce putain de charme, il se fit homme, femme et même – mais pourquoi, bon sang ? – hermaphrodite. Il le jeta avec colère, avec ambivalence, avec regret.

Quentin avait la bouche sèche. Les doigts engourdis. Le marteau était retombé sur son pouce à quatre reprises. Le bloc de bois était criblé de clous. Poussant un gémissement inaudible, il s'affala sur son siège, laissant sa tête reposer sur le dossier. La porte s'ouvrit soudain et le professeur Maïakovski entra, porteur d'un plateau cliquetant.

Il le posa sur la table. Il y avait là une tasse de thé bouillant, un gobelet d'eau, une assiette avec une tranche de pain de seigle tartinée d'un beurre bien gras et un verre contenant deux doigts d'un liquide translucide qui se révéla être de la vodka, dont Maïakovski avala la moitié avant de le reposer.

Cela fait, il flanqua une gifle à Quentin.

— Ça, c'est pour avoir douté de vous.

Quentin le fixa sans comprendre. Il porta une main à sa joue et se dit : Ce type est complètement barje. Il nous tient à sa merci et il est capable de tout.

Maïakovski rouvrit le livre à la première page. Il prit la feuille de papier où était rédigé le charme de Legrand et la retourna. Au verso figurait un autre charme, celui de Bujold : comment arracher un clou par magie.

— Recommencez depuis le début, s'il vous plaît.

Faire et défaire...

Une fois le prof parti, Quentin se leva et fit quelques étirements. Ses deux genoux craquèrent. Au lieu de se remettre à l'ouvrage, il se dirigea vers l'étroite fenêtre pour contempler le paysage enneigé. À force de vivre dans un monde monochrome, il était en proie à des hallucinations de couleurs. Le soleil n'avait pas bougé d'un pouce.

C'est ainsi que se déroula le premier mois de Quentin à Brakebills sud. Les charmes défilaient, les Circonstances changeaient, mais la cellule restait la même, et les journées étaient toujours, toujours identiques : de ternes et insoutenables plages de répétition qui semblaient ne jamais finir. La sinistre mise en garde de Maïakovski se révéla justifiée, on aurait même pu dire qu'elle tenait de l'euphémisme. Lors des pires moments qu'il avait connus à Brakebills, Quentin restait persuadé qu'il gagnait quelque chose à être là, que les sacrifices exigés par les profs, si déchirants soient-ils, n'étaient rien comparés aux avantages qu'il retirerait un jour de son statut de magicien. À Brakebills sud, pour la première fois, il avait l'impression d'avoir fait un marché de dupe.

Et il comprenait pourquoi on les y avait expédiés. Ce que leur demandait Maïakovski était carrément impossible. Le cerveau humain n'est pas configuré pour assimiler une telle quantité d'information. Si Fogg avait tenté de leur imposer ce régime à Brakebills, il y aurait eu une insurrection.

Difficile de dire comment les autres s'en sortaient. Ils ne se voyaient qu'au moment des repas et quand ils se croisaient dans les couloirs, mais, comme toute conversation leur était interdite, ils ne communiquaient que par regards et haussements d'épaules, et encore pas très souvent. Quand ils se retrouvaient pour le petit-déjeuner, ils évitaient soigneusement de se regarder dans les yeux. Eliot était franchement hagard et Quentin supposa qu'il en allait de même pour lui. Même les traits de Janet, d'ordinaire animés, semblaient s'être figés. Ils ne se passaient jamais de messages. Apparemment, le sort qu'on leur avait jeté les empêchait aussi de se parler par ce biais.

De toute façon, Quentin perdait tout intérêt pour la vie sociale. Lui qui aurait dû avoir soif de contact humain s'éloignait de plus en plus de ses semblables pour plonger dans les tréfonds de son être. Il se rendait d'un pas traînant de sa chambre à la salle à manger, de la salle à manger à sa cellule d'étude, errant dans les couloirs sous l'œil sempiternellement fixe du soleil. Un jour, il s'aventura sur le toit de la tour ouest et vit que Dale, un type dégingandé du genre extraverti, y donnait un spectacle de mime à un public agité, mais ça ne valait vraiment pas la peine de s'amuser de ces grimaces. Son sens de l'humour s'était étiolé dans cette désolation.

Le professeur Maïakovski n'en était nullement surpris, comme s'il savait depuis le début que les choses suivraient ce cours. Au bout de trois semaines, il leur annonça qu'il venait de lever le charme qui les empêchait de parler. Cette nouvelle fut accueillie dans un silence complet. Personne n'avait rien remarqué.

Maïakovski introduisit des variantes dans leur programme. Si, la plupart du temps, ils passaient leurs journées à étudier les Circonstances et leurs myriades d'Exceptions, il les soumettait parfois à d'autres exercices. Il édifia dans une grande salle un labyrinthe à trois dimensions composé d'anneaux de fer à travers lesquels les étudiants devaient faire passer des objets qu'ils manœuvraient par lévitation, et ce afin d'affûter leur maîtrise et leur concentration. Ils travaillèrent d'abord avec des osselets, puis avec des billes d'acier à peine plus petites que les anneaux. Lorsque l'une d'elles touchait l'obstacle, une étincelle jaillissait au point de contact et l'élève responsable recevait une décharge électrique.

Par la suite, ils guideraient des lucioles dans ce même dédale, influant sur leur cervelle d'insecte par la seule force de leur volonté. Ils s'observaient les uns les autres pendant ces séances, envieux des prouesses de leurs camarades ou ricanant de leurs échecs. Le maître des lieux avait réussi à les diviser pour mieux régner. Janet se montrait particulièrement maladroite : elle énergisait tellement ses lucioles qu'elles se désintégraient en plein vol. Impassible, Maïakovski lui ordonnait de repartir de zéro, ce qu'elle faisait tandis que des larmes de frustration coulaient sur ses joues. Ça pouvait durer des heures, ça durait souvent des heures. Nul ne pouvait sortir tant que tous n'avaient pas fini l'exercice. Il leur arrivait même de dormir sur place.

À mesure que passaient les semaines, sans que personne n'ouvre la bouche, ils explorèrent des domaines de la magie où Quentin n'aurait jamais cru s'aventurer un jour. Ils pratiquèrent la transformation. Il apprit à déconstruire et à reconstruire le charme qui avait fait d'eux des oies sauvages. (L'essentiel, comprit-il, c'était de se débarrasser d'une bonne partie de sa masse corporelle et de la stocker convenablement.) Ils passèrent un après-midi des plus réjouissant, métamorphosés en ours polaires, à batifoler sur la neige et à se filer des peignées de leurs grosses pattes jaunes, heureusement protégés par plusieurs couches de fourrure, de peau et de graisse. Leur carcasse leur paraissait si lourde et si dure à manipuler qu'ils n'arrêtaient pas de tomber sur le cul. Qu'est-ce qu'on rigolait !

Nul n'appréciait Maïakovski, mais il devint vite évident que ce n'était pas un charlot. Il maîtrisait des enchantements que Quentin n'avait jamais vu accomplir à Brakebills et auxquels personne, sans doute, ne s'était risqué depuis des siècles. Un jour, il leur montra un charme qui avait pour effet d'inverser le cours de l'entropie, et qu'ils ne devaient surtout pas essayer de reproduire. Après avoir fracassé un globe de verre, il le reconstitua à la perfection, comme dans un extrait de film passé à l'envers. Puis il fit exploser un ballon gonflé à l'hélium, qu'il retricota et remplit des atomes de gaz qu'il contenait à l'origine, allant jusqu'à les récupérer dans les poumons des spectateurs qui les avaient inhalés. Il étouffa une araignée avec un peu de camphre – sans paraître éprouver le moindre remords – puis, plissant le front en signe de concentration, la ramena à la vie. Sous les yeux de Quentin, la misérable bestiole se mit à tourner en rond sur la table, complètement traumatisée, se figeant dans un coin après avoir tenté d'attaquer un ennemi visible d'elle seule, et ce pendant que Maïakovski passait à la démonstration suivante.

Un jour, alors que trois mois avaient dû s'écouler, il leur annonça qu'ils allaient être transformés en renards arctiques pendant l'après-midi. C'était un choix étrange – ils s'étaient déjà métamorphosés en mammifères, ce n'était pas plus dur que de devenir une oie sauvage. Mais pourquoi pinailler ? La condition de renard arctique se révéla des plus amusante. Dès qu'il fut transformé, Quentin se mit à courir sur ses quatre pattes étincelantes. Il était si rapide, si léger, ses yeux étaient si proches du sol qu'il avait l'impression de piloter un avion de chasse à basse altitude. Talus et congères lui faisaient l'effet de collines et de rochers. Il les franchissait d'un bond, leur tournait autour, les fracassait d'un coup de tête. Quand il voulut virer, il allait si vite qu'il glissa et fit naître une gerbe de neige. Ses congénères s'empilèrent sur lui en criant, en jappant, en mordillant.

Étonnante démonstration de joie collective ! Quentin avait quasiment oublié ce sentiment, comme un spéléologue resté trop longtemps dans sa grotte oublie la lumière du jour, finit par la considérer comme une cruelle fiction. Ils se coursèrent les uns les autres, pantelants, roulant dans la neige, heureux comme des idiots. Bizarre, se dit Quentin, qu'avec son minuscule cerveau de renard il fût capable de reconnaître ses camarades. Voici Eliot, avec ses crocs cassés. Ce renard grassouillet à la fourrure bleue, c'était Josh. Et cette créature soyeuse aux yeux immenses… Alice.

À un moment donné, un jeu se mit en route plus ou moins spontanément. Le but était de pousser un bloc de glace le plus loin possible avec les pattes et le museau. Difficile de donner le détail des règles, mais ils se mirent à pousser avec enthousiasme, se relayant chacun leur tour jusqu'à ce qu'un congénère leur chipe leur jouet.

Si les yeux du renard arctique ne sont guère performants, son odorat est extraordinaire. Le museau de Quentin était un chef-d'œuvre en matière de perception olfactive. Même en plein milieu de la mêlée, il reconnaissait ses camarades à l'odeur de leur fourrure. Un parfum finit par s'imposer à lui au détriment de tous les autres. Une odeur forte, âcre, musquée, qu'un être humain aurait à coup sûr attribuée à de la pisse de chat, une véritable drogue pour le renard qu'il était. Il en captait des bouffées à intervalles réguliers et, à chaque fois, se tendait et frétillait comme un poisson piégé par un hameçon.

Le jeu évoluait de façon étrange. Il perdait peu à peu toute cohésion. Quentin continuait à y participer, mais ils étaient de moins en moins nombreux à le faire. Eliot fila comme une flèche vers les dunes de neige. Bientôt, ils ne furent plus que dix, puis huit. Où étaient passés les autres ? La cervelle de Quentin lui ordonna de glapir. Et qu'est-ce que c'était que ce parfum capiteux qui lui titillait le museau ? Tiens, le revoilà ! Cette fois-ci, il remonta à sa source, enfouit son museau dans la fourrure de la responsable et s'aperçut – il le savait depuis le début – qu'il ne pouvait s'agir que d'Alice.

C'était interdit par le règlement, mais violer le règlement apporte autant de plaisir que le respecter. Comment se faisait-il qu'il ne l'ait jamais compris ? Les autres jouaient avec de plus en plus de frénésie – ils ne faisaient même plus semblant de s'occuper du bloc de glace –, leur masse se divisait en couples de renards qui se battaient dans la neige, et lui se battait avec Alice. Son instinct et ses hormones vulpins prenaient le dessus sur ce qui restait de son cerveau humain rationnel.

Il referma ses crocs sur la nuque d'Alice. Elle ne parut en éprouver aucune souffrance, du moins aucune qui se distinguât du plaisir. Il se passait ici quelque chose de dingue et il était impossible d'y mettre un terme – de toute façon, qui l'aurait souhaité ? Simple relent de l'une de ces stupides impulsions mortifères d'humain qui n'inspiraient que mépris à sa joyeuse cervelle de renard.

Il entrevit les grands yeux noirs d'Alice qui roulaient de terreur puis se fermaient à demi sous l'effet du plaisir. Leurs halètements montaient dans l'air, petits nuages blancs qui se mêlaient puis s'effilochaient. La fourrure blanche d'Alice était rêche et lisse cependant, elle poussait de petits aboiements criards chaque fois qu'il plongeait en elle. Il aurait voulu que ça ne s'arrête jamais.

La neige brûlait sous eux. Elle luisait comme un lit de braises. Ils étaient en feu, et ce feu les consuma.

Aux yeux d'un observateur extérieur, le petit-déjeuner ce matin-là ne différait guère des précédents. Tous les élèves débarquèrent en traînant les pieds, vêtus de leur uniforme blanc, s'assirent sans échanger un mot ni un regard et mangèrent ce qu'on leur avait servi. Mais Quentin avait l'impression de marcher sur la Lune. Il avançait au ralenti, à pas de géant, dans le silence et le vide environnants, sous les yeux de millions de téléspectateurs. Il n'osait regarder personne, et surtout pas Alice.

Séparée de lui par trois condisciples assis à la même table, elle se concentrait sur ses céréales, calme et imperturbable. Il était incapable de deviner ce qu'elle pouvait penser. Mais il savait ce que pensaient tous les autres. Ils savaient ce qui s'était passé, aucun doute là-dessus. Ils avaient agi au vu et au su de tous, bon sang ! Mais peut-être que tout le monde avait fait pareil. Que tous s'étaient accouplés. Il se sentit rougir. Il ne savait même pas si elle était vierge. Ou si elle l'était encore.

Il aurait été moins troublé s'il avait compris ce qui lui était arrivé, mais il n'en était rien. Était-il amoureux d'Alice ? Il s'efforça de comparer les sentiments qu'elle lui inspirait avec ceux qu'il avait jadis éprouvés pour Julia, mais un monde séparait ceux-ci de ceux-là. Le contrôle de la situation leur avait échappé, voilà. Ce n'étaient pas eux qui avaient fait ça, c'étaient leurs corps de renards. Pas besoin de le prendre trop au sérieux.

Assis en bout de table, Maïakovski affichait un sourire suffisant. Il savait que ça finirait ainsi, se dit Quentin, furibond, tout en attaquant son porridge au fromage. Une bande d'ados coincés deux mois durant dans la Forteresse de la Solitude, puis métamorphosés en mammifères primaires excités. Évidemment que ça allait nous faire flipper.

Même si Maïakovski retirait une satisfaction perverse de son tour de cochon, il devint évident au fil de la semaine suivante que celui-ci participait aussi de la gestion des effectifs, car Quentin se concentra sur ses études avec la détermination appliquée de celui qui veut avant tout fuir son prochain et refouler ses vrais problèmes, à savoir la nature de ses sentiments pour Alice et l'identité exacte de l'être qui avait copulé avec elle dans la neige – était-ce lui ou le renard ? Donc, retour au bachotage ;

Circonstances et Exceptions, me voilà, et en avant pour les trucs mnémotechniques censés l'aider à loger mille données sans importance dans des circonvolutions cérébrales déjà saturées.

Ils sombrèrent dans une sorte de transe collective. La palette anémiée de l'Antarctique les hypnotisait. Quand une bourrasque chassait un paquet de neige pour révéler un instant une plaque de roche noire, le seul élément topographique visible dans ce monde sans repères, les étudiants se massaient sur le toit pour l'observer comme un spectacle télévisé. Cela rappelait le désert dans *La Dune vagabonde* – bon Dieu ! ça faisait une éternité qu'il n'avait pas repensé à Fillory. Quentin se demanda si le reste de la planète et sa vie antérieure n'étaient pas tout simplement un songe ridicule. Lorsqu'il visualisait le globe terrestre, c'était pour le voir transformé en une sphère antarctique, comme si ce continent monochrome s'y était répandu par métastases.

Il devint un peu fou – ainsi que tous ses condisciples, dont chacun était frappé de façon différente. Quelques-uns virèrent obsédés sexuels. Leurs fonctions supérieures étaient si sollicitées, si épuisées, qu'ils devinrent pour de bon des animaux, en quête de toute forme de contact non verbale. On vit fleurir des orgies improvisées. Quentin tomba par inadvertance sur deux ou trois d'entre elles : les participants s'appariaient de façon semblait-il arbitraire, dans la chambre de l'un ou bien dans une salle de classe, formant des chaînes à demi anonymes, plus ou moins dénudés, les yeux vitreux, caressant, pompant et ahanant dans un silence absolu. Un soir, il vit que Janet était du nombre. Si les voyeurs étaient les bienvenus, Quentin n'en faisait jamais partie, se contentant de tourner les talons, empli d'un sentiment de supériorité teinté d'une étrange colère. Ce fut avec un profond soulagement qu'il constata qu'Alice ne participait jamais à ces bacchanales.

Le temps passa, ou, du moins, Quentin déduisit que le temps devait passer, conformément à la théorie et à l'expérience, bien qu'il n'en eût d'autre preuve que l'étrange pilosité qu'arboraient désormais ses camarades de sexe masculin. Il avait beau s'empiffrer, il ne cessait de maigrir. Sur le plan mental, il passa de tétanisé à halluciné. Le moindre détail lui paraissait investi d'une sinistre signification : un caillou à la rotondité suspecte, une paille tombée d'un balai, une tache noire sur un mur blanc… qui se dissipait au bout de quelques minutes à peine. Durant les cours, il lui arrivait d'entrevoir des créatures fabuleuses glissées parmi ses condisciples : un gigantesque insecte aux formes élégantes juché sur une chaise ; un lézard surdimensionné pourvu d'un épiderme cornu et d'un accent teuton, dont le crâne brûlait d'un feu ardent… Mais, après coup, il n'aurait su dire s'il les avait vues ou rêvées. À un moment donné, il crut repérer l'homme dont le visage était occulté par une branche. Il ne supporterait plus cela très longtemps.

Puis, soudain, un beau matin au petit-déjeuner, Maïakovski leur annonça que le semestre s'achèverait dans quinze jours et qu'il était temps qu'ils se concentrent sur leur examen final. L'épreuve qui les attendait était toute simple : gagner le pôle Sud depuis Brakebills sud. Soit un parcours d'environ huit cents kilomètres. Ils n'auraient ni provisions, ni carte, ni équipement. Seule la magie leur permettrait de survivre. Interdit de voler – ils devraient se déplacer à pied, sans se métamorphoser en ours, en manchot ni en aucun animal résistant au froid. Il leur était interdit de s'entraider – qu'ils considèrent cela comme une compétition si ça leur chantait. Aucune limite de temps ne leur était imposée. Et l'épreuve n'était pas obligatoire.

Quinze jours, ça ne suffisait pas pour se préparer, mais c'était amplement suffisant pour s'angoisser. On y va, oui ou non ? Ainsi que le souligna Maïakovski, le principe de précaution ne jouait pas. Il s'efforcerait de suivre leur progression, mais, si jamais ils merdaient, rien ne garantissait qu'il pût les sauver de la mort par hypothermie.

Ils se lancèrent dans les préparatifs. Devaient-ils craindre les coups de soleil ? la cécité des neiges ? Devaient-ils se blinder la plante des pieds ou se fabriquer des semelles magiques ? Pouvaient-ils se procurer de la graisse de mouton aux cuisines afin de recourir au charme de Tchkhartichvili pour se protéger du froid ? Et si cette épreuve n'était pas obligatoire, pourquoi s'y soumettre ? Que leur arriverait-il en cas d'échec ? Ça ressemblait à du bizutage plutôt qu'à un examen de fin de semestre.

Le matin du grand jour, Quentin se leva tôt et partit fouiner dans la cuisine en quête d'ingrédients pour un charme clandestin. Il s'était décidé à entrer dans la compétition. Il devait savoir si, oui ou non, il était capable de gagner. C'était aussi simple que ça.

La plupart des placards étaient cadenassés – sans doute n'était-il pas le premier à tenter le coup –, mais il réussit à collecter de la farine, une cuillère en argent et quelques gousses d'ail qui risquaient de lui être utiles ; pour quoi faire, il n'en avait aucune idée. Puis il descendit au rez-de-chaussée.

Alice l'attendait sur le palier.

— J'ai quelque chose à te demander, lui dit-elle d'une voix tendue mais décidée. Es-tu amoureux de moi ? Si la réponse est non, ce n'est pas grave. Mais je dois le savoir.

Elle faillit tenir jusqu'au bout mais ne put s'empêcher de flancher, si bien que sa dernière phrase ne fut qu'un murmure.

Il n'avait pas osé la regarder en face depuis ce fameux jour où ils avaient batifolé dans la peau de renards. Ça faisait trois semaines au bas mot. Et voilà qu'ils se retrouvaient face à face, deux humains abjects sur des dalles glaciales. Comment pouvait-elle être si belle alors qu'elle ne s'était pas lavée ni coiffée depuis cinq mois ?

— Je ne sais pas, répondit-il.

Sa voix était éraillée par des mois de silence. Les mots qu'il prononçait étaient plus effrayants que tout enchantement.

— Je veux dire, on pourrait le croire, ajouta-t-il, mais en fait je n'en sais rien.

Il s'était efforcé de répondre sur un mode léger, décontracté, mais son corps tout entier lui pesait. Le sol sur lequel ils se trouvaient tous deux semblait les propulser vers le ciel. En cet instant suprême, où il aurait dû jouir de toute sa lucidité, il n'aurait su dire s'il mentait ou disait la vérité. Dire qu'il avait consacré tant de temps à l'étude et au savoir… pourquoi n'avait-il pu apprendre cela ? Il les trahissait tous les deux, Alice et lui-même.

— C'est bon, dit-elle avec un petit sourire qui brisa le cœur de Quentin. Je m'en doutais un peu. Mais je me demandais surtout si tu mentirais là-dessus.

— J'étais censé mentir ?

Il n'y comprenait rien.

— Ce n'est pas grave, Quentin. C'était sympa. La baise, je veux dire. Il n'y a pas de mal à se faire du bien, tu sais ?

Elle se dressa sur la pointe des pieds pour lui déposer un baiser sur la bouche, lui épargnant ainsi une occasion de se rendre ridicule. Ses lèvres étaient sèches et gercées, mais le bout de sa langue était doux et chaud. On eût dit que c'était la seule chose chaude en ce monde.

— Tâche de ne pas mourir, dit-elle.

Elle tapota sa joue mal rasée et s'en fut dans l'escalier, disparaissant dans la lumière matutinale.

Après cette épreuve, l'examen final lui apparaissait comme une sinécure. Maïakovski avait décidé de les lâcher séparément sur la neige, à intervalles réguliers, afin de les empêcher de former des équipes. Au préalable, il ordonna à Quentin de se déshabiller – adieu l'ail, la farine et la fourchette en argent – et de sortir du champ d'action des charmes qui rendaient la température supportable à Brakebills sud. Lorsqu'il franchit la barrière invisible, il faillit être sonné par le froid impensable. Son corps tout entier fut saisi de spasmes et de contractions. C'était comme si on l'avait largué dans de l'essence en flammes. L'air lui incendiait les poumons. Il se plia en deux, les mains sous les aisselles.

— Bonne route ! fit Maïakovski, qui lui lança un sac de congélation empli d'une substance grise – de la graisse de mouton. *Bog s'vami.*

Traduction : à Dieu vat, ou un truc comme ça. Dans quelques secondes, Quentin aurait les doigts trop gourds pour jeter un charme. Il déchira le sac, plongea les mains dedans et bafouilla le charme de Tchkhartichvili. Une fois enveloppé de chaleur, il se détendit un peu. Suivirent d'autres charmes protecteurs, contre le vent et le soleil, puis d'autres conçus pour raffermir ses muscles et endurcir ses pieds. Il ajouta un charme de navigation, et une grande boussole anamorphosée visible à ses seuls yeux apparut dans le ciel au-dessus de lui.

Quentin connaissait l'assise théorique de ces charmes, mais c'était la première fois qu'il les formulait tous en même temps. Il avait l'impression d'être un superhéros. Un homme bionique. Maître de son destin.

Il se cala sur la lettre S et se mit à courir vers l'horizon, commençant par contourner l'édifice qu'il venait de quitter, foulant de ses pieds nus une neige aussi sèche que de la poudre d'os. Grâce à ses charmes fortifiants, ses jambes étaient robustes comme des pistons, ses chevilles souples comme des ressorts, ses pieds aussi fermes et résistants que des chaussures en Kevlar.

Ultérieurement, il ne se rappellerait presque rien de la semaine qui suivit. Cette expérience avait quelque chose de clinique. En fin de compte, il s'agissait d'un problème de gestion des ressources : comment protéger, entretenir et sustenter la petite étincelle de vie présente en lui pendant que l'Antarctique déployait toute sa rigueur pour lui dérober la chaleur, le sucre et l'eau qui assuraient son fonctionnement.

Il dormit peu et d'un sommeil léger. Son urine vira à l'ambre foncé puis cessa de couler. Le paysage était d'une monotonie abrutissante. Chacune des crêtes qu'il franchissait lui révélait un panorama de crêtes identiques en progression géométrique décroissante. Ses pensées se mirent à tourner en rond. Il perdit toute notion du temps. Il chanta le jingle de la pub Oscar Mayer et le générique des *Simpson*. Il tailla une bavette avec James et Julia. Parfois, il confondait James avec Martin Chatwin et Julia avec sa sœur Jane. Sa graisse fondit peu à peu ; ses côtes saillirent comme si elles voulaient lui percer la peau. La prudence s'imposait. Sa marge d'erreur était réduite. Les charmes qu'il employait étaient puissants et durables, quasiment autonomes. Il risquait de mourir, et son corps continuerait à courir gaiement vers le Pôle.

Une ou deux fois par jour, parfois plus souvent, une crevasse bleue s'ouvrait soudain sous ses pieds, l'obligeant à la contourner ou à la franchir d'un bond magique. Il tomba même dans l'une d'elles, faisant une chute de dix mètres et quelques dans une pénombre bleutée. Ses charmes protecteurs étaient si puissants qu'il remarqua à peine l'incident. Il arrêta lentement sa course, coincé entre deux parois de glace rugueuse, puis se hissa au niveau du sol, comme le Lorax imaginé par le docteur Seuss, et repartit de plus belle.

À mesure que sa force physique diminuait, il puisait dans la vigueur magique que lui avait instillée l'enseignement du professeur Maïakovski. Chaque fois qu'il réussissait un enchantement, cela lui paraissait aller de soi. Les deux mondes de la magie et de la réalité lui semblaient également valides et présents. Il formulait des charmes tout simples sans même y penser. Il puisait dans son essence magique comme il aurait puisé dans une citerne. Il acquit même la capacité de bousculer le temps afin de découvrir certaines Circonstances qu'on ne lui avait pas encore enseignées. Les implications de ses actes étaient stupéfiantes : la magie n'était pas un processus aléatoire, elle avait une forme – une forme fractale et chaotique, certes, mais ses palpeurs mentaux, si maladroits soient-ils, commençaient à l'appréhender.

Il se rappela un cours que Maïakovski leur avait donné quelques semaines plus tôt et auquel, sur le moment, il n'avait pas prêté attention. À présent, tandis qu'il courait plein sud sur la plaine de glace, ses propos lui revenaient mot pour mot.

— Vous me haïssez, avait-il commencé. Vous ne pouvez plus me voir en peinture, *skraelings.*

C'était comme ça qu'il les appelait : *skraelings*. Apparemment, c'était un terme de norrois signifiant plus ou moins « nullards ».

— Mais si vous ne devez m'écouter qu'une seule fois dans votre vie, écoutez-moi aujourd'hui. Une fois que vous aurez atteint un certain niveau d'habileté en matière de charmes, vous serez capables de manipuler la réalité. Vous n'y arriverez pas tous – Dale, en particulier, ne me semble pas en mesure de franchir ce Rubicon. Mais, pour certains d'entre vous, les charmes finiront par venir aisément, presque de manière automatique, sans guère d'effort. Quand viendra cette évolution, vous devrez impérativement en avoir conscience. Aux yeux du véritable sorcier, il n'y a pas de solution de continuité entre le monde mental et le monde extérieur. Si vous désirez quelque chose, cela deviendra substance. Si vous méprisez quelque chose, cela sera détruit. À cet égard, un maître ès magie n'est guère différent d'un enfant ou d'un fou. Quand vous arriverez à ce niveau, vous aurez besoin d'un esprit clair et d'une volonté de fer. Et quant à savoir si vous possédez l'un et l'autre, vous serez vite fixés.

Maïakovski les avait observés un moment avec un dégoût non dissimulé avant de descendre de son estrade.

— Les jeunes n'apprécient ni l'âge ni la jeunesse, avait-il maugréé.

Lorsque enfin tomba la nuit, les étoiles brillèrent d'un éclat et d'une force également impossibles. Quentin courut les yeux tournés vers le ciel, les genoux relevés, totalement insensible au-dessous du nombril, isolé dans sa gloire, perdu dans la splendeur du spectacle céleste. Il cessa d'être pour devenir un spectre courant, un feu follet de chair dans une nuit de silence et de givre.

À un moment donné, pendant quelques minutes à peine, une lueur clignotante troubla les ténèbres à l'horizon. Il devait s'agir d'un autre élève, d'un autre *skraeling* comme lui, dont la course était parallèle à la sienne, à quelque cinquante kilomètres et devant lui. Il envisagea de dévier de son cap pour le rejoindre. Mais à quoi cela aurait-il servi ? Devait-il courir le risque d'être éliminé pour avoir eu envie de saluer un condisciple ? Lui, le spectre courant, le feu follet de chair, qu'avait-il besoin d'un tiers ?

Quel que fût ce confrère, songea-t-il distraitement, il n'utilisait pas la même palette de charmes que lui. Impossible de distinguer leur nature à cette distance, mais ils présentaient une importante déperdition d'énergie, sous forme d'une aura rose pâle.

Manque d'efficience, conclut-il. Manque d'élégance.

Lorsque le soleil se leva, il perdit son concurrent de vue.

Au bout d'un temps incommensurable, Quentin tiqua. Il avait perdu l'habitude de fermer les yeux depuis qu'un charme les protégeait des intempéries, mais quelque chose l'inquiétait. Toutefois, il était incapable de formuler consciemment l'origine de son inquiétude. Il y avait un point noir dans son champ visuel.

Le paysage était devenu encore plus monotone, si tant est que ce fût possible. Plus jamais il ne voyait d'affleurements de schiste noir souiller la neige immaculée. À un moment donné, il était passé près de ce qui ressemblait à une météorite coincée dans la glace, une masse noire semblable à une briquette de charbon. Mais ça faisait un bout de temps.

Il était loin, très loin. Après plusieurs jours sans sommeil, son esprit n'était plus qu'une machine chargée de surveiller ses charmes et de piloter ses jambes. Mais alors qu'il procédait à une vérification générale en quête d'anomalies, il vit que sa boussole déconnait, elle aussi. L'aiguille tournait dans tous les sens et le cadran anamorphique devenait fou. Le N, à présent énorme, en remplissait les cinq sixièmes, rendant les autres points cardinaux quasiment invisibles. Le S qu'il était censé suivre était réduit à une arabesque microscopique.

Le point noir était plus haut que large et se déplaçait au rythme de ses pas, tel un objet extérieur à lui. Conclusion : sa cornée n'était pas affectée. Le point noir grossissait à vue d'œil. C'était Maïakovski, seul dans l'immensité glacée, une couverture à la main. Quentin avait dû arriver au Pôle. Il avait totalement oublié le but et la raison de sa course.

Maïakovski l'agrippa lorsqu'il s'approcha de lui. Poussant un grognement, il l'enveloppa dans la couverture rêche et le plaqua sur la neige. Les jambes de Quentin continuèrent à pédaler quelques secondes ; puis il se figea sur le flanc, pantelant, tressautant comme un poisson pris au filet. C'était la première fois qu'il cessait de courir depuis neuf jours. Le ciel tournoya. Il vomit.

Maïakovski se dressa au-dessus de lui.

— *Molodiets*, Quentin. Brave gars. Brave gars. Vous avez réussi. Vous allez rentrer chez vous.

Il y avait quelque chose d'étrange dans sa voix. Tout sarcasme en était absent et elle était nouée par l'émotion. Pendant un bref instant, le vieux sorcier se fendit d'un sourire qui révéla ses dents jaunes. D'une main, il releva Quentin ; de l'autre, il fit un geste et un portail se matérialisa devant eux. Sans plus de cérémonie, il poussa Quentin au travers.

Quentin trébucha puis s'effondra au sein d'un chaos psychédélique de verdure qui le choqua tellement qu'il ne reconnut pas tout de suite la terrasse de Brakebills par une belle journée de printemps. Par contraste avec l'insipide paysage polaire, le campus était un kaléidoscope de sons, de couleurs et de chaleur. Il ferma les yeux de toutes ses forces. Il était chez lui.

Il roula sur le dos, savourant les dalles chauffées par le soleil. Le chant des oiseaux l'assourdit. Il ouvrit les yeux. Un spectacle encore plus étrange que celui de l'herbe et des arbres s'imposa à eux : de l'autre côté du portail, le colossal magicien aux épaules rondes, debout sur fond d'Antarctique. Des volutes de neige tourbillonnaient autour de lui. Quelques flocons franchirent le portail pour s'évaporer en plein vol. On aurait dit un tableau ovale accroché en l'air. Mais cette fenêtre magique se refermait déjà. Sans doute Maïakovski se préparait-il à regagner sa demeure polaire à présent désertée, songea Quentin. Il lui fit un signe de la main, mais l'autre ne le vit pas. Il contemplait le Dédale et le reste du campus de Brakebills. La nostalgie qui déformait ses traits était si poignante que Quentin détourna les yeux.

Puis le portail se referma. C'était fini. On était en mai et l'atmosphère était saturée de pollen. Comparée à celle de l'Antarctique, on aurait dit du potage bouillant. Cela lui rappela le jour où il avait débarqué ici pour la première fois, tout droit sorti d'un après-midi glacial à Brooklyn. Le soleil lui brûlait le crâne. Il éternua.

Ils étaient tous là à l'attendre – enfin, presque tous : Eliot, Josh et Janet, vêtus de leur vieil uniforme, l'air bien gras, bien contents et bien détendus, absolument pas marqués par leurs épreuves, comme s'ils avaient passé les six derniers mois à bouffer des croque-monsieur sans décoller leur cul de leur chaise.

— Bienvenue ! lança Eliot, qui mangeait une poire jaune. Ça fait à peine dix minutes qu'on nous a prévenus de ton éventuel retour.

— Ouaouh ! fit Josh en ouvrant de grands yeux. Tu es maigre à faire peur. Le mage a besoin de manger. Et aussi d'une bonne douche, on dirait.

Quentin savait que dans une minute, deux à tout casser, il allait éclater en sanglots et tomber dans les pommes. Il était toujours enveloppé dans la couverture de Maïakovski. Il contempla ses pieds livides et gelés. Aucun signe d'engelure, mais un orteil faisait un angle bizarre avec les autres. Pour l'instant, ce n'était pas douloureux.

Comme il était à l'aise, ainsi couché sur la pierre chaude, il se serait cru en plein délire, offert ainsi à l'examen de ses copains. Il devrait sans doute se lever, ne serait-ce que par politesse, mais il n'avait pas encore envie de bouger. Oui, encore une minute de répit, décida-t-il. Il l'avait bien mérité.

— Est-ce que ça va ? demanda Josh. Comment c'était ?

— Alice t'a enfoncé, dit Janet. Ça fait deux jours qu'elle est revenue. Elle est déjà rentrée chez elle.

— Tu es resté parti une dizaine de jours, ajouta Eliot. On commençait à s'inquiéter.

Pourquoi déblatéraient-ils ainsi ? S'il avait pu les regarder en silence, ç'aurait été parfait. Les regarder, écouter le gazouillis des oiseaux, sentir la chaleur des dalles sous son dos. Et déguster un verre d'eau, peut-être : il était mort de soif. Il tenta de formuler une demande en ce sens, mais sa gorge était trop sèche, trop dolente. Il ne réussit à produire qu'un petit couinement.

— Oh ! il veut savoir comment on s'en est sortis, je parie, dit Janet. (Elle mordit dans la poire d'Eliot.) Eh bien, il n'y a que vous deux pour avoir tenté l'aventure. Quoi ? Tu nous crois cinglés à ce point ?

ALICE

Cet été-là, Quentin ne mit pas les pieds à Brooklyn, pour la bonne raison que ses parents n'y habitaient plus. Subitement, sans le consulter, ils avaient vendu leur maison de Park Slope pour une somme colossale et avaient pris leur retraite anticipée dans une demeure coloniale bidon de Chesterton, une banlieue endormie de Boston, où la mère de Quentin pouvait peindre à plein temps pendant que son père s'occupait Dieu savait comment.

Le choc qu'il éprouva en étant ainsi arraché au quartier de son enfance fut d'autant plus surprenant qu'il ne daigna même pas le frapper. Ce fut en vain que Quentin chercha en lui-même l'enfant qui aurait dû souffrir de ce déracinement. Probablement s'était-il dépouillé de sa vie et de son identité d'avant sans même s'en rendre compte, conclut-il. La transition n'en était que plus nette et plus propre. Voire plus aisée. Non que ses parents aient pris cette décision en pensant à lui : ils n'avaient agi ainsi que pour de basses raisons financières.

Pourvue de murs jaunes et de volets verts, la maison de Chesterton était sise sur une parcelle de terre paysagée de si agressive façon qu'elle ressemblait à sa propre image virtuelle. Quoique conçue et réalisée dans un style vaguement colonial, elle était si énorme – et si riche en ailes, en toits et en pignons – qu'on aurait juré une maison gonflable. Tout autour d'elle, les moteurs des climatiseurs bourdonnaient jour et nuit, dissimulés dans des appentis en béton. L'ensemble était encore plus irréel que le monde ordinaire.

Lorsque Quentin débarqua pour ses vacances d'été – qui avaient lieu en septembre, vu le décalage entre Brakebills et le reste du monde –, ses parents s'inquiétèrent de sa maigreur squelettique, de ses yeux hagards, de son visage marqué. Mais, comme d'habitude, leur curiosité à son égard était si distraite qu'il n'eut aucun mal à la gérer, et, grâce à leur réfrigérateur toujours bien rempli, il commença vite à se remplumer.

Les premiers temps, Quentin fut soulagé de vivre dans la chaleur, de dormir tous les jours et d'être libéré de Maïakovski, des Circonstances et de l'impitoyable lumière polaire. Mais, au bout de soixante-douze heures, il commençait à s'ennuyer ferme. En Antarctique, il rêvait de passer des journées entières couché à ne rien faire, excepté s'abîmer dans la contemplation du plafond, mais voilà que ces heures bénies étaient à sa portée et qu'il s'en lassait étonnamment vite. Les longues plages de silence à Brakebills sud l'avaient dégoûté à vie du bavardage. La télé ne l'intéressait plus : à ses yeux, ce n'était qu'un guignol électronique, le spectacle artificiel d'un monde factice qui ne signifiait plus rien. La vie réelle… ou la vie magique ?… Enfin, la vie de Brakebills, voilà ce qui comptait, et cette vie était ailleurs.

Comme il en avait l'habitude tenace quand il était coincé chez lui, il se fit une orgie de Fillory. Ses livres dataient des années 1970 et leurs couvertures lui semblaient plus démodées à chaque relecture, dans un psychédélisme à la *Yellow Submarine*, et deux d'entre elles avaient fini par se détacher et servaient désormais de marque-page. Mais le monde à l'intérieur des Chroniques était plus frais, plus vivant que jamais, invulnérable aux ans comme à l'ironie. Quentin était toujours un peu rebuté par les artifices du deuxième volume, *La Fille qui disait le temps*, où Rupert et Helen sont subitement arrachés à leurs pensionnats respectifs pour atterrir à Fillory, la seule fois où les Chatwin passent de l'autre côté en hiver plutôt qu'en été. Ils font aussi un petit bond dans le passé, se retrouvant dans une période qui recouvrait celle du premier volume. Fort de son savoir, Rupert suit les traces de Martin et d'Helen – une Helen antérieure – tandis qu'ils revivent pas à pas les événements du *Monde dans les murs*. Il veille à rester hors de vue tout en semant des indices pour les aider dans leur quête (on découvre alors que le mystérieux Homme de bois n'était autre que Rupert déguisé) ; Quentin se demanda si Plover avait écrit *La Fille qui disait le temps* dans le seul but de combler les trous du *Monde dans les murs*, dont le scénario était un vrai gruyère.

Pendant ce temps, Helen traque la mystérieuse Bête glatissante de Fillory, dont la légende dit qu'il est impossible de la capturer mais que celui qui y parvient verra combler son désir le plus cher – bonjour la logique. La Bête l'amène à accomplir un périple assez tordu, qui aboutit dans les tapisseries enchantées du château de Blancheflèche, puis dans ses couloirs. Mais elle ne fait qu'entrevoir la Bête, qui lui lance un clin d'œil derrière un buisson brodé avant de disparaître dans un claquement de sabots.

Au moment de l'épilogue, Ambre et Ombre, les béliers jumeaux, se pointent comme à l'ordinaire, tel un couple de sinistres flics ovins. Ces deux-là sont dans le camp du bien, c'est entendu, mais il y a quelque chose d'orwellien dans leur attitude : ils savent tout ce qui se passe à Fillory, leurs pouvoirs semblent illimités, mais jamais ou presque ils n'interviennent pour assister les êtres dont ils sont responsables. La plupart du temps, ils morigènent les personnages qui ont fait des bêtises, chacun finissant les phrases commencées par l'autre, puis les prient de renouveler leur serment d'allégeance avant de retourner brouter de la luzerne dans un champ quelconque. Et ils renvoient Rupert et Helen dans le monde réel, dans leurs pensionnats sombres et humides, comme s'ils n'en étaient jamais sortis.

Quentin alla jusqu'à s'infliger *La Dune vagabonde*, le cinquième et dernier (sauf pour lui) volume des Chroniques, qui n'était pas son préféré, loin de là. Ce roman, nettement plus long que les précédents, raconte les aventures d'Helen et de

Jane, la benjamine, aussi maligne qu'introvertie. Il se signale par une tonalité fort différente : après avoir passé deux volumes à rechercher en vain leur frère Martin, les Chatwin ont troqué leur joyeux volontarisme si *british* contre une humeur pensive. En arrivant à Fillory, les deux sœurs rencontrent une mystérieuse dune de sable qui se déplace dans le royaume de sa propre volonté. Elles montent à son sommet et parcourent le paysage verdoyant pour déboucher sur un désert austral qui semblait sorti d'un rêve, où elles séjournent durant les chapitres suivants.

Il ne se passe rien ou presque. Jane et Helen se lancent dans d'interminables dialogues sur le bien et le mal, s'embarquant dans une métaphysique chrétienne de niveau adolescent, et se demandent si leur allégeance doit aller à la Terre ou à Fillory. Jane se fait un sang d'encre à propos de Martin tout en étant un peu jalouse de lui : comme Quentin, elle le soupçonne d'avoir réussi à contourner la loi d'airain qui empêche les Chatwin de demeurer à Fillory pour le restant de leurs jours. Mort ou vif, il a passé outre son visa de touriste.

Mais Helen, qui se montre parfois méchante, n'a que mépris pour son frère aîné : elle est sûre qu'il s'est planqué à Fillory pour ne plus avoir à rentrer à la maison. C'est un de ces gamins qui s'accrochent à leurs jouets, qui ne veulent jamais aller se coucher. Bref, c'est Peter Pan. Pourquoi refuse-t-il de grandir et d'affronter la réalité ? Elle l'accuse d'égoïsme et de complaisance, voit en lui « le plus bébé de nous tous ».

Au bout du compte, les deux sœurs sont recueillies par un clipper magique qui vogue dans le sable comme si c'était de l'eau. Son équipage est constitué de lapins surdimensionnés qui sombreraient dans la mièvrerie (les lecteurs déçus de *La Dune vagabonde* les comparent immanquablement aux Ewoks) n'était leur considérable expertise technique dans le maniement et l'entretien de leur fabuleux navire.

Ces lapins offrent un cadeau à Jane et Helen : un lot de boutons magiques qui leur serviront à passer à volonté de la Terre à

Fillory. De retour en Angleterre, Helen, est prise d'un subit accès de vertu et cache ces fameux boutons, refusant de dire à Jane où ils se trouvent, après quoi la benjamine l'agonit d'injures dans un argot désuet et fouille la maison de fond en comble. Mais elle ne retrouve pas les boutons, et c'est sur cette note frustrante que s'achève la série.

Même si elle s'était poursuivie, Quentin se demandait quelle espèce d'intrigue Plover aurait pu imaginer pour le sixième épisode, *Les Magiciens*. Primo, il était à court de Chatwin : dans chaque roman, les héros sont toujours au nombre de deux, un frère ou une sœur déjà vu dans un épisode précédent et un nouvel initié. Mais la jolie Jane aux cheveux si noirs était la dernière de la fratrie. Serait-elle retournée seule à Fillory ? Voilà qui aurait constitué une vraie rupture.

Secundo, l'intérêt de chaque livre réside en partie dans la façon dont les Chatwin rejoignent le monde de Fillory : on attend avec impatience que s'ouvre une porte magique visible à leurs seuls yeux. Le lecteur sait qu'elle finira par apparaître, mais il ne manque jamais d'être surpris le moment venu. Avec ces boutons magiques, le voyage se serait réduit à une banale navette. Où est le miracle ? C'est peut-être pour ça qu'Helen les a planqués. Autant construire un métro à destination de Fillory.

Les conversations que Quentin avait avec ses parents étaient si abrutissantes, si déprimantes, qu'elles évoquaient le théâtre d'avant-garde. Le matin, il restait au lit le plus longtemps possible, espérant ne pas prendre son petit-déjeuner en leur compagnie, mais ils s'obstinaient à l'attendre avant de manger. Jamais il ne gagnerait la partie : ils avaient encore plus de temps libre que lui. Parfois, il se demandait s'ils ne se livraient pas à quelque jeu pervers dont il aurait ignoré les règles.

En descendant, il les trouvait assis à une table jonchée de miettes de pain et de gâteau, de pelures de clémentine et de bols de céréales. Tout en feignant de lire le *Chesterton Chestnut*, il cherchait désespérément un sujet de conversation.

— Alors, vous partez toujours en Amérique du Sud ?

— En Amérique du Sud ?

Son père leva les yeux, visiblement surpris, comme s'il avait oublié sa présence.

— Vous n'allez pas en Amérique du Sud ?

Les parents de Quentin échangèrent un regard.

— En Espagne. On va en Espagne et au Portugal.

— Oh ! au Portugal. C'est ça. Je ne sais pas pourquoi, je pensais au Pérou.

— En Espagne et au Portugal. C'est à cause de ta mère. Un échange d'artistes avec l'université de Lisbonne. Ensuite, on descendra le Tigre en bateau.

— Le *Tage*, mon chéri ! corrigea sa mère en partant d'un petit rire qui signifiait : « J'ai épousé un crétin ! » Le Tage ! Le Tigre, c'est en Irak.

Elle mordit dans un toast aux raisins de ses larges dents blanches.

— Ouais, on ne risque pas de descendre le Tigre de sitôt ! (Le père de Quentin partit d'un rire disproportionné à sa saillie, puis afficha un air pensif.) Chérie, tu te rappelles la semaine qu'on a passée dans un house-boat naviguant sur la Volga… ?

Suivirent des réminiscences russes, entrecoupées de silences lourds de sens que Quentin interpréta comme des allusions à une activité sexuelle qui ne l'intéressait en rien. De quoi envier le sort des Chatwin, dont le père moisissait dans les tranchées et la mère dans un asile de fous. Maïakovski aurait su comment réagir à ce dialogue grotesque. Il y aurait mis fin par son enchantement maison. Quentin se demanda si ce charme était difficile à apprendre.

Chaque matin, vers onze heures, il atteignait son point de saturation et s'enfuyait pour errer dans Chesterton, une ville qui refusait obstinément de dissimuler le moindre brin de mystère sous sa façade verte complaisante. Comme il ne savait pas conduire, il gagnait le centre-ville sur le vélo blanc de son père, une relique des années 1970 qui pesait une tonne. Par déférence envers son prestigieux héritage colonial, Chesterton vivait sous le joug d'un plan d'urbanisme draconien qui imposait aux maisons comme aux jardins un pittoresque contre nature.

Comme il ne connaissait personne et se fichait de tout, Quentin se paya la visite de la maison natale d'un héros de la guerre d'Indépendance, un édifice bas de plafond aux poutres apparentes. Puis il contempla une église unitarienne datant de 1766 qui rappelait une boîte à chaussures. Il arpenta les pelouses bien entretenues où des francs-tireurs mal entraînés avaient affronté des soldats en tunique rouge aussi endurcis que surarmés, avec le résultat que l'on devine. Une agréable surprise l'attendait derrière l'église : un petit cimetière du XVIIe siècle à moitié envahi par la végétation, un adorable carré d'herbe verte jonché de feuilles d'orme jaune safran, entouré d'une grille en fer forgé. Un refuge paisible et ombragé.

Chacune des pierres tombales était surmontée d'un crâne ailé et ornée de quatrains bondieusards qui célébraient des familles anéanties par la fièvre, du moins ceux que les intempéries n'avaient pas effacés. Quentin s'accroupit sur l'herbe humide pour déchiffrer l'un d'eux, gravé sur un antique carré d'ardoise fendu en deux et à demi englouti par la glèbe, qui semblait monter vers lui comme une vague.

— Quentin.

Il se redressa. Une jeune fille de son âge venait de franchir la porte du cimetière.

— Bonjour, fit-il.

Il restait sur ses gardes. Comment se faisait-il qu'elle connaisse son prénom ?

— Tu ne croyais pas que je te retrouverais un jour, dit l'inconnue d'une voix tremblante. Non, ça ne t'est même pas venu à l'idée.

Elle marcha droit sur lui. Au tout dernier moment, trop tard pour réagir, il comprit qu'elle n'avait pas l'intention de s'arrêter. Sans ralentir l'allure, elle l'agrippa par les revers de sa veste et, l'obligeant à reculer, manquant le faire trébucher sur une pierre tombale, le plaqua contre le tronc d'un cyprès. Son visage, dangereusement proche du sien, était un masque de colère. Il avait plu tout l'après-midi et les aiguilles du cyprès étaient trempées.

Il résista à l'envie de se battre. Pas question qu'on le surprenne en train de frapper une fille dans un cimetière.

— Holà, holà, holà ! fit-il. Arrêtez ! Mais arrêtez donc !

— Maintenant, je suis là, dit-elle en faisant un effort pour reprendre sa contenance ; maintenant, je suis là, et on va parler un peu, toi et moi. Tu as des comptes à me rendre.

À présent qu'il l'observait de près, il remarquait quantité de signes inquiétants. Son attitude même trahissait la déséquilibrée. Elle était trop maigre, trop pâle. Elle avait les yeux fous. Ses longs cheveux noirs étaient emmêlés et crasseux. Elle était vêtue d'une tenue gothique élimée ; ses bras semblaient enveloppés dans du ruban adhésif noir. On apercevait des éraflures sur ses mains.

Il faillit ne pas la reconnaître.

— J'y étais, et toi aussi, dit Julia en le fixant droit dans les yeux. Ne nie pas ! Dans cette salle de classe. Dans cette école je ne sais où. Et tu as été reçu, pas vrai ?

Ce fut alors qu'il comprit. Elle avait bien participé à l'Examen, il n'avait pas rêvé, mais elle n'était pas allée jusqu'au bout. On l'avait éliminée au premier round, dès l'épreuve écrite.

Mais ça ne collait pas. Elle n'était pas censée s'en souvenir, il y avait des pare-feux pour cela. En principe, un professeur prenait soin d'altérer la mémoire des candidats qui échouaient à l'Examen afin de la remplacer par de faux souvenirs. Ce charme n'était ni facile à formuler ni conforme à l'éthique, mais on le maîtrisait à la perfection. Sauf que Julia était passée au travers, du moins en partie.

— Julia, dit-il. (Son visage était si proche qu'il sentit la nicotine qui lui parfumait l'haleine.) Julia, qu'est-ce que tu fais ici ?

— Ne te fous pas de moi, *n'essaie* même pas de te foutre de moi ! Tu fréquentes cette école, pas vrai ? Cette école de magie ?

Quentin continua d'afficher un air neutre. C'était une des règles de base à Brakebills : ne jamais parler de l'école à un non-initié. Sous peine d'expulsion. Mais si Fogg avait foiré son charme d'amnésie, Quentin n'en était pas responsable. Et c'était à Julia qu'il avait affaire. Son adorable visage constellé d'éphélides semblait avoir vieilli. Sa peau s'était fanée. Elle souffrait.

— D'accord, dit-il. Oui. Je fréquente cette école.

— Je le savais ! hurla-t-elle.

Elle tapa du pied l'herbe du cimetière. Vu sa réaction, elle avait tenté un coup de bluff et ça avait marché, se dit Quentin.

— Je savais que c'était vrai, je le savais, reprit-elle, à moitié pour elle-même. Je *savais* que ce n'était pas un rêve !

Elle se plia en deux, se prit la tête entre les mains et laissa échapper un sanglot.

Quentin respira profondément. Il rajusta sa veste.

— Écoute, dit-il. (Il se pencha sur elle et lui posa la main sur le dos.) Julia. Tu n'es pas supposée te souvenir de tout cela. En principe, les candidats qui échouent oublient tout de l'Examen.

— C'est ce que j'aurais dû faire ! (Elle se redressa et ses yeux rougis, son visage mortellement sérieux trahissaient sa folie.) J'aurais dû réussir. Je le sais. Il y a eu une erreur. Oui, une erreur, tu peux me croire. (Elle le fusilla du regard.) Je suis comme toi, je sais faire de la magie. Je suis comme toi. Tu comprends ? C'est pour ça qu'ils n'ont pas pu me forcer à oublier.

Quentin comprenait. Il ne comprenait que trop bien. Cela expliquait l'attitude de Julia la dernière fois qu'il l'avait vue. Un aperçu de l'autre côté du miroir, un aperçu de l'autre monde, ça l'avait complètement déboussolée. À présent qu'elle connaissait son existence, il était impossible pour elle d'y renoncer. Brakebills lui avait pourri la vie.

Jadis, il aurait fait n'importe quoi pour elle. Et il en était encore capable, sauf qu'il ne voyait pas comment l'aider. Pourquoi se sentait-il aussi coupable ? Il inspira profondément.

— Ce n'est pas comme ça que ça marche. Même si tu es capable de faire de la magie, ça ne te rend pas plus résistante aux charmes d'amnésie.

Elle le fixait d'un air avide. Tout ce qu'il disait confirmait ce qu'elle voulait croire : la magie était réelle. Il voulut reculer d'un pas pour prendre un peu de distance vis-à-vis d'elle, mais elle l'agrippa par la manche.

— Oh ! non-non-non-non-non, dit-elle avec un sourire crispé. Q. Je t'en prie. Ne pars pas. Non. Tu vas m'aider. C'est pour ça que je suis venue ici.

Elle s'était teint les cheveux en noir. Ils étaient secs et cassants.

— Je le voudrais bien, Julia. Mais je ne vois pas comment.

— Attends, regarde. Regarde.

Elle le lâcha un peu à contrecœur, comme si elle s'attendait à le voir disparaître en un clin d'œil. Puis elle se lança dans la formulation en grande partie correcte d'un charme optique tout simple, la Diffusion prismatique d'Ugarte.

Elle avait dû le dénicher sur Internet. On trouvait en ligne des bribes d'authentique thaumaturgie, noyées dans un tel flot d'inepties que personne, en théorie, ne savait distinguer le bon grain de l'ivraie. Quentin avait même vu un blazer de Brakebills en vente sur eBay. Il était rare, quoique pas impossible, que des civils parviennent à maîtriser un charme, mais, en principe, cela ne les menait jamais très loin, avait-on affirmé à Quentin. Les vrais magiciens les qualifiaient de sorciers pourris. Quelques-uns faisaient carrière dans le music-hall ou viraient carrément gourous, fondant des sectes dans la mouvance de la Wicca, du satanisme ou du fondamentalisme chrétien.

Julia prononça sa formule d'une voix théâtrale, surjouant comme une cabotine toquée de Shakespeare. Elle n'avait aucune idée de ce qu'elle faisait. Quentin jeta un coup d'œil inquiet en direction de l'église.

— Regarde !

Elle leva la main, un éclat de défi dans les yeux. Le charme avait fonctionné – plus ou moins. Ses ongles rognés laissaient dans leur sillage des traces irisées. Elle les agita, esquissant des signes cabalistiques à la façon d'une danseuse exotique. La Diffusion prismatique d'Ugarte n'avait aucune utilité pratique. Le cœur de Quentin se serra quand il pensa aux mois, aux années peut-être, qui lui avaient été nécessaires pour l'apprendre.

— Tu vois ? demanda-t-elle, au bord des larmes. Tu as vu ça ? Il n'est pas trop tard. Je ne retournerai pas à la fac. Dis-le-leur. Dis-leur que je peux encore entrer à leur école.

— Est-ce que James est au courant ?

Elle secoua la tête d'un air pincé.

— Il ne comprendrait pas. J'ai cessé de le voir.

Quentin aurait bien voulu l'aider, mais il n'avait aucun moyen de le faire. Il était trop tard, beaucoup trop tard. Mieux valait être franc avec elle. J'aurais pu me retrouver à sa place, songea-t-il. Il s'en est fallu de peu.

— Je ne peux rien faire, j'en ai peur. Cela ne dépend pas de moi. À ma connaissance, ils ne sont jamais revenus sur un Examen – personne n'a droit à une seconde chance.

Sauf qu'Alice avait passé l'Examen sans y avoir été Invitée, se rappela-t-il.

— Mais tu peux leur parler. Même si tu ne peux rien décider, tu peux leur raconter ce qui m'est arrivé. Leur dire que je n'ai rien oublié. Tu peux au moins faire ça !

Elle lui empoigna le bras une nouvelle fois et il s'empressa de murmurer un contre-charme pour annuler la Diffusion prismatique. Cette saloperie bouffait le tissu.

— Dis-leur que tu m'as vue, insista-t-elle, les yeux brûlant d'un espoir qui s'amenuisait. Je t'en supplie. Je me suis exercée. Tu pourrais être mon maître. Je serais ton apprentie. Je ferai tout ce qu'ils voudront. J'ai une tante à Winchester. Je pourrais loger chez elle… Qu'est-ce qu'il faut pour te décider, Quentin ?

Elle se rapprocha de lui, son genou frôla le sien. Malgré lui, il sentit rejaillir son ancienne passion. Elle le gratifia d'un sourire aguicheur et observa un silence qui en disait long.

— On pourrait échanger une faveur contre une autre. Tu m'aimais bien, dans le temps.

Il s'en voulut d'être tenté, ne serait-ce qu'un instant. Il en voulut au monde d'être aussi pourri. Il aurait voulu proférer des obscénités. Voir son prochain toucher le fond, c'était déjà horrible, mais Julia… Il avait fallu que ça tombe sur elle. Elle avait connu plus de malheur qu'il n'en connaîtrait pendant le reste de sa vie.

— Écoute-moi, Julia. Si je leur parle de toi, ils se contenteront d'effacer à nouveau tes souvenirs. Pour de bon, cette fois-ci.

— Ils peuvent toujours essayer, gronda-t-elle. Ils ont déjà essayé une fois !

Elle expirait par petites bouffées à travers ses narines pincées.

— Dis-moi où est cette école. Là où on a passé ce foutu examen. Je l'ai cherchée en vain jusqu'ici. Dis-moi où elle est et je te laisserai tranquille.

Si jamais Julia se pointait à Brakebills, bien décidée à s'y inscrire et se recommandant de lui, il se retrouverait dans un pétrin de première.

— Quelque part dans l'État de New York. Au bord de l'Hudson, je ne sais pas exactement où. Je te le jure. Ce n'est pas loin de West Point. Il y a un charme qui la rend invisible. Même moi, je ne saurais pas la localiser. Mais je leur parlerai de toi, si c'est vraiment ce que tu souhaites.

Il ne faisait qu'aggraver les choses. Peut-être aurait-il dû bluffer, lui aussi. Tenter de lui mentir. Trop tard.

Elle lui passa les bras autour du cou comme si elle était trop épuisée pour tenir debout, et il la serra contre lui. Jadis, il avait ardemment désiré vivre un tel moment.

— Ils n'ont pas pu me forcer à oublier, murmura-t-elle tout contre son torse. Tu comprends ? Ils n'ont pas pu me forcer à oublier.

Il sentait battre son cœur et, en écho à chaque battement, le mot « honte » résonnait en lui. Il se demanda pourquoi on l'avait recalée. Bien plus que lui, elle était digne d'intégrer Brakebills. Mais, cette fois-ci, ils veilleraient à effacer sa mémoire. Fogg ne ferait pas deux fois la même erreur. Cela vaudrait mieux pour elle, de toute façon. Elle pourrait reprendre le cours de sa vie, retourner à la fac, se réconcilier avec James, recouvrer sa joie de vivre. Oui, ce serait pour le mieux.

Le lendemain matin, il était de retour à Brakebills. Les autres l'y avaient précédé ; ils étaient surpris qu'il ait tenu le coup aussi longtemps. La plupart d'entre eux avaient craqué en moins de quarante-huit heures. Eliot n'était même pas parti.

Le calme et la fraîcheur régnaient dans le Cottage. Quentin se sentait de nouveau en sécurité. À sa place en ce monde. Eliot était à la cuisine, face à une douzaine d'œufs et à une bouteille de brandy, et s'efforçait de confectionner un flip, bien que personne n'ait envie d'en boire. Josh et Janet jouaient à un jeu de cartes idiot baptisé la poussée – l'équivalent magique de la bataille –, fort populaire à Brakebills. Quentin n'y voyait qu'un moyen de montrer son habileté dans la manipulation des cartes, raison pour laquelle personne ne voulait jamais jouer avec lui.

Tout en jouant, Janet narrait par le menu le périple antarctique d'Alice, bien que tous l'aient déjà entendu à l'exception de Quentin et qu'Alice elle-même soit présente, assise près de la fenêtre, occupée à feuilleter un vieux manuel d'herboristerie. Quentin s'était souvent interrogé sur ses retrouvailles avec Alice, vu la façon dont il avait merdé lors de leur dernière conversation en date, mais, à son grand soulagement et contre toute attente, ça s'était plutôt bien passé. En fait, ç'avait été parfait. Son cœur s'était serré de bonheur dès qu'il l'avait vue.

— Et quand Maïakovski a voulu lui donner son sac plein de graisse, elle le lui a jeté à la gueule !

— Je voulais le lui rendre, c'est tout, dit l'intéressée à voix basse. Mais il faisait si froid, et je tremblais tellement, qu'il l'a pris en pleine figure. « *Chyort vozmi !* » qu'il m'a fait.

— Pourquoi tu n'en as pas voulu ?

— Je ne sais pas, dit-elle en reposant son livre. J'avais prévu de me débrouiller sans, alors ça m'a un peu déstabilisée. Surtout, je voulais qu'il arrête de me reluquer. Et puis je ne savais pas qu'il nous refilerait de la graisse de mouton. Je n'avais même pas révisé mon Tchkhartichvili.

Tu parles ! Elle le connaissait sûrement par cœur. Comme elle lui avait manqué !

— Alors, comment t'as fait pour te tenir chaud ? lui demanda-t-il.

— J'ai essayé les charmes de thermogénèse allemands, mais ils se dissipaient chaque fois que je fermais l'œil. La deuxième nuit, je me suis réveillée tous les quarts d'heure pour vérifier que j'étais encore en vie. Le troisième jour, je commençais à perdre la raison. Alors j'ai opté pour une version édulcorée de la Flamme de Miller.

— Je ne pige pas, dit Josh en plissant le front. En quoi ça pouvait t'aider ?

— Si tu la sabotes un peu, elle perd son efficience. Elle dégage de la chaleur plutôt que de l'énergie.

— Tu aurais pu finir carbonisée, tu sais ? dit Janet.

— Oui. Mais quand j'ai vu que les charmes allemands ne marchaient pas, c'est tout ce que j'ai pu trouver.

— Je crois que je t'ai aperçue à un moment donné, dit doucement Quentin. Dans le noir.

— Tu ne risquais pas de me rater. Je ressemblais à une balise de détresse.

— Une balise toute nue, précisa Josh.

Eliot fit son entrée, porteur d'une soupière remplie d'un flip visqueux et peu appétissant, qu'il commença à verser dans des tasses. Alice se leva, son livre à la main, et se dirigea vers l'escalier.

— Ne pars pas, je te jure que ça va être chaud ! s'écria Eliot tout en râpant une noix de muscade.

Quentin décida de s'éclipser lui aussi. Il suivit Alice.

Au début, il avait cru que plus rien ne serait comme avant. Puis il s'était dit que rien n'avait changé. À présent, il se rendait compte qu'il ne voulait pas d'un retour à la normale. Il n'arrêtait pas de la dévorer des yeux, et ce bien qu'elle s'en soit rendu compte et lui ait manifesté sa gêne. On aurait dit qu'il était chargé d'une énergie qui l'attirait irrésistiblement vers elle. Il sentait son corps nu sous sa robe, tel un vampire l'odeur du sang. Peut-être que Maïakovski avait laissé un peu de renard en lui.

Il la trouva dans l'une des chambres de l'étage. Allongée sur un des lits jumeaux, elle était plongée dans un livre. Il faisait sombre et étouffant. Le plafond était incliné suivant un angle bizarre. Il y avait là de vieux meubles insolites – un fauteuil en osier au dossier défoncé, une commode dont l'un des tiroirs était coincé – et un papier peint rouge vif qui détonnait avec le style de la maison. Quentin entrouvrit la fenêtre – qui émit un grincement outré – et se laissa choir sur le second lit.

— Regarde ce que j'ai déniché. Il y a la série complète – je les ai trouvés dans la bibliothèque des toilettes.

Elle brandit le livre qu'elle lisait. Incroyable mais vrai, c'était un exemplaire fatigué du *Monde dans les murs*.

— J'ai la même édition.

Sur la couverture, on voyait Martin Chatwin à l'instant où il pénétrait dans l'horloge d'un air émerveillé, les pieds encore en ce monde et la tête dans celui de Fillory, un genre de pays des merveilles à la sauce disco.

— Ça fait des années que je ne les ai pas lus. Mon Dieu ! tu te rappelles le Cheval Douillet ? Ce grand canasson de velours qui promène les visiteurs ? À l'époque, je rêvais d'en avoir un pour Noël. Et toi, tu les as lus ?

Quentin hésita à lui avouer son obsession fillorienne.

— Oui, j'ai dû y jeter un coup d'œil.

Alice lui répondit par un sourire en coin et replongea dans son livre.

— Alors, comme ça, tu crois encore avoir des secrets pour moi ?

Quentin croisa les doigts derrière sa nuque, posa sa tête sur l'oreiller et contempla le plafond bas et incliné. Ça ne collait pas. On aurait dit un frère et sa sœur.

— Hé. Pousse-toi.

Il rejoignit Alice, s'allongeant sur le flanc pour lui laisser de la place. Elle leva le livre afin qu'il puisse le lire en sa compagnie, ce qu'ils firent l'espace de quelques pages. Leurs épaules et leurs bras se touchaient. Quentin avait l'impression d'être à bord d'un train à grande vitesse, il n'osait regarder par la fenêtre de peur de voir le paysage défiler. Tous deux retenaient leur souffle.

— Je n'ai jamais pu avaler ce Cheval Douillet, dit-il au bout d'un moment. D'abord, on n'en voit qu'un seul. Est-ce qu'il en existe tout un troupeau quelque part ? Et puis c'est trop pratique comme animal. Pourquoi personne n'a pensé à le domestiquer ?

Elle lui tapa sur la tête avec le livre, un peu méchamment.

— Parce que ce serait *mal.* On ne peut pas dompter le Cheval Douillet ; c'est un esprit libre. Et puis il est trop gros. J'ai toujours pensé que c'était une machine – que quelqu'un l'avait fabriqué.

— Qui ça ?

— Aucune idée. Un magicien. Dans l'ancien temps. Et puis, le Cheval Douillet, c'est un truc de fille.

Janet passa la tête dans la chambre. Apparemment, le flip avait déclenché un exode général.

— Ah ! ricana-t-elle. Je n'arrive pas à croire que vous lisez ce truc.

Instinctivement, Alice s'écarta de Quentin, mais celui-ci ne bougea pas.

— Comme si tu ne l'avais jamais lu, répliqua-t-il.

— Oui, c'est vrai, j'avoue ! Quand j'avais neuf ans, j'ai obligé mes parents à m'appeler « Fiona » pendant quinze jours.

Elle s'en fut, laissant derrière elle un silence confortable. La chambre se rafraîchissait à mesure que l'air chaud s'évacuait par la fenêtre. Quentin l'imagina montant vers le ciel d'azur sous la forme d'une tresse invisible.

— La famille Chatwin a vraiment existé, tu le savais ? demanda-t-il. Apparemment, c'étaient les voisins de Plover.

Alice acquiesça. Elle se détendait à présent que Janet était partie.

— C'est triste, dit-elle.

— Quoi donc ?

— Tu ne sais pas ce qui leur est arrivé ?

Quentin fit non de la tête.

— On a écrit un livre là-dessus. En grandissant, ils sont devenus des gens ordinaires. Patron de compagnie d'assurances, femme au foyer, que sais-je encore. Rupert a épousé une riche héritière, je crois. Ou alors il est mort au combat pendant la Seconde Guerre mondiale. Mais sais-tu ce qu'est devenu Martin ?

Quentin secoua la tête une nouvelle fois.

— Tu te rappelles qu'il disparaît dans les Chroniques ? Eh bien, il a aussi disparu dans la vie. Il a fait une fugue, il a eu un accident, on n'en sait rien. Un jour, après le petit-déjeuner, il s'est évaporé, et on ne l'a plus jamais revu.

— Le véritable Martin ?

— Lui-même.

— Bon Dieu ! Ça, c'est triste.

Il tenta de se représenter une famille anglaise, tennis blanches, visages rougeauds et cheveux en bataille, une photo aux teintes sépia où se creusait soudain un trou, une absence. On annonce la nouvelle d'une voix sinistre. La famille fait peu à peu son deuil. Des séquelles se manifestent.

— Ça me fait penser à mon frère, dit Alice.

— Je sais.

Elle lui jeta un regard vif. Il le lui rendit. C'était vrai, il savait.

Il se redressa en prenant appui sur son coude afin de mieux voir Alice, déclenchant un tourbillon de minuscules grains de poussière.

— Quand j'étais petit, murmura-t-il, et même quand j'ai eu grandi, il m'arrivait souvent d'envier Martin.

Elle lui sourit.

— Je sais.

— Je croyais qu'il avait trouvé le bonheur, tu vois. Je sais que c'était une tragédie pour tout le monde, mais, pour moi, c'était comme s'il avait fait sauter la banque, comme s'il avait truandé le système. Il resterait à Fillory pour l'éternité.

— Je sais. Je comprends. (Elle lui posa une main sur le torse.) C'est ce qui fait que tu es différent de nous, Quentin. Tu crois encore à la magie. Plus personne n'y croit, tu t'en es rendu compte ? Je veux dire, nous savons tous que la magie existe. Mais tu es le seul à croire encore en elle, hein ?

Il se sentit froissé.

— Et c'est mal ?

Elle acquiesça et lui sourit de plus belle.

— Oui, Quentin. C'est très mal.

Il l'embrassa, tout doucement. Puis il se leva pour aller fermer la porte à clé.

Et c'est ainsi que ça commença, même si, bien entendu, ça avait commencé depuis un bon moment. D'abord, ils eurent l'impression de s'aimer en fraude, comme s'ils craignaient que quelqu'un les en empêche. Vu qu'il ne se passait rien, que leurs fredaines semblaient sans conséquences, ils se laissèrent aller : ils se jetèrent l'un sur l'autre, s'arrachèrent leurs fringues, poussés non seulement par le désir sexuel mais par le plaisir de perdre le contrôle de leurs actes. On aurait dit un fantasme. Le bruit de leurs souffles et des froissements de leurs vêtements était assourdissant dans cette chambrette. Dieu seul savait ce qu'on entendait au rez-de-chaussée. Il avait envie de la pousser dans ses derniers retranchements, pour voir si elle en avait envie autant que lui, jusqu'où elle était prête à aller, et à le laisser aller. Elle ne fit rien pour l'arrêter. Mieux : elle l'encouragea dans ses élans. Ce n'était pas la première fois pour lui, ni la première avec elle, sauf que, cette fois, ce n'était pas pareil. C'était du sexe réel, entre humains, infiniment supérieur tout simplement parce qu'ils n'étaient pas des animaux : ils étaient des êtres humains civilisés, pudiques et assez gauches, qui se transformaient en animaux lubriques et pantelants, non par magie cette fois mais parce que, d'une certaine façon, c'était ce qu'ils étaient au fond d'eux-mêmes.

Ils s'efforcèrent d'être discrets – à peine s'ils en discutaient entre eux –, mais les autres savaient ce qui se passait et trouvaient sans cesse de bonnes raisons de les laisser seuls, ce dont Quentin et Alice profitèrent au maximum. Sans doute étaient-ils soulagés que toute tension entre eux se soit dissipée. Aux yeux de Quentin, le fait qu'Alice le désirait autant que lui était aussi miraculeux que tout ce qu'il avait vu depuis son arrivée à Brakebills, et aussi difficile à croire. Son amour pour Julia avait été un handicap, une force qui le piégeait dans la froidure de Brooklyn. L'amour d'Alice était bien plus réel et le liait pour de bon à sa nouvelle vie, à sa vie véritable, à Brakebills. Il l'ancrait ici et nulle part ailleurs. Ce n'était pas un fantasme mais une chose de chair et de sang.

Et Alice le comprenait. Elle semblait tout savoir sur Quentin, tout ce qu'il pensait et ressentait, parfois même avant lui, et elle continuait de le désirer malgré cela – ou peut-être à cause de cela. Ensemble, ils revendiquèrent l'étage du Cottage, ne retournant dans leurs chambres respectives que pour y chercher quelques affaires et annonçant que les éventuels intrus se verraient infliger le spectacle de leur affection, en paroles ou en actes, et celui de leurs sous-vêtements épars.

Ce ne fut pas le seul miracle de cet été-là. À l'étonnement de tous, les trois Physiques de cinquième année décrochèrent leur diplôme. Y compris Josh, dont les notes faisaient craindre le pire. La cérémonie officielle aurait lieu dans huit jours ; les autres élèves n'y seraient pas conviés. Conformément à la tradition, les lauréats seraient autorisés à passer l'été à Brakebills, après quoi on les lâcherait dans le vaste monde.

Quentin n'arrivait pas à y croire. Pas plus que les autres, d'ailleurs. Il était difficile d'imaginer la vie à Brakebills sans ces trois-là ; il l'était encore plus d'imaginer la vie après Brakebills. Les élèves ne discutaient pas souvent de leur entrée dans la vie active, ou du moins Quentin ne les avait jamais surpris à le faire.

Cela n'était pas nécessairement inquiétant. La transition entre l'école et le monde extérieur était tout sauf traumatisante. Les anciens élèves formaient un réseau des plus solide et, de par leur statut, ils ne risquaient pas de mourir de faim. Ils faisaient plus ou moins ce qu'ils voulaient, à condition de ne pas se marcher sur les pieds. Le problème, pour eux, c'était surtout de se trouver une spécialité. Certains diplômés optaient pour les affaires publiques, œuvrant pour des causes humanitaires, restaurant en douce des écosystèmes en péril ou participant au gouvernement de la société magique, si tant est qu'il en existât un. Nombre d'entre eux se contentaient de voyager, de créer des œuvres d'art magiques ou de scénariser de complexes jeux de rôle ensorcelés. D'autres se consacraient à la recherche : contrairement à Brakebills, quantité d'écoles proposaient des études postdoc sanctionnées par des diplômes. On citait même le cas d'étudiants qui s'étaient inscrits dans des facs ordinaires. Les applications aux techniques magiques de la science classique, en particulier la chimie, suscitaient un intérêt croissant. Imaginez les charmes que l'on pourrait obtenir à partir des éléments transuraniens !

— J'envisageais de consulter le dragon de la Tamise, dit Eliot d'un air détaché.

C'était par un bel après-midi où ils étaient assis par terre dans la bibliothèque. Il faisait trop chaud pour toucher aux fauteuils.

— Qui ça ? fit Quentin.

— Tu crois qu'il accepterait de te voir ? demanda Josh.

— Je ne le saurai pas tant que je ne le lui aurai pas demandé.

— Minute ! s'exclama Quentin. Qui c'est, le dragon de la Tamise ?

— Eh bien… le dragon de la Tamise, dit Eliot. Tu sais bien. Le dragon qui vit dans la Tamise. Il a sûrement un autre nom, un nom de dragon, mais ça m'étonnerait qu'on puisse le prononcer.

— Qu'est-ce que tu racontes ? (Quentin chercha de l'aide du regard.) Un vrai dragon ? Tu veux dire que les dragons existent pour de bon ?

Il n'était pas encore paranoïaque au point de soupçonner en permanence les autres de se moquer de lui.

— Allons, Quentin ! fit Janet.

Ils jouaient à la poussée et leur phase de jeu actuelle les amenait à lancer les cartes dans un chapeau. En fait de couvre-chef, ils devaient se contenter d'un bol provenant de la cuisine.

— Je ne rigole pas !

— Tu n'es vraiment pas au courant ? Tu n'as jamais ouvert le McCabe ? (Alice lui jeta un regard incrédule.) Mais on l'a étudié avec Meerck.

— Non, je n'ai jamais ouvert le McCabe. (Quentin ne savait pas s'il devait être furieux ou excité.) Tu aurais pu me dire que les dragons existaient pour de bon.

— L'occasion ne s'est jamais présentée, répondit-elle avec un petit reniflement de mépris.

Apparemment, il existait bien des dragons, mais ils étaient fort rares et la majorité d'entre eux vivaient sous l'eau, créatures solitaires qui remontaient rarement à l'air libre et passaient le plus clair de leur temps à dormir dans la vase. On en trouvait un – et un seul – dans chacun des grands fleuves du globe et, comme ils étaient intelligents et pratiquement immortels, ils avaient tendance à amasser d'étranges pépites de savoir. Quoique moins sociable que les dragons du Gange, du Mississippi ou de la Neva, le dragon de la Tamise avait la réputation d'être plus futé et plus intéressant. L'Hudson abritait également un dragon, qui roupillait en permanence au sein d'un profond courant à moins de quinze cents mètres du hangar à bateaux de Brakebills. Cela faisait presque un siècle qu'on ne l'avait pas aperçu. Le plus ancien et le plus grand des dragons connus était blanc comme neige, il demeurait dans une gigantesque nappe aquifère d'eau douce sous la calotte antarctique et, de mémoire de magicien, jamais il n'avait adressé la parole à quiconque, même pas à un congénère.

— Mais tu penses vraiment que le dragon de la Tamise va te conseiller sur le choix de ta carrière ? demanda Josh.

— Oh ! ce n'est pas sûr, répondit Eliot. Les dragons sont des capricieux. Pose-leur une question fondamentale, genre : d'où vient la magie ? les extraterrestres existent-ils ? quels sont les dix prochains nombres premiers de Mersenne qui attendent d'être découverts ?... et, une fois sur deux, ils te proposeront de jouer aux dames chinoises.

— J'adore les dames chinoises ! s'écria Janet.

— Bon, d'accord, dit Eliot d'un air agacé. Eh bien, va voir le dragon de la Tamise.

— Pourquoi pas ? Je suis sûre qu'on aurait beaucoup à se dire !

Quentin avait l'impression que tous les Physiques, et pas seulement Alice et lui-même, cultivaient une relation amoureuse, du moins lorsqu'ils se retrouvaient ensemble. Le matin, ils faisaient la grasse matinée. L'après-midi, ils jouaient au billard, canotaient sur l'Hudson, interprétaient leurs rêves ou se lançaient dans d'interminables discussions sur les techniques de la magie. Ils comparaient la nature et l'intensité de leurs gueules de bois respectives. On organisa un concours pour récompenser l'auteur de la banalité la plus crasse, et la compétition fut très disputée. Josh s'était réfugié dans le couloir du premier étage pour apprendre à jouer du piano droit et ils s'allongeaient sur la pelouse pour l'écouter massacrer *Heart and Soul* sans se lasser. Ç'aurait dû être pénible, mais ça ne l'était pas.

Ils avaient quasiment réquisitionné Chambers, qui les approvisionnait régulièrement en bouteilles provenant des caves de Brakebills, lesquelles avaient besoin d'un nettoyage par le vide. Eliot était le seul parmi eux qui ait des notions d'œnologie, et il s'efforça de les leur transmettre, mais Quentin tenait mal l'alcool et refusait par principe de recracher le vin, si bien qu'il s'enivrait chaque soir, oubliait ce qu'il avait réussi à assimiler et devait repartir de zéro le lendemain venu. Tous les matins au réveil, il lui paraissait impossible d'avaler une goutte d'alcool, mais ses bonnes résolutions s'évaporaient dès cinq heures de l'après-midi.

EMILY GREENSTREET

Un jour, ils se retrouvèrent tous les cinq assis en cercle dans l'immensité de la Mer. Il faisait une chaleur accablante et ils avaient décidé de formuler en collaboration un enchantement très complexe censé accroître pendant deux heures leur acuité visuelle et auditive, ainsi que leur force physique. C'était de la magie viking conçue pour les situations de combat et, pour ce qu'ils en savaient, personne ne s'y était frotté depuis un millénaire. Josh, qui supervisait l'opération, leur avoua qu'il ne savait même pas si le charme avait jamais fonctionné. Les chamans normands étaient de sacrés vantards.

Ils avaient commencé à picoler avant le déjeuner. Bien que Josh se soit déclaré prêt dès midi – « C'est bon, les gars, on y va » –, il était quatre heures lorsqu'il leur distribua des feuilles de papier où il avait rédigé de sa calligraphie soignée des chants en écriture runique, après quoi il prépara le terrain en faisant couler du sable noir sur l'herbe pour y dessiner un complexe entrelacs. Ils commencèrent à l'unisson, mais comme Janet et Quentin étaient incapables de chanter juste, ils ne cessaient de se mettre à rire, ce qui obligeait tout le monde à repartir de zéro.

Mais ils finirent par venir à bout du charme et entreprirent de tester son efficacité, en scrutant l'herbe, le ciel, le dos de leurs mains et la tour d'horloge dans le lointain. Quentin s'éclipsa pour aller pisser dans la forêt et, à son retour, Janet racontait l'histoire d'une dénommée Emily Greenstreet.

— Ne me dis pas que tu l'as connue ! protesta Eliot.

— Bien sûr que non. Mais tu te rappelles Emma Curtis, cette grosse vache qui partageait ma piaule durant ma première année ? La semaine dernière, je l'ai rencontrée quand j'étais chez mes vieux ; elle habite à L. A., elle aussi. Elle était à l'école quand c'est arrivé. Et elle m'a tout raconté.

— Tiens donc.

— Et maintenant on va tout savoir, dit Josh.

— Mais ça doit rester un secret. Promettez-moi de ne rien dire à personne.

— Emma n'était pas une grosse vache, dit Josh. Ou alors c'était une vache sexy. Une wagyu, disons. Elle t'a remboursé la robe sur laquelle elle avait dégueulé ?

Allongé sur le dos, il fixait le ciel sans nuages. Apparemment, peu lui importait que le charme ait opéré ou non.

— Tu parles ! En ce moment, elle se trouve au Tadjikistan où elle espère sauver de l'extinction la sauterelle asiatique. Ou quelque chose comme ça. Une vache, je vous dis.

— Qui est Emily Greenstreet ? demanda Alice.

— Emily Greenstreet, répéta Janet, savourant avec gourmandise le ragot qu'elle se préparait à relater, est la première élève qui ait volontairement quitté Brakebills en un siècle et demi.

Ses paroles semblèrent flotter un instant, avant de dériver comme de la fumée de cigarette. Il faisait chaud au milieu de la Mer, et on n'y trouvait pas un coin d'ombre, mais aucun d'eux n'avait envie de bouger.

— Elle est arrivée ici il y a environ huit ans. Elle venait du Connecticut, je crois bien, mais pas de la région friquée de cet État, là où sévissent les Kennedy et la maladie de Lyme. Elle devait vivre à New Haven, ou alors à Bridgeport. C'était une fille tranquille, au look de souris…

— Comment sais-tu qu'elle avait un look de souris ? coupa Josh.

— *Chut !* fit Alice en lui tapant sur le bras. Ne la contrarie pas. Je veux entendre la suite.

Ils étaient tous allongés sur une couverture à rayures qu'ils avaient étalée sans cérémonie sur le dessin de Josh.

— Je le sais parce que c'est la cousine d'Emma qui me l'a dit. Et puis c'est moi qui raconte, alors si j'affirme qu'elle avait un look de souris, vous pouvez être sûrs qu'elle bouffait du gruyère et qu'elle portait une petite moustache.

» Emily Greenstreet était du genre à faire tapisserie, une fille qui ne se liait d'amitié qu'avec les nulles de son espèce. Personne ne les aime ni ne les déteste. Elles ont le menton fuyant, la peau criblée d'acné ou des lunettes trop grandes. Je suis méchante, je le sais. Mais ces filles-là sont toujours en retrait.

» C'était une bonne élève. Jusqu'à la troisième année, elle a bien bossé et s'en est correctement sortie, et puis elle s'est fait remarquer en tombant amoureuse d'un professeur.

» Ça arrive à tout le monde, bien entendu. Du moins à toutes les filles ; l'image du père et tout ça. Mais, en règle générale, c'est une foucade dont on se remet assez vite, après quoi on s'intéresse aux crétins de notre âge. Mais Emily n'en a rien fait. Elle était en proie à une passion dévorante. *Les Hauts de Hurlevent*, quoi ! La nuit, elle se plantait devant la fenêtre de son prof. Elle dessinait son portrait pendant les cours. Elle pleurait en contemplant la lune. Elle dessinait la lune pendant les cours et pleurait de plus belle. Elle a fini par virer dépressive. Elle s'est mise à porter du noir, à écouter les Smiths et à lire Albert Camus dans le texte. Quand elle n'avait pas les yeux hagards, c'est qu'ils étaient bouffis. Elle s'est mise à traîner au Ouaf-Ouaf.

Grognement général. Ce terme désignait une fontaine du Dédale ; officiellement, elle s'appelait la fontaine Van Pelt, en l'honneur d'un doyen du XVIIIe siècle, mais comme elle était surmontée d'une sculpture représentant Romulus et Remus tétant la Louve romaine, on l'avait affublée de ce surnom grotesque. C'était le point de ralliement des gothiques et des artistes.

— Voilà qu'elle avait un Secret, avec un S majuscule, et, ironie du sort, cela la rendait plus attirante, car tout le monde voulait savoir en quoi consistait ce secret. Et, bien entendu, un pauvre malheureux n'a pas tardé à tomber amoureux d'elle.

» Évidemment, elle l'a repoussé, vu qu'elle gardait tout son amour pour son professeur chéri, mais ça lui a quand même fait plaisir, car c'était la première fois de sa vie que ça lui arrivait. Comme elle le menait par le bout du nez, elle s'est mise à flirter avec lui en public dans l'espoir d'exciter la jalousie de l'élu de son cœur.

» Ce qui nous amène au troisième sommet de notre triangle amoureux. Normalement, le prof aurait dû être insensible aux charmes de notre Emily. Un petit sourire avunculaire, quelques blagues en salle des profs, et basta. Après tout, elle n'était pas très *hot*. Mais peut-être qu'il était en pleine crise de la quarantaine, ou alors il a cru qu'une liaison avec Miss Greenstreet lui rendrait un peu de sa jeunesse perdue. Qui sait ? Et par-dessus le marché, il était marié, ce corniaud.

» Nous ne saurons jamais ce qui s'est passé, jusqu'où les choses sont allées, sauf qu'elles sont allées trop loin et que le professeur chéri a recouvré ses esprits, ou bien assouvi sa libido, et qu'il a ensuite coupé les ponts.

» Inutile de dire que notre Emily est devenue encore plus gothique, encore plus dépressive, un vrai dessin d'Edward Gorey, et que son soupirant s'est encore plus démené pour la soutenir moralement et l'inonder de cadeaux.

» Peut-être que vous le savez déjà, sinon je suis ravie de vous l'apprendre, mais le Ouaf-Ouaf était jadis une fontaine pas comme les autres. C'est pour ça que les dépressifs se sont mis à traîner autour. Au début, on ne remarquait rien d'anormal, mais, au bout d'un temps, on s'apercevait que ce n'était pas son reflet qu'on voyait dans le bassin, rien que l'image du ciel vide. Puis on remarquait que si le ciel était dégagé, son reflet était peut-être nuageux, ou vice versa. Bref, ce n'était pas un reflet normal. Et, de temps à autre, on voyait un visage inconnu affichant un regard intrigué, le visage de quelqu'un qui regardait dans un autre bassin et y voyait autre chose que son reflet, qui sait ? Quelqu'un avait trouvé le moyen d'intervertir les reflets de deux fontaines différentes, mais quant à savoir qui c'était, comment il s'y était pris et pourquoi le doyen ne faisait rien pour rectifier ça, je n'en ai aucune idée.

» On peut aussi se demander si ce n'était qu'une histoire de reflets – peut-être qu'en plongeant dans ce bassin on ressortait de l'autre côté, dans ce monde ou dans un autre. Ces vieilles fontaines ont toujours eu quelque chose d'inquiétant. Elles sont antérieures à Brakebills, vous le saviez ? L'école a été bâtie parce qu'elles étaient là et non le contraire. C'est du moins ce qu'on raconte.

Ricanement d'Eliot.

— Oui, c'est ce qu'on *raconte*, mon chou, continua Janet. *Bref*, Emily passait de plus en plus de temps près de Ouaf-Ouaf, à traîner, à cloper et à se lamenter sur ses amours. Elle y passait tellement de temps, en fait, qu'elle a fini par reconnaître l'un des visages dans le bassin. Celui d'une fille comme elle, qui passait tout son temps près de l'autre fontaine, celle du reflet. Appelons-la Doris. Au bout d'un temps, Emily et Doris ont pris conscience l'une de l'autre. Elles se sont adressé des signes de la main, par simple politesse. Peut-être que Doris avait le blues, elle aussi. Chacune a vu en l'autre une âme sœur.

» Emily et Doris ont trouvé un moyen de communiquer entre elles. Votre humble narratrice n'a pas connaissance des détails. Peut-être se sont-elles munies d'ardoises. Sur lesquelles elles rédigeaient des messages en écriture inversée. Je n'en sais rien.

» Je ne sais pas davantage comment fonctionnait la magie de l'autre côté, du côté de Doris ; peut-être pas comme ici. Ou peut-être que Doris cherchait à baiser notre Emily. Peut-être qu'elle en avait marre de l'entendre chouiner sur ses amours. Peut-être que Doris avait un petit vélo dans la tête. Ou qu'elle était l'incarnation du mal. Toujours est-il qu'un jour elle a suggéré à Emily d'essayer d'altérer son apparence afin de faire revenir l'amoureux qui la délaissait.

Tous frissonnèrent de concert en dépit de la chaleur qui montait du gazon. Comme le savait Quentin, il est malavisé de chercher à modifier son apparence par des moyens magiques. Sur le plan théorique, c'est ce qu'on appelait un point aveugle : il existe une connexion récursive et inextricable entre le visage et le soi – l'âme, si l'on préfère – qui rend cette entreprise aussi difficile que dangereuse. Lorsqu'il était arrivé à Brakebills, il s'était étonné que les magiciens, maîtres comme apprentis, ne se transforment pas en Adonis. En regardant ses condisciples, qui souffraient de déficiences physiques – Gretchen et sa jambe, Eliot et sa mâchoire –, il se demandait pourquoi ils ne cherchaient pas à s'en débarrasser, comme Hermione avec ses grandes dents dans *Harry Potter et la coupe de feu*. Mais, dans la réalité, ce genre de sortilège tournait toujours à la catastrophe.

— Pauvre Emily, poursuivit Janet. Quand elle a découvert le charme que Doris lui avait appris via la fontaine, elle a bien cru avoir déniché le graal, la technique secrète que personne n'avait jamais trouvée. C'était un charme difficile à mettre en œuvre, mais il semblait efficace. À l'issue de quelques semaines de préparation, elle l'a formulé une nuit, toute seule dans sa chambre. Qu'a-t-elle éprouvé en se regardant dans un miroir et en découvrant son œuvre ?

On percevait une note de compassion dans la voix sardonique de Janet.

— Je suis incapable de l'imaginer. Complètement incapable.

L'heure était suffisamment avancée pour que les ombres des arbres s'étendent sur la Mer et viennent effleurer la couverture où les cinq amis avaient pris place.

— Sans doute avait-elle encore l'usage de la parole, car elle a fait savoir à son soupirant qu'elle était dans la merde. Il a couru la rejoindre et, après moult échanges par le trou de la serrure, elle a bien voulu lui ouvrir la porte. Et ce pauvre gars mérite notre estime. Ça devait être grave, très grave même, mais il ne l'a pas laissée tomber. Elle lui a interdit d'aller voir les profs – Dunleavy était encore doyenne et elle aurait viré Emily sans la moindre hésitation.

» Alors il lui a dit de rester là, de ne pas bouger, de ne surtout rien tenter, il allait faire un tour à la bibliothèque et voir ce qu'il pouvait faire.

» Il est revenu juste avant l'aube, convaincu d'avoir trouvé la solution. Imaginez la scène. Ils n'ont pas fermé l'œil de la nuit. Ils sont assis en tailleur sur le lit, elle avec sa gueule cassée, lui avec plein de livres ouverts. Il a fait un détour par la salle à manger pour préparer certaines décoctions. Elle se tient face au mur et s'efforce de garder son calme. Dehors, le ciel commence à s'éclaircir : ils doivent agir sans tarder. À ce moment-là, elle a sans doute dépassé le stade de la panique et celui des regrets. Pas celui de l'espoir.

» Mais lui, essayez d'imaginer son état d'esprit. D'une certaine façon, il ne pouvait rêver mieux. C'est son heure de gloire, il a l'occasion de se conduire en héros, de sauver sa belle et de gagner son amour, à tout le moins une petite gâterie. Il va lui montrer qu'il peut être fort, et c'est ce qu'il a toujours souhaité.

» Sauf que… peut-être qu'il en a ras le bol, en fait, peut-être qu'il a fini par comprendre la situation. Par accepter qu'elle ne l'aimerait jamais. Elle avait couru un risque insensé, et ce n'était pas pour lui qu'elle l'avait fait.

» Dans tous les cas, il n'était pas en état de formuler un enchantement majeur. Il était épuisé, terrifié, dépassé, et peut-être même avait-il le cœur brisé. Peut-être qu'il en a trop fait. Il s'est lancé dans le charme réparateur. Il se trouve que je sais lequel il avait sélectionné : un charme de l'Arcane majeur datant de la Renaissance. Du lourd, du très lourd. Il a merdé de la pire des façons possible. Le charme l'a terrassé, s'est emparé de son corps. Il s'est embrasé devant elle. Embrasé d'un feu bleu. Il est devenu un *niffin*.

C'était le terme qu'avait employé Fogg à l'infirmerie, se rappela Quentin. Un esprit incontrôlable. Apparemment, les autres savaient aussi de quoi il retournait. Ils semblaient pétrifiés.

— Bref. Emily a pété les plombs. Complètement pété les plombs. Elle s'est barricadée dans sa chambre et n'a ouvert à personne, excepté à son professeur chéri quand il a fini par se pointer. Toute l'école était réveillée à ce moment-là. J'ignore dans quel état d'esprit il s'est retrouvé, vu que tout ça était un peu sa faute. Il n'était sûrement pas fier de lui. Sans doute a-t-il tenté de chasser le *niffin* si celui-ci refusait de partir de son plein gré. Je ne sais même pas s'il en était capable. Si ça se trouve, ces saletés sont toutes-puissantes.

» Quoi qu'il en soit, il n'a pas paniqué, lui, et il a empêché quiconque d'entrer. Il a rabiboché le visage d'Emily, comme ça, en deux coups de cuillère à pot, et ça devait être coton. Malgré ses défauts, c'était un magicien de première, car le charme sorti de la fontaine était une belle saloperie. Sans compter qu'elle l'avait sûrement agrémenté de quelques fioritures de son cru. Mais il l'a rendue à nouveau présentable, même si on me dit qu'elle n'a plus jamais été la même. Je ne dis pas qu'elle est difforme, seulement un peu différente. Seuls ses proches ont pu remarquer quelque chose.

» Et l'histoire s'arrête là, plus ou moins. J'ignore ce que la doyenne a raconté aux parents du garçon. C'étaient des magiciens, eux aussi, alors on leur a sans doute dit la vérité. Ou une version édulcorée.

Il y eut un long silence. Une cloche sonnait dans le lointain, celle d'un bateau sur le fleuve. L'ombre des arbres les enveloppait en totalité, leur procurant une délicieuse sensation de fraîcheur en cette fin d'après-midi estivale.

Alice s'éclaircit la gorge.

— Qu'est devenu le professeur ? demanda-t-elle.

— Tu n'as pas deviné ? répliqua Janet avec une jubilation non dissimulée. On lui a présenté l'alternative suivante : la démission et la disgrâce... ou une mutation dans l'Antarctique. À Brakebills sud. Qu'est-ce qu'il a choisi, à ton avis ?

— Oh mon Dieu ! s'exclama Josh. Maïakovski !

— Ça explique bien des choses, dit Quentin.

— Je veux !

— Et qu'est devenue Emily Greenstreet ? demanda Alice. Elle a quitté l'école, c'est tout ?

Une certaine dureté perçait dans sa voix. Quentin se demanda quelle en était la cause.

— Que lui est-il arrivé ? insista-t-elle. On l'a envoyée dans une fac ordinaire ?

— Il paraît qu'elle travaille dans les affaires à Manhattan, répondit Janet. On lui a trouvé un boulot peinard – consultante en management ou quelque chose comme ça. Dans une corporation dont nous possédons des parts. Elle ne fout strictement rien, mais un charme empêche quiconque de s'en rendre compte. Elle passe ses journées à surfer sur Internet, assise dans son bureau. Une partie d'elle-même n'a pas survécu à la tragédie, je crois bien.

Puis Janet se tut pour de bon. Quentin laissa son esprit dériver parmi les nuages. Le vin lui faisait un peu tourner la tête, mais il avait l'impression que c'était la Terre qui avait quitté son orbite et partait comme une toupie. Apparemment, il n'était pas le seul à être ainsi affecté, car lorsque Josh tenta de se lever, ce fut pour perdre l'équilibre et s'étaler dans l'herbe. On entendit quelques applaudissements.

Mais il se releva, se planta sur ses jambes, fit une flexion pour prendre son élan et effectua une splendide rondade. Il se fendit d'un sourire rayonnant.

— Ça a marché ! Je le crois pas. Je retire tout ce que j'ai dit sur les chamans normands. Ça a marché, nom de Dieu !

Son charme avait opéré, sauf que, pour une raison inconnue, il en était le seul bénéficiaire. Pendant que les quatre autres ramassaient leurs affaires et secouaient la couverture pour en chasser le sable, Josh se mit à courir en faisant des bonds dignes d'un superhéros, éclairé par le soleil finissant.

— Je suis un guerrier viking ! Tremblez devant ma puissance ! Tremblez, j'ai dit ! Le pouvoir de Thor et de son ost coulent dans mes veines ! Et j'encule ta mère ! J'en... cule... ta... mèrrrrrrrrrrrre !

— Il est si heureux, lâcha Eliot, impavide. Comme s'il avait testé une recette de cuisine et obtenu un plat identique à celui de la photo.

Josh finit par disparaître, en quête d'un nouveau public pour admirer ses prouesses, en chantant à tue-tête *« Glory, glory, hallelujah ! »* Janet et Eliot prirent la direction du Cottage, Alice et Quentin celle de la Maison, brûlés par le soleil et encore un peu gris. Quentin avait décidé de sauter le dîner pour aller se coucher.

— Il va blesser quelqu'un, dit-il. Lui-même, probablement.

— Le charme s'accompagne d'un renforcement de l'organisme. La peau et le squelette deviennent plus résistants. Il arriverait à défoncer un mur à coups de poing sans même se faire mal.

— Ouais. Je suis sûr qu'il ne va pas s'en priver.

Alice était encore plus silencieuse que d'habitude. Ce fut seulement lorsqu'ils entrèrent dans le Dédale que Quentin vit les larmes sur ses joues. Son cœur se serra.

— Alice. Alice, ma chérie. (Il l'obligea à lui faire face.) Que se passe-t-il ?

Elle se blottit contre son épaule.

— Pourquoi a-t-il fallu qu'elle raconte cette histoire ? dit-elle. Pourquoi ? Pourquoi est-elle aussi méchante ?

Quentin se sentit coupable d'avoir apprécié l'histoire en question. Elle était horrible, d'accord. Mais sa tonalité gothique ne manquait pas d'attraits.

— Elle aime les ragots, c'est tout, dit-il. Il ne faut pas chercher plus loin.

— Tu crois ça ? (Elle s'arracha à son étreinte, s'essuya les yeux d'un revers de manche.) Tu crois ça ? J'ai toujours cru que mon frère était mort dans un accident de la route.

— Ton frère ? fit Quentin, soudain paralysé. Je ne comprends pas.

— Il avait huit ans de plus que moi. Mes parents m'ont dit qu'il s'était fait tuer en voiture. Mais c'est de lui qu'elle parlait, j'en suis sûr.

— Je ne comprends pas. Le soupirant, tu veux dire ?

— Oui. C'était lui. C'était forcément lui.

Elle continuait de pleurer et se frotta les yeux d'un geste rageur.

— Seigneur ! Écoute, ce n'est qu'une histoire. Elle ne pouvait pas savoir.

— Si, elle le savait. (Alice se remit en marche.) Tout concorde. Et c'était bien dans son caractère. Charlie… Il avait un cœur d'artichaut. Il aurait tout fait pour sauver cette fille. Il aurait fait n'importe quoi. (Elle secoua la tête d'un air amer.) Comme il était stupide !

— Peut-être qu'elle ne savait pas. Janet. Elle ne savait pas que c'était lui.

— C'est ce qu'elle veut nous faire croire ! Pour que tu ne voies pas que c'est une conne moisie !

L'adjectif « moisi » était très populaire cette saison. Quentin cherchait un nouvel argument en faveur de Janet lorsqu'un déclic se fit dans son esprit.

— C'est pour ça qu'ils ne t'ont pas Invitée, dit-il à voix basse. Oui, c'est pour ça. À cause de ce qui est arrivé à ton frère.

Elle acquiesça, les yeux dans le vague, laissant son cerveau analyser cette nouvelle connexion, l'intégrant dans un tableau d'ensemble des plus sombre.

— Ils ne voulaient pas qu'il m'arrive quelque chose. Comme si je courais un risque ! Bon Dieu ! pourquoi sommes-nous les seuls à ne pas être stupides ?

Ils s'arrêtèrent à quelques pas de la sortie du Dédale, au sein des ombres qui se massaient au point de jonction des haies, comme s'ils hésitaient encore à affronter la lumière du jour.

— Au moins, maintenant, je suis fixée, reprit Alice. Mais pourquoi a-t-elle raconté cette histoire, Q ? Elle savait que j'en souffrirais. Pourquoi a-t-elle fait ça ?

Il secoua la tête. L'idée qu'un conflit puisse déchirer leur clique le mettait mal à l'aise. Il aurait voulu trouver une explication. Il aurait voulu que tout fût parfait.

— Elle t'en veut parce que tu es la plus jolie, dit-il finalement.

Reniflement d'Alice.

— Elle nous en veut parce que nous sommes heureux et parce qu'elle est amoureuse d'Eliot. Elle l'a toujours été. Et lui n'est pas amoureux d'elle.

Elle se remit en marche.

— Hein ? Attends ! (Quentin secoua la tête comme s'il espérait voir s'assembler les pièces d'un puzzle.) Pourquoi irait-elle désirer Eliot ?

— Parce qu'elle ne peut pas l'avoir ? suggéra Alice avec amertume, sans même se retourner. Et parce qu'elle veut tout avoir ? Je suis surprise qu'elle ne t'ait pas encore fait du gringue. Quoi ? tu crois qu'elle n'a jamais couché avec Josh ?

Ils sortirent du Dédale et montèrent vers la terrasse, qui était illuminée par la lumière jaune traversant les portes-fenêtres et jonchée de feuilles prématurément tombées. Alice se frictionna les joues pour se refaire une beauté. Heureusement qu'elle ne portait pas de maquillage ou presque. Perdu dans ses pensées, Quentin lui tendit des mouchoirs en papier afin qu'elle se dégage le nez. Hier comme aujourd'hui, le monde qui l'entourait demeurait en grande partie mystérieux et invisible à ses yeux, et cela ne manquait jamais de l'étonner.

CINQUIÈME ANNÉE

Puis septembre arriva et il n'y eut plus que Quentin et Alice. Les autres s'en furent dans le tourbillon des feuilles mortes et les premiers crissements du givre.

Ce fut un choc de les voir partir, mais à ce choc s'ajouta une bonne dose de soulagement, l'ensemble formant un cocktail de sentiments mitigés. Quentin aurait voulu que tout se passe bien entre eux, que tout se passe à la perfection. Mais la perfection est source de stress, car elle s'évapore au moindre défaut. C'était un élément essentiel de la mythologie personnelle de Quentin, des récits qu'il se racontait à lui-même, des chroniques de Brakebills rédigées avec autant de soin et de révérence que celles de Fillory, et il tenait à les croire autant qu'à les raconter. Ce qui était de plus en plus difficile. La pression montait dans les profondeurs souterraines et le monde commençait à se lézarder. Même Quentin, qui n'avait pas son pareil pour nier l'évidence, avait fini par s'en apercevoir. Peut-être Alice avait-elle raison, peut-être que Janet la détestait et en pinçait pour Eliot. Ou alors c'était autre chose, une chose si évidente que Quentin ne supportait pas de la regarder en face. Dans un cas comme dans l'autre, les liens qui les unissaient commençaient à s'effilocher ; ils perdaient l'un de leurs pouvoirs magiques, celui de s'aimer les uns les autres sans effort. Désormais, peut-être que tout allait changer, qu'ils ne seraient plus aussi proches qu'avant, mais au moins pouvait-il cultiver les souvenirs qu'il s'était forgés. Scellés dans l'ambre pour l'éternité, ils n'avaient rien à redouter.

Dès le début du semestre, Quentin s'acquitta d'une corvée qu'il n'avait repoussée que trop longtemps : il alla voir le doyen Fogg et lui raconta ce qui était arrivé à Julia. Fogg se contenta de plisser le front et de lui assurer qu'il allait s'occuper d'elle. Quentin avait envie de sauter sur son bureau et de l'agripper par les revers de sa veste pour le punir d'avoir merdé son charme d'amnésie. Il s'efforça de lui expliquer qu'il avait infligé à Julia des souffrances inacceptables. Fogg le regarda et l'écouta sans broncher. Au bout du compte, Quentin dut se contenter de sa promesse, à savoir faire tout son possible pour alléger le fardeau pesant sur Julia – dans les limites du règlement de l'école, bien entendu. Impossible d'en obtenir davantage. Il sortit du bureau du doyen aussi malheureux qu'il y était entré.

Lorsqu'il s'asseyait pour dîner ou bien se promenait entre deux cours dans les couloirs inondés de soleil, Quentin se rendait compte pour la première fois à quel point Alice et lui s'étaient éloignés des autres élèves durant les deux dernières années, des élèves qui lui demeuraient en majorité inconnus. Les cliques étaient certes multiples, mais les Physiques avaient formé la plus sélect de toutes, et Alice et lui en étaient désormais les seuls membres. S'il continuait d'assister aux cours avec les cinquième année, et s'il lui arrivait parfois de bavarder avec eux, il savait que leur allégeance était ailleurs.

— Ils nous considèrent comme d'affreux snobs, je le parierais, remarqua un jour Alice. Vu la façon dont nous restons entre nous.

Ils étaient assis sur le rebord frisquet d'une fontaine baptisée Sammy, une copie du Groupe du Laocoon montrant le prêtre et ses fils attaqués par des serpents, avec un puissant jet d'eau jaillissant de chaque bouche et de chaque gueule. Ils s'étaient isolés dehors pour formuler un charme assez salissant dont le but était de nettoyer une jupe d'Alice, mais ils avaient oublié un ingrédient clé, à savoir le curcuma, et n'avaient pas le courage de rentrer tout de suite. On était samedi, il faisait beau, la matinée touchait à sa fin et la température hésitait entre le chaud et le froid.

— Tu le penses vraiment ?

— Pas toi ?

— Si, tu dois avoir raison. (Soupir.) Oui, ils nous prennent sans doute pour des snobs. Petits salauds. Les snobs, c'est eux.

Alice jeta un gland dans la fontaine. Il rebondit sur le robuste genou du prêtre troyen et tomba dans le bassin.

— Et on est vraiment snobs, à ton avis ? demanda Quentin.

— Je ne sais pas. Pas nécessairement. Non, je ne crois pas. Nous n'avons rien contre eux.

— Exactement. Il y a des gens très bien dans le lot.

— Dont certains que nous tenons en très haute estime.

— Absolument. (Quentin laissa traîner ses doigts dans l'eau.) Alors, qu'est-ce que tu en penses ? Qu'on devrait s'en faire des amis ?

Elle haussa les épaules.

— Ce sont les seuls magiciens de notre âge sur ce continent. Les seuls pairs que nous aurons jamais.

Le ciel était d'un bleu intense et, dans le bassin, les branches des arbres se détachaient nettement sur son reflet.

— D'accord. Mais pas tous.

— Mon Dieu, non. Nous serons sélectifs. Et puis qui sait s'ils veulent devenir nos amis ?

— D'accord. Alors, par qui on commence ?

— C'est vraiment important ?

— Très important, Goupile. Après tout, ils ne sont pas tous identiques.

« Goupile » était un surnom affectueux qu'il employait depuis leurs ébats antarctiques.

— Alors, qui proposes-tu ?

— Surendra.

— Oui. D'accord. Oh !... non, il est maqué avec cette horrible deuxième année. Tu sais, la fille avec les dents. Celle qui oblige toujours les autres à réciter des madrigaux après le dîner. Que dirais-tu de Georgia ?

— Peut-être qu'on s'y prend mal. Il ne faut pas forcer les choses. Laissons-les arriver naturellement.

— D'accord.

Quentin observa Alice pendant qu'elle examinait ses ongles de ses yeux d'aigle. Parfois, elle lui paraissait si belle qu'il se demandait comment elle pouvait le tolérer. Comment elle pouvait exister.

— Mais c'est toi qui t'y colles, reprit-elle. Si c'est moi qui m'en occupe, ça ne donnera rien. Tu sais bien que je suis nulle dans ce registre.

— Oui, je sais.

Elle lui jeta un gland à la figure.

— Tu n'étais pas censé approuver !

C'est ainsi qu'ils firent l'effort de sortir de leur apathie pour entamer une campagne un rien tardive auprès de leurs camarades de classe, avec lesquels ils avaient perdu tout contact ou presque. En fin de compte, ce ne furent ni Surendra ni Georgia, mais Gretchen – la blonde qui marchait avec une canne – qui leur donna un coup de main. Qu'Alice et elle soient préfètes – une source de fierté et d'embarras pour toutes les deux – contribua à leur rapprochement. Ce poste ne recouvrait aucune responsabilité précise ; ce n'était qu'une lubie infantile empruntée au système scolaire britannique, un symptôme de l'anglophilie effrénée qui imprégnait jusqu'à l'ADN de Brakebills. Le grade de préfet était conféré aux quatre élèves les mieux notés de quatrième et de cinquième année, qui avaient alors le droit (ou le devoir) de porter au revers de leur veste une épinglette en forme d'abeille. Entre autres tâches, ils devaient réguler l'accès à l'unique téléphone du campus, une antiquité à disque rotatif planquée dans une cabine en bois couturée de graffitis, elle-même planquée sous un escalier, devant laquelle on trouvait en permanence une file d'attente d'une douzaine d'étudiants. Ils avaient l'usage exclusif de la salle des préfets, un salon privé situé dans l'aile est de la Maison, pourvu d'une splendide baie vitrée et d'une armoire à liqueurs contenant un stock de sherry douceâtre que Quentin et Alice se forçaient à siroter.

La salle des préfets était aussi un cadre idéal pour faire l'amour, à condition de prévenir les autres préfets, mais cela ne posait pas de problème en général. Gretchen se montrait compréhensive, car elle avait également un petit copain, et Beatrice, une blonde populaire coiffée en pétard qui était passée inaperçue avant de décrocher ce poste, n'y mettait jamais les pieds. Non, le hic, c'était le quatrième préfet, qui n'était autre que Penny.

Sa nomination était si surprenante que les élèves n'avaient parlé que de ça pendant les vingt-quatre heures qui l'avaient suivie. Quentin avait à peine échangé deux mots avec lui depuis leur fameuse bagarre, et il n'avait pas spécialement cherché à le revoir. Depuis cet incident, Penny était devenu un loup solitaire, une espèce de spectre, un exploit dans un établissement aussi petit que Brakebills, mais il faut dire qu'il était doué. Il dévalait les couloirs entre les cours, les yeux fixes au milieu de sa figure en forme de poêle à frire, il engloutissait ses repas en un rien de temps, partant ensuite se promener seul ou bien se réfugier dans sa chambre, il se couchait tôt et se levait avant l'aube.

On ne savait rien de ses activités. Lorsque ses condisciples s'étaient vu affecter une discipline à la fin de leur deuxième année, Penny n'avait intégré aucun groupe. Selon la rumeur, sa discipline était si ésotérique, si extraordinaire, qu'elle ne correspondait à aucune catégorie connue. Info ou intox, toujours est-il qu'en remplissant la liste des effectifs Fogg avait fait suivre son nom de la mention « Indépendant ». Par la suite, on ne l'avait vu que rarement se pointer en classe, et, quand il le faisait, c'était pour se placer tout au fond, les mains dans les poches de son blazer élimé, et assister au cours sans poser de questions ni prendre de notes. On aurait dit qu'il maîtrisait un savoir inaccessible au commun des mortels. Parfois, on l'apercevait en compagnie du professeur Van der Weghe, dont on murmurait qu'elle supervisait son énigmatique projet d'études.

La salle des préfets devint un véritable refuge pour Quentin et Alice, car le Cottage avait perdu pour eux tout caractère de sanctuaire. Quentin ne s'était jamais posé la question, mais seul le hasard avait voulu qu'aucun élève n'ait été classé Physique l'année précédente, ce qui avait permis à leur petite clique de perdurer quelques mois de plus. Mais cela ne pouvait pas durer éternellement. Au terme du précédent semestre, quatre troisième année avaient rejoint les Physiques, et, aussi aberrant que cela paraisse, les portes du Cottage leur étaient aussi ouvertes qu'aux anciens.

Quentin et Alice s'efforcèrent de faire contre mauvaise fortune bon cœur. Le jour de la rentrée, ils patientèrent dans la bibliothèque pendant que les bizuths s'escrimaient pour franchir la porte du Cottage. Ils avaient longuement discuté de la collation qu'ils allaient leur offrir pour fêter leur succès et – refoulant avec succès leur égoïsme foncier – s'étaient arrêtés sur un excellent champagne accompagné de plateaux d'huîtres et de caviar hors de prix, de toasts et de crème fraîche.

— Cool ! s'exclamèrent tour à tour les nouveaux venus lorsqu'ils eurent réussi à entrer.

Ils ouvrirent de grands yeux en découvrant les vastes pièces. Ils examinèrent le bric-à-brac qu'elles contenaient, notamment le piano et la commode pleine de brindilles rangées par ordre alphabétique. Comme ils avaient l'air jeunes ! Quentin et Alice bavardèrent avec eux, s'efforçant de paraître sages et spirituels, à l'instar de leurs aînés lors de leur arrivée en ce lieu.

Assis en rang d'oignons sur le canapé, les troisième année s'agitaient et s'empressaient de boire leur champagne, tels des enfants impatients d'aller jouer. Ils posèrent des questions polies sur les tableaux et la bibliothèque. Pouvait-on sortir les livres de la maison ? Possédaient-ils vraiment une édition originale de l'*Arcane abécédaire* rédigée de la main même de Pseudo-Dionysos ? Ça alors. Et de quand datait la construction du Cottage ? Ça alors ! Ouaouh. C'était vieux. *Antique*, même.

Puis, après un intervalle décent, ils foncèrent en masse dans la salle de billard. Ils ne semblaient pas avoir besoin de chaperons et, comme Quentin et Alice n'avaient plus vraiment envie de les voir, ils restèrent là où ils se trouvaient. À mesure que passaient les heures, on entendait résonner la musique de l'amitié adolescente. De toute évidence, Quentin et Alice n'étaient que les reliques d'une époque désormais révolue. Ils avaient bouclé la boucle. Ils étaient redevenus des exclus.

— J'ai l'impression d'être un vieux maître-assistant, dit Quentin.

— J'ai déjà oublié leurs noms, dit Alice. On dirait des triplés à mes yeux.

— Et si on leur donnait des numéros ? On leur dirait que c'est la tradition.

— Oui, ensuite on ferait exprès de les mélanger. Panique garantie. Ou alors on les baptise tous du même prénom. Alfred, par exemple.

— Les filles aussi ?

— Surtout les filles.

Le champagne avait tiédi, mais ils le buvaient quand même. Ils ne tarderaient pas à être bourrés, mais Quentin s'en foutait. Un bruit de fracas leur parvint depuis le billard – et hop ! une flûte à champagne en moins –, suivi, un peu plus tard, par celui d'une fenêtre à guillotine qu'on ouvrait, après quoi quelqu'un se pencha au-dehors pour dégobiller.

— Le problème, quand on vieillit, déclara Quentin d'une voix sentencieuse, c'est qu'on cesse d'être amusé par la jeunesse.

— On aurait dû brûler cette bicoque, dit Alice, lugubre. (Ils étaient bel et bien bourrés.) L'évacuer et y foutre le feu.

— Puis marcher avec les flammes qui montent derrière nous, comme au cinéma.

— La fin d'une époque. La fin d'une ère. Une ère ou une époque ? Quelle est la différence ?

Quentin n'en savait rien.

Il faudrait qu'ils trouvent autre chose, pensa-t-il distraitement. Quelque chose de nouveau. Ils ne pouvaient plus rester là. Ni revenir en arrière. Aller de l'avant, voilà ce qu'il fallait faire.

— On était comme ça, jadis ? demanda-t-il. Comme ces petits morveux ?

— Probablement. Et même encore pires. Je me demande comment ont fait les autres pour nous supporter.

— Tu as raison, dit-il. Tu as raison. Bon Dieu ! ils étaient sacrément plus sympas que nous.

Cet hiver-là, Quentin ne rentra pas chez lui pour les vacances. Aux alentours de Noël – le Noël du monde réel –, il avait discuté avec ses parents du programme hors normes de Brakebills, une corvée qu'il devait se taper tous les ans, tapi dans la vieille cabine téléphonique en soupente, un pied sur la porte pour l'empêcher de se bloquer. Lorsque vint la période de Noël à Brakebills, on était en mars dans le reste du monde et rien ne l'obligeait à retourner dans la banlieue de Boston. Si ses parents l'y avaient invité – s'ils lui avaient fait comprendre, ne serait-ce qu'un instant, qu'ils avaient envie de le voir ou qu'ils seraient déçus par son absence –, il aurait consenti à faire un effort. En un clin d'œil. Mais ils n'avaient pas changé, toujours aussi polis, toujours aussi distants. Par ailleurs, il se sentait très indépendant lorsqu'il les informa d'une voix décontractée qu'il avait d'autres projets, alors merci beaucoup.

Ce fut chez Alice qu'il alla passer les vacances. Une idée à elle, ce qui intriguait de plus en plus Quentin à mesure que se rapprochait la date fatidique, car ça la rendait d'une humeur quasiment suicidaire.

— Je ne sais pas, je ne sais pas ! répondit-elle quand il lui demanda une explication. Sur le moment, ça m'a paru normal vu qu'on était ensemble !

— Eh bien, je ne suis pas obligé d'y aller. Je vais rester ici. Dis à tes parents que j'avais un mémoire à finir ou quelque chose comme ça. On se retrouvera en janvier.

— Tu n'as vraiment pas envie de venir ? gémit-elle.

— Bien sûr que si. Je veux voir d'où tu sors. Je veux que tes parents sachent qui je suis. Et, Dieu m'en soit témoin, je n'ai aucune envie de t'inviter chez les *miens*.

— D'accord, fit-elle. (Apparemment, elle ne s'était pas départie de son inquiétude.) Tu me promets de détester mes parents autant que je les déteste ?

— Oh ! absolument. Peut-être même davantage.

L'ouverture des portails pour les départs en vacances se révélait toujours pénible et compliquée, et la file d'attente des élèves flanqués de leurs bagages sinuait comme un serpent dans l'étroit couloir conduisant à la salle à manger, où le professeur Van der Weghe s'affairait à les expédier vers la destination de leur choix. Soulagés d'en avoir fini avec les examens, les plus dissipés ne cessaient de crier, de se bousculer et de jeter des charmes pyrotechniques mineurs.

Quentin et Alice patientèrent côte à côte, le visage solennel. Il avait fait de son mieux pour adopter une allure respectable, mais sa garde-robe se réduisait pour l'essentiel à son uniforme de Brakebills.

Il savait qu'Alice était originaire de l'Illinois, que cet État se trouvait dans le Middle West, mais il aurait été incapable de le localiser sur une carte avec précision. Exception faite d'un séjour en Europe quand il était au lycée, il n'avait jamais quitté la côte est du pays, et la géographie de l'Amérique ne faisait pas partie des sujets abordés à Brakebills. De toute façon, il ne devait pas voir grand-chose de l'Illinois, ainsi qu'il le constata bien vite.

Le professeur Van der Weghe régla leur portail pour qu'il débouche dans une antichambre de la maison des parents d'Alice. Murs de pierre, sol de mosaïque, portes à épistyle... Ils se trouvaient dans la reconstitution d'une résidence romaine traditionnelle. Les échos y résonnaient comme dans une église. On aurait dit qu'ils venaient d'entrer dans un musée. La magie était souvent héréditaire – de ce point de vue, Quentin constituait une exception – et les parents d'Alice étaient tous deux magiciens. Contrairement à lui, elle n'avait pas eu à leur mentir sur la nature de ses études.

— Bienvenue dans la demeure que le temps a oublié d'oublier, dit-elle d'un air maussade en poussant ses valises dans un coin.

Elle le prit par la main pour le conduire dans un long couloir enténébré qui donnait sur une salle de séjour à la romaine, avec coussins et couches disposés à la va-comme-je-te-pousse, plus une petite fontaine placée en son centre.

— Papa change la déco tous les deux ou trois ans, expliqua-t-elle. Sa spécialité, c'est la magie architecturale. Quand j'étais petite, il donnait dans le baroque, avec boutons de porte en or et tout le toutim. C'était presque joli. Ensuite, il est passé aux murs en papier à la japonaise – on entendait *tout.* Puis on a eu droit à une réplique de la Maison sur la cascade – tu sais, celle de Frank Lloyd Wright –, jusqu'à ce que maman en ait marre de l'humidité. Ensuite, ç'a été une loge iroquoise au sol en terre battue. Et sans murs. Hilarant, positivement hilarant. On a dû le supplier à genoux pour qu'il installe une vraie salle de bains. Je crois qu'il s'attendait à ce qu'on le regarde déféquer dans sa fosse, sans déconner.

Cela dit, elle se laissa choir sur une couche en cuir tanné, ouvrit un livre et se réfugia dans la lecture.

Quentin savait d'expérience qu'avec Alice il valait mieux attendre que l'orage passe plutôt que de hâter la venue du ciel bleu. À chacun ses réactions idiopathiques au retour à la maison.

Il passa donc l'heure qui suivit à explorer ce qui ressemblait bien à une réplique parfaite d'une demeure romaine du temps de Pompée, avec fresques pornographiques en bonus. Seule la salle de bains n'était pas d'époque – là encore, le créateur avait dû faire des concessions aux occupants du lieu. Et le dîner, lorsqu'il leur fut servi par une escouade de marionnettes animées d'un mètre de haut dont les pieds en bois cliquetaient à chaque pas, était d'une vérité historique parfaitement répugnante : cervelle de génisse, langues de perroquet, murène rôtie, le tout épicé au point d'en être immangeable, par acquit de conscience à n'en pas douter. Heureusement, il y avait du vin en abondance.

Ils en étaient au troisième plat, un utérus de truie farci, lorsqu'un petit homme rondouillard fit son apparition. Il était vêtu d'une toge bien fatiguée dont le gris rappelait des draps qu'on a négligé de laver. Cela faisait plusieurs jours qu'il ne s'était pas rasé, il n'y avait pas de solution de continuité entre sa barbe et les poils de son torse, et ce qu'il lui restait de cheveux avait grand besoin d'un coup de ciseaux.

— *Ave atque vale!* s'exclama-t-il. (Il se fendit d'un salut romain à l'historicité douteuse, qui tenait davantage du salut nazi.) Bienvenue dans la *domus* de *Danielus* !

À en juger par sa grimace, il estimait que son public avait tort de ne pas s'esclaffer.

— Bonjour, papa, dit Alice. Papa, je te présente mon ami Quentin.

— Salut, dit Quentin en se levant.

Il avait essayé de manger couché, à la mode romaine, mais c'était plus dur que ça n'en avait l'air et, pour sa peine, il avait attrapé un point de côté. Le père d'Alice lui serra la main. Il devait penser à autre chose, car il parut tout surpris de trouver un bout de chair entre ses doigts.

— Vous êtes vraiment décidés à manger ça ? Moi, j'ai commandé une pizza il y a une heure.

— On ne savait pas que c'était possible. Où est maman ?

— Qui sait ? fit le père d'Alice en ouvrant de grands yeux comme s'il était dépassé par ce mystère. La dernière fois que je l'ai vue, elle était à la cave pour travailler à l'une de ses compositions.

Il descendit les quelques marches séparant le couloir de la pièce, ses sandales claquant sur les dalles de pierre, et se servit un gobelet de vin.

— Et ça date de quand ? De novembre dernier ?

— Aucune idée. Je perds toute notion du temps dans cette baraque.

— Pourquoi tu ne creuses pas quelques fenêtres, papa ? Il fait noir comme dans un four.

— Des fenêtres ? (Il écarquilla les yeux une nouvelle fois ; apparemment, c'était une sorte d'indicatif facial.) C'est là une magie barbare dont nous autres, nobles Romains, ignorons tout !

— Vous avez fait un travail extraordinaire, dit Quentin, plus obséquieux que jamais. Ça a l'air vraiment authentique.

— Merci !

Le père d'Alice vida son gobelet et s'empara à nouveau du pichet puis se laissa choir sur une couche, maculant sa toge d'une belle tache de vin. Ses mollets nus étaient pâles et potelés ; les poils y étaient hérissés comme en signe de surprise. Quentin se demanda comment sa belle Alice pouvait partager le patrimoine génétique de cet individu.

— Il m'a fallu trois ans pour en venir à bout, reprit-il. Trois ans ! Et vous savez quoi ? Au bout de deux mois, j'en ai déjà marre. Je ne supporte pas cette bouffe, il y a des traces suspectes sur ma toge et, à force de marcher sur ces pierres, j'ai attrapé une aponévrosite plantaire. Quel est donc le but de mon existence ? (Il gratifia Quentin d'un regard furibond, comme s'il lui en voulait de ne pas connaître la réponse à cette question.) Quelqu'un aurait-il l'obligeance de me le dire ? Parce que je n'en ai aucune idée. Aucune !

Au regard noir que lui jeta Alice, on aurait juré qu'il venait d'occire son petit chien. Quentin conserva une immobilité absolue, espérant peut-être qu'il cesserait de le voir, comme un dinosaure au cerveau déficient. Tous trois restèrent assis durant un long moment. Puis le père d'Alice se releva.

— *Gratias*… et bonne nuit !

Relevant un pan de sa toge sur son épaule, il sortit de la pièce. Les marionnettes entreprirent de nettoyer le vin qu'il avait renversé, clic-claquant de plus belle sur les dalles.

— *C'était mon père !* glapit Alice.

Elle leva les yeux au ciel comme si elle s'attendait à entendre des rires préenregistrés. Mais il n'y eut que le silence.

Pour survivre dans cette désolation domestique, Alice et Quentin mirent sur pied une routine dont ils finirent par s'accommoder, tels des envahisseurs délimitant un périmètre de sécurité en territoire ennemi. Quentin se sentit libéré de vivre dans la déconfiture d'une autre famille – il captait l'énergie émotionnelle négative rayonnant tous azimuts, stérilisant toutes les surfaces à sa portée grâce à des particules vénéneuses, mais il lui demeurait invulnérable, comme s'il ne s'agissait que d'un flux de neutrinos. Tel Superman, il venait d'une autre planète et cela l'immunisait contre les affections locales. Mais il voyait bien qu'Alice en souffrait et il fit de son mieux pour la protéger de leurs effets pernicieux. Il connaissait d'instinct les règles du jeu, car il était victime du même traitement de la part de ses parents. La différence, c'était qu'ils se comportaient ainsi parce qu'ils s'aimaient, alors que ceux d'Alice se détestaient.

Toute autre considération mise à part, la maison était calme et la cave remplie de vin romain, un peu sirupeux mais très buvable. Elle leur permettait en outre une certaine intimité : ils pouvaient partager une chambre sans que les parents d'Alice ne remarquent rien. Et il y avait les bains : le père d'Alice avait creusé de gigantesques thermes souterrains qui étaient à leur entière disposition, des nappes aquifères prélevées dans la toundra du Middle West. Tous les matins, ils passaient des heures à tenter de survivre dans le *caldarium* puis le *frigidarium*, aussi insoutenables l'un que l'autre, puis se trempaient tout nus dans le *tepidarium*.

Durant ces quinze jours, Quentin ne vit la mère d'Alice qu'une seule et unique fois. Alice lui ressemblait encore moins qu'à son père ; c'était une femme grande et mince au long visage étroit et animé, avec de fins cheveux châtain clair réunis en queue-de-cheval. Elle noya Quentin dans un flot d'informations ayant trait à ses recherches, lesquelles portaient sur la musique des fées, inaudible à des oreilles humaines car composée en majeure partie pour des clochettes microscopiques. Elle lui tint la jambe pendant une bonne heure, sans qu'il ait besoin de l'encourager et sans qu'elle lui demande qui il était et ce qu'il faisait chez elle. À un moment donné, un sein menu jaillit du cardigan boutonné de travers qu'elle portait à même la peau ; elle le remit en place sans paraître éprouver une quelconque gêne. Quentin avait la nette impression qu'elle n'avait parlé à personne depuis des lustres.

— Je m'inquiète un peu au sujet de tes parents, dit-il cet après-midi-là. J'ai l'impression qu'ils sont complètement cinglés.

Ils s'étaient réfugiés dans la chambre d'Alice pour s'allonger sur le grand lit, vêtus de leurs peignoirs de bain, et contempler la mosaïque du plafond : Orphée chantant devant un public composé d'un bélier, d'une antilope et de divers oiseaux attentifs.

— Tu crois ?

— Avoue qu'ils sont quand même un peu bizarres.

— Sans doute. Je veux dire, je les *déteste*, mais ce sont mes parents. Je ne les considère pas comme déments ; pour moi, ils sont sains d'esprit mais se conduisent ainsi pour me torturer. En les qualifiant de malades mentaux, tu leur permets de s'en tirer à bon compte. Tu les dispenses d'un procès en bonne et due forme. Enfin, je pensais que tu les trouverais intéressants, conclut-elle. Je sais que tout ce qui touche à la magie te passionne. Eh bien, *voilà**, tu auras rencontré deux magiciens professionnels.

D'elle ou de lui, il se demanda lequel était le plus à plaindre. Les parents d'Alice étaient des monstres, mais au moins leur condition était-elle évidente. Les siens ressemblaient davantage à des vampires ou à des loups-garous : ils pouvaient passer pour des êtres humains. Il aurait beau s'étendre sur leurs atrocités, jamais les villageois n'accepteraient de le croire – jusqu'à ce qu'il soit trop tard.

— Quoi qu'il en soit, dit-il, je vois maintenant d'où te vient ton entregent.

— Tu ne sais pas ce que c'est que de grandir dans une famille de magiciens, c'est ce que je voulais te faire comprendre.

— Exact, j'ignorais qu'il fallait se vêtir d'une toge.

— Justement, là est le problème, Q. Rien ne t'y oblige. Rien ne t'oblige à quoi que ce soit. C'est ça que tu ne comprends pas ! Les seuls magiciens âgés que tu connaisses, ce sont nos profs. À l'extérieur de l'école, c'est le chaos. Le chaos. On a le choix entre ne rien faire, tout faire ou faire n'importe quoi, et ça n'a aucune importance. Si tu veux éviter de devenir dingue, tu dois trouver quelque chose qui t'intéresse vraiment. Et quantité de magiciens n'y arrivent jamais.

La tension qui habitait sa voix était proche de la colère. Il s'efforça d'interpréter ses propos.

— Ce que tu veux dire, c'est que tes parents n'ont rien trouvé.

— En effet, rien de rien, et pourtant ils ont eu deux enfants, ce qui leur donnait au moins deux sujets de choix. Enfin, je pense qu'ils auraient fini par s'intéresser à Charlie, mais quand ils l'ont perdu, ils ont baissé les bras. Et voilà où ils en sont aujourd'hui.

— Et ta mère, avec son orchestre de fées ? Ça a l'air sérieux, cette affaire.

— C'est juste pour agacer mon père. Je ne suis même pas sûre qu'elles existent, ces fées.

Soudain, Alice roula sur lui, l'enfourcha, l'immobilisa en s'appuyant des deux mains sur ses épaules. Ses cheveux tombant sur lui étaient pareils à un rideau chatoyant qui lui titillait les joues, et elle lui apparut comme une déesse sévère le toisant depuis les cieux.

— Promets-moi que nous ne deviendrons jamais comme eux, Quentin.

Leurs nez se frôlaient. La sentir peser sur lui éveilla son désir, mais elle avait l'air grave et furibonde.

— Je sais que tu t'attends à partir en quête, à affronter des dragons et à combattre le mal, comme dans les Chroniques de Fillory. C'est ce que tu as en tête, ne le nie pas. Mais tu te trompes. Tu n'as pas encore compris. Il n'y a rien à faire. Alors promets-le-moi, Quentin. Ne devenons jamais comme eux, obsédés par un hobby stupide dont personne n'a rien à foutre. À passer les journées à glander et à se détester en attendant de crever.

— Eh bien, tu n'y vas pas de main morte, dit-il. Mais entendu, c'est promis.

— Je parle sérieusement, Quentin. Ça ne va pas être facile. Ce sera plus dur que tu ne l'imagines. Ils ne s'en rendent même pas compte, Quentin. Ils se croient heureux. C'est ça, le pire.

Sans quitter Quentin des yeux un seul instant, elle dénoua la ceinture de son pantalon de pyjama et le rabaissa. Elle avait déjà entrouvert son peignoir et ne portait rien en dessous. Il savait que ce qu'elle lui disait était important, mais il n'y pigeait rien. Il glissa les mains sous le tissu, lui caressa le dos, le creux des reins. Ses seins lourds lui effleurèrent le torse. Ils auraient toujours la magie. Ils l'auraient pour l'éternité. Alors pourquoi… ?

— Peut-être qu'ils sont heureux, dit-il. Peut-être que c'est leur nature.

— Non, Quentin. Tu te trompes sur toute la ligne. (Elle lui prit une mèche de cheveux, l'entortilla autour de son index et tira à lui faire mal.) Bon Dieu ! ce que tu es gamin par moments.

Ils bougeaient en cadence à présent, ils respiraient par à-coups. Quentin se glissa en elle et ils cessèrent de parler, sauf qu'Alice répétait sans se lasser :

— Promets-moi, Q. Promets-moi. S'il te plaît, promets-moi.

Sa voix était imprégnée de colère, comme si elle le disputait, alors qu'il était prêt, en cet instant, à approuver tout ce qu'elle disait.

LE GRAND JOUR

DANS UN SENS, ces vacances furent catastrophiques. Ce fut à peine s'ils mirent le nez dehors, excepté pour se promener (d'un pas franchement pressé) dans les banlieues glacées d'Urbana, si plates et si désertes qu'ils avaient l'impression que l'immense ciel blanc allait les happer. Dans un autre sens, elles furent parfaites. Alice et Quentin se rapprochèrent encore. Quentin comprit un peu mieux le caractère d'Alice. Pas une fois ils ne se querellèrent – par contraste avec l'horrible couple formé par les parents d'Alice, ils se sentaient jeunes et romantiques. Passé la première semaine, ils avaient expédié tous leurs devoirs et il leur tardait d'entamer leur dernier semestre à Brakebills.

Eliot, Josh et Janet ne leur donnaient presque jamais de nouvelles. Quentin n'en était guère surpris. Certes, il se demandait ce qui pouvait bien leur arriver dans le vaste monde, mais il supposait qu'ils s'affairaient à atteindre un nouveau niveau de cool, aussi supérieur à Brakebills que Brakebills l'était à Brooklyn ou à Chesterton, et cela l'aurait déprimé de constater qu'ils avaient encore le loisir et l'envie de perdre du temps avec lui.

D'après ce qu'il avait déduit de leurs rares contacts, ils vivaient ensemble dans un appartement de Manhattan. Seule Janet prenait la peine de lui écrire, se fendant tous les quinze jours de la plus ringarde des cartes postales « I ♥ New York » qu'elle avait pu dénicher. Elle écrivait en lettres capitales et se souciait peu de ponctuation.

CHERS Q & A

LA SEMAINE DERNIÈRE ON EST ALLÉS À CHINATOWN TOUS LES 3 POUR CHERCHER DES HERBES, ELIOT A ACHETÉ UN LIVRE DE CHARMES MONGOL OUI ÉCRIT EN MONGOL MAIS IL DIT QU'IL PEUT LE LIRE MOI JE PENSE QUE C'EST DU PORNO MONGOL. JOSH S'EST ACHETÉ UN BÉBÉ TORTUE VERT QU'IL A APPELÉ GAMERA COMME LE MONSTRE. IL SE LAISSE POUSSER LA BARBE JOSH PAS GAMERA. VOUS DEVEZ [*à partir de là, ça devenait difficilement déchiffrable, car elle n'avait plus de place et comblait les vides entre les lignes de l'adresse*] NOUS REJOINDRE BRAKEBILLS N'EST QU'UNE PETITE MARE ALORS QUE NEW YORK EST UN OCÉAN ET ELIOT VA TOUT BOIRE ARRÊTE ELIOT ARRÊTE JE VAIS TE TUER JE VAIS TE TUER 1000 FOIS, [*illisible*]

TOUT MON AMOUR

J☼

En dépit d'une opposition quasi unanime, ou peut-être à cause d'elle, le doyen Fogg fit inscrire Brakebills au championnat du monde de bourbasse et Quentin visita pour la première fois des écoles de magie étrangères, mais il n'en vit pas grand-chose hormis le terrain de jeu et, une fois seulement, la salle à manger. Ils jouèrent dans la cour vert émeraude d'un château médiéval perché dans la brume des Carpates et sur un damier aménagé au cœur de l'immense pampa argentine. Sur l'île de Rishiri, au large d'Hokkaido, ils découvrirent le plus beau terrain de bourbasse que Quentin ait jamais vu. Les cases de sable étaient d'un blanc aveuglant et parfaitement planes. Les cases d'herbe étaient vert vif et chaque brin mesurait précisément douze millimètres. Les cases d'eau émettaient des plumets de brume dans l'air glacial. Ils étaient observés par des singes solennels au visage incroyablement humain nimbé d'une aura de fourrure blanche, qui s'accrochaient à des pins élancés.

Malheureusement, la tournée mondiale de Quentin fut de courte durée car, à la grande honte du professeur Fogg, l'équipe de Brakebills perdit les six matchs de sa poule et se retrouva éliminée. La série noire se poursuivit lorsqu'elle perdit le match de consolation, pourtant joué à domicile, qui l'opposa à une équipe européenne dirigée par une minuscule Luxembourgeoise aux cheveux de feu dont tous les joueurs tombèrent amoureux, les garçons comme Quentin mais aussi une partie des filles.

La saison de bourbasse prit fin le 31 mars et, soudain, Quentin se rendit compte que, dans deux mois à peine, sa carrière à Brakebills s'achèverait pour de bon. C'était comme s'il avait exploré à loisir une gigantesque cité étincelante, s'égarant dans ses ruelles sinueuses, ses immeubles, ses arcades évoquant De Chirico et ses placettes secrètes, persuadé de n'en avoir vu qu'une infime portion, d'en avoir tout juste effleuré la surface, d'avoir eu le temps de se familiariser avec deux ou trois de ses quartiers, pas davantage… et puis voilà qu'en tournant à un coin de rue il découvrait qu'il sortait de cette cité, qu'elle était maintenant derrière lui, qu'il ne lui restait à parcourir qu'une petite rue menant à ses faubourgs.

Ses actes les plus insignifiants lui semblaient désormais lourds de conséquences, riches d'une déchirante nostalgie. Il passait devant une fenêtre de la Maison, filant d'un bon pas d'un cours à l'autre, et voilà qu'un minuscule objet attirait son regard, une silhouette traversant la Mer dans le lointain, vêtue de son blazer réglementaire, ou un flamant végétal du Dédale agitant la tête pour se débarrasser de sa coiffe de neige, et il se rendait compte que plus jamais il ne reverrait cela, plus jamais, ou alors dans un avenir indéterminé, quand il serait devenu quelqu'un de profondément différent.

Et, à d'autres moments, il en avait plus que marre de Brakebills, de ses pompes et de ses œuvres, le domaine et ses occupants lui semblaient ringards et étriqués, et il lui tardait d'en être parti. En quatre années, il n'était quasiment pas sorti de ce campus. Et il portait un uniforme, nom de Dieu ! Tout ce qu'il avait fait, c'était traîner quatre ans de plus au lycée ! Les élèves de Brakebills avaient une façon spéciale de s'exprimer, une diction précise, affectée, voire *british*, comme s'ils revenaient d'un échange scolaire et tenaient à ce que ça se sache. Quentin avait parfois envie de les massacrer à l'arme blanche. Et cette manie de donner des sobriquets ! Dans toutes les chambres, on trouvait le même bureau, une monstruosité en bois de merisier dont on avait dû commander une grosse au cours du XIXe siècle. Il grouillait de tiroirs, de niches et de recoins, et chacun de ces tiroirs, de ces niches et de ces recoins avait droit à son petit nom. Chaque fois que Quentin entendait quelqu'un faire référence au « flacon d'encre » et à l'« oreille du doyen », il levait les yeux au ciel et murmurait à Alice : « Doux Jésus ! mais c'est qu'ils s'y croient ! Il faut absolument qu'on file d'ici. »

Mais où irait-il exactement ? Il était mal vu d'envisager la remise du diplôme avec un sentiment de panique, voire d'inquiétude, mais tout ce qui devait suivre Brakebills lui paraissait flou et malformé. Il était hanté par les parents d'Alice, ces spectres tristes et blasés. Qu'allait-il faire ? Qu'allait-il faire *exactement* ? Toutes les ambitions qu'il avait jamais entretenues s'étaient réalisées le jour de son admission à Brakebills et il s'efforçait d'en concevoir une nouvelle qui soit suffisamment solide. On n'était pas à Fillory, où se livrait une guerre magique. Il n'avait pas de Rouageuse à contrer, pas de menace maléfique à affronter, et, du coup, tout lui paraissait banal à pleurer. Personne n'osait le dire franchement, mais l'écologie magique globale souffrait d'un grave déséquilibre : trop de magiciens, pas assez de monstres.

Comme pour aggraver son cas, il semblait être le seul à s'en inquiéter. Nombre d'élèves s'affairaient déjà à nouer des contacts dans les organisations magiques les plus connues. Surendra vantait à la cantonade certain consortium de sorciers – ce n'était pas encore officiel, mais il était sûr d'avoir obtenu chez eux un poste de stagiaire – qui passaient leur temps en orbite basse afin de repérer les astéroïdes égarés, les éruptions solaires anormales et autres catastrophes potentielles à l'échelle planétaire. On comptait beaucoup d'élèves attirés par la recherche universitaire. Alice visait un doctorat à Glasgow, quoique l'idée de se séparer ne les enchantât guère, pas plus que l'idée de s'enterrer en Écosse ne séduisait Quentin.

Il était du dernier chic d'entrer dans la clandestinité, de s'infiltrer dans les équipes gouvernementales, les cercles de réflexion et les ONG, voire carrément dans l'armée, afin de parvenir à une position permettant d'influer par la magie sur le cours des affaires du monde. Certains consacraient des années de leur vie à cette forme de noyautage. Et il existait des possibilités de carrière encore plus excitantes. Quelques magiciens – surtout des Illusionnistes – mettaient en route des projets artistiques d'une ampleur démesurée, telle la manipulation des aurores polaires, des enchantements se prolongeant sur plusieurs décennies qu'ils étaient parfois les seuls à connaître et à apprécier. On connaissait un réseau global de rôlistes qui organisaient pour le plaisir des conflits annuels, sorciers contre sorciers, dont l'enjeu était choisi arbitrairement ; ils avaient mis sur pied un championnat individuel et par équipes. Ils renonçaient volontairement à tout garde-fou et il y avait parfois des morts à déplorer, même si cela n'arrivait que rarement. Mais c'était la garantie du grand frisson.

Et cætera, et cætera, et comme tout ça semblait plausible, horriblement plausible ! Chacune de ces options constituait aux yeux de Quentin la promesse d'un avenir riche de joies et de défis – une promesse qui ne pouvait qu'être tenue. Alors pourquoi avait-il l'impression de chercher désespérément une autre porte de sortie ? Pourquoi attendait-il encore que la grande aventure vienne le chercher chez lui ? Il était en train de se noyer… alors pourquoi repoussait-il toutes les mains qui se tendaient vers lui ? Les professeurs auxquels il se confia ne parurent pas inquiets outre mesure. Ils ne voyaient pas quel était son problème. Que devait-il faire ? Mais… tout ce qu'il voulait !

Pendant ce temps, Quentin et Alice bûchaient sur leurs thèses respectives avec un enthousiasme qui allait en s'étiolant. Alice tentait d'isoler un photon afin de le figer sur place, arrêtant net sa course luminique. Pour ce faire, elle construisit un piège complexe en bois et en verre, auquel s'intriquait un écheveau sphérique de couleur indigo tout droit sorti d'un grimoire. Mais, au bout du compte, il était impossible de savoir si le photon y était coincé ou non; nul ne pouvait rien prouver dans un sens ou dans l'autre. Ainsi qu'Alice l'avoua à Quentin, elle-même n'en était pas sûre et elle espérait que le corps enseignant trancherait la question avant qu'elle ne devienne folle. Au bout d'une semaine de débat houleux, ce fut l'indétermination qui l'emporta, Alice reçut une note tout juste passable et on n'en parla plus.

Quentin, lui, avait l'intention d'aller sur la Lune et d'en revenir. Il avait estimé à deux jours pleins la durée du trajet aller et, après son exploit en Antarctique, il était assez calé sur les charmes calorifères. (Quoique sa discipline ne portât pas sur eux. Il avait renoncé à savoir sur quoi elle portait.) Son idée avait un indéniable cachet romantique. Il décolla de la Mer par une douce matinée de printemps un peu humide, sous les yeux d'Alice, de Gretchen et des moins sages des nouveaux Physiques. Les charmes protecteurs formaient autour de lui une bulle translucide. Les bruits se distordirent, la pelouse verte et les visages souriants de ses supporters se gauchirent comme s'il les voyait dans un œilleton. À mesure qu'il prenait de l'altitude, la Terre cessait d'être une plaine infinie pour devenir une splendide sphère bleue. Les étoiles apparurent dans le ciel et, peu à peu, gagnèrent en netteté et cessèrent de clignoter.

Six heures plus tard, sa gorge se contracta soudain, des clous lui percèrent les tympans. Ses yeux tentèrent de jaillir de leurs orbites. Il avait cessé de se concentrer et sa bulle se désagrégeait. Quentin agita les bras comme un chef d'orchestre pris de frénésie, *prestissimo*, et l'air se réchauffa et se pressurisa autour de lui, mais l'aventure avait bel et bien cessé de l'amuser. Il subit une succession de crises – frissons glacés et fou rire nerveux – sans parvenir à se calmer. Seigneur ! se dit-il, est-ce que ça vaut la peine de risquer sa peau pour ça ? Et les rayons cosmiques, quelle quantité en avait-il déjà absorbé ? L'espace grouillait de particules nuisibles.

Il rebroussa chemin. Il envisagea de se planquer pendant quelques jours et de faire semblant d'être allé sur la Lune. Peut-être achèterait-il quelques grains de poussière à Damedamour en guise de preuve. L'atmosphère se réchauffa. Le ciel s'éclaircit. Il se détendit, puis se noya dans un mélange de honte et de soulagement. Le monde se déploya à nouveau en dessous de lui : la ligne fractale de la côte, la mer pareille à une feuille de métal martelée, la griffe du cap Cod.

Le pire, dans cette histoire, ce fut lorsqu'il alla dîner ce soir-là, en avance de deux jours sur sa date de retour, avec un large sourire de merdeux et des joues brûlées par le soleil. Après le dîner, il emprunta à Alice la clé de la salle des préfets et s'y réfugia, éclusant du sherry en solitaire devant la fenêtre obscure où seul son reflet était visible, imaginant l'Hudson qui coulait au cœur de la nuit, lent et lourd de pluies printanières. Alice bossait dans sa chambre. Tous les autres élèves dormaient, hormis ceux qui faisaient la fête dans une aile de l'école d'où sortaient régulièrement des couples et des groupes éméchés. Lorsqu'il eut son content d'alcool et d'apitoiement sur soi, et que l'aube menaçait de se lever sur lui à tout instant, il gagna sa chambre d'un pas circonspect, passant devant l'ancienne chambre d'Eliot comme il gravissait l'escalier en vis. Il titubait un peu et buvait du sherry à même le goulot, ayant pris soin de piquer une dernière bouteille avant de partir.

Il sentait déjà venir la gueule de bois, sentait s'entamer en lui cette nauséeuse alchimie neurologique qui se produit en général pendant le sommeil. Son ventre se gonflait de viscères souillés. Les hommes et les femmes qu'il avait trahis sortirent du coin perdu qu'ils squattaient dans son esprit. Ses parents. James. Julia. Le professeur March. Amanda Orloff. Même ce cher feu Machin, le vieux type missionné par Princeton. Tous le dévisageaient sans passion aucune. Il n'était pas digne de leur mépris.

Il s'allongea sur son lit, laissant la lumière allumée. Il n'y avait donc pas de charme pour garantir le bonheur ? Quelqu'un en avait forcément inventé un. Comment avait-il pu passer à côté ? Pourquoi ne le lui avait-on pas enseigné ? Est-ce qu'il se cachait dans la bibliothèque, sous la forme d'un livre hors d'atteinte qui battait des pages contre une fenêtre haut placée ? Il sentit le lit sombrer sous lui, sombrer et sombrer sans fin, comme un Stuka partant et repartant à l'attaque sans jamais se lasser. Il était si jeune en arrivant ici ! Il repensa à cette journée glaciale de novembre où il avait accepté le livre des mains de la jolie infirmière, où le message s'était envolé dans le triste jardin glacé, où il lui avait couru après sans réfléchir. Jamais il ne saurait ce qui était écrit dessus. Recelait-il toutes les richesses, tous les bonheurs qui lui manquaient aujourd'hui encore, après qu'il avait reçu tant de cadeaux ? Contenait-il la révélation du sort de Martin Chatwin, le garçon qui avait disparu dans Fillory et qui jamais n'avait eu à affronter la misère de ce monde ? Comme il était ivre, il repensa à sa mère et à ce jour où elle l'avait serré contre son cœur – il était tout petit et venait de perdre un soldat en plastique noyé dans un caniveau –, et il enfouit son visage rougi par le soleil dans son oreiller si frais et il pleura comme s'il avait le cœur brisé.

Plus que quinze jours avant la remise des diplômes. Tout le monde cessa de bosser. Le Dédale devint un paradis verdoyant et agité, l'air se peupla de particules étincelantes et l'on vit dériver sur le fleuve des bateaux de plaisance dont les passagers offraient leur chair insouciante au soleil. Les élèves n'attendaient plus qu'une chose : le moment où ils pourraient faire la fête et tester des charmes prohibés. Ils ne cessaient d'échanger des regards et des tapes dans le dos, d'éclater de rire et de secouer la tête. Le manège ralentissait. La musique ne tarderait pas à se taire.

On élabora divers canulars. Chambres et dortoirs s'imprégnèrent d'une décadence inspirée des derniers jours de Pompéi. Quelqu'un inventa un jeu nécessitant des dés et un miroir enchanté, qui se résumait à une variante magique du strip-poker. Quelques soupirants mal inspirés firent une ultime tentative désespérée pour coucher avec l'objet de leur désir.

La cérémonie de remise des diplômes commença à six heures de l'après-midi, avant que les feux du couchant ne se soient estompés. On servit un banquet de onze couverts dans la grande salle à manger. La vingtaine de diplômés échangèrent un regard éberlué, car ils se sentaient bien seuls autour de la longue table. On ne trouvait aucune étiquette sur les bouteilles de vin rouge que l'on déboucha en leur honneur ; ce cru, ainsi que le leur révéla Fogg, provenait du minuscule vignoble de Brakebills, que Quentin avait découvert par hasard durant sa première année. La tradition exigeait que les heureux diplômés boivent la totalité de la récolte lors de ce dîner de gala – Fogg sous-entendit que le stock devait être vidé jusqu'à la dernière bouteille, faute de quoi il y aurait de sinistres conséquences. C'était un cabernet sauvignon acide et peu capiteux, mais ils ne se firent pas prier pour l'écluser. Quentin se fendit d'une ode interminable à la subtilité du *terroir** unique entre tous de Brakebills. On porta un toast à la mémoire d'Amanda Orloff, après quoi les verres furent jetés au feu pour marquer le coup. À chaque souffle de vent, les chandelles vacillaient et des gouttes de cire chaude tombaient sur la nappe blanche.

Au fromage, chaque lauréat se vit offrir une épinglette en argent identique à celle que portaient les préfets – Quentin se demanda en vain à quelle occasion il serait recommandé de l'arborer – et une grosse clé de fer noir qui leur permettrait de revenir à Brakebills en cas de besoin. On chanta les hymnes de l'école et Chambers servit du scotch, un alcool que Quentin n'avait encore jamais goûté. Il examina son verre sous tous les angles, s'émerveillant des jeux de lumière dans la liqueur ambrée. Étonnant qu'un liquide pût avoir un goût de fumée et de feu.

Il se pencha vers Georgia pour lui confier le fascinant dilemme qu'il devait affronter, mais, à ce moment-là, Fogg se leva et, le visage grave, congédia Chambers et pria les cinquième année de le suivre au sous-sol.

Voilà qui était inattendu. Le sous-sol, ça voulait dire les caves, où Quentin n'avait pratiquement jamais mis les pieds – sauf pour descendre y piquer un grand cru ou y chercher un peu d'intimité avec Alice. Le doyen mena jusqu'aux cuisines son troupeau aviné, bavard et même chantonnant, et, après avoir ouvert une porte dérobée dans le garde-manger, leur fit descendre un escalier bien fatigué dont les marches de bois ne tardèrent pas à se transformer en pierre. Ils émergèrent dans une cave sombre creusée dans la terre.

Quentin ne s'était pas attendu à échouer ici. L'atmosphère du lieu n'était pas propice à la fête. Le silence et la fraîcheur régnaient. Le sol était sale, le plafond bas, les murs mal dégrossis. Ils absorbaient tous les bruits. Ceux qui avaient entonné le refrain d'un chant bien connu – *Le Préfet qui fut défait*, un titre en forme d'euphémisme – se turent peu à peu. L'odeur de terre humide n'était pas désagréable.

Fogg se planta devant ce qui ressemblait à une trappe dans le sol. Une plaque de cuivre ornée d'inscriptions calligraphiques. Bizarrement, elle était propre comme un sou neuf. Le doyen s'empara d'une barre à mine et souleva la plaque au prix d'un effort visible. Elle faisait cinq bons centimètres d'épaisseur et il eut besoin de trois étudiants pour la rouler de côté.

— Après vous, dit-il, un peu essoufflé.

D'un geste emphatique, il désigna le trou d'un noir d'encre.

Quentin passa le premier. Il tendit avec un luxe de précautions un pied engourdi par l'alcool jusqu'à ce qu'il touche le premier barreau. On aurait dit qu'il s'immergeait dans de l'huile tiède et noire. L'échelle conduisit les lauréats dans une chambre suffisamment vaste pour leur permettre de former le cercle. Lorsque Fogg les rejoignit, ils l'entendirent remettre la plaque en place. Un claquement sourd, et l'échelle se rétracta à la manière d'une échelle d'incendie. Le silence était absolu.

— Inutile de s'arrêter en si bon chemin, dit Fogg.

Il alluma une bougie, sortit de sa poche deux flacons de bourbon et les fit passer parmi les lauréats. Quentin ne put s'empêcher d'être inquiet. La consommation d'alcool était tolérée à Brakebills – et, à dire vrai, elle atteignait parfois des sommets – mais ça commençait à faire beaucoup. Ça avait même quelque chose de forcé.

Enfin, c'était un grand jour après tout. Ils avaient reçu leur diplôme. Ils étaient officiellement des adultes. Des pairs partageant un bon verre. Dans une oubliette, au beau milieu de la nuit. Quentin but une gorgée et fit tourner.

Fogg alluma d'autres chandelles et les planta dans des bougeoirs en cuivre qu'il positionna en cercle devant eux. Ils ne devaient pas se trouver à plus de cinquante mètres sous terre, mais on aurait juré qu'ils étaient enterrés vivants à des kilomètres de profondeur, oubliés du reste du monde.

— Au cas où vous vous demanderiez ce que nous faisons ici, déclara le doyen, sachez que je voulais vous conduire à l'extérieur du Cordon de sécurité de Brakebills. Il s'agit d'une barrière protectrice qui rayonne tous azimuts à partir de la Maison.

Les ténèbres engloutirent ses paroles dès qu'il les eut prononcées.

— Angoissant, n'est-ce pas ? Mais néanmoins approprié, car, contrairement à moi, vous allez passer le reste de votre vie *extra muros*. En règle générale, on vous fait descendre ici pour vous mettre en garde contre les menaces extérieures. Dans le cas de votre promotion, c'est sans doute superflu. Vous avez observé *de visu* la puissance destructrice de certaines entités magiques.

» Il est peu probable que vous soyez à nouveau témoins d'incidents aussi graves que ceux qui se sont produits le jour du Fauve. Mais rappelez-vous que ces agressions appartiennent quand même au domaine du possible. Ceux d'entre vous qui étaient dans l'amphi ce jour-là en seront marqués pour l'éternité. Vous n'oublierez jamais le Fauve et, soyez-en sûrs, il ne vous oubliera jamais, lui non plus.

» Pardonnez-moi ce sermon, mais c'est le dernier que j'aurai l'occasion de vous imposer.

Quentin était placé juste en face de Fogg – tous les lauréats s'étaient assis à même le sol –, dont le visage glabre et affable flottait au sein des ténèbres comme une apparition. Les deux flacons de whiskey lui parvinrent en même temps et il but au goulot de chacun avant de les refaire tourner.

— Parfois, je me demande si l'homme était vraiment censé découvrir la magie, poursuivit Fogg en s'animant. Car, en vérité, ça n'a aucun sens. C'est un peu trop parfait, vous ne trouvez pas ? S'il y a une leçon que nous enseigne la vie, c'est qu'on n'obtient rien en le souhaitant. Les paroles, les pensées ne peuvent rien changer. Le langage et la réalité sont deux phénomènes distincts – la réalité est quelque chose de dur, de résistant, et elle se fout de ce que vous pouvez dire ou penser à son propos. Du moins, elle devrait s'en foutre. On compose avec elle et puis on continue.

» Les enfants ne savent pas cela. Ils pratiquent la pensée magique, pour reprendre l'expression de Freud. Apprendre à se défaire de cette pensée, c'est sortir de l'enfance. La séparation du mot et de la chose, voilà le principe fondamental de notre vie d'adulte.

» Mais, dans le feu de la magie, il arrive que cette frontière entre le mot et la chose se délite. Elle se brise, et le mot et la chose se confondent. Le langage se mélange avec le monde qu'il décrit.

» Ne serions-nous pas tombés sur un défaut du système ? Une sorte de court-circuit ? Une erreur de catégorie ? Une boucle d'étrangeté ? Et si la magie était un savoir auquel nous serions bien inspirés de renoncer ? Je vous pose la question : un homme qui jette un charme peut-il encore espérer grandir ?

Il marqua une pause. Nul ne lui répondit. Qu'auraient-ils pu lui dire ? Il était un peu tard pour leur servir ce prêche, à présent qu'ils avaient achevé leur éducation magique.

— J'ai une petite théorie que j'aimerais vous exposer, si vous le permettez. À votre avis, qu'est-ce qui fait de vous des magiciens ?

Silence. Fogg avait pénétré de plain-pied dans le domaine des questions rhétoriques. Il reprit d'un ton plus posé :

— Est-ce votre intelligence ? votre courage ? votre bonté ? Est-ce parce que vous êtes des gens exceptionnels ?

» Peut-être. Qui sait ? Mais je vais vous dire une chose : à mon sens, si vous êtes des magiciens, c'est parce que vous êtes malheureux. Ce qui fait la force d'un magicien, c'est sa souffrance. Le fait qu'il perçoit la différence entre le monde tel qu'il est et le monde tel que le désire son cœur. Car, en fin de compte, à quoi sert cette pompe dans votre torse ? Si un magicien est fort, c'est parce qu'il est blessé plus souvent qu'à son tour. Sa blessure, c'est sa force.

» Le commun des mortels trimballe la même blessure jusqu'à la fin de ses jours, et il l'apaise grâce à diverses méthodes jusqu'à ce qu'elle finisse par le tuer. Mais vous, mes amis, vous avez trouvé un autre moyen de la gérer – un moyen d'exploiter votre souffrance. C'est votre source d'énergie, elle vous apporte la chaleur et la lumière. Vous avez appris à briser le monde qui a tenté de vous briser.

Quentin laissa dériver son attention vers les quelques points lumineux qui scintillaient sur le plafond incurvé, dessinant des constellations qui lui étaient inconnues, comme s'il avait observé les étoiles depuis une autre planète. Quelqu'un s'éclaircit la gorge.

Fogg poursuivit son speech.

— Mais au cas où cela ne suffirait pas, chacun de vous quittera cette cave avec une police d'assurance : un pentagramme tatoué sur le dos. Une étoile à cinq branches très décorative qui sert en outre de cellule à un démon, une créature assez petite mais très vicieuse. Un cacodémon, pour être précis.

» Ces bestioles sont robustes, et je dirais même blindées. Je crois même que leur épiderme est en fer. Chacun de vous recevra un mot de passe pour libérer le sien. Dès que vous l'aurez appelé à la rescousse, il se battra pour vous jusqu'à ce que mort s'ensuive – la sienne ou celle de votre adversaire.

Fogg se frappa les cuisses des mains et fixa les diplômés comme s'il venait de leur annoncer qu'on allait leur distribuer du papier à lettres à en-tête de l'école. Georgia leva une main hésitante.

— Est-ce que... Est-ce que c'est obligatoire ? Je veux dire, suis-je la seule à redouter de me retrouver avec un démon... comment dirais-je... un démon dans la peau ?

— Si une telle perspective vous dérange, Georgia, vous auriez dû suivre une formation d'esthéticienne, répliqua sèchement Fogg. Mais ne vous inquiétez pas, le jour où vous le libérerez, il vous en sera diablement reconnaissant – si j'ose m'exprimer ainsi. Mais il ne vous aidera qu'une seule fois, alors choisissez bien le moment.

» C'est la raison pour laquelle nous sommes ici, au fait. Impossible d'invoquer un cacodémon à l'intérieur du Cordon.

» Et si je vous ai fait boire du bourbon, c'est parce que la procédure est extrêmement douloureuse. Alors, qui passe le premier ? Mais peut-être préférez-vous l'ordre alphabétique ?

Le lendemain, à dix heures du matin, une cérémonie plus classique eut lieu dans le grand amphi. Difficile d'imaginer une promotion d'étudiants plus misérables et plus anéantis par l'alcool. Exceptionnellement, les parents étaient admis à Brakebills, aussi était-il interdit de pratiquer la magie et même de l'évoquer en paroles. Quant au tatouage, il était encore plus douloureux que la gueule de bois. Quentin avait l'impression qu'une horde de fourmis lui mordillait le dos, savourant sa chair comme si c'était un morceau de roi. La présence de ses parents, assis une dizaine de gradins derrière lui, alourdissait encore le fardeau pesant sur ses épaules.

Il ne gardait que des souvenirs confus de la nuit précédente. Le doyen avait lui-même invoqué les démons, dessinant par terre des séries de sceaux concentriques au moyen d'épaisses craies blanches. Il procédait de façon rapide et assurée, en utilisant ses deux mains. Préalablement au tatouage, les garçons ôtèrent chemise et blazer et se mirent en rang, et les filles firent de même, avec quelques variantes. Les plus pudiques plaquèrent leurs vêtements froissés sur leurs seins, les plus exhibitionnistes se dépoitraillèrent sans complexe.

Dans la pénombre, Quentin ne put distinguer l'outil que Fogg appliquait sur leur peau, mais il était luisant et poisseux. Le dessin du tatouage était complexe et caractérisé par d'étranges propriétés optiques. La douleur était insoutenable, comme si Fogg leur arrachait la peau et appliquait du sel sur leur chair à vif. Mais cela n'était rien comparé à la terreur que lui inspirait la suite, le moment où il recevrait le démon en lui. Lorsque tout le monde fut paré, Fogg édifia au centre de ses sceaux un dôme de braises rougeoyantes, et une chaleur étouffante s'instaura dans la cave. L'air était chargé d'une odeur de sang, de fumée et de sueur, un parfum de fièvre orgiaque. Lorsque vint le tour du premier diplômé – Alsop, Gretchen, comme par hasard –, Fogg enfila un gantelet de fer et fouilla les braises jusqu'à ce qu'il ait trouvé ce qu'il cherchait.

La lueur rouge éclairait son visage par en dessous et – peut-être était-ce dû à l'alcool, à moins que sa mémoire ne l'ait trahi – Quentin crut surprendre sur ses traits une expression qu'il ne lui avait jamais vue depuis son arrivée à Brakebills : avinée, cruelle, sadique. Quand il eut mis la main sur ce qu'il cherchait, il tira d'un coup sec et un démon jaillit des braises, traînant derrière lui un sillage d'étincelles, un démon furibond aussi gros qu'un chien. D'un mouvement vif, Fogg le plaqua contre le dos nu de Gretchen ; il dut s'y reprendre à deux fois pour faire rentrer un bras convulsif qui saillait de la peau. Gretchen poussa un hoquet et son corps se tétanisa, comme si on lui avait jeté un seau d'eau glacée. Puis elle ouvrit de grands yeux étonnés et tourna la tête pour examiner son épaule, oubliant sa pudeur et offrant à la vue de tous ses petits seins aux aréoles rose pâle. Comme Quentin le découvrirait une fois son tour venu, l'intromission était parfaitement indolore.

À présent, tout cela lui faisait l'effet d'un rêve, même si, en se réveillant ce matin-là, il s'était empressé d'examiner son dos dans la glace. Elle était bien là, une grande étoile à cinq branches dessinée à gros traits, encore un peu à vif et légèrement excentrée vers la gauche ; elle devait se situer plus ou moins au niveau de son cœur, devina-t-il. À l'intérieur de son pourtour, on distinguait des caractères minuscules ainsi que des étoiles, des croissants de lune et autres icônes moins faciles à identifier – cela ne ressemblait pas tant à un tatouage qu'à un cachet notarial ou à un tampon apposé sur un passeport. En dépit de la fatigue, de la douleur et de la gueule de bois, il se fendit d'un petit sourire. C'était super cool.

Une fois achevée la cérémonie officielle, ils sortirent de l'amphi pour envahir le grand hall. S'ils avaient eu des casquettes, ils les auraient jetées en l'air, mais on ne leur en avait pas donné. On entendit un début de brouhaha, quelques cris de joie, mais pas grand-chose d'autre ; le chapitre était clos ; il fallait tourner la page. Ils étaient diplômés, plus aucun doute sur ce point. Ils pouvaient aller où ils voulaient, faire ce qui leur chantait. Le grand jour était venu : tout était fini.

Alice et Quentin s'éclipsèrent par une porte dérobée et, la main dans la main, gagnèrent l'ombre d'un grand chêne au feuillage enveloppant. Il n'y avait pas un souffle de vent. Le soleil était éblouissant. Quentin sentait le sang battre à ses tempes. Ses parents n'étaient pas loin et, dans un instant, il devrait se mettre à leur recherche. À moins que, pour une fois dans leur vie, ce soit eux qui décident de le chercher. Il y aurait pas mal de fêtes ce soir, mais il n'avait aucune envie d'y participer. Pas plus qu'il n'avait envie de faire ses bagages, ni de retourner à Chesterton, à Brooklyn ou ailleurs. Il ne voulait ni partir ni rester. Il jeta un regard en coin à Alice. Elle avait l'air chiffonnée. Il chercha en lui l'amour qu'elle lui inspirait d'ordinaire, sans parvenir à le trouver. S'il y avait une chose qu'il désirait en cet instant, c'était bien la solitude. Mais cela lui était interdit.

Ces pensées-là étaient nuisibles, mais il ne pouvait ou ne voulait en interrompre le flot, c'était comme une hémorragie mentale. Regardez-le, pourtant : un magicien frais émoulu, libre de choisir sa destinée. Il avait appris à jeter des charmes, survécu au Fauve et volé de ses propres ailes jusqu'en Antarctique, dont il était revenu tout nu après avoir gagné le Pôle par la seule force de sa magie. Il avait un démon de fer gravé sur le dos. Comment se faisait-il qu'il pût encore déprimer après avoir accompli et gagné tant de choses ? Qu'est-ce qu'il lui manquait ? Ou bien était-ce sa nature qui voulait ça ? S'il ne pouvait être heureux ici et maintenant, était-ce à cause d'une faille fondamentale ? Dès qu'il saisissait le bonheur, celui-ci lui filait entre les doigts. À l'instar de Fillory, à l'instar de toutes les belles choses de la vie, ça ne durait jamais. Quelle terrible constatation !

J'ai obtenu ce que je désirais, songea-t-il, et c'est là que mes ennuis ont commencé.

— Nous avons toute notre vie devant nous, et tout ce qui me fait envie, c'est une bonne sieste, déclara Alice.

Ils entendirent un petit bruit derrière eux. Une bulle de savon qui éclate, un soupir interrompu, un battement d'ailes.

Quentin se retourna, et ils étaient tous là. Josh, avec un collier de barbe blond qui lui donnait plus que jamais une allure de moine jovial. Janet, qui arborait un piercing au nez, et sans doute d'autres mieux cachés. Eliot, qui portait des lunettes noires, ce qu'il ne faisait jamais à Brakebills, et une chemise d'une perfection surnaturelle. Quant au quatrième homme, qui leur était inconnu, c'était un beau brun ténébreux, un peu plus âgé qu'eux.

— Allez chercher vos affaires, dit Josh.

Son sourire s'élargit encore et il ouvrit les bras à la manière d'un prophète.

— On vous emmène loin de tout ça.

LIVRE DEUX

MANHATTAN

DEUX MOIS PLUS TARD, on était en novembre. Selon le vrai calendrier et non celui de Brakebills – Quentin avait peine à se rappeler qu'il vivait désormais en temps réel. Il se plaqua la tempe contre la porte-fenêtre glaciale de son appartement. Loin, très loin en contrebas, il distinguait un petit parc propret aux arbres rouge et brun. L'herbe y était élimée, mouchetée de terre nue, comme un tapis usé dont on aurait entraperçu la trame.

Alice et lui étaient allongés sur un canapé-lit rayé de couleurs vives, la main dans la main, aussi ébahis que si un radeau de fortune venait de les déposer sur la plage d'une île déserte. Les lumières étaient éteintes mais les stores vénitiens mi-clos laissaient filtrer l'éclat laiteux de la fin d'après-midi. Sur la table basse se trouvaient les vestiges d'une partie d'échecs âprement disputée qui s'était conclue par un nul.

L'appartement était vierge de toute décoration et meublé dans un style mélangeant l'excentrique et l'utilitaire. Ils n'étaient ici que des squatteurs : grâce à une manipulation magique abrutissante de complexité, ils s'étaient attribué ce bien immobilier du Lower East Side pendant que ses propriétaires légitimes avaient le dos tourné.

Un profond silence imprégnait l'air immobile, aussi lourd que des draps raides accrochés à une corde à linge. Ni l'un ni l'autre n'avaient ouvert la bouche depuis une heure, ni l'un ni l'autre n'en éprouvaient le besoin. Ils étaient partis au pays du lotus.

— Quelle heure est-il ? dit enfin Alice.

— Deux heures. Passées de quelques minutes. (Quentin se tourna vers le réveil.) Oui, c'est ça.

On sonna à l'entrée de l'immeuble. Ni l'un ni l'autre ne bougèrent.

— Ça doit être Eliot, dit Quentin.

— Tu vas déjà chez lui ?

— Oui. Probablement.

— Tu ne m'avais pas dit que vous commenciez aussi tôt.

Quentin se redressa lentement sur son séant en contractant ses abdominaux et dégagea son bras glissé sous la tête d'Alice.

— C'est probablement ce qu'on a décidé.

Il ouvrit la porte à Eliot. Ils devaient organiser une fête pour le soir.

Deux mois à peine avaient passé depuis la remise des diplômes, mais Brakebills lui semblait déjà relever d'une autre vie – une de plus, ajouta-t-il mentalement, un peu déprimé de constater qu'à l'âge tendre de vingt et un ans il en était déjà à sa troisième ou quatrième vie.

En quittant Brakebills pour New York, Quentin s'attendait à subir l'âpre bouleversement de la transition : abandonner la chrysalide enchantée de Brakebills pour plonger dans la crasse, l'agitation et le chaos de la ville, où des gens bien réels vivaient leur vie réelle, accomplissaient un réel travail pour gagner de l'argent réel. Et son euphorie avait bien duré quinze jours. La réalité, c'était ça, à condition qu'on considère comme tel un monde sans magie, obsédé par le fric et d'une saleté repoussante. Il avait oublié le quotidien du monde réel. Rien n'était enchanté, tout était superficiel. La moindre surface disponible était saturée de mots – affiches de concert, publicités, graffitis, cartes, pictogrammes, avertissements, extraits de règlements –, mais, contrairement à une formule magique, tout cela ne signifiait *rien*. À Brakebills, chaque centimètre carré de la Maison, chaque brique, chaque arbre, chaque buisson, marinait dans la magie depuis des siècles. Ici, dans le vaste monde, régnait une physique crue, brute de décoffrage ; ici, la banalité était endémique. On aurait dit un récif de corail privé de sa vitalité comme de sa substance, dont ne subsistait qu'un fossile coloré mais desséché. Aux yeux d'un magicien, Manhattan était un désert.

Mais, comme dans tous les déserts, on y trouvait en cherchant bien quelques traces de vie débiles et anémiées. Abstraction faite des anciens de Brakebills y résidant, il existait dans la métropole une culture magique, mais elle n'était perceptible que sur ses marges, au sein de sa population immigrée. Les autres Physiques – qui avaient définitivement renoncé à cette appellation – firent découvrir les bons coins à Alice et Quentin. À l'étage sans fenêtres d'un café de Queens Boulevard, ils virent des Kazakhs et des Juifs hassidiques réinterpréter la théorie des nombres. À Flushing, ils mangèrent des boulettes avec des mystiques coréens et, dans l'arrière-cuisine d'une bodega d'Atlantic Avenue, ils regardèrent des adorateurs d'Isis élaborer des sorts égyptiens. Un jour, ils gagnèrent Staten Island par le ferry pour assister à un conclave de chamans philippins dans une piscine à l'eau couleur d'azur, où on leur servit un excellent gin tonic.

Mais, au bout de quelques semaines, Quentin avait perdu tout intérêt pour ces virées à but pédagogique. Les sujets de distraction abondaient autour de lui et aucune tâche urgente ne mobilisait son temps. La magie serait toujours là, c'était du boulot et il n'avait fait que ça pendant des années. La vie… c'était dans ce domaine qu'il avait du retard à rattraper. L'underground magique de New York était certes étriqué, mais la quantité et la variété de ses bars étaient prodigieuses. Et on pouvait s'y procurer de la drogue – de la vraie ! Ils étaient tout-puissants, ils étaient oisifs, et rien ni personne ne pouvait les arrêter. New York n'avait qu'à bien se tenir !

Alice se montra un peu moins enthousiaste que Quentin. Elle avait repoussé son affectation dans la recherche ou le service public, un de ces postes qui attiraient les plus sérieux parmi les diplômés de Brakebills, afin de passer quelque temps à New York avec ses anciens condisciples, mais, malgré cela, elle éprouvait toujours la même soif d'études et passait une bonne partie de ses journées à se consacrer à la magie plutôt qu'à se remettre de ses excès. Quentin, qui avait un peu honte de ne pas suivre son exemple, envisagea à haute voix de relancer son projet d'expédition lunaire, sans toutefois traduire ses paroles en actes. (Alice l'affubla alors de divers sobriquets ayant trait au voyage spatial – Scotty, Major Tom, Laïka –, mais il fit preuve d'une telle apathie par la suite que cela finit par devenir plus humiliant qu'amusant.) Il se sentait en droit de se détendre un peu, de s'ébrouer de la poussière magique laissée par Brakebills, bref, il voulait croquer la vie à pleines dents. Un sentiment partagé par Eliot. (« Et la boire jusqu'à plus soif », ajoutait-il en amplifiant son accent de l'Oregon.) Cela ne posait pas de problème. Alice et lui étaient différents, voilà tout. C'était ça qui rendait la vie intéressante, non ?

Quoi qu'il en soit, lui se sentait intéressant. Voire fascinant. Sa première année de vie active était entièrement financée par un immense fonds secret accumulé au fil des siècles grâce à des investissements inspirés par la magie, qui permettait à tous les anciens de l'école de subvenir à leurs besoins. Après quatre ans d'austérité brakebillienne, l'argent liquide était encore plus formidable qu'une baguette magique : Quentin avait désormais le pouvoir de transmuter les objets, de les créer à partir de rien, et il ne s'en priva pas. Les types friqués le prenaient pour un artiste, et vice versa, tout le monde le trouvait beau et intelligent, et il se faisait inviter partout : soirées de charité, cercles de jeu clandestins, bouges, penthouses, virées en limousine à la recherche d'une dose. Eliot et lui se faisaient passer pour des frères et leur duo rencontrait un véritable triomphe. La vengeance des polards.

Nuit après nuit, Quentin rentrait au bercail peu avant l'aurore, seul, à bord d'un taxi conduit par un chauffeur solennel, un corbillard peint en jaune qui s'arrêtait dans une rue baignée de lumière bleue – le délicat rayonnement du jour embryonnaire. Son corps, qui se purgeait peu à peu de la coke ou de l'ecstasy, lui semblait étrangement lourd, pareil à celui d'un golem façonné dans un bloc de métal ultradense, qui aurait pris forme humaine en se refroidissant après être tombé des cieux. D'une seconde à l'autre, du moins l'imaginait-il, le trottoir allait se lézarder sous ses pas et le précipiter dans les égouts, à moins qu'il ne prenne soin de poser le pied au centre géométrique de chacune de ses dalles.

Planté au sein du désordre figé de leur appartement, il sentait son cœur se serrer de regret. Sa vie semblait avoir pris un mauvais tournant. Il n'aurait pas dû sortir. Il aurait dû rester avec Alice. Mais alors il se serait fait chier comme un rat mort. Et si elle était sortie avec lui, c'est elle qui se serait fait chier. Qu'allaient-ils faire ? Ça ne pouvait pas continuer comme ça. Il se félicitait qu'elle n'ait pas été le témoin des excès auxquels il s'était livré : la drogue, le flirt, le pelotage en règle…

Ensuite, il ôtait ses vêtements puant le tabac, comme un crapaud se défaisant de sa mue, et Alice se réveillait et se redressait en frémissant ; le drap glissait pour révéler ses seins lourds. Elle se collait contre lui, ils se calaient le dos contre la tête de lit et, sans dire un mot, regardaient le jour se lever, écoutaient le camion des éboueurs faire le tour du quartier en cahotant, engloutissant avec avidité les reliefs laissés par les citadins, ingérant les déjections de la ville. Quentin avait alors pitié des éboueurs, un sentiment qui s'élargissait à toute la population civile. Il se demandait comment leur vie dépourvue de charme pouvait leur sembler digne d'être vécue.

Quentin entendit Eliot fouiller ses poches à la recherche de sa clé après avoir constaté que la porte était verrouillée ; il partageait un appartement de SoHo avec Janet mais, comme il était tout le temps fourré chez Quentin et Alice, ceux-ci avaient jugé plus pratique de lui donner un double de leur clé. Il fit le tour de la piaule, tentant de la ranger sans grande conviction, ramassant de-ci de-là des emballages de capotes, des sous-vêtements et des restes de bouffe pour les jeter à la poubelle. Ladite piaule, aménagée dans une ancienne usine, était superbe, avec parquets cirés à larges lattes, fenêtres en arc et murs de brique nue, mais elle avait connu des occupants plus soigneux. À sa grande surprise, Quentin avait découvert que, s'il était un rien négligent en matière de ménage, Alice était pour sa part une véritable souillon.

Comme elle était encore en chemise de nuit, elle se réfugia dans la chambre pour s'habiller.

— Bonjour, dit Eliot.

Il resta derrière la porte, un modèle coulissant en métal brut, vêtu d'un manteau long et d'un sweat-shirt auquel les mites avaient ôté toute valeur marchande.

— Salut, fit Quentin. Laisse-moi le temps d'attraper un manteau.

— On se les gèle dehors. Alice vient ?

— Je n'en ai pas l'impression. Alice ? (Il éleva la voix.) Alice ?

Pas de réponse. Eliot était déjà ressorti sur le palier. Ces derniers temps, il supportait de moins en moins Alice, lui reprochant de ne pas partager sa dévotion pour la fiesta. L'intelligence dont elle refusait de se départir devait lui rappeler l'avenir auquel il semblait avoir renoncé, du moins Quentin le supposait-il. En tout cas, c'était un sentiment qu'il partageait.

Il hésita une fois sur le seuil, partagé entre deux loyautés contradictoires. Sans doute serait-elle ravie d'avoir un peu de calme pour étudier.

— Elle nous rejoindra plus tard, je pense.

Il se tourna vers la chambre pour lancer :

— Okay ! J'y vais ! À tout à l'heure !

Toujours pas de réponse.

— Au revoir, maman ! railla Eliot.

La porte se referma.

New York avait également changé Eliot. À Brakebills, il apparaissait comme suprêmement détaché. Son charme, son allure et son talent pour la magie faisaient de lui un être à part, presque supérieur. Mais depuis que Quentin l'avait rejoint à Manhattan, l'équilibre entre eux s'était subtilement altéré. Eliot n'était pas sorti indemne de sa transplantation ; il ne dominait plus la plèbe de la tête et des épaules. Son humour était plus sarcastique, plus brutal, plus infantile que le souvenir qu'en gardait Quentin. Il semblait rajeunir à mesure que Quentin prenait de l'âge. Il avait besoin de Quentin et lui en tenait rigueur. Il détestait qu'on le mette à l'écart mais aussi qu'on veuille l'inclure à tout prix. Il passait plus de temps qu'il n'était raisonnable sur le toit de son immeuble, à fumer des Merits et Dieu savait quoi d'autre – avec l'argent, on se procure tout ce que l'on désire, et ils en avaient en abondance. Il maigrissait à vue d'œil. Il sombrait dans la dépression et se montrait vicieux lorsque Quentin tentait de lui remonter le moral. Quand il était particulièrement agacé, il lâchait : « Un autre que moi serait déjà devenu dipsomane, ajoutant aussitôt : Mais, au fait… » C'était très drôle. Enfin, la première fois.

À Brakebills, Eliot commençait à boire à l'heure du dîner, un peu plus tôt le week-end, ce dont personne ne prenait ombrage, car tous les élèves des classes supérieures en faisaient autant, quoiqu'ils n'aient pas échangé leur dessert contre un verre de rab, contrairement à lui. À Manhattan, vu qu'aucun prof ne l'avait à l'œil et qu'il n'avait pas besoin de rester sobre pendant les cours, on le voyait souvent un verre à la main à partir de treize heures. En général, ce n'était pas bien méchant – du vin blanc, un Campari ou un bourbon-soda on the rocks. Mais quand même. Un jour, alors qu'Eliot se remettait d'un rhume carabiné, Quentin lui fit remarquer en plaisantant qu'il devrait boire autre chose que de la vodka-tonic pour faire passer son Vicks.

— Je suis malade, je ne suis pas mort, avait rétorqué Eliot.

Et on n'avait plus abordé le sujet.

L'un au moins de ses talents avait survécu au changement : il n'avait toujours pas son pareil pour dénicher des crus obscurs et capiteux. L'ivrognerie n'avait en rien entamé son snobisme. Il participait à des dégustations et se lançait dans des conversations érudites avec les importateurs et les marchands de vin. Tous les mois environ, lorsqu'il avait amassé une douzaine de bouteilles dont il était spécialement fier, il annonçait la tenue d'un dîner en leur honneur. C'était pour préparer l'un de ces dîners qu'il était venu chercher Quentin.

Ils consacraient à ces occasions des efforts démesurés, totalement disproportionnés au plaisir qu'ils en retiraient. Cela se passait au domicile d'Eliot et Janet, à SoHo, un vaste appartement d'avant-guerre doté d'une profusion de chambres, le cadre rêvé pour un vaudeville à la française. Josh faisait office de maître queux, assisté par Quentin qui jouait aussi les serveurs. Eliot était le sommelier, naturellement. Quant à Alice, elle participait en arrêtant de lire le temps de manger deux ou trois bouchées.

Janet avait la responsabilité du thème de la soirée : elle décidait de la tenue des invités, choisissait la musique de fond et rédigeait à la main des menus uniques qu'elle illustrait avec brio. Elle fournissait également des éléments de décor souvent sujets à controverse. Le thème de ce soir était le métissage, et Janet – faisant fi des objections tant esthétiques que morales, voire ornithologiques – avait décidé de produire unc sculpture de glace animée par magie représentant Léda et le cygne. Tous deux copuleraient jusqu'à fondre.

Comme d'habitude, le thème de la soirée vira de l'astucieux à l'embarrassant en milieu d'après-midi, soit bien avant le début des festivités proprement dites. Quentin avait trouvé chez un antiquaire un pagne tahitien qu'il avait l'intention de porter avec un gilet et une veste de smoking, mais la paille lui grattait tellement les cuisses qu'il dut y renoncer. Comme il ne trouvait aucune idée de rechange, il passa l'après-midi à bouder et à éviter Josh, qui avait compilé durant la semaine des recettes mélangeant des ingrédients contradictoires – sucré et salé, noir et blanc, fondu et glacé, Orient et Occident – et s'affairait aux fourneaux comme un beau diable tout en exigeant de lui qu'il goûte ses préparations, accueillant la moindre critique avec hostilité. Alice arriva à cinq heures et demie, et Quentin comme Josh prirent soin de l'éviter. Lorsque la soirée commença pour de bon, ils étaient tous ivres, affamés et irritables.

Puis, comme cela arrive parfois en de telles circonstances, tout redevint parfait, un phénomène aussi mystérieux que spontané. On se raccommoda en chœur. La veille, Josh, qui s'était rasé la barbe quelque temps auparavant (« C'est aussi chiant de l'entretenir que de soigner un chien »), avait annoncé qu'il avait invité une amie, ce qui les incitait tous à tendre vers la perfection. Alors que le soleil se couchait sur l'Hudson et que ses rayons teints d'un rose délicat par l'atmosphère du New Jersey se déversaient dans l'immense salle à manger, Eliot servit dans des verres givrés des cocktails au Lillet (Lillet et champagne, avec une bonne dose de vodka pour occuper la couche inférieure), Quentin fit passer un plateau couvert de guédilles au homard, et, soudain, tous apparurent comme des êtres sages, spirituels et beaux – et peut-être l'étaient-ils.

Josh avait refusé de leur révéler l'identité de son amie, aussi lorsque s'ouvrit la porte de l'ascenseur – comme l'appartement occupait tout l'étage, la cabine arrivait directement dans la salle à manger –, Quentin fut tout surpris de la reconnaître : c'était la Luxembourgeoise aux cheveux roux, la capitaine de l'équipe de bourbasse qui avait sonné le glas de sa carrière de joueur. Ainsi que Josh et elle le racontèrent (vu la façon dont ils se passaient le relais, ils avaient soigneusement répété leur numéro), il l'avait trouvée par hasard dans une station de métro où elle tentait d'ensorceler un distributeur de boissons pour qu'il crédite sa carte de transport. Elle s'appelait Anaïs et portait un pantalon en peau de serpent si ravissant que personne ne lui demanda en quoi il se rapportait au thème de la soirée. Elle avait des anglaises délicieuses et un nez mutin, et Josh était fou amoureux d'elle. Quentin ne put s'empêcher d'être un peu jaloux.

Ce fut à peine s'il échangea deux mots avec Alice durant toute la soirée, tant il était occupé à servir et à desservir les amuse-gueules. Lorsqu'il arriva avec les entrées – des côtes de porc arrosées de chocolat noir –, la nuit était tombée et Richard donnait une conférence sur la théorie de la magie. Le vin, les mets, la musique, les chandelles… tout cela parvenait presque à le rendre intéressant.

Richard n'était autre que le beau ténébreux qui avait accompagné les anciens Physiques le jour de la remise des diplômes. Lui aussi était un Physique, de la promotion antérieure à celle d'Eliot, Josh et Janet, et c'était le seul du lot à être entré de plain-pied dans l'exercice professionnel de la magie. Grand, la tête imposante, les cheveux noirs, les épaules larges et le menton carré, il avait une beauté à la Frankenstein. Il se montrait relativement amical avec Quentin : regard franc, poignée de main ferme. Durant la conversation, il s'adressait à lui en l'appelant par son prénom, d'une façon qui lui donnait l'impression de passer un entretien d'embauche. Richard était employé par le trust gérant les avoirs de la communauté des magiciens, ce qui représentait un actif considérable. Bien qu'il ne fît pas de prosélytisme, c'était un chrétien pratiquant. Ceux-ci étaient fort rares parmi les magiciens.

Quentin s'efforçait de le trouver sympathique, vu qu'il était unanimement apprécié et que cela lui simplifierait la vie. Mais, décidément, il en faisait trop. Loin d'être stupide, il n'avait cependant aucun sens de l'humour : la moindre blague lui passait au-dessus de la tête, si bien que la conversation s'interrompait le temps qu'on lui explique pourquoi tout le monde se marrait – en général, c'était Janet qui se tapait cette corvée –, et il fronçait alors ses sourcils de Vulcain pour montrer à quel point la bêtise de ses compagnons le consternait. Quant à Janet, qui d'ordinaire ne manquait jamais de démolir le premier qui se prenait trop au sérieux, elle lui mangeait carrément dans la main. Quentin s'agaçait de lui voir adopter la servilité dont lui-même avait jadis fait montre envers ses aînés Physiques. En outre, il avait la nette impression que Janet avait couché une ou deux fois avec Richard du temps de leur séjour à Brakebills. Et il était possible qu'ils couchent encore ensemble à l'occasion.

— La magie, déclara Richard d'une voix traînante, c'est les outils. Du Créateur.

Comme il ne buvait presque jamais, deux verres de viognier avaient suffi à le griser. Il tourna la tête de droite à gauche pour s'assurer que toute la tablée était suspendue à ses lèvres. Quel crétin prétentieux !

— Il n'y a pas d'autre façon de voir les choses, reprit-il. Nous avons affaire à un scénario où un Être a bâti la maison et puis s'en est allé. (Il tapa sur la table pour souligner la fulgurance de ce raisonnement.) Et quand Il est parti, Il a laissé ses outils au garage. Puis nous les avons trouvés, nous les avons ramassés et nous avons cherché à deviner comment ils fonctionnaient. Aujourd'hui, nous apprenons à nous en servir. La magie, c'est ça.

— Cet exposé contient tellement d'erreurs que je ne sais par laquelle commencer, dit Quentin, qui fut le premier surpris d'entendre sa voix.

— Ah bon ? Essaie quand même.

Il posa le plateau qu'il venait d'apporter. Il n'avait aucune idée de ce qu'il allait dire, mais il était satisfait de contredire Richard en public.

— D'accord. Eh bien, premièrement, il y a un gros problème d'échelle. Aucun magicien n'a réussi à bâtir un univers. Ni même une galaxie, un système solaire ou une planète. Pour construire une maison, il faut des grues et des bulldozers. S'il existe bien un « Créateur », ce qui n'a pas été prouvé à mes yeux, c'est cela qu'Il a utilisé. Nous, nous n'avons que des outils de bricoleur. La gamme Black & Decker. Je ne vois pas le rapport avec ce que tu racontes.

— S'il s'agit d'un simple problème d'échelle, répliqua Richard, il n'a rien d'insurmontable. Peut-être que… (il scruta son verre en quête de la métaphore idoine) peut-être que nous ne branchons pas nos outils sur la bonne prise. Peut-être qu'il existe une prise plus *grosse*…

— Parler d'électricité revient à parler d'énergie, intervint Alice, et il faut se demander d'où vient cette énergie.

C'est ce que j'aurais dû dire, songea Quentin. Alice adorait les discussions théoriques autant que Richard et elle s'y montrait bien plus brillante.

— Il est prouvé qu'un charme de réchauffement opère en transférant de l'énergie d'un point à un autre, poursuivit-elle. Si quelqu'un a créé l'univers, il a du même coup créé de l'énergie. Il ne s'est pas contenté de la déplacer.

— D'accord, mais…

— Par ailleurs, la magie comme outil, je ne le sens pas. Si jeter un charme équivalait à allumer une perceuse, ce serait plutôt chiant, non ? Et la magie n'a rien de chiant. C'est un processus aussi beau qu'irrégulier. Ce n'est pas un objet manufacturé ; c'est autre chose, quelque chose d'organique. Le fruit d'une maturation et non d'une fabrication.

Elle était resplendissante, vêtue de cette robe fourreau noire qu'il aimait tant. Où était-elle passée durant la soirée ? Il ne cessait d'oublier que c'était son trésor.

— C'est une technologie extraterrestre, je le parierais, dit Josh. Ou un truc quadridimensionnel. En provenance d'une direction que nous ne pouvons percevoir. Ou alors, nous sommes les personnages d'un jeu vidéo multi-joueurs high-tech. (Il claqua des doigts.) C'est pour ça qu'Eliot n'arrête pas de tringler mon zombie !

— Pas nécessairement, dit Richard, qui en était resté à l'argument d'Alice. Le processus n'est pas forcément irrégulier. Je dirais qu'il participe d'une régularité supérieure, qui se place à un niveau que nous ne pouvons appréhender.

— Ouais, c'est forcément ça, dit un Eliot complètement bourré. Décidément, tu as réponse à tout. Dieu nous préserve des magiciens chrétiens. Je croirais entendre mes parents. C'est exactement ce qu'ils diraient, ces crétins de chrétiens. « Tu vois, si ça ne colle pas avec ta théorie, eh bien, c'est que ça colle, en fait, mais les voies du Seigneur sont impénétrables, alors nous ne comprenons pas comment ça colle. Parce que nous sommes de pauvres pécheurs. » Merde ! c'est trop facile !

Il tendit sa longue fourchette pour fouiller dans le chef-d'œuvre de Janet. Léda et le cygne étaient désormais méconnaissables, deux créatures dignes de Brancusi toujours occupées à copuler alors même qu'elles se noyaient dans la glace fondue.

— Bon Dieu ! on devrait se rebaptiser les Méta-physiques, lâcha Josh.

— Et qui est ce Créateur que tu nous sers à toutes les sauces ? reprit Eliot, qui devenait véhément et n'écoutait plus que lui-même. C'est de Dieu que tu parles ? Dans ce cas, dis-le carrément.

— D'accord, répondit Richard sans se démonter. Disons donc : Dieu.

— Est-ce un dieu doué de sens moral ? Va-t-il nous punir d'avoir utilisé sa sainte magie ? d'être de méchants petits magiciens ? Est-ce qu'il va…

— Est-ce qu'*elle* va ! s'écria Janet.

— Est-ce qu'il va revenir nous flanquer une fessée parce qu'on est entrés dans le garage pour jouer avec les outils de papa ? Dans ce cas, c'est stupide. Complètement stupide. Personne n'est jamais puni pour quoi que ce soit. Nous faisons ce que nous voulons, et c'est tout ce que nous faisons, et personne ne nous en empêche, et personne ne s'en soucie.

— S'Il nous a laissé ses outils, c'est pour une bonne raison, insista Richard.

— Et tu la connais, je suppose ?

— Quel vin doit-on servir maintenant, Eliot ? demanda Janet d'une voix enjouée.

Elle gardait toujours la tête froide dans des moments comme celui-ci, peut-être parce qu'elle-même était incontrôlable le reste du temps. Et elle était ravissante ce soir, avec sa minirobe rouge qui s'arrêtait à mi-cuisses. Le genre de tenue qu'Alice ne porterait jamais. Sa silhouette le lui interdisait.

Richard et Eliot semblaient tous les deux disposés à entamer un second round, mais Eliot se laissa distraire au prix d'un effort manifeste.

— Excellente question, dit-il en portant ses doigts à ses tempes. Je reçois une vision divine émanant du tout-puissant Créateur… une cuvée de bourbon aussi rarissime qu'onéreuse… que Dieu – pardon, *la Créatrice* – m'ordonne de vous faire déguster sur-le-champ.

Il se leva tant bien que mal pour se diriger en titubant vers la cuisine.

Quentin le trouva assis sur un tabouret près de la fenêtre ouverte, le visage cramoisi et suant à grosses gouttes. Un air glacial entrait dans la cuisine, mais Eliot semblait s'en foutre. Il contemplait d'un œil fixe la ville qui apparaissait comme une perspective de lumières fuyant vers les ténèbres. Il ne dit pas un mot. Il ne bougea même pas lorsque Quentin aida Richard à préparer les omelettes norvégiennes – le truc, expliqua un Richard toujours aussi pontifiant, c'était de veiller à ce que la meringue recouvre complètement la glace – et il se demanda si la soirée n'était pas finie pour Eliot. Ce ne serait pas la première fois qu'il raterait une querelle pour cause de murge. Mais, quelques minutes plus tard, il se ressaisit et retourna dans la salle à manger, porteur d'une bouteille à la forme étrange contenant du whiskey couleur d'ambre.

La soirée touchait à sa fin. On s'efforçait d'éviter une nouvelle éruption d'Eliot et un nouveau sermon de Richard. Peu après, Josh partit raccompagner Anaïs chez elle et Richard se retira, laissant Quentin, Janet et Eliot seuls maîtres des bouteilles vides et des serviettes roulées en boule. L'une des chandelles avait brûlé un coin de nappe. Où était Alice ? Était-elle rentrée à la maison ? S'était-elle effondrée dans une chambre d'ami ? Il l'appela sur son mobile. Pas de réponse.

Eliot avait traîné deux ottomanes près de la table. Il s'était allongé dessus à la romaine, mais comme elles étaient trop basses, il devait lever le bras pour attraper son verre et Quentin ne voyait de lui que sa main. Janet était allongée tout contre lui, en cuillère, un sourire comblé sur le visage.

— Café ? demanda-t-elle.

— Fromage, rétorqua Eliot. On a du fromage ? J'ai besoin de fromage.

« C'est tout ce qu'on a ? » entonna alors Peggy Lee, le début du premier couplet d'*Is That All There Is ?* Qu'est-ce qui serait le plus horrible ? se demanda Quentin. Que Richard ait raison et qu'il existe un Dieu furibond, ou qu'Eliot soit dans le vrai et que la morale ne serve à rien ? Que la magie ait été créée dans un but précis ou qu'on puisse en faire tout ce qu'on voulait ? Il sentit venir ce qui ressemblait à une crise de panique. Ils étaient vraiment dans la merde. Ils n'avaient plus rien à quoi s'accrocher. Ça ne pouvait plus durer comme ça.

— Il y a du morbier à la cuisine, dit-il. C'était censé coller avec le thème – les deux couches, la traite du jour et celle de la veille…

— Oui, oui, on a pigé, coupa Janet. Va chercher, Q.

— Je m'en occupe, dit Eliot.

Mais, au lieu de se lever, il roula de sa couche et tomba par terre. Sa tête cogna le parquet avec un bruit sinistre.

Toutefois, il riait bêtement lorsque Quentin et Janet le ramassèrent, l'un l'attrapant par les épaules et l'autre par les pieds. Oubliant le fromage, ils le transportèrent tant bien que mal dans sa chambre. En chemin, Eliot se cogna la tête au chambranle d'une porte, ce qui déclencha une nouvelle crise de fou rire, laquelle se révéla communicative, et bientôt Quentin et Janet durent le lâcher, et sa tête heurta à nouveau le parquet, et la crise reprit de plus belle, pour ne jamais finir, semblait-il.

Quentin et Janet mirent vingt minutes à escorter Eliot jusqu'à sa chambre, titubant tout le long du chemin et ne cessant de se cogner aux murs, pareils à des passagers du *Titanic* remontant une coursive en proie à la gîte et au déluge. Le monde avait rapetissé et s'était même allégé – plus rien n'avait de sens, mais qu'était le sens sinon un lourd fardeau ? Eliot n'arrêtait pas de se proclamer en pleine forme, Quentin et Janet insistaient pour le porter. Janet leur annonça qu'elle venait de pisser dans sa culotte, littéralement, tant elle était secouée par l'hilarité. Comme ils passaient devant la porte de Richard, Eliot se lança dans un discours tonitruant :

— Je suis le puissant Créateur et Je te confie mes Saints Outils, car Je suis trop pété pour M'en servir, et Je te souhaite bonne chance, car lorsque Je Me réveillerai demain, ils ont intérêt à être à leur place, *exactement* à leur place, y compris ma... non : *surtout* ma ponceuse à bande, car demain J'aurai une gueule de bois carabinée et quiconque touche ma ponceuse à bande aura affaire à Moi. Et Je vous jure que ça va chier !

Au bout du compte, ils réussirent à le coucher et tentèrent de le border après lui avoir fait boire un peu d'eau. Peut-être était-ce le caractère domestique de cet épisode – on aurait juré qu'Eliot était leur fils bien-aimé, qu'ils mettaient au lit avec tendresse –, peut-être tout simplement l'ennui, ce puissant aphrodisiaque, l'ennui qui ne l'avait jamais quitté même lors des instants les plus excitants de la soirée, mais, en toute honnêteté, Quentin devait bien reconnaître que ça faisait au moins vingt minutes, depuis qu'ils étaient entrés dans le couloir avec Eliot, qu'il savait qu'il allait se jeter sur Janet à la première occasion.

Le lendemain matin, il émergea du sommeil avec lenteur. Une telle lenteur, en vérité, qu'il se demanda s'il avait vraiment dormi. Le lit lui semblait aussi instable qu'une chaloupe en pleine mer et il contenait deux autres dormeurs tout nus, ce qui était pour le moins déconcertant. Ils ne cessaient de se cogner les uns aux autres, de se toucher sans le vouloir puis de se rétracter en se sentant tout empruntés.

Tout d'abord, encore sous le coup de l'émotion, Quentin ne regretta rien de ce qui s'était passé. C'était ce qu'on appelait une expérience. Croquer la vie à pleines dents. S'enivrer et céder aux passions interdites. C'était ça, la vie. Après tout, il l'avait appris du temps où il était renard, non ? Si Alice avait eu un peu de sang dans les veines, elle les aurait rejoints. Mais non. Il fallait qu'elle se couche tôt. Exactement comme Richard. Bienvenue dans le monde magique des adultes, Alice ! La magie ne peut pas tout résoudre. Elle ne l'avait donc pas compris ? Elle n'avait pas appris qu'ils étaient tous mortels, que tout était futile, que la seule solution était de vivre, de boire et de baiser pendant qu'il en était encore temps, sans rien s'interdire ? C'était elle-même qui le lui avait dit, dans la maison de ses parents, dans l'Illinois. Et elle ne s'était pas trompée.

Puis, au bout d'un certain temps, il lui apparut qu'il y avait là matière à débat : les arguments du camp adverse étaient tout aussi défendables ; en fait, ça aurait pu se jouer à pile ou face. Dans ce cas, s'il n'avait commis qu'un faux pas, une infidélité qui n'avait rien d'impardonnable, cela ne le rendait pas fier pour autant. Non, ce n'était pas ce qu'il avait fait de mieux dans sa vie. Sans compter qu'il avait également fait une erreur de jugement, ainsi qu'il l'avait compris à la fin du strip-tease : il s'était rendu coupable d'une horrible trahison. À un moment donné, au cours de sa lente, lente chute, Quentin avait vu Alice assise au pied du lit, le menton posé sur le poing, leur tournant le dos, à Janet, Eliot et lui. Il espérait encore que ce n'était qu'un rêve, une hallucination. Mais il était quasiment sûr du contraire. Ce n'était pas un coup de son imagination. Elle était habillée. Ça devait faire un moment qu'elle se trouvait là.

Vers neuf heures, la chambre était illuminée par le soleil matinal et Quentin ne pouvait décemment plus feindre le sommeil. Il se redressa sur son séant. Impossible de se rappeler où il avait fourré sa chemise. Ni le reste de ses fringues. Il aurait donné n'importe quoi pour mettre la main sur un slip et un tee-shirt.

Les pieds nus sur le parquet rugueux, il se sentit étrangement vide de substance. Il n'arrivait pas à comprendre ce qu'il venait de faire. Cela ne lui ressemblait pas. Peut-être que Fogg avait raison, peut-être la magie avait-elle inhibé son développement moral. C'était sûrement quelque chose comme ça. Peut-être était-ce pour ça qu'il était si nul. Mais il trouverait sûrement un moyen de faire comprendre à Alice à quel point il était navré. Il attrapa une couverture – dérangée dans son sommeil, Janet poussa un geignement étouffé puis replongea dans les bras de Morphée –, s'en enveloppa et traversa l'appartement silencieux. La table du dîner évoquait une épave, la cuisine une scène de crime. Leur petite planète était en ruine et on n'y trouvait plus aucun refuge. Quentin repensa au professeur Maïakovski, qui avait un jour inversé le cours du temps, reconstituant un globe fracassé et ressuscitant une araignée. Dommage qu'il ne soit pas capable d'en faire autant.

Lorsque s'ouvrirent les portes de l'ascenseur, Quentin crut que Josh était de retour après une nuit torride avec Anaïs. Mais ce fut Penny qu'il découvrit, un Penny livide, essoufflé et si excité qu'il parvenait à peine à se contenir.

LE RÉCIT DE PENNY

IL ARBORAIT une nouvelle crête, un plumet vert iridescent de neuf centimètres de haut et trois de large qui évoquait un casque de centurion. Et il avait pris du poids – bizarrement, il paraissait plus jeune et plus mou que du temps de Brakebills, plus proche du banlieusard bien nourri que du guerrier iroquois. Mais c'était bien Penny qui reprenait son souffle sur le tapis d'Orient et scrutait les lieux avec la curiosité d'un lapin sentencieux. Il était vêtu d'un blouson de cuir noir orné de pointes de chrome, d'un jean noir délavé et d'un tee-shirt blanc sale. Doux Jésus ! se dit Quentin. Existe-t-il encore des punks ? Il doit être le dernier survivant new-yorkais.

Penny renifla et s'essuya le nez d'un revers de manche. Ni l'un ni l'autre ne pipait mot. Quentin connaissait suffisamment Penny pour savoir qu'il ne s'abaisserait jamais à proférer des banalités du genre « Bonjour » ou « Ça va ? », ni à déclarer comment il se portait ou ce qu'il était venu faire. Pour une fois, Quentin lui en était reconnaissant. Il ne savait pas s'il serait capable d'y faire face.

— Comment es-tu entré ? coassa-t-il.

Sa bouche était horriblement sèche.

— Ton portier dormait. Tu devrais le virer.

— Ce n'est pas mon portier. (Quentin se racla le gosier.) Tu as dû jeter un sort.

— Le charme de discrétion de Cholmondeley.

Penny prononçait ce patronyme anglais comme il devait l'être : *Chumley*.

— Eliot a protégé tout l'étage, protesta Quentin. Je l'ai aidé à mettre le charme en place. Et puis il faut une clé pour ouvrir l'ascenseur.

— Nous aurons besoin d'un nouveau charme. Je l'ai désamorcé en montant.

— Bordel de… Minute ! Qui ça, « nous » ?

À ce moment précis, le vœu le plus cher de Quentin était de pouvoir plonger la figure dans un lavabo rempli d'eau chaude. Et peut-être de s'y noyer, tiens, ce serait une bonne idée.

— Nom de Dieu, Penny ! Il nous a fallu huit jours pour installer ce putain de charme !

Il procéda à une vérification rapide : Penny disait vrai, les systèmes protecteurs de l'appartement s'étaient évaporés sans qu'il y prenne garde. Il n'arrivait pas à le croire. Penny avait dû les attaquer depuis la rue, avant même d'entrer dans l'immeuble, pour les réduire à néant le temps de monter au dixième étage par l'ascenseur. Quentin veilla à garder un visage inexpressif – pas question que Penny ait le plaisir de jouir de son étonnement.

— Et la clé ?

Penny la pêcha dans la poche de son blouson et la lui lança.

— Je l'ai piquée au portier. (Haussement d'épaules.) Ça, ça s'apprend dans la rue.

Quentin se préparait à répliquer que la « rue » en question n'était sans doute qu'une allée ou une promenade dans quelque résidence pour seniors et que, de toute façon, il n'était pas difficile de subtiliser une clé à un portier endormi quand on maîtrisait le charme de Cholmondeley, mais il se ravisa : non seulement il se serait rendu ridicule, mais il n'avait même pas la force de prononcer tous ces mots, qui lui semblaient aussi lourds que des briques pesant sur son estomac. Au diable Penny, il perdait du temps. L'important, c'était de parler à Alice.

Mais on les avait entendus. Richard sortit de la cuisine, qu'il avait commencé à nettoyer, déjà réveillé, douché, coiffé et pomponné – comme il en avait l'agaçante habitude. Janet émergea de la chambre d'Eliot élégamment drapée dans un édredon comme s'il ne s'était rien passé de spécial durant la nuit. Elle poussa un cri en découvrant Penny et disparut dans la salle de bains.

Quentin se rendit compte qu'il devrait s'habiller avant de faire quoi que ce soit. Le jour s'était levé, et avec lui le monde des faux-semblants, du mensonge et de l'hypocrisie. Ils allaient se préparer des œufs brouillés, comparer leurs gueules de bois respectives, boire des cocktails mimosas et des Bloody Mary assaisonnés au Tabasco et au poivre noir, et faire comme si de rien n'était, comme si Quentin ne venait pas de briser le cœur d'Alice pour la seule raison qu'il en avait envie et qu'il était bourré. Et, aussi incroyable, aussi impensable que cela semble, ils allaient écouter ce que Penny était venu leur dire.

Penny avait pris un an de retard sur Quentin et Alice mais – ainsi qu'il l'expliqua à ses auditeurs une fois que ceux-ci furent lavés, habillés et installés autour de lui au salon, un verre ou une assiette en face d'eux, assis en tailleur sur le sol, debout ou allongés sur un sofa en fonction de leur condition physique –, à l'issue de sa quatrième année, il avait décidé que Brakebills n'avait plus rien à lui enseigner, aussi avait-il laissé tomber ses études pour se réfugier dans une petite ville du Maine, à quelques kilomètres au nord de Bar Harbor. Ce trou perdu, qui s'appelait Oslo, voyait sa population diminuer de quatre-vingts pour cent durant la morte saison.

Si Penny avait jeté son dévolu sur Oslo – Oslo tout court, pas New Oslo, comme si les péquenots du coin pensaient avoir inventé ce nom –, c'était parce qu'il ne s'y trouvait rien qui fût susceptible de le distraire. Il avait débarqué à la mi-septembre et s'était aussitôt dégoté un logis, une ferme des environs de la ville sise au bout d'un étroit chemin rural. Aussitôt après lui avoir confié les clés, son propriétaire, un instituteur à la retraite, était parti passer l'hiver dans sa résidence de Caroline du Sud. Les voisins les plus proches de Penny étaient une minuscule église pentecôtiste et un camp de vacances pour enfants handicapés mentaux, fermé pendant la période scolaire. C'était parfait. Il avait trouvé son Walden[1].

Il avait tout ce qu'il souhaitait : le silence, la solitude et une caravane pleine à ras bord de textes magiques de premier choix – codex, monographies, brochures, pamphlets et ouvrages de référence. Il possédait un solide bureau, une pièce bien éclairée et une fenêtre avec vue sur une cour complètement quelconque où rien ne pourrait distraire son attention. Et il avait un projet de recherche acceptable quoique dangereux, qui semblait vouloir évoluer vers un domaine nouveau et intéressant. Bref, il était au paradis.

Mais un jour, quelques semaines après son arrivée, alors qu'il était assis à son bureau et contemplait de ses yeux glauques de puissantes formules rédigées il y avait des siècles à la plume d'hippogriffe, Penny sentit son esprit se mettre à vagabonder. Son front large et d'ordinaire serein se plissa soudain. Quelque chose sapait ses pouvoirs de concentration. Subissait-il l'assaut d'un rival ? Qui osait le déranger ainsi ? Il se frotta les yeux, secoua la tête et se concentra avec plus de force. Mais son esprit refusa de lui obéir.

Penny finit par comprendre qu'il venait de se découvrir une faiblesse, un défaut dont jamais il n'aurait cru être affligé en mille ans, âge auquel il comptait parvenir dès qu'il aurait trouvé le temps d'imposer à son organisme les altérations nécessaires. Ce défaut était le suivant : la solitude.

C'était scandaleux. C'était humiliant. Penny se considérait comme un homme sans attaches, un desperado. Le Han Solo

1. Village de l'État de New York où le philosophe Henry David Thoreau (1817-1862) fit retraite pour écrire son œuvre la plus célèbre, *Walden ou La Vie dans les bois*.

d'Oslo. Entre toutes ses qualités, c'était celle qu'il estimait par-dessus tout. Il avait passé quatre interminables années à Brakebills, entouré d'une foule de crétins – seule Melanie, alias le professeur Van der Weghe, trouvait grâce à ses yeux –, et il était enfin libéré de leur bêtise crasse.

Et voilà qu'il se surprenait à faire des trucs débiles. Des trucs improductifs. Planté sur un barrage proche de sa ferme, il jetait des rochers sur la mince couche de glace recouvrant la retenue d'eau dans l'espoir de la briser. Après s'être tapé les deux kilomètres le séparant de la ville, il jouait à des jeux d'arcade dans une arrière-salle attenante à la pharmacie, mâchonnant du chewing-gum comme les ados aux yeux morts qui glandaient là toute la journée. Dans une librairie qui ne vendait plus que des enveloppes et des cartes postales, il draguait piteusement une employée encore mineure. Il confiait ses peines aux quatre misérables bisons qui paissaient dans un champ au bord de la route. Il aurait bien voulu franchir les barbelés pour aller leur caresser la bosse, mais il n'en avait pas le courage. C'étaient des bêtes impressionnantes, et on ne sait jamais.

Ça, c'était en septembre. En octobre, il s'acheta une Subaru Impreza vert fluo pour faire des virées dans une discothèque de Bangor, sirotant une bouteille de vodka posée sur le siège du passager (la boîte acceptait les clients mineurs et ne vendait pas d'alcool) pendant qu'il roulait trois quarts d'heure à travers une dense forêt de pins. Son projet était au point mort ou quasiment et, s'il feuilletait encore ses vieilles notes quelques heures par jour, il consacrait le plus clair de son temps aux sites porno.

La boîte de Bangor n'était ouverte que le vendredi et le samedi soir et il y tuait le temps en jouant au billard dans une salle mal éclairée, parmi les tocards de son espèce. Et ce fut là, un samedi soir, qu'il aperçut une tête connue qui éveilla en lui des sentiments mitigés : consternation, soulagement et reconnaissance. Une tête peu amène, celle d'un cadavre émacié qui aurait déjà été laid de son vivant, à la bouche surmontée d'une fine moustache parfaitement horrible. Cette tête appartenait à Damedamour, le colporteur.

S'il avait échoué dans cette boîte de Bangor, c'était pour la même raison que Penny, ou peu s'en fallait : il s'était éloigné le plus possible de Brakebills et de la magie, pour découvrir que la solitude lui pesait. Tous deux partagèrent un pichet de Coors, firent quelques parties de billard, que Damedamour gagnait invariablement – on ne passe pas toute une vie à trafiquer dans la magie bidon sans apprendre quelques trucs utiles –, et échangèrent des confidences.

Pour gagner sa vie, Damedamour comptait sur la chance et sur les pigeons. Il passait le plus clair de son temps à hanter les brocantes et les ventes aux enchères, comme un pêcheur à la recherche d'un étang poissonneux. Il abordait les veuves éplorées des magiciens qui venaient de quitter ce monde et écoutait aux portes des sorciers d'exception, prêt à s'emparer de tout objet de valeur ou susceptible de passer pour tel. Il venait de passer quelques mois en Angleterre, occupant un studio au-dessus d'un garage dans une sinistre banlieue de Hull, à explorer systématiquement les magasins d'antiquités et les librairies d'occasion. Il se déplaçait en autobus et, quand il était raide, sur un antique vélo au dérailleur cassé qu'il prélevait dans le garage dont l'accès lui était interdit.

À un moment donné, il s'aperçut qu'il faisait l'objet d'attentions indésirables. En temps normal, il était ravi qu'on s'intéresse à lui, mais cette fois-ci, c'était plutôt inquiétant. Des inconnus dans l'autobus qui le fixaient des yeux. Les cabines téléphoniques qui sonnaient sur son passage. Les pièces de monnaie dans sa poche, toutes frappées l'année de sa naissance. Son propre visage apparaissant à la télé, avec en guise de décor une mystérieuse cité désertée. Damedamour n'était ni instruit ni intelligent, seul son instinct lui permettait de survivre, et son instinct lui soufflait qu'il y avait un lézard.

Seul dans son studio, assis sur un immonde sofa couleur caca d'oie, Damedamour fit le point. Et parvint à la conclusion suivante : il avait acquis par inadvertance un objet authentiquement magique que convoitait quelqu'un. Et ce quelqu'un le traquait.

Il passa à l'action le soir même. Renonçant à son dépôt de garantie, il s'affubla de toute une batterie de charmes et de fétiches, prit l'autocar jusqu'à Londres puis l'Eurostar pour gagner Paris et traversa l'Atlantique afin d'aller chercher du secours à Brakebills. Il s'épuisa tout un après-midi durant à fouiller les forêts au nord de New York, cherchant sans le trouver le campus qu'il connaissait si bien.

Alors que le soleil sombrait derrière les arbres et que la froideur d'un hiver précoce lui gelait les oreilles, il comprit l'horrible vérité. Il se trouvait au bon endroit mais Brakebills refusait de lui apparaître. Les charmes défensifs de l'école réagissaient à sa personne ou à un objet en sa possession. Il était devenu un intouchable.

C'est alors qu'il se réfugia dans le Maine. Ironie de l'histoire : pour une fois, Damedamour était tombé sur un authentique objet de pouvoir, il avait touché le jackpot. Mais cela ne lui portait pas chance pour autant. Il était totalement dépassé. Certes, il aurait pu se délester de son stock de talismans sur place, au cœur de la forêt, mais quand on a passé son existence à collecter des grigris, il n'est pas facile de se résoudre à un tel sacrifice. Cela aurait brisé son cœur de grippe-sou. Il préféra louer un chalet dans les bois, profitant des prix de la basse saison, et y dresser l'inventaire de ses possessions.

Il identifia aussitôt le coupable, perdu dans un sac plastique contenant divers colifichets. Il ignorait sa nature exacte, mais sa puissance était évidente même pour un œil non exercé.

Il entraîna Penny dans un coin sombre, plongea une main dans la poche de son manteau miteux, qu'il n'avait pas ôté de toute la soirée, et posa le sac plastique sur une table de bar en panneau de particules. Il gratifia Penny d'un rictus livide. Le sac contenait des boutons de tous les types : deux trous, quatre trous, similicuir, fausse écaille de tortue, gros boutons en plastique et petits boutons en bakélite. Plus quelques perles sans valeur. Penny repéra tout de suite l'objet qu'il cherchait : un bouton de manteau blanc, sans signe distinctif, de deux ou trois centimètres de diamètre. Il était plus lourd qu'il n'aurait dû. Et rayonnait d'une puissance magique difficilement contenue.

Il savait ce que c'était. Il ne devait surtout pas le toucher.

— Un bouton magique ? intervint Janet. Bizarre. Qu'est-ce que c'est au juste ?

Coiffée avec un pétard, tellement décontractée que ça en devenait obscène, elle sirotait un café dans un fauteuil crapaud, vêtue d'un peignoir ultracourt qui ne dissimulait rien de ses jambes. De toute évidence, elle savourait sa nouvelle conquête et, par extension, la victoire qu'elle venait de remporter sur Alice. En cet instant, Quentin la détesta.

— Tu ne le sais vraiment pas ? lança Penny.

Quentin croyait l'avoir deviné, mais il ne tenait pas à le dire à haute voix.

— Qu'as-tu fait ? s'enquit-il.

— Je lui ai demandé de m'accompagner chez moi. Tout de suite. Il n'était pas en sécurité dans cette boîte, et au moins avais-je installé des charmes protecteurs. On a appelé la femme qui lui avait vendu ce sac, mais elle a affirmé qu'elle n'en avait aucune trace dans ses livres de comptes. Le lendemain, on a récupéré ses affaires et on est allés à Boston, où je lui ai acheté son stock pour quatre-vingt mille dollars. Il n'a pas voulu de liquide, que de l'or et des diamants. J'ai dû dévaliser une bijouterie Harry Winston, mais ça en valait la peine. Ensuite, je lui ai dit de se tailler et c'est ce qu'il a fait.

— Quatre-vingt mille dollars, ça ne fait même pas la moitié d'une vitrine chez Zales, fit remarquer Eliot. Alors, chez Harry Winston…

Penny fit celui qui n'avait pas entendu.

— C'était il y a deux jours. Ce bouton attire vraiment l'attention. Dans l'hôtel de Boston où j'étais descendu, une femme de ménage a péri lors d'un incendie. Je n'ai pas refoutu les pieds dans ma chambre. J'ai pris le Fung Wah Bus[1] à South Station. Une fois arrivé à Chinatown, j'ai dû venir ici à pied : chaque fois que je prenais un taxi, son moteur rendait l'âme... Mais peu importe. Ce truc est réel et il nous appartient.

— Nous ? Qui c'est, « nous » ? demanda Richard.

— Tu es complètement cinglé, lâcha Quentin d'une voix glaciale.

— Quentin a pigé, dit Penny. Pas vous ?

— Qu'est-ce qu'il raconte, Q ?

Quentin eut l'impression qu'une pointe de glace lui transperçait le cœur. Il n'avait pas entendu Alice entrer dans la pièce. Elle se tenait un peu en retrait, les cheveux en bataille, telle une enfant qui se réveille en pleine nuit et apparaît, spectrale, au milieu d'une soirée d'adultes.

— Il ne sait pas ce qu'il dit, marmonna Quentin.

Impossible de la regarder en face. Il allait se noyer dans le remords. Ça lui faisait tellement mal de la voir qu'il faillit se fâcher contre elle.

— Tu leur dis ou c'est moi qui m'en charge ? demanda Penny.

— Vas-y. J'aurais trop peur de mourir de rire.

— Si personne ne m'explique ce qui se passe, je retourne me pieuter, menaça Eliot.

— Mesdames et messieurs, déclara Penny d'un air grandiloquent, nous allons tous partir pour Fillory.

À la fin de *La Dune vagabonde* – commença Penny, qui, de toute évidence, avait préparé son speech –, Helen et Jane Chatwin se

1. Ligne d'autocars bon marché reliant Boston à New York.

voient offrir un cadeau par Hautepartance, le lapin commandant le clipper que les deux sœurs ont croisé dans le désert. Il s'agit d'un petit coffre en chêne aux ferrures de cuivre contenant cinq boutons magiques de toutes les formes et de toutes les couleurs, un pour chacun des enfants Chatwin, qui ont le pouvoir de les transporter de la Terre à Fillory et vice versa.

Tous les membres de l'assistance avaient lu les Chroniques, parfois à plusieurs reprises comme Quentin, mais cela n'empêcha pas Penny d'exposer les règles du jeu. Les boutons ne vous amènent pas droit au but : ils vous conduisent d'abord dans un monde de transition, des limbes interdimensionnelles, et c'est de là que vous sautez vers Fillory.

Nul ne sait où se trouve ce monde. Peut-être est-ce un autre plan de l'existence, ou bien un espace intercalaire coincé entre deux plans, telle une fleur entre les pages d'un livre, ou encore un maître plan contenant tous les autres – le dos de ce fameux livre, qui en relie toutes les pages. De prime abord, cela ressemble à une cité abandonnée, une infinité de places désertes, mais c'est en fait un relais multidimensionnel. Au centre de chaque place se trouve une fontaine. Il en jaillit non pas de l'eau mais un liquide d'un noir de jais, noir comme de l'huile ou de l'encre.

Plongez dans l'une de ces fontaines, raconte-t-on, et vous serez transporté dans un autre univers. Il y a des centaines de fontaines, peut-être même une infinité, et autant d'univers parallèles correspondants. Les lapins ont baptisé ce lieu le pays du Ni, car il n'est ni ici ni là-bas – parfois, ils parlent plus simplement de la Cité.

Mais le plus important, poursuivit Penny, c'est qu'à la fin de *La Dune vagabonde* Helen cachc tous les boutons quelque part dans la maison de sa tante. Elle les considère comme un banal mécanisme ; avec eux, le passage vers Fillory est trop facile. Leur pouvoir est maléfique. On ne devrait pas pouvoir se rendre là-bas quand on veut, comme si on prenait le bus, affirme-t-elle.

Un voyage à Fillory, ça se mérite, il en a toujours été ainsi. C'est une récompense qu'Ambre et Ombre, les dieux béliers, n'accordent qu'à ceux qui la méritent. Ces boutons représentent un dévoiement de la grâce divine, ils ne font qu'usurper son pouvoir. Ils ne respectent pas les règles. Ambre et Ombre ne sont pas en mesure de les contrôler. En fin de compte, Fillory est un domaine religieux et ces boutons sont des objets profanes ; ils sont de nature magique – ce ne sont que des outils, sans valeur intrinsèque. On peut en user pour servir le bien comme le mal. Au bout du compte, leur nature est pratiquement technologique.

Donc elle les cache. Jane est inconsolable, ce qui est compréhensible, et met la maison sens dessus dessous, mais sans jamais les retrouver. C'est du moins ce qui est écrit dans *La Dune vagabonde*, et Plover n'a jamais publié de suite.

La Dune vagabonde s'achève pendant l'été 1917 ou 1918 ; vu le peu de notations réalistes, il est impossible de dater l'action avec précision. Et on reste dans l'ignorance du sort des boutons. Mais tentons une expérience de pensée, suggéra Penny : combien de temps une boîte à boutons cachée par une fille de douze ans peut-elle rester introuvable ? Dix ans ? Cinquante ? Rien ne demeure éternellement enfoui. Il est possible – c'est même inévitable – que quelqu'un la découvre par hasard durant les décennies suivantes : une femme de ménage, un agent immobilier ou une autre petite fille. Du coup, ces talismans n'ont pu manquer d'être proposés au marché gris de la magie.

— J'ai toujours cru que c'étaient plutôt des pin's, dit Richard. Comme ceux qu'on distribue au cours d'une campagne électorale.

— Minute, il y a quelque chose qui cloche, dit Quentin sans cacher sa jubilation.

Il était d'humeur à faire une connerie, mais si Penny se portait volontaire pour la faire à sa place, alors il était tout prêt à l'encourager, voire à l'assister.

— Les Chroniques de Fillory, c'est de la fiction, non ? enchaîna-t-il. Rien de ce que tu nous racontes ne s'est vraiment passé.

— Oui et non, répondit Penny d'un ton étonnamment raisonnable. Les récits de Plover sont essentiellement des œuvres de fiction, je te l'accorde. Ou alors, ils tiennent du compte rendu romancé. Mais j'en suis venu à croire que la mécanique du voyage interdimensionnel qu'il décrit est tout à fait réelle.

— Tiens donc !

Quentin connaissait suffisamment Penny pour savoir qu'il ne bluffait jamais, mais le démon de la perversité l'encouragea à poursuivre.

— Qu'est-ce qui te fait croire ça ? demanda-t-il.

Penny le fixa d'un œil apitoyé avant d'asséner son argument massue.

— Eh bien, je peux t'assurer que le pays du Ni existe bien. C'est là que j'ai passé le plus clair de ces trois dernières années.

Personne n'avait rien à répondre à cela. Le silence régnait dans la pièce. Quentin osa enfin jeter un coup d'œil à Alice, mais son visage était un masque. Il aurait préféré la découvrir furieuse.

— Je ne sais pas si vous êtes au courant, reprit Penny, et d'ailleurs je pense que non, mais le plus gros de mes études à Brakebills portait sur le voyage entre les mondes parallèles. Ou plutôt entre les plans, pour reprendre le terme que nous employions, Melanie et moi.

» Pour autant que nous le sachions, c'était une discipline entièrement nouvelle. Certes, je n'étais pas le premier à m'intéresser au sujet, mais j'étais le premier à présenter pour lui une aptitude indéniable. Mon talent était si exceptionnel que Melanie… le professeur Van der Weghe… a décidé de me dispenser de cours ordinaires pour m'encadrer personnellement dans mes recherches.

» Les charmes mis en jeu étaient d'une extraordinaire complexité et j'ai souvent eu recours à l'improvisation. Une bonne partie de la littérature est franchement ésotérique, je peux vous l'assurer. Ses auteurs ne sont jamais parvenus à acquérir une vue d'ensemble, et ils n'ont souvent distingué que des détails secondaires. Peut-être pensez-vous que votre pote Digby en connaît un rayon sur le sujet ; en ce cas, détrompez-vous. Je n'arrêtais pas de tomber des nues. Mais il restait des problèmes dont la résolution dépassait mes compétences.

— Par exemple ? souffla Eliot.

— Eh bien, jusqu'ici, je ne peux emmener personne avec moi. Je peux me transporter moi-même, mes vêtements et quelques objets, mais rien d'autre – ni fardeaux trop lourds, ni compagnons. Secundo, si je peux me rendre au pays du Ni, je ne peux pas aller ailleurs. Je suis coincé là-bas. Les portes du multivers me sont fermées.

— Tu veux dire que… ? fit Janet. Attends ! tu réussis à gagner un carrefour magique mais tu ne peux pas aller plus loin ? (Elle semblait horriblement déçue.) Moi qui te prenais pour l'intrépide conquérant des dimensions perdues !

— Non, dit Penny, toujours impavide.

Il pouvait se montrer hargneux quand on l'attaquait, mais il était si concentré sur son sujet, un peu à la manière d'un autiste, que même la dérision restait sans effet sur lui.

— Mes explorations se limitent pour l'instant à la Cité. Pour quelqu'un d'initié à la magie, elle constitue en soi un environnement d'une étonnante richesse, un artefact horriblement complexe. Les Chroniques sont si pauvres en information… *La Dune vagabonde* est narrée du point de vue d'une fillette et je ne saurais dire si Plover et les enfants maîtrisaient les techniques qu'ils décrivent. J'ai cru tout d'abord que ce lieu n'était qu'un bricolage, un environnement virtuel qui faisait office d'interface tridimensionnelle greffé sur un maître relais interdimensionnel. Quoique, comme interface, c'est plutôt lamentable. Un dédale fait de places identiques sans signes distinctifs ? Difficile de s'orienter avec ça. Mais je n'ai pas trouvé d'autre explication.

» Et, au demeurant, plus je l'étudie, plus je me convaincs que c'est exactement le contraire – que notre monde a beaucoup moins de substance que la Cité et que ce que nous prenons pour la réalité n'est qu'un surgeon de ce qui se passe là-bas. Un épiphénomène.

» Mais maintenant que nous avons ce bouton… (il tapota la poche de son jean) nous pouvons en apprendre davantage. Nous pouvons aller plus loin.

— Tu l'as testé ? demanda Richard.

Penny hésita. Pour quelqu'un qui jouait les desperados, il était méchamment transparent.

— Bien sûr que non ! lança Quentin, qui humait déjà l'odeur du sang. Il est mort de trouille. Il ne sait rien de ce bouton, excepté qu'il est dangereux, et il attend que l'un de nous lui serve de cobaye.

— C'est absolument faux ! protesta Penny, dont les oreilles virèrent au rouge. Quand on a affaire à un artefact de ce calibre, il vaut mieux rassembler des alliés et des observateurs. Et prévoir les charmes et les garde-fous nécessaires ! Aucun magicien sensé…

— Écoute, Penny. (C'était au tour de Quentin de jouer la voix de la raison, et il le fit avec une méchanceté crasse.) Calme-toi. Tu es dans la merde jusqu'au cou et tu ne sais même pas comment tu as plongé dedans. Tu as vu une vieille cité, des fontaines pleines d'huile noire, tu cherches une théorie qui explique tout ça et tu nous ressors les Chroniques de Fillory. Mais tu t'accroches à des chimères. C'est n'importe quoi, ton truc. Tu pars de quelques données disparates pour élaborer tout un scénario qui n'a rien à voir avec la réalité. Prends donc un peu de recul. Respire doucement. Et redescends sur terre.

Personne ne pipait mot. Le scepticisme dans la pièce était palpable. Quentin allait gagner et il le savait. Incrédule, Penny parcourut l'assistance du regard : il était en train de la perdre.

Alice s'avança dans le cercle qui entourait Penny.

— Quentin, dit-elle, décidément tu n'as rien dans la culotte.

À peine si sa voix se brisa quand elle prononça ces mots. D'une main, elle agrippa le poignet de Quentin, et elle plongea l'autre dans la poche du jean noir de Penny. Elle tâtonna un instant.

Puis ils disparurent ensemble.

LE PAYS DU NI

Quentin nageait. Ou alors il flottait sans nager. Son corps en apesanteur était suspendu dans un liquide glacial. Ses testicules se rétractèrent sous l'effet du froid. Les ténèbres autour de lui étaient absolues.

Le premier choc passé, son organisme, souffrant des effets de la gueule de bois et pas encore lavé de surcroît, s'accommoda fort bien de la fraîcheur, de l'apesanteur et de la noirceur. Il aurait pu se débattre et paniquer, mais, au lieu de cela, il se laissa dériver, les bras ballants comme un noyé. Qu'il se passe ce qui devait se passer. Il ouvrit les yeux et le fluide les baigna de sa froidure un rien visqueuse. Il les referma. Il n'y avait rien à voir.

Quel soulagement ! C'était splendide de se laisser engourdir ainsi. Au moment précis où il se montrait d'une cruauté suprême, le monde, d'ordinaire si peu fiable et si peu sensible dans ce registre, lui avait rendu le service de disparaître complètement.

Certes, il aurait tôt ou tard besoin de respirer. Il s'en occuperait en temps voulu. Si grave que fût sa situation, la noyade lui apparaissait comme une démarche prématurée. Pour l'instant, il ne souhaitait qu'une chose : rester ici pour l'éternité, flottant doucement au sein d'un néant amniotique, ni dans le monde ni en dehors, ni mort ni vivant.

Mais un bracelet de fer était passé autour de son poignet. C'était la main d'Alice, qui l'attirait brutalement vers le haut. Elle refusait de le lâcher. À contrecœur, il se propulsa d'un coup de pied. Ils firent surface au même instant.

Ils se trouvaient au centre d'une place déserte et silencieuse, et pataugeaient dans le bassin circulaire d'une fontaine. Sauf que ce bassin n'était pas rempli d'eau mais d'une substance noire opaque – on aurait dit de l'encre. Il régnait un silence profond : pas un souffle de vent, pas un pépiement d'oiseau, pas un grésillement d'insecte. De larges dalles s'éloignaient dans toutes les directions, aussi propres que si elles venaient d'être balayées. La place était bordée d'une rangée d'immeubles sur ses quatre côtés. Il en émanait une indescriptible sensation d'âge – s'ils n'étaient pas décrépits, ils avaient bien servi. Leur style était vaguement italien ; ils auraient pu se trouver à Rome ou à Venise. Mais ils étaient ailleurs.

Le ciel était gris et bas, il tombait une pluie fine, quasiment de la brume. Les gouttes constellaient la surface de l'huile noire qui se déversait dans le bassin depuis une gigantesque fleur de lotus en bronze. La place semblait avoir été subitement abandonnée par les passants, cinq minutes ou cinq siècles auparavant, impossible de le dire.

Quentin battit des jambes pendant une minute puis gagna le bord à la nage. Le bassin ne faisait que cinq mètres de large et sa bordure était piquetée de trous et de balafres : du calcaire plus très jeune. Prenant appui sur ses deux mains, il se hissa sur le rebord et sauta sur la place.

— Doux Jésus, murmura-t-il en pantelant. Enfoiré de Penny. C'était donc vrai.

Il détestait Penny, mais ce n'était pas pour cela qu'il pestait. Il n'avait pas cru son récit, point. Mais à présent ils étaient bel et bien dans la Cité. Le pays du Ni, ou un lieu qui lui ressemblait comme deux gouttes d'eau. Incroyable ! Le plus naïf, le plus sirupeux de ses rêves d'enfant devenait réalité. Bon Dieu, il s'était planté sur toute la ligne.

Il inspira profondément, une fois, deux fois. C'était comme si une lumière blanche le transperçait. Il n'aurait pas cru pouvoir être heureux à ce point. Tout ce qui lui pesait en ce moment –

Janet, Alice, Penny et le reste – semblait dénué de substance par comparaison. Si la Cité était réelle, alors Fillory l'était aussi. Ce qui s'était passé cette nuit était une catastrophe, une apocalypse, mais ceci était beaucoup plus important. Le reste en devenait risible. Tant de joie les attendait. Il se tourna vers Alice.

— C'est *exactement*…

Un poing s'écrasa sur son œil gauche. Elle frappait comme une fille, sans faire basculer le poids de son corps, mais il n'avait pas eu le temps d'amortir le coup. La moitié de son champ visuel vira au blanc éblouissant.

Il se plia en deux, à demi aveugle, porta la main à son œil. Elle lui donna des coups de pied dans le tibia, le droit puis le gauche, en visant juste à chaque fois.

— Salaud ! Espèce de *salaud* !

Son visage était livide. Elle claquait des dents.

— Espèce d'ordure. Espèce de lâche.

— Alice, articula-t-il. Alice, je suis navré. Mais écoute… regarde…

Il tenta de lui désigner le monde qui les entourait tout en vérifiant que sa cornée était intacte.

— Je t'interdis de m'adresser la parole, *bordel* !

Elle le frappa des deux mains sur le crâne et les épaules, l'obligeant à courber le dos et à lever les bras pour se protéger.

— Je ne veux plus que tu m'adresses la parole, espèce de pute ! Oui, c'est ce que tu es : une pute !

Il fit quelques pas en titubant pour lui échapper, alourdi par ses vêtements mouillés, mais elle s'acharna sur lui, aussi impitoyable qu'un essaim de frelons. Leurs voix à tous deux semblaient ténues dans ce lieu sans écho.

— Alice ! Alice ! (Son arcade sourcilière était en feu.) Oublie tout ça une seconde ! Rien qu'une seconde !

Elle serrait toujours le bouton dans son poing quand elle l'avait frappé. Cette saleté devait être plus lourde qu'elle n'en avait l'air.

— Tu ne comprends pas. J'ai seulement... c'est tout... (Il existait sûrement une bonne façon de le formuler.) Je ne savais plus ce que je faisais. La vie semblait si vide – là-bas, je veux dire –, c'est ce que tu m'avais dit : il faut vivre tant qu'il en est encore temps. Du moins c'est ce que je pensais. Mais j'ai perdu le contrôle. Oui, c'est ça, je ne contrôlais plus rien.

Pourquoi s'exprimait-il par clichés ? Viens-en au fait, bon sang ! Il était grand temps.

— Nous étions tellement bourrés...

— Ah bon ? Trop bourrés pour baiser ?

Là, il ne pouvait rien répondre.

— Je pourrais te tuer. Est-ce que tu comprends ça ?

Son visage était terrifiant. Deux points d'un blanc incandescent ressortaient sur ses joues rouges.

— Je pourrais te réduire en cendres, ici et maintenant. Je suis plus forte que toi. Tu serais incapable de me résister.

— Écoute, Alice. (Il devait la faire taire.) Je sais que c'est moche. Très, très moche. Et je le regrette de tout mon cœur. Tu ne sauras jamais à quel point. Il faut me croire. Il faut me comprendre, c'est important !

— Qu'est-ce que tu es, un petit garçon ? « Je ne savais plus ce que je faisais. » Pourquoi tu ne t'es pas cassé tout simplement, Quentin ? Ça fait un bail que je ne t'intéresse plus. Oui, tu es vraiment un petit garçon. Il faut être un homme pour cultiver une relation digne de ce nom. Ou pour savoir y mettre un terme, ce dont tu es incapable. Je dois vraiment tout faire à ta place ?... Ou alors il y a autre chose. Tu te détestes tellement que tu fais du mal à tous les gens qui t'aiment. C'est ça, hein ? Rien que pour les punir de t'avoir aimé. Et dire qu'il m'a fallu tout ce temps pour m'en apercevoir !

Elle se tut après avoir prononcé cette sentence et secoua la tête d'un air incrédule. Ses propres mots l'avaient réduite au silence. Et le fait qu'il l'avait trompée, avec Janet par-dessus le marché, la sonna une nouvelle fois, avec autant de violence que la première, deux heures plus tôt. Quentin la vit réagir – comme si on lui avait logé une balle dans le ventre.

Elle leva une main, la paume vers l'avant, comme pour ne plus voir son visage monstrueux. Une mèche de cheveux mouillés était collée à sa joue. Elle hoquetait. Ses lèvres étaient blanches. Mais elles se remirent à bouger.

— Est-ce que ça en valait la peine ? Tu l'as toujours désirée ; tu me croyais aveugle ? Réponds-moi : tu me prends pour une conne ? Réponds, je te dis ! Je veux vraiment savoir si tu me prends pour une conne !

Elle se rua sur lui et le gifla.

Il encaissa le coup.

— Non, Alice, je ne te prends pas pour une conne.

Quentin se sentait dans la peau d'un boxeur qu'on vient de mettre K.-O., qui commence à voir double mais n'arrive pas encore à tomber. Elle avait raison, elle avait mille fois raison, mais s'il réussissait à lui faire partager son point de vue… à l'amener à voir les choses sous un autre angle… Ah ! les femmes. Elle s'éloignait de lui à présent, se dirigeait vers une ruelle donnant sur une autre place, laissant derrière elle un sillage d'empreintes de pied mouillées.

— Regarde autour de toi, je t'en conjure ! (Sa voix épuisée la suivait comme une supplique.) Veux-tu réfléchir une seconde et reconnaître qu'il se passe quelque chose de plus important que de savoir qui a couché avec qui ?

Elle ne l'écoutait pas, à moins qu'elle n'ait vraiment tenu à dire ce qu'elle dit alors :

— Tu sais, commença-t-elle sur le ton de la conversation alors qu'elle gagnait la place voisine, tu pensais sûrement que ça te rendrait heureux de la sauter, je le parierais. Tu passes d'un truc à l'autre en croyant que ça va t'apporter le bonheur, et ça rate toujours. Brakebills : raté. Moi-même : raté. Tu crois que ça n'aurait pas raté avec Janet ? Ce n'est qu'un nouveau fantasme, Quentin.

Elle fit halte, se passa les bras autour du ventre, comme poignardée par un ulcère à l'estomac, et pleura à chaudes larmes. Ses vêtements mouillés lui collaient à la peau ; une petite flaque noire se formait autour d'elle. Il aurait voulu la consoler, mais il n'osait pas la toucher. Le silence régnant sur la place était presque tangible. D'après les Chroniques, toutes ces places étaient identiques, mais il voyait déjà que tel n'était pas le cas. Elles partageaient le même style pseudo-italien, mais celle-ci était flanquée d'une colonnade et la fontaine en son centre était rectangulaire, alors que celle d'où ils avaient émergé était circulaire. Au-dessus du bassin, un visage de marbre blanc vomissait un flot noir.

Un bruit de pas sur les dalles. Quentin était bien content de cette intrusion, même si elle était le fait d'un prédateur prêt à le dévorer vivant.

— Sympa de se retrouver ici, pas vrai ?

Penny s'avança vers eux d'un pas vif. La façade grise d'un porche de pierre se dressait au-dessus d'eux, avec en son centre un blason : une ancre de marine et trois flammes. Jamais Quentin n'avait vu Penny si heureux, si détendu. Il était dans son élément et rayonnait de fierté. Et ses vêtements étaient secs.

— Pardon. J'ai passé pas mal de temps dans le coin, mais personne ne me l'a jamais fait visiter. Contrairement à ce qu'on pourrait croire, ça me manque. La première fois que j'ai débarqué, il y avait un cadavre gisant sur les dalles. Ici même.

Il prit une attitude de guide touristique.

— Un être humain, ou quasiment. Un Maori, peut-être, il avait le visage tatoué. Il devait être mort depuis quelques jours à peine. Sans doute s'était-il fait piéger – il avait réussi à venir, mais les fontaines n'ont pas voulu le laisser repartir. Mort de faim, je suppose. À ma visite suivante, il avait disparu.

Penny les fixa des yeux et parut prendre conscience de la situation : les larmes d'Alice, le coquard de Quentin, leur attitude crispée.

— Oh !

Son visage se radoucit d'un iota. Il fit un geste de la main et leurs vêtements séchèrent aussitôt – ils étaient même repassés.

— Écoutez, maintenant que vous êtes ici, oubliez toutes ces conneries. Cet endroit peut se révéler dangereux si on relâche sa vigilance. Tenez, voilà un exemple : comment faire pour retourner à votre point de départ ?

Tels des élèves bien sages, Alice et Quentin jetèrent autour d'eux un regard circulaire. Pendant qu'ils se couraient l'un après l'autre, ils avaient abouti sur une troisième place. Ou une quatrième ? Les traces de leurs pas étaient déjà sèches. Il y avait deux ruelles débouchant sur cette place et, au bout de chacune, on entrevoyait d'autres ruelles, d'autres places, d'autres fontaines, en une progression géométrique décroissante. C'était comme une illusion d'optique. S'il y avait un soleil ici, il restait bien caché. Penny avait raison : ils seraient incapables de retourner sur Terre, ils ignoraient même de quelle direction ils venaient.

— Ne vous inquiétez pas, j'ai laissé une balise. Vous n'avez parcouru que quatre ou cinq cents mètres. Il faut traverser cette place, et ensuite celle-là. (Il désigna la direction exactement opposée à celle que Quentin aurait choisie.) Dans les bouquins, ils se baladent au hasard et finissent toujours par arriver à bon port, mais nous devons nous montrer plus prudents. Je marque mon parcours avec un spray orange vif. Mais je dois recommencer à chaque nouveau passage. La peinture s'efface.

Penny se dirigeait vers la place qu'il venait de leur désigner. Quentin et Alice le suivirent d'un pas hésitant, évitant soigneusement de se regarder l'un l'autre. La pluie avait déjà trempé leurs vêtements.

— Quand je suis ici, je respecte des procédures strictes, expliqua Penny. Il n'y a pas de points cardinaux, alors j'ai dû en inventer. Je me suis inspiré des bâtiments bordant la place de la Terre, un pour chacun des quatre côtés : palais, villa, tour et église. Ce n'est sûrement pas un édifice religieux, mais ça y ressemble. En ce moment, nous marchons vers le point église.

Ils étaient revenus devant leur fontaine, que Penny avait entourée de croix orange fluo tracées d'une main malhabile. Non loin de là se trouvait un abri de fortune, une tente en toile goudronnée contenant une table et un matelas. Quentin s'étonna de ne pas l'avoir vue auparavant.

— J'ai installé mon camp de base ici pendant quelque temps, et j'y ai apporté de l'eau, des provisions et des livres.

Penny était aussi excité qu'un gosse de riche un peu timide qui invite ses condisciples à venir chez lui admirer ses luxueux jouets. Il ne remarqua même pas que Quentin et Alice restaient muets.

— J'ai toujours cru que Melanie serait la première à me rejoindre, mais elle n'a jamais pu maîtriser les charmes nécessaires. J'ai bien tenté de les lui enseigner, mais elle n'est pas assez forte. Pourtant, il s'en faut de peu. Dans un sens, je suis content de vous voir ici. Vous êtes les seuls amis que je me sois faits à Brakebills, vous savez ?

Penny secoua la tête, toujours stupéfait de constater que la majorité des gens ne l'aimaient pas. Une demi-journée plus tôt, se dit Quentin, Alice et lui auraient eu une crise de fou rire si on leur avait suggéré qu'il faisait partie de leurs amis.

— Oh ! j'ai failli oublier : évitez les charmes d'éclairage. Ils dérapent grave ici. À ma première visite, j'ai tenté d'en jeter un, parmi les plus élémentaires. Je suis resté aveugle pendant deux heures. Comme si l'atmosphère était hyperoxygénée, mais avec de la magie. À la première étincelle, tout s'enflamme.

Deux marches de pierre permettaient d'accéder au bassin. Quentin s'assit sur la plus haute et s'adossa au rebord. Il ne servait plus à rien de se battre. Il allait écouter Penny déblatérer.

— Vous n'imaginez pas la distance que j'ai parcourue dans la Cité. Des centaines de kilomètres ! Je suis allé beaucoup plus loin que les Chatwin. Un jour, j'ai vu une fontaine qui s'était bouchée comme un vulgaire cabinet et avait inondé sa place et les alentours. J'en ai vu deux qui étaient condamnées, comme des puits. On les avait scellées avec un couvercle en bronze, pour en éloigner les curieux, je présume. Ou pour empêcher certaines personnes d'émerger par là. Un autre jour, j'ai trouvé des débris de marbre sur les dalles. J'ai eu l'impression qu'ils venaient d'une sculpture. J'ai cherché à la reconstituer, pour voir ce qu'elle représentait, mais sans succès.

» On ne peut pas entrer dans les immeubles. J'ai essayé de toutes les façons possibles et imaginables. Pince-monseigneur. Barre à mine. J'ai même tenté le chalumeau. Les fenêtres sont trop sombres pour qu'on distingue l'intérieur, mais j'ai apporté une lampe torche – vous voyez le genre, celle que les gardes-côtes utilisent pour le sauvetage en mer. En la réglant au maximum, j'ai réussi à distinguer quelque chose.

» Vous n'allez pas me croire : ces baraques sont pleines de livres. Quelle que soit leur façade, ce sont toutes des bibliothèques.

Quentin n'aurait su dire depuis combien de temps ils glandaient ici, mais ça faisait un bail. Des heures, sans doute. Tous trois allaient de place en place, pareils à des touristes égarés. Tous les bâtiments qu'ils découvraient avaient le même style et le même look antique et décrépit, mais il n'y en avait pas deux d'identiques. Quentin et Alice refusaient toujours de se regarder en face, mais ils ne pouvaient résister à la séduction de ce lieu grandiose et mélancolique. Et puis il ne pleuvait plus, c'était déjà ça.

Ils traversèrent une place minuscule, quatre fois moins grande que les autres et pavée à l'ancienne, au centre de laquelle on croyait entendre la rumeur du flux et du reflux. Sur une autre place, Penny leur signala une fenêtre surmontée de traînées de suie, comme si la pièce sur laquelle elle donnait avait été ravagée par un incendie. Quentin se demanda quels êtres avaient bâti cette cité et ce qu'ils étaient devenus. Que s'était-il passé ici ?

Penny avait voulu escalader la façade d'un immeuble afin d'avoir une vue de la cité depuis les toits et il leur décrivit à grand renfort de détails techniques sa tentative infructueuse. Lorsqu'il avait enfin réussi à fixer un grappin à une corniche, il avait été pris de vertige une fois à mi-hauteur de sa corde et, en revenant à lui, il s'était retrouvé en train de descendre contre sa volonté.

À plusieurs reprises, tous trois entrevirent dans le lointain une place verdoyante qui semblait abriter un jardin, avec notamment une plantation de citronniers. Mais ils furent incapables de l'atteindre : chaque fois qu'ils semblaient s'en approcher, c'était pour la perdre de vue dans la perspective mouvante des ruelles, qui n'étaient jamais tout à fait alignées les unes avec les autres.

— On devrait rentrer, dit enfin Alice.

Sa voix était atone. C'était la première fois qu'elle ouvrait la bouche depuis qu'elle avait engueulé Quentin.

— Pourquoi ? demanda Penny.

Il s'amusait comme un fou. Quentin songea qu'il avait dû se sentir terriblement seul ici.

— Peu importe le temps que nous passons ici, reprit Penny. Pour nous, il a cessé de s'écouler sur Terre. Les autres auront l'impression que nous sommes revenus aussitôt après être partis – *pouf!* comme ça. Ils n'auront même pas le temps d'être surpris. J'ai passé tout un semestre ici sans que personne ne remarque mon absence.

— Pourquoi l'aurait-on remarquée ? lança Quentin, qui savait que Penny ferait la sourde oreille.

— En fait, vu le temps subjectif que j'y ai passé, je dois être votre aîné d'un an, sinon davantage. J'aurais dû tenir un compte détaillé.

— Que faisons-nous ici, Penny ?

L'intéressé ouvrit de grands yeux.

— Ce n'est pas évident ? Nous allons partir pour Fillory, Quentin. Nous le devons. Cela va tout changer.

— D'accord, d'accord, fit Quentin.

Quelque chose le tracassait et il tenait à le formuler. Il encouragea son cerveau fatigué à se mettre en route.

— Prenons un peu de recul. Efforçons-nous d'avoir une vue d'ensemble. Si les Chatwin pouvaient aller à Fillory, c'est parce que c'étaient des élus. Ils avaient été choisis par Ambre et Ombre, les dieux moutons… pardon, béliers. Leur mission était de faire triompher le bien, d'affronter la Rouageuse et tutti quanti.

Alice opina du chef.

— Ils ne vont là-bas que lorsqu'il y a un problème, enchaîna-t-elle. La Rouageuse, la Dune vagabonde, le mystérieux tic-tac dans *La Forêt volante*. Ou alors ils partent en quête de Martin. C'est ce que dit Helen Chatwin. On ne peut pas débarquer là-bas sans y avoir été invité. C'est pour ça qu'elle a planqué les boutons : leur création était une erreur. Fillory n'a rien à voir avec le monde réel ; c'est un univers de perfection où tout est organisé pour le mieux. Ambre et Ombre sont censés garder les frontières. Sauf qu'avec ces boutons n'importe qui peut entrer. Y compris des gens qui n'ont rien à voir avec l'histoire. Des méchants. Ces boutons sont contraires à la logique de Fillory. C'est comme une déchirure dans le tissu des choses.

Alice connaissait sur le bout des doigts la mythologie de Fillory, ce qui ne fit qu'alourdir le fardeau de culpabilité pesant sur Quentin. Comment avait-il pu croire un instant qu'il pouvait lui préférer Janet ?

Penny hochait la tête et son torse oscillait doucement, attitude typique d'un enfant autiste.

— Mais tu oublies une chose, Alice. Nous ne sommes pas des méchants. (Le fanatisme illuminait ses yeux.) Nous sommes des bons. C'est peut-être pour ça que nous avons trouvé le bouton, tu n'y as pas pensé ? Peut-être que c'est à notre tour d'être appelés. Peut-être que Fillory a besoin de nous.

Il attendit une réaction avec impatience.

— C'est léger, Penny, murmura Quentin au bout d'un temps. C'est vraiment léger.

— Et alors ? dit-il en se relevant. *Et alors ?* Que se passera-t-il si ça ne marche pas ? Hein ? Eh bien, on atterrira ailleurs. Dans un autre monde, Quentin. Et des mondes, il y en a des millions. Et c'est ici qu'ils se croisent, au pays du Ni ! Imagine tous ces mondes imaginaires qui pourraient se révéler réels ! Si ça se trouve, la littérature n'est qu'un guide touristique du multivers. Un jour, j'ai arpenté cent places différentes en suivant toujours la même direction, sans jamais en voir la fin. Même si nous passions le restant de nos jours à explorer la Cité, nous n'arriverions jamais à en dresser une carte. On y est, Quentin ! C'est la nouvelle frontière, le défi lancé à notre génération et aux cinquante qui la suivront ! Et tout commence ici, Quentin. Avec nous. Il suffit de le vouloir… Alors, qu'en dis-tu ?

Il leva la main vers eux, comme s'il s'attendait à ce qu'ils la jouent Trois Mousquetaires – « Tous pour un, un pour tous ! » Quentin, qui était tenté de le laisser planté là, finit par lui en claquer cinq, mais mollement. Son œil continuait de l'élancer.

— On devrait rentrer, répéta Alice.

Elle avait l'air épuisée. Sans doute n'avait-elle guère dormi la nuit précédente.

Elle sortit le lourd bouton blanc de sa poche. Il paraissait ridicule – ça ne les avait pas frappés en lisant le livre, mais les Chatwin n'avaient utilisé ces boutons qu'une seule fois, et puis ce n'était qu'un livre. Ici et maintenant, cela leur apparaissait comme un enfantillage. L'idée qu'un gamin se fait d'un objet magique. D'un autre côté, quand on a affaire à des lapins doués de la parole, il faut s'attendre à tout.

Une fois revenus sur la première place, ils se perchèrent en équilibre sur le rebord du bassin et se tinrent par la main. L'idée de se mouiller à nouveau était franchement déprimante. Sur la surface noire du liquide, leurs reflets paraissaient flous et lointains ; on aurait dit des ombres errant dans les enfers. Cette saleté ressemblait vraiment à de l'encre. Et Quentin commençait à croire que c'en était… de l'encre magique qui ne tachait pas les vêtements.

Dans un angle de la place, un arbuste avait fendu une dalle pour pousser à l'air libre. Noueux et tordu, il prenait une forme évoquant un ressort, mais il était bien vivant. Quentin se demanda sur quelle sorte de terrain on avait édifié la Cité et à quoi ressemblerait le site si elle venait à tomber en ruine. Y avait-il eu une forêt par le passé ? Y en aurait-il une à l'avenir ? Tout passe, tout lasse, tout casse.

Alice avait pris soin d'interposer Penny entre eux. Ils plongèrent à la même seconde, le pied droit en premier.

La traversée fut différente. Ils entrèrent dans l'encre comme si c'était de l'air, puis s'enfoncèrent dans les ténèbres ; ils eurent ensuite l'impression de tomber du ciel vers Manhattan, par une matinée d'hiver – parcs et jardins marron, bâtiments gris, taxis jaunes garés sur des zébras blancs, fleuve noir constellé de barges et de remorqueurs –, puis de traverser le toit de leur immeuble pour atterrir dans le salon, où Janet, Eliot et Richard étaient toujours figés par la surprise, comme si Alice venait à peine de glisser une main dans la poche de Penny, comme si les trois dernières heures n'avaient jamais existé.

— Alice ! s'écria une Janet jubilante. Arrête de tripoter Penny !

LA FERME

Ensuite, évidemment, tout le monde eut envie d'aller au pays du Ni. À peine si on commenta le coquard de Quentin. (« Les indigènes étaient agités », dit-il en guise d'explication.) Quelques instants après leur retour, Josh refit son apparition – il avait bien passé la nuit avec Anaïs –, ce qui les obligea à raconter l'histoire une nouvelle fois. Puis ils sautèrent par groupes de trois. Josh accompagna Penny et Richard. Ensuite, Penny amena avec lui Janet et Eliot. Puis Josh téléphona à Anaïs pour lui dire de rappliquer, et tous deux partirent avec Penny.

Quentin fixait Janet avec mépris. C'est une vampire, se dit-il. Elle s'attaque à l'amour pur de ses amis pour le flétrir et le ravager.

Lorsque tous eurent fait un saut là-bas et vu ce qu'il y avait à voir, personne ne savait quoi dire. L'atmosphère devint soudain sérieuse. Ils échangèrent de longs regards lourds de sens. Aucun ne pouvait formuler en mots l'importance de cette découverte, mais tous s'accordaient pour la juger énorme. *Énorme.* Et elle leur appartenait, du moins pour le moment ; ils devaient la tenir secrète. Nul ne devait être mis au courant. Obéissant au désir de Penny, ils s'assirent en rond sur le tapis de la salle de séjour et rétablirent aussitôt les charmes qui protégeaient l'appartement. L'autoritarisme de Richard, qui rendait souvent sa présence insupportable, se révéla fort utile en la circonstance. Il dirigea les opérations de façon posée et efficace, tel un chef d'orchestre guidant ses musiciens dans une partition délicate de Bartók.

Il leur fallut vingt minutes pour boucler ce travail, et dix de plus pour ajouter quelques couches défensives sophistiquées – précaution nécessaire, vu l'intérêt que suscitait le bouton au sein de l'écosystème magique global. Une fois qu'ils eurent fini, que chaque étape du processus eut été vérifiée et revérifiée, le silence se fit dans la pièce. Chacun se laissait imprégner de la magnitude de ce qui se passait en ce lieu. Josh se leva sans rien dire et alla à la cuisine préparer des sandwichs. Eliot ouvrit une fenêtre et alluma une cigarette. Janet jeta sur Quentin un regard de détachement amusé.

Quentin s'allongea sur le tapis et fixa le plafond. Il avait du sommeil en retard mais ne pouvait s'endormir. Des sentiments violemment contradictoires se disputaient la possession de son esprit comme des armées ennemies repartant sans cesse à l'assaut d'une colline : l'excitation, le remords, l'impatience, la crainte, le chagrin, la colère. Il s'efforça de se concentrer sur Fillory, de retrouver l'exaltation qui l'avait saisi. Cela allait tout changer. Oui, l'univers était devenu un million de fois plus vaste, mais Fillory était la clé de tout. La sensation de futilité qui infusait dans son esprit avant même la remise des diplômes avait été anéantie par une balle magique. Alice ne le comprenait pas encore, mais cela ne tarderait pas. C'était ce qu'ils attendaient tous les deux. C'était ce que ses parents n'avaient jamais trouvé. Un sourire ému lui fendait régulièrement le visage, et les années s'effritaient comme des couches de peau morte. Ce n'étaient pas des années perdues, on ne pouvait pas dire cela, mais durant cette période, en dépit de tous ses dons, il avait toujours eu conscience de ne jamais recevoir ce qui lui revenait de droit. Il avait de quoi tenir le coup. Et rien de plus. Mais ceci, c'était exceptionnel. Désormais, le présent avait un but, l'avenir avait un but et, avec le recul, le passé lui-même, toute leur existence avant ce jour, avait un sens. Désormais, ils savaient à quoi s'en tenir.

Si seulement c'était arrivé plus tôt. Si seulement Penny s'était pointé la veille. L'enfoiré ! La rédemption avait suivi la chute avec une telle rapidité que Quentin n'aurait su dire lequel de ces deux états était en vigueur. Sauf que, vu sous un certain angle, ce qui s'était passé entre Janet et lui ne ressortissait pas seulement à eux deux, ni même à Alice et lui. Ce n'était qu'un symptôme du monde vide et malade dans lequel ils évoluaient. Et, désormais, ils disposaient d'un remède. Ce monde pouvait être guéri.

Les autres restaient assis par terre, allongés sur le dos, accoudés au sofa, échangeant des regards et étouffant de temps à autre un rire incrédule. On aurait dit qu'ils étaient défoncés. Quentin se demanda s'ils partageaient ses sentiments. C'était ce qu'ils attendaient tous, eux aussi, même sans le savoir. Ce qui allait les sauver de l'ennui, de la dépression et de la routine, ces monstres à l'haleine avinée qui leur bouffaient la vie depuis leur sortie de l'école. Le salut était là, et ce n'était pas trop tôt. Jamais ils n'auraient pu continuer à vivre ainsi, et maintenant plus rien ne les y contraignait.

Ce fut Eliot qui finit par prendre le contrôle de la situation. Il semblait avoir retrouvé du poil de la bête. On passa les emplois du temps en revue. Personne n'avait d'obligation majeure pour les jours à venir, rien qui ne pût être repoussé ou annulé pour cause de maladie diplomatique, voire carrément jeté à la trappe. Il claqua des mains et distribua ses ordres, et, pour une fois, tout le monde semblait ravi de fonctionner dans le sérieux et l'efficacité.

Aucun des anciens de Brakebills ne connaissait bien Anaïs – même pas Josh, d'ailleurs –, mais elle se révéla extrêmement utile à la cause. Parmi ses connaissances figurait quelqu'un qui connaissait le propriétaire d'une ferme dans l'État de New York, une maison confortable et suffisamment isolée pour leur servir de quartier général en vue des opérations à venir. Et ladite connaissance était en outre une magicienne assez puissante pour leur ouvrir un portail d'accès à ce refuge. Elle les rejoindrait dans l'après-midi, après le match des Nets.

Ils devraient s'installer sur le toit, car les charmes de protection qu'ils venaient d'ériger leur interdiraient de faire apparaître ce portail dans l'appartement (qu'ils avaient d'ores et déjà décidé d'abandonner). À cinq heures et demie, ils contemplaient l'enfilade de buildings formant l'horizon de Manhattan, qui évoquait une rangée de bouteilles derrière un bar. En cette saison, il n'y avait personne d'autre sur le toit. Ils ne le partageaient qu'avec des barbecues rouillés et des meubles de jardin en plastique renversés par le vent. Sur le toit d'un appentis, un carillon éolien sifflait un air sinistre.

Ils se prirent à bras-le-corps pour se protéger du froid et battirent la semelle sur le gravier tandis qu'une sorcière belge rubiconde et grisonnante, aux doigts jaunis par la nicotine et au poitrail orné d'un sinistre fétiche en osier, leur ouvrait le portail désiré. C'était une béance en forme de pentagone, avec une base parallèle au sol, dont les quatre autres côtés étaient liserés de crépitantes étincelles blanc-bleu – une touche purement cosmétique, devina Quentin, qui conférait à la scène un air à la fois festif et mélancolique.

L'ambiance était pourtant à la solennité qui sied aux grandes occasions. Ils s'embarquaient à l'improviste pour vivre une prodigieuse aventure. C'est ça, être vivant, bon sang ! Une fois le portail stabilisé, la sorcière grisonnante embrassa Anaïs sur les deux joues, lui dit quelques mots en français et s'en fut, après que Janet lui eut demandé de les prendre tous en photo avec un appareil jetable, eux, leurs bagages et leurs sacs de vivres.

Le groupe, qui comptait désormais huit personnes, se retrouva sur une pelouse couverte de givre. Le sérieux qui l'habitait se dissipa dès que Janet, Anaïs et Josh foncèrent dans la ferme, sautèrent sur les sofas en riant et coururent dans les chambres pour s'en disputer l'attribution. Anaïs leur avait fait une description fidèle de l'édifice : vaste, confortable et en partie vétuste. Apparemment, il avait jadis fait partie d'un corps de ferme datant de l'époque coloniale, et l'un de ses propriétaires, aux goûts progressistes en matière d'architecture, avait agrémenté ses pierres et ses poutres de verre, de titane et de béton, l'équipant ensuite d'écrans plats, d'un système hi-fi à haute définition et d'une cuisine équipée high-tech.

Alice fila tout droit dans la chambre dévolue au maître des lieux, sise au deuxième étage et en occupant près de la moitié, et s'y enferma, gratifiant le groupe d'un regard mauvais qui décourageait quiconque de vouloir la déloger. Soudain épuisé par sa nuit de folie et la journée de magie qui l'avait suivie, Quentin se trouva une petite chambre d'amis située à l'arrière. Ses lits jumeaux au sommier dur et à l'aspect antiseptique lui convenaient à merveille.

Il faisait nuit lorsqu'il se réveilla. Le radio-réveil affichait 10:27. Dans les ténèbres, ces chiffres bleus ressemblaient à des graffitis phosphorescents sur le flanc d'un poisson des profondeurs. Il ne parvint pas à retrouver l'interrupteur de sa lampe de chevet, mais, une fois levé, il localisa la porte d'une petite salle de douche et réussit à allumer le néon au-dessus du miroir. Après s'être aspergé la figure, il partit explorer la maison inconnue.

Alice et Penny exceptés, tous les autres se trouvaient dans la salle à manger, où ils achevaient de dévorer un plantureux repas dont les vestiges s'étalaient sur une table splendide, qui semblait fabriquée à partir des éléments de la Vraie Croix, vernis avec amour et assemblés avec d'authentiques clous en fer. Aux murs étaient accrochés des spécimens d'art moderne de la couleur et de la texture du sang séché.

— Q ! s'écrièrent-ils à l'unisson.

— Où est Alice ?

— Elle est venue, puis elle est repartie, dit Josh. Qu'est-ce qui se passe ? Vous vous êtes battus ?

Il fit mine de décocher un swing. De toute évidence, il ignorait tout des événements de la veille. Assise à côté de lui, Anaïs feignit de frapper son menton mal rasé. Ils étaient tous bourrés, comme la veille au soir, comme tous les soirs. Rien n'avait changé.

— Sérieux, intervint Janet. C'est elle qui t'a filé ce coquard ? On dirait qu'il se trouve toujours quelqu'un pour te bugner, Q.

Elle était aussi enjouée, aussi toxique que d'ordinaire, mais ses yeux étaient cernés de rouge. Quentin se demanda si elle était sortie aussi intacte qu'elle le croyait de l'holocauste de la nuit passée.

— C'est un coup d'Ambre et d'Ombre, répondit-il. Les béliers magiques. Alice ne vous l'a pas dit ? Ils m'ont puni pour mes péchés.

— Ah bon ? fit Josh. Tu leur as botté leur cul laineux ?

— J'ai tendu l'autre joue.

Quentin n'avait pas envie de parler, mais il était affamé. Il alla se chercher une assiette à la cuisine, s'assit en bout de table et se servit quelques restes.

— Nous réfléchissions à la suite des événements, dit Richard. Nous préparions une liste d'initiatives à prendre.

— C'est ça ! dit Josh en tapant du poing d'un air autoritaire. Qui a des initiatives à me suggérer ? Il faut énumérer nos options !

— Préparer des provisions de bouche, poursuivit Richard sans se démonter. Et relire les Chroniques de Fillory avant de débarquer là-bas.

— De l'or, enchaîna Anaïs, qui se prenait au jeu. Et des objets à troquer. Que peuvent vouloir les Filloriens ? Des cigarettes ?

— On ne va pas en vacances dans la Russie de Brejnev, Anaïs. De l'acier ?

— De la poudre à fusil ?

— Mon Dieu ! s'exclama Eliot. Écoutez-vous délirer ! Je ne veux pas être celui qui aura introduit les armes à feu dans Fillory.

— Nous devons emporter des manteaux, reprit Richard. Des tentes. Des vêtements de ski. Nous n'avons aucune idée du temps qu'il fait là-bas. Peut-être allons-nous arriver au cœur de l'hiver.

Hier – ou plutôt, avant sa sieste –, Fillory était censé régler tous les problèmes. Aujourd'hui, il avait du mal à se concentrer là-dessus : cela ressemblait de nouveau à un rêve. Aujourd'hui, le fiasco Janet/Alice occupait toutes ses pensées. Cette histoire allait tout gâcher.

Il fit un effort pour se ressaisir.

— Combien de temps allons-nous passer là-bas ?

— Deux ou trois jours ? dit Eliot. Tu sais, si on a oublié quelque chose, on pourra toujours revenir. Rien de plus facile avec ce bouton. Dès qu'on en aura marre, on rentre.

— Et que ferons-nous une fois là-bas ?

— Sans doute nous chargera-t-on d'une quête, dit Penny. C'est comme ça que ça se passait avec les Chatwin.

Toutes les têtes se tournèrent. Penny se tenait sur le seuil, en tee-shirt et pantalon de survêtement, clignant des yeux comme un hibou, à peine réveillé semblait-il.

— J'ignore si nous pouvons compter là-dessus, Penny, dit Quentin. (Sans savoir pourquoi, il s'agaçait de voir Penny manifester un optimisme naïf.) Les béliers ne nous ont pas appelés, après tout. Peut-être qu'il n'y a jamais eu de quêtes. Plover les a probablement inventées pour les besoins de ses intrigues. Peut-être qu'une fois à Fillory on ne fera que glander comme on glande ici.

— Ne joue pas les rabat-joie sous prétexte que ta copine t'a filé une baffe, lança Josh.

Penny secoua la tête.

— Je ne pense pas que Plover ait pu inventer tout ça. Ce n'est pas rationnel. C'était un magnat du nettoyage à sec qui avait fait des études de chimie, et en plus il était gay. Pas une seule once de créativité chez ce mec. Pensez au rasoir d'Occam.

Il est plus probable qu'il n'ait fait que retranscrire des expériences vécues.

— Donc, à ton avis, on va tomber sur une damoiselle en détresse ? demanda Eliot.

— Peut-être. Pas forcément une damoiselle, mais... une nymphe, peut-être. Ou alors un nain, ou encore un pégase. Une créature fabuleuse qui aura besoin de notre aide.

Tout le monde s'esclaffa, mais Penny insista. C'était presque touchant.

— Sans rire, c'est toujours comme ça dans les Chroniques.

Josh poussa vers Quentin une flasque en forme de poupée qui contenait un alcool transparent, et il en but une gorgée. Une sorte d'eau-de-vie fruitée, qui lui fit l'effet d'un nutriment vital dont son organisme aurait été privé depuis la naissance.

— Oui, mais, dans la vie, ça ne se passe pas comme dans les bouquins, répondit-il, cherchant la meilleure façon de formuler une idée qui lui semblait essentielle. Tu ne pars pas pour l'aventure afin de défendre une juste cause et de connaître une fin heureuse. Tu n'es pas un personnage de roman ; on n'a pas agencé le récit pour ta convenance. Le monde réel ne fonctionne pas ainsi.

— Le tien peut-être, homme de la Terre, dit Josh avec un clin d'œil. Mais nous ne sommes plus dans ton monde.

— Et bien que je ne souhaite pas me lancer dans un débat théologique, dit Richard d'un air digne et un peu pompeux, il est possible d'être en désaccord sur ce dernier point.

— Même si tu ne crois pas que ce monde ait un dieu, tu es bien obligé d'admettre que Fillory en a un, répliqua Penny. Et même deux.

— Ce qui nous ramène, par des chemins certes détournés, pour ne pas dire délirants, à une question des plus raisonnable, dit Eliot. À savoir : que faisons-nous une fois là-bas ?

— On devrait se lancer à la recherche de cette fleur magique, proposa Josh. Tu sais, celle qui te rend heureux dès que tu en humes le parfum ? Tu te souviens ? Ce truc vaudrait une fortune ici.

Profitant de ce que personne ne la regardait, Janet lança une œillade à Quentin et se pourlécha les lèvres de façon obscène. Quentin la fixa sans broncher. Elle jouissait de la situation, comprit-il. Elle avait brisé le couple qu'il formait avec Alice et ça la faisait bicher. Des images de la nuit précédente – non, ce n'était sûrement pas si récent – lui traversèrent l'esprit, des flashs qui avaient survécu à l'oubli miséricordieux qu'accorde l'ange de l'alcool. Question sexe, Janet n'avait rien de comparable à Alice. Son odeur, la texture de sa peau, sa maîtrise de la chose. La honte et la peur avaient envahi Quentin avant même l'instant de la jouissance, mais il ne s'était pas interrompu pour autant.

Et Eliot était-il éveillé pendant leurs ébats ? Une succession de Polaroïd défila devant lui dans le désordre : Janet qui embrasse Eliot, qui glisse la main dans son entrejambe. Avait-elle vraiment pleuré ? Et lui, avait-il embrassé Eliot ? Soudain, il eut le souvenir d'une peau râpeuse lui effleurant la joue, les lèvres.

Bon Dieu, pensa-t-il, subitement las. C'est ça, la vie ?

Il avait atteint les limites de ce que pouvait lui apporter le Plaisir avec un P majuscule. Le coût était prohibitif, le retour sur investissement lamentable. Son esprit s'éveillait – un peu tard, certes – à des choses bien plus importantes. Pauvre Alice ! Si seulement il pouvait se vêtir d'un cilice, se flageller, se couvrir la tête de cendres – il existait forcément un rite par lequel il lui prouverait l'étendue de son regret. Il aurait fait n'importe quoi, à condition qu'elle le lui ordonne.

Il refoula les images salaces dans les profondeurs de son inconscient, les faisant passer avec une nouvelle gorgée d'eau-de-vie. Une idée germait lentement dans son cerveau fatigué.

— On pourrait partir à la recherche de Martin Chatwin, proposa Richard. Comme le faisaient son frère et ses sœurs.

— J'aimerais rapporter quelque chose à Fogg, dit Eliot. Quelque chose pour l'école. Un artefact quelconque.

— Hein ? fit Josh. Tu veux aller à Fillory pour en rapporter une pomme que tu offriras à ton prof ? Bon Dieu, y a des moments où tu es vraiment nul !

Bizarrement, Eliot ne mordit pas à l'hameçon. Chacun d'eux était affecté d'une façon qui lui était propre.

— Et si on dénichait la Bête glatissante ? dit Quentin à voix basse.

— La quoi ?

Josh plissa le front. Ce n'était visiblement pas un fan.

— Rappelle-toi, dans *La Fille qui disait le temps*. La bête qu'on ne peut pas capturer. C'est Helen qui la traque.

— Et qu'est-ce que tu en fais si tu l'attrapes ? Tu la bouffes ?

— Je ne sais pas. Peut-être qu'elle te conduit à un trésor. Ou qu'elle te fait don d'une sagesse secrète. Ou quelque chose comme ça.

Quentin n'avait pas creusé la question. Cette bête semblait importante aux yeux des Chatwin, mais il ne se rappelait plus pour quelle raison.

— Ce n'est jamais précisé, intervint Penny. Du moins dans les romans. Helen échoue à la capturer et Plover cesse d'en parler. Cela dit, c'est une bonne idée. Mais j'ai pensé à un truc : peut-être qu'ils vont nous couronner rois. Rois et reines. Comme les Chatwin.

Dès que Penny eut évoqué cette idée, Quentin se demanda comment il avait fait pour passer à côté. C'était tellement évident. Rois et reines. Ça allait de soi. Si la Cité était réelle, pourquoi pas tout le reste ? Ils pourraient vivre dans le château Blancheflèche. Et Alice serait sa reine.

Minute ! voilà qu'il tombait d'accord avec Penny. C'était mauvais signe, très mauvais même.

— Hum, fit Janet.

Elle médita la question un bon moment, faisant tourner ses méninges. Elle aussi prenait ça au sérieux.

— Est-ce qu'on serait obligés de se marier entre nous ?

— Pas nécessairement, répondit Penny. Les Chatwin ne l'ont pas fait. D'un autre côté, ils étaient frères et sœurs.

— Je ne sais pas, dit Anaïs. Être reine, c'est du boulot. Il existe sans doute une bureaucratie. Une administration.

— Mais ça doit rapporter. Rien que les avantages en nature...

— Encore faut-il que les Chroniques soient exactes sur ce point, fit remarquer Eliot. Et que les trônes soient tous vacants. Ça fait deux grosses inconnues. Par ailleurs, il n'y a que quatre trônes et nous sommes huit. Soit quatre de trop.

— Je vais vous dire ce qu'il nous faut, déclara Anaïs. De la magie guerrière. Des charmes de combat. Offensifs et défensifs. S'il le faut, nous devons pouvoir blesser l'ennemi.

Janet eut un sourire amusé.

— Ces trucs-là sont illégaux, ma chérie, dit-elle, un peu impressionnée malgré tout. Tu le sais bien.

— Rien à cirer, répliqua Anaïs en secouant ses boucles blondes. Il nous en faut. On n'a *aucune idée* de ce qui nous attend de l'autre côté. Nous devons être prêts à tout. À moins qu'un des hommes forts parmi nous sache se servir d'une épée ?

Seul le silence lui répondit.

— *Alors** ?

— C'est dans ton école qu'on t'a appris tout ça ? demanda Josh d'un air un peu inquiet.

— Vous autres Américains, vous avez le cœur pur. Pas nous.

Penny hochait vigoureusement la tête.

— La magie guerrière n'est pas illégale à Fillory, dit-il.

— C'est hors de question, trancha Richard. Avez-vous conscience des représailles qui nous tomberaient dessus ? Lequel d'entre vous a déjà eu affaire à la Cour magique ? Hein ?

— On est déjà dans la merde, Richard, objecta Eliot. Tu crois que ce bouton serait légal si la Cour connaissait son existence ? Si tu veux te défiler, vas-y, mais Anaïs a raison. Je ne vais pas foncer là-bas avec pour seules armes ma bite et mon couteau.

— Il est possible d'obtenir un permis de port d'armes légères, dit Richard d'un air hautain. Il existe des précédents. Je connais la marche à suivre.

— Des flingues, tu veux dire ? répliqua Eliot en grimaçant. Mais qu'est-ce que tu as dans le crâne ? Fillory est une société vierge. Tu n'as jamais regardé *Star Trek* ? La Directive Première s'applique *ipso facto*. Nous avons une chance d'explorer un monde qui n'a jamais été profané à ce jour. Est-ce que vous avez conscience de l'importance du truc ?

Quentin aurait cru qu'Eliot se déclarerait trop cool pour ces enfantillages et sortirait des vannes sarcastiques sur Fillory mais, à sa grande surprise, il prenait l'entreprise au sérieux. Jamais il ne l'avait vu manifester un tel enthousiasme. Quel soulagement de le découvrir capable de se passionner pour quelque chose !

— Je ne tiens pas à me retrouver en compagnie d'un Penny armé, dit Janet avec fermeté.

— Écoute, Anaïs a raison, rétorqua Eliot. Nous allons préparer quelques charmes d'attaque basiques, au cas où. Rien de trop délirant. Simplement pour avoir des atouts en réserve. Et n'oublie pas les cacodémons planqués dans notre dos. Et il y a aussi le bouton.

— Et ta bite, et ton couteau, gloussa Anaïs.

Le lendemain, Richard, Eliot, Janet et Anaïs se rendirent à Albany pour y acheter des provisions ; Janet, en bonne native de Los Angeles, était la seule à posséder un permis de conduire. Quentin, Josh, Alice et Penny devaient faire des recherches sur la magie guerrière, mais Alice n'adressait plus la parole à Quentin – lorsqu'il avait frappé à sa porte ce matin-là, elle avait refusé de sortir – et Josh se révéla ignare en la matière, aussi Alice et Penny se chargèrent-ils seuls de cette mission.

La grande table de la salle à manger disparut bientôt sous les livres provenant de la caravane de Penny et les feuilles de papier d'emballage recouvertes de diagrammes. Alice et Penny se donnaient à fond. Étant les plus doués pour la magie dans ce groupe de *nerds*, ils parlaient un langage technique qui leur était propre et qu'ils inventaient à mesure de leurs besoins, Penny faisant office de scribe et Alice le supervisant en opinant d'un air grave. C'était une œuvre originale qu'ils accomplissaient là ; s'il n'était pas difficile d'élaborer des charmes guerriers, toutes les archives en la matière leur étaient inaccessibles pour cause de censure.

En les regardant s'activer ainsi, Quentin se consumait de jalousie. Heureusement qu'il s'agissait de Penny – n'importe qui d'autre, et il aurait eu des soupçons. Josh et lui passèrent l'après-midi à boire de la bière, à grignoter du pop-corn et à regarder les chaînes du câble sur un écran plat aussi grand qu'un billard. Il n'y avait pas plus de télé dans leur appartement de Manhattan qu'à Brakebills, aussi cette expérience était-elle nouvelle et exotique à leurs yeux.

Eliot débarqua vers cinq heures pour les tirer de leur léthargie.

— Venez, vous allez rater le grand show de Penny.

— À quoi ressemblait Albany ?

— À une vision de l'Apocalypse. On a acheté des parkas et des couteaux de chasse.

Ils suivirent Eliot jusque dans l'arrière-cour. Le voir ainsi heureux, excité et plutôt sobre restaura la foi de Quentin : peut-être étaient-ils sur la bonne voie, peut-être que tout était réparable. Au passage, il attrapa dans un placard une écharpe et une chapka.

Le soleil sombrait au loin derrière les Adirondacks, dans un flou qui ternissait son halo rouge. Les autres s'étaient regroupés au pied d'un talus gazonné qui donnait sur une enfilade de tilleuls d'Amérique effeuillés mais néanmoins décoratifs. Penny se tenait face aux arbres et tendait le bras pour indiquer une direction à Alice, qui avançait en comptant ses pas. Elle le rejoignit en courant et ils échangèrent quelques murmures ; puis elle recommença la manœuvre. Janet observait la scène en compagnie de Richard, auquel une parka rose vif et un bonnet de laine donnaient une allure incongrue.

— C'est bon ! cria Penny. Reculez, tout le monde !

— Si on recule un peu plus, on ne sera plus là ! répliqua Josh.

Assis sur une balustrade de marbre blanc à moitié cassée, une fioriture architectonique imaginée par le paysagiste, il but une gorgée de schnaps à sa flasque et la passa à Eliot.

— Veillez seulement à ne pas être dans le champ. Okay, c'est parti !

Pareille à l'assistante d'un prestidigitateur, Alice s'approcha d'une petite table, y posa une bouteille vide et s'écarta.

Penny se planta face à la bouteille, inspira profondément et chuchota une succession de syllabes à un débit précipité, concluant son numéro par un mouvement vif de la main. Un objet – ou plutôt un trio d'objets gris acier – jaillit de ses doigts, trop rapide pour être suivi des yeux, et fila au-dessus de la pelouse. Deux des projectiles ratèrent leur cible, mais le troisième décapita la bouteille, net et sans bavures.

Penny sourit. On entendit quelques applaudissements.

— Nous appelons ça un « missile magique », déclara-t-il.

— Ouais, un missile magique ! s'écria Josh. (Son visage était rosi par l'enthousiasme et un plumet blanc s'échappait de ses lèvres.) Comme dans *Donjons et Dragons* !

Penny acquiesça.

— De fait, on s'est pas mal inspirés de l'arsenal de D&D. Les types qui ont rédigé les manuels avaient l'esprit pratique.

Quentin ne souriait pas. Personne n'allait donc protester ? C'était de la magie noire. Dieu sait qu'il n'avait rien d'un lâche, mais ce charme était conçu pour blesser, pour mutiler. Ils avaient franchi tellement de limites qu'on avait peine à dire où ils se trouvaient. Si jamais ils étaient obligés d'avoir recours à de telles armes, ça voudrait dire qu'il était trop tard.

— Bon Dieu, j'espère qu'on n'aura pas besoin de ça, réussit-il à déclarer.

— Oh ! la ferme, *Quentina*, lâcha un Josh agacé. On ne cherche pas les ennuis. On veut juste être prêts à les affronter. *Donjons et Dragons*, putain !

Ensuite, Alice évacua la table, si bien que Penny se retrouva seul face aux arbres. Les autres étaient placés derrière lui, assis ou debout sous le ciel qui virait au rose. Le soleil était presque couché. Ils avaient le nez et les oreilles rougis par le froid, mais Penny ne semblait nullement affecté et portait toujours un tee-shirt et un pantalon de survêtement. Ils étaient vraiment au milieu de nulle part. Quentin était habitué à la rumeur de Manhattan et, même à Brakebills, on entendait toujours les élèves murmurer, crier ou bien renverser quelque chose. Ici, lorsque le vent s'abstenait de siffler dans le feuillage, on ne percevait aucun bruit. Le monde entier était muet.

Il rabattit les protège-oreilles de sa chapka et en noua les lacets.

— Si ça ne marche pas..., commença Penny.

— Allez, dépêche ! coupa Janet. On se les gèle ici !

Penny plia les genoux et cracha dans l'herbe jaunie. Puis il ouvrit les bras et exécuta une danse grotesque, à cent lieues du style qu'on lui connaissait, tout en rigueur et en discipline. Une lueur violette naquit au creux de ses mains, faisant ressortir les phalanges de ses doigts dans les ténèbres. Il poussa un cri et effectua un lancer impeccable.

Une petite étincelle orangée s'envola de ses mains pour filer au-dessus de la pelouse à une altitude fixe. De prime abord, elle semblait inoffensive, et même un peu dérisoire, comme un insecte ou un jouet. Mais elle grossit à mesure qu'elle se rapprochait des arbres, se transformant en une comète crépitante de la taille d'un ballon de plage, parcourue de veines et de tourbillons de feu. Elle était presque majestueuse, volant ainsi dans l'air vespéral glacial. Des ombres mouvantes se dessinèrent bientôt sur la pelouse, se déployant au rythme de sa progression. La chaleur devint vite étouffante ; Quentin la sentit déferler sur son visage. Lorsque la boule frappa l'un des arbres, celui-ci s'embrasa d'un coup dans un souffle assourdissant. Un jet de flammes monta dans le ciel puis s'évanouit.

— Boule de feu ! s'écria Penny, non sans quelque redondance.

Ils eurent droit à un vrai feu de joie. L'arbre brûlait vite et bien. Des étincelles montèrent jusque haut dans le ciel. Janet poussa un cri, tapa dans ses mains et fit des petits bonds, comme une pom-pom girl. Un fin sourire aux lèvres, Penny les gratifia d'une révérence théâtrale.

Ils passèrent quelques jours de plus à la ferme, à glander, manger des grillades dans le patio, écluser la cave à vins, regarder des DVD et se baigner dans le jacuzzi, que personne n'avait envie de nettoyer par la suite. Quentin finit par comprendre : après toutes ces palabres, tous ces préparatifs, voilà qu'ils traînaient des pieds, qu'ils attendaient un déclic pour se décider à bouger. Leur excitation avait occulté leur frayeur. Et quand il pensait à tout le bonheur qui l'attendait à Fillory, il avait presque le sentiment de ne pas le mériter. Il n'était pas prêt. Jamais Ambre et Ombre n'auraient appelé quelqu'un de son acabit.

En attendant, Alice avait déniché Dieu savait comment une méthode pour ne jamais se trouver dans la même pièce que lui. Comme si elle avait acquis un sixième sens – il apercevait parfois sa tête par la fenêtre, ou ses pieds quand elle montait l'escalier, mais c'était à peu près tout. On aurait dit un jeu ; et les autres y participaient. Quand il la voyait en leur compagnie – assise sur le plan de travail de la cuisine, en train de bavarder avec Josh, ou penchée sur la table de la salle à manger en compagnie de Penny et de ses bouquins, comme si de rien n'était –, il n'osait pas l'aborder. Ce serait contraire aux règles du jeu. La voir si proche et si lointaine à la fois, c'était comme découvrir un autre univers derrière une porte interdimensionnelle, un monde tropical et ensoleillé où il avait jadis séjourné mais dont il était banni pour l'éternité. Tous les soirs, il déposait un bouquet de fleurs devant sa porte.

Quelle plaie ! il aurait pu rester dans l'ignorance de ce qui se tramait. Rien ne l'obligeait à le savoir. Quoique, s'il n'avait rien découvert, sans doute seraient-ils restés longtemps à la ferme. Un soir, il décida de jouer aux cartes avec Josh et Eliot. Une partie de poker entre magiciens a vite fait de dégénérer en un concours de thaumaturgie censé déterminer qui est le plus doué pour tripoter les probabilités, jusqu'à ce que chaque main donne un carré d'as ou une quinte flush. Quentin se sentait un peu mieux. Ils buvaient de la grappa. La boule de honte et de regret qui lui pesait sur le cœur depuis sa nuit avec Janet commençait à se faire moins oppressante. Ce n'était pas grand-chose, mais c'était déjà beaucoup. Il y avait tant de liens qui l'unissaient à Alice. Ils pouvaient survivre à cette épreuve.

Peut-être était-il temps pour lui de l'en convaincre. Elle le voulait, elle aussi, il le savait. Il avait merdé, il le regrettait, ils allaient repartir du bon pied. CQFD. Il suffisait de relativiser, voilà. Sans doute n'attendait-elle qu'un geste de sa part. Il s'excusa auprès de ses partenaires et prit la direction du deuxième étage, là où elle avait élu domicile. Josh et Eliot lui dispensèrent leurs encouragements :

— Q ! Q ! Q ! Q !

Quentin fit halte alors qu'il approchait du palier. Il aurait reconnu ce bruit n'importe où : celui d'Alice quand elle jouissait. Son esprit embrumé par l'alcool eut quelque peine à déduire ce que cela impliquait : elle jouissait, mais ce n'était pas lui qui la faisait jouir. Il fixa le chemin d'escalier en sisal terre de

Sienne qui courait sous ses pieds. Non, il ne pouvait pas entendre ce bruit-là. Mais il s'insinuait dans ses tympans et déclenchait l'apparition de taches sur sa rétine. Son sang bouillonna et vira à l'acide, comme dans une expérience de chimie. Cet acide se propagea dans le reste de son organisme, embrasant ses membres et son cerveau. Puis il gagna son cœur, tel un caillot de sang dérivant dans ses veines et lui apportant la mort. Et son cœur devint incandescent.

De toute évidence, elle était soit avec Penny, soit avec Richard. Il venait tout juste de quitter Josh et Eliot, qui, de toute façon, ne lui auraient jamais fait une telle vacherie. Les jambes raides, il redescendit les marches, gagna la chambre de Richard, ouvrit la porte d'un coup de pied et actionna le commutateur. Richard était couché, seul. Il se redressa brusquement, les yeux éberlués, vêtu d'une grotesque chemise de nuit victorienne. Quentin éteignit la lumière et claqua la porte.

Janet sortit de sa chambre en pyjama, la figure revêche.

— Qu'est-ce qui te prend ?

Il la bouscula pour passer.

— Hé ! beugla-t-elle. Mais ça fait mal !

Que savait-elle de la douleur ? Il actionna l'interrupteur de la chambre de Penny. Le lit était vide. Il saisit la lampe de chevet et la jeta par terre. L'ampoule explosa et mourut. Jamais il ne s'était senti dans un tel état. C'était même stupéfiant : sa colère lui donnait des superpouvoirs. Il était capable de tout. Rien ne lui était interdit, rien. Ou presque. Il tenta d'arracher les rideaux, mais ils refusèrent de céder, même lorsqu'il s'accrocha à eux de tout son poids. Alors il ouvrit la fenêtre, saisit les draps et les couvertures et les jeta dehors. Pas mal, mais on pouvait mieux faire. Il piétina le radio-réveil puis fit choir les livres de leurs étagères.

Penny possédait plein de livres. Ça allait prendre du temps de tous les jeter à terre. Mais ce n'était pas grave, il avait toute la nuit, et aussi toute l'énergie du monde. Même pas sommeil.

Comme s'il avait pris du speed. Sauf qu'au bout d'un moment il devint de plus en plus dur de soulever ces foutus bouquins, vu que Josh et Richard cherchaient à l'immobiliser. Il se débattit comme un beau diable, évoquant un enfant en plein caprice. Ils le traînèrent dans le couloir.

C'était tellement con, à vrai dire. Ça crevait les yeux. Et ça n'avait rien de malin, oh ! que non. Il avait baisé Janet ; elle baisait Penny. Désormais, ils seraient quittes. Mais, lui, il était bourré ! Ce n'était pas pareil, hein ? Et Penny… Doux Jésus ! Si seulement elle avait choisi Josh.

Ils l'enfermèrent dans le home cinema, avec la bouteille de grappa et une pile de DVD, comptant sur lui pour s'abrutir d'alcool. Josh monta la garde afin de s'assurer que Quentin ne recourrait pas à la magie, mais il s'endormit presque aussitôt, la joue calée contre l'accoudoir du canapé, à la manière d'un apôtre ensommeillé.

Quant à Quentin, il n'avait pas sommeil pour le moment. Sa souffrance était comme une chute. Comme une descente d'ecstasy. Il pensa à un personnage de dessin animé tombant du haut d'un building. *Pow !* il heurte un store et passe au travers. *Pow !* il en emboutit un deuxième. Et un troisième. Il finira bien par rebondir sur l'un d'eux, à moins que la toile ne se referme sur lui comme un berceau, mais rien de tel ne se produit, il ne cesse d'ouvrir des trous dans les stores. Tombe, tombe, tombe. Au bout d'un moment, il a vraiment envie que ça s'arrête, même s'il doit s'écraser sur le trottoir, sauf que ça continue ; il tombe et tombe encore, un store après l'autre, et il souffre de plus en plus. Il pense à la tortue d'Achille.

Quentin ne regarda même pas les DVD, il se contenta d'allumer la télé et de zapper, biberonnant jusqu'à ce que le soleil levant rougeoie à l'horizon, comme un nouveau flot de sang jaillissant de son cœur meurtri, lequel lui évoquait – et tout le monde s'en foutait – un bidon rouillé laissant échapper un polluant biologique dans la terre et contaminant la nappe phréatique, y injectant assez de poison pour tuer tous les enfants innocents de la ville la plus proche.

Il ne parvint pas à s'endormir. Une idée lui vint aux environs de l'aurore et il attendit un long moment, mais elle était trop belle pour qu'il la garde pour lui. Il se sentait dans la peau d'un petit garçon le matin de Noël, incapable d'attendre que les adultes soient réveillés. Le Père Noël était là et il allait tout arranger. À sept heures et demie, encore à moitié beurré, il sortit du home cinema et alla tambouriner sur toutes les portes. Et puis merde ! il grimpa au deuxième étage et ouvrit celle d'Alice d'un coup de pied, ce qui lui valut d'entrevoir le cul blanc de Penny – il n'avait vraiment pas besoin de ça. Si cette vision le fit grimacer, elle échoua à le faire taire.

— Okay ! hurlait-il. Allez, les gars ! Debout là-dedans, debout, j'ai dit ! L'heure est venue ! C'est le grand jour ! Debout, debout, debout !

Et il entonna un couplet de la stupide chanson de James :

Au temps jadis, il était un garçon
Jeune et fort et brave – oh-oh !

Désormais, c'était lui, le pom-pom boy, qui sautait en l'air et agitait les bras, faisait des roulades sur le parquet et hurlait à pleins poumons.

— On ! Va ! Tous ! À !... *Fill !... O !... Riiiiii !*

LIVRE TROIS

FILLORY

ILS AVAIENT FORMÉ LE CERCLE dans la salle de séjour, la main dans la main, le sac à dos calé sur les épaules. Ça ressemblait à un canular d'étudiants, comme s'ils étaient sur le point de prendre de l'acide, de chanter *a cappella* ou de battre un record débile. Anaïs était rouge d'excitation. En dépit du poids de son sac, elle ne cessait de sautiller. Elle était passée à côté du drame de la veille. De tous les présents, c'était la seule à avoir l'air heureuse.

Le plus drôle, c'est que ça avait marché. Quentin avait refusé de les lâcher, refusé de renoncer, et, au bout du compte, ils avaient rendu les armes sans opposer trop de résistance. Aujourd'hui serait le grand jour. En partie parce qu'ils avaient un peu peur de lui, de ses yeux luisants de souffrance et de terreur, mais en partie parce qu'ils savaient qu'il avait raison : l'heure était venue de faire le grand saut et ils attendaient seulement que l'un d'eux prenne l'initiative, même s'il s'agissait de quelqu'un d'aussi ivre, d'aussi délirant que Quentin.

Avec le recul, et à condition de voir les choses avec philosophie, Quentin avait toujours cru que ce jour serait placé sous le signe du bonheur, le plus beau jour de sa vie. Mais la vie vous réserve parfois des surprises. Des caprices du destin.

S'il n'était pas heureux, il se sentait néanmoins libéré. Au moins n'était-il plus paralysé par la honte. L'émotion qui l'habitait était pure, vierge de pressentiments, de mises en garde et de précautions. Alice n'était plus une sainte pour lui. Il n'avait aucune peine à croiser son regard. Et était-ce une lueur de gêne qu'il percevait dans ses yeux ? Peut-être faisait-elle connaissance avec le remords et son cortège de tourments. Désormais, ils partageaient la même bauge.

Ils avaient passé la matinée à faire leur barda et à préparer leur équipement, lequel était déjà quasiment prêt, puis à rassembler ceux d'entre eux qui traînaient à la salle de bains ou hésitaient sur le choix de leurs chaussures, ou encore étaient allés se balader sans raison précise. Finalement, ils se retrouvèrent tous dans le séjour, formant le cercle la main dans la main, dansant d'un pied sur l'autre, échangeant des regards et disant :

— Okay ?

— Okay ?

— Tout le monde est paré ?

— On y va.

— Ouais, on y va !

— Okay !

— Okay !

— On y…

Et Penny dut toucher le bouton, car ils se retrouvèrent tous nageant vers la surface dans un lac d'encre noire glaciale.

Quentin sortit du bassin le premier, alourdi par son sac à dos. Il était sobre, du moins le croyait-il, mais il restait furieux et débordait d'apitoiement sur soi. Eh bien, que ça déborde ! Il ne voulait toucher personne ni être touché par personne. Mais ça lui faisait plaisir de se retrouver au pays du Ni. Un coin tranquille par excellence. S'il pouvait s'allonger une minute sur ces dalles usées, rien qu'une minute, peut-être réussirait-il à dormir.

Le coûteux tapis persan sur lequel ils avaient formé le cercle les avait suivis dans le bassin. Un accident. Le bouton l'avait-il pris pour un de leurs vêtements ? Les choses tournent parfois d'une drôle de façon.

Quentin patienta pendant que les autres s'extrayaient un par un de la fontaine. Ils se rassemblèrent dans un coin du bassin, s'accrochant les uns aux autres en faisant du surplace, puis jetèrent leurs sacs à dos sur les dalles et se hissèrent sur le rebord.

Eliot parcourut les lieux d'un regard circulaire, prenant la direction des opérations.

— Okay. Passons à la phase deux.

Penny s'était éloigné pour examiner un carreau de céramique enchâssé dans un mur.

— Voilà qui est intéressant, déclara-t-il. À votre avis, qu'est-ce que…

— Hé ! trouduc ! lança Quentin.

Il claqua des doigts comme pour l'arracher à ses songes. À présent, il pouvait assumer son hostilité. Toutes ses inhibitions semblaient s'être évaporées.

— Tu es sourd ou quoi ? Phase deux, il a dit. Allez, on y va !

Il espérait que Penny lui saute dessus, afin qu'il prenne sa revanche suite à leur pugilat de jadis. Mais Penny se contenta de le toiser d'un œil calme et de se détourner. Il avait l'occasion de prendre de la hauteur, de se montrer supérieur à son rival, et il en profitait pleinement. Sortant de sa poche un pulvérisateur, il entoura la fontaine de croix orangées puis se mit en route en suivant la direction qu'il avait baptisée palais, signalée par le splendide édifice blanc qui bordait la place. Leur destination ne faisait pas de doute : la scène était décrite par Plover dans son style net et sans fioritures. Les Chatwin traversaient trois places sans dévier de leur cap, puis tournaient à gauche pour gagner la fontaine menant à Fillory. Tous se mirent en marche derrière Penny, mal à l'aise dans leurs fringues mouillées.

Avant d'arriver à destination, ils franchirent un pont de pierre enjambant un étroit canal. La configuration de la Cité rappelait un terrain de bourbasse en plus grand, songea Quentin. Peut-être ce jeu dérivait-il d'un trait d'humour trouvant son origine dans le pays du Ni.

Ils firent halte sur une place proprette bien plus petite que celle où ils avaient émergé, dominée par un grand bâtiment de pierre qui évoquait l'hôtel de ville d'un bourg français du Moyen Âge. L'horloge placée au centre de sa façade était bloquée sur midi, ou peut-être minuit. La pluie tombait de plus belle. Au centre de la place se trouvait une fontaine ornée d'une sculpture d'Atlas ployant sous un globe de bronze.

— Okay ! fit Penny.

Il élevait la voix plus qu'il n'était nécessaire. Tu parles d'un Monsieur Loyal ! Quentin le trouvait nerveux. On fait moins le malin, joli cœur.

— Dans les Chroniques, c'est par cette fontaine-là qu'ils passent, reprit-il. Je vais aller faire un tour là-bas pour voir le temps qu'il fait.

— Qu'est-ce que t'attends, un roulement de tambour ? lança Janet. Allez, magne-toi !

Penny sortit le bouton blanc de sa poche et le serra dans son poing. Puis il inspira profondément, monta sur le rebord du bassin et sauta dans l'encre noire. Au tout dernier instant, il se pinça les narines de sa main libre. Puis il disparut. Le liquide l'avait englouti.

Il y eut un long silence. On n'entendait que le clapotis de la fontaine. Une minute s'écoula. Puis la tête de Penny remonta à la surface, soufflant et hoquetant.

— Ça a marché ! cria-t-il. Il fait chaud ! C'est l'été ! C'est l'été là-bas !

— C'était bien Fillory ? demanda Josh.

— Je ne sais pas. (Le souffle court, il nagea jusqu'au rebord du bassin.) J'ai atterri dans une forêt. Milieu rural. Aucune trace d'habitation.

— Ça ira, décréta Eliot. On y va tous.

Richard commençait déjà à ouvrir les sacs à dos pour en sortir les parkas, bonnets et polaires, édifiant un tas de fringues aussi coûteuses que colorées.

— Asseyez-vous sur le rebord et prenez-vous par la main, ordonna-t-il sans se retourner.

Quentin aurait voulu lancer un commentaire sarcastique, mais il n'en trouva aucun. D'épais anneaux de fer étaient fixés au rebord du bassin. La pierre autour d'eux était tachée de rouille. Il plongea les pieds dans le liquide couleur d'encre. Il lui parut moins dense que de l'eau et son contact lui rappela celui d'un alcool antiseptique. Il tenta de distinguer ses pieds, mais sans succès.

Une partie de lui-même savait qu'il était incontrôlable, mais ce n'était pas cette partie-là qui guidait ses décisions. La phrase la plus innocente lui apparaissait comme une allusion voilée à Alice et Penny. On aurait dit qu'Atlas lui adressait un sourire en coin. Le manque de sommeil lui donnait le vertige. Il ferma les yeux. Son crâne lui semblait énorme, cotonneux, vide, un nuage flottant au-dessus de ses épaules. Ce nuage se mit à dériver. Allait-il tomber dans les pommes ? Ça lui aurait fait un bien fou. Son cerveau recelait une zone nécrosée et il aurait voulu qu'elle croisse, qu'elle balance des métastases dans ses cellules grises afin d'éradiquer toutes ses pensées douloureuses.

— Des gilets pare-balles ? s'exclama Eliot. Bon sang, Anaïs, est-ce que tu as *lu* ces bouquins ? On ne risque pas de débarquer en pleine guerre. Si ça se trouve, on va rencontrer un lapin doué de la parole qui nous invitera à prendre le thé.

— Tout le monde est prêt ? demanda Penny.

Tous les huit étaient assis autour du bassin, la main dans la main, penchés en avant afin de tomber sans avoir à se lâcher. Janet avait posé la tête sur l'épaule d'Eliot, dénudant sa gorge pâle. Josh, placé à droite de Quentin, le fixait d'un air soucieux. Il serra sa main droite.

— C'est pas grave, mon vieux, murmura-t-il. Allez. Ça ira. Tu auras toujours ceci.

Tous, sans aucun doute, jetèrent un dernier coup d'œil alentour, échangèrent un regard et frissonnèrent. Eliot cita l'*Ulysse* de Tennyson – chercher de nouveaux mondes, voguer au-delà du couchant[1]. Quelqu'un poussa un cri – Anaïs, à en juger par l'accent. Mais Quentin garda la bouche fermée et les yeux baissés. Il contempla son giron et attendit que chaque seconde s'impose à lui, l'une après l'autre, comme une succession d'importuns venus frapper à sa porte. Obéissant au signal de Penny, ils plongèrent tous dans le bassin, pas tout à fait synchro mais presque – on aurait dit un film de Busby Berkeley. Janet faillit faire un plat.

Le plongeon devint une chute : il en allait toujours ainsi quand on quittait le pays du Ni. Vu la vitesse de leur progression, la sensation qu'ils éprouvaient était à mi-chemin de la chute libre et du saut en parachute, sauf que le vent brillait par son absence. L'espace de quelques instants, ils découvrirent la contrée qui les attendait : une forêt s'étendant jusqu'à l'horizon, d'un vert préindustriel, bordée sur un côté – au nord, estima Quentin en repérant le soleil voilé dans le ciel pâle – par des prés aux formes géométriques. Il s'efforça de se repérer avant d'avoir atterri. Le sol bondit à leur rencontre.

Et ils touchèrent terre. Quentin plia les genoux par réflexe, mais il n'y eut aucun choc, aucun impact. Soudain, ils se retrouvèrent debout.

Mais où étaient-ils ? Ce n'était pas vraiment une clairière. Plutôt une sorte de tranchée, un fossé parcourant la forêt, rempli de feuilles mortes, de terre et de branchages. Quentin s'appuya à l'une des parois pour se redresser. L'épais feuillage ne laissait passer qu'une lumière diffuse. Un oiseau gazouilla puis s'envola. Suivit un profond silence.

Ils avaient atterri en ordre dispersé, comme un commando de parachutistes, mais aucun d'eux n'était hors de vue des autres. Richard et Penny s'extirpaient d'un grand buisson mort. Alice et Anaïs étaient perchées sur un colossal tronc d'arbre tombé en travers du fossé, pareilles à deux poupées placées là par une

1. D'après la traduction de Madeleine Cazamian, Aubier.

petite fille soigneuse. Janet était assise par terre et se massait les cuisses en respirant profondément.

Cette scène avait un aspect brut de décoffrage. Ils ne se trouvaient pas dans une forêt entretenue. Ce décor était sauvage, primitif. C'était ainsi que vivaient les arbres quand personne ne s'occupait d'eux.

— Penny ? fit Josh.

Planté au-dessus du fossé, les mains dans les poches, il fixait le reste de la troupe. Il était d'un chic incongru, en veste et chemise à col ouvert, bien que trempé jusqu'aux os comme tout le monde.

— Il fait froid, Penny. Pourquoi on se les gèle comme ça ?

C'était une excellente question. L'air était sec et glacial ; leurs vêtements ne tarderaient pas à geler. Leur haleine formait de petits plumets blancs. De minuscules flocons de neige tombaient du ciel bas. Sous les feuilles mortes, la terre était dure comme fer. On était au cœur de l'hiver.

— Je ne sais pas, répondit Penny en plissant le front. Tout à l'heure, c'était l'été, ajouta-t-il d'un air de défi. Il y a une seconde à peine, il faisait chaud !

— Quelqu'un veut bien m'aider à descendre, s'il vous plaît ?

Depuis son perchoir sur le chablis géant, Anaïs considérait le sol d'un air dubitatif. Toujours galant, Josh la saisit par la taille et la posa à terre ; elle poussa un petit cri de ravissement.

— C'est le décalage temporel, dit Alice. Je viens juste de m'en souvenir. En temps fillorien, il s'est peut-être écoulé six mois depuis le passage de Penny. Voire soixante ans, vu la façon dont procèdent les saisons. C'est toujours comme ça dans les Chroniques. Il n'y a jamais moyen de le prévoir.

— Ce que je peux prévoir, c'est que je vais me geler les nibards dans cinq minutes, lâcha Janet. Que l'un d'entre vous aille récupérer les parkas.

Tous convinrent qu'il appartenait à Penny de remplir cette mission, mais, alors qu'il se préparait à serrer le bouton dans sa main, Eliot se jeta sur lui pour l'en empêcher. Le plus calmement du monde, il leur fit remarquer que si le temps ne s'écoulait pas à la même vitesse à Fillory et au pays du Ni, alors Penny risquait de revenir avec les parkas au bout de plusieurs jours, voire plusieurs années, du moins en temps local, et qu'ils seraient alors morts de froid, sinon de vieillesse, sans compter d'éventuelles tribulations imprévisibles. Mieux valait qu'ils repartent tous ensemble ou pas du tout.

— Laisse tomber, déclara Janet en secouant la tête. Je ne veux pas replonger dans ce goudron liquide. Du moins pas tout de suite.

Tous opinèrent. Maintenant qu'ils étaient à Fillory, ils n'avaient pas envie de rentrer à la maison dans l'immédiat. Ils étaient bien décidés à explorer les lieux au préalable. Penny jeta le charme qui ferait sécher leurs vêtements.

— Je crois que je vois un chemin, dit Alice. (Elle n'avait pas quitté son perchoir et la neige commençait à blanchir ses cheveux.) De l'autre côté de cet arbre. Un sentier qui traverse la forêt. Et je vois autre chose. Mais vous ne me croirez jamais si je vous dis ce que c'est.

En ôtant leurs sacs à dos et en avançant à quatre pattes, ils réussirent à s'insinuer sous le gigantesque chablis, enfonçant les mains et les genoux dans l'épais tapis de feuilles couvertes de givre. Eliot ferma la marche, poussant les sacs devant lui. Une fois de l'autre côté, ils se relevèrent pour s'essuyer les mains. Penny se précipita vers Alice afin de l'aider à descendre, mais elle préféra sauter, tombant dans les feuilles et se relevant toute crottée. Elle semblait regretter son aventure de la nuit prcédente, remarqua Quentin dans son for intérieur.

Au bord du sentier se trouvait un petit chêne. Son écorce était gris foncé, presque noire, ses branches noueuses et tordues, presque entièrement effeuillées. Enchâssé dans son tronc, à hauteur d'homme, comme si l'arbre avait poussé autour de lui, il y avait un cadran d'horloge de trente centimètres de large.

Un par un, sans un mot, ils sortirent du fossé pour aller voir de plus près. C'était l'un des arbres à horloge de la Rouageuse.

Quentin palpa la solution de continuité entre l'écorce rugueuse et le cercle d'argent lisse qui entourait le cadran. C'était solide, froid, réel. Il ferma les yeux et fit courir son doigt sur le métal. Il s'y trouvait vraiment. Il était à Fillory. Plus aucun doute maintenant.

Et à présent qu'il y était, tout allait enfin s'arranger. Il ne voyait pas encore comment, mais il en était sûr. C'était obligé. Peut-être était-ce le manque de sommeil, mais de chaudes larmes coulèrent sur ses joues, y laissant un sillage qui devint vite glacé. Sans écouter ce que lui soufflaient sa raison et son instinct, il tomba à genoux, se prit la tête entre les mains et enfouit son visage dans les feuilles mortes. Un sanglot s'échappa de sa gorge. L'espace d'une minute, il s'égara. Quelqu'un – jamais il ne saurait qui, mais ce n'était pas Alice – lui posa la main sur l'épaule. Il était arrivé. On allait venir le chercher, le laver, le mettre à l'abri, lui rendre son bonheur et son intégrité. Comment sa vie avait-elle pu ainsi tourner à l'aigre ? Comment Alice et lui avaient-ils pu se montrer aussi stupides ? Ça n'avait guère d'importance à présent. Ceci était désormais sa vie, la vie qu'il attendait depuis toujours. Elle était enfin arrivée.

Et une certitude s'imposa à son esprit : Richard avait raison. Ils devaient retrouver Martin Chatwin, à condition qu'il soit encore de ce monde. C'était ça, la clé. À présent qu'il était arrivé, plus question d'y renoncer. Il devait découvrir comment s'y prendre pour rester ici pour toujours, pour l'éternité.

Quentin se releva, un peu gêné, et s'essuya les joues d'un revers de manche.

— Bon, fit Josh, brisant enfin le silence. Je pense que les choses sont claires. Nous sommes à Fillory.

— Ces arbres à horloge sont censément l'œuvre de la Rouageuse, dit Quentin en reniflant. Donc elle est encore dans les parages.

— Je la croyais morte, dit Janet.

— Peut-être sommes-nous dans une période antérieure à sa mort, suggéra Alice. Peut-être qu'on a voyagé dans le passé, comme dans *La Fille qui disait le temps.*

Quentin, Janet et elle évitaient soigneusement de se regarder.

— Peut-être. Mais je crois qu'ils n'ont pas éliminé tous les arbres, même après s'être débarrassés d'elle. Rappelle-toi, ils en voient un dans *La Dune vagabonde.*

— Je n'ai jamais pu le finir, celui-là, fit remarquer Josh.

— Je me demande…, dit Eliot en observant le cadran. Vous croyez qu'on pourrait rapporter ce truc à Brakebills ? Ça ferait un chouette cadeau pour Fogg.

Personne ne semblait vouloir enchaîner là-dessus. Josh fit un signe cabalistique et marmonna le mot « fayot ».

— Je me demande si c'est l'heure exacte, laissa tomber Richard.

Quentin aurait pu passer toute la journée devant l'arbre à horloge, mais la fraîcheur les obligeait à se remuer. Les filles s'éloignaient déjà. Il suivit le groupe à contrecœur et ils reprirent leur marche désordonnée dans le fossé qui faisait office de sentier en ce coin perdu de Fillory. Dans le silence de la forêt, le bruit de leurs pas sur le tapis de feuilles mortes était assourdissant.

Nul ne pipait mot. S'ils avaient insisté sur les préparatifs pratiques, ils n'avaient ni défini un objectif ni élaboré une stratégie, et, à présent qu'ils étaient sur place, celle-ci comme celui-là leur apparaissaient avec clarté. Pourquoi s'embêter à planifier quoi que ce soit ? Ils étaient à Fillory : c'était l'aventure qui viendrait les chercher ! À chaque pas, ils s'attendaient à voir surgir de la forêt une apparition merveilleuse ou une révélation magique. Mais il ne se passait rien de la sorte. C'en était presque décevant – à moins qu'ils ne soient en train de vivre le moment de suspense précédant un événement extraordinaire. Sous les fourrés, on distinguait les vestiges d'un mur de pierre. Les arbres qui les entouraient s'obstinaient à demeurer immobiles, même après que Penny, entrant dans le rôle d'explorateur et de découvreur, se fut présenté dans les règles à plusieurs d'entre eux. Çà et là, des oiseaux pépiaient, voletaient et se perchaient sur les branches, mais aucun ne leur dispensa ses conseils. Le moindre détail leur apparaissait net et saturé de sens, comme si le monde qui les entourait était littéralement composé de mots et de lettres, sa géographie un palimpseste de signes magiques.

Richard sortit sa boussole mais découvrit que l'aiguille était coincée, plaquée contre le cadran, comme si le pôle magnétique de Fillory se trouvait sous leurs pieds, dans les profondeurs de la terre. Dégoûté, il la jeta dans un fourré. Janet sautillait en marchant, les mains glissées sous les aisselles pour se réchauffer. Josh se mit à délirer sur le contenu d'une revue porno destinée à des arbres intelligents, qui s'appellerait tout naturellement *Enthouse.*

Ils marchèrent pendant vingt minutes, une demi-heure à tout casser. Tantôt Quentin soufflait dans ses mains, tantôt il les rétractait dans les manches de son sweat-shirt. Il était complètement réveillé et sobre de surcroît, du moins pour le moment.

— Ce qu'il nous faut, c'est quelques faunes pour égayer les lieux, dit Josh à la cantonade. Ou alors quelques bretteurs.

Le sentier sinueux finit par disparaître. Ils avaient de plus en plus de peine à se frayer un chemin dans les fourrés. Impossible de se mettre d'accord : était-ce un sentier ou bien un fossé à la végétation moins dense, ou encore – ça, c'était l'hypothèse de Penny – les arbres avaient-ils entrepris de se déplacer subrepticement pour leur barrer le passage ? Avant d'arriver à un consensus, ils tombèrent sur un ruisseau courant dans la forêt.

C'était un joli petit torrent, large, peu profond et limpide, qui coulait en gazouillant comme s'il se réjouissait d'avoir trouvé un lit serpentin. Sans dire un mot, ils se plantèrent sur sa berge. Les rochers y étaient couronnés de neige, et de la glace recouvrait les eaux les moins agitées. Une branche jaillissant du lit était festonnée de cannelures et de stalactites de glace. Ce spectacle n'avait rien de surnaturel en soi, mais il assouvit un temps leur soif de merveilles. Sur Terre, ils auraient qualifié le cours d'eau de pittoresque, mais ils se trouvaient à Fillory, dans un autre monde, peut-être les premiers hommes en ce lieu, ce qui transformait cette banalité en miracle scintillant.

Cela faisait une bonne minute qu'ils admiraient la scène lorsque Quentin se rendit compte que devant eux, émergeant d'une partie plus profonde du courant, se trouvait une femme à la tête et aux épaules nues.

— Oh mon Dieu ! s'exclama-t-il. (Il recula d'un pas, faillit trébucher et pointa le doigt.) Merde ! Mais regardez !

C'était surréel. Elle était presque certainement morte. Ses cheveux noirs étaient mouillés et parés de glaçons. Ses yeux bleu nuit – elle semblait les fixer avec intensité – ne bougeaient pas, et ses paupières pas davantage. Ses épaules étaient nues et sa peau veinée de bleu avait des nuances de nacre. Elle avait seize ans à peine. Ses cils étaient perlés de givre.

— Est-ce qu'elle est… ?

Alice laissa sa phrase inachevée.

— Hé ! lança Janet. Ça va ?

— Il faut qu'on l'aide, dit Quentin. Qu'on la sorte de là.

Il voulut s'approcher d'elle mais glissa sur un rocher couvert de glace et se retrouva un pied dans le courant. Lorsqu'il réussit à regagner la berge, le froid gagnait déjà son mollet. La femme n'avait pas bougé.

— Une corde ! s'écria-t-il. Il y a de la corde dans les sacs, attrapez-en une.

L'eau n'était pas assez profonde pour submerger un enfant et, pris d'un frisson d'horreur, Quentin se demanda s'ils n'avaient pas devant eux un tronçon de cadavre jeté à l'eau. Une corde… mais qu'est-ce qu'il lui prenait ? Il était magicien, bon sang ! Lâchant le sac à dos qu'il était en train de vider, il formula un charme télékinétique tout simple pour la sortir de là.

La chaleur prémonitoire de la magie lui imprégna les doigts, le poids du corps de la malheureuse s'imposa à son esprit. C'était agréable de faire à nouveau de la magie, de savoir qu'on était toujours capable de se concentrer. Mais dès qu'il se mit à l'œuvre, il constata que rien ne collait : les étoiles, les océans, les Circonstances, tout avait changé. Heureusement que le charme était la simplicité même. Sa grammaire était boiteuse, mais Alice le corrigea sèchement à mesure qu'il prononçait la formule. Peu à peu, la femme s'éleva dans les airs, toute dégoulinante. Elle était indemne, Dieu merci, et complètement nue – gracile, les seins menus. Ses ongles et ses aréoles étaient d'un rose purpurin. Elle semblait figée par le gel, mais un frisson la parcourut à mesure que la magie opérait. Ses yeux s'éveillèrent. Elle plissa le front et leva une main, interrompant le charme avant qu'il soit achevé et gardant les orteils dans le courant glacé.

— Je suis une naïade. Je ne puis quitter l'eau.

Sa voix était aussi juvénile que celle d'une collégienne. Elle se tourna vers Quentin.

— Ta magie est pataude, ajouta-t-elle.

C'était électrisant. Quentin s'aperçut alors qu'elle n'était pas humaine : ses mains comme ses pieds étaient palmés. Il entendit un bruit à sa gauche. C'était Penny. Il s'agenouillait sur le rivage enneigé.

— Nous implorons votre pardon, déclara-t-il en baissant la tête. Nous vous prions humblement de nous excuser.

— Doux Jésus ! s'exclama Josh dans un murmure d'histrion. Quel crétin !

La nymphe se focalisa sur Penny. Des filets d'eau couraient sur sa peau nue. Elle inclina la tête d'un air aguicheur.

— Tu admires ma beauté, humain ? lança-t-elle. J'ai froid. Veux-tu me réchauffer de ta peau brûlante ?

— S'il vous plaît, reprit l'interpellé en rougissant jusqu'aux oreilles. Si vous avez une quête à nous confier, nous serons heureux de l'entreprendre. Nous serions heureux…

Janet lui coupa la parole.

— Nous sommes des visiteurs venus de la Terre, déclara-t-elle d'une voix ferme. Y a-t-il une ville dans les environs ? Le château Blancheflèche se trouve-t-il près d'ici ?

— … d'accomplir votre volonté, acheva Penny.

— Servez-vous les béliers ? demanda Alice.

— Je ne sers point de faux dieux, jeune humaine. Ni de fausses déesses. Je sers la rivière et la rivière me sert.

— Y a-t-il d'autres humains ici ? s'enquit Anaïs. Des humains comme nous ?

— Comme vous ?

La naïade se fendit d'un sourire salace et, l'espace d'un instant, un bout de langue bleu roi apparut entre ses dents pointues.

— Oh ! non. Pas comme vous. Pas maudits comme vous.

À ce moment-là, Quentin sentit son charme télékinétique s'évaporer. Elle l'avait aboli sans qu'il ait compris comment, sans prononcer un mot ni faire un geste. Et la naïade piqua une tête, exhibant une seconde ses fesses bleu pervenche, et s'engloutit dans des eaux sombres qui semblaient trop peu profondes pour l'accueillir.

L'instant d'après, sa tête refaisait surface.

— J'ai peur pour vous, enfants humains. Cette guerre n'est pas la vôtre.

— Nous ne sommes pas des enfants, protesta Janet.

— Quelle guerre ? demanda Quentin.

Elle sourit une nouvelle fois. Entre ses lèvres couleur de lavande, ses dents apparaissaient pointues et compactes, comme celles d'un requin. Elle brandit un objet dans sa main palmée.

— Un cadeau de la rivière. Usez-en quand tout espoir sera perdu.

Et elle leur lança l'objet. Quentin le saisit au vol ; qu'il ne l'ait pas loupé l'emplit d'un soulagement disproportionné. Il n'avait rien perdu de son habileté. Lorsqu'il releva la tête, la naïade avait disparu. Ils restaient seuls devant le ruisseau gazouillant.

Quentin tenait au creux de sa main une petite corne d'ivoire rehaussée d'argent.

— O-*kay* ! s'écria Josh en se frottant les mains. C'est officiel : nous ne sommes plus dans le Kansas !

Tous se massèrent autour de Quentin pour examiner la corne. Il la tendit à Eliot, qui la manipula quelques instants, en scrutant une extrémité puis l'autre.

— Je ne sens rien de spécial, déclara-t-il. On dirait un souvenir acheté dans un aéroport.

— Peut-être que tu n'es pas censé sentir quelque chose, dit Penny d'un air supérieur.

Il s'empara de la corne et la rangea dans son sac à dos.

— On aurait dû lui demander si ce monde était vraiment Fillory, murmura Alice.

— Bien sûr que c'est Fillory ! protesta Penny.

— J'aimerais en être sûre. Et j'aimerais savoir pourquoi nous sommes maudits.

— Et qu'est-ce que c'est que cette guerre ? interrogea Richard, les sourcils froncés. Cela soulève quantité de questions.

— Et ces dents pointues ne m'inspirent rien de bon, ajouta Alice.

— Nom de Dieu ! jura Josh. C'était une naïade, les mecs ! On vient de voir une nymphe des flots ! C'est cool ou quoi ? On est cool ou quoi ? Hein ? On est à Fillory, merde !

Il agrippa Quentin par les épaules et le secoua. Il bomba le torse et bouscula Richard.

— J'ai le droit de dire qu'elle était bien roulée ? demanda Janet.

— Je veux ! renchérit Josh. Comme créature mythique, c'est plus sympa qu'un faune.

Cette saillie lui valut une taloche d'Anaïs.

— Hé ! s'écria Janet. Un peu de respect. N'oublie pas que c'est la nana de Penny.

La tension se dissipa et ils bavardèrent pendant une bonne minute, se lançant des vannes et spéculant sur la nature exacte de la naïade. Était-elle solide ? S'était-elle liquéfiée en pénétrant dans le courant ? Comment avait-elle fait pour s'immerger dans quelques centimètres d'eau ? Et comment s'y était-elle prise pour contrer le charme de Quentin ? Quelle était sa fonction dans l'écosystème magique ? Et cette corne, au fait, qu'est-ce que c'était ? Alice consultait déjà ses exemplaires des Chroniques en quête d'une référence – Martin n'avait-il pas trouvé une corne magique dans le premier volume... ?

Au bout d'un temps, ils se rendirent compte que ça faisait trois quarts d'heure qu'ils supportaient une froidure hivernale en jean et en sweat-shirt. Janet elle-même dut admettre qu'il était grand temps de regagner la Cité. Eliot rassembla ceux qui s'étaient éloignés et tous se prirent par la main sur la berge du ruisseau.

Encore un peu étourdis, ils formèrent le cercle, et, l'espace d'un instant, ce ne furent que rires étouffés et regards de conspirateurs. Certains avaient des problèmes à résoudre, mais ça n'allait pas gâcher leur plaisir, pas vrai ? Ce qu'ils venaient de faire était très important. Quelques-uns d'entre eux avaient attendu cette aventure durant toute leur vie – ils étaient nés pour la vivre ! Ils avaient trouvé la porte magique, l'entrée secrète du jardin caché. Ils avaient découvert quelque chose de nouveau, une authentique aventure, et elle ne faisait que commencer.

Ce fut durant cet intervalle de calme qu'ils entendirent le bruit pour la première fois : un bruit régulier et cadencé. Quasiment étouffé par les gazouillis du ruisseau, il se faisait plus net et plus audible à chaque instant. L'un après l'autre, ils se turent et tendirent l'oreille. La neige tombait plus dru.

Difficile d'identifier ce bruit hors de tout contexte. Mais Alice y parvint.

— C'est une horloge. C'est le tic-tac d'une horloge.

Elle les dévisagea d'un air agacé.

— Une horloge, répéta-t-elle, saisie de panique. La Rouageuse, c'est la Rouageuse !

Penny saisit le bouton en hâte. Le tic-tac devint plus insistant, comme si un cœur monstrueux battait à proximité, mais sans qu'il fût possible de le localiser. Puis la menace se dissipa, car ils se retrouvèrent au sein d'un liquide noir et nagèrent vers la sécurité.

Cette fois-ci, l'efficacité passa au premier plan. De retour dans la Cité, ils rassemblèrent leurs vêtements et retournèrent dans le bassin, s'asseyant sur le rebord et se prenant par la main avec une aisance nouvelle. Janet évoqua en riant Anita Ekberg dans *La Dolce Vita*. Puis ils hochèrent la tête et plongèrent tous en même temps.

Ils étaient de retour à Fillory, au bord du ruisseau qu'ils venaient de quitter, mais toute trace de neige avait disparu. On était apparemment au début de l'automne, et des volutes de brume pâle couvraient le sous-bois. La température avoisinait les vingt degrés. C'était comme s'ils avaient fermé les yeux pendant qu'on passait un film en accéléré : les rameaux naguère dénudés ployaient sous les feuilles jaunies. L'une d'elles s'envolait vers le ciel gris, portée par un courant aérien ascendant. L'herbe était mouchetée de flaques d'eau, souvenir d'une averse torrentielle qui avait dû cesser quelques minutes plus tôt. Dans cette atmosphère de douceur, ils se sentaient un peu bêtes avec leurs parkas et leurs gants de laine.

— Trop bien fringué, comme d'habitude, dit Eliot en laissant choir ses vêtements. L'histoire de ma vie.

Ça les embêtait un peu d'abandonner leurs affaires dans l'herbe mouillée, mais aucun d'eux ne voyait d'autre solution. S'ils repartaient les stocker au pays du Ni, peut-être découvriraient-ils un paysage hivernal en revenant. C'était ridicule, un bug dans le système, mais ils passèrent outre afin de ne plus perdre de temps. Ils remplirent leurs gourdes au ruisseau et se mirent en route.

À cinquante mètres de là, un pont enjambait le cours d'eau, un ouvrage d'art en fer forgé typiquement fillorien. Quentin était sûr qu'il n'était pas là lors de leur première visite, mais, selon Richard, il était fort possible que les branches chargées de neige l'aient dissimulé à la vue. Quentin examina les eaux bouillonnantes. Aucun signe de la naïade. Combien de temps s'était écoulé ici depuis leur première visite ? À Fillory, une saison pouvait durer un siècle. Et s'ils avaient remonté le temps ? Vivaient-ils la même aventure ou en avaient-ils entamé une autre ?

Passé le pont, ils découvrirent qu'un large sentier s'enfonçait dans la forêt, un sentier certes recouvert de feuilles mortes et d'aiguilles de pin mais néanmoins digne de ce nom. Ils marchèrent d'un pas vif, galvanisés par le beau temps et par l'afflux d'adrénaline dans leur sang. Cette fois-ci, l'aventure avait commencé. Fini les faux départs. Fillory ne pourrait jamais effacer ce qui s'était produit la nuit de la veille, mais… au fait, qu'est-ce qui lui permettait d'affirmer ça ? Ici, tout pouvait arriver. Un cerf sortit de la forêt et les précéda le temps de quelques pas, se retournant pour les fixer d'un œil que tous s'accordèrent à juger intelligent ; mais, s'il était doué de la parole, il ne prit pas la peine de répondre à leurs saluts. Ils décidèrent de le suivre – et s'il avait pour mission de les conduire quelque part ? et si c'était un émissaire envoyé par Ambre et Ombre ? – mais il disparut d'un bond, exactement comme l'aurait fait un cerf ordinaire.

Josh jeta à Anaïs un charme ayant pour effet de déboucler ses cheveux. Elle décocha autour d'elle des regards irrités, mais sans parvenir à le prendre sur le fait. Janet saisit Quentin et Eliot par les bras et les obligea à faire un petit numéro inspiré du *Magicien d'Oz*. Quentin n'aurait su l'affirmer avec certitude, mais il aurait juré qu'Eliot n'avait pas bu une goutte d'alcool de toute la journée. Depuis quand n'était-ce pas arrivé ?

La forêt n'en finissait pas. De temps à autre, le soleil apparaissait entre les feuilles, projetant entre les arbres des rayons où dansait la poussière, puis il disparaissait de nouveau.

— C'est bien, dit Penny en regardant autour de lui. (Il avait les yeux vitreux ; la certitude qui l'habitait le plongeait dans l'extase.) Notre place est ici, je le sens. Oui, c'est bien.

Janet leva les yeux au ciel.

— Qu'est-ce que t'en penses, Q ? demanda Penny. Tu ne te sens pas bien ici ?

Sans se rendre compte de ce qu'il faisait, Quentin se jeta sur Penny et empoigna son tee-shirt pourri. Penny était plus lourd qu'il ne l'aurait cru, mais il réussit quand même à le déséquilibrer et à le plaquer contre le tronc d'un pin humide, lui cognant le crâne en prime.

— Ne m'adresse plus jamais la parole, déclara-t-il d'une voix posée. Tu as compris ? Ne m'adresse plus jamais la parole. Plus jamais.

— Je ne veux pas me battre avec toi, répondit Penny. C'est exactement ce que souhaite la Rouageuse et…

— Tu as entendu ce que je t'ai dit ?

Le crâne de Penny heurta l'écorce une nouvelle fois. Quelqu'un prononça le nom de Quentin, mais il fit la sourde oreille.

— Espèce de gros connard ! Tu n'as pas entendu ce que je viens de dire ? Je n'ai pas été assez clair, ducon ?

Il s'éloigna sans attendre de réponse. Fillory avait intérêt à lui fournir un adversaire, sinon il risquait de péter les plombs pour de bon.

L'enthousiasme qui l'avait saisi à l'idée de se trouver à Fillory commençait à s'estomper ; en dépit de ce qui lui arrivait, il sentait monter en lui cette humeur massacrante qui est l'apanage des enfants gâtés. Chaque fois qu'un oiseau se perchait au-dessus d'eux pour lancer son trille, Josh disait : « Ça y est, c'est le bon », ou encore « Je crois qu'il cherche à nous dire quelque chose », pour conclure par : « Hé, le piaf, arrête de nous casser les oreilles. »

— Au moins, cette fois-ci, on n'a pas droit à la Rouageuse, remarqua Eliot.

— Si c'était bien elle tout à l'heure, rétorqua Josh. Ils l'ont éliminée dès le premier volume, non ? Alors ?

— Oui, je sais. (Eliot avait ramassé quelques glands et les lançait sur les arbres pour se distraire.) Mais il y a quelque chose qui cloche. Je ne comprends pas pourquoi cette naïade ne nous a pas parlé d'Ambre et d'Ombre. Dans les bouquins, les personnages saisissent le moindre prétexte pour les invoquer.

— Si la Rouageuse est encore en guerre contre Ambre et Ombre, nous devrons entrer dans leurs bonnes grâces, dit Alice.

— Oh ! oui, fit Janet. (Elle dessina des guillemets en l'air.) Leurs « bonnes grâces ».

— S'ils veulent que nous luttions à leurs côtés, Ils nous trouveront, affirma Penny. Aucune crainte de ce côté-là.

Personne ne réagit. De toute évidence, sa rencontre avec la naïade avait fait basculer Penny dans un état altéré de la conscience. C'était sa façon à lui d'accepter Fillory. Il était devenu un converti et se comportait comme un rôliste plongé dans un univers médiéval.

— Attention, *attention* ! s'écria Richard.

Il était presque trop tard lorsqu'ils entendirent le bruit des sabots foulant la terre. Un carrosse mené par un équipage de deux chevaux les dépassa au galop, les obligeant à se disperser sur le bas-côté du sentier. Sur ses portes closes figurait un écusson qu'on avait récemment repeint en noir.

Le cocher était enveloppé dans une cape noire. Il – ou elle ? difficile à dire – fit ralentir ses chevaux, qui passèrent au petit trot puis s'arrêtèrent une trentaine de mètres plus loin.

— Ça se corse, commenta Eliot.

Il était temps qu'il se passe quelque chose. Quentin, Janet et Anaïs s'avancèrent hardiment vers le véhicule, chacun se voulant l'intrépide héros qui ferait progresser l'intrigue. Vu l'état d'esprit qui était le sien, Quentin se sentait prêt à frapper à la portière du carrosse, mais il fit halte à quelques pas. Les autres l'imitèrent. Ce véhicule noir ressemblait par trop à un corbillard.

Une voix étouffée leur parvint de l'habitacle.

— Portent-ils les Cornes ?

De toute évidence, la question s'adressait au cocher, qui les avait tous dans son champ de vision. Mais s'il y répondit, ce fut d'une voix inaudible.

— Portez-vous les Cornes ? leur demanda-t-on alors.

Les trois héros en herbe échangèrent un regard.

— Qu'entendez-vous par « cornes » ? repartit Janet. Nous ne sommes pas d'ici.

C'était ridicule. On se serait cru dans un conte du Dr Seuss.

— Servez-vous le Taureau ?

La voix avait monté dans les aigus et évoquait un pépiement d'oiseau.

— Qui est le Taureau ? demanda Quentin.

Il parlait à voix haute, en détachant ses mots, comme s'il s'adressait à un débile léger ou à un étranger maîtrisant mal la langue anglaise. Aucune des Chroniques ne parlait d'un taureau, alors… ?

— *Nous sommes des visiteurs dans votre pays*. Nous ne servons pas *le Taureau, ni personne d'autre d'ailleurs.*

— Ils ne sont pas sourds, Quentin, dit Janet.

Suivit un long silence. L'un des chevaux renâcla – ils étaient aussi noirs que le carrosse, et leurs harnais également. La première voix prononça une phrase inintelligible.

— Quoi ? fit Quentin en se rapprochant d'un pas.

Une trappe s'ouvrit soudain sur le toit du carrosse. On aurait cru entendre un coup de feu. En émergèrent une petite tête inexpressive et un torse d'insecte tout en longueur : c'était indubitablement une mante religieuse, mais de taille humaine. Elle était si filiforme, et pourvue d'un si grand nombre de pattes vert émeraude, sans parler de ses gracieuses antennes, que Quentin ne remarqua pas tout de suite son arc bandé ni la flèche qu'elle pointait sur lui.

— Merde ! hurla-t-il par réflexe.

Sa voix se brisa. Pas le temps de réagir, pas le temps de s'enfuir. Il s'effondra.

Dès que la mante religieuse eut décoché sa flèche, les chevaux partirent au galop. La trappe se referma dans un claquement sonore. Un nuage de poussière et de brindilles s'éleva dans le sillage du carrosse, dont les quatre grandes roues suivaient les ornières du sentier.

Lorsque Quentin osa rouvrir les yeux, il découvrit Penny dressé au-dessus de lui. Il tenait la flèche dans sa main. Sans doute avait-il accéléré ses réflexes au moyen d'un charme, sans se soucier des Circonstances filloriennes, saisissant le projectile avant qu'il ne frappe sa cible. Quentin aurait pu y passer.

Les autres les rejoignirent et regardèrent le carrosse disparaître au loin.

— Attendez, dit Josh d'une voix sarcastique. Arrêtez.

— Bien vu, Penny, souffla Janet.

Quoi, elle avait envie de le baiser, lui aussi ? songea Quentin. Il fixa la flèche dans la main de Penny, le souffle court. Elle faisait un bon mètre de long et son empenne jaune et noir évoquait un frelon. Sa pointe était agrémentée de deux méchants crochets. Il n'avait même pas eu le temps de paniquer.

Il inspira à fond.

— C'est tout ce que t'as ? lança-t-il en direction du chariot.

Mais il était un peu tard pour que ça soit marrant.

Lentement, il se releva. Ses jambes flageolantes menaçaient de le trahir.

Penny se tourna vers lui et, dans un geste inattendu, lui tendit la flèche. Quentin eut un reniflement de mépris et s'éloigna en s'essuyant les mains. Il ne voulait pas que Penny le voie trembler. De toute façon, la flèche aurait sûrement raté sa cible.

— Ouaouh ! fit Janet. L'était pas content, l'insecte.

La journée s'étira. Le ciel se vidait de lumière en même temps que les voyageurs se vidaient de leur belle humeur. Comme aucun d'eux n'acceptait de reconnaître qu'il avait peur, ils sombrèrent tous dans l'irritation. S'ils ne faisaient pas demi-tour, ils devraient camper dans les bois sans trop tarder, ce qui n'était peut-être pas une bonne idée si d'autres insectes géants y rôdaient. Aucun d'eux n'était assez fort pour soigner par magie une perforation des intestins. La discussion ne tarda pas à s'échauffer. Devaient-ils retourner à Albany pour y acheter des gilets pare-balles ? Penny ne pourrait pas attraper toutes les flèches qu'on tirerait sur eux. Et le Kevlar pouvait-il arrêter une flèche ?

Et dans quel genre de crise politique allaient-ils débarquer ? Des taureaux et des mantes religieuses, des naïades et des sorcières… qui étaient les bons ? qui les méchants ? Leur aventure se révélait moins palpitante et plus délicate à organiser que prévu. Quentin avait les nerfs en pelote et ne cessait de se palper le ventre, là où la flèche aurait dû se planter dans ses entrailles. C'était quoi, cette guerre – les mammifères contre les insectes ? Mais pourquoi une mante religieuse se mettait-elle au service d'un taureau ? Cette guerre n'était pas la leur, avait dit la nymphe. Peut-être qu'elle avait vu juste.

Ses chaussures de randonnée étaient toutes neuves et Quentin avait atrocement mal aux pieds. Celui qu'il avait plongé dans le ruisseau n'avait pas séché et commençait à lui procurer de drôles de sensations. Il imagina des mycoses proliférant dans ses espaces interdigitaux. Combien de kilomètres avaient-ils parcourus ? Cela faisait une trentaine d'heures qu'il n'avait pas dormi.

Penny et Anaïs étaient d'avis de persévérer. Les Chatwin ne renonçaient jamais, eux, fit remarquer Penny. Désormais, ils faisaient partie d'une histoire. N'avaient-ils jamais lu une histoire ? Ils étaient en plein dans le passage des épreuves, celles qui leur vaudraient plus tard une récompense. Il fallait serrer les dents, voilà. Et, sans vouloir insister, qui étaient les bons dans cette histoire ? Les bons, c'étaient eux. Et les bons survivent toujours à leurs épreuves.

— Mais réveille-toi ! rugit Alice. Ceci n'est pas une histoire ! Ce n'est qu'une succession de scènes disparates. L'un de nous aurait pu mourir tout à l'heure !

Elle parlait de Quentin, évidemment, mais elle ne voulait pas prononcer son nom.

— Peut-être qu'Helen Chatwin avait raison, dit Richard. Peut-être que nous ne sommes pas censés nous trouver ici.

— Vous n'avez rien compris, trancha Janet en les fusillant du regard. Au début, l'histoire est toujours confuse. Les explications viendront *en temps voulu*. Nous devons continuer d'avancer. De rassembler des indices. Si nous rentrons, cinq siècles auront passé à notre retour et il faudra repartir de zéro.

Quentin les observa l'une après l'autre : Alice, intelligente et sceptique ; Janet, hyperactive et exubérante. Comme il se tournait vers Anaïs pour lui demander quelle distance ils avaient parcourue, supposant qu'une Européenne serait plus douée pour l'estimer qu'une bande d'Américains, il se rendit compte qu'il était le seul dans le groupe à ne pas fixer la forêt sur leur droite. Dans la pénombre au sein des arbres, suivant une route parallèle à la leur, s'avançait la chose la plus étrange qu'il ait jamais vue.

C'était un bouleau ambulant. À un mètre du sol, son tronc se scindait en deux pour former des jambes avec lesquelles il progressait de façon un peu raide mais déterminée. Il était si mince qu'on avait peine à le suivre dans la pénombre, mais son écorce blanche se détachait des pins uniformément sombres. Ses branches supérieures fouettaient celles des arbres entre lesquels il passait. On aurait dit un automate ou une marionnette plutôt qu'un être vivant. Quentin se demanda comment il conservait son équilibre.

— Bordel de merde, souffla Josh.

Sans dire un mot, ils se mirent à le suivre. L'arbre ne les salua pas mais, l'espace d'un instant, ses frondaisons se penchèrent vers eux, comme s'il jetait un regard par-dessus une épaule inexistante. Le silence était tel qu'ils entendaient le bouleau grincer à chaque pas, un bruit de fauteuil à bascule. Quentin eut la nette impression qu'il les snobait.

Passé les cinq minutes d'émerveillement initiales, ils se sentirent gênés de suivre ainsi un esprit sylvestre, mais s'il ne semblait pas disposé à reconnaître leur existence, ils n'avaient pas non plus l'intention de le laisser filer. En tant que groupe, ils avaient décidé de se greffer sur lui. Peut-être que ça les intégrerait dans ce monde, se dit Quentin. À condition que l'arbre ne décide pas de les bastonner à mort avec ses branches.

Janet gardait l'œil sur Penny et lui intimait le silence chaque fois qu'il faisait mine d'ouvrir la bouche.

— Laisse-lui faire le premier pas, chuchota-t-elle.

— C'est quoi, ce truc ? demanda Josh. Un phénomène de foire ?

— C'est une dryade, crétin.

— Je croyais que c'étaient des filles au sang vert.

— Des filles *sexy*, paraît-il, ajouta Josh d'un ton plaintif.

— Et je croyais que les dryades étaient des chênes, dit Alice. Ça, c'est un bouleau.

— Qu'est-ce qui te permet de décider que ce n'est pas une fille ?

— Quoi que ce soit, marmonna Josh, on a mis dans le mille. Un arbre qui marche, les mecs. Dans le mille !

Un arbre qui marchait d'un bon pas, qui bondissait presque sur ses jambes de bois, tant et si bien qu'ils durent bientôt se mettre à courir pour le rattraper. Mais alors qu'ils semblaient sur le point de laisser filer le seul indice prometteur qu'ils aient déniché jusque-là, ou alors de se lancer dans une grotesque course-poursuite, la destination du bouleau fut soudain évidente.

HUMBALOURD

DIX MINUTES PLUS TARD, Quentin était assis dans un box, au fond d'un bar mal éclairé, avec devant lui une chope de bière encore pleine. Bien qu'inattendue, cette situation n'était pas pour lui déplaire. Un bar, un box, une bière. Dans un tel contexte, il savait parfaitement se débrouiller, quel que soit le monde où il se trouvait. Depuis qu'il avait quitté Brakebills, il n'avait fait que se préparer à cela.

Devant chacun d'eux était posée une chope identique. On était en fin d'après-midi, entre cinq et six heures, mais comment en être sûr ? Les jours ici comptaient-ils vingt-quatre heures ? Pourquoi en irait-il ainsi ? Même si l'arbre les avait « conduits » à cette taverne, comme Penny l'affirmait avec insistance, ils l'auraient sûrement trouvée tout seuls. C'était une cabane courtaude, en rondins taillés dans un bois sombre, dont l'enseigne était ornée de deux croissants de lune qui, grâce à un subtil mécanisme d'horlogerie, exécutaient une petite danse au moindre souffle de vent. Adossée à un talus qui rompait la monotonie du sous-bois, la taverne donnait l'impression d'en être une excroissance.

En poussant prudemment ses portes battantes, ils avaient découvert une salle évoquant une reconstitution comme on en trouve dans les musées consacrés à l'Amérique coloniale : tout en longueur, avec un comptoir le long du mur. Quentin repensa aux auberges typiques de Chesterton, la banlieue friquée où ses parents avaient emménagé.

Un seul des box était occupé, par ce qui était sans doute une famille : un vieillard de haute taille aux cheveux blancs comme neige, une femme aux pommettes hautes, âgée d'une trentaine d'années, et une petite fille à l'air grave. Des habitants du coin, selon toute évidence. Assis bien droits sur leur siège, ils contemplaient dans un silence renfrogné les bols et les assiettes devant eux. Les yeux cernés de la fillette témoignaient d'une habitude précoce de l'adversité.

Le bouleau ambulant avait dû s'éclipser dans une arrière-salle. Le tavernier portait un uniforme curieusement suranné, une tunique noire aux multiples boutons de cuivre évoquant celle d'un policeman de l'époque édouardienne. Son visage étroit arborait une grimace de lassitude et une barbe de trois jours, et il passait son temps à essuyer des verres avec un torchon, comme tout barman qui se respecte. Le seul autre occupant de la salle était un gros ours brun vêtu d'un gilet, vautré dans un solide fauteuil. On n'aurait su dire s'il était conscient ou non.

Richard avait apporté plusieurs douzaines de petits lingots d'or, espérant qu'ils auraient cours par-delà les dimensions. Le tavernier accepta celui qu'il lui tendait, le soupesa d'un air expert et lui rendit la monnaie : quatre pièces bien abîmées frappées sur leur côté face de portraits et de têtes d'animaux. Sur deux d'entre elles figuraient des inscriptions indéchiffrables ; la troisième était un peso mexicain datant de 1936, la quatrième un jeton en plastique provenant d'un jeu baptisé *Sorry*. Chacun d'eux eut droit à une chope de bière.

Josh fixa la sienne d'un œil dubitatif et la huma avec des mimiques d'œnologue. On aurait dit un gamin.

— Arrête et bois ! lui lança Quentin.

Bon Dieu ! que les gens étaient cons ! Il leva sa chope.

— À la vôtre !

Il fit tourner la gorgée de liquide dans son palais. C'était bien de la bière, amère et fortement alcoolisée. Il se sentit empli d'assurance et de détermination. D'accord, il avait eu chaud, mais l'alcool lui remettait les idées en place. Quentin partageait un box avec Richard, Josh et Anaïs – il préférait éviter de s'asseoir en compagnie d'Alice, de Janet et de Penny –, et tous trois échangèrent des regards en coin pendant qu'ils sirotaient leurs bières mousseuses. Ils avaient fait bien du chemin depuis le matin.

— Je n'ai pas l'impression que cette bête soit empaillée, chuchota Josh d'un air excité. Je crois bien que c'est un ours, un vrai !

— Offrons-lui une bière, proposa Quentin.

— Je crois bien qu'il dort. Et puis il n'a pas l'air très sympa.

— Une bonne bière, ça le détendrait. (Quentin se sentait d'attaque.) C'est peut-être notre nouvel indice. S'il est doué de la parole, on pourrait discuter avec lui.

— Oui, mais de quoi ?

Quentin haussa les épaules et but une autre gorgée.

— De ce qui se passe ici en ce moment. Je veux dire, faut bien qu'on se renseigne, non ?

Richard et Anaïs n'avaient pas touché à leurs chopes. Quentin but une goulée de bière rien que pour les agacer.

— Ne précipitons pas les choses, dit Richard. Ceci est une mission de reconnaissance, rien de plus. Évitons les prises de contact inutiles.

— Tu déconnes ou quoi ? On est à Fillory et tu ne veux parler à personne ?

— En effet, répondit Richard d'un air choqué. Nous avons déjà réussi à passer sur un autre plan de l'existence. Cela ne te suffit pas ?

— Ben non. Aujourd'hui, une mante religieuse géante a tenté de me trucider et j'aimerais bien savoir pourquoi.

Quentin attendait encore que Fillory le libère de son fardeau de malheur, et il n'était pas question qu'il s'en aille avant d'avoir reçu satisfaction. Le soulagement l'attendait quelque part ici, il le savait, il lui suffisait de chercher, et pas question pour lui de se laisser retarder par Richard. Il devait faire le grand saut, quitter son histoire terrestre, qui commençait à mal tourner, pour plonger à fond dans son histoire fillorienne, dont la résolution ne pouvait être que positive. Et puis, vu l'humeur qui était la sienne, il était prêt à débattre de n'importe quoi avec n'importe qui, pourvu que ça se termine par une bagarre.

— Tavernier ! hurla-t-il.

Par caprice, il décida d'adopter l'accent traînant d'un second rôle de western. Autant se laisser porter par l'inspiration.

— Un verre pour mon pote l'ours, là, dans le coin.

L'ours des tavernes, acheva-t-il pour lui-même. Ah ah. Dans l'autre box, Eliot, Alice, Janet et Penny se tournèrent vers lui à l'unisson. Le barman en uniforme se contenta d'opiner d'un air las.

L'ours, ainsi qu'ils l'apprirent, ne buvait que du schnaps aromatisé à la pêche, servi dans un verre aussi grand qu'un dé à coudre. Vu sa masse, Quentin estima qu'il pouvait en consommer une quantité illimitée. Au bout de deux ou trois doses, il se leva, se mit à quatre pattes et les rejoignit. Comme son fauteuil était le seul de la taverne capable de supporter son poids, il le fit suivre en plantant ses griffes dans un capitonnage déjà bien abîmé. Cet animal semblait trop gros pour se déplacer dans un espace clos.

Il s'appelait Humbalourd et, ainsi que le suggérait son nom, c'était un ours des plus humble. Un ours brun, précisa-t-il de sa voix de basse, une espèce plus grande que l'ours noir mais bien moins que le puissant grizzly, lequel était toutefois une variété d'ours brun. Comme il le répéta à plusieurs reprises, Humbalourd n'arrivait pas à la cheville de ces champions des ursidés.

— Mais le plus grand n'est pas forcément le meilleur, protesta Quentin.

Il avait décidé de se lier d'amitié avec cet ours. Pourquoi, il n'en savait trop rien, mais sa décision était prise. Comme il avait vidé sa chope, il attaquait à présent celle de Richard.

— Il y a bien des façons d'être un bon ours.

Humbalourd dodelina de la tête avec enthousiasme.

— Oh ! oui, oui ! Je suis un bon ours. Mais je n'ai jamais voulu dire que j'étais un mauvais ours. Je suis un bon ours. Je respecte le territoire des autres. Je suis un ours respectueux. (La gigantesque et terrifiante patte d'Humbalourd s'abattit sur la table et sa truffe noire se colla au nez de Quentin.) Je. Suis. Un. Ours. Très. Respectueux.

Les autres observaient un silence appuyé ou bien parlaient d'autre chose, feignant ostensiblement d'ignorer que Quentin discutait avec un ours magique un peu éméché. Richard avait très vite déserté la table pour changer de place avec Janet, toujours partante pour un délire. Josh et Anaïs, serrés l'un contre l'autre, semblaient pris au piège. Si Humbalourd avait remarqué quelque chose, il ne semblait pas s'en offusquer.

Quentin savait que sa conduite troublait ses camarades. Du coin de l'œil, il voyait Eliot lui lancer des regards lourds de sens depuis l'autre table, mais il les ignorait délibérément. Qu'il aille se faire foutre. Il fallait faire avancer le scénario ; rien ne le hérissait autant que l'immobilisme. C'était à lui de jouer, il se donnait à fond, et il avait bien l'intention de gagner la partie. Si les autres ne voulaient pas le suivre, eh bien, qu'ils se cassent et retournent dans la Cité, au milieu du néant.

Cela dit, il n'avait pas la tâche facile. Les centres d'intérêt d'Humbalourd étaient des plus limités et il avait sur eux des connaissances d'une ampleur assommante. Quentin se rappelait vaguement avoir été une oie sauvage, et donc presque uniquement focalisé sur les courants aériens, la verdure et les plans d'eau, et il comprit que tous les animaux étaient par essence des êtres tout à fait chiants. De par sa nature de mammifère hibernant, Humbalourd avait une maîtrise encyclopédique de la géologie des grottes. Pour ce qui était du miel, il était le plus subtil et le plus sophistiqué des gastronomes. Quentin s'empressa de changer de sujet lorsqu'il vint à évoquer les châtaignes.

— Donc..., dit-il, interrompant sans vergogne une étude comparée de l'agressivité de l'abeille carnolienne (*Apis mellifera carnica*) et de l'abeille noire (*Apis mellifera mellifera*), nettement plus excitable. Donc... pour que les choses soient claires, ceci est Fillory, n'est-ce pas ?

La conférence cessa net. Sous sa fourrure, le front massif d'Humbalourd se plissa, et il afficha une grimace d'étonnement tout à fait humaine.

— Quoi donc, Quentin ?

— Là où nous sommes en ce moment. Ça s'appelle Fillory.

Il y eut un long silence. Les oreilles d'Humbalourd frémirent. Des oreilles rondes, adorables, des oreilles d'ours en peluche.

— Fillory, répéta-t-il d'un air circonspect. J'ai déjà entendu ce mot-là.

L'ours géant évoquait un écolier que le maître aurait appelé au tableau et qui gagnait du temps avant de répondre à une question piège.

— Et c'est ici ? Nous sommes à Fillory ?

— Je pense que... oui, c'était peut-être ça, autrefois.

— Et maintenant, comment ça s'appelle ? insista Quentin.

— Non. Non. Attends.

Humbalourd leva une patte pour demander le silence et Quentin fut pris de pitié pour lui. Ce gros crétin velu essayait de réfléchir.

— Oui, c'est ça. C'est Fillory. Ou alors Loria ? Loria, oui...

— C'est forcément Fillory, dit Penny en se penchant depuis le box voisin. Loria, c'est la contrée du mal. De l'autre côté de la Barrière boréale. Il y a pourtant de sacrées différences entre les deux. Comment peut-on ne pas savoir où on vit ?

L'ours continuait de secouer son mufle.

— Je crois bien que Fillory est ailleurs, dit-il.

— Mais on ne peut pas être à Loria ! protesta Penny.

— Écoute, qui c'est l'ours magique ici ? cracha Quentin. C'est toi ? Hein, c'est toi, l'ours magique ? Bon. Alors ferme-la !

Le soleil s'était couché au-dehors et quelques autres clients avaient fait leur entrée dans la taverne. Assis à une table ronde, trois castors partageaient une coupe en compagnie d'un gros criquet vert à l'air éveillé. Seule dans un coin, une chèvre blanche lapait dans un bol un liquide ressemblant à du vin jaune. Un homme mince à l'air timide, pourvu de deux cornes saillant de ses cheveux blonds, était assis au comptoir. Il portait des lunettes rondes et il était couvert d'une épaisse fourrure en dessous de la taille. Toute cette scène avait une étrange qualité onirique, comme un tableau de Chagall qui se serait soudain animé. Quentin remarqua distraitement à quel point il était troublé par le faune. Les articulations de ses jambes le faisaient penser à un infirme ou à un mutilé de guerre.

Alors que les clients affluaient, la famille muette se leva comme un seul homme pour quitter son box, la mine plus sombre que jamais. Où diable pouvaient-ils aller ? se demanda Quentin. Il n'y avait pas signe d'un village dans les parages. Comme il se faisait tard, il se demanda si une longue marche les attendait. Il les imagina progressant sur le sentier au clair de lune, la fillette perchée sur les épaules du vieillard puis, une fois endormie, serrée contre son torse et bavant sur sa tunique. Leur gravité lui faisait un peu honte. Il se sentait dans la peau d'un connard de touriste, d'un poivrot parlant avec autorité d'un pays qui était le leur, un vrai pays habité par de vraies gens et non une contrée de conte de fées. Mais peut-être se trompait-il. Peut-être devrait-il les rattraper. Quels secrets emportaient-ils avec eux ? Lorsque la femme aux hautes pommettes arriva devant la porte et voulut l'ouvrir, Quentin remarqua qu'il ne restait plus de son bras droit qu'un petit moignon.

Après qu'il eut offert à Humbalourd un nouveau verre de schnaps et une nouvelle ration de persiflage, le petit bouleau d'argent émergea de sa cachette et traversa la salle pour se diriger vers eux, foulant le sol de ses racines encore chargées de boue.

— Je suis Farvel, grésilla-t-il.

En pleine lumière, il paraissait encore plus étrange. C'était, littéralement, un bâton sur pattes. On trouvait des arbres parlants dans les Chroniques de Fillory, mais jamais Plover ne les décrivait en détail. En guise de bouche, Farvel était équipé de fentes creusées dans son écorce, comme celles qu'aurait laissées un coup de hache. Quant au reste de ses traits, ce n'était qu'une vague esquisse au sein de son feuillage vert mouvant, où l'on devinait les contours de deux yeux et d'un nez. On aurait dit une gravure de l'Homme vert dans une église, à ceci près que sa petite bouche était figée dans un pli amer.

— Veuillez pardonner ma grossièreté de tout à l'heure. J'étais déconcerté. Il est si rare de rencontrer des voyageurs venus d'une autre terre.

Il avait pris un tabouret devant le comptoir et se pencha pour adopter une position assise. Cela le fit ressembler à une chaise.

— Qu'est-ce qui vous amène ici, garçon humain ?

Enfin ! On y était. Le niveau suivant.

— Oh ! je ne sais pas, commença Quentin, passant un bras au-dessus de la cloison séparant les deux box.

De toute évidence, il allait endosser le rôle d'éclaireur, de spécialiste du premier contact. Le tavernier se joignit à eux après avoir laissé son poste à un chimpanzé solennel à la face de chien battu.

— La curiosité, surtout, poursuivit Quentin. On a trouvé ce bouton, vous voyez. Il nous permet de voyager entre les mondes. Et vu qu'on n'avait pas grand-chose à glander sur Terre, on a… on a décidé de venir faire un tour ici. Pour visiter un peu, ce genre de truc.

Même dans son état, il se rendit compte que son petit discours était lamentable. Janet elle-même le considérait d'un air navré. Bon Dieu ! pourvu qu'Alice n'ait rien entendu. Il se fendit d'un pauvre sourire qui se voulait cool. Si seulement il n'avait pas englouti autant de bière l'estomac vide.

— Certes, certes, dit Farvel d'une voix affable. Et qu'avez-vous vu jusqu'ici ?

Le tavernier observait Quentin avec attention. Il s'était assis à califourchon sur une chaise en osier, les mains sur le dossier.

— Eh bien, on a croisé une naïade qui nous a donné une corne. Une corne magique, je crois bien. Et puis un insecte dans un carrosse – une mante religieuse, oui, c'est ça – qui m'a tiré une flèche et a bien failli me tuer.

Il savait qu'il avait tort de tout déballer comme ça, mais qu'aurait-il dû dissimuler à son auditoire ? En se plaçant inconsciemment au niveau d'Humbalourd, il avait laissé de côté son intelligence. Mais Farvel ne semblait nullement troublé ; il se contentait d'opiner du feuillage d'un air compatissant. Le chimpanzé vint placer une chandelle sur leur table, puis ils eurent droit à une nouvelle tournée, offerte par la maison.

Penny se pencha à nouveau vers eux.

— Vous n'êtes pas au service de la Rouageuse, au moins ? Je veux dire, ses agents secrets ou quelque chose comme ça. Contraints et forcés, peut-être.

— Bon Dieu, Penny ! fit Josh en secouant la tête. Plus subtil que ça, tu meurs.

— Oh ! Oh là là ! s'exclama Farvel. (Le tavernier et lui échangèrent un regard lourd de sous-entendus.) Eh bien, je suppose qu'on pourrait dire… Non, on ne peut rien dire du tout. Oh là là !

Visiblement bouleversé, le petit arbre était l'image même de la détresse : ses branches ployaient et ses feuilles étaient parcourues d'un frisson d'inquiétude.

— J'aime bien un soupçon de lavande dans mon miel, dit Humbalourd, tout à fait hors de propos. Il faut que les abeilles nichent près d'un grand champ de lavande. Sous le vent, si possible. C'est ça le plus délicat. Et de loin.

Farvel enveloppa sa chope d'un rameau et fit couler un peu de bière dans sa bouche. Après avoir recouvré sa contenance au prix d'un effort visible, l'esprit sylvestre reprit :

— Jeune humain. Votre supposition est fondée, dans un sens. Nous n'aimons pas la Rouageuse, mais nous la craignons. Il en va ainsi pour tous les êtres sensés… Elle n'est pas encore arrivée à ralentir le cours du temps…

Il jeta un coup d'œil à la forêt humide plongée dans la pénombre, visible par la porte ouverte, comme pour s'assurer de sa présence.

— Mais elle en a toujours la volonté. Nous l'apercevons parfois, de fort loin. Elle erre dans la forêt. Elle vit dans la canopée. Elle a perdu sa baguette, dit-on, mais elle ne tardera pas à la retrouver, ou bien à s'en fabriquer une autre. Qu'arrivera-t-il alors ? Un éternel crépuscule, peut-on imaginer cela ? Tout ne sera plus que confusion. Sans frontière pour les séparer, les animaux diurnes et nocturnes se feront la guerre. La forêt périra. Le soleil rouge déversera son sang sur la terre jusqu'à devenir aussi blanc que la lune.

— Mais je croyais que la Sorcière était morte, intervint Alice. Je croyais que les Chatwin l'avaient tuée.

Ainsi, elle les écoutait. Comment pouvait-elle être aussi calme ? Farvel et le tavernier échangèrent un nouveau regard.

— Eh bien, cela est possible. C'était il y a longtemps, et nous sommes bien loin de la capitale. Mais cela fait des années que l'on n'a pas vu les béliers, et ici, à la campagne, la vie et la mort ne sont pas choses simples. En particulier quand les sorcières s'en mêlent. Et elle a été aperçue !

— La Rouageuse, donc.

Quentin s'efforçait de suivre. On entrait dans le vif du sujet, l'histoire donnait tout son suc.

— Oh ! oui. Humbalourd l'a vue. Elle était mince et voilée.

— Et nous l'avons entendue ! intervint Penny, de plus en plus excité. Nous avons entendu un tic-tac dans la forêt !

L'ours fixa son verre de schnaps de ses petits yeux chassieux.

— Donc la Rouageuse, reprit Penny. Est-ce que c'est un problème que nous pouvons vous aider à résoudre ?

Soudain, Quentin se sentit mort de fatigue. L'alcool, qui jusque-là avait agi comme un stimulant sur son organisme, subit sans prévenir une transformation chimique isomorphe qui fit de lui un sédatif. De carburant alimentant un moteur de fusée, il devint mélasse encrassant ce moteur. Quentin se sentit tomber en chute libre. Son cerveau mit un terme à ses fonctions secondaires. Quelque part en lui, le compte à rebours avait commencé et l'autodestruction était proche.

Il s'adossa à la cloison et laissa ses yeux devenir vitreux. À l'instant même qui aurait dû le galvaniser, l'instant suprême auquel l'avaient préparé toutes ces années à Brakebills, voilà qu'il renonçait, qu'il sombrait dans la dysphorie. Enfin, si Penny tenait à prendre le relais, à diriger les opérations, grand bien lui fasse. Il avait déjà Alice, pourquoi n'aurait-il pas Fillory ? De toute façon, il n'était plus temps de se creuser les méninges. Le bouleau mordait à leur hameçon, ou vice versa, ou les deux à la fois. Dans tout les cas, l'aventure commençait pour de bon.

Jadis, il avait passionnément espéré vivre cet instant, persuadé qu'il l'aurait rendu fou de bonheur. Comme c'est bizarre, songea-t-il avec tristesse. Pourquoi, alors même que son rêve se réalisait, les charmes de Fillory lui apparaissaient-ils si frustes, si repoussants, ses caresses si maladroites ? Lui qui pensait s'être dépouillé de tels sentiments, les avoir abandonnés à Brooklyn, au pire à Brakebills... comment avaient-ils pu le suivre ici ? Jusqu'où devrait-il fuir pour s'en débarrasser ? Si Fillory lui faisait défaut, il ne lui resterait plus rien ! Une vague de panique et de frustration déferla sur lui. Il devait s'en libérer, casser cette spirale descendante ! À moins que, pour une fois, il ne soit pas en faute. C'était peut-être Fillory qui recelait ce vide qu'il percevait en lui.

Il s'extirpa du box, frôlant au passage les épaisses pattes velues d'Humbalourd, et alla faire un tour aux toilettes, qui se réduisaient à un pissoir puant. Il crut un instant qu'il allait vomir – ce qui n'aurait pas été une mauvaise idée –, mais non.

Quand il revint, ce fut pour constater que Penny lui avait pris sa place. Il s'assit donc à la sienne, dans l'autre box, posa les mains sur la table et le menton sur les mains. Si seulement il y avait de la came ici ! Se défoncer à Fillory, ça serait vraiment top. Accoudé au comptoir, Eliot discutait avec l'homme cornu.

— Ce qu'il faut à cette contrée, déclarait Farvel, qui se penchait au-dessus de la table comme un conspirateur et invitait les autres à faire de même, ce sont des rois et des reines. Cela fait trop longtemps que les trônes de Blancheflèche sont vacants, et seuls les fils et filles de la Terre peuvent s'y asseoir. Je veux parler de votre espèce. Mais… (il éleva la voix pour souligner ses propos) seuls les braves d'entre les braves peuvent espérer conquérir ces trônes, vous comprenez. Les braves d'entre les braves.

Farvel semblait à deux doigts de verser sa petite larme. Doux Jésus, quel discours ! Quentin aurait pu le réciter à sa place.

Humbalourd lâcha trois petits pets mélodieux.

— Qu'est-ce qu'il faut faire exactement ? demanda Josh avec un scepticisme étudié. Pour conquérir ces trônes, je veux dire.

Ce qu'il fallait faire, expliqua Farvel, c'était se rendre sur un site périlleux baptisé la Tombe d'Ambre. À l'intérieur de cette tombe se trouvait une couronne, une couronne d'argent qu'avait jadis portée le noble roi Martin, en un temps où régnaient les Chatwin. S'ils parvenaient à retrouver cette couronne et à l'apporter au château Blancheflèche, alors ils pourraient monter sur les trônes – quatre d'entre eux, à tout le moins –, devenir rois et reines de Fillory et mettre un terme définitif à la menace de la Rouageuse. Mais la tâche ne serait pas facile.

— On a vraiment besoin de cette couronne ? demanda Eliot. Sinon, qu'est-ce qui se passe ? Ça ne marche pas ?

— Vous devez porter la couronne. Il n'y a pas d'autre moyen. Mais vous aurez de l'aide. Des guides vous attendent.

— La Tombe d'Ambre ? (Quentin s'imposa un ultime effort.) Minute ! Est-ce que ça veut dire qu'Ambre est mort ? Et Ombre, qu'est-ce qu'il est devenu ?

— Oh ! non, non, non ! se hâta de dire Farvel. Ce n'est qu'un nom. Une tradition… ça ne veut rien dire. Mais ça fait si longtemps que l'on n'a pas vu Ambre dans la région.

— Ambre, c'est l'aigle ? grommela Humbalourd.

— Le bélier, corrigea le tavernier, qui s'exprimait pour la première fois. Un des deux béliers. L'aigle, c'était Enverguelle. Un faux roi.

— Comment peut-on ignorer qui est Ambre ? lâcha Penny d'un air écœuré.

— Oh là là ! fit l'arbre en inclinant un peu plus sa végétale figure. Ne jugez pas l'ours avec sévérité. Nous sommes fort loin de la capitale ici, comprenez-le, et, depuis votre dernier séjour, enfants de la Terre, nombre de souverains ont régné sur ces vertes collines, ou tenté de le faire. L'âge d'argent des Chatwin appartient à un lointain passé et les années qui l'ont suivi ont été forgées dans des métaux plus vils. Vous n'imaginez pas le chaos que nous avons enduré. Il y a eu Enverguelle l'Aigle, et après lui l'Homme de fer forgé, la Sorcière Lilas, le Hallebardier et Saint-Anselme. Sans parler de l'Agneau perdu et des ravages infligés par l'Arbre grandissime. Et, vous savez, répéta-t-il en guise de conclusion, nous sommes fort loin de la capitale ici. Et la situation est très confuse. Je ne suis qu'un bouleau, vous savez, et pas bien grand avec ça.

Une feuille tomba doucement sur la table : une larme verte.

— J'ai une question, dit Janet, toujours aussi culottée. Si cette couronne est si foutrement importante, et si Ambre, Ombre ou Membre, peu importe, sont si puissants, pourquoi ne vont-ils pas la chercher eux-mêmes ?

— Ah ! mais il y a des Lois, soupira Farvel. Ils ne le peuvent point, voyez-vous. Il y a des Lois si primordiales qu'Eux-mêmes sont tenus de les respecter. C'est vous qui devez retrouver la couronne. Vous et vous seuls.

— Nous avons vécu trop longtemps, dit le tavernier d'un air lugubre, sans s'adresser à quiconque en particulier.

Il consommait sa propre marchandise avec une efficacité redoutable.

Ça se tenait, supposa Quentin. Ambre et Ombre absents, une vacance du pouvoir, une Rouageuse insurrectionnelle émergeant du quasi-trépas magique que lui avaient infligé les Chatwin... Penny ne s'était pas trompé : on leur avait confié une quête. Leur mission était claire. Elle semblait tout droit sortie d'un jeu de rôle, comme s'ils étaient en vacances dans un parc à thème de *fantasy*, mais ça se tenait. Il pouvait encore espérer. Mais il devait en être sûr.

— Je ne veux pas être grossier, dit-il en haussant le ton. Mais Ambre et Ombre sont les caïds du coin, c'est ça ? Je veux dire, entre tous les gens, toutes les créatures dont vous parlez, ce sont Eux les plus puissants ? Et les plus vertueux sur le plan moral, hein ? J'aimerais bien que ce soit clair. Je voudrais m'assurer qu'on mise sur le bon cheval. Sur le bon bélier. Peu importe.

— Mais naturellement ! Ce serait folie que de penser autrement !

Farvel lui fit signe de se taire, jetant un regard inquiet en direction des castors ; ceux-ci ne semblaient leur accorder aucune attention, mais on n'est jamais trop prudent. Puis, au grand étonnement de la tablée, il sortit une cigarette de son feuillage et l'alluma à la chandelle, veillant à ne pas embraser ses feuilles. Lorsqu'il la ficha dans sa bouche, elle faisait un angle des plus étrange. Ce végétal cultivait un instinct de mort. Une fumée aromatique s'insinua dans ses frondaisons.

— Ne nous jugez pas avec sévérité. Cela fait bien des années que les béliers sont absents. Nous avons dû survivre sans Eux. Trouver notre propre voie. La forêt doit vivre.

Eliot et l'homme cornu avaient disparu, ensemble sans aucun doute. Ce type était incorrigible ; Quentin sentit son moral remonter d'un cran à l'idée que l'un d'eux prenne un peu de bon temps. Dans son coin, la chèvre blanche lapait bruyamment son vin jaune. Humbalourd contemplait son schnaps d'un air malheureux. Quentin se rappela – comme s'il avait pu l'oublier ! – qu'il se trouvait loin de chez lui, dans une taverne où des animaux se pintaient la gueule.

— Nous avons vécu trop longtemps, répéta le tavernier. Les grands jours appartiennent au passé.

Ils passèrent la nuit à la taverne. Les chambres étaient creusées dans la colline à laquelle s'adossait l'édifice, dans le plus pur style hobbit. Elles étaient silencieuses, sans fenêtres et confortables. Quentin dormit comme une souche.

Le lendemain matin, assis autour d'une table près du bar, ils mangèrent des toasts et des œufs et burent de l'eau fraîche dans des chopes en pierre, un œil sur leurs sacs à dos entassés dans un box. Apparemment, les petits lingots de Richard leur donnaient un sacré pouvoir d'achat à Fillory. Quentin se sentait lucide, miraculeusement épargné par la gueule de bois. Ses facultés restaurées lui permettaient d'appréhender avec une acuité nouvelle les épisodes les plus douloureux de son histoire récente, mais aussi, pour la première fois peut-être, d'apprécier vraiment la réalité de sa présence à Fillory. Ce monde était si réaliste, si détaillé, comparé à ses fantasmes de dessin animé. La salle avait l'aspect miséreux, sordide, d'un bar découvert en plein jour, un bouge fréquenté par des clients armés de griffes et de couteaux. Le sol recouvert de paille était pavé de vieilles meules, avec de la terre battue en guise de jointures. Farvel, Humbalourd et le tavernier étaient invisibles. C'était un nain attentionné mais un peu brusque qui faisait le service.

Près d'une fenêtre, un homme et une femme assis face à face buvaient du café en silence, jetant de temps à autre un coup d'œil sur la table des anciens de Brakebills. Quentin eut la nette impression qu'ils tuaient le temps en attendant que ses amis et lui aient fini leur petit-déjeuner. Il ne se trompait pas.

Lorsqu'on eut débarrassé la table, le couple se présenta à eux : l'homme s'appelait Dint et la femme Fen. La quarantaine, tous deux burinés, ils semblaient passer pas mal de temps au grand air dans le cadre de leur profession. C'étaient leurs guides, expliqua Dint. Ils allaient les conduire à la Tombe d'Ambre, à la recherche de la couronne du roi Martin. Grand et maigre, Dint était pourvu d'un nez proéminent et de sourcils noirs broussailleux qui lui mangeaient la moitié du visage ; il était vêtu de noir et portait une longue cape, signe du très grand sérieux avec lequel il considérait sa personne et ses capacités. Fen était plus petite, plus compacte, plus musclée, et ses cheveux blonds étaient coupés ras. Avec un sifflet autour du cou, elle aurait été le portrait craché d'une prof de gym dans une école privée pour filles. Ses vêtements assez lâches étaient visiblement conçus pour lui donner une grande liberté de mouvement en situation de combat. Il émanait d'elle une dureté tempérée de tendresse et elle était chaussée de bottes aux lacets tarabiscotés. Dans la mesure où il pouvait se fier à son expertise, Quentin aurait parié qu'elle était lesbienne.

Un froid soleil automnal déversait ses rayons par les étroites fenêtres taillées dans les lourds rondins de la taverne des Deux Lunes. À présent qu'il était sobre, Quentin ne tenait plus en place. Il considéra d'un œil froid sa belle Alice, désormais souillée ; la colère qu'elle lui inspirait était comme un calcul dans ses entrailles, dont jamais il ne se débarrasserait. Quand ils seraient rois et reines, peut-être. Il saurait se débrouiller pour faire exécuter Penny. Une révolution de palais, et une sanglante.

Penny leur proposa de prononcer un serment en l'honneur de leur noble objectif commun, mais tout le monde trouvait ça lourd et il ne réussit pas à rassembler un quorum. Alors qu'ils calaient leurs sacs sur leurs épaules, Richard leur annonça à brûle-pourpoint qu'ils pouvaient faire ce qu'ils voulaient, mais que lui comptait bien rester à la taverne.

Personne ne savait comment réagir. Janet lança quelques vannes pour le faire changer d'avis puis, voyant que ça ne marchait pas, tenta de le supplier.

— Nous sommes venus ensemble jusqu'ici !

Elle était furieuse mais s'efforçait de n'en rien laisser paraître. De tout le groupe, c'était elle qui supportait le moins les défections de ce genre. La moindre lézarde dans leur unité était pour elle un affront personnel.

— On peut toujours faire demi-tour si ça foire ! insista-t-elle. Ou alors, en cas d'urgence, on aura le bouton pour nous tirer d'affaire ! Tu ne trouves pas que tu exagères ?

— Bien au contraire, rétorqua Richard. Ce sont les autorités qui risquent d'exagérer quand elles découvriront jusqu'où vous êtes allés.

— À condition qu'elles l'apprennent, intervint Anaïs. Ce qui n'arrivera jamais.

— Quand elles l'apprendront, enchaîna Janet, ce sera la découverte du siècle, nous aurons écrit l'histoire et tu auras raté le coche. Et si tu ne le comprends pas, alors, franchement, je ne vois pas pourquoi tu nous as accompagnés jusqu'ici.

— Je vous ai accompagnés pour vous empêcher de faire des conneries. Une tâche que je continue d'accomplir en ce moment même.

— Peu importe. (Elle lui flanqua une gifle puis s'éloigna, en larmes.) Que tu viennes ou pas, on s'en fout. De toute façon, il n'y a que quatre trônes.

Quentin s'attendait plus ou moins à voir Alice rester avec Richard – elle semblait sur les nerfs, tout près de craquer. Il se demanda pourquoi elle n'avait pas encore disjoncté ; elle était trop pondérée pour partir à l'aventure comme ça. Lui menaçait de sombrer dans l'excès contraire. Le danger, ce serait de faire demi-tour ou de ne plus bouger. La seule façon de s'en tirer, c'était d'aller de l'avant. Le passé était un champ de ruines, mais le présent pouvait encore être sauvé. Il faudrait l'attacher avec des chaînes pour l'empêcher de gagner la Tombe d'Ambre.

Richard refusa de se laisser fléchir, aussi partirent-ils sans lui, suivant Dint et Fen sur le sentier où, la veille, ils avaient croisé le carrosse. Au bout de quelques minutes, ils le quittèrent pour s'enfoncer dans la forêt. Si glorieuse, si noble soit leur quête, ils avaient l'impression de faire une rando en camp de vacances, ou une sortie pédagogique de sciences nat', un groupe de gamins ne cessant de déconner pendant que deux adultes les tenaient à l'œil. Pour la première fois depuis leur arrivée à Fillory, ils étaient tous détendus et aucun ne jouait à l'intrépide héros explorant un monde magique. Des murets de pierre couraient dans le sous-bois et ils s'amusèrent à marcher dessus sans perdre l'équilibre. Nul ne savait qui les avait construits ni pourquoi. Josh se demanda à haute voix où était ce foutu Cheval Douillet quand on avait besoin de lui. Avant longtemps, ils sortirent de la forêt pour s'engager dans un dédale de prés ensoleillés, puis dans des parcelles cultivées.

Il lui aurait été facile de parler en tête à tête avec Alice. Mais lorsqu'il répétait le discours qu'il comptait lui servir, Quentin aboutissait toujours à la question de savoir ce qu'elle avait fait avec Penny, et son rêve éveillé virait au blanc incandescent, comme un film qui s'embrase ou encore une explosion nucléaire. Il préféra donc faire la conversation avec les guides.

Ni l'un ni l'autre n'étaient très bavards. Dint parut légèrement intéressé lorsqu'il apprit que les visiteurs étaient également des magiciens, mais, à part cela, ils n'avaient pas grand-chose en commun. Son expertise se limitait à la magie guerrière. À peine s'il s'avait qu'il en existait d'autres.

Quentin eut l'impression qu'il rechignait à partager ses secrets professionnels. Mais il lui fit une confidence.

— C'est moi qui ai cousu ceci, dit-il. (D'un geste timide, il écarta sa cape pour montrer à Quentin une sorte de cartouchière munie de poches en quantité.) J'y conserve des herbes, des poudres, tout ce qui peut me servir sur le champ de bataille.

Si je dois jeter un sort exigeant une substance donnée, il me suffit de faire ceci... (il effectua une série de gestes soigneusement répétés et fit mine de disperser une poudre devant lui) et je suis prêt à passer à l'action !

Puis il afficha de nouveau une mine sombre et retomba dans un silence hostile. Il portait une baguette, ce qu'aucun des anciens de Brakebills ne faisait en public. Cela les embarrassait autant que l'auraient fait une béquille ou un sex-toy.

Fen se montra plus amicale mais moins déchiffrable. Ce n'était pas une magicienne et elle n'était pas armée, mais ce n'en était pas moins une combattante expérimentée. Pour ce que Quentin put en déduire, il s'agissait d'une spécialiste des arts martiaux – elle affirmait pratiquer une discipline baptisée *inc aga*, terme intraduisible issu d'un langage dont il n'avait jamais entendu parler. Elle observait un régime extrêmement strict : il lui était interdit de porter une armure et de toucher l'or comme l'argent, et elle ne mangeait pratiquement rien. Impossible pour Quentin de se faire une idée, même vague, de la nature de l'*inc aga* – elle n'évoquait le sujet que dans les termes les plus abstraits et les plus éthérés.

Dint et elle étaient aventuriers de profession.

— Nous ne sommes plus très nombreux aujourd'hui, avoua-t-elle.

Ses petites jambes dévoraient les lieues bien plus vite que celles de Quentin, pourtant plus longues. Elle ne le regardait jamais quand elle lui parlait, ses yeux globuleux ne cessaient de scruter l'horizon en quête de danger.

— Les aventuriers humains, je veux dire. Fillory est une terre sauvage qui le devient de plus en plus. Tous les étés, nous abattons et brûlons des arbres pour marquer la limite de la forêt. L'été suivant, la lisière a avancé de cent verges. Les arbres mangent les fermes et les fermiers viennent vivre dans les villes. Mais où vivrons-nous le jour où Fillory ne sera plus que forêt ? Quand j'étais petite fille, la taverne des Deux Lunes se trouvait dans un champ. Les animaux s'en foutent, conclut-elle avec amertume. Ils préfèrent le monde ainsi.

Elle brisa là. Quentin songea que le moment était bien choisi pour changer de sujet. Il se sentait dans la peau d'un bleu envoyé au Viêt-Nam à peine sorti de son trou perdu et discutant avec le soldat vietnamien endurci qu'on avait affecté à son unité.

— Je ne voudrais pas paraître grossier, mais est-ce que vous êtes payés pour ce travail ? Quelqu'un y a pensé ?

— Si vous réussissez, nous serons amplement récompensés.

— Mais pourquoi voulez-vous que ce soit quelqu'un de notre monde qui soit couronné roi ? Quelqu'un dont vous n'avez jamais entendu parler ? Pourquoi pas un habitant de Fillory ?

— Seuls vous et les vôtres pouvez vous asseoir sur les trônes du château Blancheflèche. C'est la Loi. Elle est immuable.

Fen grimaça en prononçant ces mots. Avec ses yeux globuleux et ses lèvres épaisses, elle ressemblait un peu à un poisson.

— Cela fait des siècles que nos peuples se trahissent et s'entretuent, Quentin, reprit-elle. Vous ne pourriez pas faire pire. Le règne des Chatwin est la dernière période de paix que nous ayons vécue. Vous ne connaissez personne ici ; vous n'avez pas de passif, ni de comptes à régler. Vous n'appartenez à aucune faction.

Elle regarda fixement la route devant eux et, lorsqu'elle reprit la parole, ce fut en détachant ses mots, d'une voix marquée par l'aigreur.

— Sur le plan politique, c'est parfaitement sensé. Nous sommes arrivés à un point où l'ignorance et la négligence nous apparaissent comme des qualités souhaitables chez un dirigeant.

Ils passèrent le reste de la journée à marcher dans un paysage de douces collines, les pouces glissés sous les sangles de leur sac à dos, tantôt suivant un chemin crayeux, tantôt coupant à travers champs, soulevant devant eux des nuages de criquets. L'air était frais et pur.

Une rando de niveau débutant. Ils chantaient souvent. Eliot désigna un coteau qui, selon lui, « hurlait d'envie » d'accueillir un vignoble. Pas une fois ils n'aperçurent de village ni ne croisèrent d'autres voyageurs. Les arbres étaient aussi rares que les poteaux, et les uns comme les autres projetaient une ombre qui semblait gravée dans le sol. Quentin s'interrogea sur le fonctionnement des institutions filloriennes. Il n'y avait pas de gouvernement central, alors à quoi pouvait servir un roi ? Le système économique semblait figé au stade féodal, sauf qu'on observait la présence d'une technologie victorienne. Qui avait fabriqué ce splendide carrosse noir ? Quels artisans créaient les entrailles des mécanismes d'horlogerie omniprésents dans ce monde ? Étaient-ils l'œuvre de la magie ? Quoi qu'il en soit, c'était sans doute volontairement que les habitants de Fillory maintenaient leur monde à un niveau préindustriel. Un peu comme les Amish.

À midi, ils assistèrent à l'une des célèbres éclipses quotidiennes de Fillory et remarquèrent un détail que les Chroniques passaient sous silence : loin d'être une sphère, la lune de Fillory avait littéralement la forme d'un croissant, un élégant arc d'argent qui voguait dans le ciel, tournant lentement autour d'un centre de gravité logé dans le vide.

Ils dressèrent le camp au coucher du soleil, dans un petit pré à l'herbe rare. La Tombe d'Ambre, leur apprit Dint, se trouvait dans la vallée voisine et mieux valait ne pas passer la nuit à proximité. Fen et lui se répartirent les tours de garde ; Penny se porta volontaire pour les relever, mais ils refusèrent. Ils mangèrent des sandwichs au rosbif qu'ils avaient préparés à la ferme, déroulèrent leurs sacs de couchage et dormirent à la belle étoile, aplatissant sous eux l'herbe verte et drue.

LA TOMBE D'AMBRE

C'ÉTAIT une colline lisse et verte. À sa base était creusée une porte toute simple : deux gigantesques pierres dressées, mal dégrossies, surmontées par une troisième faisant office de linteau. Au milieu, les ténèbres. Quentin pensa à une bouche de métro.

Le soleil se levait à peine et la porte s'ouvrait sur le versant ouest de la colline, si bien qu'elle était plongée dans l'ombre. L'herbe était constellée d'une pâle rosée. On n'entendait aucun bruit. La colline dessinait une sinusoïde vert émeraude sur fond de ciel enluminé. Quoi qu'il arrive, cela arriverait ici.

Ils firent halte à une centaine de mètres de la porte, crasseux et mal réveillés, et s'efforcèrent de rassembler leurs esprits. Le matin était glacial. Quentin se frotta les mains et tenta un charme de réchauffement, qui ne lui rapporta que quelques frissons de fièvre. Il ne parvenait toujours pas à se caler sur les Circonstances filloriennes. Son sommeil avait été peuplé de rêves agités, la fatigue l'ayant précipité dans un sombre royaume préhistorique hanté par des vents violents, où de petits mammifères se dissimulaient parmi les hautes herbes. Si seulement il avait pu prolonger cette pause et contempler les jeux de l'aurore sur la rosée. Chacun d'eux était armé d'un couteau de chasse qui, sur Terre, leur avait paru redoutable mais semblait à présent pathétique.

La forme de cette colline éveillait en lui un souvenir enfoui. Il repensa à celle qu'ils avaient vue dans le miroir enchanté, dans la petite salle d'étude de Brakebills où Alice, Penny et lui avaient jadis bossé dans l'espoir de sauter une année. On aurait dit la même colline. Mais c'était vrai pour des milliers d'autres. C'était une colline ordinaire, point.

— Que les choses soient claires, disait Eliot à Dint et Fen. Ce lieu s'appelle la Tombe d'Ambre, mais Ambre n'y est pas enterré. En fait, il n'est même pas mort.

Il avait l'air aussi détendu, aussi assuré que du temps de Brakebills. Il mettait les points sur les *i*, réglait les derniers détails, avec autant d'aisance que s'il avait déconstruit l'un des problèmes de Bigby ou déchiffré l'étiquette d'une bouteille. Il contrôlait la situation. Plus on s'enfonçait dans Fillory, plus Quentin se sentait hésitant, alors qu'Eliot reprenait de l'allant : il gagnait en assurance et en sérénité, contrairement à lui, qui pataugeait comme il n'aurait jamais cru le faire un jour.

— Chaque époque trouve un usage à ce lieu, disait Fen. Mine, forteresse, salle forte, geôle ou tombe. Certains y ont creusé de nouvelles galeries. D'autres ont muré celles qui n'étaient plus utiles ou qu'il valait mieux oublier. Ce lieu est l'une des Ruines sacrées.

— Vous y êtes déjà venus ? demanda Anaïs. Entrés, je veux dire.

Fen secoua la tête.

— Pas en ce lieu, mais dans une centaine de semblables.

— Sauf que c'est ici que se trouve la couronne. Et comment y est-elle arrivée exactement ?

Quentin s'était posé la même question. Si cette couronne avait appartenu à Martin, peut-être avait-il échoué en ce lieu après sa disparition. Peut-être y était-il mort.

— La couronne est ici, répliqua sèchement Dint. Nous allons la chercher. Assez de questions.

Il fit tournoyer sa cape avec impatience.

Alice se tenait tout près de Quentin. Elle avait l'air minuscule, figée par le froid.

— Quentin, je ne veux pas aller là-dedans, murmura-t-elle sans le regarder.

Durant la semaine écoulée, Quentin avait consacré des heures à imaginer ce qu'il pourrait répondre à Alice si jamais elle lui adressait la parole. Mais tous les discours qu'il avait pu composer s'évanouirent au son de sa voix. Elle n'aurait pas droit à un discours. C'était tellement plus facile de se mettre en colère. Cela lui donnait l'impression d'être fort, alors même – et cette contradiction n'altérait en rien ses sentiments – que c'était sa faiblesse qui nourrissait sa colère.

— Eh bien, rentre à la maison, lâcha-t-il.

Comme réplique, on aurait pu trouver mieux. Mais il était trop tard, car quelqu'un fonçait sur eux.

Le plus bizarre, c'était que cent mètres les séparaient de l'entrée de la tombe et que les deux créatures couraient à toute allure, foulant l'herbe mouillée comme si elles faisaient leur jogging matinal. C'était presque comique. Non seulement elles n'étaient pas humaines, mais elles appartenaient à deux espèces différentes, ce qui ne les empêchait pas d'avoir des allures de bestioles de dessin animé. La première, trapue et couverte d'une fourrure brun-gris, évoquait un lièvre monté en graine, haut d'un mètre cinquante et large d'autant. Elle avançait en sautillant, les oreilles plaquées contre le crâne. La seconde ressemblait à un furet… ou encore à une belette… ou peut-être à un suricate. Quentin n'arrivait pas à mettre le doigt dessus. Quoi qu'il en soit, elle se tenait bien droit et mesurait plus de deux mètres, avec un torse allongé et des jambes courtaudes. Sa figure au menton fuyant était tout en crocs.

Ces étranges duettistes les chargeaient en silence au cœur de l'air matinal, sans un cri de bataille, sans même un bruit de pas. On aurait pu croire qu'ils accouraient pour leur souhaiter la bienvenue, mais le lièvre tenait une épée dans chaque main, la lame dressée vers le ciel, et le furet brandissait un long bâton.

Plus que cinquante mètres. Les anciens de Brakebills eurent un mouvement de recul, comme si les nouveaux venus les repoussaient par un champ de force. On y était : ils avaient atteint la limite du concevable. Quelque chose devait céder. Dint et Fen ne bougèrent pas d'un pouce. Quentin comprit qu'il n'y aurait ni pourparlers ni épreuves d'astuce. Ça allait castagner sévère. Il s'était cru prêt à se battre, mais il s'était trompé. Il fallait arrêter le film, et vite. Les filles se serraient les unes contre les autres, comme pour résister à une tempête, y compris Alice et Janet.

Oh mon Dieu ! se dit-il, c'est pour de bon. On ne rigole plus.

Le furet fut le premier à arriver à leur niveau. Il pila tant bien que mal, le souffle court. Ses grands yeux cillèrent tandis qu'il faisait tournoyer son bâton en le tenant des deux mains. Il fendait l'air en sifflant.

— Hop ! hurla Fen.

— Ha ! répondit Dint.

Ils se plantèrent côte à côte, comme prêts à soulever un lourd fardeau. Puis Dint recula d'un pas, concédant le premier sang à sa camarade.

— Seigneur ! souffla Quentin. Seigneur, Seigneur, Seigneur !

Il n'était pas prêt à affronter ça. Ce n'était pas de la magie. C'était l'antithèse de la magie. Le monde se déchirait.

Le furet fit une feinte puis visa Fen au visage. Les deux extrémités de son bâton luisaient d'une sinistre lueur orangée, comme le bout d'une cigarette. Un hurlement brisa le silence.

Alors même que le bâton fondait sur elle, Fen fit un pas de côté, se plia en deux et, dans un mouvement gracieux, pivota sur elle-même pour décocher au furet un coup de pied circulaire. Elle semblait se déplacer au ralenti, mais l'impact fut si violent que la tête de l'agresseur fit un quart de tour sur ses épaules.

Le furet se fendit d'un sourire sanguinolent, mais ses épreuves n'étaient pas finies. Fen poursuivit son mouvement et son pied frappa l'adversaire au genou. Sa jambe se fléchit suivant un angle incongru. Vacillant, il voulut assener à Fen un coup de bâton, mais la guerrière saisit celui-ci à mains nues – le choc produisit un claquement aussi sec qu'un coup de feu. Renonçant à jouer les maîtres des arts martiaux, elle s'efforça de désarmer son adversaire.

Tous deux restèrent figés une seconde, vibrant de tension isométrique tandis que le furet tendait lentement son cou vers la gorge de Fen, cherchant à y planter ses incisives de rongeur. Mais elle était plus forte que lui. Peu à peu, elle inséra le bâton sous son menton, là où aurait dû se trouver sa pomme d'Adam, tandis que, du pied droit, elle martelait systématiquement son genou blessé. Poussant un hoquet, il chercha à se dégager.

Alors que Quentin décidait qu'il n'avait pas la force de regarder la suite, le furet commit son ultime erreur. L'espace d'un instant, il lâcha son bâton d'une main – sans doute pour dégainer le poignard passé à sa ceinture. Profitant de son avantage, Fen le jeta à terre et il tomba, le souffle coupé.

— Ha ! s'écria-t-elle.

Et elle sauta à pieds joints sur sa gorge velue. Suivit un long gargouillis, le premier bruit qu'ait émis la créature.

Fen se releva, visiblement excitée, les joues rouges sous ses cheveux blonds. Elle ramassa le bâton, le posa sur sa cuisse, banda ses muscles et le cassa en deux. Jetant les morceaux au loin, elle se pencha pour hurler à la figure du vaincu.

— *Haaaaaaaaa !*

Les débris du bâton crachèrent dans l'herbe quelques étincelles orangées. Soixante secondes s'étaient écoulées, voire un peu moins.

— Seigneur ! répéta Quentin en se prenant à bras-le-corps.

Quelqu'un vomissait non loin de là. Pas un instant il n'avait envisagé de foncer à la rescousse. Il n'était pas prêt. Ce n'était pas pour ça qu'il était ici.

Quant à l'autre assassin, le lièvre surdimensionné, il n'était jamais arrivé au but. Dint avait jeté un sort à la terre sous ses pieds, ou peut-être à son oreille interne, si bien qu'il avait totalement perdu l'équilibre. Il patinait sur l'herbe comme sur de la glace. Sur sa lancée, Fen voulut foncer sur lui, mais Dint l'en dissuada d'un geste.

Il se tourna vers ceux de Brakebills.

— L'un de vous peut-il l'abattre d'ici ? Lui décocher une flèche, peut-être ?

Quentin n'aurait su dire s'il était furieux de leur passivité ou s'il leur proposait par politesse de participer à l'action.

— Alors ?

Nul ne lui répondit. Ils le regardaient d'un air hébété, comme s'ils ne comprenaient pas la question. Chaque fois que le lièvre ensorcelé tentait de se redresser, ses pattes se dérobaient sous lui. Il cessa de gémir pour pousser un cri guttural et lança son épée dans leur direction, mais il glissa une nouvelle fois et l'arme atterrit loin de sa cible.

Après avoir attendu en vain une réponse, Dint se retourna d'un air dégoûté. Il tapa sa baguette sur son index avec désinvolture, comme pour faire tomber la cendre d'une cigarette, et on entendit se briser la cuisse du lapin. Celui-ci hurla de sa voix de fausset.

— Un instant ! s'écria Anaïs, qui écarta de son chemin une Janet livide. Un instant. Laissez-moi essayer.

Qu'elle soit capable de parler et de marcher était incompréhensible aux yeux de Quentin. Elle entama un charme mais dut s'y reprendre à plusieurs fois tellement elle bafouillait. Dint ne cachait pas son impatience. À la troisième tentative, elle formula un charme d'endormissement que Penny leur avait enseigné. Le lièvre cessa de s'agiter. Ainsi effondré sur l'herbe, il était presque attendrissant. Le furet continuait d'agoniser, les yeux rivés au ciel, une écume rouge aux babines, mais nul ne lui prêtait attention. Seule sa tête était encore animée de tremblements.

Anaïs ramassa l'épée du lièvre.

— Voilà, dit-elle fièrement à Dint. Maintenant, on peut le tuer, pas de problème !

Elle empoigna l'épée, un sourire gourmand aux lèvres.

Pendant son adolescence à Brooklyn, Quentin s'était souvent imaginé en maître des arts martiaux mais, après un tel spectacle, il savait pertinemment qu'il ferait tout ce qui était en son pouvoir, qu'il sacrifierait jusqu'à ses êtres les plus chers, pour éviter d'être exposé à la violence. Et il n'en avait même pas honte. La honte n'était pas un facteur de l'équation. C'était avec fierté qu'il assumait sa couardise. Il était prêt à penser avec ses jambes. À se jeter à terre, les mains sur la tête, à faire le mort. Il ferait tout ce qu'il faudrait, et avec le sourire par-dessus le marché.

Ils suivirent Dint et Fen – quels noms à la con, se dit-il – à l'intérieur de la colline, en traînant un peu les pieds. À peine si Quentin remarqua ce qui l'entourait. Un couloir aux murs en pierre sèche les conduisit dans une salle aux dimensions assez proches de celle de la colline qui la contenait – celle-ci devait être creuse. Une lumière verdâtre se déversait par un oculus creusé à son apex. L'atmosphère était imprégnée de poussière. Au centre de la salle se trouvaient les vestiges d'un gigantesque planétaire dont les éléments gisaient en pièces sur le sol. On aurait dit un arbre de Noël effeuillé et débarrassé de ses boules.

Aucun d'eux n'avait remarqué l'énorme lézard vert – il devait mesurer trois mètres de long – qui se tenait parmi les tables et les bancs fracassés, jusqu'à ce qu'il s'anime soudain pour se réfugier dans l'ombre, ses griffes cliquetant sur les dalles de pierre. Cette horreur était presque rassurante : elle effaçait Alice, Janet et le reste, s'imposait à Quentin comme un abrasif lui brûlant la peau.

Ils allèrent de pièce vide en pièce vide, l'écho de leurs pas résonnant sur les parois. Les lieux étaient à l'image même du chaos. Le style du décor changeait toutes les vingt minutes, en fonction de la génération de tailleurs de pierre qui en était responsable. Tour à tour, ils jetèrent des charmes élémentaires à leurs couteaux, à leurs mains, à diverses parties de leur anatomie, le tout pour soulager la tension qui les habitait.

Excitée par le goût du sang, Anaïs suivait Dint et Fen comme un petit chien, impatiente de recueillir des miettes de leur sagesse guerrière.

— Ils n'avaient aucune chance, déclara Fen avec un détachement de professionnelle. Même si Dint n'avait pas éliminé l'autre, même si je les avais affrontés seule, jamais ils ne m'auraient eue avec ce bâton. C'est une arme trop encombrante, un point c'est tout. Une fois que son propriétaire est entré en action, il ne regarde plus que les extrémités de son bâton – en haut, en bas, à droite, à gauche. Il ne peut rien pour son camarade et celui-ci ne peut rien pour lui. On les affronte chacun son tour, et c'est fini. Ils auraient dû nous tendre une embuscade, nous attendre dans la grotte. Profiter de l'effet de surprise.

Anaïs hochait la tête, visiblement fascinée.

— Pourquoi ne l'ont-ils pas fait ? demanda-t-elle. Pourquoi ont-ils foncé sur nous comme ça ?

— Je l'ignore, répondit Fen en se renfrognant. Une question d'honneur, peut-être. Ou alors un coup de bluff ; ils croyaient que nous prendrions la fuite. Peut-être étaient-ils victimes d'un sort ; auquel cas, ils n'avaient pas le choix.

— Est-ce qu'on était obligés de les tuer ? s'écria Quentin. On n'aurait pas pu… je ne sais pas…

— Quoi donc ? lui lança Anaïs avec un rictus. Les mettre en prison ? Travailler à leur réinsertion ?

— Je ne sais pas ! (Ce n'était pas ainsi que ça devait se passer, se dit Quentin.) Les ligoter ? Écoute, je ne me rendais pas compte de ce que c'était. Tuer des gens.

Cela lui rappelait le jour où le Fauve était apparu dans l'amphi – la même sensation de chute libre, comme s'il était à bord d'un téléphérique dont le câble venait de se rompre.

— Ce ne sont pas des gens, répliqua Anaïs. Ces deux-là n'étaient pas des gens. Et ils avaient l'intention de nous tuer.

— Nous nous préparions à envahir leur demeure.

— La gloire a un prix, pontifia Penny. L'ignorais-tu en entamant ta quête ?

— Eh bien, le prix, c'est eux qui l'ont payé, non ?

À sa grande surprise, Quentin vit Eliot se retourner contre lui.

— Qu'est-ce que tu comptes faire ? Battre en retraite ? Toi ? (Rire sardonique.) Tu as besoin de cette merde tout autant que moi.

— Je ne cherche pas à me défiler ! Je pose une question, c'est tout.

Quentin eut le temps de se demander pourquoi Eliot avait besoin de « cette merde », puis Anaïs coupa court à leur dispute.

— Misère ! On pourrait arrêter ce cirque ? demanda-t-elle en agitant ses boucles d'un air dégoûté. S'il vous plaît ?

Quatre heures, trois volées de marche et quinze cents mètres de couloirs déserts plus tard, alors que Quentin examinait une porte, celle-ci s'ouvrit sans prévenir et le frappa au visage. Il recula d'un pas et porta la main à sa lèvre supérieure. À moitié étourdi, il se souciait davantage de l'intégrité de son nez que de la nature exacte de ce qui venait de l'agresser. Il se passa le dos de la main sur la bouche, l'examina puis recommença la manœuvre. Oui, il pissait le sang.

Une créature aux allures d'elfe furibond passa la tête par l'entrebâillement et lui jeta un regard noir. Agissant par réflexe, Quentin referma la porte d'un coup de pied.

Il décida de signaler l'incident aux autres, qui s'affairaient à examiner une pièce basse de plafond avec en son centre un bassin vidé de son eau. Une plante grimpante à présent desséchée y avait pris naissance, recouvrant une bonne moitié des murs. La lumière du jour n'était plus qu'un lointain souvenir. Quentin apercevait des étoiles clignotantes dans son champ visuel et son nez lui faisait l'effet d'une boule de chair palpitante au goût salé. Avec une lenteur mélodramatique, la porte se rouvrit en grinçant, lui révélant un homme au menton pointu caparaçonné dans une armure de cuir noir. Il ne semblait pas spécialement surpris de découvrir Quentin. Dégainant une rapière passée à sa ceinture, il se mit en garde comme un escrimeur. Quentin recula d'un pas en serrant les dents, partagé entre la peur et la résignation. Sans prévenir, Fillory venait de régurgiter un nouvel élément de sa ménagerie maléfique.

Peut-être la fatigue avait-elle émoussé sa terreur, mais, presque sans s'en rendre compte, voilà qu'il entonnait le charme des Missiles magiques conçu par Penny. Il s'était bien entraîné à la ferme, mais il dut reculer à mesure qu'il prononçait la formule, car l'Elfe noir – c'est ainsi qu'il venait de le baptiser – continuait d'avancer d'un pas chassé un rien affecté, sa main libre en l'air. Quentin se débrouillait comme un chef avec son charme, et il s'en félicita. La terreur et la souffrance physique simplifiaient grandement sa conception de la morale. Il planta les projectiles magiques dans le torse de l'elfe.

Celui-ci tomba sur le cul en toussant, le visage déformé par une grimace de surprise. Comme ce même visage était idéalement placé pour un coup de pied, Quentin lui en décocha un superbe, se sentant animé par un courage hors du commun. La rapière tomba en cliquetant.

— *Haaaaaaa !* hurla-t-il.

Cela lui rappela le jour où il s'était battu avec Penny, lorsque toute terreur l'avait déserté. C'était donc ça, la rage guerrière ? Allait-il devenir un berserker comme Fen ? Ça faisait un bien fou de ne plus avoir peur.

Personne d'autre n'avait remarqué ce qui se passait jusqu'à ce qu'il pousse son cri. Mais voilà que la scène tournait au cauchemar. Quatre autres Elfes noirs franchirent la porte, armés de tout un arsenal, suivis de deux hommes aux pattes de bouc et de deux terrifiantes abeilles de la taille d'un ballon de basket. Plus une créature adipeuse et acéphale, qui se déplaçait sur quatre pattes, et une sorte de spectre de brume blanche.

Les deux camps se placèrent face à face pour un échange de regards de défi. Quentin pensa aux premiers instants d'un match de ballon prisonnier. Son sang bouillonnait dans ses veines. Il brûlait d'envie de lancer de nouveaux Missiles magiques. Naguère pétrifié de couardise, fragile et vulnérable, il se sentait devenir méchant, surhumain, tout-puissant. Les deux mercenaires échangeaient des murmures et sélectionnaient leurs cibles.

Fen ramassa un caillou et le jeta sur l'un des faunes (des faunes maléfiques à présent, c'était nouveau), qui leva le bouclier de cuir sanglé à son bras pour l'éviter. Il avait l'air furax.

— Le problème, c'est le grimmelin, dit Fen à Dint.

— Ouais. Laisse-moi les souffrenets, j'ai ce qu'il faut pour leur régler leur compte.

Sortant sa baguette de sous sa cape, il décrivit des arabesques. Puis il souffla deux ou trois mots dans son extrémité, comme s'il s'agissait d'un micro, et la pointa sur l'un des faunes, tel un chef d'orchestre donnant à un musicien le signal de son solo. Le faune s'embrasa.

On aurait dit qu'il était fait de magnésium ou imbibé d'essence et n'attendait plus qu'on craque une allumette près de lui. Son corps tout entier était la proie des flammes. Il recula d'un pas et se tourna vers son congénère comme pour lui dire un mot. Puis il s'effondra et Quentin ne put en supporter davantage. Alors que l'enfer se déchaînait autour de lui, il tenta de se raccrocher à l'exaltation qui l'avait saisi quelques instants plus tôt, afin de l'attiser et de retrouver sa soif de sang, mais elle s'était dissipée au sein de la confusion.

Fen était aux anges. De toute évidence, elle avait passé toute sa vie à s'entraîner en vue d'un tel combat. Quentin ne l'avait pas remarqué jusqu'ici, mais elle saupoudrait de magie sa science de la guerre – l'*inc aga* était une discipline hybride, un mélange d'art martial et de thaumaturgie hautement spécialisée. Elle ne cessait de remuer les lèvres et chacun de ses coups de poing s'accompagnait d'une décharge d'étincelles. Pendant ce temps, Dint se consacrait au spectre de brume et, après qu'il eut prononcé quelques paroles inaudibles, un vent se leva, surgi de nulle part, pour disperser cette menace surnaturelle.

Quentin passa en revue ses vaillants camarades. Eliot s'était rendu utile en soumettant le second faune à un charme télékinétique qui avait eu pour effet de le coller au plafond. Anaïs brandissait son épée – un éclat lunaire en liserait le fil, signe qu'elle lui avait appliqué un charme d'affûtage – et cherchait du regard un ennemi à terrasser. Janet s'était plaquée contre le mur, les joues mouillées de larmes. Ses yeux étaient vides. Elle était ailleurs.

Il se passait trop de choses en même temps. Quentin sentit son estomac se nouer lorsqu'il vit qu'un elfe avait repéré Alice et s'avançait vers elle, armé d'un couteau à chaque main – c'étaient plutôt des dagues, non ? À en juger par la tête que faisait Alice, tous les charmes qu'elle avait jamais appris lui étaient sortis de la tête. Elle se détourna, tomba à genoux et croisa les doigts sur sa nuque. Dans toute l'histoire de la guerre, on n'avait jamais vu image plus réaliste d'une victime sans défense.

À peine eut-il le temps de sentir toute la tendresse qu'il éprouvait pour elle lui serrer brutalement la gorge – et de s'étonner de la découvrir encore présente en lui, tout humide sous la coque brûlante de sa colère – que le chemisier d'Alice se déchirait sur toute sa longueur et qu'un petit bipède à la peau tannée s'extrayait de son épiderme. On aurait dit un tour de passe-passe, la strip-teaseuse surgissant d'un gâteau géant. Alice avait libéré son cacodémon.

Celui-ci était sans contexte le plus heureux de tous les participants. Cette gamme de réjouissances, il était fait pour ça. Il se planta face à l'elfe puis bondit sur ses pieds tel un champion de tennis se préparant à renvoyer un service pour remporter une balle de match. Son adversaire ne s'attendait visiblement pas à une telle vivacité de sa part. En une fraction de seconde, il avait esquivé les deux dagues, saisi les bras de l'elfe dans une poigne de fer et refermé sur sa gorge des crocs acérés. Poussant un hoquet étouffé, l'elfe poignarda en vain sa peau tannée. Pour la centième fois peut-être, Quentin se rappela de ne jamais sous-estimer Alice.

Et la bataille fut achevée en un clin d'œil. Plus aucun ennemi en vue. Les elfes et les abeilles ? Terrassés. Du satyre brûlé vif montait une fumée âcre. Le tableau de chasse le plus impressionnant était celui de Fen ; elle se concentrait déjà sur son rituel d'après combat, effectuant à l'envers les passes et les coups qu'elle avait exécutés et s'en récitant la nomenclature dans un murmure. Penny soumettait à un charme d'endormissement le satyre qu'Eliot avait collé au plafond, sous les yeux d'une Anaïs impatiente de lui administrer le *coup de grâce**. Quentin remarqua non sans agacement qu'il n'avait pas de bouclier, ce qui signifiait que le beau bouclier de cuir avait été réduit en cendres en même temps que son congénère et qu'il ne pourrait donc pas se l'approprier. Tout ce qu'il allait retirer de l'escarmouche, ce serait une moustache de sang sous le nez.

Ce n'était pas trop grave, se dit-il. Comme cauchemar, il avait connu pire. Il s'autorisa un soupir de soulagement. Est-ce qu'ils en avaient fini avec cette histoire ? Est-ce qu'ils auraient droit à leur trophée ?

Janet avait fini par s'arracher à sa paralysie et s'affairait à une tâche énigmatique. Contrairement à tous ses alliés, le quadrupède acéphale n'était ni humain ni proche de l'humain. La symétrie de sa configuration évoquait celle d'une étoile de mer, sans qu'on puisse lui assigner un avers ni un envers. Tapi dans un coin, il faisait de temps à autre un petit bond dans une direction choisie au hasard. Un gros joyau à facettes était enchâssé dans sa chair. Une décoration ? Son œil ? Son cerveau ?

— Hé ! fit Fen en claquant des doigts pour s'adresser à Janet. Hé ! (De toute évidence, elle avait oublié son prénom.) Laisse-le. Nous allons nous occuper de ce grimmelin.

Janet fit la sourde oreille. Elle continua d'avancer à pas comptés vers la créature. Quentin aurait préféré qu'elle obéisse. Sur le plan émotionnel, elle n'était pas en état de faire de la magie.

— Janet ! s'écria-t-il.

— Merde, lâcha Dint.

Sa voix trahissait la résignation plutôt que l'agacement – encore du boulot pour lui. Il sortit sa baguette une nouvelle fois.

Mais avant qu'il ait pu l'agiter, Janet glissa une main derrière son dos et attrapa un petit objet qui semblait très lourd. Le saisissant des deux mains, elle visa soigneusement et tira cinq balles à bout portant. Le pistolet tressautait à chaque coup de feu, ce qui l'obligeait à viser soigneusement avant de tirer le suivant. Dans cet espace confiné, le bruit était assourdissant. L'une de ses balles frappa le joyau enchâssé dans la créature, y faisant naître une gerbe d'étincelles. Elle s'effondra en tressaillant, comme une baudruche crevée, sans afficher aucune expression. On entendit monter d'elle un léger sifflement. La cinquième et dernière balle ne toucha qu'un cadavre.

Pas un bruit, pas un mouvement. Janet se retourna. Les larmes qu'elle avait versées naguère étaient déjà sèches.

Elle leur jeta un regard noir.

— Qu'est-ce que vous avez à me reluquer comme ça ?

Plus ils progressaient, plus il faisait froid. Arrivé au sixième sous-sol, Quentin frissonnait sous son sweat-shirt et songeait avec nostalgie aux parkas si douillettes qu'ils avaient abandonnées au bord du ruisseau ensoleillé. Ils firent une pause dans une salle circulaire au sol décoré d'une splendide spirale en lapis-lazuli. Une faible lueur verte émanait d'une source indéterminée, évoquant l'éclairage d'un aquarium. Dint s'assit dans la position du lotus, s'enveloppa de sa cape et médita. Une quinzaine de centimètres le séparaient du sol. Fen fit une série d'exercices de gymnastique. De toute évidence, ils n'avaient pas besoin de ce répit; ils étaient dans la même situation que des guides de montagne chevronnés encadrant un groupe de riches touristes essoufflés sur les flancs de l'Everest. Les anciens de Brakebills n'étaient à leurs yeux qu'un colis à livrer.

Alice s'assit à l'écart sur un banc de pierre, adossée à une colonne, et fixa une mosaïque murale représentant un monstre marin, comme une pieuvre en plus grand et avec pas mal de tentacules en surnombre. Quentin s'assit à califourchon sur le même banc. Alice le regarda en face pendant un long moment. Dans ses yeux, on ne lisait ni pardon ni contrition. Il s'efforça d'adopter une expression comparable.

Ils détaillèrent la mosaïque. Les petites tesselles composant le monstre marin se déplaçaient lentement sur le mur, modifiant sans cesse leur disposition. Les vagues bleues grossièrement tracées ondoyaient doucement. Magie décorative élémentaire. À Brakebills, il existait une salle de bains agencée de la même manière. Alice lui apparaissait comme un trou noir près de l'engloutir, dont la gravité toxique allait lui arracher les chairs.

Elle attrapa sa gourde et imbiba d'eau une chaussette propre.

— Occupons-nous de ton nez, dit-elle.

Elle fit mine de lui éponger le visage, mais il s'aperçut qu'il n'avait pas vraiment envie qu'elle le touche. Il s'empara de la chaussette. Le tissu vira au rose quand il le pressa sur sa lèvre.

— Quel effet ça t'a fait quand tu as libéré le démon? demanda-t-il.

À présent que l'excitation du combat s'était estompée et qu'Alice ne courait plus de danger, il sentait à nouveau monter sa colère. L'anesthésique cessait d'agir. Il dut faire un effort pour ne pas lui sortir une vacherie. Levant la jambe pour poser son pied sur le banc, elle entreprit de délacer sa chaussure.

— Ça m'a fait un bien fou, répondit-elle. Je croyais que j'allais morfler, mais c'était plutôt un soulagement. Comme quand on arrive enfin à éternuer. J'avais toujours peine à respirer avec cette chose en moi-même.

— Intéressant. Ça t'a fait autant de bien que quand t'as baisé Penny ?

Pourtant, il avait eu l'intention de se montrer poli, mais c'était trop dur. Ces mots méchants étaient sortis de sa bouche de leur propre volonté. Il se demanda ce qu'il allait dire ensuite. J'ai toutes sortes de démons en moi, se dit-il. Pas seulement celui de Fogg.

S'il avait blessé Alice, elle ne le laissa pas paraître. Lentement, elle ôta sa chaussette. Une méchante ampoule recouvrait tout son talon. Ils reprirent leur observation de la mosaïque. Une embarcation venait d'y apparaître, un canot de sauvetage peut-être, ou alors une baleinière. De minuscules passagers se pressaient à son bord. L'affaire semblait entendue : le calmar géant allait broyer le frêle esquif dans sa myriade de tentacules verts.

— C'était… Ce n'était pas si terrible que ça.

— Pourquoi tu l'as fait, alors ?

Alice inclina la tête d'un air pensif, mais son visage était blême.

— Pour te rendre la pareille. Parce que je me sentais mal dans ma peau. Parce que je croyais que tu t'en foutais. Parce que j'avais bu et qu'il a pas mal insisté…

— Donc il t'a violée.

— Non, Quentin, il ne m'a…

— Peu importe. Tais-toi.

— Je n'avais pas idée à quel point ça te ferait mal…

— Tais-toi, j'ai dit. Je ne veux plus te parler, je ne veux plus t'entendre !

Il avait commencé son petit speech sur un ton posé pour le finir sur un hurlement. Dans un certain sens, ce genre d'incantation tenait un peu de la magie. Prononcez les mots qu'il faut et ils altéreront l'univers. L'usage de la parole suffit à causer des dégâts, à infliger des souffrances, à faire couler des larmes, à chasser les gens, à se condamner au malheur, à se pourrir la vie. Quentin se pencha devant lui jusqu'à ce que son front repose sur le marbre frais du banc. Ses yeux étaient clos. Il se demanda quelle heure il était. Sa tête tournait un peu. Il aurait pu s'endormir sur place, se dit-il. Comme ça – *pouf!* Il aurait voulu dire à Alice qu'il ne l'aimait pas, mais il n'y arrivait pas, pour la bonne raison que c'était faux. Ce mensonge était le seul qu'il soit incapable de proférer.

— J'aimerais que tout ça soit fini, reprit Alice à voix basse.

— Quoi donc ?

— Cette mission, cette aventure, appelle ça comme tu voudras. Je veux rentrer chez moi.

— Pas moi.

— C'est grave, Quentin. Quelqu'un va en souffrir.

— J'espère bien ! Si je meurs au cours de cette quête, au moins aurai-je accompli quelque chose. Tu serais bien inspirée d'en faire autant plutôt que de rester dans ton coin à minauder.

La réponse d'Alice était inaudible.

— Hein ?

— J'ai dit : ne me parle pas de la mort. Tu ne sais rien de la mort.

Sans raison bien définie, et à l'encontre de sa volonté, une gaine de muscles qui enserrait le torse de Quentin se détendit d'un rien. Une éructation à mi-chemin du rire et de la toux s'échappa de sa bouche.

Il s'adossa à sa colonne.

— Bon Dieu, je suis en train de perdre l'esprit.

À l'autre bout de la salle, Anaïs s'était assise près de Dint pour discuter avec lui, et tous deux examinaient une carte retraçant leur itinéraire, qu'il avait dessinée sur un support ressemblant étrangement à du papier millimétré. Anaïs semblait désormais plus proche des mercenaires que des anciens de Brakebills. Quentin la vit se pencher sur la carte en s'arrangeant pour frôler l'épaule de Dint avec son sein. Josh brillait par son absence. Penny et Eliot dormaient à même le sol, avec leur sac à dos en guise d'oreiller. Eliot avait sermonné Janet à propos de son flingue, lui arrachant la promesse d'en user de façon responsable.

— Est-ce que tu as encore envie de tout ça, Quentin ? demanda Alice. Je veux dire, de ce qu'on est venus faire ici ? Cette histoire de rois et de reines ?

— Bien sûr que oui.

Il avait failli oublier la raison même de leur présence. Mais il disait vrai. Un trône, c'était exactement ce qu'il lui fallait en ce moment. Une fois qu'ils seraient retranchés dans le château Blancheflèche, tout auréolés de gloire et vivant dans un confort absolu, alors peut-être trouverait-il le courage d'affronter la réalité.

— Il faudrait être idiot pour refuser tout ça, ajouta-t-il.

— Tu sais le plus drôle dans l'histoire ? (Elle se redressa vivement.) Le plus hilarant, je veux dire ? Tu ne veux pas de cela. Tu n'en as jamais voulu. Même si la quête était un incontestable succès, ça ne te rendrait pas plus heureux. Tu as laissé tomber Brooklyn, tu as laissé tomber Brakebills et, le moment venu, tu laisseras tomber Fillory. Ça te simplifie l'existence, pas vrai ? Oh ! j'allais oublier : nous aussi, tu aurais fini par nous laisser tomber. On avait des problèmes, mais on aurait fini par les résoudre. Sauf que ç'aurait été trop facile. Peut-être même que ça aurait marché, et alors, que serais-tu devenu ? Tu aurais été coincé avec moi pour toujours.

— Des problèmes ? On avait des problèmes ? (Voyant que les autres se tournaient vers lui, il baissa la voix jusqu'à murmurer.) Tu as couché avec Penny ! Un sacré problème, oui !

Alice ne releva pas. S'il n'avait pas été aussi avisé, il aurait pu croire que le ton de sa voix traduisait la tendresse.

— Je vais arrêter de minauder, Quentin. Je vais prendre des risques. À condition que tu acceptes d'examiner ta vie, ne seraitce qu'une seconde, et de reconnaître à quel point elle est parfaite. Arrête de chercher la porte secrète qui te conduira à ta vraie vie. Arrête d'attendre. La vraie vie, c'est celle-ci : il n'y en a pas d'autre. Elle est ici et maintenant, et tu ferais bien de l'accepter et de l'aimer, car sinon, où que tu ailles, tu seras misérable pendant le restant de tes jours.

— Être heureux, ça ne se décide pas comme ça.

— Non, bien sûr. Mais on peut parfaitement choisir d'être malheureux. C'est ce que tu veux ? Veux-tu être le trouduc qui est allé à Fillory et n'a pas cessé d'y traîner sa misère ? Se sentir misérable à Fillory ? Regarde-toi, c'est exactement ce que tu es en train de faire.

Il y avait du vrai dans ce qu'elle disait. Mais il n'arrivait pas à l'appréhender. C'était trop complexe, ou alors trop simple. Trop quelque chose. Il repensa à la première semaine qu'il avait passée à Brakebills, quand Eliot et lui étaient partis faire du canotage et qu'ils avaient vu les autres rameurs frissonner alors qu'il faisait un temps splendide – du moins pour les deux élèves sorciers. C'était le même tableau qu'il offrait à Alice. Bizarre : il aurait cru que rien au monde n'était plus difficile que la magie, mais voilà que tout le reste lui apparaissait comme encore plus dur. La magie, c'était un jeu d'enfant.

— Pourquoi es-tu venue, Alice ? dit-il. Si tu ne veux même pas de tout cela ?

Elle le regarda dans les yeux.

— À ton avis, Quentin ? Je suis venue à cause de toi. Je suis venue parce que je voulais veiller sur toi.

Quentin jeta un coup d'œil vers les autres. Janet était assise adossée à un mur, les yeux clos, mais il ne pensait pas qu'elle dormait. Le pistolet reposait sur son giron. Elle était vêtue d'un tee-shirt rouge orné d'une étoile blanche et d'un pantalon kaki. Elle devait avoir froid, songea-t-il. Tandis qu'il l'observait, elle poussa un soupir et se passa la langue sur les lèvres sans même ouvrir les yeux, comme une petite fille.

Il ne voulait pas avoir froid. Alice continuait de le fixer des yeux. Derrière elle, la mosaïque était un tourbillon de tentacules verts, d'écume blanche et de bois flotté. Il se laissa glisser sur le banc jusqu'à elle, l'embrassa et lui mordit la lèvre inférieure jusqu'à lui arracher un hoquet.

Au bout d'un certain temps, il leur devint impossible d'ignorer qu'ils étaient perdus. Le couloir qu'ils suivaient était sinueux et comportait de multiples bifurcations. Ils se trouvaient dans un dédale et n'étaient pas près d'en sortir. Dint actualisait sa carte avec un soin obsessionnel, et elle occupait désormais une demi-douzaine de feuilles de papier millimétré, qu'il annotait furieusement à chaque nouveau tournant. Les anciens de Brakebills connaissaient un charme grâce auquel leurs empreintes de pas se mettraient à luire, mais Dint jugea que cela mènerait les prédateurs jusqu'à eux. Les murs étaient ornés de bas-reliefs représentant une procession, des milliers de personnages grossièrement esquissés brandissant chacun son propre totem : une feuille de palmier, une torche, une clé, une épée, une grenade.

Il faisait encore plus sombre ici. Ils formulaient des charmes d'éclairage à la moindre occasion, mais l'éclat qui en résultait restait faible. Désormais, ils avançaient au pas de course ou quasiment. On aurait dit des pique-niqueurs fuyant des menaces d'orage. Le couloir ne cessait de bifurquer et, de temps à autre, ils tombaient sur un cul-de-sac qui les obligeait à rebrousser chemin. Les chaussures neuves de Quentin le faisaient de plus en plus souffrir ; à chaque pas, c'était comme si une écharde se plantait dans sa cheville gauche.

Il se retourna brièvement. Une lueur rouge montait dans le lointain – quelque chose les suivait en s'éclairant par ce moyen. Il s'aperçut qu'il n'avait aucune envie d'aller y voir de plus près.

Dix minutes plus tard, ils se retrouvèrent coincés devant une nouvelle bifurcation. Dint était partisan de prendre la voie de droite, mais Josh, dont les arguments ne reposaient sur rien de tangible, affirmait que celle de gauche semblait « *beaucoup* plus prometteuse » et « davantage en phase avec nos souhaits ». Les murs étaient décorés de trompe-l'œil criants de vérité représentant des paysages peuplés de minuscules danseurs. On entendait au loin des bruits de portes qui claquent.

Derrière eux montait une lumière. Tous la voyaient à présent. Comme un lever de soleil souterrain. Oubliant toute notion de discipline, ils se mirent à courir. Il faisait trop sombre pour que Quentin s'assure que personne ne traînait à l'arrière. Il se concentra sur Alice. Elle haletait. Son chemisier déchiré par le surgissement du démon laissait apparaître l'armature de son soutien-gorge noir, étrangement intacte. Il regretta de n'avoir aucune veste à lui donner.

Il réussit à rattraper Dint.

— On devrait ralentir, dit-il. Sinon, on risque de perdre quelqu'un.

Dint fit non de la tête.

— Ils sont à nos trousses. Si nous nous arrêtons, ils nous massacreront.

— Enfin, merde ! Vous n'aviez pas de plan ?

— Le plan, c'est *ça*, enfant de la Terre, rétorqua Dint en grondant. Si ça ne te plaît pas, tu n'as qu'à rentrer chez toi. Nous avons besoin de rois et de reines pour Fillory. Cela ne vaut-il pas la peine de mourir ?

Oh ! que non, répondit mentalement Quentin. Pauvre con ! La naïade nympho avait raison. *Cette guerre n'est pas la vôtre.*

Ils enfoncèrent une porte qui devait être secrète, car une tenture la dissimulait de l'autre côté. En l'écartant, ils découvrirent une salle de banquet dont la table croulait sous des mets encore fumants. Ils étaient tout seuls ; c'était comme si les domestiques s'étaient carapatés juste après avoir servi les plats. À droite comme à gauche, la table s'étendait à l'infini. Les tentures étaient riches et alambiquées, l'argenterie étincelante, les verres en cristal remplis d'un vin tantôt rouge sang, tantôt jaune d'or.

Ils se figèrent et scrutèrent les lieux dans toutes les directions. On aurait dit le rêve d'un homme mourant d'inanition.

— Ne mangez rien ! ordonna Dint. Ne buvez rien ! Ne touchez à rien !

— Il y a trop d'entrées dans cette salle, dit Anaïs en dardant un peu partout ses jolis yeux verts. Ils peuvent nous attaquer de partout.

Elle avait raison. Une porte s'ouvrit un peu plus loin, et entrèrent deux colosses d'allure simiesque, dont Quentin n'aurait su dire à quelle espèce ils appartenaient exactement. Dans leurs yeux se lisait une profonde lassitude. Agissant avec un parfait synchronisme, ils plongèrent une main dans la sacoche passée sur leur épaule et en sortirent deux sphères de plomb de la taille d'une balle de golf. Puis, comme deux champions de base-ball, ils levèrent leurs bras démesurés et lancèrent les projectiles sur les aventuriers.

Agrippant Alice par la main, Quentin l'attira derrière une lourde tenture qui amortit l'impact de la première boule. La seconde décapita une chandelle sur la table et pulvérisa quatre verres de vin. En d'autres circonstances, ce coup-là aurait été sacrément cool. Eliot porta une main à son front pour en retirer un éclat de verre. Ses doigts virèrent au rouge.

— Quelqu'un aurait-il l'obligeance de tuer ces bestioles ? lança Janet d'une voix dégoûtée.

Elle s'était planquée sous la table.

— N'importe quoi ! commenta Josh, les dents serrées. Ces monstres n'ont rien à voir avec la mythologie. Ce qu'il nous faut, c'est des licornes ou quelque chose comme ça.

— Janet ! cria Eliot. Déchaîne ton démon !

— Je ne peux pas ! répondit-elle. Je l'ai libéré après la remise des diplômes ! Il me faisait trop de peine.

Blotti derrière le tissu rêche de la tenture, Quentin vit une paire de jambes se déplacer d'un pas assuré. Pendant que tout le monde restait planqué, Penny allait à la rencontre des deux singes tandis qu'ils se préparaient à lancer une nouvelle boule, la face toujours aussi inexpressive. Il effectuait des passes rapides avec les mains et chantait une incantation d'une voix de ténor. Calme et sérieux à la lueur des chandelles, vêtu d'un tee-shirt et d'un jean, il ne ressemblait plus à l'aspirant sorcier de naguère. C'était désormais un mage endurci par le combat. Était-ce ainsi que l'avait vu Alice quand elle avait couché avec lui ? se demanda Quentin.

D'une main, Penny arrêta la première boule, puis la seconde. Elles flottèrent un instant, évoquant des colibris suspendus en plein vol, puis la pesanteur reprit ses droits et elles churent sur le sol. De l'autre main, Penny lança une graine incandescente qui s'enfla comme un parachute en train de se déployer. Les tentures s'embrasèrent quand cette boule de feu les frôla. Elle engloutit les deux singes et, quand elle se dissipa, il n'en restait plus rien. Le feu dévorait la table sur une longueur de trois mètres.

— Ouais ! s'exclama Penny, oubliant un instant le parler de Fillory. Ça c'est un retour de flamme !

— Amateur, marmonna Dint.

— Si jamais ces bestioles m'ont décoiffé, railla faiblement Eliot, je les ressuscite pour les tuer une nouvelle fois.

Ils battirent en retraite le long de la table, serrant de près une enfilade de fauteuils au dossier haut et droit. La salle était trop étroite – vu la place que prenait la table, il leur était impossible de se mettre en formation de combat. On se serait cru dans un épisode de *Scooby Doo*. Quentin prit son élan et sauta par-dessus la table, faisant valser au passage quelques verres et assiettes, pareil à un héros de film d'action bondissant sur le capot chamarré de sa voiture de sport.

De toute part affluait une ménagerie digne d'*Alice au pays des merveilles*. La vraisemblance taxinomique passait à la trappe en même temps que la discipline militaire. Espèces et fragments anatomiques se mélangeaient au petit bonheur. Le départ des Chatwin avait-il causé un tel chaos que l'humain et l'animal en étaient venus à se confondre ? Il y avait là des furets et des lapins, des souris géantes et des singes bondissants, et même un martin-pêcheur à l'air méchant, mais aussi des hommes et des femmes à tête d'animal : un renard humanoïde à l'air chafouin qui semblait sur le point de jeter un sort; une femme pourvue d'une tête de caméléon aux yeux indépendants l'un de l'autre; un piquier à l'allure distinguée sur les épaules duquel étaient fichés le cou sinueux et la tête minuscule d'un flamant rose.

Fen s'empara d'un couteau à viande, en pinça la lame entre le pouce et l'index et le lança d'un geste sûr, le plantant dans l'œil de l'homme-renard.

— Remuez-vous ! aboya-t-elle. Tout le monde. Reculez. Il ne faut pas qu'ils nous débordent. Nous devons être près du but.

Ils progressèrent à reculons le long de la table. La théorie, c'était de maintenir une ligne de front cohérente avec l'ennemi, mais en pratique, ce n'était pas une mince affaire. Tantôt l'un des leurs se retrouvait coincé – les fauteuils leur bloquaient le passage –, tantôt plusieurs assaillants se regroupaient pour charger, et, pire encore, de temps à autre il en surgissait un par une porte secrète. Quentin et Alice réussirent à se tenir par la main pendant dix secondes, puis ils durent y renoncer. Rien à voir avec les affrontements précédents. Celui-ci dégénérait en un lâcher de taureaux à la mode espagnole. Et cette salle qui n'en finissait pas ; peut-être s'étendait-elle sur une longueur illimitée. Les chandelles, les miroirs et les mets délicats conféraient à la scène une dimension festive des plus incongrue. Même s'ils avaient décidé de fuir grâce au bouton, ils auraient eu du mal à former le cercle pour partir tous ensemble.

Quentin brandissait son poignard, mais il se demandait s'il aurait le cran de s'en servir. Cela lui rappelait les cours de gym, quand il s'efforçait de s'intégrer à l'équipe tout en espérant qu'on ne lui passerait pas le ballon. Un gigantesque chat surgit de derrière une tenture ; Fen l'attaqua de front, sauvant sans nul doute la vie de Quentin, et tous deux s'empoignèrent sauvagement en roulant par terre, jusqu'à ce qu'elle le neutralise d'un coup de boule à la sauce *inc aga*. Quentin lui tendit la main pour l'aider à se relever et ils reprirent leur course.

Dint se donnait en spectacle. Il avait bondi sur la table et marchait sur l'ennemi, proférant un staccato de syllabes à une vitesse stupéfiante, sa baguette calée derrière l'oreille. Ses longs cheveux noirs crépitaient d'énergie et des éclairs jaillissaient de ses doigts longilignes ; comme le remarqua Quentin, il jetait deux charmes en même temps : une main se concentrait sur l'offensive principale, l'autre concoctait des sorts secondaires. À un moment donné, ses bras prirent des proportions colossales, il referma les mains sur un fauteuil et, en trois allers-retours, élimina une demi-douzaine d'adversaires – gauche ! droite ! gauche !

Penny réussit à persuader une partie de la table de se cabrer comme une scolopendre furibonde et de se ruer à l'attaque des Filloriens, qui la réduisirent en pièces. Quentin lui-même parvint à lancer deux ou trois Missiles magiques sur les forces ennemies. La tunique de Fen était trempée de sueur. Elle ferma les yeux et joignit les mains, murmura quelques mots et se retrouva pourvue de doigts incandescents. Lorsqu'un homme-léopard armé d'un cimeterre – soit un hybride, soit un simple mortel vêtu d'une peau de bête – se jeta sur elle, elle lui enfonça le bras jusqu'à l'épaule dans sa cage thoracique.

Mais l'ennemi leur mettait la pression. La situation ne faisait qu'empirer et ils devaient se trouver une issue de secours. La salle s'emplissait de cadavres et de fumée. Le souffle de Quentin se faisait sibilant et une antienne psychotique résonnait dans son crâne.

Quelque part en chemin, il abandonna son couteau dans le ventre d'un Fillorien velu. Il ne vit même pas son visage – ce n'était qu'une bête, ce n'était pas une personne, non, surtout pas –, mais par la suite il se rappellerait précisément les sensations qu'il avait éprouvées : la lame d'acier qui bute sur la paroi abdominale puis la transperce enfin, pour s'enfoncer dans les viscères comme dans du beurre, se retrouvant coincée par les contractions musculaires de l'agonie. Il avait lâché le manche comme sous l'effet d'une décharge électrique.

Il vit Josh puis Eliot faire le gros dos afin de libérer leurs cacodémons. Celui d'Eliot était particulièrement impressionnant, avec sa peau rayée de jaune et noir comme pour signaler un danger mortel. Il se laissa glisser sur la table, freinant de ses griffes comme un félin, puis se jeta dans la mêlée avec une joie non dissimulée, déchiquetant ses adversaires à mesure qu'il leur sautait dessus.

— Nom de Dieu ! hurlait Janet. Qu'est-ce qu'on peut encore faire ? Dites-le-moi !

— Ça suffit avec ces conneries, répliqua Eliot d'une voix éraillée. Une porte ! Trouvez une porte de sortie et prenez-la !

Suivit un moment de silence prémonitoire, comme si certaines créatures pressentaient ce qui allait se produire. Puis le sol bascula et un géant sculpté dans du fer chauffé au rouge s'avança dans la salle en marchant en crabe.

Il défonça le mur en passant. Une brique percuta le crâne de Fen, qui s'effondra comme touchée par une balle. Des ondes de chaleur émanaient du géant, déformant l'air autour de lui, et tout ce qu'il touchait s'embrasait. Il se tenait le dos voûté, les mains posées par terre – il était bien trop grand pour se sentir à l'aise dans cet espace confiné. Ses yeux d'or fondu étaient dépourvus de pupilles. L'air s'emplit de poussière. Le géant posa un pied sur le corps de Fen, qui fut consumé par les flammes.

Tout le monde se mit à courir. Ceux qui tombaient étaient aussitôt piétinés. La chaleur émise par la peau rouge du géant était insoutenable. Quentin aurait fait n'importe quoi pour s'en éloigner. Les sorties les plus proches étaient déjà embouteillées ; il s'enfonça dans la salle. Impossible de localiser Alice, mais il persista à chercher un humain du regard et vit que Josh se tenait immobile sur le chemin du monstre.

Il semblait investi d'une puissance inattendue, ainsi que cela lui arrivait parfois de façon fortuite. Il venait d'invoquer un trou noir miniature, comme jadis sur le terrain de bourbasse. Ce jour-là, sa création avait failli engloutir un arbre; sous les yeux de Quentin, tout un pan de tenture s'arracha à sa tringle, produisant un bruit de fusillade, pour s'envoler vers lui et disparaître. La lumière vira lentement à l'ambre. Le géant rouge parut hésiter. Il s'accroupit devant l'apparition pour l'examiner d'un air fasciné. Son crâne était chauve, son visage inexpressif. Ses génitoires rouge vif, d'une taille démesurée, pendaient entre ses cuisses, évoquant le battant d'une cloche.

Puis Quentin se retrouva seul, courant dans un couloir frais et obscur. Le silence évoquait une télé dont on aurait coupé le son. Il courut comme un dératé, puis il ralentit peu à peu et finit par marcher. C'était fini. Il ne pouvait plus courir. Ses poumons étaient en feu. Il se pencha, les mains sur les genoux. Son dos le démangeait furieusement et, quand il porta la main sous son épaule droite, il trouva une flèche plantée dans ses chairs. Il tira dessus sans réfléchir et un filet de sang coula sur sa peau, sans trop lui faire de mal. La pointe s'était enfoncée de deux centimètres à peine. Il était presque content de souffrir un peu. Au moins pouvait-il se raccrocher à quelque chose. Il empoigna la flèche, se félicitant de tenir un objet solide dans ses mains. Le silence était stupéfiant.

Il était en sécurité. L'espace de quelques minutes, il s'autorisa le luxe de respirer l'air frais, de ne plus bouger, de rester seul dans la pénombre, de ne plus être en danger de mort. Mais la gravité de la situation s'imposait néanmoins à lui, et il dut se rendre à l'évidence. Pour ce qu'il en savait, il était le seul survivant. Il ignorait comment s'y prendre pour regagner la surface. Si ça se trouvait, il allait crever dans ce trou. Il sentit le poids de la terre et de la roche au-dessus de sa tête. Il était enterré vivant.

Et même s'il réussissait à sortir de là, il n'avait pas de bouton à sa disposition. Jamais il ne retournerait sur Terre.

Un bruit de pas dans les ténèbres. Quelqu'un s'approchait. Un charme d'éclairage rendait ses mains visibles. Poussant un soupir de lassitude, Quentin entama le charme des Missiles magiques mais, juste avant de le conclure, il s'aperçut que le nouveau venu n'était autre qu'Eliot. Il laissa retomber ses mains et s'assit par terre.

Tous deux restèrent muets quelques instants, adossés au mur côte à côte. La pierre froide apaisait la brûlure laissée par la pointe de flèche. Eliot était tout dépenaillé. Son visage était maculé de suie sur un côté. S'il l'avait su, il se serait mis en rage.

— Ça va ? demanda Quentin.

Eliot acquiesça.

— Fen est morte, dit-il.

Il inspira profondément et passa une main lumineuse dans ses cheveux bouclés.

— Je sais. J'ai vu.

— On n'aurait rien pu faire, je crois bien, reprit Eliot. On n'avait pas le niveau pour affronter le Gros Rouge, point.

Le silence retomba. C'était comme si les mots étaient emportés dans un néant où ils se vidaient de toute signification. Ils avaient perdu leurs connexions avec le monde ; ou alors c'était le monde qui s'était détaché des mots. Eliot passa à Quentin une flasque d'alcool fort, il en but une gorgée et la lui rendit, ce qui parut restaurer le contact entre son corps et son esprit.

Quentin ramena ses genoux contre son torse et les enserra de ses bras.

— J'ai été touché par une flèche, dit-il, se sentant un peu stupide. Dans le dos.

— On devrait y aller, dit Eliot.

— D'accord.

— Rebrousser chemin. Essayer de retrouver les autres. C'est Penny qui a le bouton.

Après tout ce qui s'était passé, Eliot arrivait encore à faire preuve de sens pratique. Décidément, il était bien plus fort que Quentin.

— Mais ce gros type luisant…

— Ouais.

— Peut-être qu'il est toujours là.

Eliot haussa les épaules.

— Il nous faut le bouton.

Quentin mourait de soif, mais il n'avait pas d'eau. Il ne se rappelait pas ce qu'il avait fait de son barda.

— Je vais te dire quelque chose de drôle, reprit Eliot au bout d'un temps. Je crois bien qu'Anaïs s'est tapé Dint.

— Hein ?

Quentin se surprit à sourire. Il sentit ses lèvres se craqueler.

— Comment en ont-ils trouvé le temps ?

— Ils ont profité d'une pause pipi. Après la deuxième bataille.

— Ouaouh. Pauvre Josh. Mais on doit applaudir leur esprit d'initiative.

— En effet. Mais coup moisi pour Josh.

— Ouais, coup moisi.

C'était de l'argot de Brakebills, dans le temps.

— Et je vais te dire autre chose de drôle, embraya Eliot. Je ne regrette pas d'être venu ici. Même à présent que tout est en train de foirer. Je suis enchanté d'être venu. Ça doit être la plus grosse connerie que je t'aie sortie, non ? Mais c'est la vérité. Si j'étais resté sur Terre, je crois bien que j'aurais fini noyé dans l'alcool.

C'était vrai. Pour Eliot, c'était la seule issue. D'une certaine façon, ça leur remontait un peu le moral.

— Tu peux toujours te noyer dans l'alcool ici.

— Vu la façon dont les choses ont tourné, je n'en aurai sans doute pas l'occasion.

Quentin se leva. Ses jambes étaient courbatues. Il fit une flexion. Ils repartirent dans la direction d'où ils étaient venus.

Quentin n'avait plus peur. La peur avait disparu, seule subsistait son inquiétude pour Alice. L'adrénaline avait déserté ses veines. Mais il était mort de soif, il avait mal aux pieds et il était couvert d'estafilades dont il ne se rappelait pas l'origine. Dans son dos, le sang avait séché et sa chemise lui collait à la peau. À chaque pas, le tissu lui tiraillait les chairs.

Il fut vite évident qu'il n'avait aucune raison de s'inquiéter, vu qu'ils étaient incapables de retrouver le chemin de la salle de banquet. Ils avaient dû se tromper de tournant, plusieurs fois sans doute. Ils firent halte pour tenter de jeter un charme d'orientation, mais Quentin avait la bouche pâteuse et ni l'un ni l'autre n'étaient capables de prononcer la formule exacte ; de toute façon, ils auraient eu besoin d'une coupelle d'huile d'olive pour faire fonctionner le truc.

Quentin ne trouvait rien à dire. Il attendit pendant qu'Eliot pissait contre le mur de pierre. Apparemment, ils étaient arrivés au bout de la route, mais ça ne les dispensait pas pour autant de marcher. Peut-être que ça fait encore partie de l'histoire, se dit-il, l'esprit engourdi. Le passage périlleux avant la conclusion où tout est bien qui finit bien. Il se demanda quelle heure il était à la surface. Il avait l'impression d'avoir veillé une nuit entière.

Sur les murs, le ciment était plus ancien, plus friable. Ils abordèrent une section de couloir creusée dans la roche. Sans doute approchaient-ils des limites de cet univers souterrain, errant parmi des planètes érodées et des étoiles à demi éteintes. Le couloir ne présentait plus de bifurcations. Mais il s'incurvait doucement sur la gauche et Quentin eut l'impression que sa courbure s'accentuait, comme s'il décrivait une spirale à la façon d'une coquille de nautile. Par conséquent, s'il y avait encore une once de logique en ce monde, il viendrait un moment où ce mouvement curviligne atteindrait sa limite, où le couloir finirait par déboucher quelque part. Les événements ne tardèrent pas à lui donner raison.

LE BÉLIER

Et, comme ça – *pouf!* –, ils étaient tous là.

Quentin et Eliot se tenaient sur le seuil d'une vaste salle circulaire éclairée par des torches à l'éclat aveuglant. Elle différait de celles qu'ils avaient déjà traversées, en ce sens qu'elle semblait parfaitement naturelle. Le sol en était sablonneux, le plafond chaotique et irrégulier, avec quantité de stalactites et autres excroissances auxquels il ne ferait pas bon se cogner. L'atmosphère était froide, humide et figée. Quentin entendit le gazouillis d'un courant invisible qui demeurait caché aux regards. Impossible de localiser ce bruit.

Tout le monde était là, hormis cette pauvre Fen. Josh et Alice arrivaient par une entrée toute proche. Janet apparaissait dans une autre, totalement paumée. Dint et Anaïs étaient dans la suivante, Penny dans celle d'après, en solo. Ils ressemblaient aux candidats d'un jeu télévisé, chacun cloué par son projecteur, prêt à tout donner pour la finale.

C'était un miracle. On aurait dit qu'ils étaient arrivés à la même seconde. Quentin inspira profondément. Le soulagement déferla sur lui en une vague bien chaude. Comme il était content de les voir, tous autant qu'ils étaient ! Y compris Dint, ce vieux briscard. Y compris Penny, et pas seulement parce qu'il avait toujours son sac à dos, avec le bouton à l'intérieur. L'épilogue de leurs aventures n'était pas encore écrit, après tout. Pas mal de péripéties avaient mal tourné, mais il était encore possible que l'histoire finisse bien – c'était une catastrophe, certes, mais pas une catastrophe intégrale. Dans cinq ans de cela, disons, une fois qu'ils se seraient remis de leur stress post-traumatique, ils s'amuseraient comme des fous en évoquant leurs souvenirs. Peut-être que le vrai Fillory ne différait guère de celui qu'il avait toujours désiré, après tout.

Des rois et des reines, songea Quentin. Des rois et des reines. *La gloire a un prix. L'ignorais-tu en entamant ta quête ?*

Un bloc de pierre se dressait au centre de la salle. Il s'y trouvait un grand mouton velu... Non, il avait des cornes, c'était donc un bélier. Ses yeux étaient clos, ses pattes laineuses repliées sous lui, son menton posé sur une couronne, un cercle d'or tout simple calé entre ses sabots. Quentin n'aurait su dire s'il dormait, s'il était mort ou s'il n'était qu'une statue.

Il avança d'un pas hésitant, se sentant dans la peau d'un marin mettant pied à terre après que son navire eut survécu à une tempête. Le sol sablonneux était d'une solidité rassurante.

— J'ignorais..., dit-il à Alice d'une voix éraillée. Je ne savais pas si tu étais encore en vie !

Josh crut que ces mots s'adressaient à lui. Son visage de clown était blafard. On aurait dit un fantôme qui venait de voir un spectre.

— Je sais, dit-il en toussotant dans sa main.

— Que s'est-il passé ? Tu as affronté ce monstre ?

Josh acquiesça en tremblant.

— En quelque sorte. J'ai senti monter un charme, alors je me suis laissé porter. Je crois que j'ai enfin partagé votre expérience. J'ai invoqué un trou noir, comme je l'avais déjà fait une fois. Le monstre l'a regardé, puis il a posé sur moi ses yeux d'or, et puis le trou noir l'a avalé. La tête la première. Il l'a bouffé. J'ai vu ses jambes rouges gigoter avant de disparaître dedans, et puis je me suis cassé... Mais vous avez vu sa bite ? Ce monstre était rudement bien monté !

Quentin et Alice s'étreignirent sans rien dire. Les autres s'avancèrent. On échangea des récits. De vraies retrouvailles. Tout le monde était sorti plus ou moins indemne de la salle de banquet. Anaïs s'était fait cramer une partie de ses boucles d'or durant sa fuite. Janet était la seule à ne pas avoir emprunté une porte latérale ; elle avait couru jusqu'au bout de la salle, car celle-ci avait bien un bout, mais il lui avait fallu une bonne heure pour y parvenir. (« Trois ans de cross-country », expliqua-t-elle avec fierté.) Elle avait même bu un verre de vin, sans autre conséquence qu'une légère griserie.

Ils secouèrent la tête à l'unisson. Quelles aventures ils avaient vécues ! Personne ne les croirait. Quentin était si épuisé qu'il avait tout juste la force de penser : On a réussi, on a vraiment réussi. Eliot fit tourner sa flasque et tout le monde but une gorgée d'alcool. Au début, ce n'était qu'un jeu, puis c'était devenu horriblement réel, et voilà que le jeu semblait reprendre ses droits, qu'ils vivaient enfin l'aventure dont ils avaient rêvé lors de ce terrible et merveilleux matin, à Manhattan. Le pied. Une quête. Au bout d'un temps, ils ne trouvèrent plus rien à dire et se contentèrent d'échanger des regards, un sourire niais plaqué sur la figure.

Une quinte de toux interrompit la cérémonie.

— Bienvenue.

C'était le bélier. Il avait ouvert les yeux.

— Bienvenue, enfants de la Terre. Et sois le bienvenu, toi aussi… (petit coup d'œil en direction de Dint) valeureux enfant de Fillory. Je suis Ambre.

Il se redressait. Comme tous les moutons, il avait d'étranges pupilles en forme de cacahouète. Son épaisse toison avait la couleur de l'or. Ses oreilles pointues étaient du plus haut comique, dressées sous les splendides cornes incurvées qui saillaient de son front.

Seul Penny savait comment réagir. Il laissa choir son sac à dos et s'avança vers le bélier. Il tomba à genoux sur le sable et baissa la tête.

— Nous cherchions une couronne, mais nous avons trouvé un roi, déclara-t-il non sans grandiloquence. Sire Ambre, j'ai l'honneur et le privilège de vous offrir mon allégeance.

— Merci, mon enfant.

Le bélier plissa les yeux, partagé entre la joie et la gravité. Dieu merci – c'était tout ce que Quentin trouvait à se dire. Littéralement : Dieu merci. C'était vraiment Lui. Aucune autre explication n'était possible. Ils n'avaient commis aucune action héroïque justifiant ce retournement de situation. C'était Ambre qui les avait conduits ici. Qui les avait sauvés. On approchait du générique de fin. Ils avaient gagné. Et maintenant, le couronnement.

Son regard alla de Penny au bélier. Il entendit des pieds faire crisser le sable. Quelqu'un d'autre s'agenouillait. Quentin ne se retourna pas pour voir qui c'était. Et il resta debout. Pour une raison indéterminée, il n'était pas prêt à se mettre à genoux, pas encore. Dans une minute, peut-être, mais le moment n'était pas encore venu. Cela dit, ç'aurait été sympa – il attendait ça depuis si longtemps ! Comme il ne savait pas quoi faire de ses mains, il les joignit et les plaqua contre son bas-ventre.

Ambre discourait, mais Quentin ne l'écoutait que distraitement. Ses paroles fleuraient un peu le cliché – dans les Chroniques, il sautait toujours les homélies d'Ambre et d'Ombre. Au fait, si ce bélier était bien Ambre, où était passé Ombre ? Normalement, ils étaient inséparables.

— … avec votre aide. Il est temps que Nous reprenions la responsabilité de cette contrée. Ensemble, nous quitterons ce lieu pour restaurer la gloire de Fillory, la gloire des temps anciens, des grands jours…

Ces mots rentraient par une oreille et ressortaient par l'autre. Alice lui ferait un résumé. Dans les bouquins, Ambre et Ombre avaient toujours quelque chose de sinistre, mais, vu de près, Ambre ne semblait guère impressionnant. Il avait l'air gentil. Chaleureux. On comprenait pourquoi les Filloriens toléraient sa puissance. Il évoquait un Père Noël de grand magasin, affable et patelin. On ne risquait pas de Le prendre au sérieux. Rien ne Le distinguait d'un bélier ordinaire, hormis sa taille et la beauté de sa toison, plus cette aura extraterrestre qui brillait par son absence chez le commun des moutons. C'était plutôt drôle, comme effet.

Quentin avait du mal à se concentrer sur le discours d'Ambre. La fatigue, le soulagement, la flasque d'Eliot, tout ça l'avait assommé. Il aurait été ravi de pouvoir applaudir ce speech. Et il aurait aimé savoir d'où venait ce bruit de goutte-à-goutte, car il était mort de soif.

La couronne était là, entre les sabots d'Ambre. Est-ce qu'il fallait la demander, ou bien allait-Il la leur donner quand Il y serait prêt ? C'était une question ridicule, une histoire d'étiquette ou de bonnes manières. Sans doute le bélier la donnerait-Il à Penny pour le récompenser de sa flagornerie, et ensuite ils deviendraient tous ses sujets. Peut-être qu'il avait tout compris. Quentin ne tenait pas tellement à voir Penny couronné Grand Roi de Fillory. Après toutes ses épreuves, allait-il accepter que Penny devienne le héros de leur petite aventure ?

— J'ai une question.

Une voix coupa le sifflet au vieux bélier. Quentin fut tout surpris de reconnaître la sienne.

Ambre marqua une pause. C'était un animal de belle taille, un mètre cinquante au garrot, facile. Ses lèvres étaient noires, Sa laine semblait aussi douce qu'un nuage. Quentin aurait voulu y enfouir son visage, pleurer à chaudes larmes et puis s'endormir. Penny tourna vers lui des yeux exorbités où se lisait une sévère mise en garde.

— Je ne voudrais pas avoir l'air trop curieux, mais si Vous êtes bien Ambre, comment se fait-il que Vous croupissiez dans cette oubliette alors que Vous devriez être à la surface en train d'aider votre peuple ?

Et voilà, c'était dit. Non qu'il eût souhaité en faire tout un plat. Tout ce qu'il voulait savoir, c'était pourquoi ils avaient dû trimer pour arriver ici. Avant de poursuivre, il tenait à en avoir le cœur net.

— Je veux dire… et pardon si je verse dans le mélodrame… Vous êtes un dieu et, là-haut, ça tourne à la déconfiture générale. Je veux dire, y a plein de gens qui se demandent où Vous étiez passé durant tout ce temps. C'est tout. Pourquoi Vous avez laissé votre peuple souffrir comme ça ?

Sa question aurait été plus pertinente s'il l'avait prononcée d'une voix ferme et soulignée d'un sourire narquois, mais, au lieu de cela, il versait plutôt dans le larmoyant. Sans parler de tous ces « je veux dire ». Mais plus question de reculer à présent. Ambre poussa une espèce de bêlement inarticulé. Les mouvements de ses lèvres n'avaient rien à voir avec ceux d'une bouche humaine. Quentin distinguait sa langue épaisse, rose et raide.

— Un peu de respect, s'il te plaît, souffla Penny, mais Ambre leva un sabot noir.

— Nous ne devrions pas avoir besoin de te rappeler, enfant humain, que Nous ne sommes pas ton serviteur. (Ambre avait renoncé à son affabilité.) Ce ne sont pas tes besoins que Nous servons mais les nôtres. Nous ne décidons pas de nos allées et venues en fonction de tes caprices. Certes, Nous avons passé sous terre une certaine période. Il Nous est difficile d'en évaluer la longueur, loin du soleil et de sa course, mais quelques mois à tout le moins. Le mal est entré dans Fillory, le mal doit être combattu, et chaque combat a son coût. Comme vous le voyez, Nous avons souffert d'une blessure à l'arrière-train.

Il tourna d'un demi-degré sa longue tête dorée. Quentin vit que l'une de ses pattes postérieures était invalide. Vu sa raideur, elle touchait à peine le piédestal. Jamais elle n'aurait supporté son poids.

— Eh bien, je ne comprends pas, intervint Janet. Quentin a raison. Vous êtes le dieu de ce monde. Ou l'un des dieux. Ça ne fait pas de Vous un être tout-puissant ?

— Il existe des Lois supérieures qui dépassent ton entendement, ma fille. Le pouvoir de créer l'ordre est une chose. Le pouvoir de le détruire en est une autre. Tous deux toujours sont en équilibre. Mais il est plus aisé de détruire que de créer, et il est des êtres dont la nature est d'aimer la destruction.

— Bon, d'accord, mais pourquoi iriez-Vous créer quelque chose qui a le pouvoir de Vous détruire ? Ou de détruire vos créatures ? Pourquoi Vous ne nous aidez pas ? Avez-Vous une idée des souffrances que nous endurons ?

Regard sévère.

— Je sais toutes choses, ma fille.

— Okay d'accord, eh bien, sachez ceci.

Janet se planta devant lui, les poings sur les hanches. Elle venait de trouver en elle une veine d'amertume qu'elle semblait décidée à exploiter à fond.

— Nous autres humains, nous sommes malheureux tout le temps. Nous nous haïssons, nous haïssons nos semblables, et, parfois, nous souhaiterions que Vous – ou tout autre Créateur – ne nous ayez jamais créés, pas plus que ce monde de merde et les autres aussi. Est-ce que Vous en avez conscience ? Alors, la prochaine fois, tâchez de moins saloper le boulot.

Un silence assourdissant suivit ses propos. Les torches crachotaient doucement. Des traînées de suie ornaient le mur jusqu'au sommet du dôme. Elle disait vrai, songea Quentin. Cela éveilla sa colère. Mais aussi son inquiétude, sans qu'il puisse expliquer pourquoi.

— Tu es outrée, ma fille.

Les yeux d'Ambre étaient pleins de tendresse.

— Je ne suis pas votre fille, répliqua-t-elle en croisant les bras. Et, ouais, je veux que je suis outrée.

Le grand et vieux bélier poussa un soupir. Une larme coula de son œil, bien vite absorbée par sa toison dorée. Malgré lui, Quentin pensa au noble Indien d'une vieille campagne pour la propreté dans les rues. Josh se pencha sur son épaule et lui murmura à l'oreille :

— *T'as vu, mec ? Elle a fait pleurer Ambre !*

— La marée du mal ne cesse de monter, reprit le bélier, aussi résolu qu'un politicien à faire passer son message. Mais à présent que vous êtes ici, elle va refluer.

Mais ça ne le faisait pas. Et Quentin comprit pourquoi. Cela lui vint en un éclair.

— Vous êtes ici contre votre volonté, déclara-t-il. Vous êtes prisonnier. C'est ça, hein ?

Ils n'en avaient pas encore fini.

— Il y a tant de choses que tu ne comprends pas, humain. Tu n'es encore qu'un enfant.

Quentin balaya cette réponse d'une main.

— C'est ça, hein ? C'est pour ça que Vous êtes ici ? Quelqu'un Vous a jeté dans ce trou et Vous ne pouvez pas en sortir. On ne nous a pas confié une quête mais une mission de sauvetage.

Près de lui, Alice venait de se plaquer les mains sur la bouche.

— Où est Ombre ? demanda-t-elle. Où est votre frère ?

Personne ne bougea. Le long museau et les lèvres noires du bélier étaient indéchiffrables.

— Hum, fit Eliot en se frottant le menton. C'est possible.

— Ombre est mort, n'est-ce pas ? dit Alice d'une voix atone. Cet endroit n'est pas une tombe, c'est une geôle.

— Ou un piège, ajouta Eliot.

— Écoutez-Moi, enfants humains, dit Ambre. Il est des Lois qui dépassent votre entendement. Nous…

— J'en ai marre qu'on me ressasse mon entendement, coupa Janet.

— Mais qui a pu faire ça ? poursuivit Eliot en fixant le sol pour se concentrer. Qui est assez puissant pour faire ça à Ambre ? Et dans quel but ? Je suppose que c'est l'œuvre de la Rouageuse, mais ça me paraît bizarre.

Quentin sentit un picotement dans son dos. Il fouilla du regard les coins sombres de l'oubliette où ils avaient échoué. Dans pas longtemps, celui qui avait estropié Ambre finirait par se pointer et ils devraient à nouveau livrer bataille. Il ignorait s'il en était capable. Penny était toujours à genoux, mais sa nuque vira à l'écarlate tandis qu'il continuait de fixer le bélier.

— Peut-être qu'il est temps de presser le bouton, suggéra Josh. De retourner au pays du Ni.

— J'ai une meilleure idée, dit Quentin.

Ils devaient reprendre le contrôle de la situation. Certes, il leur était encore loisible de renoncer, mais la couronne était là, sous leurs yeux. Ils étaient si près du but. Bientôt, ils pourraient rentrer chez eux ; pour gagner, il leur suffisait de donner un coup d'accélérateur afin d'arriver à la fin de l'histoire. Plus qu'une scène et c'était plié.

Et il savait comment y parvenir.

Penny avait laissé choir son sac à dos. Quentin se pencha pour fouiller dedans. Évidemment, Penny avait bourré son barda jusqu'à le rendre quasiment inexpugnable, mais en écartant les canettes de Power Bar, la pince multifonction Leatherman et les sous-vêtements de rechange, des slips blancs ultra-moulants enveloppés dans un bandana rouge, il finit par trouver ce qu'il cherchait.

La corne était plus petite que dans son souvenir.

— Vous vous rappelez ce qu'a dit la naïade ? demanda-t-il en brandissant l'objet. « Quand tout espoir sera perdu » ? Quelque chose comme ça ?

— Je ne dirais pas que *tout* espoir est perdu…, tempéra Josh.

— Fais-moi voir ça ! ordonna Dint.

Il s'était montré d'une discrétion exemplaire depuis le réveil d'Ambre. Anaïs était pendue à son bras.

Quentin fit la sourde oreille. Tout le monde se mit à parler en même temps. Penny et le bélier semblaient plongés dans une querelle d'amoureux.

— Intéressant, dit Eliot. (Il haussa les épaules.) Ça pourrait marcher. Je préfère tenter le coup plutôt que de regagner la Cité. Qui va rappliquer, à ton avis ?

— Enfant humain, dit le bélier en élevant la voix. Enfant humain !

— Fonce, Q, dit Janet. (Elle était d'une pâleur anormale.) Le moment est venu. Vas-y.

Alice se contenta d'acquiescer d'un air grave.

L'embout argenté avait une saveur métallique qui lui évoqua une pile ou une pièce de monnaie. Il inspira si profondément qu'une pointe de douleur lui tarauda le dos, là où la flèche l'avait blessé. Il ne savait trop que faire – gonfler les lèvres comme pour jouer de la trompette ou souffler tout simplement comme dans un mirliton ? –, mais la corne d'ivoire produisit un son clair, une note aiguë aussi douce, aussi ronde que celle d'une clarinette bichonnée par un musicien de talent. Tous se turent pour se tourner vers lui. Le son n'était pas très fort, mais il imposait le silence et, bientôt, on n'entendit plus que lui, et tous les murs résonnèrent de son intensité simple et pure. C'était une note naturelle et parfaite qui faisait résonner dans l'esprit des accords par milliers. Elle semblait ne devoir jamais finir. Quentin souffla à s'en vider les poumons.

Quelques derniers échos, et le son disparut comme s'il n'avait jamais existé. Silence et immobilité dans la grotte. L'espace d'un instant, Quentin se sentit ridicule, comme s'il venait d'actionner une corne de supporter. Qu'espérait-il invoquer, de toute façon ? Il n'en avait aucune idée.

On entendit un reniflement provenant du bélier.

— Ô enfant ! entonna-t-Il de sa voix de basse. Sais-tu ce que tu as fait ?

— Je nous ai sortis de ce merdier, voilà ce que j'ai fait.

Le bélier se redressa non sans peine.

— Comme Je regrette que vous soyez venus. Enfants de la Terre. Personne ne vous a demandé de venir. Comme Je regrette que notre monde ne soit pas le paradis que vous cherchiez. Mais il n'a pas été créé pour vous divertir. Fillory… (ses bajoues frémirent) n'est pas un parc à thème où vous avez le loisir de vous déguiser et de jouer avec des épées et des couronnes.

Il faisait un effort manifeste pour dominer une puissante émotion. Quentin mit quelque temps à l'identifier. C'était la peur. Le vieux bélier tremblait de trouille.

— Ce n'est pas pour cela que nous sommes ici, Ambre, dit-il à voix basse.

— Ah bon ? répondit le bélier de sa voix de basse. Non, bien sûr que non.

Il était difficile de croiser son regard, de fixer ses yeux inhumains dont l'iris évoquait l'or fondu et les pupilles noires le symbole de l'infini.

— Vous êtes ici pour nous sauver, reprit-il. Pour devenir nos rois et nos reines. Mais dis-moi une chose, Quentin. Comment pouvez-vous espérer nous sauver alors que vous êtes incapables de vous sauver vous-mêmes ?

Quentin n'eut pas à prendre la peine de répondre, car c'est alors que survint la catastrophe.

Un petit homme vêtu d'un impeccable costume gris apparut dans la caverne. Son visage était dissimulé par une branche feuillue qui pendait dans le vide. Il était parfaitement conforme au souvenir qu'en avait gardé Quentin. Le même costard, la même cravate. Le même visage invisible. Il tenait devant lui ses mains jointes, des mains roses et manucurées. C'était comme si Quentin n'était jamais sorti de l'amphi où cet être était apparu pour la première fois. Dans un certain sens, tel était bien le cas. La terreur qui descendait sur lui était si absolue, si omniprésente qu'elle en devenait paradoxalement apaisante : il ne faisait aucun doute qu'ils allaient tous mourir.

Le Fauve prit la parole.

— Je crois bien que c'était le signal de mon apparition.

Sa voix était affable, son accent celui d'un patricien anglais.

Ambre émit un rugissement colossal. La caverne trembla, une stalactite se brisa et se fracassa sur le sol. Le palais d'Ambre était marbré de rose et de noir. En cet instant, le bélier n'avait plus rien de ridicule. Des bosses de muscles saillaient sous sa toison moelleuse, comme des rochers sous la mousse, et ses cornes cannelées étaient puissantes et robustes – elles s'incurvaient en spirale jusqu'à ce que leurs pointes se dressent vers le ciel. Baissant la tête, il jaillit de son piédestal pour fondre sur l'homme au costume gris.

Le Fauve lui fila une taloche d'un geste empreint de dédain. Quasiment machinal. Ambre s'envola comme une fusée et s'écrasa contre la paroi dans un bruit répugnant. Sur le seul plan de la physique, l'enchaînement était impossible – on aurait cru le bélier léger comme une plume et le Fauve aussi dense qu'une étoile naine. Ambre s'effondra sur la pierre, inerte.

Et Il ne bougea plus. D'une pichenette, le Fauve chassa un brin de laine de la manche de son costume.

— C'est un truc bizarre chez les anciens dieux, déclara-t-il. On les croit difficiles à tuer du seul fait de leur ancienneté. Mais quand les coups commencent à pleuvoir, ils ne résistent pas mieux que les nouveaux. Ils ne sont pas plus forts, ils sont plus vieux, c'est tout.

Quentin entendit un bruit de pas dans le sable. Il jeta un coup d'œil derrière lui : Dint venait de s'éclipser en douce. Le Fauve ne fit rien pour le retenir. Ses camarades et lui ne s'en tireraient pas aussi facilement, songea-t-il.

— Oui, il fait partie de mes troupes, dit le Fauve. Farvel aussi, d'ailleurs, si vous tenez à le savoir. Le bouleau, vous vous rappelez ? Presque tous les arbres m'appartiennent. L'ère du bélier est révolue. Fillory est désormais mon domaine.

Ce n'était pas une vantardise mais le simple énoncé d'un fait. Salaud de Dint, se dit Quentin. Dire que j'ai fait semblant de lui envier sa cartouchière.

— Je savais que vous vous lanceriez à ma recherche. Ça n'a rien d'une surprise. Je vous attends depuis une éternité. Mais vous êtes vraiment aussi peu ? Ça ressemble à une mauvaise blague, vous savez. (Reniflement incrédule.) Vous n'avez aucune chance.

Il soupira.

— Je n'aurai plus besoin de ce truc, je pense. J'avais fini par m'y habituer.

D'un geste distrait, le Fauve saisit entre le pouce et l'index la branche qui pendait devant lui, comme si c'était une banale paire de lunettes, et la jeta de côté.

Quentin frémit – il ne voulait pas voir son vrai visage –, mais trop tard. Et il s'avéra qu'il n'avait aucune raison de s'inquiéter car c'était un visage bien ordinaire. Cela aurait pu être celui d'un agent d'assurances : rond, doux, un peu mou, enfantin.

— Alors ? Vous ne me reconnaissez pas ?

Le Fauve s'avança jusqu'au piédestal, y ramassa la couronne et la plaça sur ses tempes grisonnantes.

— Mon Dieu ! fit Quentin. Vous êtes Martin Chatwin.

— En chair et en os, répondit le Fauve d'un air réjoui. Et comme j'ai grandi !

— Je ne comprends pas, dit Alice en tremblant. Comment pouvez-vous être Martin Chatwin ?

— Mais vous le saviez, quand même ? Ce n'est pas pour ça que vous êtes ici ?

Il scruta leurs visages sans obtenir de réponse. Ils étaient tous figés – sous l'effet d'une peur bien naturelle et non de la magie. Il plissa le front.

— Enfin, ça n'a sans doute pas d'importance. Mais j'aurais cru que c'était votre but essentiel. C'est un peu insultant, au fond.

Il eut une moue de clown triste. Troublant spectacle que celui de ce quadragénaire aux manières de petit écolier anglais. C'était bien lui. Sauf qu'il n'avait pas grandi. Il émanait de sa personne une curieuse asexualité, comme s'il avait cessé de grandir du jour où il s'était enfui dans cette forêt.

— Que vous est-il arrivé ? demanda Quentin.

— Que m'est-il arrivé ? (Le Fauve ouvrit les bras d'un air triomphal.) Eh bien, mon désir a été exaucé. Je suis allé à Fillory et je n'en suis jamais revenu.

Tout devenait clair. Martin Chatwin ne s'était pas fait enlever par les monstres, il en était devenu un. Il avait trouvé ce que Quentin croyait désirer, un moyen de rester pour de bon à Fillory, d'abandonner pour toujours le monde réel. Mais le prix à payer était méchamment élevé.

— Je n'avais pas l'intention de retourner sur Terre après avoir vu Fillory. Enfin, on ne prive pas un homme du paradis après lui en avoir donné un aperçu. C'est pourtant ce que font les dieux. Mais moi, j'ai décidé d'en finir avec les dieux... Étonnant tout ce qu'on peut accomplir quand on y est vraiment décidé. Je me suis fait des amis intéressants dans la forêt Ténébreuse. Des types très serviables. (Il s'exprimait avec enthousiasme et animation, comme s'il portait un toast avant un dîner.) Bon, les trucs qu'il faut faire pour maîtriser ce genre de magie... il faut commencer par renoncer à son humanité, je l'admets. Quand on a fait ce que j'ai fait, on ne peut plus rester un homme. Quand on sait ce que je sais, pareil. Mais je ne peux pas dire que ça me manque.

— Des amis, répéta Quentin d'une voix sans timbre. Vous voulez parler de la Rouageuse.

— La Rouageuse ! (Martin était secoué par l'hilarité.) Oh là là ! Ça, c'est amusant. Il m'arrive parfois d'oublier ce qu'il y a dans ces bouquins. Ça fait *très* longtemps que je suis ici, vous savez. Je ne les ai pas relus depuis quelques siècles. Non, pas la Rouageuse. Grands dieux, à côté des types que je fréquente, elle ressemble... eh bien, à des minables de votre espèce. À des amateurs. Mais assez bavardé. Lequel d'entre vous a le bouton ?

Le bouton, bien entendu, se trouvait dans le sac à dos de Penny, aux pieds de Quentin. C'est moi qui ai fait ça, se dit-il, tout entier parcouru d'une douleur poignante. Et pas seulement une fois. Par deux fois j'ai invoqué le Fauve. J'apporte le malheur à tous ceux qui m'entourent.

— Bouton, bouton, qui c'est qu'a le bouton ?

Penny s'éloigna à reculons du monstre au costume gris et entama un charme – une nouvelle arme secrète, sans doute, Quentin ne parvint pas à le reconnaître. Mais Martin frappa avec une vitesse surnaturelle, telle une murène surgissant de son repaire. En un rien de temps, il avait refermé sa main sur les poignets de Penny, lequel se débattit comme un beau diable ; il se courba en deux pour décocher à Martin un coup de pied dans le ventre, puis releva les jambes, plaqua les pieds contre son torse et poussa de toutes ses forces. À peine si le Fauve parut remarquer ses efforts.

— Non, mon garçon, non, j'en ai peur, dit-il.

Il ouvrit la bouche en grand, bien trop grand, comme si sa mâchoire pouvait se déboîter comme celle d'un serpent, et engloutit les deux mains de Penny. Puis il les trancha d'un coup de dents.

La coupure était tout sauf nette. Martin Chatwin n'était pas pourvu de crocs mais de dents humaines peu coupantes, et il dut secouer sa tête de quadragénaire placide pour broyer les os de Penny et détacher ses mains de ses poignets. Puis le Fauve lâcha sa proie pour se concentrer sur sa mastication et Penny chut sur le sable. Des jets de sang artériel jaillirent de ses moignons ; il roula sur lui-même pour les recouvrir de son corps. Ses jambes se convulsèrent comme sous l'effet d'une électrocution. Il ne hurlait pas mais émettait des reniflements étouffés sur un rythme frénétique. Ses baskets raclaient la poussière.

Le Fauve déglutit une fois, deux fois, faisant tressauter sa pomme d'Adam. Il se fendit d'un sourire presque gêné et leva l'index tout en continuant de mâcher : accordez-moi un instant. Ses yeux se plissèrent de plaisir.

— Merde merde merde merde merde…

Cette litanie désespérée provenait d'Anaïs.

— Bien, fit Martin Chatwin une fois qu'il n'eut plus la bouche pleine. Le bouton, s'il vous plaît.

Ils le fixèrent, bouche bée.

— Pourquoi ? demanda Eliot d'une voix blanche. Qu'êtes-vous ?

Martin sortit son mouchoir pour essuyer la commissure de ses lèvres maculée du sang de Penny.

— Eh bien, je suis ce que cet animal était à vos yeux, dit-il en désignant le corps sans vie d'Ambre. Je suis un dieu.

Quentin était si contracté qu'il ne cessait de respirer par à-coups.

— Mais pourquoi voulez-vous ce bouton ? demanda-t-il.

Parler lui faisait du bien. Parler valait mieux que tuer.

— Pour régler les derniers détails, dit Martin. Ça me paraît pourtant évident. À ma connaissance, ces boutons sont la seule chose susceptible de m'obliger à retourner sur Terre. Je les ai presque tous récupérés. Celui-ci est l'avant-dernier. La Déesse sait où ces lapins parlants les avaient dégotés. Je n'ai toujours pas réussi à le déterminer... Saviez-vous qu'ils m'ont traqué comme un animal la première fois que je me suis enfui ? Mes propres frère et sœurs ? Ils voulaient me ramener à la maison. Comme un animal !

Sa façade d'urbanité se lézarda un instant.

— Par la suite, Ambre et Ombre se sont mis à ma recherche, eux aussi, mais il était déjà trop tard. Beaucoup trop tard. J'étais trop fort, même pour eux. Cette connasse de Rouageuse n'a pas renoncé à m'avoir, elle et ses putain d'arbres à horloge. Elle s'amuse à tripoter le temps. Les racines de ces arbres plongent dans la moitié du monde. Son tour viendra dès que j'en aurai fini avec vous : c'est elle qui détient le dernier bouton. Une fois que je m'en serai emparé, il n'existera plus aucun moyen de se débarrasser de moi.

Penny roula sur le flanc. Il tourna vers Quentin un visage étrangement extatique, quoique plus blafard que jamais, et maculé de sable. Il avait les yeux clos. Ses moignons étaient pressés tout contre son torse. Son tee-shirt avait viré à l'écarlate.

— C’est grave, Q ? murmura-t-il. Je ne veux pas regarder. Dis-moi. C’est vraiment grave ?

— Tu t’en sortiras, mec, marmonna Quentin.

Martin ne put réprimer un petit rire sans joie en entendant ces mots. Il reprit son speech.

— Je suis passé de l’autre côté à une ou deux reprises, dit-il. Notamment pour liquider ce vieux pédé de Plover. (Son front se plissa et il prit un air pensif.) Il le méritait. Et amplement. Je regrette de n’avoir pu le tuer qu’une seule fois. Et j’ai passé la tête chez vous le jour où le professeur March a merdé son charme. Juste pour jeter un coup d’œil. J’avais l’impression qu’on me préparait un sale coup à Brakebills – il m’arrive parfois d’avoir une intuition de l’avenir. Apparemment, je ne me trompais pas. Mais je n’ai sans doute pas dévoré le bon étudiant.

Martin claqua des mains et les frotta l’une contre l’autre avec impatience.

— Mais n’en parlons plus, conclut-il avec un sourire. Donnez-le-moi.

— Nous l’avons caché, lui dit Alice. Comme l’avait fait votre sœur Helen. Nous l’avons enterré. Si vous nous tuez, vous ne le retrouverez jamais.

— Oh ! bien essayé, ma fille. Veux-tu que je bouffe la tête de tes amis l’un après l’autre ? Je suis sûr que tu parleras avant que j’en aie fini avec eux.

— Minute ! Pourquoi tenez-vous tant à nous tuer ? intervint Quentin. Merde ! on vous donne le bouton et vous nous laissez partir.

— Oh ! j’aimerais bien que ce soit possible, Quentin. Sincèrement. Mais cet endroit change ceux qui y séjournent.

Poussant un soupir, Martin agita son doigt surnuméraire, et ses mains étaient pareilles à des araignées blêmes.

— C’est pour cela que les béliers ne voulaient pas que les humains y restent trop longtemps. Au demeurant, je suis presque allé trop loin. À présent, j’ai pris goût à la chair humaine. Ne t'en va pas, William, dit-il en tapotant le corps tremblant de sa victime de la pointe de son soulier. Les faunes n'ont pas la même saveur.

William, songea Quentin. Ça doit être son vrai prénom. Il ne le connaissait pas avant ce jour.

— Et puis, vous savez, je ne peux pas me permettre de vous laisser ourdir ma perte. Comme vous l'avez remarqué, j'ai privé de ses mains votre jeteur de charmes en chef. Pigé ?

— Pauvre crétin pathétique, dit Quentin d'une voix posée. Ça n'en valait même pas la peine, hein ? C'est ça le plus drôle. Tu es venu ici pour la même raison que nous. Es-tu heureux aujourd'hui ? Tu as fini par comprendre, hein ? On ne peut pas échapper à ce qu'on est. Même en se réfugiant à Fillory.

Poussant un grondement, Martin franchit d'un bond les dix mètres qui le séparaient de Quentin. À la dernière seconde, celui-ci tenta de s'enfuir, mais le monstre s'agrippait déjà à son dos, lui plantait ses dents dans les épaules, lui étreignait le torse de ses bras puissants. Les mâchoires du Fauve étaient pareilles à des tenailles se refermant sur sa clavicule. Celle-ci céda dans un bruit écœurant.

Les mâchoires se desserrèrent un instant afin de s'assurer une meilleure prise. Quentin s'entendit émettre un gémissement involontaire alors que ses poumons se vidaient. Il était terrifié par la douleur, mais, en fin de compte, elle était encore supportable comparée à la pression, l'incroyable, l'insoutenable pression. Impossible de respirer. Il crut un instant qu'il allait pouvoir jeter un charme, quelque chose d'insolite et de grandiose comme le jour de son Examen à Brakebills, mais il était incapable de prononcer un mot. Il tendit les mains en arrière – dans l'espoir d'enfoncer ses pouces dans les globes oculaires de Martin, ou encore de lui arracher les oreilles –, mais il ne put que tirer une poignée de ses cheveux gris.

Le souffle de Martin rugissait dans ses oreilles, tel celui d'une amante le serrant de près. Il avait encore apparence humaine, mais, vu d'aussi près, il était purement animal – odeur musquée et grognements inarticulés. Les larmes jaillirent des yeux de Quentin. C'était la fin désormais, c'était l'apothéose. Dévoré vivant par un Chatwin, et tout ça à cause d'un bouton. C'était presque comique. Il avait toujours cru qu'il survivrait à l'aventure, mais c'est ce que croit tout le monde, pas vrai ? Jamais les événements n'auraient dû tourner comme ça. Il y avait sûrement eu de meilleurs choix à faire. Quelle avait été sa première erreur ? Il en avait commis tellement !

Puis toute pression disparut et ses oreilles tintèrent. Alice enveloppait de ses doigts pâles le revolver bleu nuit de Janet. Son visage était livide mais ses mains ne tremblaient pas. Elle logea deux autres balles dans les flancs de Martin ; puis celui-ci se retourna pour lui faire face et reçut pour sa peine une balle dans le torse. Des bribes de costard et de cravate volèrent.

Quentin rampa à toute allure, tel un poisson primordial se hissant sur un banc de sable pour aspirer l'air, n'importe quoi pour échapper à la noyade. La douleur s'imposait à lui pour de bon. Son bras droit tout engourdi traînait derrière lui, moins fermement attaché à son épaule qu'il n'en avait l'habitude. Il sentit la saveur âcre du sang dans sa bouche. Alice tira à deux nouvelles reprises.

Lorsqu'il s'estima suffisamment éloigné, il risqua un œil derrière lui. Son champ visuel se grisaillait sur les bords. On aurait dit qu'un cercle se refermait sur lui, comme à la conclusion d'un Tom et Jerry. Mais il distinguait nettement Alice et Martin Chatwin qui se faisaient face, séparés par une dizaine de pas.

Plus de balles. Elle lança le revolver à Janet.

— Bien, dit-elle posément. Voyons ce que t'ont appris tes fameux amis.

Sa voix semblait bien ténue dans cette caverne, mais elle n'était pas apeurée. Martin l'observa avec une curiosité amusée. Il inclina la tête de côté. Mais à quoi pensait-elle ? Allait-elle vraiment tenter de l'affronter ? Dix longues secondes s'écoulèrent.

Lorsque Martin passa à l'attaque, Alice était prête. Elle était la seule. Il n'y eut pas de mise en garde : il fonça sur elle en départ arrêté, passant de l'immobilité absolue au mouvement flou. Quentin, qui parvenait à peine à suivre ses déplacements, se demanda comment faisait Alice pour réagir aussi vite, mais, avant que le Fauve ait parcouru la moitié de la distance les séparant, elle l'avait projeté dans les airs, pédalant dans le vide de façon pathétique, prisonnier d'un charme télékinétique d'airain. Puis elle le projeta à terre avec une telle violence qu'il rebondit.

Il se releva aussitôt, lissa son costume gris et repartit à l'assaut sans même sembler se préparer. Cette fois-ci, elle fit un pas de côté comme un matador et il ne la toucha même pas. Alice se déplaçait désormais avec la même vivacité que le Fauve – elle avait dû booster son temps de réaction, comme Penny quand il avait intercepté la flèche. Au prix d'un effort surhumain, Quentin se redressa et faillit réussir à s'asseoir ; puis quelque chose céda dans son torse et il s'effondra à nouveau sur le sable.

— Tu arrives à suivre ? lança Alice à Martin.

Sa voix prenait de l'assurance, comme si elle avait décidé de tester le mode bravache et s'apercevait qu'elle adorait ça.

— Tu ne l'as pas vu venir, ce coup-là, hein ? Et ce n'est qu'une praxis flamande élémentaire. Ni plus, ni moins. Je ne suis même pas encore passée à la magie orientale.

Dans un craquement retentissant, le Fauve brisa une stalagmite à sa base et tenta de frapper de taille avec cette épée de fortune, mais sa pointe se pulvérisa avant d'avoir atteint sa cible. Les fragments s'envolèrent tous azimuts. Quentin ne suivait pas tout, mais il était sûr qu'elle ne pouvait avoir fait ça. Les autres venaient la soutenir, formant une phalange dont elle avait pris le commandement.

Mais Alice les dépassait de la tête et des épaules. Peut-être ce pauvre Penny aurait-il pu suivre ses passes, mais elle était parvenue à un niveau que Quentin aurait cru hors de sa portée. Il était magicien, d'accord, mais elle était bien davantage : une authentique initiée. Il n'aurait pas cru qu'elle lui soit autant supérieure. Jadis, cela lui aurait inspiré de l'envie, mais aujourd'hui il ne ressentait que de la fierté. C'était son Alice. Le sable s'éleva du sol comme un linceul, comme un essaim d'abeilles enragées, et s'enveloppa autour de la tête de Martin, tentant de pénétrer sa bouche, son nez, ses oreilles. Il se tortilla et battit des bras avec frénésie.

— Au fait, Martin. (Le sourire qu'esquissait Alice était plus que malicieux.) C'est ça le problème, avec les monstres. Aucune rigueur théorique. On ne t'a jamais obligé à bûcher tes fondamentaux, pas vrai ? Sinon, tu ne serais jamais tombé dans ce panneau…

Aveuglé par le sable, Martin s'avança de lui-même vers une boule de feu à la Penny qui l'embrasa aussitôt. Mais Alice ne relâcha pas la pression. Elle ne pouvait pas se le permettre. Ses lèvres ne cessaient de remuer, ses mains agiles de décrire des arabesques fluides, produisant des charmes en succession rapide. C'était comme un tournoi d'échecs en blitz. Après la boule de feu vint une prison sphérique, puis une grêle de Missiles magiques empoisonnés – elle avait dû déconstruire ce charme pour mieux l'étudier et en produire une version améliorée. Le sable qu'elle avait fait jaillir se massa et se vitrifia pour façonner un golem de verre sans visage, qui eut le temps d'asséner deux directs et un crochet à Martin avant que celui-ci ne le brise en mille morceaux. Mais il semblait désorienté. Son visage rondouillard d'Anglais était d'une sinistre couleur cramoisie. Un fardeau colossal faisait plier ses épaules, un joug invisible qui l'obligea à mettre un genou à terre.

Anaïs projeta sur Martin un éclair ocre jaune qui laissa sur les rétines de Quentin une image rémanente rouge sang, puis Eliot, Josh et Janet joignirent les mains et firent choir sur son dos une grêle de rochers. La caverne s'emplit d'un chaos d'incantations, mais Martin ne parut pas y prendre garde. Il n'avait d'yeux que pour Alice.

Il se déplia soudain pour bondir par-dessus le sable et une sorte d'armure fantasmatique se matérialisa autour d'Alice, une armure comme Quentin n'en avait jamais vu, argentée et translucide – elle ne cessait de clignoter. Les doigts du Fauve glissèrent dessus. Cette armure était accompagnée d'une arme d'hast chatoyante qu'Alice fit tourner entre ses mains, pour tenter ensuite de la planter dans le ventre de Martin. On vit voler des étincelles.

— L'Armure spectrale de Fergus ! hurla-t-elle, le souffle court.

Il la fixait de ses yeux rouges menaçants.

— Ça te plaît ? Hein, ça te plaît ? Ça repose sur un principe tout simple. On apprend ça en deuxième année. Mais tu n'as pas pris la peine d'aller à l'école, pas vrai, Martin ? À Brakebills, tu n'aurais pas tenu une heure !

La voir se battre ainsi toute seule était intolérable. Quentin leva la tête et tenta de formuler un charme, n'importe lequel, ne serait-ce que pour créer une diversion, mais ses lèvres refusaient de prononcer un seul mot. Ses doigts s'engourdissaient. Il tapa des mains sur le sable en signe de frustration. Jamais il n'avait autant aimé Alice. Il se persuada qu'il lui envoyait sa force, bien qu'il sût qu'elle ne pouvait la recevoir.

Alice et Martin s'affrontèrent sauvagement pendant une bonne minute. L'armure devait être accompagnée d'une formation accélérée aux arts martiaux, car Alice tirait de son arme d'hast des manœuvres complexes et positivement féeriques ; la pointe métallique dont elle était pourvue fit couler le sang à plusieurs reprises. La sueur lui plaquait les cheveux sur le front, mais jamais elle ne perdit sa concentration. Au bout d'une minute, l'armure s'évapora – le charme devait être limité dans le temps – et elle jeta un sort qui eut pour effet de geler l'air autour du Fauve, qui prit des allures de momie de givre. Ses vêtements se pétrifièrent et tombèrent en pièces, le dénudant et révélant à tous son ventre rond et blanc de poisson.

Malheureusement, il était assez près d'elle pour lui empoigner le bras. Soudain, elle redevint une jeune fille, petite et vulnérable.

Mais pas pour longtemps. Elle cracha une succession de syllabes féroces et se métamorphosa en une lionne à la robe fauve et au menton orné d'une barbiche blanche. Martin et elle s'empoignèrent, chacun ouvrant la gueule pour mordre l'autre. De ses puissantes pattes postérieures, Alice s'efforça de lacérer et d'éventrer son adversaire, poussant ce faisant des miaulements suraigus.

Janet tournait autour des combattants, cherchant à recharger son revolver et laissant choir quantité de balles dans le sable, mais, de toute façon, jamais elle n'aurait trouvé une cible. Les deux combattants se serraient de trop près. Soudain, le Fauve se retrouva prisonnier d'un gigantesque anaconda, puis Alice devint un aigle, puis un ours titanesque au pelage moucheté, puis un horrible scorpion géant dont le dard venimeux, aussi gros que le crochet d'une grue, se planta dans le dos de Martin Chatwin. Des étincelles crépitaient tout autour d'eux à mesure qu'ils se convulsaient dans les soubresauts du combat. Le Fauve prit soudain l'avantage, mais Alice grandit démesurément pour devenir un dragon blanc robuste et sinueux, dont les ailes immenses frôlaient le plafond et projetaient du sable de toutes parts. Le Fauve augmenta sa taille en conséquence, si bien que le dragon lutta bientôt contre un géant. L'immobilisant entre ses griffes, elle cracha un torrent de feu bleuté, évoquant celui que projette le moteur d'un jet, qui lui incendia le visage.

Une minute durant, il se convulsa entre les pattes d'Alice. Ses sourcils avaient cramé et sa figure noircie était du plus haut comique. Quentin entendit le souffle rauque du dragon. Le Fauve frissonna et resta immobile un instant. Puis il sembla reprendre contenance et frappa Alice au visage.

Elle redevint aussitôt humaine. Son nez pissait le sang. Martin roula de côté et se releva. Bien que nu comme un ver, il sortit un mouchoir de nulle part et se débarbouilla d'une partie de la suie qui le maculait.

— Bon sang, hoqueta Quentin. Faites quelque chose ! Aidez-la, quelqu'un !

Janet logea sa dernière balle dans le barillet et tira ; puis elle jeta le revolver. Il rebondit sur la nuque de Martin Chatwin sans même le décoiffer.

— Va te faire foutre ! hurla-t-elle.

Martin fit un pas vers Alice. Non. Il fallait que ça cesse.

— Hé, Ducon ! articula Quentin. T'as oublié un truc.

Il cracha un peu de sang et, d'une voix au bord de l'hystérie, lança avec un accent cubain à couper au couteau :

— *Dis bonjour à mon petit copain !*

Quentin murmura le mot de passe que lui avait donné Fogg la veille de la remise des diplômes. Il avait imaginé cet instant une centaine de fois et, comme il prononçait la dernière syllabe, quelque chose de gros et de rugueux s'agitait sous sa chemise, lui grattait la peau du dos.

En découvrant son cacodémon, Quentin constata qu'il portait une paire de petites lunettes rondes fixée à ses oreilles pointues. Un cacodémon bigleux ? Merde, alors ! Il se dressa au-dessus de lui, hésitant, l'air d'un érudit pensif. Il ne savait pas qui il devait attaquer.

— Le type à poil, chuchota péniblement Quentin. Fonce ! Sauve la fille !

Le démon pila net à trois mètres de sa cible. Il feinta à deux reprises, toujours sur la gauche, comme s'il affrontait Martin à la boxe, puis se tendit et lui sauta à la figure. Poussant un soupir de lassitude, comme pour prendre le monde à témoin des tracasseries qu'on l'obligeait à endurer, Martin l'attrapa au vol d'une seule main. Le démon se mit à siffler et tenta de lui arracher les doigts. Martin entreprit de se le fourrer dans le gosier, pareil à un gecko dévorant une araignée, tandis que l'autre essayait de lui arracher les cheveux et de lui crever les yeux.

D'un geste, Quentin encouragea Alice à prendre la fuite – peut-être valait-il mieux qu'ils se séparent ? – mais elle ne lui prêtait pas attention. Elle s'humecta les lèvres et se passa les cheveux derrière les oreilles. Puis elle se releva.

Quelque chose s'était altéré dans son expression. Elle avait pris une décision. Elle fit une série de gestes avec les mains, prélude à un charme des plus avancés. En entendant les bruits qu'elle émettait, Martin et le cacodémon se tournèrent vers elle. Martin en profita pour briser la nuque de sa proie et finir de l'engloutir.

— Ah ! fit Alice. Alors, comme ça, tu te crois le monstre le plus puissant du quartier ?

— Non, dit Janet, mais Alice ne l'écouta pas.

Elle tentait quelque chose. Apparemment, Quentin était le seul à ne pas comprendre quoi.

— Non, non, non ! s'emporta Eliot. Attends !

— Tu n'es même pas un magicien, hein, Martin ? dit posément Alice. Tu n'es qu'un petit garçon. C'est tout ce que tu es. Tout ce que tu as toujours été. (Elle ravala un sanglot.) Eh bien, je suis navrée.

Elle ferma les yeux et entama une formule. Quentin lut sur son visage toutes les épreuves qu'ils avaient traversées, toutes les souffrances qu'ils s'étaient infligées, tous les obstacles qu'ils avaient franchis. Elle régurgitait tout cela en bloc. C'était un charme suprême, du niveau d'un mage de la Renaissance. Il mettait en jeu des énergies colossales. Il eut du mal à comprendre à quoi il allait lui servir, puis, un instant plus tard, se rendit compte que l'essentiel n'était pas ce charme. Ce qui comptait, c'étaient ses effets secondaires.

Il se mit à ramper sur le sable, prêt à tout pour se rapprocher d'elle. Peu importait si ça devait le tuer.

— Non ! s'écria-t-il. Non !

Le feu bleu prit naissance aux extrémités de ses doigts et se répandit, inexorable, dans ses mains puis ses bras. Il lui éclaira le visage. Alice rouvrit les yeux. Elle observa le feu d'un air fasciné.

— Je suis en feu, dit-elle, d'une voix presque normale. Je n'ai pas réfléchi – je brûle.

Puis, poussant un hurlement qui aurait pu exprimer l'extase comme l'agonie :

— Je brûle ! Oh mon Dieu ! Oh ! Quentin, je brûle ! Ça me brûle !

Martin interrompit sa progression à pas feutrés pour observer la transformation d'Alice en *niffin*. Quentin ne pouvait voir son expression. Alice recula d'un pas et s'assit, les yeux toujours fixés sur ses bras. Jusqu'à hauteur des épaules, ils étaient dévorés par le feu bleu. On aurait dit des balises autoroutières ; plutôt que d'être consumée, sa chair devenait le feu même qui la dévorait. Elle cessa de parler, se contentant d'émettre un gémissement qui grimpa dans les aigus. Puis, comme le feu bleu montait le long de son cou, elle rejeta la tête en arrière et ouvrit toute grande la bouche, mais plus aucun son n'en sortit.

Le feu laissa derrière lui une nouvelle Alice, plus petite et façonnée d'une substance évoquant du verre bleu tout juste sorti de la fournaise. La caverne tout entière sembla virer au bleu. Avant même que la transformation soit achevée, Alice s'était élevée dans les airs. Elle n'était plus que feu à l'état pur, et sur son visage se lisait cette démence qui est l'apanage des êtres ni morts ni vivants. Elle flottait avec autant d'aisance que dans une piscine.

L'esprit qui s'était substitué à Alice, le *niffin*, les regardait avec neutralité de ses yeux de saphir emplis d'une furieuse insanité. En dépit de sa puissance, il semblait des plus délicat, comme façonné dans du verre de Murano. De l'endroit où il gisait, Quentin l'observait avec un détachement quasi scientifique, au travers d'un voile de souffrance. Toute capacité pour la terreur, l'amour, la peine, bref pour tout sentiment autre que la douleur, l'avait quitté en même temps que sa vision périphérique.

Ce n'était pas Alice. C'était un ange exterminateur animé de vertu. Un être bleu, nu, qui affichait une expression de franche hilarité.

Quentin avait cessé de respirer. L'espace d'un instant, Alice flotta devant le Fauve, incandescente d'anticipation. À l'ultime instant, il parut comprendre que ses chances de succès s'étaient évanouies et il recula d'un pas ; puis il fonça, se réduisant à une silhouette floue. Mais Martin Chatwin était encore trop lent. L'ange empoigna d'une main ses cheveux gris si sagement coiffés. Posant l'autre sur son épaule, elle lui arracha la tête dans un bruit de papier que l'on déchire.

Quentin était trop épuisé pour continuer à suivre la scène. Il s'y accrochait comme à un signal radio, mais il avait trop de peine à recevoir clairement celui-ci. Il s'allongea sur le dos dans un mouvement langoureux.

Son esprit devenait une parodie délirante de lui-même, s'étirait pour se faire aussi transparent qu'une feuille de cellophane. Il s'était produit quelque chose d'indicible, mais il perdait le contact avec ce que c'était. Sans qu'il comprenne pourquoi, le monde tel qu'il le connaissait avait disparu. Il avait réussi à se dénicher un bout de terrain sablonneux relativement stable – c'était vraiment sympa de la part de Martin de les avoir conduits dans cette caverne où le sable était si fin, si frais. Mais quel dommage que ce sable, naguère blanc et propre, soit maintenant saturé de sang, le sien et celui de Penny. Il se demanda si celui-ci était encore en vie. Il se demanda s'il lui était possible de tomber dans les pommes. Il n'avait qu'une envie : s'endormir pour ne jamais se réveiller.

Quentin entendit un crissement de cuir, Eliot occulta le bout de plafond au-dessus de sa tête, puis il s'en fut.

Venue d'un point de l'espace-temps quelque peu ambigu, la voix d'Ambre parvint aux oreilles de Quentin. Il n'est pas encore mort, se dit-il. Ce bélier a la peau dure. À moins que je n'aie imaginé tout cela.

— Vous avez gagné, bêla la voix du bélier dans les ténèbres. Prends ton trophée, héros.

Eliot ramassa la couronne d'or du Grand Roi de Fillory. Poussant un cri inarticulé, il la jeta au loin dans les ténèbres.

Le dernier rêve était brisé. Quentin s'évanouit ou mourut, il n'aurait su le dire.

LIVRE QUATRE

LA RETRAITE

QUENTIN se réveilla dans une splendide chambre blanche. L'espace d'une seconde – d'une heure ? d'une semaine ? – il se crut revenu dans sa chambre de Brakebills sud, au cœur de l'Antarctique. Puis il vit que la fenêtre était grande ouverte et que de lourds rideaux verts se gonflaient au rythme languissant d'une douce brise estivale. Non, il n'était pas en Antarctique.

Il s'abîma dans la contemplation du plafond, se laissant dériver sur les lents courants mentaux où le poussaient les narcotiques. Où il se trouvait, comment il avait échoué là – ces questions ne lui inspiraient aucune curiosité. Il se pâmait devant des détails insignifiants : la lumière du jour, le parfum des draps propres, une écharde de ciel bleu dans la fenêtre, les circonvolutions ligneuses des poutres couleur chocolat qui zébraient le plafond d'un blanc chaulé. Il était vivant.

Et ces adorables rideaux de style rustique, couleur d'étamine. Ils étaient tissés à la main, mais on était à cent lieues de la grossière contrefaçon, aussi familière que déprimante, des rideaux en vente sur Terre, qui se contentaient d'imiter la simplicité des tissus fabriqués à la main par nécessité. Tandis qu'il gisait sur son lit de douleur, Quentin n'avait qu'une seule pensée en tête : *c'étaient d'authentiques rideaux tissés à la main*, œuvre d'artisans qui ne connaissaient pas d'autre méthode, qui ne savaient même pas que la leur était exceptionnelle, si bien que leur art était par là même négligé, vidé de son sens par anticipation. Cela le ravissait. C'était comme s'il avait passé sa vie à rechercher ces rideaux, comme s'il avait attendu depuis sa naissance le jour où il se réveillerait dans cette chambre, pour découvrir ces rideaux grossiers, couleur d'étamine, accrochés aux fenêtres.

De temps à autre, un bruit de sabots lui parvenait depuis le couloir. Le mystère fut résolu lorsqu'une femme au corps de cheval passa la tête dans la chambre. Paradoxalement, cette vision n'avait rien de surprenant. C'était une femme robuste, aux courts cheveux châtains et à la peau tannée par le soleil, qui se trouvait greffée au châssis d'une splendide jument noire.

— On a repris conscience ? lança-t-elle.

Quentin s'éclaircit la gorge. Sans grand succès, hélas. Il avait le gosier tellement sec qu'il ne pouvait pas dire un mot, aussi se contenta-t-il de hocher la tête.

— Votre guérison sera bientôt achevée, déclara la femme centaure.

Ses manières évoquaient un chirurgien trop surmené pour s'extasier sur les miracles qui se produisaient dans son service. Elle entreprit de sortir à reculons, regagnant le couloir d'un pas prudent mais décidé.

— Vous êtes resté endormi durant six mois et deux jours, ajouta-t-elle avant de s'éclipser.

Quentin l'écouta s'éloigner. Le calme revint. Il fit de son mieux pour s'accrocher à son impression de ravissement, mais cela ne dura pas.

De ses six mois de soins, il ne conservait pratiquement aucun souvenir – une vague sensation d'abysses bleus et de rêves enchantés, rien de plus. Mais les événements survenus dans la caverne d'Ambre demeuraient pour lui clairs comme le cristal. Il aurait pu raisonnablement espérer que ce jour (ou cette nuit) serait effacé par l'oubli, ou à tout le moins occulté par un voile de miséricorde post-traumatique. Mais non, pas du tout. Il se le rappelait dans ses moindres détails, sous tous les angles, en haute définition pour ainsi dire… jusqu'à l'instant où il avait perdu conscience.

Le choc lui coupa le souffle. Ses poumons se vidèrent comme sous l'emprise des mâchoires du Fauve, non pas une seule fois mais en succession répétée. Il ne pouvait rien y faire. Allongé sur son lit, il sanglota jusqu'à s'en étouffer. Son corps dolent fut pris de convulsions. Il émit des bruits qu'il aurait crus hors de portée d'une bouche humaine. Il enfouit son visage dans un oreiller bourré de paille qui fut bientôt inondé de larmes et de morve. Elle était morte pour lui, pour eux, et jamais elle ne reviendrait.

Impossible de réfléchir aux événements ; il ne pouvait que se les repasser, encore et encore, comme si leur enchaînement pouvait varier d'un iota, ou leur atrocité s'atténuer, mais, chaque fois qu'il arrivait au dénouement, il ne souhaitait qu'une chose : mourir. Son organisme convalescent se remit à souffrir, comme s'il était atteint jusqu'au squelette, mais il aurait voulu souffrir encore davantage. Comment pouvait-on vivre dans un monde autorisant de telles monstruosités ? C'était un monde de merde, reposant sur des faux-semblants, et il ne voulait plus avoir affaire à lui. Chaque fois qu'il s'endormait, il se réveillait en poussant un cri d'alarme, mais il ne savait jamais à qui il était destiné, ni sur quoi il portait ; tout ce qu'il savait, c'est qu'il était déjà trop tard.

Avec le chagrin vint la colère. Mais qu'est-ce qui leur avait pris ? Une bande de gosses se mêlant d'une guerre civile dans un autre monde ? Alice était morte (ainsi que Fen, et sans doute Penny) et le pire, c'est qu'il aurait pu les sauver tous et qu'il n'en avait rien fait. C'était lui qui les avait poussés à partir pour Fillory. Lui qui avait soufflé dans la corne pour faire rappliquer le Fauve. C'était pour veiller sur lui qu'Alice les avait accompagnés. Mais lui n'avait pas su veiller sur elle.

Les centaures le regardaient pleurer avec une indifférence d'extraterrestres, ou encore de poissons.

Durant les jours suivants, il apprit qu'il se trouvait dans un monastère ou quelque chose d'approchant, si tant est qu'il ait compris à cent pour cent les explications des centaures. Il ne s'agissait pas d'un lieu de culte, précisèrent-ils avec un rien de condescendance dans la voix, mais d'une communauté qui se consacrait à l'expression, ou encore à l'incarnation – ou peut-être à la réalisation, un terme qui lui sembla plus approprié – des valeurs sylvestres d'une complexité extrême mais d'une pureté infinie qui étaient celles des centaures, et qu'un esprit humain déchu comme celui de Quentin ne serait jamais capable d'appréhender. Ces centaures avaient quelque chose de teuton.

Ils lui firent comprendre sans trop de tact que les hommes étaient à leurs yeux des êtres inférieurs. Ce n'était pas de leur faute. Mais c'étaient des estropiés, privés par un accident congénital de leur vertueuse moitié chevaline. Les centaures éprouvaient pour leur patient une légère pitié tempérée par une absence totale d'intérêt. Par ailleurs, ils avaient toujours peur qu'il se casse la figure.

Aucun d'eux ne se rappelait avec précision la façon dont Quentin leur était arrivé. Ils ne s'intéressaient guère aux mésaventures des humains blessés qu'ils étaient amenés à soigner. Lorsqu'il la pressait de question, la doctoresse affectée à ses soins, une femme centaure mortellement sérieuse du nom de Châton-d'Aulne Agnès Allison Écorce-Parfumée, affirmait se souvenir vaguement qu'un groupe d'humains – fort crasseux et fort dépenaillés, soit dit en passant – l'avaient amené ici sur une civière de fortune. Il était plongé dans l'inconscience, en état de choc, souffrait d'un enfoncement de la cage thoracique et d'une luxation d'un membre supérieur, qui s'était pratiquement détaché du torse. De tels ravages anatomiques inspiraient aux centaures un profond dégoût. Par ailleurs, ils appréciaient à sa juste valeur le service que les hommes avaient rendu aux Filloriens en les débarrassant de Martin Chatwin. Ils avaient donc fait de leur mieux pour les assister.

Les humains s'étaient attardés pendant un mois ou deux, tandis que les centaures tissaient un cocon de magie sylvestre autour du corps martyrisé de Quentin. Toutefois, ils jugeaient peu probable qu'il se réveillât un jour. Et comme, au fil des semaines, Quentin ne donnait toujours aucun signe de vie, les humains étaient partis à contrecœur.

Sans doute aurait-il dû leur en vouloir de l'avoir abandonné à Fillory, sans aucun moyen de regagner son propre monde. Mais il n'éprouvait qu'un intense soulagement qui témoignait de sa lâcheté. Cela le dispensait de les affronter. Le seul fait de les voir l'aurait fait mourir de honte. En vérité, il aurait préféré mourir, mais comme ce choix lui était refusé, il était prêt à se contenter de cet ersatz : vivre dans une totale isolation, perdu dans Fillory. Il était brisé d'une façon que la magie était impuissante à réparer.

Comme il était encore faible, il passait beaucoup de temps au lit pour reposer ses muscles atrophiés. Il n'était plus qu'une coquille vide, une carcasse curetée par des outils grossiers, une dépouille désossée qui pourrissait sur place. Au prix de quelques efforts, il parvenait à invoquer d'anciens souvenirs. Rien qui ait trait à Fillory ou à Brakebills, uniquement de vieux trucs, des trucs faciles et sans danger. L'odeur des tubes de peinture de sa mère ; le vert criard du canal de Gowanus ; l'étrange façon qu'avait Julia d'emboucher son hautbois ; l'ouragan qui avait soufflé sur le Maine alors qu'ils s'y trouvaient en vacances : il devait avoir huit ans et ils étaient sortis sur la pelouse, ils avaient jeté leurs tee-shirts en l'air et les avaient vus s'envoler par-delà la clôture du voisin, ce qui les avait bien fait rire. Le soleil de l'après-midi éclairait un superbe cerisier en fleur poussant près de sa fenêtre. Chaque pétale, chaque feuille, chaque rameau oscillait en suivant un rythme qui lui était propre. Il passait des heures à le contempler.

S'il se sentait courageux, il repensait à l'époque où il était une oie sauvage volant vers le sud au-dessus de la Patagonie, le bout de son aile effleurant celle d'Alice, sustenté par des masses d'air mouvant, observant d'un œil détaché les rivières aux multiples méandres. S'il refaisait ce périple, songea-t-il, il se rappellerait de chercher les géoglyphes de Nazca, au Pérou. S'il pouvait retourner voir le professeur Van der Weghe, il lui demanderait de le métamorphoser à nouveau, et c'est ainsi qu'il finirait sa vie, dans la peau d'une bête à cervelle d'oiseau, et il oublierait qu'il avait jadis été humain. Parfois, il repensait à certaine journée qu'il avait passée sur le toit du Cottage en compagnie d'Alice. Ils avaient décidé de se cacher là-haut pour faire une farce aux autres Physiques, sauf que ceux-ci n'étaient pas rentrés de leur sortie et ne s'étaient jamais lancés à leur recherche, si bien qu'Alice et lui étaient restés allongés sur les tuiles durant tout l'après-midi, à regarder les nuages et à parler de tout et de rien.

Ainsi coulaient ses journées. Son corps guérissait vite et commençait à trépigner, son cerveau s'éveillait et cherchait de nouvelles distractions. Cela ne pourrait pas durer indéfiniment.

Les jours suivaient les jours. Quentin ne pouvait s'empêcher de guérir. Bientôt, il se mit à explorer les lieux, tel un squelette ambulant. Dissocié de son passé, de son monde et de ses proches, il se sentait aussi dénué de substance qu'un fantôme. Le monastère – ou plutôt la Retraite, ainsi que l'appelaient les centaures – était tout en colonnades de pierre, en arbres titanesques et en larges allées bien entretenues. Il avait en permanence une faim de loup et les centaures, qui étaient strictement végétariens, n'avaient pas leur pareil pour réussir une salade. Au déjeuner comme au dîner, ils lui servaient de larges portions d'épinards, de laitue, de roquette et de pissenlit, assaisonnées avec moult huiles et épices. Il découvrit leurs bains, six bassins de pierre rectangulaires à la température échelonnée, suffisamment grands pour qu'il puisse y nager trois longueurs. Cela lui rappela les thermes romains dans la maison des parents d'Alice. Et ils étaient sacrément profonds : s'il y plongeait et battait des pieds avec la vigueur nécessaire, il arrivait à un point où la lumière s'estompait, son cerveau protestait et il était contraint d'enfoncer ses doigts dans ses oreilles, et alors, mais tout juste, il parvenait à effleurer le fond avec ses pieds.

Son esprit était pareil à une mare prise dans les glaces qui menaçait de se dégeler. Il ne le foulait qu'avec prudence – sa surface était dangereusement glissante et peut-être fragilisée. La briser, ce serait sombrer dans un univers d'eau ténébreuse, frigorifiée, anaérobique, peuplée de poissons dentus et furieux. Ces poissons n'étaient autres que ses souvenirs. Il aurait voulu les enfouir quelque part et oublier où ils se trouvaient, mais c'était impossible. La glace cédait aux moments les plus étranges : quand un écureuil parlant bien dodu le fixait d'un œil curieux, qu'une infirmière centaure le dorlotait un peu trop, qu'il apercevait son reflet dans un miroir. Un hideux saurien montait alors de l'abîme, ses yeux se mouillaient de larmes et il détournait brusquement le visage.

Le chagrin que lui inspirait Alice acquérait sans cesse de nouvelles dimensions dont il n'aurait jamais pu concevoir l'existence. Il avait l'impression de ne l'avoir connue et aimée, vraiment aimée, que lors de leurs toutes dernières heures ensemble. Désormais, elle avait disparu, fracassée comme le petit animal de verre qu'elle avait façonné le premier jour de classe, et les jours qu'il lui restait à vivre lui apparaissaient comme un épilogue stérile et dénué de sens.

Durant les premières semaines qui suivirent sa résurrection, Quentin sentait encore des douleurs au torse et à l'épaule, mais elles s'estompèrent avec le temps. Il éprouva un choc qui se mua bien vite en fascination quand il découvrit que les centaures avaient remplacé la peau et le tissu musculaire que lui avait prélevés le Fauve par une substance ressemblant à du bois sombre au grain très fin. Les deux tiers de sa clavicule et le plus gros de son biceps et de son épaule droits semblaient composés d'une essence lisse agréable au toucher – du merisier ou du pommier, semblait-il. Bien qu'elle ne transmette aucune sensation – il pouvait taper dessus sans autre conséquence qu'une légère vibration –, cette substance était parfaitement articulée, elle ne gênait en rien ses mouvements et elle se fondait dans la chair environnante sans solution de continuité. Il en était très satisfait. Son genou droit avait subi le même traitement. Il ne se rappelait pas avoir été blessé à cet endroit, mais peut-être était-ce arrivé lors de son évacuation.

Il constata un autre changement : ses cheveux étaient devenus blancs comme neige, et ses sourcils aussi, comme ceux du narrateur d'*Une descente dans le maelström* d'Edgar Poe. On aurait dit qu'il s'était déguisé en Andy Warhol.

Il ne tenait pas en place. Il s'entraîna au tir à l'arc dans un vieux terrain envahi par les mauvaises herbes. À force d'insister, il convainquit un jeune centaure de lui enseigner les rudiments de l'escrime et de l'équitation, arguant qu'il s'agissait d'une forme de thérapie. Parfois, il s'imaginait que son partenaire au sabre n'était autre que Martin Chatwin, parfois non ; quoi qu'il en soit, il ne le toucha pas une seule fois. Un petit contingent d'animaux parlants avaient découvert la présence de Quentin à la Retraite, un blaireau et quelques lapins surdimensionnés. Excités par le spectacle et l'odeur d'un humain, venu de la Terre par-dessus le marché, ils s'étaient mis dans la tête qu'il était le prochain Grand Roi de Fillory, et lorsqu'il voulut les convaincre du contraire avec quelque véhémence, affirmant avec insistance qu'il avait perdu toute ambition de ce côté-là, ils le baptisèrent le Roi Malgré-Lui, déposèrent devant sa fenêtre des noisettes et des choux en guise d'offrandes et fabriquèrent pour lui des couronnes tressées avec des brins de paille, ornées de quartz sans valeur.

Il les déchira en mille morceaux.

Un petit troupeau de chevaux avait la libre disposition des vastes pelouses de la Retraite. Quentin crut d'abord à des animaux de compagnie, mais la vérité était un peu plus oiseuse. Les centaures des deux sexes s'accouplaient souvent avec eux, sans la moindre discrétion.

Quentin avait retrouvé ses maigres possessions empilées contre un mur de sa chambre. Il les rangea dans une commode ; elles occupaient exactement la moitié de l'un des cinq tiroirs. Sa chambre abritait également un bureau plat à l'ancienne, peint en blanc et vert pâle, et, un jour, Quentin fouilla dans ses tiroirs gauchis et à moitié coincés pour voir si les précédents pensionnaires y avaient laissé de quoi écrire. Il avait songé à rédiger une formule de magie divinatoire pour découvrir ce qui était arrivé à ses camarades. Comme ils ne se trouvaient plus dans le même plan que lui, ça ne marcherait sans doute pas, mais on ne sait jamais. Parmi un assortiment de boutons dépareillés, de noisettes desséchées et de cadavres d'insectes filloriens, il trouva deux enveloppes. Ainsi qu'une branche feuillue au bois dur et sec.

Les enveloppes étaient de ce papier épais et grenu qu'utilisaient les centaures. Sur la première figurait son nom, rédigé dans une élégante écriture calligraphique qu'il reconnut comme celle d'Eliot. Un vertige le saisit ; il dut s'asseoir.

L'enveloppe contenait une lettre. Elle était enroulée autour des vestiges déshydratés d'une cigarette Merit ultralégère. Voici ce qu'elle disait :

CHER Q,

PAS FACILE DE TE SORTIR DE CE TROU. RICHARD A FINI PAR SE POINTER ET JE SUPPOSE QU'ON DEVRAIT LUI EN ÊTRE RECONNAISSANTS, MAIS D★★U SAIT QU'IL NE NOUS FACILITE PAS LA TÂCHE.

ON VOULAIT RESTER, Q, MAIS C'ÉTAIT DUR, ET ÇA LE DEVENAIT UN PEU PLUS CHAQUE JOUR. ÇA NE MARCHAIT PAS, À EN CROIRE LES CENTAURES. MAIS SI TU LIS CECI, ÇA VEUT DIRE QUE TU AS FINI PAR TE RÉVEILLER. JE SUIS NAVRÉ POUR TOUT CE QUI S'EST PASSÉ. ET TOI AUSSI, JE LE SAIS. J'AI DIT UN JOUR QUE JE N'AVAIS PAS EU BESOIN D'UNE FAMILLE POUR DEVENIR CELUI QUE J'ÉTAIS CENSÉ ÊTRE, MAIS EN FAIT JE ME SUIS TROMPÉ. ET MA FAMILLE, C'EST TOI.

NOUS NOUS REVERRONS

E

La seconde enveloppe contenait un carnet de notes. Un vieux machin épais aux coins polis par l'usage. Quentin le reconnut tout de suite, bien qu'il ne l'ait pas vu depuis ce glacial après-midi de novembre, six ans plus tôt.

L'esprit clair et lucide, il s'assit sur son lit et ouvrit *Les Magiciens*.

La première impression fut décevante : non seulement le livre était très bref – une cinquantaine de pages écrites à la main, avec pas mal de mots raturés ou effacés par l'eau –, mais son style n'avait rien à voir avec celui de Christopher Plover, tout en allégresse et en simplicité. Cette chronique-ci était plus fruste, plus drôle mais aussi plus violente, et elle semblait avoir été composée en hâte, avec moult omissions et fautes d'orthographe. Et elle n'était pas de la plume de Christopher Plover. Ainsi que l'expliquait l'auteur dès le premier paragraphe, il s'agissait de la première Chronique de Fillory due à un témoin direct. Cet auteur n'était autre que Jane Chatwin.

Les Magiciens démarrent aussitôt après la conclusion de *La Dune vagabonde*, après que Jane, la benjamine, et sa sœur Helen (« cette charmante mêle-tout pétrie de bonne conscience ») se sont querellées suite à la décision d'Helen de cacher les boutons magiques qui ont le pouvoir de les conduire à Fillory. Ayant échoué à les retrouver, Jane n'a plus qu'à ronger son frein, mais plus jamais on ne l'invite à gagner Fillory. Son frère, ses sœurs et elle semblent condamnés à passer le reste de leur vie sur Terre, comme des enfants ordinaires. Elle finit par s'y résigner – après tout, l'immense majorité des enfants ne vont jamais à Fillory –, mais cela lui semble néanmoins injuste. Tous les autres y sont allés au moins deux fois, et elle n'a eu droit qu'à un seul séjour.

Et il y a le problème de Martin, toujours porté disparu au bout de toutes ces années. Cela fait longtemps que leurs parents ont perdu tout espoir, mais les enfants n'ont pas renoncé à le retrouver. La nuit, Jane et les autres enfants Chatwin se rassemblent dans une de leurs chambres pour imaginer les aventures qu'il doit vivre à Fillory et se demander quand il reviendra parmi eux, car ils sont sûrs de son retour.

Les années passent. Lorsque enfin vient l'appel, Jane a treize ans, l'âge auquel Martin a disparu, et ce n'est plus une gamine. Grassouillépine, un hérisson aussi industrieux que coopératif, lui rend visite et l'aide à récupérer la boîte à cigares contenant les boutons, qu'Helen a jetée au fond de la citerne désaffectée. Plutôt que de recruter dans sa fratrie pour l'accompagner, Jane choisit de retourner toute seule à Fillory via la Cité, la première Chatwin à agir de la sorte.

Elle découvre Fillory en proie à un vent surpuissant. Jamais il ne cesse de souffler. Au premier abord, c'est très amusant : tout le monde joue au cerf-volant et la mode est aux tenues bouffantes qui enflent au moindre courant d'air, y compris à la cour royale de Blancheflèche. Mais, peu à peu, ce vent devient une menace. Les oiseaux sont épuisés à force de battre des ailes et tout le monde a les cheveux emmêlés. Les feuilles sont arrachées aux branches et les arbres commencent à se plaindre. Même quand on s'enferme chez soi à double tour, on continue d'entendre le vent gémir et on sent son souffle des heures après qu'il est passé. Le cœur horloger du château Blancheflèche, qui est animé par le vent, menace de devenir incontrôlable et, pour la première fois de mémoire de Fillorien, on doit le découpler des moulins à vent pour en arrêter le mécanisme.

Un groupe d'aigles, de griffons et de pégases se laissent emporter par le vent, persuadés qu'il va les conduire dans une contrée fabuleuse, encore plus magique que Fillory. Ils sont de retour une semaine plus tard, venant de la direction opposée, affamés, brûlés et hagards. Ils refusent de raconter ce qu'ils ont vu.

Jane s'arme d'une rapière, réunit ses cheveux en chignon, s'enfonce dans la forêt Ténébreuse, seule mais résolue, et avance péniblement contre le vent pour partir en quête de sa source. Elle ne tarde pas à découvrir Ambre, seul dans une clairière. Il est blessé et désemparé. Il lui raconte la transformation de Martin et les efforts qu'Ombre et lui ont déployés pour l'expulser, efforts qui n'ont abouti qu'à la mort d'Ombre. Ils tiennent un conseil de guerre.

Poussant un bêlement tonitruant, Ambre appelle le Cheval Douillet, et ils montent sur son large dos de velours pour aller trouver les nains. Ceux-ci ont tendance à jouer perso, et on ne peut jamais compter sur eux en temps ordinaire, mais ils ont pris conscience du danger que représente Martin, et, par ailleurs, ce satané vent emporte l'humus qui recouvre leurs chères cavernes. Ils fabriquent à l'intention de Jane une montre à gousset, un chef-d'œuvre d'horlogerie, dont les rouages, les cames et les ressorts forment une masse d'argent si compacte qu'elle en paraît solide. Grâce à elle, expliquent-ils, Jane pourra contrôler le flot du temps à sa guise – le faire avancer ou reculer, en ralentir ou en accélérer le cours.

Jane et Ambre prennent congé des nains en secouant la tête. Décidément, on ne sait jamais de quoi ils sont capables. S'ils ont le pouvoir de fabriquer une montre à voyager dans le temps, pourquoi ne règnent-ils pas sur le monde ? Peut-être que ça ne les intéresse pas, tout simplement, suppose-t-elle.

Quentin tourna la dernière page. Le récit s'arrêtait là. Jane en personne avait apposé sa signature.

— C'est ce qu'on appelle tourner en eau de boudin, commenta-t-il à haute voix.

— La vérité n'est pas toujours un bon sujet de fiction. Mais je pense avoir noué la plupart des fils de l'intrigue. Réfléchis un peu et tu n'auras aucune peine à la reconstituer.

Quentin sursauta avec une telle violence qu'il faillit sortir de ce qui lui restait de peau. Assise sur le bureau plat, à l'autre bout de la chambre, ses longues jambes croisées, se tenait une jolie petite femme aux cheveux noirs et à la peau pâle.

— Je soigne mes entrées, reconnais au moins cela.

Elle avait viré indigène ; sous sa cape marron clair, elle portait une robe conçue pour le voyage à la dure, dont la jupe fendue laissait entrevoir ses jambes. Mais c'était bien elle, impossible de s'y méprendre. L'infirmière, celle qui lui avait rendu visite après la bagarre avec Penny. Mais elle n'était pas que cela.

— Vous êtes Jane Chatwin, n'est-ce pas ?

Elle acquiesça, un sourire radieux aux lèvres.

— Si tu le désires, je peux te faire une dédicace, dit-elle en désignant le manuscrit. Imagine la valeur d'un tel *collector*. Parfois, j'ai envie de débarquer dans un festival Fillory rien que pour voir la tête des fans.

— Ils vous prendraient pour une maniaque du *cosplay* qui aurait refusé de grandir, répliqua Quentin.

Il posa le manuscrit sur le lit. Le jour de leur première rencontre, il était très jeune, mais il se sentait aujourd'hui très vieux. Pour citer son frère Martin : Et comme il avait grandi ! Le sourire de cette femme était moins irrésistible que par le passé.

— Et vous étiez aussi la Rouageuse, n'est-ce pas ?

— Je suis toujours la Rouageuse, répondit-elle en esquissant une révérence. Peut-être devrais-je prendre ma retraite maintenant que Martin n'est plus. Dommage, je commençais tout juste à m'amuser.

Il aurait été normal qu'il lui sourie en réponse, mais cela ne venait pas. Quentin n'avait pas envie de sourire. Il n'aurait su définir ses sentiments avec précision.

Jane resta immobile, le dévisageant comme elle l'avait fait le jour de leur première rencontre. Sa présence était si chargée de magie, de sens et d'histoire qu'elle en devenait presque lumineuse. Dire qu'elle avait parlé à Plover en personne, qu'elle lui avait raconté les histoires qui avaient nourri l'enfance de Quentin ! Cette récursivité lui donnait le vertige. Les feux du couchant coloraient les draps d'un rose légèrement orangé. Le crépuscule adoucissait toutes choses.

— Ça n'a pas de sens, déclara-t-il. (Jamais une jolie femme ne l'avait aussi peu tenté.) Si vous étiez la Rouageuse, pourquoi faisiez-vous tous ces trucs ? Arrêter le temps et le reste ?

Elle eut un sourire ironique.

— Cet objet, dit-elle en sortant de sous sa cape une montre à gousset en argent aussi grosse et ronde qu'une grenade, m'a été livré sans mode d'emploi. J'ai dû procéder à quelques expériences avant d'en maîtriser le maniement, et certaines de ces expériences ne peuvent être qualifiées de réussites. Je pense en particulier à cet interminable après-midi… (Elle grimaça ; son accent était identique à celui de Martin.) Les gens l'ont mal pris. En outre, Plover a beaucoup brodé sur ces incidents. Quelle imagination, cet homme-là !

Elle secoua la tête, comme si les élucubrations de Plover étaient plus stupéfiantes que la réalité.

— Et je n'avais que treize ans quand je me suis lancée, rappelle-toi. Aucune formation de magicienne. J'ai dû me débrouiller toute seule pour apprendre. Sans doute me considérerais-tu comme une sorcière pourrie.

— Alors, tout ce qu'a fait la Rouageuse…

— … s'est en grande partie produit pour de vrai, oui. Mais j'ai agi avec circonspection. La Rouageuse n'a jamais tué personne. Mes initiatives avaient parfois des conséquences néfastes, mais j'avais autre chose en tête que le bien-être des gens. Ma mission était d'arrêter Martin et j'ai fait ce qu'il fallait pour y arriver. Y compris créer ces arbres à horloge. (Reniflement de dérision.) Quelle idée géniale ! Ils n'ont jamais rien fait. Le plus drôle, c'est que Martin en avait une peur bleue ! Évidemment, il ne comprenait pas à quoi ils pouvaient servir.

Durant un instant, un instant seulement, elle perdit sa contenance. Des larmes perlèrent à ses yeux et elle battit des cils pour les chasser.

— Je me répète que nous l'avons perdu dès la première nuit, quand il nous a quittés pour s'enfoncer dans la forêt. Après, c'était à un autre Martin que nous avions affaire. Le vrai est mort depuis des années. Mais je suis la seule survivante de la famille Chatwin. C'était un monstre, mais c'était aussi mon frère.

— Et nous l'avons tué, dit Quentin d'une voix glaciale.

Son cœur battait la chamade. Le sentiment qui l'agitait, et qu'il avait eu du mal à identifier, lui apparaissait désormais clairement : c'était de la rage. Cette femme s'était servie de lui, s'était servie d'eux comme d'autant de pantins. Et si certains de ces pantins avaient fini cassés, eh bien, tant pis. Tel était le sujet même de l'histoire, et depuis le début. Elle les avait manipulés, lui et ses amis, elle les avait envoyés à Fillory pour qu'ils débusquent Martin. Et elle avait veillé à ce qu'il morde à l'hameçon. Si ça se trouvait, c'était elle qui avait refilé le bouton à Damedamour.

Mais ça n'avait plus d'importance à présent. L'histoire était finie et Alice était morte.

Il se leva. Une brise vespérale fit frémir les rideaux verts.

— Oui, fit Jane Chatwin d'une voix circonspecte. Vous l'avez tué. Nous avons gagné.

— Gagné ? répéta-t-il, incrédule.

Impossible de se retenir. Son chagrin et son sentiment de culpabilité si longtemps refoulés remontaient à la surface, transmutés en colère. La glace se craquelait. La mare de son esprit bouillonnait.

— Nous avons gagné ? Vous disposez d'une machine à remonter dans le temps et c'est tout ce que vous pouvez faire ? Vous nous avez piégés, Jane, ou qui que vous soyez. Nous pensions partir pour une aventure mais vous nous aviez mitonné une mission suicide et, maintenant, mes amis sont morts. Alice est morte. (Il dut déglutir avant de reprendre.) C'est vraiment tout ce que vous pouviez faire ?

Elle baissa les yeux.

— Je suis navrée.

— Ah ! vous êtes navrée. (Il n'en croyait pas ses oreilles.) Bien. Prouvez-le-moi. Ramenez-moi en arrière. Remontons le temps grâce à votre montre. On va tout reprendre depuis le début. On va réparer les dégâts.

— Non, Quentin, répondit-elle d'un air grave. Nous ne pouvons pas revenir en arrière.

— Que voulez-vous dire ? Bien sûr que si ! Et c'est ce que nous allons faire !

Il élevait la voix et la fixait d'un œil de plus en plus dur, comme s'il espérait l'obliger à agir selon sa volonté. Il le fallait ! Et si les paroles ne suffisaient pas, il passerait aux actes. Elle était plutôt menue et, abstraction faite de cette fichue montre, il était sûr de lui en remontrer en matière de magie.

Elle secoua la tête avec tristesse.

— Il faut me comprendre.

Elle ne recula pas d'un pouce. À en juger par le ton conciliant de sa voix, elle espérait l'amener à oublier ses agissements, sinon à les pardonner.

— Je suis une sorcière, pas une déesse. Je m'y suis prise à plusieurs fois pour obtenir ce résultat. J'ai exploré de nombreuses lignes temporelles. J'ai envoyé quantité de gens affronter Martin. Ne m'oblige pas à t'expliquer les aléas de la manipulation chronologique, Quentin. Change une variable, et tu les changes toutes. Pensiez-vous être les premiers à affronter Martin dans cette caverne ? Pensiez-vous que c'était la première fois que *vous* l'affrontiez ? Ce salaud s'est vu opposer des myriades d'adversaires. J'ai tout essayé pour le vaincre. Mais mes envoyés finissaient toujours par périr. Et moi par remonter la montre. Votre victoire, si ambiguë, si douloureuse soit-elle, est l'issue la plus satisfaisante qu'ait connue ce conflit. Tes amis et toi êtes les seuls qui soient parvenus à le terrasser, Quentin. Les seuls. Et je m'en tiendrai là. Je ne veux pas courir le risque de tout perdre en voulant tout gagner.

Quentin croisa les bras. Les muscles de son dos tressaillaient. Il vibrait littéralement sous l'effet de la colère.

— Bon, d'accord. Dans ce cas, nous remonterons aux origines. Avant *Le Monde dans les murs*. Nous l'arrêterons avant qu'il n'ait commencé. Nous trouverons une ligne temporelle où il ne va même pas à Fillory.

— J'ai essayé, Quentin ! J'ai essayé ! (Voilà qu'elle le suppliait, maintenant.) Il finit toujours par y aller ! J'ai essayé mille fois. Il n'existe pas un seul monde où il n'y va pas. Je suis fatiguée. Tu as perdu Alice, je le sais. Moi, j'ai perdu mon frère. Je suis lasse de lutter contre ce monstre qui a été Martin.

Et, soudain, elle parut épuisée, ses yeux se firent vagues, comme si elle voyait dans un autre monde, un monde où elle n'irait jamais. Quentin eut du mal à attiser la rage qui l'animait. Elle semblait s'éteindre en dépit de tous ses efforts.

Ce n'était pas fini. Il bondit sur elle, mais elle le vit venir. Peut-être avaient-ils déjà joué cette scène, dans une autre ligne temporelle, ou peut-être ses intentions étaient-elles trop évidentes. Avant qu'il ait traversé la moitié de la chambre, elle avait pivoté sur elle-même pour lancer la montre de toutes ses forces.

Cela suffit. En heurtant le mur de pierre, la montre éclata comme un fruit trop mûr. On aurait cru entendre tinter un sac rempli de pièces de monnaie. Le verre délicat se fracassa, et le cadran avec, et de minuscules rouages et ressorts s'égaillèrent sur le parquet, telles les perles d'un collier cassé.

Le souffle court, Jane lui lança un regard de défi. Il contempla les miettes de la montre.

— C'est fini, dit-elle. Il faut passer à autre chose. Vivre avec ce que nous avons et pleurer ce que nous n'avons plus. Je regrette de ne pas t'en avoir dit davantage avant qu'il ne soit trop tard, mais j'avais trop besoin de toi pour te confier la vérité.

Elle s'approcha de lui, lui posa les mains sur les joues, l'attira contre elle et l'embrassa sur le front. La chambre était plongée dans la pénombre. La porte grinça doucement en s'ouvrant.

— Ne juge pas Martin avec trop de sévérité, dit-elle depuis le seuil. Plover le tripotait chaque fois qu'il était seul avec lui. À mon avis, c'est à cause de cela qu'il est allé à Fillory. Que fichait-il à l'intérieur de cette horloge ? Il cherchait un refuge, tout simplement.

Et, sur ces mots, elle s'en fut.

Quentin ne tenta pas de la suivre mais resta un long moment à regarder la porte ouverte. Lorsqu'il alla la refermer, les débris de la montre crissèrent sous ses pieds.

Il ne cessait de sombrer. Quand allait-il toucher le fond ? Profitant des derniers feux du jour, il regarda le carnet de notes posé sur le lit. Il y avait une feuille glissée entre ses pages, celle-là même que le vent lui avait arrachée quand il avait voulu la lire. Mais tout ce qu'elle disait, c'était :

SURPRISE !

Il se rassit. En fin de compte, Alice et lui n'avaient été que des figurants, des hallebardiers égarés sur le champ de bataille. Un frère et une sœur guerroyant dans le monde fabuleux des cauchemars de leur nursery. Alice était morte, tout le monde s'en foutait ; il avait survécu, tout le monde s'en foutait.

Il avait les réponses à ses questions, sauf qu'elles ne faisaient pas ce qu'on demande aux réponses : rendre les choses plus simples et plus faciles. Elles ne l'aidaient pas. Assis sur son lit, il pensait à Alice. Et à ce crétin de Penny, et à ce paumé d'Eliot. Et à ce salaud de Martin Chatwin. Il pigeait enfin ce qui s'était passé. Jusque-là, il avait tout compris de travers. Jamais il n'aurait dû venir ici. Jamais il n'aurait dû tomber amoureux d'Alice. Jamais il n'aurait dû aller à Brakebills. Il aurait dû rester à Brooklyn, dans le monde réel. Il aurait dû cultiver sa dépression et sa haine du monde au sein du refuge précaire de la réalité. Il n'aurait jamais connu Alice, mais au moins serait-elle encore vivante. Il aurait pu oublier sa triste existence à coups de films, de livres, de branlettes et de cuites, comme tout le monde. Jamais il n'aurait connu cette horreur suprême : obtenir ce qu'il avait cru désirer. Il se serait épargné le coût de cette satisfaction, à lui et aux autres. Si l'histoire de Martin Chatwin avait une morale, c'était bien celle-ci. Oui, vous pouvez vivre vos rêves, mais cela fait de vous un monstre. Mieux vaut rester chez vous et faire des tours de cartes dans votre chambre.

C'était en partie la faute de Jane, bien sûr. Elle l'avait mené par le bout du nez. Eh bien, il ne se laisserait plus piéger. Il ne donnerait à personne l'occasion de l'imiter. Quentin se sentit investi d'un détachement nouveau. Après avoir atteint le point de fusion, sa colère et son chagrin se refroidissaient pour lui façonner une armure, une épaisse carapace d'indifférence. S'il ne pouvait pas revenir en arrière, il allait devoir agir différemment pour aller de l'avant. Cette attitude lui paraissait infiniment plus saine, infiniment plus raisonnable. Ne rien désirer : voilà le coup à prendre. Le pouvoir, c'était ça. Et le courage aussi : le courage de n'aimer personne et de ne rien espérer.

Le plus drôle dans l'histoire, c'est que tout devient facile quand plus rien n'a d'importance. Durant les semaines suivantes, le nouveau Quentin, avec ses cheveux blancs à la Andy Warhol et son épaule en bois à la Pinocchio, reprit ses études de magie. Leur but en était désormais le contrôle absolu. Il voulait être intouchable.

Dans sa petite cellule, il pratiqua des techniques qu'il n'avait jamais eu le temps de maîtriser ni le courage d'essayer. Il revint aux plus avancés des exercices de Popper – des épreuves qui n'étaient faisables qu'en théorie et que seul le bluff lui avait permis de passer. Il les fit et les refit sans se lasser, affinant lentement leurs diverses phases. Puis il inventa de nouvelles versions, encore plus infaisables, et les maîtrisa à leur tour. La douleur qui lui taraudait les mains, il l'accueillait avec joie. Ses enchantements acquirent une puissance, une précision, une élégance auxquelles il n'était jamais parvenu. Ses doigts laissaient dans l'air des sillages de feu, d'étincelles et de lumière indigo, qui bourdonnaient et vibraient, éblouissants jusqu'à en devenir aveuglants. Son esprit rayonnait de triomphes froids et cassants.

C'était ce que Penny avait cherché à obtenir lorsqu'il s'était isolé dans le Maine, mais Quentin réussissait là où il avait échoué. Il avait dû éliminer de lui tout sentiment humain, toute trace d'amour pour son prochain, afin d'être investi d'un pouvoir authentiquement surhumain.

Pendant que la brise printanière s'insinuait dans sa chambre, bientôt remplacée par un vent d'été porteur d'une chaleur étouffante, tandis que la sueur coulait sur son visage et que les centaures trottinaient devant sa porte, toujours indifférents à ses activités, il comprit peu à peu comment Maïakovski avait accompli les prouesses qui l'avaient tant étonné. Dans un pré désert, en prenant un luxe de précautions, il inversa le charme de la Boule de feu conçu par Penny. Il identifia et corrigea les erreurs qu'il avait commises lors de son projet de fin d'études, le voyage vers la Lune, et il paracheva aussi celui d'Alice, pour honorer sa mémoire, parvenant à isoler et à capturer un photon, et même à l'observer, jetant aux orties Heisenberg et son principe : une étincelle d'onde incandescente, furieuse et infiniment précieuse.

Assis dans la position du lotus sur le bureau plat blanchi par le soleil, il laissa son esprit entrer en expansion jusqu'à ce qu'il englobe un, puis trois, puis six campagnols s'affairant dans l'herbe à proximité de sa chambre. Il leur ordonna de venir s'asseoir devant lui et, d'une seule pensée, interrompit en douceur le courant électrique qui animait chacun d'eux. Leurs petits corps velus se raidirent et se refroidirent. Puis, sans plus de difficulté, il leur imposa sa magie, réactivant chacune de leurs âmes minuscules comme il aurait rallumé les feux d'une gazinière.

Pris de panique, ils s'égaillèrent un peu partout. Il les laissa partir. Seul dans sa chambre, il sourit de sa grandeur secrète. Il se sentait dans la peau d'un seigneur. Il avait profané le mystère sacré de la vie et de la mort. Quel autre but en ce monde était digne d'attirer son attention ? Dans ce monde ou dans un autre ?

Juin fit place à juillet, qui se dessécha et devint août. Un jour, Quentin se réveilla de bon matin et, en se penchant par la fenêtre, vit un banc de brume au-dessus de la pelouse. Planté sur celle-ci, visible aux yeux de tous, il y avait un cerf blanc, aussi immense qu'éthéré. Il se penchait sur l'herbe pour la brouter de sa petite gueule, inclinant ses bois majestueux, et Quentin vit jouer les muscles de son cou. Ses oreilles étaient plus grandes et plus flasques qu'il ne l'aurait imaginé. Il releva la tête lorsque Quentin s'encadra dans la fenêtre, conscient d'être observé, puis bondit au-dessus de la pelouse et partit sans se presser. Quentin le regarda filer en plissant le front. Il retourna se coucher mais ne put se rendormir.

Plus tard dans la journée, il alla trouver Châton-d'Aulne Agnès Allison Écorce-Parfumée. Elle s'affairait devant un immense métier à tisser conçu pour être actionné par ses quatre puissantes jambes et manipulé par ses doigts agiles.

— La Bête glatissante, dit-elle, le souffle court, sans interrompre sa tâche. Il est fort rare de la voir. Selon toute évidence, elle a été attirée ici par les énergies positives qui rayonnent de nos valeurs supérieures. Félicitez-vous qu'elle se soit offerte à la vue d'un centaure pendant que vous étiez dans les parages.

La Bête glatissante. Celle de *La Fille qui disait le temps*. Ainsi, c'était à ça qu'elle ressemblait. Il s'était attendu à une créature d'aspect plus féroce. Quentin tapota l'arrière-train luisant d'Agnès et s'en fut. Il savait ce qu'il devait faire.

Ce soir-là, il prit la branche feuillue qu'il avait trouvée dans le tiroir du bureau plat. C'était celle qui pendait jadis devant le visage du Fauve et dont il s'était défait avant de les affronter. Elle était désormais morte et desséchée, mais ses feuilles restaient souples et colorées. Il sortit la planter dans le sol humide et la cala avec un peu de terreau pour éviter qu'elle ne s'effondre.

Le lendemain matin, en se réveillant, Quentin trouva un arbre adulte devant sa fenêtre. Enchâssée dans son tronc, une petite horloge tictaquait doucement.

Il posa sa main sur le tronc gris et rugueux, en palpant l'écorce fraîche, puis la laissa retomber. Son séjour en ce lieu prenait fin. Il fourra quelques-unes de ses possessions dans une besace, abandonna les autres, réquisitionna un arc et un carquois empli de flèches sur le terrain de tir à l'arc, libéra une jument du harem des centaures et quitta la Retraite.

LE CERF BLANC

La traque de la Bête glatissante conduisit Quentin à la lisière du vaste marais de Septentrion, puis, plus au sud, aux confins de la Grande Roncière, après quoi il repartit vers le nord, obliquant vers l'ouest pour traverser la forêt Ténébreuse jusqu'à ce qu'il arrive devant cette étendue bouillonnante qu'on appelait la Barbouille-Inférieure. C'était comme s'il visitait des contrées qu'il avait vues en rêve. Il buvait l'eau des ruisseaux, dormait à même la terre et se nourrissait de gibier rôti au feu de bois – il était devenu un archer potable et, lorsqu'il ratait sa cible, il n'hésitait pas à user de magie pour l'abattre.

Il ne ménageait pas sa monture ; c'était une douce jument couleur bai qui ne semblait pas fâchée d'avoir échappé aux centaures. L'esprit de Quentin était aussi vide de pensées que les champs et les forêts d'habitants. La mare dans sa tête était de nouveau gelée, avec une plaque de glace épaisse d'un pied. Durant ses bons jours, il pouvait rester des heures sans penser à Alice.

C'était le cerf blanc qui occupait ses pensées. Il était parti en quête, mais cette quête lui appartenait à lui seul. Il scrutait l'horizon à la recherche de ses bois, les buissons à la recherche de ses flancs pâles. Il savait ce qu'il faisait. C'était ce qu'il rêvait de faire quand il se languissait à Brooklyn. Son fantasme premier. Une fois qu'il l'aurait assouvi, il pourrait refermer le livre pour de bon.

La Bête glatissante l'entraîna encore plus à l'ouest, à travers les collines de Chankly Bore, dans une chaîne de montagnes escarpées où il franchit un col des plus périlleux, et dans des régions inconnues des Chroniques. Une *terra incognita* qu'il n'avait pas le cœur d'explorer, pas plus qu'il n'avait envie de baptiser ses pics. Il descendit au pied d'une falaise de craie blanche pour aborder une plage de sable noir, le rivage d'une vaste mer inconnue. Le cerf blanc était là et, lorsqu'il aperçut son poursuivant, il bondit sur les vagues comme il l'avait fait sur l'herbe. Il sauta de récif en récif, de rouleau en rouleau, comme il aurait sauté de rocher en rocher, dressant ses bois, secouant la tête et aspirant les embruns dans ses grands naseaux.

Quentin soupira. Le lendemain, il vendit la douce jument et acheta son passage sur un sloop pour voguer sur la mer Occidentale.

C'était un fier navire au nom un peu ringard – le *Court-le-ciel* –, dont l'équipage se composait de trois frères taciturnes et de leur sœur hommasse cuite par le soleil. Sans dire un seul mot, ils se lancèrent dans des manœuvres d'appareillage complexes, leur navire étant équipé d'une demi-douzaine de voiles latines qui exigeaient une attention de tous les instants. Les prothèses en bois de Quentin leur firent forte impression. Au bout de quinze jours de navigation, ils abordèrent un splendide archipel tropical – un semis de pâtures bordées de mangroves – pour y faire provision d'eau douce, puis reprirent leur course.

Ils passèrent devant une île peuplée de girafes sanguinaires et rencontrèrent une bête flottante qui leur proposa une année de vie supplémentaire en échange d'un doigt. (La sœur accepta le marché et lui en laissa trois.) Ils virent un escalier en colimaçon de bois ouvragé qui descendait vers les profondeurs océanes, et une jeune femme dérivant sur un livre ouvert de la taille d'un îlot sur lequel elle écrivait sans se lasser. Devant ces spectacles, Quentin n'éprouva ni émerveillement ni curiosité. Il avait dépassé ce stade.

Au bout de cinq semaines, ils abordèrent un rocher noir désolé, et les marins exigèrent de rebrousser chemin. Quentin tenta de les mater par la seule force de son regard, puis les menaça de ses pouvoirs magiques, pour finir par se résoudre à quintupler leur solde. Ils levèrent l'ancre.

Il est facile d'être courageux quand on est prêt à mourir plutôt que de renoncer. La fatigue ne signifie rien quand on désire activement souffrir. Avant ce jour, Quentin n'était jamais monté à bord d'un bateau assez grand pour avoir un foc, mais, désormais, il était aussi élancé, aussi bronzé, aussi brûlé par le sel que son équipage. Le soleil grossit dans le ciel et l'eau commença à brûler les sabords du *Court-le-ciel.* Tout autour du navire semblait électrisé. Les objets les plus ordinaires étaient le théâtre d'étranges phénomènes optiques : halos, parhélies et illuminations. Les étoiles devenaient des globes de feu lourds d'une signification indéchiffrable. Une intense lumière d'or investissait toutes choses, comme si le monde n'était qu'un écran derrière lequel un majestueux soleil brillait de tous ses feux. Devant eux, le cerf courait toujours.

Puis un continent inconnu vint à couvrir l'horizon. Il était pris dans un hiver magique et recouvert d'une épaisse couche de pins qui poussaient jusqu'à ses rivages, si bien que l'eau salée venait lécher leurs racines. Quentin ordonna de jeter l'ancre et dit à ses marins, qui frissonnaient dans leurs vêtements tropicaux, de l'attendre une semaine et puis de repartir. Il leur donna ce qu'il lui restait de ses réserves d'or, embrassa la sœur aux sept doigts, mit la chaloupe à l'eau et rama jusqu'au rivage. Calant son arc dans son dos, il s'avança dans la forêt enneigée. Comme ça faisait du bien d'être à nouveau seul !

La Bête glatissante se montra la troisième nuit. Quentin avait dressé le camp au sommet d'un talus dominant un étang alimenté par une source claire. Avant l'aube, il se réveilla pour découvrir le cerf blanc au bord de l'eau. Son reflet frémissait pendait qu'il buvait paisiblement. Un genou à terre, Quentin patienta une minute. On y était. Il saisit son arc, prit une flèche dans son carquois. Vu sa position élevée, vu la clarté de l'air matinal, le coup était trop facile. Au moment de tirer, il songea : *J'accomplis ce que les Chatwin n'ont pu réussir. Helen et Rupert.* Aucune trace du plaisir qu'il se serait attendu à ressentir. Sa flèche se planta dans un muscle du cuissot droit du cerf blanc.

Il grimaça. Dieu merci, il n'avait pas touché une artère. La Bête glatissante ne tenta pas de fuir mais s'assit comme l'aurait fait un chat blessé. À en juger par son expression, elle devait se farcir ce genre de corvée environ une fois par siècle. Les risques du métier. Son sang semblait noir à la lumière matutinale.

L'arrivée de Quentin n'éveilla en elle aucune crainte. Tendant le cou avec souplesse, elle referma ses dents carrées sur la hampe de la flèche. Puis dégagea celle-ci d'un coup sec et la cracha aux pieds de Quentin.

— Ça fait mal, commenta la Bête glatissante.

Cela faisait trois jours que Quentin n'avait parlé à personne.

— Et maintenant ? demanda-t-il d'une voix éraillée.

— Le coup des trois souhaits. Je t'écoute.

— Mon ami Penny a perdu ses deux mains. Rendez-les-lui.

Les yeux du cerf blanc se voilèrent un instant.

— Impossible. Désolé. Soit il est mort, soit il n'est plus dans ce monde.

Le soleil commençait à poindre au-dessus de la masse noire de la forêt. Quentin inspira profondément. L'air frais charriait une odeur de résine.

— Alice. Elle est devenue une sorte d'esprit. Un *niffin*. Ramenez-la-moi.

— Impossible également.

— Qu'est-ce que vous voulez dire ? C'est mon souhait, bon sang !

— Ce n'est pas moi qui écris les règles. (La Bête glatissante lécha le sang qui coulait de son cuissot.) Si ça ne te plaît pas, trouve-toi un autre cerf magique et descends-le.

— Je veux que les règles soient changées.

Le cerf leva les yeux au ciel.

— Non. Bon, je te compte ces trois fiascos comme un premier souhait. Quel est le deuxième ?

— Payez mon équipage. Le double de ce que je lui ai promis.

— C'est fait, répondit la Bête glatissante.

— Comme ça, leur solde d'origine sera décuplée.

— C'est fait, je t'ai dit. Souhait numéro trois ?

Bien des années plus tôt, Quentin avait décidé de la réponse idéale à donner si jamais on lui posait une question de ce genre. Il souhaiterait partir pour Fillory et pouvoir y rester pour toujours. Mais le temps avait passé.

— Renvoyez-moi chez moi, dit-il.

D'un air empreint de gravité, la Bête glatissante ferma ses grands yeux bruns puis les rouvrit. Elle inclina ses bois vers Quentin.

— C'est fait, dit-elle.

Quentin songea qu'il aurait dû se montrer plus précis dans sa formulation. La Bête glatissante aurait pu le renvoyer à Brooklyn, ou à Chesterton dans la maison de ses parents, ou encore à Brakebills, voire à la ferme. Mais le cerf choisit d'interpréter littéralement son souhait et le déposa devant sa dernière résidence en date, à savoir l'immeuble de Tribeca qu'il avait partagé avec Alice. Personne ne le vit se matérialiser subitement sur le trottoir par une matinée d'été. Il s'empressa de fuir. La seule vue de la porte d'entrée lui serrait le cœur. Il jeta son arc et ses flèches dans une poubelle.

C'était un choc d'être à nouveau entouré de ses semblables, en si grand nombre et dans une telle promiscuité. Difficile d'ignorer leurs boutons, leur laideur et leur vanité. Il se demanda si le snobisme des centaures n'avait pas déteint sur lui. Un mélange écœurant d'odeurs organiques et synthétiques envahit ses narines. Par la première page d'un journal en vente dans une cafétéria, il apprit que plus de deux ans avaient passé depuis son départ de la Terre.

Il devait téléphoner à ses parents. Fogg avait sûrement trouvé un bobard pour les calmer, mais quand même. Il faillit sourire à l'idée de les revoir. Comment allaient-ils réagir en découvrant ses cheveux ? Mais rien ne pressait. Il se balada pour refaire connaissance avec New York. Prélever de l'argent par magie dans un distributeur automatique était désormais un jeu d'enfant. Il passa chez le coiffeur et s'acheta des fringues qui n'avaient pas été confectionnées par des centaures et ne semblaient pas conçues pour un bal costumé. Bref, il se bichonna. Il déjeuna dans un steak-house réputé et faillit défaillir de plaisir. À trois heures de l'après-midi, il buvait des Moscow Mules dans un bar de Chinatown, une cave reconvertie qu'il fréquentait jadis en compagnie des Physiques.

Ça faisait une paye qu'il n'avait pas picolé. L'alcool lui dégela l'esprit, ce qui n'était pas sans danger. La plaque de glace qui confinait son chagrin et son sentiment de culpabilité commençait à craquer. Mais il continua de boire et, bientôt, une puissante et voluptueuse vague de tristesse déferla sur lui, aussi grisante et décadente qu'une drogue. Le bar commença à se remplir dès cinq heures. À six heures, leur journée de travail terminée, les employés de bureau le bousculaient au comptoir. Au-dehors la lumière du jour s'était envolée. Comme il se préparait à sortir, il aperçut dans un box une jolie fille aux boucles blondes qui faisait du gringue à un type aux allures de mannequin pour sous-vêtements. Quentin n'avait jamais vu celui-ci, mais la blonde n'était autre qu'Anaïs.

Ce n'était ni ici ni avec elle qu'il avait imaginé d'éventuelles retrouvailles. Mais peut-être était-il préférable de renouer tout d'abord avec une personne qui lui était indifférente, et vice versa. Sans compter que les Moscow Mules l'aideraient à affronter cette épreuve. Une béquille. Ils sortirent et s'assirent sur les marches. Elle lui posa la main sur le bras et fixa ses cheveux blancs avec des yeux éberlués.

— C'était inimaginable, commença-t-elle.

Depuis qu'il l'avait vue pour la dernière fois, son accent européen s'était aggravé et sa maîtrise de l'anglais dégradée. Sans doute en usait-elle pour faire du charme.

— On a eu de la peine à sortir de cette caverne. Les choses semblaient se tasser, et puis ils ont à nouveau donné l'assaut. Josh s'est débrouillé comme un chef. Comme un chef. Jamais je ne l'avais vu déployer une telle maestria magique. À un moment donné, une créature s'est mise à nager sous le sol – on aurait dit un requin des sables. Elle t'a mordu à la jambe.

— Ça explique mon genou, dit Quentin.

Il releva son pantalon pour lui montrer le genou en question, et elle ouvrit à nouveau des yeux éberlués. L'alcool lui facilitait les choses plus qu'il ne l'aurait cru. Il s'était préparé à un torrent d'émotions, une charge de cavalerie commandée par le deuil, mais, pour l'instant, rien ne venait.

— Et il y avait ce charme jeté sur les murs – enfin, je crois que c'était ça – qui nous a fait tourner en rond. On s'est retrouvés dans la caverne de Membre.

— D'Ambre, tu veux dire.

— J'ai dit quoi ? Bref, il a fallu rompre ce foutu charme…

Elle s'interrompit pour faire un signe de la main à son pote le mannequin. À l'entendre, on avait l'impression qu'elle avait maintes fois raconté cette histoire, à tel point qu'elle la trouvait maintenant plutôt barbante. Pour elle, tout ça s'était produit il y avait deux ans, et elle ne connaissait que médiocrement les autres protagonistes.

— Et on a dû te porter tout le chemin. Mon Dieu ! jamais on ne s'en serait sortis si Richard ne nous avait pas retrouvés. Il m'est devenu presque sympathique, tu sais. Il connaissait un charme qui nous rendait invisibles aux yeux des monstres. C'est grâce à lui qu'on s'en est tirés. Mais j'en ai gardé une cicatrice.

Elle souleva l'ourlet de sa jupe, qui n'était pourtant pas très longue. Sur sa cuisse lisse et bronzée courait une chéloïde de quinze centimètres de long.

Aussi étonnant que ça puisse paraître, Penny avait survécu à ses mutilations, du moins pour un temps. Mais les centaures n'avaient pu régénérer ses mains et, sans elles, il était incapable de jeter des charmes. Lorsqu'ils étaient arrivés au pays du Ni, Penny les avait quittés, comme s'il était à la recherche de quelque chose. Arrivé devant un immense *palazzo* de pierre bien plus vétuste que les édifices environnants, il s'était planté devant lui et avait ouvert les bras comme en une supplique. Au bout d'une minute, les portes du palais s'étaient ouvertes. Les autres avaient entrevu des étagères croulant sous les livres – le cœur secret, le cœur de papier de la Cité. Penny était entré et les portes s'étaient refermées.

— C'est quand même incroyable, ne cessait-elle de répéter. Ça ressemble à un *cauchemar**. Mais c'est fini maintenant.

Étrange : Anaïs ne semblait pas le blâmer, pas plus qu'elle ne se blâmait elle-même. Elle avait trouvé un moyen de faire son deuil de leurs épreuves. À moins que ces épreuves ne l'aient pas touchée. Difficile de dire ce qui se passait sous ces boucles blondes.

Tout en racontant son histoire, elle ne cessait de jeter des coups d'œil à son pote mannequin; au bout d'un temps, Quentin eut pitié d'elle et la laissa filer. Ils se dirent adieu – une bise, deux bises. Ni l'un ni l'autre ne promit de rester en contact. À quoi servait-il de mentir à présent qu'ils étaient arrivés à cette phase du jeu ? Comme elle l'avait dit, c'était fini maintenant. Il resta assis sur les marches, profitant de la douceur de cette soirée d'été, jusqu'à ce qu'il se rappelle qu'Anaïs finirait par sortir du bar et qu'il ne tenait pas à la revoir.

La nuit allait tomber et il avait besoin d'un abri. Il aurait pu descendre dans un hôtel, mais à quoi bon ? Et pourquoi attendre ? Il avait abandonné toutes ses possessions à Fillory, mais il avait pris soin de conserver la clé en fer forgé que Fogg lui avait donnée en même temps que son diplôme. Elle n'avait pas fonctionné à Fillory – il avait tenté le coup –, mais à présent qu'il se trouvait à Tribeca, humant l'atmosphère urbaine chauffée par le soleil, il la sortit de la poche de son jean flambant neuf. Elle lui parut bien lourde. Obéissant à une impulsion, il la porta à son oreille. Elle émettait une vibration musicale dans les aigus, un peu comme un diapason. C'était la première fois qu'il le remarquait.

Se sentant soudain bien seul, et à peine inquiet, il agrippa la clé des deux mains, ferma les yeux, se détendit et se laissa emporter. C'était comme s'il avait saisi le câble d'un téléski. La clé ouvrit dans l'espace une brèche invisible et, lui imprimant une accélération bien agréable, l'attira dans une subdimension dédiée qui débouchait sur la terrasse de la Maison à Brakebills. S'il souffrait grandement de devoir retourner là-bas, nécessité faisait loi. Un tout dernier détail à régler et, ensuite, ce serait fini pour de bon, pour toujours.

ROIS ET REINES

EN TANT QUE NOUVEAU VENU au service PlaxCo, Quentin Coldwater n'avait que peu d'obligations, hormis celles d'assister aux réunions et de saluer poliment les collègues qu'il lui arrivait de croiser dans l'ascenseur. Lorsque, par extraordinaire, un document échouait dans son casier ou sur son bureau, il ne le lisait pas mais se contentait d'y apposer sa griffe *(Ça roule pour moi !!!! – QC)* et le remettait dans le circuit.

Son bureau était d'une taille inhabituelle pour un employé de fraîche date, en particulier aussi jeune que lui (bien que ses cheveux blancs lui aient conféré une gravité qui n'était pas de son âge) et dont le CV comme le parcours universitaire demeuraient inconnus de tous. Il avait fait son apparition un beau jour, pour s'installer dans un bureau récemment évacué par un vice-président atteint par la limite d'âge, et, depuis lors, il touchait son salaire, alimentait son épargne retraite, profitait du système d'assurance maladie de la boîte et prenait six semaines de vacances par an. À part ça, il ne semblait pas faire grand-chose, hormis jouer à des jeux vidéo sur l'ordinateur à écran HD ultraplat que le vice-président avait laissé sur place.

Mais Quentin n'inspirait nul ressentiment à ses collègues, pas même de la curiosité. Ils étaient tous persuadés que l'un d'entre eux connaissait les raisons de sa présence et, quand ils finissaient par en douter, soupçonnaient le DRH ou ses adjoints d'être dans le secret. De toute façon, il avait la tête à s'être distingué dans quelque école supérieure européenne. Il parlait couramment plusieurs langues. C'était un génie en mathématiques. La boîte avait eu du pot de le recruter. Oui, beaucoup de pot.

Et il était très aimable, bien qu'un peu tristounet. Il avait l'air intelligent. Oui, il en avait l'air. Et puis, de toute façon, il était consultant en management au service PlaxCo et, chez Grunnings, Hunsucker & Swann, tous les employés faisaient partie de l'équipe.

Le doyen Fogg avait déconseillé à Quentin d'opter pour un tel choix. Mieux valait qu'il prenne son temps, qu'il réfléchisse bien, qu'il consulte au besoin. Mais du temps, Quentin en avait assez perdu comme ça. Quant à la magie, il en avait assez vu pour le restant de ses jours, et il était bien décidé à ériger entre la magie et lui une barrière infranchissable. Fini la magie, et pour de bon cette fois-ci. Fogg ne s'était pas trompé, après tout, même s'il n'avait pas eu le courage d'aller jusqu'au bout de sa logique : il valait mieux se passer de magie, vivre dans le monde réel, apprendre à accepter les épreuves qu'il vous réservait. Peut-être existait-il des gens capables de gérer la puissance d'un magicien, voire de la mériter, mais Quentin n'en faisait pas partie. Il était temps pour lui de grandir et d'accepter ce fait.

Fogg lui trouva donc un emploi sédentaire dans une firme en grande partie financée par l'argent des magiciens et, chaque jour de la semaine, Quentin prenait le métro, montait dans l'ascenseur et commandait son déjeuner, comme le reste de l'humanité ou à tout le moins sa fraction la plus privilégiée. La curiosité qu'avaient éveillée en lui les domaines invisibles était amplement satisfaite, merci bien, merci beaucoup. Et ses parents étaient ravis. Quel soulagement de pouvoir leur dire comment il gagnait sa vie sans devoir leur mentir !

Son emploi chez Grunnings, Hunsucker & Swann correspondait en tout point à ses attentes : une sinécure qui lui permettait de ne rien faire tout en restant vivant. Son bureau était tranquille, climatisé et pourvu d'une baie vitrée en verre teinté. Son matériel informatique était aussi coûteux que perfectionné.

On soumettait à son approbation plus de registres, de diagrammes et de projets qu'il ne pouvait en traiter. Pour être franc, Quentin se sentait supérieur à n'importe quel thaumaturge. Qu'ils se la pètent tout leur soûl, ces mandarins de la magie, il était désormais au-dessus de tout ça. Il n'était plus un magicien, il était un homme, et un homme se doit d'être responsable de ses actes. Il se colletait avec le monde, il agissait au cœur du monde. Fillory ? Il y était allé, il avait vu ce qu'il y avait à voir, et ça ne lui avait rien apporté, ni à lui ni à personne. Il avait eu du pot d'en revenir vivant.

Tout les matins, Quentin enfilait un costume et gagnait une station du métro aérien de Brooklyn, un cube de béton taché par la rouille coulant de son armature en fer. De ce quartier de la ville, il entrevoyait la minuscule couronne vert-de-grisée de la statue de la Liberté qui dominait la baie. L'été, les épaisses traverses transpiraient des gouttes aromatiques de goudron liquide. Sous l'effet de signaux invisibles, la voie ferrée faisait osciller la rame de droite à gauche, comme si des mains inconnues en avaient pris le contrôle (mais ce n'était sûrement pas ça). Des oiseaux inidentifiables décrivaient d'interminables cercles cycloniques au-dessus d'un dépotoir mal entretenu.

Tous les matins, le métro était rempli de jeunes femmes russes venues de Brighton Beach, encore aux trois quarts endormies, oscillant à l'unisson au rythme des wagons, leurs cheveux teints d'un blond parfaitement hideux. Dans le hall de marbre du building où bossait Quentin, les ascenseurs avalaient des grappes de travailleurs pour les recracher à divers étages.

Quand il repartait tous les jours à cinq heures, la même séquence se répétait à l'envers.

Quant aux week-ends, Quentin avait à sa disposition les myriades de divertissements que le monde fournissait aux consommateurs décérébrés : les jeux vidéo, les sites porno sur Internet, les maniaques du téléphone mobile qui évoquent la maladie de leur belle-mère dans les lieux publics, les poches en plastique à l'enseigne d'un supermarché qui flottent comme des oriflammes sur les branches effeuillées, les vieillards assis torse nu sur le perron de leur maison, les gigantesques essuie-glaces des autobus blanc et bleu qui balaient l'eau de pluie de gauche à droite, de gauche à droite, de gauche à droite.

C'était tout ce qu'il lui restait et cela devrait lui suffire. En tant que magicien, il avait fait partie de la royauté secrète du monde, mais il avait renoncé à son trône. Il avait ôté sa couronne et l'avait posée par terre, pour qu'elle soit ramassée par un autre pigeon. *Le roi est mort**. C'était une forme d'enchantement, cette nouvelle vie qui était la sienne, un enchantement suprême : l'enchantement à finir tous les enchantements.

Un jour, après qu'il eut fait progresser d'un niveau trois personnages différents dans trois jeux de rôle différents, et surfé sur tous les sites où il avait une vague raison de surfer, Quentin remarqua que son agenda Outlook lui rappelait qu'il était censé assister à une réunion. Celle-ci avait débuté une demi-heure plus tôt et se déroulait à un étage éloigné du monolithe servant de siège social à GHS, ce qui l'obligerait à changer d'ascenseur pour s'y rendre. Mais il décida néanmoins d'honorer ses engagements, faisant fi de toute prudence.

Le but de cette réunion, ainsi qu'il le déduisit de plusieurs indices hâtivement rassemblés, était de tirer le bilan de la restructuration du service PlaxCo, laquelle avait été bouclée de façon triomphante quelques semaines auparavant, encore qu'il ne se fût aperçu de rien. On y aborderait également un nouveau projet confié à un groupe de gens que Quentin n'avait jamais rencontrés avant ce jour. L'un d'eux, une femme, attira tout particulièrement son attention.

Difficile de dire ce qui la rendait remarquable, excepté que c'était la seule personne outre Quentin qui ne prononça pas un mot de toute la réunion. Plus âgée que lui de quelques années, elle n'était ni moche ni séduisante. Un nez pointu, des lèvres minces, des cheveux châtains mi-longs, une intelligence supérieure bridée par l'ennui. Il n'aurait su dire comment il l'avait repérée, peut-être à cause de ses doigts dont l'exceptionnelle musculature lui était familière. Ou de ses traits, aussi figés que ceux d'un masque. Mais sa nature ne faisait aucun doute. C'était une de ses semblables : une ancienne de Brakebills immergée dans le monde réel.

Ça se corsait.

À l'issue de la réunion, Quentin aborda un de ses collègues – Dan, Don, Dean ou quelque chose comme ça – afin de lui demander le nom de cette femme. Emily Greenstreet. La tristement célèbre Emily Greenstreet. La fille qui avait causé la mort du frère d'Alice.

Quentin avait les mains tremblantes lorsqu'il pressa le bouton de l'ascenseur. Il informa sa secrétaire qu'il prenait un congé pour le reste de la journée. Voire de la semaine.

Mais il était trop tard. Emily Greenstreet avait dû le repérer elle aussi – les doigts, c'étaient sûrement les doigts –, car, avant la fin de la journée, elle lui avait envoyé un courriel. Le lendemain, elle laissa un message dans sa boîte vocale et tenta d'insérer un rendez-vous pour déjeuner dans son agenda Outlook. Lorsqu'il accéda au serveur de la boîte, elle le bombarda de messages instantanés puis, après avoir obtenu le numéro de son mobile grâce au répertoire interne, lui envoya le texto suivant : POURKOI RETARDÉ LINÉVITABLE ?

Pourkoi pas ? répondit-il mentalement. Mais elle avait raison et il le savait. Il n'avait pas le choix. Si elle était décidée à le serrer, elle y parviendrait tôt ou tard. Se sentant un peu vaincu, il cliqua sur ACCEPTER en regard de son invitation à déjeuner. Ils se retrouvèrent la semaine suivante dans un restaurant français au menu aussi sophistiqué que prohibitif, que les cadres supérieurs de GHS fréquentaient depuis des temps immémoriaux.

Ce fut moins pénible qu'il ne le craignait. C'était une femme au débit précipité, si maigre et si tendue qu'elle semblait sur le point de se briser. Assis face à face, presque seuls dans un cocon de nappes couleur crème, d'argenterie cliquetante et de verres en cristal, ils commencèrent par échanger des ragots sur leurs collègues. Il connaissait si peu de ceux-ci par leur nom qu'il dut bientôt rendre les armes, mais elle était capable de parler pour deux. Elle lui raconta sa vie : son bel appartement de l'Upper East Side, son toit en terrasse, ses nombreux chats. Ils s'aperçurent qu'ils avaient le même sens de l'humour – noir, très noir. Chacun à sa manière, ils avaient découvert la même vérité : vivre ses rêves d'enfant une fois parvenu à l'âge adulte, c'est courtiser, épouser et étreindre le désastre. Qui était mieux placé qu'eux pour le savoir – l'homme qui avait vu mourir Alice et la femme qui avait pour ainsi dire tué le frère d'Alice ? En la regardant, il se vit tel qu'il serait dans huit ans. Ce n'était pas si mal.

Elle ne détestait pas picoler, autre point commun. Les verres de Martini, les bouteilles de vin et les verres de whisky se multiplièrent sur la table, formant une métropole miniature et colorée, tandis que leurs mobiles et leurs Blackberry cherchaient en vain à attirer leur attention.

— Alors dis-moi, fit Emily Greenstreet lorsqu'ils eurent absorbé assez d'alcool pour créer l'illusion d'une confortable et longue intimité. Est-ce que ça te manque ? Faire de la magie ?

— En toute franchise, je peux te répondre que je n'y pense jamais. Pourquoi ? Et toi ?

— Est-ce que ça me manque ou est-ce que j'y pense ? (Elle roula entre ses doigts une mèche de ses cheveux châtains.) La réponse est oui. Aux deux questions.

— Est-ce que tu regrettes d'avoir quitté Brakebills ?

Elle secoua vivement la tête.

— La seule chose que je regrette, c'est de ne pas en être partie plus tôt. (Elle se pencha vers lui avec vivacité.) Rien que penser à ce bahut me file les jetons. Ce ne sont que des gamins,

Quentin ! Des gamins doués d'un pouvoir démesuré ! Ce qui nous est arrivé, à Charlie et à moi, peut se reproduire d'un jour à l'autre. Ça ou quelque chose de pire. De bien pire. Je n'arrive pas à croire que cet endroit existe toujours.

Il remarqua qu'elle évitait soigneusement de prononcer le nom de Brakebills.

— Je suis angoissée rien qu'à l'idée de vivre sur la même côte que lui. Il n'est équipé d'aucun garde-fou ou presque. Chacun de ces gamins est une bombe atomique qui n'attend que d'exploser ! Quelqu'un devrait prendre le contrôle de cette boîte. J'ai parfois envie de révéler son existence au monde, ou à tout le moins au Gouvernement, pour qu'il y mette un peu d'ordre. Jamais les professeurs n'accepteront de le faire. Et la Cour magique pas davantage.

Et elle poursuivit dans cette veine. Ils étaient pareils à deux alcooliques en voie de guérison, dopés à la caféine et au programme de réhabilitation en douze étapes, s'affirmant ravis d'être sobres et ne parlant que de gnôle.

Toutefois, leur consommation ébranlait quelque peu cette métaphore. Provisoirement requinqué par un *affogato* brûlant, Quentin attaqua un scotch single malt qui semblait avoir vieilli dans un antique chêne frappé par la foudre.

— Jamais je ne m'y suis sentie en sécurité. Jamais, pas une seule minute. Tu ne te sens pas en sécurité ici, Quentin ? Dans le monde réel ?

— Pour être parfaitement franc, ces temps-ci, je ne sens pas grand-chose.

Elle plissa le front.

— Ah. Alors pourquoi as-tu renoncé à tout ça, Quentin ? Tu devais avoir une bonne raison.

— Je dirais que mes motivations étaient parfaitement irréfutables.

— C'était si grave que ça ? (Elle leva un sourcil aguicheur.) Raconte.

Elle se cala confortablement dans le fauteuil du restaurant. Un drogué en voie de guérison adore qu'un autre drogué lui décrive l'enfer qu'il a traversé et les humiliations qu'il s'est infligées. Une sorte d'émulation à rebours.

Il lui raconta comment il avait touché le fond. Il lui parla d'Alice et de leur vie commune, lui raconta ce qu'ils avaient fait et comment elle avait péri. Lorsqu'il entra dans les détails de ce dernier épisode, le sourire d'Emily s'effaça et elle but une goulée de Martini. Après tout, Charlie était devenu un *niffin*, lui aussi. Une ironie positivement hideuse. Mais elle ne le pria pas de se taire.

Quand il eut fini, il s'attendait à ce qu'elle le déteste autant qu'il se détestait lui-même. Autant qu'il la soupçonnait de se détester elle-même, peut-être. Mais, au lieu de cela, ses yeux débordaient de tendresse.

— Oh ! Quentin, fit-elle et elle le prit par la main. Tu ne dois pas te blâmer comme ça, crois-moi. (Son visage pincé resplendissait de pitié.) Il faut que tu le comprennes, tout ce mal, toute cette tristesse, cela *vient* de la magie. C'est là que tes ennuis ont commencé. Personne ne peut se frotter à une telle puissance sans en être corrompu. C'est ce qui m'a corrompue, Quentin, avant que j'y renonce. C'est la chose la plus dure que j'aie jamais faite.

Sa voix s'adoucit.

— C'est ce qui a tué Charlie, reprit-elle à voix basse. Et aussi ta pauvre Alice. Tôt ou tard, la magie mène toujours au mal. Une fois que tu auras compris cela, tu seras en mesure de te pardonner. Ce sera plus facile, je te le promets.

Cette pitié était un onguent pour les blessures de son cœur et il avait envie de l'accepter. Elle la lui offrait de son plein gré ; elle était là, sur la table. Il lui suffisait de la prendre.

On leur apporta la note, astronomique bien entendu, et Quentin la paya avec la carte de la boîte. Arrivés au vestiaire, ils s'aperçurent qu'ils étaient éméchés au point de devoir s'entraider pour enfiler leurs imperméables – il pleuvait comme vache qui pisse depuis le lever du jour. Pas question de retourner au bureau. Il n'était pas en état de bosser et, de toute façon, il faisait déjà noir. Le déjeuner s'était révélé fort long.

Une fois sous la marquise, ils hésitèrent. L'espace d'un instant, la drôle de bouche plate d'Emily Greenstreet se rapprocha de la sienne.

— Viens dîner chez moi ce soir. (Son regard était si franc qu'il en devenait désarmant.) Tu connais mon adresse. Je ferai la cuisine.

— Pas ce soir, je ne peux pas, bredouilla-t-il. Pardon. Une autre fois, peut-être.

Elle posa la main sur son bras.

— Écoute, Quentin. Tu ne te sens pas encore prêt, je m'en doute…

— Et moi j'en suis sûr.

— … mais tu ne seras *jamais* prêt. Pas tant que tu ne l'auras pas décidé. (Elle lui serra le bras.) Laisse tomber le drame, Quentin. Laisse-moi t'aider. Admettre que l'on a besoin d'aide, ce n'est pas une tare. N'est-ce pas ?

Cette tendresse était ce qu'il avait connu de plus touchant depuis son départ de Brakebills. Et il n'avait pas fait l'amour depuis… depuis qu'il avait couché avec Janet, bon sang ! Il serait si facile d'aller chez elle.

Mais il n'en fit rien. Alors même qu'ils restaient plantés sous la marquise, il sentit des picotements au bout de ses doigts, sous les ongles, un résidu laissé par les milliers de charmes qui en avaient émané au fil des ans. Il les sentait encore, ces étincelles blanches qui, jadis, jaillissaient avec aisance de ses mains. Elle se trompait : rendre la magie responsable de la mort d'Alice ne l'aiderait en rien. C'était trop facile, et il n'avait que trop souvent cédé à la facilité. Tant mieux pour Emily Greenstreet si elle était disposée à lui pardonner, mais c'étaient des gens qui étaient responsables de la mort d'Alice. Jane Chatwin, Quentin et Alice elle-même, entre autres. Et ils devaient expier leur faute.

Lorsqu'il considéra Emily Greenstreet en cet instant, il vit une âme perdue, seule au sein d'une désolation hurlante, une image semblable à celle qu'offrait le professeur Maïakovski, son amant de jadis, seul au pôle Sud. Il n'était pas prêt à se joindre à elle. Mais quel autre choix avait-il ? Qu'aurait fait Alice ?

Un autre mois s'écoula, et novembre vint, et Quentin était assis dans son bureau, les yeux tournés vers la baie vitrée. L'immeuble d'en face était bien plus petit que le building de Grunnings, Hunsucker & Swann, de sorte qu'il avait une vue imprenable sur son toit, qui se composait d'une allée gravillonnée de couleur beige entourant un réseau serré d'édicules gris abritant des chaudières et des climatiseurs. À l'approche du rude hiver new-yorkais, ceux-ci s'étaient tus et celles-là avaient repris vie, et des panaches de vapeur montaient au-dessus d'elles, formant des nuées aux volutes abstraites : des formes silencieuses, hypnotiques et tourbillonnantes qui jamais ne s'interrompaient et jamais ne se répétaient. Des signaux de fumée sans expéditeur ni destinataire – sans signification non plus, d'ailleurs. Ces derniers temps, Quentin passait de longs moments à les observer. Sa secrétaire avait discrètement renoncé à lui fixer des rendez-vous.

Soudain, sans prévenir, l'immense baie vitrée en verre teinté qui occupait tout un mur du bureau se fracassa et implosa. Le store vénitien ultramoderne à lames étroites partit de guingois. Un air glacé et une lumière crue déferlèrent sur les lieux. Un petit objet rond et très lourd roula sur la moquette et lui heurta le pied.

Il baissa les yeux. C'était une sphère de marbre bleu : le globe de pierre avec lequel on donne le coup d'envoi d'un match de bourbasse.

Trois individus flottaient devant sa fenêtre, à trente étages du sol.

Janet semblait plus âgée, ce qui n'avait rien de surprenant, mais elle avait changé d'une autre manière. Ses iris rayonnaient d'une énergie mystique aux nuances violettes comme Quentin n'en avait jamais vu. Elle portait un bustier de cuir noir si moulant que ses seins menaçaient d'en déborder. Un halo d'étoiles d'argent la nimbait.

Eliot avait acquis une paire d'immenses ailes blanches qu'il déployait dans toute leur envergure pour planer sur un vent intangible. Sur sa tête était posée la couronne de Fillory que Quentin avait vue pour la dernière fois dans la caverne d'Ambre. Entre Janet et Eliot flottait une femme de haute taille et maigre à faire peur, les bras enveloppés de soie, ses longs cheveux noirs flottant comme si elle se trouvait sous l'eau.

— Salut, Quentin, dit Eliot.

— Hé ! fit Janet.

L'autre femme ne dit rien. Pas plus que Quentin.

— Nous retournons à Fillory, reprit Janet, et il nous faut un autre roi. Deux rois, deux reines.

— Tu ne peux pas passer l'éternité dans ce trou, Quentin. Viens avec nous.

À présent que la vitre était brisée et que le soleil de l'après-midi se déversait dans son bureau, Quentin n'arrivait plus à lire son écran. Le contrôle thermostatique s'échinait à faire remonter la température. Quelque part dans le building, une alarme retentit.

— Cette fois-ci, ça pourrait marcher, reprit Eliot. Maintenant que Martin est parti. En plus, on n'a jamais su quelle était ta discipline. Ça ne te tracasse pas ?

Quentin les fixa du regard. Quelques secondes s'écoulèrent avant qu'il retrouve sa voix.

— Et Josh ? coassa-t-il. Allez donc le voir.

— Il a un autre projet, répondit Janet en levant les yeux au ciel. Il croit pouvoir atteindre la Terre du Milieu via le pays du Ni. Il est fermement décidé à se taper une elfe.

— J'ai envisagé de devenir reine, dit Eliot. Il s'avère que les Filloriens ont l'esprit ouvert dans ce domaine. Mais, tout bien considéré, il y a des règles qu'on ne peut transgresser.

Quentin reposa sa tasse de café. Ça faisait bien longtemps qu'il n'avait éprouvé d'autre émotion que la tristesse, la honte et l'atonie, si longtemps que, durant un instant, il se demanda ce qui l'agitait ainsi. Malgré qu'il en ait, il sentit s'éveiller en lui quelque chose qu'il croyait mort et enterré. Ça faisait mal. Mais il en redemandait.

— Pourquoi faites-vous ça ? demanda-t-il non sans circonspection. (Il fallait que ce soit clair.) Après ce qui est arrivé à Alice. Pourquoi voulez-vous retourner là-bas ? Et pourquoi souhaiteriez-vous que je vous accompagne ? Cela ne ferait qu'empirer les choses.

— Tu crois qu'elles pourraient être pires que ça ?

D'un mouvement du menton, Eliot désigna le bureau de Quentin.

— Chacun de nous savait ce qu'il faisait, enchaîna Janet. Tu le savais. On le savait. Alice le savait, j'en suis sûre. Nous avions fait notre choix, Q. Et que pourrait-il se passer ? Tu as déjà les cheveux tout blancs. Difficile de t'imaginer plus bizarre que ça.

Quentin fit pivoter son fauteuil ergonomique pour leur faire face. Il lui semblait que son cœur s'embrasait de regret et de soulagement, des émotions qui se fondaient l'une dans l'autre pour former une lumière incandescente.

— Le problème, dit-il, c'est que ça m'embête de partir avant la saison des bonus.

— Allez, Quentin. C'est fini. Tu as accompli ta peine. (Le sourire de Janet rayonnait d'une chaleur qu'il ne lui avait jamais connue – à moins qu'il ne l'ait jamais remarquée.) Tout le monde t'a pardonné, excepté toi-même. Et on a *tellement* d'avance sur toi.

— Tu risques d'avoir des surprises.

Quentin ramassa la boule bleue et l'examina.

— Alors, comme ça, fit-il, il suffit que je m'absente cinq minutes pour que vous recrutiez une sorcière pourrie ?

Eliot haussa les épaules.

— Elle a du répondant.

— Je t'emmerde, dit Julia.

Quentin soupira. Il fit craquer ses cervicales et se leva.

— Vous étiez vraiment obligés de casser ma baie vitrée ?

— Non, répondit Eliot. Pas vraiment.

Quentin s'avança jusqu'au rebord. Des débris de verre épars sur la moquette craquèrent sous ses souliers en cuir dernier cri. Il se baissa pour passer sous le store. Il y avait une sacrée marche. Ça faisait un bail qu'il n'avait pas fait ça.

Desserrant sa cravate d'une main, Quentin fit un pas dans l'air limpide et frais de l'hiver et s'envola.

TABLE

Achevé d'imprimer en mars 2016
par l'imprimerie LEGO
à Trente (Italie)
pour le compte de
la Librairie L'Atalante

Dépôt légal : mars 2016

IMPRIMÉ EN ITALIE

PEFC
PEFC/18-31-280

Certifié PEFC
Ce livre est issu
de forêts gérées
durablement et de
source contrôlées

www.pefc-france.org